THE PRINCE OF NOTHING

乌有王子

卷二

战士先知

The Warrior Prophet

[加拿大] R. 斯科特·巴克 / 著

王阁炜 / 译

重庆出版集团 重庆出版社

The Warrior Prophet
Copyright ©2004 by R.Scott Bakker
This edition arranged with The Lotts Agency Ltd.
though Andrew Nurnberg Associates International Limited
Simplified Chinese Translation Copyright ©2014 by Chongqing Publishing House Co.,Ltd.
All rights reserved.
版贸核渝字（2012）第130号

图书在版编目(CIP)数据

乌有王子.2，战士先知 /(加)巴克著；王阁炜译.
—重庆：重庆出版社，2014.9
ISBN 978-7-229-08561-2

Ⅰ.①乌… Ⅱ.①巴… ②王 Ⅲ.①长篇小说－加拿大－现代 Ⅳ.①I711.45

中国版本图书馆CIP数据核字(2014)第183407号

乌有王子（卷二）：战士先知
WUYOU WANGZI(JUAN ER):ZHANSHI XIANZHI

[加拿大]R.斯科特·巴克 著　王阁炜 译

出版人：罗小卫
出版策划：重庆天健卡通动画文化有限责任公司
联合统筹：重庆史诗图书信息咨询有限公司
责任编辑：邹禾　许宁　方媛
装帧设计：谢颖设计工作室
封面图案设计：SEYO
责任校对：刘小燕

重庆出版集团 出版
重庆出版社

重庆长江二路205号 邮政编码：400016 http://www.cqph.com
重庆出版集团艺术设计有限公司 制版
重庆市国丰印务有限责任公司 印刷
重庆出版集团图书发行有限责任公司 发行
E-mail:fxchu@cqph.com　邮购电话：023－68809452
重庆出版社天猫旗舰店
cqcbs.tmall.com
全国新华书店经销

开本：880mm×1230mm　1/32　印张：21　字数：540千
2014年9月第1版　2014年9月第1次印刷
ISBN：978-7-229-08561-2

定价：60.80元

如有印装问题，请向本集团图书发行有限公司调换：023-68706683

版权所有　侵权必究

献给布莱恩

———∞———

我的莫逆之交

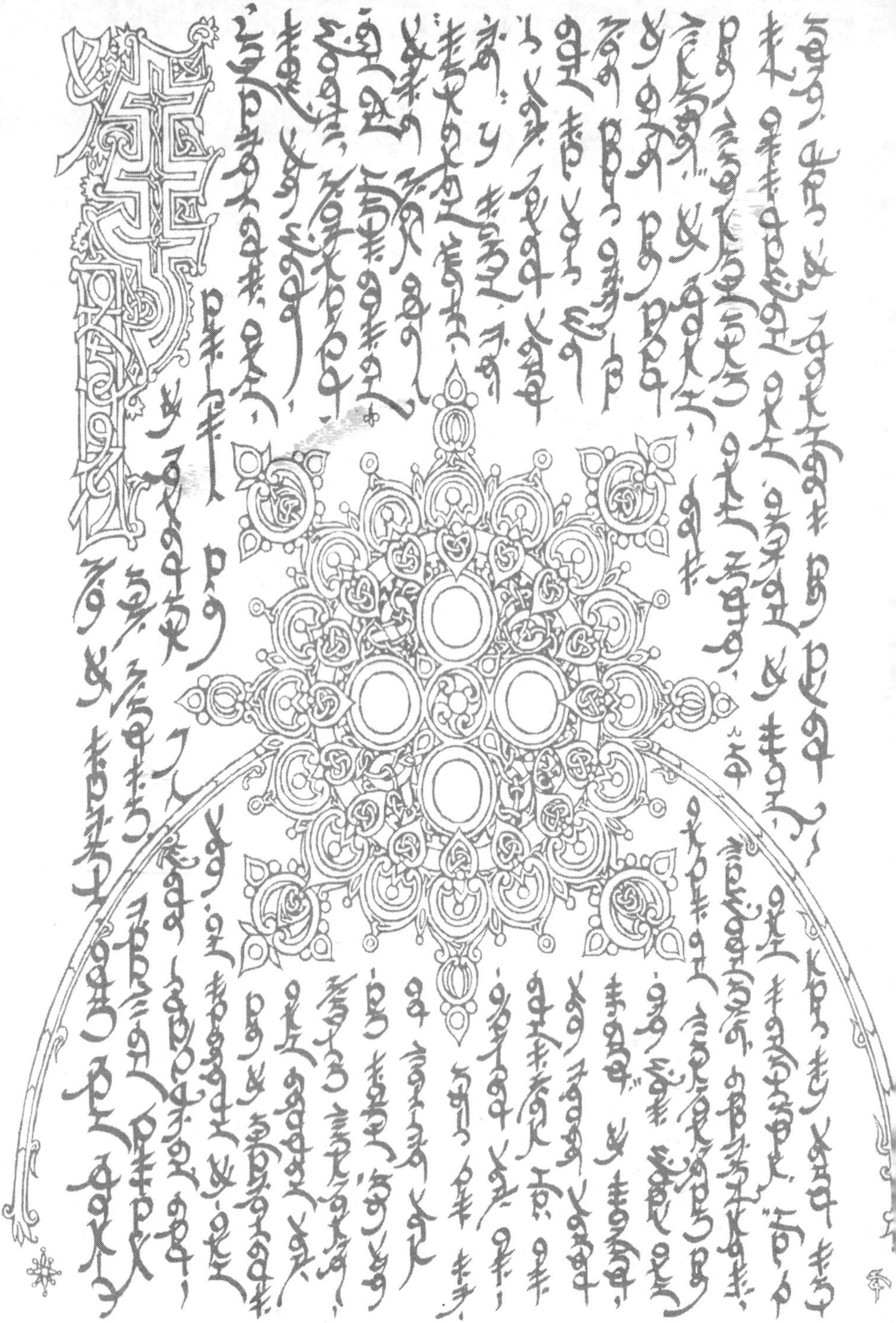

目 录

前　事 ··· 1

第一卷　第一次进军

第一章　安塞尔卡省 ···························· 16
第二章　安塞尔卡省 ···························· 37
第三章　亚斯吉罗奇要塞 ························ 59
第四章　亚斯吉罗奇要塞 ························ 94
第五章　蒙格达平原 ··························· 125
第六章　蒙格达平原 ··························· 146
第七章　蒙格达平原 ··························· 168
第八章　蒙格达平原 ··························· 190

第二卷　第二次进军

第九章　辛内雷斯 ····························· 214
第十章　阿楚席安高地 ························· 230

第十一章	施吉克省	258
第十二章	爱荷西亚城	283
第十三章	施吉克	307
第十四章	安乌拉特要塞	329
第十五章	安乌拉特要塞	351
第十六章	施吉克	382
第十七章	施吉克	406

第三卷　第三次进军

第十八章	海墨恩	434
第十九章	安那斯潘尼亚	455
第二十章	卡拉斯坎	475
第二十一章	卡拉斯坎	502
第二十二章	卡拉斯坎	536
第二十三章	卡拉斯坎	580
第二十四章	卡拉斯坎	613
第二十五章	卡拉斯坎	648

附录

伊尔瓦大陆	662
三海西部	664
阿凯梅安的羊皮卷	666

前事

第一次末世之劫摧毁了北方伟大的诺斯莱诸国。在非神莫格－法鲁及其手下的将军与法师组成的"非神会"的屠杀中，只有南方三海之间的克泰人国家幸存下来。时间流逝，遗忘不可避免，多年之后，三海诸国的人类忘记了祖辈的恐惧。

一个个帝国崛起、衰亡：凯兰尼亚、什拉迪、塞内安。后先知因里·瑟金斯重新诠释了长牙——人类最神圣的文物，之后几个世纪，因里教在三海诸国兴盛起来。因里教由千庙教会组织与管理，以"沙里亚"为精神领袖。与此同时，拥有识别和使用巫术能力的异民为应对因里教的迫害，组成了几大巫术学派：赤塔、皇家萨伊克、弥逊塞等。因里教拥有古代遗物丘莱尔，可以让携带它们的人不受魔法影响。借助其力量，因里教发动一场场战争攻击巫术学派，试图净化三海诸国，但始终没能成功。之后，独一神的先知费恩将三海西南部的沙漠民族基安人团结起来，经过几个世纪的多次圣战，费恩教徒和他们那些没有眼睛的巫术祭司西斯林将三海西部大部分地区并入版图，包括因里·瑟金斯的出生地——圣城希摩。只有垂死的纳述尔帝国仍在对抗他们。

战乱与纷争成为南方的主旋律。因里教与费恩教两大信仰势同水火，然而在商业利益驱使下，双方都对贸易与朝圣保持着宽容态度。贵族与贵族、国家与国家之间争夺军事与商业上的支配地位，大大小小的巫术学派的明争暗斗也从不停息，尤其针对一夜之间兴起的西斯林——西斯林的巫术"水魂"，连巫师都无法将之从诸神创造的世界中分辨出来。而在一任任腐败无能的沙里亚领导下，千庙教会也追逐着世俗野心。

第一次末世之劫几乎成了传说，非神莫格－法鲁死后存留下来的非神会也消褪成神话，变成老妇人讲给小孩子听的故事。时隔两千年，只有天命派学士还记得末世之劫。每天夜里，他们都要通过古时学派创始人谢斯瓦萨的眼睛重历末世之劫，回忆那时的恐怖及非神即将回归的预言。虽然有权力、有见识的人们都觉得他们迂腐不堪，但他们毕竟拥有远古北方诸国传承下来的强大巫术"真知魔法"，这为他们赢得了尊重，也带来了嫉妒。在梦境的驱使下，他们游走在权力迷宫中，在三海诸国搜寻古老而神秘的敌人——非神会。

但他们什么也没找到。

千庙教会的新领袖玛伊萨内召集了一支大军，宣布要通过圣战将希摩从基安的费恩异教徒手中解放出来。玛伊萨内的谕令传遍三海，信徒们从各个因里教国家——加里奥斯、森耶里、瑟－泰丹、康里亚、上艾诺恩及它们的附庸国——聚拢到纳述尔帝国首都摩门，成为长牙之民。

但圣战从一开始就陷入到政治斗争的泥沼中。首先，玛伊萨内不知如何说服了三海诸国中最强大的巫术学派赤塔参战。在因里教徒眼中，巫师都是被真神诅咒的，长牙之民自然无比厌恶赤塔，但他们也知道，圣战军需要赤塔来对抗西斯林——费恩教的巫术祭司。若无强大的巫术学派协助，圣战军注定覆灭。问题在于，赤塔为何会同意充满风险的协议？大多数人不知道，赤塔大宗师以利亚萨拉斯早已开始了与西斯林的秘密战争。十年前，西斯林不知何故刺杀了前任大宗师萨什卡。

纳述尔皇帝伊库雷·瑟留斯三世也策划着复杂的阴谋，想要扭曲圣战为帝国服务。基安异教徒占领的大部分土地都曾是纳述尔帝国的领土，而收回帝国失陷的省份是瑟留斯最强烈的渴望。既然圣战军要在纳述尔帝国集结，没有皇帝提供的补给，他们寸步难行，皇帝便宣称：除非圣战军的每一位首领都以书面形式发誓交出征服的土地，否则他

前　事

不会为圣战提供军粮。

自然，最初到达的贵族们都断然拒绝《条约》。局面僵持不下，圣战军人数很快增加到数十万之多，但这支军队名义上的首领们却变得越来越不安。这是一场以真神的名义发动的战争，他们认为自己不可战胜，因此不想与那些还未到来的贵族分享荣誉。一位名叫涅尔塞·卡摩缪尼斯的康里亚贵族率先与皇帝妥协，并说服了同伴们签订《条约》。虽然他们的上级及圣战的主力军尚未抵达，但得到补给后，大批长牙之民还是进发了。由于这支军队主要是没有领主领导的乌合之众，人们称之为"乡民圣战军"。

玛伊萨内试图阻止这支临时拼凑的军队，但它固执地继续南下，最终踏上了异教徒的土地。在那里，正如皇帝计划的一样，费恩教摧毁了他们——彻底地摧毁。

瑟留斯知道，从军事角度上讲，失去乡民圣战军不算什么惨重损失，那些乌合之众在战场上更多是负担，别无他用；然而从政治角度上看，乡民圣战军的覆没却有无可估量的价值，这向玛伊萨内和长牙之民证明，他们的敌人非常强大。纳述尔人早已知道，费恩教并非能轻易战胜的对手，哪怕有真神的眷顾。瑟留斯声称，只有优秀的大将才能确保圣战的胜利，而他侄子，伊库雷·孔法斯，就是这样的人选。孔法斯刚刚在基育斯河之战中面对可怕的塞尔文迪人大获全胜，被视作这个时代最伟大的军事家。圣战军首领们只需要签署《条约》，孔法斯那绝无仅有的军事才华和天分就可为他们所用。

玛伊萨内似乎陷入了两难。作为沙里亚，他可以强迫皇帝为圣战提供补给，但无法强迫皇帝把唯一的继承人伊库雷·孔法斯送上战场。双方争执不下时，最有权势的因里教大贵族们纷纷来到：康里亚的王子涅尔塞·普罗雅斯、加里奥斯的王子柯伊苏斯·梭本、瑟–泰丹的伯爵霍加·戈泰克及上艾诺恩的摄政王切菲拉姆尼。圣战军力量倍增，但事实上它仍是抵押品，由于粮食匮乏被困在摩门城下和皇帝的粮仓旁。

各大贵族无一例外拒绝了瑟留斯的《条约》，要求皇帝提供补给。长牙之民开始袭击附近乡村，作为应对，皇帝征召了皇家军队，冲突摩擦不断。

为避免灾难发生，玛伊萨内召集了一场大小贵族共同参与的议事会，圣战军首领都来到位于安迪亚敏高地的皇宫，陈述各自的理由。在议事会上，涅尔塞·普罗雅斯让所有人目瞪口呆，他带来一位手臂满是疤痕的塞尔文迪酋长——一位曾与费恩教多次交战的老兵——称其可以代替著名的伊库雷·孔法斯。这个塞尔文迪人，奈育尔·厄·齐约萨，对皇帝及其侄子都毫不客气，给圣战军的首领们留下了深刻印象。然而沙里亚的使者还是举棋不定：不管怎么说，塞尔文迪人和费恩教徒同样被真神唾弃。最后决定局面的是亚特里索王子安那苏里博·凯胡斯睿智的建言。使者宣读了沙里亚的谕令，以沙里亚责罚令的名义，要求皇帝为长牙之民提供军粮。

圣战军即将出发。

杜萨斯·阿凯梅安是天命派巫师，被派去调查玛伊萨内及其圣战。虽然他已不再相信学派古老的使命，但还是前往千庙教会的根据地苏拿，希望深入了解神秘的沙里亚。天命派害怕沙里亚是非神会的密探，在刺探过程中，阿凯梅安与妓女艾斯梅娜旧情复燃，同时按捺着心头忧虑，找到从前的学生埃因罗。埃因罗成了一名沙里亚祭司，阿凯梅安说服他向自己报告玛伊萨内的行动。这期间，他关于末世之劫的噩梦变得更加强烈，特别是与所谓"塞摩玛斯预言"相关的部分——预言中安那苏里博·塞摩玛斯的后代将在第二次末世之劫来临前回归。

很快，埃因罗不明不白地死了。学生的死让阿凯梅安深感愧疚，而艾斯梅娜继续接客，更让他心碎。于是阿凯梅安逃离苏拿，前往摩门，在皇帝贪婪的注视下，圣战军正在那里集结。天命派强大的对手，一个叫赤塔的学派，加入了圣战，决意终结与希摩的西斯林之间漫长的战

前 事

争。阿凯梅安的上级诺策拉命他监视赤塔和圣战军。到达圣战军营地后，他托庇于辛奈摩斯，那是他在康里亚时就认识的一位老朋友。

阿凯梅安继续调查埃因罗的死因，他要辛奈摩斯带他去见昔日的另一位学生，康里亚的王子涅尔塞·普罗雅斯。这位王子已与谜一般的沙里亚结为知己。普罗雅斯嘲笑他的疑心，斥他为渎神者，但阿凯梅安坚持要求王子给玛伊萨内写信，询问埃因罗的死因。被一口回绝后，阿凯梅安离开了学生的营帐，知道自己的无理要求没法实现。

他迎来了一位来自遥远北方的客人，那人自称是安那苏里博·凯胡斯。阿凯梅安饱受末世之劫的梦境的折磨，他发觉自己最恐惧的情况可能已经发生：第二次末世之劫。凯胡斯的到来是巧合吗？还是预示着塞摩玛斯预言的实现？阿凯梅安盘问对方，却被凯胡斯的幽默、坦诚与智慧折服。他们谈论历史和哲学，直至深夜。离开前，凯胡斯请求阿凯梅安做他的老师，阿凯梅安被难以言喻的敬畏打动，答应了。

但很快他发觉自己陷入了困境。安那苏里博再现之事必须报告给天命派，这是最重要的线索之一，但他担心学士兄弟们会做出的事。他知道，这些人一生都在经历梦境带来的恐惧，这让他们变得残酷无情。而且由于埃因罗的死，他一直对学派心怀不满。

还没来得及解决困境，他就被皇帝的侄子伊库雷·孔法斯带往摩门的皇宫。皇帝希望他去判断一位地位崇高的宫廷顾问是否受到巫术影响，那是一个叫斯科约斯的老人。伊库雷·瑟留斯三世亲自将他带到斯科约斯面前，询问他老人身上是否有巫术留下的亵渎痕迹。阿凯梅安没看出任何痕迹。

斯科约斯却在阿凯梅安身上看到了什么，他扭动起来，试图挣脱身上的铁链，口中说着阿凯梅安在古老的梦境中听到的语言。出乎所有人意料，老人最终挣脱铁链，杀害数人，随后才被皇帝的巫师们烧死。阿凯梅安震惊之余，逼问着号叫不已的斯科约斯，却惊恐地发现对方的脸裂开了，犹如张开了烧焦的手臂……

他知道，自己面前的孽物是一个非神会的密探，可以模仿并取代他人，而不会留下泄露身份的巫术印记。一个换皮密探。阿凯梅安没有警告皇帝及其廷臣，径自逃离了皇宫，他知道他们一定会把他的话当作无稽之谈。对他们来说，斯科约斯不过是异教西斯林的造物，因为那些人的巫术也不会留下印记。他失魂落魄地回到辛奈摩斯的营地，一路上沉浸在自己的恐惧中，对终于前来找他的艾斯梅娜视若无睹，也没有听到她的呼唤。

围绕玛伊萨内的不解之谜，安那苏里博·凯胡斯的到来，若干代人以来发现的第一个非神会密探……他还有什么可怀疑的？第二次末世之劫就要开始。

他待在自己小小的帐篷中哭泣，孤独、恐惧与懊悔压倒了他。

艾斯梅娜是苏拿的娼妓，一直在为自己的生活和失去的女儿哀叹。阿凯梅安来苏拿执行任务、调查玛伊萨内时，她很高兴地接纳了他。这期间，虽然知道会让阿凯梅安心痛，她仍继续接客。她别无选择，她知道阿凯梅安迟早会被学派召唤离开。她深深爱上了这位绝望的巫师，一方面是因为他对她的尊重，另一方面是因为阿凯梅安工作的重要意义。她只能半裸着等在窗前，但窗外的世界一直让她心驰神往。各大派别的斗争，非神会的阴谋，这些东西让她的灵魂激动不已。

然而灾难降临。阿凯梅安的线人埃因罗被杀，巫师遭受了沉重打击，只身前往摩门。艾斯梅娜请求他带走她，他拒绝了，她发觉自己又一次被困在过去的生活中。不久后，一个可怕的陌生人来到她的房间，逼问阿凯梅安的一切。陌生人鼓动起她的欲望，她被迷住了，不知不觉间回答了所有的问题。清晨时这人消失不见，和他的到来一样突然，只留下一摊黑色的种子。

惊恐之下，艾斯梅娜逃出苏拿，决意找到阿凯，说出发生的事。在内心深处，她知道陌生人一定与非神会有关联。前往摩门的路上，她在

前 事

一个村子停下,想找人修凉鞋,但村民们认出了她手上代表妓女的文身,于是用石头砸她——这是长牙上所刻惩罚娼妓的方式。一位名叫萨瑟鲁斯的沙里亚骑士突然出现救下她,她得意地看到那些折磨她的人在骑士面前卑躬屈膝。萨瑟鲁斯带她继续前往摩门,她对骑士的财富和贵族气质产生了越来越深的依恋,骑士身上丝毫看不到阿凯梅安那种病态的忧愁与犹疑。

加入圣战军后,艾斯梅娜继续与萨瑟鲁斯住在一起,虽然明知阿凯梅安仅有几里之遥。沙里亚骑士不停提醒他,阿凯梅安身为学士是不允许娶妻的。骑士说,她跑去巫师那里,迟早会被再次抛弃。

几星期过去,她发觉自己对萨瑟鲁斯的崇拜逐渐消退,对阿凯梅安的想念却与日俱增。终于,在圣战军出征前夜,她出发去寻找胖巫师,决心告诉他发生的一切。经过一段痛苦的找寻,她终于找到辛奈摩斯的营地,却羞于自己的身份,不敢在众人前露面。她藏在黑暗中,等待阿凯梅安出现,并带着惊奇打量火堆边聚拢的奇特的男男女女。黎明到来时,仍然没有阿凯梅安的踪影,艾斯梅娜走过废弃的火堆,终于看到他慢慢朝自己走来。她伸出双臂迎接他,欢欣与悲痛的泪水一起流淌……

但他只从她身边走过,好像把她当成了陌生人。

她心如刀割地逃走了,决心独自加入圣战军。

奈育尔·厄·齐约萨是塞尔文迪人中乌特蒙部落的酋长,三海诸国对塞尔文迪人在战场上的技巧与残忍恐惧不已。由于三十年前围绕父亲齐约萨之死的一系列事件,奈育尔被自己的人民唾弃,但没人敢挑战他惊人的力量与战争中的机敏。消息传来,皇帝的侄子伊库雷·孔法斯大举入侵神圣的大草原。奈育尔率领自己的部落,来到遥远的帝国边境,加入塞尔文迪部落联军。他清楚孔法斯的名声,感觉到对方设下的陷阱,但被选为部族之王的森努瑞特酋长却不理会他的建议,奈育尔只能眼看着灾难发生。

从部落联军的覆灭逃脱后，奈育尔回到乌特蒙部落的牧场，过得比之前更痛苦。为躲避同胞们的流言与蔑视，他前往祖辈的墓丘，却在那里找到一个身负重伤的人，坐在父亲的墓丘上，身边全是死去的斯兰克。他小心翼翼地走近那人，惊恐地发觉自己认识对方——或者说几乎认识。那人在各方面都与安那苏里博·莫恩古斯如此相似，只是太年轻了……

三十年前，奈育尔还是一个半大孩子，莫恩古斯被草原人抓获，送给奈育尔的父亲作奴隶。莫恩古斯自称是杜尼安僧侣，那是一个拥有超人智慧的族群。奈育尔与莫恩古斯长期接触，讨论塞尔文迪战士的禁忌，之后发生的一切——引诱、齐约萨之死及莫恩古斯的逃亡——一直折磨着奈育尔。他爱过莫恩古斯，现在却陷入对后者的恨意中无法自拔。他相信只有杀死莫恩古斯，才能获得解脱。

机会出乎意料地来到面前，一条与三十年前类似的路。

奈育尔知道，陌生人或能助他复仇，便将之俘到部落中。陌生人自称安那苏里博·凯胡斯，莫恩古斯之子，他说杜尼安僧侣派他去远方一座名叫希摩的城市刺杀他父亲。奈育尔虽然很愿意相信他的故事，但仍保持着警觉，并不停反思。多年来，奈育尔一直在心中琢磨莫恩古斯，甚至到沉迷的地步，他已知道，杜尼安僧侣具有超乎常人想象的技巧与智力，唯一目的就是统治世人——只不过其他人靠的是力量与恐惧，他们靠的是欺骗与爱。

奈育尔明白，凯胡斯告诉他的故事，正是一个希望逃走、并安全穿越大草原的杜尼安僧侣会告诉他的故事，但仍与之达成了协议，同意陪伴对方完成任务。于是两人穿越了草原，一路都在言谈与情感上针锋相对。奈育尔一次又一次地发觉自己被拖进凯胡斯暗中布下的罗网，在最后时刻才清醒过来——他只是靠着对杜尼安僧侣的了解，以及对莫恩古斯的恨意，才保住自己。

前 事

在接近帝国边境的地方，他们遇到一支充满敌意的塞尔文迪突袭小队。对方发动攻击，凯胡斯在战斗中展现出超人的技艺，让奈育尔既惊又怕。战斗结束后，他们在突袭小队抓获的奴隶中发现了一个名为西尔维的妾侍，奈育尔惊叹于她的美貌，将她当作战利品带在身边。通过她，奈育尔知道玛伊萨内发动圣战的目的地正是希摩——莫恩古斯藏身之处……这是巧合吗？

无论如何，圣战的爆发迫使奈育尔改变计划，现在只能穿越帝国——尽管帝国对塞尔文迪人几乎格杀勿论。统治希摩的费恩教一定也在备战，这意味着他们唯一可能到达圣城的方式，就是加入正在帝国首都摩门城集结的长牙之民，别无他法。

但在安全穿越大草原后，奈育尔认定凯胡斯一定会杀他：杜尼安僧侣不容忍任何负担。下山进入帝国的路上，奈育尔与凯胡斯发生了正面冲突。虽然凯胡斯声称奈育尔对他仍然有用，两人还是在山中断崖旁打了起来。西尔维惊恐地旁观。尽管奈育尔战斗力惊人，凯胡斯还是轻而易举将他打败，扼住咽喉，举到悬崖边上。为证明自己对协议的忠实，凯胡斯最后放过了奈育尔。凯胡斯声称，在世人中生活了这么多年后，莫恩古斯一定拥有惊人的力量，绝非他自己可以单独面对。他们需要一支大军，而奈育尔了解战争。

虽然心中仍有疑虑，奈育尔还是相信了他，继续前进。日子一天天过去，奈育尔眼看西尔维对凯胡斯的迷恋逐渐加深，为此他饱受困扰，又拒绝承认，不断提醒自己，战士不该在意女人，尤其是战利品。白天的她属于凯胡斯有什么关系？反正到晚上她是奈育尔的人。

躲过帝国军的一路追逐后，他们终于来到帝国的心脏地带，加入了摩门城下的圣战军。他们被带到圣战军的一位首领，康里亚王子涅尔塞·普罗雅斯面前。根据事先商议的计划，奈育尔自称是乌特蒙部落的最后一名成员，与他同行的安那苏里博·凯胡斯是亚特里索的王子，在遥远的地方梦到了圣战。普罗雅斯感兴趣的是奈育尔对费恩教徒及其战斗方式的了解,他们的话令康里亚王子印象深刻,于是为两人提供了庇护。不久后,普罗雅斯将两人带到圣战军首领与皇帝的会议上,圣战的命运将在那里决定。伊库雷·瑟留斯三世拒绝为长牙之民提供补给,除非他们发誓将自费恩教手中夺取的土地都交给帝国。沙里亚玛伊萨内可以强迫皇帝提供粮食,却担心没有领军人物的圣战军无法征服费恩教。皇帝的天才侄子伊库雷·孔法斯在基育斯河畔与塞尔文迪人的战斗中取得了辉煌胜利,皇帝提出可由他统帅圣战军,但前提仍是要各位首领发誓交出将来征服的土地。普罗雅斯做出大胆的赌博,提出用奈育尔取代孔法斯,随之展开了一场唇枪舌剑之战,奈育尔最终战胜了少年老成的皇侄,沙里亚的代表命令皇帝为长牙之民提供补给,圣战军即将出发。

几天之内,奈育尔就从逃犯变成了三海诸国历史上规模最大的军队的首领。然而一个塞尔文迪人与异国他乡的各大贵族、与他誓言消灭的人结盟意味着什么?为了复仇,他到底要放弃多少东西?

当晚,他亲眼看着西尔维将灵与肉都交给了凯胡斯,不禁惊恐于自己为圣战带来了多大的恐怖。杜尼安僧侣安那苏里博·凯胡斯会怎样利用长牙之民?他说服自己,无论如何,圣战的目标是遥远的希摩城,莫恩古斯的所在地,他的大仇终将得报。

安那苏里博·凯胡斯是杜尼安僧侣,受组织派遣外出寻找父亲——安那苏里博·莫恩古斯。

两千年前的末世之劫中,杜尼安僧侣发现了库尼乌里至高王的藏身处,便在那里隐居起来,一代代地内部生育,培养反应与智力,训练控制肢体、思维和表情——一切都是为了侍奉理性,侍奉神圣的"道"。为成为"道"完美的工具,杜尼安僧侣倾尽全力学习掌握人类思想的非理性因素:历史、习俗及感情。他们相信,只有这样才能最终实现"完满",成为真正自在自为的灵魂。

前　事

但他们引以为傲的隐居生活却意外地终结。被他们放逐了三十年的成员——安那苏里博·莫恩古斯——出现在他们梦中，要求他们将他儿子送来。凯胡斯只知道父亲住在一座名叫希摩的遥远城市，但还是承担起这艰巨任务，踏上早已荒无人烟的土地。与猎户莱维斯一起过冬时，他发觉自己能通过表情的细微变化读懂对方的心，于是他知道，俗世中的人与杜尼安僧侣相比，就像孩子一样。经过试验，他发现仅凭言语就能榨取出莱维斯的一切——无论爱还是牺牲。那他父亲呢？在这样的人当中生活了三十年会变成什么样？安那苏里博·莫恩古斯拥有何等惊人的力量？

一群残暴的斯兰克发现了莱维斯的猎场，两人不得不逃走。莱维斯受了伤，凯胡斯便将他留给斯兰克，头也不回地逃了。斯兰克最终追上了凯胡斯，他打发掉它们，旋即又遇上了它们的领袖，一个疯狂的奇族。交战中，凯胡斯险些被对手的巫术取走性命。他逃了，心头一直萦绕着无法回答的问题：按照他之前学的课程，巫术不过是世人的迷信。难道杜尼安僧侣错了？除了巫术，还有什么被他们忽视或隐瞒的事？

最终他逃到古城亚特里索，在那里，他运用杜尼安僧侣的能力募集起一支远征队，以穿过斯兰克肆虐的苏斯卡拉高原。经过一段艰苦的旅程，他终于踏入草原人的边境，却被一个疯狂的塞尔文迪酋长抓住。那人名叫奈育尔·厄·齐约萨，不仅认识他父亲莫恩古斯，还对其怀恨在心。

奈育尔了解杜尼安僧侣的力量，凯胡斯没法直接控制奈育尔，但他很快发现，可以将此人的复仇渴望转为己用。他声称自己是被派去刺杀莫恩古斯的刺客，要塞尔文迪人同行。奈育尔无法遏制心中的仇恨，勉强同意凯胡斯的提议，一同穿越了君纳帝大草原。其间凯胡斯一次次试图赢得野蛮人的信任，却遭到对方不断的拒绝——奈育尔的仇恨与洞察力都太强大了。

临近帝国边境时，他们找到贵族的妾侍西尔维。她告诉他们，圣战军正在摩门城外集结,而他们的目的正是希摩。凯胡斯知道,父亲此时召唤他绝非巧合。但莫恩古斯到底有什么计划?

他们穿越山脉,进入帝国。奈育尔的内心不断挣扎,认为自己的存在对杜尼安僧侣失去了意义,而凯胡斯将这一切看在眼底。终有一天,奈育尔觉得刺杀莫恩古斯已无望,不如杀死凯胡斯,但他的攻击一败涂地。为证明自己仍然需要草原人的酋长,凯胡斯饶过了他。凯胡斯知道,自己必须掌握圣战,但自己对战争一无所知。战争中的变数实在太多。

奈育尔对莫恩古斯与杜尼安僧侣太过了解,这成了凯胡斯的负担,但草原人的战争知识却有无法估量的价值。为了利用这份知识,凯胡斯开始引诱西尔维,将她和她的美貌化为通向野蛮人那饱受折磨的心灵的另一条道路。

进入帝国后,他们遭遇到一支帝国骑兵巡逻队,前往摩门的旅程很快变成了亡命的奔逃。最终他们抵达圣战军营地,来到康里亚王太子涅尔塞·普罗雅斯面前。为获得长牙之民的尊敬,也为了将来能掌控圣战军,凯胡斯谎称自己是亚特里索的王子,在梦境中看到了圣战——言下之意自己是真神派来的。普罗雅斯对奈育尔感兴趣,想利用野蛮人的战斗经验去与皇帝较量,因此没有详加调查便相信了凯胡斯的话。只有普罗雅斯身边的天命派学士杜萨斯·阿凯梅安为凯胡斯的出现感到困惑——特别是因为他的名字。

当晚,凯胡斯邀请巫师一起用餐,用幽默解除了巫师的戒备,用一个个问题迎合对方的思考。从巫师那里,他了解到末世之劫、非神会及其他许多怪事。虽然明知"安那苏里博"这名字会让巫师恐惧,他还是要求忧郁的巫师做自己的老师。凯胡斯已经明白,杜尼安僧侣对许多东西的理解是错的,包括巫术。想要面对自己的父亲,他需要知道的东西还很多……

最终圣战军的多位首领决定与皇帝召开一次大会以解决分歧。圣

前 事

战军急于出征,皇帝却拒绝提供补给。在奈育尔的帮助下,凯胡斯揣测着到场众人的灵魂,算计如何将他们变作自己的奴隶。但在皇帝身边的顾问中,他发现了一个无法解读的表情,某个人有一张伪造的脸。趁伊库雷·孔法斯与其他因里教贵族争吵时,他仔细研究那人,并通过与那人对话的人的唇形,知道那人叫斯科约斯。斯科约斯是父亲派来的使者吗?

他还没来得及得出任何结论,皇帝就发现他在打量斯科约斯,便将后者逮捕了。当晚,圣战军将士都在欢庆战胜皇帝,凯胡斯却感觉到前所未有的迷惑,他从未如此深入对某件事的研究。

深夜时分,他与西尔维的关系达到了完满,并继续操纵着奈育尔——等待借此操纵长牙之民。某个地方,一股隐匿的势力潜伏在伪造的面孔后;而在遥远的南方,安那苏里博·莫恩古斯在希摩城中等待风暴到来。

第一卷

第一次进军

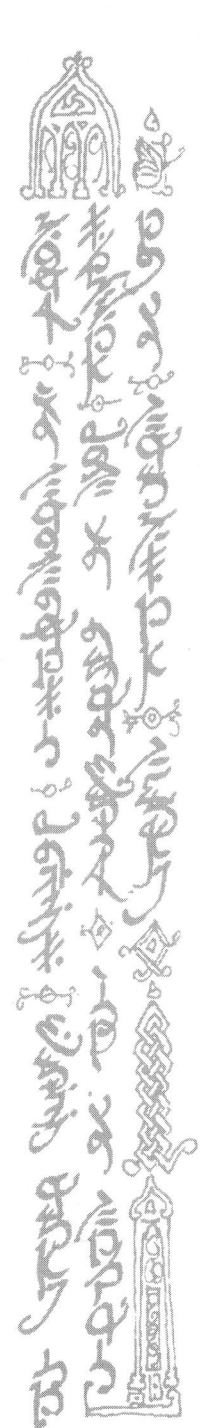

第一章 安塞尔卡省

无知即信任。

——古代库尼乌里谚语

长牙纪4111年，晚春，摩门以南

杜萨斯·阿凯梅安盘腿坐在帐篷黑暗的角落里，形影前后摇晃，吟诵着黑暗的词句。光线从他口中涌出，穿过横亘在他与阿提尔苏斯之间洒满月光的梅内亚诺海。他走进古老的学派大厅，在熟睡的众人间穿行。

梦境中的世界没有距离感，阿凯梅安对此一直非常惊讶。这是个奇特的世界，这个世界里无所谓遥远，一切距离都化作言语的泡沫与情感的波动。这个世界是知识无法通晓的。

阿凯梅安在一个个噩梦间穿梭，终于找到要找的人：熟睡中的诺策拉。诺策拉坐在被血浸透的草地上，死去的国王靠在他腿上。"我们的国王驾崩了！"诺策拉用谢斯瓦萨的声音说，"安那苏里博·塞摩玛斯驾崩了！"

不属于人世的咆哮震撼耳膜。阿凯梅安转身，抬手遮眼，一团巨大的黑影从头顶飞过。

"瓦拉库"……巨龙。

暴风如巨浪席卷，站立的人被吹得东倒西歪，地上尸体的手臂都在颤抖，惊恐的呼喊直冲天际，瀑布般的炽热金光吞噬了诺策拉与至高王

第一卷　第一次进军

的随从们。人们来不及尖叫,只听到牙齿碎裂之声,四处分解的尸体犹如被踢倒的火炉中散落的煤炭。

阿凯梅安转头,看到诺策拉站在冒烟的尸堆中,用隔绝术保护自己。巫师把死去的国王放在地上,用阿凯梅安听不到的声音低语——但这些话早已在阿凯梅安的梦中出现过无数次:"闭上你的灵魂之眼,不要再看这个世界,亲爱的朋友……这样你就不会再心碎了。"

巨龙轰然落地,像一座高塔颓然崩塌,扬起帷幕般的烟尘。龙的下颚像闸门一样缓缓合上,如战船风帆的翅膀在背后张开,燃烧的尸体在黑鳞片上反射出异样的光彩。

"吾主品尝汝王之辞世,"巨龙的声音如同金属摩擦,"吾主曰:'此乃终结。'"

诺策拉站在这头长着金色尖角的巨兽面前,"只要我还活着就别想,斯卡弗拉!"他喊道,"永远别想!"

笑声怪异,仿佛是上千名肺痨病人同时喘息。巨龙立起身,公牛般健硕的胸膛悬在巫师头顶,胸口挂着冒烟人头串成的项链。

"汝败局已定,巫师。汝部已灭,在吾辈之怒火前如不堪一击之朽铁。汝之国土已浸透鲜血,汝之敌人即刻将以弯弓与利刃将汝包围。何不放下汝之愚蠢?何不屈膝侍奉吾主?"

"像你一样吗,强大的斯卡弗拉?像云与山的高贵统治者一样屈膝侍奉吗?"

巨龙水银般的眼珠上那层薄膜闪动了一下。它眨眨眼睛:"吾并非神。"

诺策拉冷笑一声。谢斯瓦萨说:"你的主人也不是神。"

巨大的肢体拍打地面,钢铁般的牙齿在磨动。一声怒吼从熔炉般的肺中传出,如大海的呜咽一样深沉,又像婴儿的啼哭一般刺耳。

诺策拉并未在巨龙骇人的身躯前退缩,但他突然朝阿凯梅安转过脸,露出困惑的神色。

"你是谁?"

"和你有同样梦境的人……"

一瞬间,他们就像同时溺水的人,一起扑腾着寻找空气……然后是黑暗。虚无中的沉默笼罩了两人的灵魂。

诺策拉……是我。这是一个只有声音的地方。

阿凯梅安!那个梦……最近一直缠绕着我。你在哪里?我们担心你死了。

担心?诺策拉是所有学士中最看不起他的,居然会流露出对他的关心?不过谢斯瓦萨的梦境总能让人放下心头的恨意。

我和圣战军在一起,阿凯梅安答道,他们与皇帝的斗争结束了。圣战军正向基安进军。伴随这番话的是一幅幅图景:普罗雅斯对全神贯注的康里亚军队发表演说;全副武装的领主及其家臣排成望不到头的长队;数以千计的下级贵族扬起他们五颜六色的旗帜;远处的纳述尔军团排着严整的队形穿过葡萄园和树林……

圣战开始了,诺策拉用果断的口气说,那么玛伊萨内呢?你打听到他的消息了吗?

我以为普罗雅斯可能会帮我,但我错了。他完全倒向了千庙教会……倒向了玛伊萨内。

你的学生怎么都这样,阿凯梅安?他们为什么都跑去支持我们的对手,嗯?诺策拉口气恢复了轻蔑与讽刺。阿凯梅安被刺痛了,但也感到一丝欣慰。要接受他接下去的话,老巫师需要恢复原本的思路才行。

我看到他们了,诺策拉。斯科约斯的裸体在眼前闪过,被锁链捆着,不停抽搐,就像尘土中的神圣摇摆者。

看到谁?

非神会。我看到他们了。我知道他们这么多年来如何躲过我们了。一张脸正在张开,就像吝啬鬼张开手掌,露出手中的恩索拉里金币。

第一卷 第一次进军

你醉了?

他们就在这里,诺策拉,在我们中间。一直都在。

停顿。你说什么?

非神会仍在三海诸国出没。

非神会……

是的!你看。

更多画面闪过,再现了安迪亚敏高地下那一幕疯狂。骇人的面孔展开了。一遍又一遍重复。

这不是巫术,诺策拉,你明白吗?昂塔上没有任何印记!我们无法将这些换皮密探与正常人区分开……

尽管埃因罗的死让他更痛恨诺策拉,但阿凯梅安还是第一时间来找了此人,因为此人是个"狂热者"[①],事关非神会,他是唯一一个极端到可以严肃对待这次发现的人。

"泰克奈。"诺策拉说。阿凯梅安第一次在对方声音中听到恐惧。上古科技……一定是的!必须把这个梦传递给其他人,阿凯梅安!把你的梦送给其他人!

但……

但是什么?还有什么情报?

还有太多了。安那苏里博又现身了——诺策拉刚刚梦到的那位死去国王的直系后代回来了。

没什么要紧事。阿凯梅安回答。为什么要这样说?为什么要对天命派隐瞒安那苏里博·凯胡斯?为什么要保护——

很好。我需要仔细思考你的消息……我们终于发现了古老的敌人!在人类的面孔后面!如果他们能渗透进高耸入云的帝国宫廷,那也能渗透进任何势力,阿凯梅安!任何势力!把这个梦送给仲裁团的

[①] "狂热者"指对非神会极端狂热之人,见卷一第35页:"世上有且只有三种人,犬儒者、狂热者,以及天命派学士。"

乌有王子 * 战士先知

所有人！今晚，让整个阿提尔苏斯为之颤抖！

  天快亮了，阿凯梅安不禁反思，是不是每个由长矛迎接的清晨都是这副样子。阳光从紫色的大地边缘透出，晨曦描出山丘与树林的轮廓。索吉安大道——比塞内安帝国还古老的海滨大道——直直地向西南方延伸，只随着远处的丘陵地势略有起伏。全副武装的士兵排成长队，沿大路缓缓行进，中间点缀着辎重队伍，骑士在两侧驭马跟随。阳光将他们的阴影拖得长长的，落在路旁的牧地中。

  这景象令阿凯梅安心中充满惊奇。

  多年来，白日的见闻总被夜晚的恐惧盖过，通过谢斯瓦萨双眼见证的一切让醒时的世界相形见绌。当然，白昼的世界仍会带来伤害，能让人送命，但和梦中的战争相比不过是老鼠游戏。

  直到现在。

  长牙之民，他们布满了目力所及的原野，大道上更是人满为患，就像爬在苹果皮上的蚂蚁。那边山脊上有一大队骑兵，这边一辆牛车停在大群长矛兵中间动弹不得。骑马的人们在野花盛开的树林中飞驰。当地青年爬到桦树上，大声叫嚷。如此壮观！这还只是大军的一小部分。

  离开摩门后不久，圣战军就在各大贵族带领下开始分头行动。辛奈摩斯说这部分是出于长远考虑，分兵后，若皇帝不按承诺提供补给，部队可以就地征粮；但主要是由于因里教大贵族们的固执，关于走哪条路前往亚斯吉罗奇最好，谁也没法说服谁。

  普罗雅斯坚持沿海滨行军，经索吉安大道往南走到头，再西行去亚斯吉罗奇。其他大贵族——戈泰克的泰丹人，梭本的加里奥斯人，切菲拉姆尼的艾诺恩人，斯凯耶尔特的森耶里人——则认为普罗雅斯舍近

第一卷　第一次进军

求远,坚持要横穿人口稠密的凯兰尼亚平原,在农田、葡萄园和果树林中行军。在这些人的国家,塞内安时代的大路早化为废墟,所以他们无法理解大军沿齐整的道路行进能节省多少时间。

辛奈摩斯说,按现在的速度,康里亚军团可提前数日到达亚斯吉罗奇。阿凯梅安忧心忡忡——光行军就让他们四分五裂,谈何打仗?——辛奈摩斯却信心满满地认为这是好事,不只会为国家和王子争得荣耀,还可给其他贵族好好上一课。"连塞尔文迪人都他妈知道走在路上!"元帅说。

阿凯梅安牵着骡子沿路肩行走,身边都是吱嘎作响的大车。自圣战军出征第一天起,他就鬼鬼祟祟地躲在辎重队里。若说士兵的行军纵队像滚滚前进的军营,辎重队就像滚滚前进的谷仓。牲畜散发出落水狗的味道,没上油的车轴吱嘎作响,辎重队士兵个个笨手笨脚,脑子也不灵光,他们一边走一边低声嘟哝,间杂着鞭子挥舞的噼啪声。

阿凯梅安看着自己的脚,踩断草茎流出的汁液把脚趾染成了绿色。他开始寻思,为何要混进辎重队?谢斯瓦萨总是骑马陪在国王、王子和将军们身边,他何不这样呢?虽然普罗雅斯始终不冷不热,但阿凯梅安知道,如果去王子身边,王子是会接受的——哪怕只为辛奈摩斯的面子考虑。困难当前,学生不都暗中希冀老师来到身边吗?

他为何偏要混进辎重队?出于习惯?不管怎么说,他是个老间谍,而隐藏的最好方式就是默默无闻地待在不显眼的地方。因为怀旧?不知为什么,像这样行军总让他想起孩提时跟父亲走上渔船:脑子还没清醒,脚底沙子冰冷,大海一片漆黑,黎明又带来一丝暖意。每次看向东方,见到的总是灰冷天空,那预示即将来临的酷热日头。每个黎明的到来都意味着艰苦沉重、被大人们称为"工作"的仪式循环往复。

怀旧有何裨益?劳累无法安抚人心,只让人麻木。

阿凯梅安恍然:他和牲畜、辎重一起行军,不是因为习惯或怀旧,而是为了逃避。

我在逃避,他想,逃避他……

逃避安那苏里博·凯胡斯。

阿凯梅安放慢脚步,拖着骡子走下路肩,来到路旁草地上。

沾满冰冷露水的草地刺痛了他的脚。身边不停有大车驶过。无穷无尽的队伍。

逃避……

他觉得自己变得越来越古怪。早早入睡,不是因为白天走路太辛苦——他是这样告诉自己的——而是害怕受辛奈摩斯、凯胡斯和其他人的审视。盯着西尔维不放,不是因为她让自己想起艾斯梅娜——他是这样告诉自己的——而是因为她看着凯胡斯的样子让他不安,就像她知道什么一样……

现在又是这个。

我要疯了吗?

他好多次惊觉自己无缘无故地大声自言自语,还有几次,他抬手摸脸时发现自己在流泪。每次他都只默默按捺住震惊的心情。发觉自己从未如此魂不守舍,这滋味真是太陌生了,可他能做什么呢?再次发现非神会足以把任何人逼疯,而猜测——不,应该说确认——第二次末世之劫迫在眉睫……并且知道这一点的只有自己……

他这样的人如何能承担如此重担?唯一的解决方法似乎是与别人分担——将凯胡斯的事告诉天命派。

此前,阿凯梅安只是害怕凯胡斯预示着非神的复活。他故意没在报告中提到凯胡斯,因为他知道诺策拉和其他天命派巫师会做什么:他们会抓住凯胡斯,像豺狼对待煮熟的骨头一样,不停啃咬他,直至把他磨成粉末。但经历了安迪亚敏高地下那一幕……

一切都变了。无法挽回地改变了。

这么多年来,非神会对他而言一直是个空洞的假设,沉重的抽象概念。埃因罗是怎么说的?那是父辈的罪孽……但现在——现在!——

第一卷　第一次进军

他们变得像刀锋般真实。阿凯梅安不再害怕凯胡斯预示着末世之劫的到来了,他知道这是事实。

但知道事实只会让心情更糟。

为什么要继续隐瞒这个人?一个安那苏里博回来了,塞摩玛斯预言实现了!短短几天,现实中的三海诸国就和他夜复一夜不断经历的噩梦世界重叠。但他什么都没说——什么都没说!为什么?阿凯梅安见过不少讳疾忌医的人,似乎只要心里不接受,疾病就不会成真。他也是这样吗?只要闭上眼睛,世界末日就不会到来?

这太过分。太过分了。天命派必须知道这消息,不管会带来什么后果。

我必须告诉他们……今晚,我必须告诉他们。

"辛奈摩斯告诉我,"一个熟悉的声音在身后响起,"找你的话到辎重队。"

"他说的,是他说的?"阿凯梅安回答,话音中的轻浮把自己吓了一跳。

凯胡斯微笑着看他:"他说你宁肯踩在新粪上,也不想踩老粪。"

阿凯梅安耸耸肩膀,努力赶走脸上流露的些许烦躁:"我只想暖暖脚趾……你的塞尔文迪朋友呢?"

"他和普罗雅斯、伊吉亚班骑行在一起。"

"啊,而你想和我这样的小人物在一起。"他低头看了看北方人脚上的凉鞋,"甚至一起走路……"贵族种姓无须走路,他们总有马骑。凯胡斯是个王子,不过他和辛奈摩斯总是很容易让人忽略他们的地位。

凯胡斯眨眨眼:"我想也该让我的屁股驮我一阵了。"

阿凯梅安笑了,感觉就像之前屏住了呼吸,直到现在才能喘口气。自摩门城外那夜谈话之后,凯胡斯一直给他这种感觉——自由呼吸的感觉。当他向辛奈摩斯提起这事时,元帅只耸耸肩:"人憋久了总会放屁的,早晚的事。"

"而且,"凯胡斯续道,"你答应教导我。"

"我答应过吗?"

"是的。"

凯胡斯伸出手,抓住阿凯梅安简陋的骡笼头垂下的绳子,阿凯梅安不解地看着他:"你做什么?"

"我是你的学生。"凯胡斯边说,边检查扎住骡背行李的绳子,"你年轻时肯定也为老师牵过骡吧。"

阿凯梅安不置可否地一笑。

凯胡斯拂过畜牲的脖子。"他叫什么?"他问。

不知为什么,这个简单的问题让阿凯梅安吃惊不已,甚至有点恐惧。没有人——至少没有任何人类——问过这个问题。连辛奈摩斯都没问过。

凯胡斯发现他的犹豫,皱了皱眉:"你有什么烦心事,阿凯梅安?"

你就是我的烦心事……

阿凯梅安转开眼睛,看着一队队武装因里教徒从身边经过。他的双耳阵阵发热,仿佛有什么东西在耳中咆哮。他能看穿我,就像看书一样。

"真的这么容易吗?"阿凯梅安问,"这么容易就能看穿我?"

"这有什么关系?"

"有关系。"他眨眨眼中泪水,朝凯胡斯转回脸。所以我才哭!他心中有个苍凉的声音喊道,所以我才哭!

"阿金西斯在著作中说,"阿凯梅安续道,"人类都是骗子,聪明人骗别人,笨人骗自己,但很少有人能连自己带别人一起骗——这样的人可以统治人类。但像我这样的人呢,凯胡斯?像我这样无论别人还是自己都无法骗过的人呢?"

我还自称是个间谍!

凯胡斯耸耸肩:"也许就是既不聪明也不愚笨的人吧。"

第一卷　第一次进军

"也许。"阿凯梅安说,努力显得智慧一点。

"那你到底有什么烦心事?"

你……

"黎明。"阿凯梅安说,伸手挠了挠骡鼻子,"它叫黎明。"

对天命派学士来说,这是最幸运的名字。

教导别人总能让阿凯梅安敏锐起来,就像尼尔纳米什的红茶一样,让他的皮肤变得敏感,灵魂更加活跃。这其中当然有炫耀学识的成分,比别人看得远总让人感到骄傲,此外,看到年轻人睁开双眼看世界也使人愉快。某种程度上,为人师表等于重做一遍学生,重新经历自己领悟时的狂喜,同时又有身为先知的快感,可以从基础层面上描绘世界。教师的工作不是用见识取笑无知者,而是要学生看到自己看到的东西。

与这样的要求相应的是信任,这种毫不犹豫的信任时常让阿凯梅安感到恐惧。一个人发了疯似的对另一个人说:"请您评判我……"

老师就像父亲。

但给凯胡斯讲课时,他没有这些感觉。接下来几天,康里亚军团一路南下,他们两个一直结伴而行,讨论一切可以想到的话题,从三海诸国的动植物,到古代与近代的哲人、诗人和君王。

条件所限,制订课表并不现实,所以阿凯梅安采用阿金西斯的教学模式,尽可能满足凯胡斯的好奇。他所做的就是回答凯胡斯的问题,讲各种故事。

不过凯胡斯远不止是擅于提问题,起初阿凯梅安对他的学习能力充满钦佩,很快变成了敬畏。不管两人讨论什么,政治也好,哲学也好,甚至是诗歌,王子都可以直截了当抓住核心。阿凯梅安简略介绍了一下库尼乌里思想家因格斯威图的观点,凯胡斯却通过一个接一个问题得出了与阿金西斯相同的评判——虽然他自称从未读过这位凯兰尼亚先哲的著作。阿凯梅安向凯胡斯描述第三个千年结束时塞内安帝国的混乱局面时,凯胡斯的问题更让他疲于应对,甚至很多根本答不上来,而在将当时的贸易、货币和社会结构状况厘清之后,不消片刻,凯胡斯就给出了自己的解释与观点,不逊于阿凯梅安读过的任何著作。

"你是怎么做到的?"有一次阿凯梅安忍不住问。

"怎么做到什么?"凯胡斯说。

"怎么……看到这一切的?不管我看得多深……"

"啊,"凯胡斯说,"你现在看起来像我父亲的老师。"他对阿凯梅安非常恭顺,又有种奇怪的宽容,就像在一个飞扬跋扈又倍受宠爱的孩子跟前妥协一样。阳光拨弄着他金色的头发与胡须。"这只是我的天赋,"他说,"没什么好奇怪的。"

但这是怎样的天赋啊!凯胡斯不止是古人所称的"noschi",也就是天才,更拥有别具一格的思维方式,阿凯梅安从没遇到过如此灵活跳跃的思维方式,有时他甚至觉得王子不属于这个时代。

大致来说,绝大多数人视野天生受限,只能看到顺应心意的东西,他们会为自己寻找憎恶的对象,并渴望证明自己正确,不管那多么矛盾,只因他们认为自己应该正确。很少有人能逃脱这个范式。在熟悉的道路与真理之间,绝大多数人会选择前者。而教授学生的优点在于,学生可以很容易地抛弃习惯的一切,接受老师教授的知识,不管那知识有多么陌生、多么惊人。像所有老师一样,阿凯梅安把一半的教学时间用于革除学生脑中旧有的观念,另一半才用来植入知识。毕竟,每个灵魂最终都是顽固的。

但凯胡斯完全不同。他心里没有需要革除的东西,似乎一切皆有可能,好像他的灵魂可以不着痕迹地在不同的思维方式间转换,只在乎真相。

一个接一个问题,每个问题都更加深入。王子用温和的态度,不知

第一卷 第一次进军

疲倦地探寻着若干领域。谈话内容如此宽泛,阿凯梅安有时都吃惊自己居然知道这么多东西。在他看来,仿佛是凯胡斯耐心的询问,让他重新经历了早已忘却的生活。王子问起摩格瓦,那是祖姆人的先贤,其作品近来很受有文化素养的因里教贵族追捧。阿凯梅安回想起自己在辛奈摩斯的官邸中借着烛光阅读此人的《神谕集》,一边品味祖姆人充满异域情怀的智慧,一边聆听窗外的夜风扫过果园,李子在风中像铁铸小球一样落在地上。凯胡斯又问起他对学派战争的看法,令阿凯梅安回想起在阿提尔苏斯黑色的围墙中求学时与老师席玛斯的争论。当时自己是多么自命不凡,多么厌恶不知变通的老人,多么痛恨那些前辈啊!

一个接一个问题,没有重复,没有浪费。阿凯梅安自觉回答时,既像用猜测交换真知灼见,又像用抽象的方式找回了之前的人生。他发现,凯胡斯作为学生,不只是在向他学习,还是在教诲他。他没见过这样的学生,对埃因罗甚至普罗雅斯都没有这种感觉。他回答得越多,凯胡斯就越能把握他人生的答案。

我是谁?听着凯胡斯悦耳的嗓音,他经常冒出这样的想法,你在我身上看到了什么?

话题转到了上古战争上。和大多数天命派学士一样,提到末世之劫很容易,但要谈论它真是太难了——太难太难了。不用说,这会让阿凯梅安重历噩梦中的恐惧。谈论末世之劫,就得把梦中的心痛诉诸于言语,这简直是无法完成的任务。这也让他感到羞愧,就像沉溺于见不得人的丑事一样,有太多人因为这个嘲笑他们了。

而凯胡斯的血脉让这话题变得更加沉重。他是个安那苏里博,是世界末日的信使,但他自己毫不知情。怎样和他讨论末日?阿凯梅安好几次差点为命运的嘲弄笑出声来,而大多时候,另一个想法盘桓在脑中:我的学派!我为什么要背叛自己的学派?

"给我讲讲非神吧。"某日下午,凯胡斯说。

军队又一次踏上开阔的牧场,长长的队伍变得散乱,沿草地铺开。

有些人甚至脱下凉鞋和靴子跳起舞来，好像在用释去重负的双脚感受吹过的风。阿凯梅安正取笑他们的滑稽行为，没料到凯胡斯突然提出这个问题。

他耸耸肩。就在不久前，这个名字——非神——指的还是某样遥远的、死去已久的东西。

"你来自亚特里索，"阿凯梅安说，"还要我给你讲非神的事？"

凯胡斯也耸耸肩："和你们一样，我们也读《长诗》，我们的吟游诗人和你们的诗人一样有无数作品。但是你……你亲眼见过那些事。"

不，阿凯梅安想说，见过那些事的是谢斯瓦萨。谢斯瓦萨。

他凝望远方，整理一下思路，握紧了拳头——手指就像轻木一样没有重量。

你亲眼见过。你……

"正如你所知，它有很多名字。古代库尼乌里人称它'莫格－法鲁'，我们的'非神'一词就来源于此。古代凯兰尼亚人直接称它为'Tsurumah'——'被仇恨者'。伊绍里尔的奇族，按照他们习惯的诗意命名方式，称它'Cara-Sincurimoi'——'无尽饥渴的天使'……它的名字数不胜数，这个世界不曾遭遇比它更可怕的邪恶，或是更深重的危机。"

"那它到底是什么？一个邪恶的恶魔吗？"

"不，许多恶魔曾行走在这个世界上。若关于赤塔的谣言属实，那它们中相当一部分仍在世间。非神不是恶魔，却比恶魔更可怕……"

阿凯梅安沉默了一阵。

"好吧，"亚特里索的王子道，"我们还是不提这个——"

"我见过它，凯胡斯，以一个凡人能做到的方式……就在离这里不远，一个叫蒙格达平原的地方。凯兰尼亚及其盟国的残余军队在那里重整旗鼓，和最可怕的敌人作垂死一搏。那已是两千年前的事。"

阿凯梅安苦笑一声，垂下了头："我差点忘了……"

第一卷　第一次进军

"忘了什么？"凯胡斯紧盯着他。

"我忘了圣战军也会穿过蒙格达平原，我们很快就会踏上那片见证非神死亡的土地……"他看向南边丘陵。云纳拉山脉就要出现在地平线上，那是因里教世界的尽头。而在山脉另一边……

"我怎会忘了这事？"

"或许是因为要记住的事太多了吧。"凯胡斯说，"实在太多了。"

"这意味着我忘记的事太多了。"阿凯梅安说，他不愿为自己开脱。我需要记得这些！这个世界……

"你实在太……"凯胡斯开了个头，停住了。

"太怎样？太急躁？你不知道这是怎样的感觉！那十一年里所有的婴儿都夭折了——整整十一年，凯胡斯！自非神苏醒，每个母亲的子宫都成了坟墓……而且你可以感觉到它，无论在什么地方。它是居住在每个人心中的恐惧。你只需望向地平线，就知道它在什么方向。它是阴影，是毁灭……

"北方诸国早化作废墟——这段哀痛的历史我无须赘述。而蒙特松——凯兰尼亚的宏伟都城，几个月前也告陷落。炉石均已碎裂，神像都被捣毁，每个人的妻子都遭到强暴，所有伟大的国家都已灭亡……幸存的人太少了，凯胡斯！幸存的人太少了！

"凯兰尼亚人聚集起南方的附庸和盟国，等待非神到来。谢斯瓦萨站在安纳克索法斯五世，伟大的凯兰尼亚国王右边。多年前，安娜苏里博·塞摩玛斯召集伊尔瓦大陆所有的贵族，组建了殉国军，两人就在那时结下友谊。塞摩玛斯想在非神会唤醒 Tsurumah 之前将其剿灭，但事与愿违。谢斯瓦萨和安纳克索法斯，他们一起看着非神到来……"Tsurumah……

阿凯梅安突然停下，转头看向北方。"想想吧，"他朝天空高举双臂，"那时的天空与现在并没有什么不同，只是空气中弥漫着野花的味道……想想吧！一片巨大的乌云遮住了地平线，像乌鸦羽毛一样漆黑，就在这片天空上翻滚着朝我们涌来,好像流过草地的热血。我记得丘陵顶上显出一道道电光,风暴穹顶之下,大群大群的塞尔文迪人骑着骏马朝东西两边飞驰,包抄我们的侧翼。在他们身后,一个个斯兰克军团像疯狗一样奔跑着、嗥叫着……嗥叫着……"

凯胡斯友善地把一只手放在他肩上。"你不必告诉我这些。"凯胡斯说。

阿凯梅安呆看了他一会儿,眨了眨眼中泪水:"不,我需要告诉你这些,凯胡斯。我一定要让你知道。因为这件事对我来说,比记忆中其他一切都重要,是它造就了我……你明白吗?"

凯胡斯的眼睛闪烁着。他点点头。

"黑暗淹没了我们,吞噬了太阳。"阿凯梅安续道,"塞尔文迪人率先出击,先头骑兵四散开来,用箭雨骚扰我们的阵线,同时大队大队穿青铜铠甲的长枪骑兵开始冲击我们的侧翼。等先头部队的攻势渐渐减缓,朝后退去,斯兰克铺天盖地冲了上来。无数的斯兰克,披着人皮,在草地上跳跃、翻越小丘。凯兰尼亚人端平长枪,竖起大盾。

"没有人说话,凯胡斯,每个人心中都充满了恐惧与必死的决心。我们抱着同归于尽的念头,只为临死前与敌人战斗到最后一息。没有战歌,没有祷词——我们抛弃了仪式化的东西。我们吟唱出自己的挽歌,哀悼人民与种族。我们知道,这场战斗之后,只有敌人的丧钟会为我们奏响。

"就在这时,巨龙不知从何处出现,自云端俯冲下来。巨龙,凯胡斯!瓦拉库!古老的斯卡弗拉,鳞片上带着上千场战斗留下的疤痕;魁伟的斯库苏拉、斯科玛、戈塞特,所有在北方诸国的箭矢与巫术中存活下的巨龙都来到战场上。凯兰尼亚和施吉克的法师们腾空而起,与那些巨兽搏斗。"

阿凯梅安盯着空无一物的远方,想象中的画面占据了他的心。

"就在南边,"他摇摇头,"两千年之前。"

第一卷　第一次进军

"那之后发生了什么？"

阿凯梅安盯着凯胡斯："最不可能发生的事。我……不，谢斯瓦萨……谢斯瓦萨亲自击落了斯卡弗拉。黑龙斯库苏拉也受了重伤，不得不离开战场。凯兰尼亚及其盟军像岩石矗立在翻腾的大海面前，阻挡着一波波黑色浪潮。有一阵，我们甚至感到了欣喜，几乎……"

"然后他出现了。"凯胡斯说。

阿凯梅安点点头，咽了口唾沫："然后它出现了……莫格－法鲁。至少在这点上，写《长诗》的诗人没错。塞尔文迪人退下，斯兰克的狂暴也稍微缓和，它们中间传出锉刀刮动般的巨大尖叫，渐渐汇成令人难以置信的尖厉咆哮。巴拉格们用战锤敲打地面。地平线上现出一团旋转的黑色大漩涡——无比强烈的旋风，就像一条黑色脐带，把地面与云层连接起来。大家都明白了，不用说话，大家都明白了……

"非神来了。莫格－法鲁越走越近，全世界为之颤抖。斯兰克开始尖叫。许多人趴在地上，抠着眼睛，掐着喉咙……连呼吸都无比艰难……我和安纳卡——安纳克索法斯——一起站在他的战车上。我清楚地记得，他抓着我的肩膀，高喊我听不到的话……拉车的马人立起来，尖声长嘶。我们身边的人都跪了下去，紧捂着耳朵，烟尘像大片云雾一样在我们头顶卷过……"

然后是那声音，从十万只斯兰克喉咙中发出的声音。

你看到了什么？

我不明白……

我要知道你看到了什么。

死亡。痛苦的死亡！

告诉我。

就算是你也无法逃避你不知道的事。就算是你！

我是什么？

"毁灭。"谢斯瓦萨在雷霆般的巨响下低声说。他紧紧抓住凯兰尼亚国王的肩膀:"就是现在,安纳克索法斯!动手吧!"

我不能——

一束银光摇曳着,射穿了旋转的高耸乌云,发出一声刺破耳膜的巨响。无数碎片朝四面八方洒下,无数魔物口中发出痛苦的哀嚎。

然后旋风停息了,就像一支骤然熄灭的蜡烛冒出的烟,它旋转着消失了。

谢斯瓦萨跪倒在地,由于心中交织的狂喜与悲痛,放声哭泣。不可能的任务!不可能完成的任务!在他身边,安纳克索法斯放下苍鹭之矛,手臂搭上他的肩。

"你还好吗,阿凯梅安?"

阿凯梅安?阿凯梅安是谁?

"来吧,"凯胡斯说,"起来。"

陌生人的手异常有力。安纳克索法斯呢?

"阿凯梅安?"

来了。这件事会再次发生。

"什、什么?"

"苍鹭之矛是什么?"

阿凯梅安没有回答。他说不出话,默默走了很长一段,努力回忆被远古的记忆占据思想之前的状态,以找回自我、找回现实——二者对他来说是一回事。然后他想起了凯胡斯,王子一直一言不发地跟在他身边。天命派学士经常提及打倒非神的事,但很少对人详述,事实上,阿凯梅安不记得自己对任何人解释过这件事,甚至连对辛奈摩斯都没有。可他不假思索地向凯胡斯坦诚相告,甚至还与他交流了更多的事,这是为什么?

他一定对我做了什么。

恍惚间,阿凯梅安发觉自己直愣愣盯着眼前的人,像个半睡半醒的孩子。

第一卷　第一次进军

你是谁？

凯胡斯大大方方回应他的注视，没有一丝不安，仿佛根本不觉得这是什么大事。他微笑着，让阿凯梅安感觉自己确实像个孩子，无知又无力。他的眼神让阿凯梅安想起埃因罗，那孩子也经常把阿凯梅安当作他根本不可能成为的人：一个好人。

阿凯梅安转开脸，嗓子里一阵刺痛。我真的也要把你抛弃吗？

一个绝无仅有的学生。

几个士兵唱起后先知的颂歌，周围原本在谈笑的人们也应和起低沉的曲调。凯胡斯毫无征兆地停下脚步，在长草间蹲下身子。

"你在做什么？"阿凯梅安问，语调格外尖利。

"脱凉鞋。"亚特里索的王子说，"来吧，让我们也和其他人一样光脚走几步。"

不是与其他人一起唱歌。不是和他们一起欢庆。只是行走。

之后阿凯梅安才明白，这是凯胡斯给他准备的课程。传授知识的是阿凯梅安，上课的却是凯胡斯。虽然不清楚凯胡斯教的是什么，但他认为两人之间的关系有些反客为主。也许凯胡斯只是在表示信任，展示放开内心带来的可能性。在给凯胡斯传授知识的过程中，阿凯梅安自己反而变成了学生，而他唯一能确认的，是自己所受的教育并不完备。

日子一天天过去，他得到的启示越来越清晰，心中的痛苦也越来越纠结。有天晚上，他准备了三次传声咒，但每次都半途而废，化作含糊的咒骂与自责。天命派，他的学派——他的弟兄们——必须知道这消息。安那苏里博回来了！塞摩玛斯预言不仅属于谢斯瓦萨的梦境。许多人把这预言视为梦境的目的，为了它，谢斯瓦萨才将生命化为后世弟子的噩梦。它是最重要的警告。然而他，杜萨斯·阿凯梅安，却犹豫了——不，不只是犹豫，还是在赌博。瑟金斯在上……他用他的学派、他的种族、他的世界做赌注，押在一个才认识不足半月的人身上。

如此疯狂！用算筹赌一把世界末日！杜萨斯·阿凯梅安，一个脆弱而愚蠢的人，有什么资格甘冒奇险？有什么权利去承受重担？有什么权利？

明天，他抓扯着胡须与头发，告诉自己，就明天……

下定决心之后的清晨，凯胡斯又在步行的人群中找到了他。虽然王子缓和气氛很有一套，但也花了好几个小时，才让阿凯梅安放松情绪，开始回答问题。阿凯梅安心头压着太多东西，无法言说的东西。

"你在为我们的命运担忧。"凯胡斯终于说话了，表情无比庄重，"你担心圣战的结果……"

阿凯梅安当然为圣战担心。他看过太多失败——至少是在梦境中。然而，尽管走在数以千计全副武装的士兵中间，圣战仍然离他无限遥远。不过他必须假装出关切。他没看凯胡斯，只点了点头，努力表示认可。更多无声的责难从心中涌起。更多的自我辩解。与其他人在一起时，无伤大雅的伪装是自然且必要的，但和凯胡斯在一起，这样的行为却让他感到无比……尴尬。

"谢斯瓦萨……"阿凯梅安犹豫着，"谢斯瓦萨第一次参加进攻戈尔格特拉斯的战争时，只不过是个孩子。战争初起时，哪怕最智慧的先哲也不明白自己面临着什么危险。他们怎可能知道？他们是诺斯莱人，全世界的主人。野蛮的同族向他们卑躬屈膝，斯兰克被他们放逐山林，连塞尔文迪人都不敢面对他们的怒火。全伊尔瓦都在学习他们的诗歌、巫术和工艺，甚至包括那些教导过人类的奇族。外国使团看到他们美丽的城市都要艳羡流泪。哪怕远在凯兰尼亚或什拉，宫廷贵族也模仿他们的风度举止、烹饪膳食、服装风格……

"他们是那个时代的评判者——就和现在的我们一样。他们的文明是世界上最重要的，其他一切都是陪衬。哪怕在玛迦卡学派——也就是非神会——的大宗师肖里亚塔斯唤醒非神时，也没人真正意识到末日已临。每一次令人心碎的失败都似乎是意外，连当时最强大的国

第一卷　第一次进军

家库尼乌里的灭亡,也几乎没有动摇人们的信念。大家始终认为,不管用什么办法,北方诸国最终仍可取胜。直到灾难堆积得太多太多,才终于……"

他手遮阳光,盯着王子:"祖先的荣耀并不能保证后世的荣耀。无法想象之物潜伏了下来。"

末日已临……我必须早做决定。

凯胡斯点点头,眯眼看着太阳。"一切皆可评判。每个人,以及……"他直直地看向阿凯梅安,"每个决定。"

刹那间,阿凯梅安的心仿佛在惊恐中停止了跳动。这是巧合……一定是!

凯胡斯毫无征兆地弯下腰,捡起一块小石子。他盯着山坡看了一会儿,像在寻找猎物:飞鸟或野兔之类。然后他扔出石子,丝绸袍袖发出皮革一样的摩擦声。石子破空,恰巧敲中一块巨石,巨石摇晃了一下,沿陡峭的山坡朝下滚,扬起一团碎石、尘土和草根。山坡下有人高喊示警。

"你故意的吗?"阿凯梅安呼吸急促。

凯胡斯摇摇头。"不……"他疑惑地看看阿凯梅安,"但这正是你要表达的意思,不是吗?有那么多无法预料的表情,但一切灾难都是源于我的行为。"

阿凯梅安不清楚自己有没有想表达什么。"还有我们的决定。"他说,这话仿佛是从陌生人口中说出的一样。

"是的,"凯胡斯道,"还有决定。"

当晚,阿凯梅安准备好了传声咒,虽然他明白自己一个字都说不出。你有什么权力?你这个渺小的人类……凯胡斯是预兆、是信使。

乌有王子 * 战士先知

阿凯梅安知道,过不了多久,他每天晚上感受的恐惧就会侵入醒时的世界。很快,那些伟大的城市——摩门、凯里苏萨尔、奥克尼苏斯——都会被烈火吞噬。阿凯梅安看过它们燃烧,看过无数次。它们会像它们古代的姐妹——特雷瑟、蒙特松、麦克莱——一样沦陷,尖叫和号哭冲上烟雾弥漫的天空。这些城市将代表新的苦难。

你有什么权力?你有什么权力做决定?"你是谁,凯胡斯?"阿凯梅安朝帐篷中空无一物的黑暗低声说,"为了你,我赌上了一切……一切!"到底是为什么?

因为他身上有种东西……某种可以成为理由的东西,迫使阿凯梅安等待下去。这是一种无法理喻的感觉,感觉凯胡斯正变成……什么?他会变成什么?这理由足够吗?足够让我背叛学派?足够投下末世之劫的算筹?真的有任何理由足够让我这样做?

真相。真相本身就是足够的理由,不是吗?

他一眼就能看穿我。阿凯梅安知道,扔出那块石头是另一堂课。另一条线索。但这堂课要说明什么?做出了错误的决定,就会引发灾难?还是说不管他做出什么决定,灾难都会降临?

他的苦难似乎无穷无尽。

第一卷　第一次进军

第二章
安塞尔卡省

兽性与神性之间的区别是责任。

——伊克雅努斯一世,《四十四封书信集》

战争爆发前几周的气氛最是诡异。康里亚人、加里奥斯人、纳述尔人、森耶里人、泰丹人、艾诺恩人,还有赤塔,每支军团都在朝亚斯吉罗奇要塞行军,通过破军关,前往异教徒的疆界。虽然他们中许多人想到马上将要面对异教帕夏萨考拉斯,但类似的担心有上千种,忧虑交织,如织纱成布。到头来,大家甚至觉得战争与日常生活没什么两样……

——杜萨斯·阿凯梅安,《第一次圣战简史》

长牙纪4111年,晚春,安塞尔卡省

出征头几天,圣战军格外混乱,尤其每到日落时分,因里教众在田野中和山脚下四散扎营时。有几晚阿凯梅安找不到辛奈摩斯,也累得顾不上找人,干脆就在陌生人间搭起帐篷过夜。然而随着集体习惯的养成,康里亚军团慢慢有了军队的自觉,人与人逐渐熟络,每晚的营地开始变得大同小异。很快,阿凯梅安发现与自己一起进餐、一起谈笑的,已不只是辛奈摩斯及其身边的资深军官,如伊里萨斯、丁察塞斯和岑卡帕了,还要加上凯胡斯、西尔维及奈育尔。普罗雅斯来过两次,两次都令阿凯梅安不好过,不过大多时候王子会把辛奈摩斯、凯胡斯等召去王家大帐,有时是举行宗教庆典,有时则与康里亚军团的各大贵族共

乌有王子 * 战士先知

商大计。

这样一来,阿凯梅安就常常要和伊里萨斯、丁察塞斯、岑卡帕这些人混在一起了。作为同伴他们经常让他尴尬,特别是有西尔维这样羞怯的美人在身边的时候。但很快,阿凯梅安觉得这样的夜晚也有好处,尤其白天和凯胡斯一起赶路之后。惯常的中间人不在,男人们之间会有片刻不适,但很快就会开始亲切交谈,惊喜地发现彼此有共同语言。这样的交谈可以让他松口气,也使他回想起小时候的生活,当兄长被叫到渔船或海滩上干活时,小伙伴之间就是这样的。大人物遮蔽下的人们的友谊是阿凯梅安能把握的东西之一。自离开摩门,只有和这些人在一起,他才能感到片刻宁静——虽然在这些人眼中他是个被诅咒的巫师。

某晚,辛奈摩斯带凯胡斯和西尔维出去,与普罗雅斯一起参加文尼塔节庆典,这是因里教的另一个神圣节日。伊里萨斯他们吃完饭也很快去和手下士兵欢庆了。结果,阿凯梅安头一次和塞尔文迪人奈育尔·厄·齐约萨,最后的乌特蒙人待在一起。

虽然两人已在营火前共度了好多个晚上,塞尔文迪蛮子仍然让他不安。有时眼角余光扫到对方,阿凯梅安会情不自禁地屏住呼吸。和凯胡斯一样,奈育尔也是他梦中的幽灵,一个来自遥远的危险土地的蛮子。再加上那布满疤痕的手臂,以及铁片腰带下隐藏的丘莱尔……

阿凯梅安有许多问题想问对方,其中大多和凯胡斯有关,此外还想打听他部落领土北方的斯兰克的情况。阿凯梅安甚至想问他西尔维是怎么回事。每个人都注意到,她对凯胡斯一往情深,但每晚仍跟奈育尔一起睡。每当三个人提前离席回帐,阿凯梅安都可以看到伊里萨斯和其他军官之间交换的眼神,虽然到现在还没有谁公开谈论。他向凯胡斯提起这事,凯胡斯只耸耸肩,说:"她是他的战利品。"

阿凯梅安和奈育尔起初尽力互不理睬,任凭叫喊声在黑夜里回响,每个火堆旁都围坐着影影绰绰的纵酒狂欢的人。不少人往他们这边看

第一卷 第一次进军

来——间或露出不解的表情——不过没有谁过来搭话。

阿凯梅安皱眉审视着康里亚骑士们喧哗的宴会,然后转脸对奈育尔表示:"我们都是异教徒,对吧,塞尔文迪人?"

一阵难堪的沉默,奈育尔继续啃着手里的骨头。阿凯梅安啜了口酒,搜寻着离开的理由。和一个塞尔文迪人有什么话好说?

"你当了他的老师。"奈育尔突然道,把嚼完的软骨吐进火堆。他眉毛紧拧,眼睛在阴影里闪动,仿佛在研究火焰的形状。

"是的。"阿凯梅安道。

"他告诉过你为什么吗?"

阿凯梅安耸耸肩:"他想学习三海诸国的知识……你为什么问这个?"

塞尔文迪人已站了起来,油腻的手指在裤腿上抹抹,然后伸伸胳膊,展现出硕大可怕的身形,一言不发地钻进黑暗,留下阿凯梅安困惑不解地坐在原地。也许,塞尔文迪人根本没把他当回事。

阿凯梅安暗暗决定,等凯胡斯回来要和他提起这事,不过很快又忘记了。和他心中的恐惧相比,缺乏风度的交谈、不明所以的问题都不算什么。

阿凯梅安通常把自己不起眼的小帐篷扎在辛奈摩斯历经风霜的大帐旁,在里面醒着躺个几小时,往脑子里塞满与凯胡斯有关的自责,或是为可能引发的严重后果担忧。等这些念头想到麻木,他又开始想念艾斯梅娜,或为圣战军的前景惴惴不安。他们很快就要踏上费恩教的土地——也就是战场。

噩梦越来越无法忍受。几乎每天他都会在黎明的号角吹响前醒来,发觉自己紧攥着毯子,或是抓着脸,朝古代的同袍们呼喊。当然,很少有天命派学士能够安眠,艾斯梅娜曾开玩笑说他睡觉时"就像一只老猎狗,时刻准备爬起来捉兔子"。

他回答:"不如说我是一只老兔子,时刻躲避着猎狗的追逐。"

到现在,睡眠——尤其是忘我的深眠——开始逃避他了,夜晚对他来说仿佛是两段喧哗间短暂的平静。他经常在黎明前的黑暗中爬出帐篷,抱着肩膀以止住颤抖。外面仍是昨晚的场景,只缺了色彩和温度。太阳金色的边缘露出东方地平线,像一块燃烧的煤炭烧穿了涂墨的纸。他仿佛站在世界边缘,只需一点点压力,就会被投入无尽的黑暗当中。

如此孤独,他心想。有时他想象艾斯梅娜睡在苏拿的房间里,一条修长的腿从毯子下踢出,腿上是太阳透过百叶窗洒下的斑驳光影。他祈祷她平安无事——向降罪于他俩的诸神祈祷。

同一轮太阳赐予我们温暖。同一轮太阳赐予我们光明。同一轮……想到这里,他又想起了安那苏里博·凯胡斯,想起此人带来的预兆与恐惧。

有天晚上,听着其他人为费恩教的事争论不休时,阿凯梅安突然意识到,自己本无须独自面对恐惧,可以把这些告诉辛奈摩斯。

阿凯梅安越过火堆,看着老朋友,元帅正为即将到来的战斗和别人争论。

"我当然知道奈育尔了解异教徒!"元帅抗议,"我从没质疑过。但在他看到我们在战场上的表现之前,在他看到康里亚人的力量之前,我不会盲目听从他,我想王子也是同样看法。"

可以告诉他吗?皇宫地下的疯狂之后,第二天一早圣战军就拔营出征了。当时一片混乱,即便如此,辛奈摩斯仍然关心着阿凯梅安,认真打听了前一天晚上的详情。起初阿凯梅安说的都是真话,至少大致概括了发生的事。他告诉元帅,皇家萨伊克的巫师对皇帝汇报了一些情况,皇帝需要他来确认。但接下来就纯粹是编造了——皇家萨伊克在魔法地图上发现了密码,诸如此类故事,阿凯梅安自己都想不起说了什么。

谎言自然而然冒了出来。那天夜里发生的一切及其预兆实在太突然,预示的又是如此可怕的灾难,哪怕两周后的现在,阿凯梅安仍被恐

第一卷 第一次进军

惧压得抬不起头。当时他神志恍惚,编出的故事反倒显得更合理,更能说出口。

他该怎么向辛奈摩斯解释这些?向那个一直信任他的人解释!

阿凯梅安静静等待,看着一张张被篝火映红的脸。他有意把坐垫放在篝火的下风向,不希望吃饭时有人打扰——现在看来这还有一个好处,就是让他可以不惹人注意地观察每一个坐在火堆边吃饭的人。

辛奈摩斯盘膝而坐,腰杆笔直,就像祖姆的将军一样。虽然他嘴绷得紧紧的,眼神却透着笑意,修得方方正正的胡须间夹杂着食物的残渣。他左边是堂弟伊里萨斯,坐在一棵倒下的树干上前后摇晃,像一条精力充沛的小狗,不断挑战着周围人的耐性。再往左坐的是丁察塞斯,或称"血腥丁察",此人举着酒碗,等待奴隶添酒,前额上十字交叉的伤痕在阴影中漆黑如墨。岑卡帕和往常一样坐在丁察旁边,乌木般的皮肤在火光中闪耀,不知为什么,他的神态和语调总让阿凯梅安觉得他是个淘气包。凯胡斯盘着腿,穿一件普通的白色束腰上衣,像审视一幅从神庙里抢出的画像一样审视着这个世界,沉静而关切,仿佛离每个人都很遥远,又仿佛被每个人吸引。西尔维靠在他身上,半睡半醒的眼睛亮晶晶的,腿上盖着条毯子。和平时一样,她的面孔完美无瑕,曲线曼妙,浑身紧绷,牢牢吸住了人们的目光。奈育尔在她身边,但离火堆较远,蹲在阴影中,凝视火焰,一口一口地撕扯面包。哪怕在吃饭,他看上去也仿佛随时准备拧断别人的脖子。

如此奇怪的一群人,他的部落。

他们能感觉到吗?阿凯梅安不禁想,他们能感觉到末日的来临吗?

他必须把事情说出来,如果不能告诉天命派,就对其他人说。一定要说出来,否则他要疯掉了。艾斯梅在这里就好了……不,这样想只会带来更多痛苦。

他放下酒碗站起身,还没明白自己在做什么,就坐到了老朋友身边。克里加特斯·辛奈摩斯,亚特雷普斯的镇守元帅。

"辛……"

"怎么,阿凯?"

"我必须和你谈谈。"他压低声音,"我有……有……"

凯胡斯似乎没注意这边。然而阿凯梅安仍然感觉他看着自己。

"那天晚上,"他续道,"摩门城下最后一个晚上,你记不记得伊库雷·孔法斯过来找我,带我去皇宫?"

"怎会不记得,我急坏了!"

阿凯梅安犹豫了一下,眼前闪过那老人的模样——皇帝的宰相,在锁链束缚下抽搐。面孔像手掌一样伸开,朝外绽放、伸展……一张会把人抓住、握紧的脸。

辛奈摩斯就着火光看了看他,皱起眉头:"你怎么了,阿凯?"

"我是个学士,辛,我有我的誓约和责任,和你——"

"兄长大人!"伊里萨斯在火堆那边喊,"你一定要听听这个!给他讲讲,凯胡斯!"

"拜托,老弟,"辛奈摩斯厉声道,"你就不能——"

"得了,听他说吧!我们都不明白他说的是什么意思。"

辛奈摩斯想斥责他,但为时已晚。凯胡斯已经开始说了。

"不过是个寓言,"亚特里索的王子说,"是我在塞尔文迪人中间听说的……寓言说:一个草原人养了一头瘦弱的小公牛,并给它配了几头小母牛,但有一天,它们震惊地发现主人又买了一头公牛,这头公牛更结实,角更粗壮,脾气也更暴躁。当主人的儿子把强壮的公牛带到牧场时,小公牛低头露出双角,鼻子哼哼,蹄子踩着地面。'不!'它的母牛喊道,'求你了,不要为我们拿自己的生命冒险!''拿生命冒险?'小公牛叫道,'不,我只是要让他知道,我是头公牛!'"

瞬间的沉默,然后一阵大笑。

"塞尔文迪人的寓言?"辛奈摩斯哈哈大笑,"你是不是——"

"我是这样想的!"伊里萨斯抬高嗓门,盖过吵闹声,"我是这样解

第一卷 第一次进军

释的!听我说!寓意是我们的尊严——不,我们的荣誉——比任何东西都重要,甚至比我们的妻子更重要!"

"狗屁寓意!"辛奈摩斯擦掉眼里的泪水,"这只是个笑话,没别的!"

"这是个关于勇气的寓言。"奈育尔说,其他人都安静下来——阿凯梅安觉得他们应是感到惊讶,一直沉默寡言的野蛮人居然开口说话。野蛮人往火里吐了口痰:"是老人讲给小孩的故事,用来羞辱他们,告诉他们摆出什么架势都是白费,只有死亡才是真实。"

火堆旁的人们面面相觑。岑卡帕壮起胆子笑了两声。

阿凯梅安往前倾了倾身:"你怎么说,凯胡斯?你觉得有什么寓意?"

凯胡斯耸耸肩,显出几分惊讶,仿佛惊讶于自己知道的答案,却被这么多人错过。他迎上阿凯梅安的注视,友善的眼神透出无比的坚定:"意思是有时候小公牛能结识好母牛……"

又一阵大笑,阿凯梅安却只能勉强挤出微笑。为什么这么生气?"不,"他高声说,"你到底认为它是什么意思?"

凯胡斯停了片刻,握住西尔维的右手,目光在一张张被火焰照亮的脸上扫过。阿凯梅安看看西尔维,不过只是为了转开视线;但她看着阿凯梅安,而且是刻意的。

"它的意思是,"凯胡斯平静的语调带着奇异的感染力,"勇气有很多种,荣誉也是一样。"不知为什么,他说话总能让其他人安静下来,仿佛连周围的圣战军都不那么吵闹了,"它告诉我们,勇气、荣誉甚至爱情,都只是问题,而非生活的全部。只是我们需要面对的问题。"

伊里萨斯夸张地摇摇头。这人的脑筋不是很灵光,总把激情和思考混淆。他和凯胡斯的争论总让人感到滑稽。

"勇气,荣誉,爱情——这些都是问题?那什么才是答案呢?怯懦和堕落?"

"伊里萨斯……"辛奈摩斯似乎漫不经心地说,"够了,老弟。"

"不,"凯胡斯回答,"怯懦和堕落也是问题。至于答案,你,伊里萨斯——你就是一个答案。事实上,我们每个人都是答案。我们每天的生活都在写下新答案,新方法……"

"那所有答案都是相同的喽?"阿凯梅安脱口而出,语调中的苦涩把自己都吓了一跳。

"好一个哲学问题。"凯胡斯回答,他的笑容好像可以扫清一切阴霾,"不。当然不是。有些人的生活比其他人好——这毫无疑问。否则我们为什么会唱圣歌?为什么会怀着崇敬的心念诵经文?为什么要不断思考后先知的教诲?"

阿凯梅安知道他会举些什么例子,那些有过历练的人生,那些可以作为答案的人生……阿凯梅安自己也知道那些,但说不出口。毕竟,他是个巫师,如果说谁的生命可能无法提供任何解答的话,他是个活生生的例子。于是他一言不发地站起来,不顾周围人的想法,径自朝黑暗中走去。突然间,他感到自己需要黑暗,需要孤独……

需要躲开凯胡斯。

来到帐篷前,弯腰准备钻进去时,他才想起没有对辛奈摩斯坦白想法,他仍然要独自承担。

也许这样更好吧。

换皮密探就在他们当中。凯胡斯是世界末日的预兆。辛奈摩斯听到这些会以为他发了疯。

女人的声音在身后响起:"我看到你看他的样子了。"

他——凯胡斯。阿凯梅安扭头看去,火光映出西尔维柳树般苗条的身形。

"我是什么样子?"阿凯梅安问。她很生气,从语调就能听出,不过仅此而已。她在嫉妒吗?白天,他和凯胡斯步行时,她只能和辛奈摩斯的奴隶待在一起。

第一卷 第一次进军

"你不必害怕。"她说。

阿凯梅安咽了口唾沫,压下涌起的酸味。早些时候,辛奈摩斯递给他的不是酒,而是佩拉皮塔,可怕的饮料。

"害怕什么?"

"害怕爱他。"

阿凯梅安舔舔嘴唇,感觉心跳加速,不禁暗自咒骂。

"你讨厌我,对吗?"

即便在深深的阴影中,她美丽的面孔也如此梦幻,就像是从世界的裂隙中露出的一缕野性的洁白。阿凯梅安突然意识到自己对她有多么强烈的欲望。

"只是……"她犹豫了一下,盯着脚下踏平的草地。接着她抬起脸,有那么一瞬,他以为是艾斯梅娜在看着自己。"只是因为你拒绝承认而已。"她低声说。

承认什么?阿凯梅安想大喊,但她已跑开了。

"阿凯?"凯胡斯朝逐渐退却的黑暗中喊道,"我听到有人在哭。"

"我没事。"阿凯梅安哑着嗓子,手仍捂着脸。晚上的某个时候——具体时间他不记得了——他爬出帐篷,坐到熄灭的火堆旁。现在,黎明快到了。

"是因为那些梦吗?"

阿凯梅安揉揉脸,把清凉的空气吸进肺里。

告诉他!

"是……是的。梦。就是这样,是那些梦。"

他感觉对方俯视着他,他自己却不想往上看。凯胡斯一只手按在他肩头,他瑟缩了一下,但没有把手拂开。

45

"不是因为梦,对吗,阿凯?是别的事……不只是因为梦。"

热泪滚下脸颊,流进胡须。他没说话。

"你今晚没睡……你很多个晚上没睡了,对吗?"

阿凯梅安看向周围营地,帆布覆盖了山坡和原野,天空如冰冷的铁块,旗杆上的军旗死气沉沉地垂着。

然后他看向凯胡斯:"我在你脸上看到了他的血脉,这让我同时充满了希望和恐惧。"

亚特里索的王子皱眉:"也就是和我有关……我之前也担心过这点。"

阿凯梅安咽了口唾沫,心还在犹豫,但已将算筹推了出去。"是的。"他说,"事情并不简单。"

"为什么?这是什么意思?"

"在折磨我和我的学士弟兄们的梦境中,有一个最令我们苦恼。那是安那苏里博·塞摩玛斯二世,库尼乌里的至高王,于长牙纪2146年死在埃伦奥特战场上的情景。"阿凯梅安深吸一口气,用力揉着眼睛,"你知道,塞摩玛斯是非神会最强大的对手,是命丧非神之手最著名的牺牲品。最著名的牺牲品!他就死在我面前,凯胡斯。他是我最敬爱、最珍视的朋友,他就死在我怀里!"他眼神里现出一丝怒意,胡乱扬了扬手,"我是说——死在谢、谢斯瓦萨怀里……"

"这是你痛苦的原因?因为我——"

"你不懂!听、听我说……他,塞摩玛斯,临死前对我——不,是对谢斯瓦萨说,他对我们所有人说——"阿凯梅安摇摇头,傻傻地笑笑,用手指理了理胡须,"他一直在对我们说,每个该死的夜晚,一次又一次地死去——而每天的感觉都和第一天一样——他说……"

阿凯梅安抬起眼。忽然间,他不再羞愧于自己的眼泪。如果在这个人面前都无法敞开灵魂——这个人就像阿金西斯,就像埃因罗!——还能对谁敞开呢?

第一卷 第一次进军

"他说,一个安那苏里博——一个安那苏里博,凯胡斯!——会在世界末日的时候回来。"

凯胡斯平日那分外神圣、似乎不受一丝纷扰的表情阴暗了下来:"你说什么,阿凯?"

"你不明白?"阿凯梅安低声说,"你就是那个安那苏里博。凯胡斯,你就是末日的预兆!你来这里这件事,意味着末世之劫即将重演……"

瑟金斯在上!

"第二次末世之劫,凯胡斯……第二次末世之劫,而你就是预兆!"

凯胡斯的手从他肩上滑下:"这说不通,阿凯。我来了,这能说明什么?这说不通。我现在在这里,之前在亚特里索,如果我的血脉真像你说的那么古老,那么某地一直都会有安那苏里博存在,不管那是哪里……"

亚特里索王子的双眼失去了焦点,似乎在与看不到的东西搏斗。有那么一阵,他似乎失去了泰然自若的气质,像是被陡变的环境压倒了。

"这只是个……"凯胡斯停了停,好像一口气喘不上来。

"巧合。"阿凯梅安说着站起身。不知什么缘故,他渴望伸出手,用自己的拥抱让王子平静下来。"我也这么想过……我承认,刚见到你我只是大吃一惊,但后来……真是太疯狂了!后来……"

"后来怎么了?"

"我找到了他们,找到了非神会……那天晚上,你和其他人庆祝普罗雅斯战胜皇帝的那天,我被召去安迪亚敏高地。带我去的不是别人,正是伊库雷·孔法斯。他把我带到皇宫的地下室。显然他们在自己人中发现了密探,而皇帝确信有巫术的作用。他们错了。没有巫术的痕迹,但那人绝非普通密探……"

"为什么?"

"首先，他管我叫奇格拉，这是阿古佐语中谢斯瓦萨的名字，阿古佐语就是斯兰克扭曲堕落的语言。不知为什么，他在我身上看到了谢斯瓦萨的痕迹……另外，他……"阿凯梅安舔舔嘴唇，摇了摇头，"他没有脸。他是血肉组成的孽物，凯胡斯！那个密探无须使用巫术，无须留下巫术的印记，就能模仿别人的脸。完美的密探！"

"非神会在某个地方，用某种方法，杀掉了皇帝的宰相，然后取代了他。这些……这些东西可能出现在任何地方！可能在这里，在圣战军中，也可能出现在各大势力的宫廷中……就我所知，他们甚至可能扮成国王！"

或沙里亚……

"但这和我是灾难的预兆又有什么关系？"

"这意味着非神会掌握了上古科技。斯兰克、巴拉格、巨龙——虚族制造的孽物都是泰克奈的造物，也就是所谓的上古科技。上古科技源远流长，当时奇族仍统治着伊尔瓦大陆。我们一直认为，虚族被库亚拉-辛莫伊灭族时，上古科技就失传了，这段历史甚至早在长牙上的经文写就之前，凯胡斯！但这些换皮密探是新发明的，是上古科技的新产物。如果非神会重新发掘了上古科技，那他们也可能知道如何复活莫格-法鲁……"

这名字仿佛偷去了他的呼吸，仿佛在他胸口重重打了一拳。

"非神。"凯胡斯说。

阿凯梅安点点头，咽口唾沫，感到喉咙发痛："是的，非神……"

"而现在，一个安那苏里博回来了……"

"也就是说这不再是'可能'，几乎成了确凿的事实。"

凯胡斯严肃地盯着他看了一会儿，表情难以揣摩："你会怎么做？"

"我的任务只是监视圣战军。"阿凯梅安说，"但现在我必须做出一个决定……每时每刻，这个决定都在抓挠我的心。"

"什么决定？"

第一卷　第一次进军

阿凯梅安努力迎上学生的注视,对方眼里似乎有种东西,某种无法理解甚至可说可怕的东西。"我还没把你的事告诉他们,凯胡斯,我没告诉我的兄弟们,塞摩玛斯预言已经实现。我一天不告诉他们,就意味着背叛他们、背叛谢斯瓦萨、背叛我自己。"他又笑了一声,"也许还有这个世界……"

"但这是为什么?"凯胡斯问,"你为什么没告诉他们?"

阿凯梅安深吸一口气:"因为如果我告诉他们,他们一定会来找你,凯胡斯。"

"也许他们应该这样做。"

"你不了解我这些兄弟。"

黎明前的昏暗中,奈育尔·厄·齐约萨全身赤裸,蹲在和凯胡斯共住的帐篷里,凝视西尔维熟睡的面庞。他用匕首拨开她脸前的头发,然后把匕首放到一边,用两根布满老茧的手指抚过她的脸颊。她抽抽鼻子,叹口气,把毯子卷得更紧。真美。真像他那个被遗忘在故乡的妻子。

奈育尔紧盯着她。醒着的人和睡着的人都一动不动。与此同时,他也听着帐外的声音,凯胡斯和那个巫师谈论着无聊事。

某种意义上说,这是个奇迹。他不仅穿越帝国全境,还在皇帝脚下吐了口痰,在伊库雷·孔法斯的同胞面前羞辱了他,甚至得到因里教徒中只有王子才有的待遇。现在他以将军的身份,与毕生所见规模最宏大的军队同行。这支军队可以夷城灭国,屠戮民族。这样的军队只在忆者的歌中出现过。圣战军。

而这支军队的目标是希摩,西斯林的根据地。西斯林!

安那苏里博·莫恩古斯是个西斯林。

杜尼安僧侣的计划太过宏伟，像失心疯一样，但看上去似乎执行得非常顺利。在梦中，奈育尔总是独自来到莫恩古斯面前。有时两人会交谈几句，有时不会，而每次都以流血告终。但现在，这样的梦似乎成了孩童的幻想。凯胡斯是对的，过去了三十年，莫恩古斯已远非那种可以堵在小巷里、用刀子解决的对手了。他可能成为了统治者，统治着一个帝国。还能怎样？他是杜尼安僧侣。

就像他儿子，凯胡斯。

谁知道莫恩古斯的权力延伸到了多远的地方？西斯林和基安肯定都在他控制下，问题只是控制的程度。他的力量是不是已经延伸到他们身边？掌握了圣战军？

也掌握着凯胡斯？

派儿子来控制他们。对杜尼安僧侣来说，要打倒敌人，有比这更好的方法吗？

现在，普罗雅斯他们议事时，只要凯胡斯一开口，因里教的世袭贵族都会马上安静下来。每当他们认为他在思考什么，便会紧盯着他，放低声音，用他们觉得他听不到的声音说话。这些贵族一个比一个傲慢，但都对凯胡斯言听计从。这不是出于阶级或地位，而是因为他们认为这位子虚乌有的王子身上有他们需要的东西。凯胡斯是超凡脱俗的，他们中优秀出众的人也无法与他相提并论——凯胡斯不知用了什么手段，让贵族们有了这等想法。这绝不仅是因为他声称自己在远方梦到了圣战，也不只是靠他和那些人说话时邪魅的语调——就像父亲在纵容狂妄的孩子——更在于他说出的话，说出的真相。

"但真神会庇佑正义之师！"克桑泰的总督伊吉亚班，某晚在议事会上叫嚷。在奈育尔的坚持下，他们开始讨论施吉克的帕夏萨考拉斯会采用什么战术应对他们，"瑟金斯本人——"

"你呢？"凯胡斯打断他，"你是正义的吗？"

王家大帐中的气氛紧张起来，大家似乎莫名地期待着什么。

第一卷　第一次进军

"我们也是正义的,没错。"克桑泰的总督答道,"否则,以居鲁神的名义,我们在这里做什么?"

"问得好,"凯胡斯道,"我们在这里做什么?"

奈育尔看到盖德奇大人转过脸看了辛奈摩斯一眼,眼神里带着担忧。

伊吉亚班谨慎地呷了口阿皮酒,为自己争取一点时间:"讨伐异教徒,还能做什么?"

"我们讨伐异教徒,因为我们是正义的?"

"也因为他们是邪恶的。"

凯胡斯微微一笑,笑容中却带着严肃的怜悯:"'受真神期许者便是正义……'瑟金斯是不是这样写的?"

"是的。当然了。"

"而判断一个人是否受真神期许的是谁?是其他人吗?"

克桑泰总督的脸色变白了:"不。只有真神和他的先知。"

"也就是说,我们并非注定正义了?"

"是的……我是说,不……"伊吉亚班一脸困惑地看着凯胡斯,露出真实的惧怕,"我想说……我不知道我想说什么了!"

凯胡斯会给对方台阶下。他每次妥协都恰到好处,让贵族们承他的情。这样的感觉会一次次积累。

"这说明你明白了。"凯胡斯道。他的话音低沉下来,发出奇妙的共鸣,让人难以分辨传来的方向,"一个人永远无法判断自己是否正义,总督大人,他能做的只有希望。正因如此,我们的行为才有意义。在讨伐异教徒这件事上,我们不是祭坛前的祭司,而是祭品。将其他人献给真神没有意义,我们只能献上自己。大家听着,千万别想错……我们赌上的是自己的灵魂。我们将要跃入黑暗。这次朝圣之旅是我们做出的牺牲。只有在朝圣结束之后,我们才能知道,真神期待的到底是不是我们。"

四周响起低语，赞同，甚至是惊叹。

"说得好，凯胡斯。"普罗雅斯宣称，"你说得非常好。"

各人所见取决于各人所处的位置，然而不知为何，凯胡斯总比其他人看得远。他的位置与其他人不同，比其他人都好，就像站在俯瞰每一个灵魂的制高点上。因里教贵族们没说出这话，但心里都有同样的感觉，所有人都有。奈育尔看到他们目光游移，语调变化：这是敬畏洒下的第一道阴影。

亲眼目睹的奇迹让他们感到自己的渺小。

奈育尔太熟悉这种神秘的情感了。看着凯胡斯操纵这些人，就像看着自己屈辱的过去，看着莫恩古斯如何将自己玩弄于股掌。有时他甚至有股冲动，想高声警告这些人。有时凯胡斯是那样可怕，甚至让他忘了塞尔文迪人与因里教徒之间的鸿沟，而这鸿沟是普罗雅斯最在意的。当初莫恩古斯捕捉到的是同样的弱点，同样的骄傲与自负……奈育尔在这些方面与他们是相同的，他们之间的区别能有多大？

罪行与罪行如此相似，不管受害人的身份多么古怪，都没有太大差别。

但这样的想法只是一闪而过。大多时候，奈育尔只用麻木的眼神，无动于衷地看待这一切。他不再听凯胡斯说的是什么了，只清楚地知道凯胡斯用语言去切割、劈砍，语言成了玻璃罐子，打碎后每块碎片都能当做利刃。用一个词激怒对方，下一个词来打开心防；用一道目光让对方羞愧，再一个微笑恢复信心；用深刻的洞察力挖掘对方的记忆，然后用真相去伤害对方、治愈对方，或让对方感到无比惊奇。

莫恩古斯做起这一切是那么驾轻就熟！愚弄一个幼稚的男孩，一个酋长的妻子！

他仿佛又看到荒凉干旱的大草原在质问他。女人们撕扯他母亲的头发，挠她的脸，用石头砸她，拿棍子捅她。那是他母亲啊！女人们从母亲的帐篷里抱出一个号哭的婴儿，扔进净化一切的火焰中——那是

第一卷 第一次进军

他金发的异父兄弟。周围的男人像石头一样面无表情,扭开脸,避开他的眼神……

他怎能让这种事再次发生?怎能站在一边袖手旁观?怎能——

奈育尔仍蹲在西尔维身边。他低下头,发觉自己用匕首刺着地面,不禁吃了一惊。床边的骨白长草已被他捅得支离破碎,搅进一个黑色小土坑里。

他甩甩黑色长发,吸进的空气仿佛都是惩罚。他总在想这些——总在想这些!

他在怜悯?怜悯这些异乡人?怜悯这帮叽叽喳喳的孔雀?怜悯普罗雅斯?!

"只要前事仍被掩盖着,"在君纳帝大草原上跋涉时,凯胡斯曾对他说,"只要人类都在受骗,我们所做的又有什么打紧?"是啊,愚弄傻瓜有什么要紧?要紧的是,凯胡斯有没有愚弄他?这才是问题!每念及此,他的思想都会流血。杜尼安僧侣说的是真话吗?他真是来刺杀父亲的吗?

我正与飓风同行!

他决不能忘记。只有仇恨能让他保持自我。

那么西尔维呢?

外面声音渐止,只剩寂静。他听到那个哭哭啼啼的愚蠢巫师擤干鼻涕,然后凯胡斯掀开布帘,回到昏暗的帐篷里。凯胡斯眼神闪动,从西尔维的脸移到匕首上,又移到奈育尔的脸上。

"你都听到了。"他用流利的塞尔文迪语说。虽然共处了这么久,但听他这样说话,奈育尔仍会起鸡皮疙瘩。

"这是军营,"他回答,"会有很多人听到。"

"不,他们都睡了。"

奈育尔知道这争论毫无意义——他了解杜尼安僧侣,所以他什么都没说,默默地在散乱的床铺上找出自己的裤子。

西尔维嘟哝一声,踢了踢毯子。

"你记得我们第一次在你帐篷里的谈话吗?"凯胡斯问。

"当然记得。"奈育尔提起裤子,"我每次呼吸时都在诅咒那一天。"

"你当时扔给我一块古怪的石头……"

"你是说我父亲的丘莱尔?"

"是的。你还带着它吗?"

奈育尔在阴影中盯着他看了一会儿:"你知道我会带着。"

"我怎么会知道?"

"你就是知道。"

奈育尔默不作声地穿起衣服,凯胡斯叫醒西尔维。

"号角呢?"她嘟哝着,用毯子蒙住头,"我没听到号角响……"

奈育尔发出突兀的笑声,低沉而沙哑。"那东西很厉害。"他用的谢伊克语。

"什么?"奈育尔知道,凯胡斯多此一问是为了照顾西尔维。杜尼安僧侣明白他的意思。总是明白。

"它能杀巫师。"

号角终于响起。

长牙纪4111年,晚春,安迪亚敏高地

瑟留斯从浴池中起身,踏上大理石阶,奴隶们捧着毛巾和沐浴用的香油在等他。好多天以来,他第一次被这种事打动:和谐,吉兆,神佑……然而就在这时,太后从房间侧面阴暗的壁凹中走出。他抬起头,流露出恰如其分的惊讶。

"告诉我,吾母,"他没仔细看她那放肆大胆的打扮,就又垂下视线,"你只是碰巧在这个不得体的时候过来的?"奴隶们用毛巾遮住皇帝的下体,他朝母亲转过身,"还是说,你早有打算?"

第一卷　第一次进军

皇太后微微低了低头,好像她是和皇帝平起平坐的沙里亚。"我给你带来一件礼物,瑟留斯。"她朝身边的黑发女孩做个手势,太后的巨人宦仆彼萨苏拉斯便熟练地解开女孩身上的长袍,长袍下是加里奥斯人特有的雪白肌肤——她和皇帝一样一丝不挂,并且几乎一样完美。

在所有并非贡品的礼物中,太后的礼物包含着最可怕的恶意。事实上,它们根本不是礼物。太后的礼物总要他付出代价。

伊斯特里雅是自何时开始带些少男少女给他,当作自己的代替品的?瑟留斯想不起来了。母亲长了双妓女的眼睛,这毫无疑问,她总能知道什么样的人可以取悦他。"女巫的贿赂,吾母。"他一边说,一边用欣赏的眼神打量惊恐不已的女孩,"有哪个做儿子的比我更幸运?"

伊斯特里雅只道:"斯科约斯死了。"

瑟留斯看了她一眼,又把注意力转回奴隶们身上,他们正为他涂抹香油。"有个东西死了,"他努力忍住洗完热水澡的颤抖,"我们不知道那是什么。"

"为什么没人告诉我?"

"我知道你很快就会得到消息的,"他坐在奴隶们搬来的椅子上,贴身奴仆开始给他的头发上油,修剪指甲。"你总能知道。"他加了一句。

"他是个西斯林。"伊斯特里雅顿了顿说。

"当然。"

"也就是说他们知道了。西斯林知道了你的计划。"

"没什么大不了的。他们早就知道。"

"你真的变成如此粗心的傻瓜了吗,瑟留斯?我本以为这件事之后你会重新考虑一下。"

"重新考虑什么,吾母?"

"你和异教徒之间疯狂的协议。还能有什么?"

"噤声,吾母。"瑟留斯紧张地看看那女孩,不过她显然不会谢伊克语,"此事不能外传。不能在这里讲。听到了吗?"

"但他是西斯林,瑟留斯!想想吧!你多年来最亲密的人,只是长着斯科约斯的脸!皇帝唯一的知己!他讨厌的舌头给出的每条建议都含着剧毒。这么多年,瑟留斯!你一直在和一个怪物分享野心!"

瑟留斯一直在想这件事——过去几天很少能想其他的。每晚,他都会梦到那张脸,那张像手掌一样张开的脸。还有冈克尔提,他死得如此……突然。

还有那个问题,想到它,皇帝就感到无比痛苦,甚至连正常的朝议都无法完成。

有其他人吗?像它那样的……

"你的指教我听到了,吾母。你知道世上万事都要保持平衡,有时需要暴露一些弱点去换取优势,这是你教我的。"

太后没有让步。这老婊子从不让步。

"你的心完全被西斯林掌握了,瑟留斯,他们通过你,啜饮着帝国的骨髓。你从不放过冒犯你的人,现在真神给了你复仇的武器,你却要放过这样的冒犯?你仍然打算让圣战半途而废?瑟留斯,放过希摩,就等于放过西斯林。"

"闭嘴!"皇帝的吼声在房间中回荡。

伊斯特里雅尖刻地笑了,"我的光屁股儿子,"她说,"我可怜的……光屁股儿子……"

瑟留斯跳将起来,挤出围成一圈的奴隶,带着受伤的表情,狐疑地看着母亲。

"这不是平时的你,吾母,你不会如此畏缩。是老了吗,嗯?告诉我,站在悬崖边的感觉是怎样?你是不是感觉子宫正在枯萎,看到情人用羞怯掩饰眼中的厌恶……"

这话完全是冲动之下脱口而出的,不过他很满意——这是他知道的唯一可以伤害母亲的方式。

第一卷 第一次进军

但她的声音听不出受伤:"人上了年纪,瑟留斯,就不会再在意旁观者的想法了。美丽不过是仪祭上的小摆设,是为年轻而愚蠢的人们准备的。重要的只有行动,瑟留斯,和行动比起来其他一切都是装饰品。你会明白的。"

"那为何还要抹这么多化妆品,吾母?为何你的贴身奴隶还把你打扮得像个赴宴的老妓女?"

她面无表情地看了看皇帝,低声说:"居然有这么恶劣的儿子……"

"跟他母亲一样恶劣。"瑟留斯加了一句,露出残酷的笑容,"告诉我……在你堕落的一生行将结束时,你心里是否充满悔恨,吾母?"

伊斯特里雅扭过头,看着浴池蒸汽腾腾的水面:"悔恨无法避免,瑟留斯。"

这话触动了他。"或许……确实如此。"他说,不知为何竟生出了些同情。曾有段时间,他和母亲非常……亲密。但伊斯特里雅的亲密只给自己能控制的人,而她已经无法控制他了。

想到这里,瑟留斯心念一动。失去一个神明一样的儿子……

"我们总要这样互相伤害吗,嗯?吾母?我确实有些悔恨,这些事本该通知你。"他若有所思地看着母亲,咬了咬下唇,"但如果你再说一遍希摩,我就要让你为自己的迂腐接受惩罚了。届时你一定会后悔……明白吗?"

"明白,瑟留斯。"

两人眼神交汇时,瑟留斯在母亲眼中看到一丝恶意,但没加理会。与皇太后打交道,不管在哪方面,只要让她做出一点点让步,那就是胜利。

瑟留斯转而关注年轻女孩,她紧绷的乳房微微上翘,像燕子的翅膀。他伸出一只手,女孩不情愿地走到他身边。皇帝牵她走向旁边一张长椅,在她面前躺下。"知道怎么做吗?"他问。

她张开柔软的双腿,跨坐在他身上,眼泪顺着脸颊流下。

瑟留斯深吸一口气,感觉像捏破了一颗温润无瑕的桃子。这个世界允许西斯林这样的污秽存在,也应该能包容甜美的果实。

老太后转身离开。

"你不想留下吗,吾母?"瑟留斯哑着嗓子喊道,"留下来看儿子享受你的礼物?"

伊斯特里雅犹豫了一下:"不了,瑟留斯。"

"但你会留下的,吾母。皇帝很难取悦,你要教导她。"

两人沉默了一阵,浴室里只听到女孩的哭声。

"当然,我的儿子。"伊斯特里雅终于说。她端庄地走到椅子前,握住女孩的手,朝瑟留斯摸去。女孩僵硬的身体畏缩着。"轻一点,孩子。"她低声说,"嘘,不要哭……"

瑟留斯呻吟一声,用力挺起身,刺进女孩体内。女孩痛苦的尖叫让皇帝放声大笑。他的目光越过女孩的肩膀,盯着母亲刷过粉的脸,那张脸甚至比加里奥斯女孩瓷器般的皮肤更白皙。熟悉的、充满犯罪感的兴奋让他燃烧起来,他感到自己又变成那个毫无顾忌的孩子,一切都理所应当,诸神庇佑着我们……

"告诉我,瑟留斯,"母亲厉声道,"你到底怎么发现斯科约斯是密探的?"

第一卷 第一次进军

第三章 亚斯吉罗奇要塞

"我是世界的中心"这个观念不言自明。一切确信与怀疑,都由此出发。

——阿金西斯,《人类的解析·第三卷》

亲者痛时仇者快。

——艾诺恩谚语

长牙纪4111年,初夏,亚斯吉罗奇要塞

在在世的人们记忆里,地震还是首度袭击云纳拉山脉和因纳拉高原。几百里外,喧闹的吉尔拉斯大市集一片死寂,货物在钩子上晃动,墙壁微微发抖,灰浆剥落掉下。骡子们踢着地面,眼睛惊恐地转来转去,狗群嗥叫不停。

但在亚斯吉罗奇,这座自远古起便是凯兰尼亚平原南方屏障的要塞中,每个人都跪倒在地,墙壁像棕榈叶一样颤抖。古老的洛墨堡经历过施吉克国王的统治、Tsurumah 麾下巨龙的袭击及至少三次费恩教的圣战,却在一道高耸入云的尘柱中化为废墟。幸存者们从断瓦残砾下拖出一具具尸体,但他们哀恸的是石头,并非血肉。"难攻不破的洛墨堡啊!"他们惊愕地喊道,"亚斯吉罗奇的圣牛倒下了!"对许多帝国人来说，洛墨堡是一座图腾。自施吉克神王英古沙罗泰二世攻克这里之后，亚斯吉罗奇的主堡再没遭过破坏，那也是南方人最后一次征服凯兰尼亚平原。

四天后，柯伊苏斯·梭本的外甥阿斯贾亚里率领一支风尘仆仆的加里奥斯骑兵来到要塞，这是最早到达的长牙之民。让他们沮丧的是，亚斯吉罗奇倒塌了一半，倍受摧残的卫戍部队似乎确信圣战军必败无疑。第二天，涅尔塞·普罗雅斯的康里亚人来了，又过了两天，伊库雷·孔法斯率帝国军团抵达，同时到来的还有因切里·高提安的沙里亚骑士。普罗雅斯先沿南部海滨的索吉安大道行进，然后穿越因纳拉高原的乡村；孔法斯和高提安走了一条所谓的"禁路"，那是纳述尔帝国专门修建来在与费恩教和塞尔文迪人对抗的两个边境间调派军队的大道。直接穿越行省的大贵族中，柯伊苏斯·梭本及其加里奥斯军团率先到达，但已比孔法斯晚了整整一周。戈泰克的泰丹人不久后也来了，斯凯耶尔特王子和可怖的森耶里部队紧随其后。

至于艾诺恩人，大军开拨后没人知道他们的确切位置。或许是部队过于庞大，或许是被赤塔沉重的辎重拖累，他们每天行进的里程不到其他军队的一半。圣战主力军只得在亚斯吉罗奇要塞下的贫瘠山坡扎营，一边等待他们到来，一边交流听到的传言和灾难预兆。在亚斯吉罗奇城墙上的哨兵们眼中，他们就跟长牙记载的大迁徙中举国搬迁的移民一样。

涅尔塞·普罗雅斯发现艾诺恩人可能要花上几天甚至几周才能与他们会合，于是召集了所有贵族议事。由于人数众多，他们不得不聚集在亚斯吉罗奇要塞的内院，于洛墨堡破碎的骨架下开会。大贵族们在一张从废墟中挖出来的搁板桌边落座，其他人——穿着十多个国家礼服的军官们——只能在四周废墟中席地而坐。他们的华服在初升的明亮阳光下闪烁。

他们花了大半个上午，举行合乎礼仪规范的仪式和献祭。自离开

第一卷　第一次进军

摩门,这是第一次全体会议。下午,会议变成了争吵,主要话题是洛墨堡的毁灭到底预示着灾难,还是根本没有意义。梭本认为,圣战军应当立即拔营出征,先占领破军关外的通道,然后进军杰迪亚。"这地方太压抑!"他指着周围废墟高喊,"我们每天都要在恐怖的阴影中入睡!"他坚持认为洛墨堡只是纳ested尔人的迷信,是"涂脂抹粉的弱者的陈词滥调"。圣战军在这废墟上待得越久,就会越执迷于无稽之谈,难以自拔。

有人认为这番话很合理,但更多人觉得这是疯话。伊库雷·孔法斯提醒加里奥斯的王子,没有赤塔协助,圣战军不是西斯林的对手。"据我叔叔的密探回报,萨考拉斯已命施吉克的诸位大公全体集结,在杰迪亚严阵以待。谁能保证其中没有西斯林呢?"普罗雅斯和他的塞尔文迪顾问——奈育尔·厄·齐约萨——同意这观点,不等艾诺恩人到来就进军愚蠢透顶。然而,不管人们有多充足的理由,都难以动摇梭本一伙。

西斜的太阳在西边塔楼顶上燃烧,贵族们却几乎没做出任何决定,只就一些显而易见的事达成共识,比如派轻骑兵去确定艾诺恩人的位置,派阿斯贾亚里进入杰迪亚收集情报等等。这样下去,刚刚团结起来的圣战军可能再次面临分裂。普罗雅斯一言不发,脸埋在双手之中。只有孔法斯还在与梭本争辩——如果用恶毒的脏话互相攻击能叫争辩的话。

这时,其貌不扬的亚特里索王子安那苏里博·凯胡斯从座位上站起,面对众人大声说:"你们误解了看到的东西!你们都误解了!洛墨堡的毁灭不是巧合,也不是诅咒!"

梭本笑了,他高喊:"洛墨堡是威镇异教徒的法宝,不是吗?"

"没错。"亚特里索的王子答道,"只要堡垒还在,我们始终可以回来。但现在……你们没看到吗?就在山脉后面,异教徒正在伪先知的庙堂中集结。我们站在异教徒的海岸上,异教徒的海岸上!"

他停了停,目光扫过各大贵族。

乌有王子 * 战士先知

"没有洛墨堡,就没有回头路……真神烧掉了我们的船。"

他们迅速决定:圣战军要等待下去,直到艾诺恩人和赤塔到来。

  这里是远离亚斯吉罗奇的一座军营,大帐最中央的房间属于赤塔大宗师以利亚萨拉斯。他躺在舒适的长椅里,那是他开始这段疯狂旅程时带上的唯一一件奢侈品。贴身奴隶们在他脚下用滚烫的水给他洗脚,三座三脚架火盆的光照亮了周围的黑暗,令帐篷中烟尘弥漫,在那些装满书籍、鼓鼓囊囊的帆布口袋上投下阴影。

  行程不像他之前担心的那么艰苦,至少到目前为止没有。不过,他仍觉得惭愧,因为这样的夜晚让他感到解脱。起初他以为是自己年纪大了,他已有二十年不曾出国。每当看到手下在夕阳斜照下支起一直连到天边的帐篷,他都会感慨自己这身疲惫的老骨头。

  但他还记得在各地奔波的岁月,从一个任务奔向另一个任务,从一座城市奔往另一座城市。他明白过来,折磨自己的不是疲惫。那些躺在群星下篝火旁的日子,头顶没有帐篷,也没有丝枕亲吻脸颊,只有坚硬的地面以及旅人彻底放松下来才能感到的筋疲力尽,那才叫疲惫。现在?现在,每天躺在轿子上,周围有几十个赤裸上身的奴隶伺候……

  每晚的解脱不是因为疲惫,而是由于不确定的局面……也即是说,因为希摩。

  判断决策是否明智,不仅要看即刻的结果,还要看此后的影响。有时他感到另一种未来就在触手可及的地方,那是他没有选择的道路。在那条历史支流中,赤塔拒绝了玛伊萨内突兀的请求,远远观望着圣战进展。这样的历史并不存在,但这念头始终在他脑海里徘徊,就像发情的奴隶渴求一夜春宵一样。这念头总在各种当口浮现:紧张的沉默时,短暂的对视时,伊奥库斯不停抱怨时,塞潘纳雷将军显出怒意时。这条

第一卷　第一次进军

道路似乎在用美好的承诺嘲弄他,如同当下的道路在用危险嘲弄他一样。

加入圣战!接受那不切实际的提议的是以利亚萨拉斯,他亲自达成了交易。现在的情景显得如此不真实,赤塔来到了这里,简直无法想象。此情此景虽然讽刺,但文明人——尤其是艾诺恩人——是不会在嘴上说出来的,只会在心中不断否定他的决定,将坚定的决心变成动摇的犹豫。

圣战军正变得越来越复杂:伊库雷家族与异教徒勾搭;天命派玩弄着神秘的真知魔法游戏;派去苏拿的每个密探都暴露了,被处以极刑,虽然在赤塔进入帝国之前他们看上去那么安全;甚至玛伊萨内,千庙教会的沙里亚,似乎也在与某位黑暗天使共谋。

难怪想到希摩总让他感到压迫。更难怪每个夜晚都像是解脱。

以利亚萨拉斯叹口气。玛雅萨,他最近最喜欢的奴隶,正用温暖的香油涂抹他的右脚。

别想了,他告诉自己,后悔是愚人的鸦片。

他往后仰头,透过睫毛看着服侍自己的女孩。"玛雅萨,"他柔声说,对女孩谦逊的笑容报以微笑,"玛——雅——萨……"

"哈纳玛努·以——利——亚——萨——拉——斯——"她也柔声回答——放肆的女人!其他奴隶在震惊中张大了嘴,然后咯咯笑起来。坏女孩!以利亚萨拉斯心想。他前倾身子,把女孩搂到怀里。就在这时,他看到一个一身黑衣的接待员跪在营帐门口的地毯上,只得马上停止动作。

有人想见他。也许是塞潘纳雷将军又来抱怨军队过于缓慢的行程——或者说抱怨赤塔的拖沓。艾诺恩人将是最后到达亚斯吉罗奇的,那又怎样?让其他人等着好了。

"何事?"他厉声道。

年轻人抬起头:"有个请愿者要见您,大宗师。"

"这种时候？谁？"

接待员犹豫了一下，"一个弥逊塞学派的法师，大宗师，他叫斯卡拉提斯。"

弥逊塞？一群婊子。"他要做什么？"以利亚萨拉斯问。

肚内一顿翻腾。情况更复杂了。

"他不愿透露。"接待员说，"他说从摩门一路快马加鞭赶来，有紧急情况要与您商议。"

"虚张声势。"以利亚萨拉斯吐了口痰，"一个婊子。让他再等一会儿再放进来。"

接待员退下后，以利亚萨拉斯让贴身奴隶替自己擦干双脚，绑上凉鞋，然后挥手要他们退下。最后一个奴隶退出帐篷后，两个全副武装的贾维赫战士将斯卡拉提斯带了进来。

"你们退下。"以利亚萨拉斯吩咐奴隶战士们。他们深鞠一躬，离开大帐。

以利亚萨拉斯坐在椅子上，打量面前这位佣兵打扮的来客。这人的胡子照纳述尔习俗修剪得干干净净，身穿朴素的外衣，打扮得像个旅人：绑腿、毫无装饰的棕色罩衫、皮革凉鞋。对方似乎在颤抖，正该如此，在他面前的可是赤塔大宗师。

"你的行为不合礼仪规范，我的佣兵兄弟。"以利亚萨拉斯道，"这样的觐见我们有专门的制度安排。"

"请原谅，大宗师，您并没有专门的制度针对我向您提供的……交易。"他急忙补充，"我、我是弥逊塞学派的一名'白衣源师'，大宗师，我被皇室聘用担任顾问。有时，皇帝会要我去确认他的皇家萨伊克巫师做出的判断……"

以利亚萨拉斯琢磨了一下，决定摆出点主人的样子："请继续。"

"我们是不是……呃……应该……"

"应该怎样？"

第一卷　第一次进军

"先讨论一下费用?"

仆从种姓就这样——毫无疑问,这人是个"苏森提①"。这种人不懂游戏规则,礼仪规范——正如艾诺恩人常说的——不容回避。有人起头,其他人就得跟着玩下去。

以利亚萨拉斯没答话,只仔细端详着自己染色的长指甲,心不在焉地用胸前衣襟擦拭。随后他抬起眼睛,好像在短暂迷茫后回过神来,看着面前的蠢货。这人似乎觉得自己说的是什么生死攸关的大事。

沉默与审视几乎让这人崩溃了,颤抖的双手紧握在一起。

"请、请原谅我的急、急切,大宗师。"斯卡拉提斯结结巴巴地说着,跪倒在地,"知识与贪婪经常会……彼此驱策。"

做得好。这个人并非完全没有脑子。

"驱策是不假,"以利亚萨拉斯道,"不过也许你应该让我来判断,到底是谁驱策谁。"

"当然了,大宗师……可是……"

"没有什么可是,婊子,说出来。"

"当然了,大宗师。"他又说一遍,"我要说的是费恩教的巫术祭司——西斯林……他、他们有了一种新密探。"

一时间,以利亚萨拉斯忘记了礼仪,不由自主地往前倾身。

"继续。"

"原、原谅我,大宗师,"那人脱口而出,"但您、您不付钱我是不会说下去的。"

终究是个傻瓜。对巫师来说,时间是最宝贵的财产,不管是不是婊子,这人都该明白这点。以利亚萨拉斯叹口气,念出第一个不可能存在的词,口中和眼中像磷火一样炽烈燃烧。

"不!"斯卡拉提斯喊道,"求您了!我会说的!没必要……"

---

① 仆役种姓,见卷一。

以利亚萨拉斯停了下来,但他那神秘的低语仍在回荡,就像撞在不存在于这个世界的墙上又反弹回来一样。回声停止,完全的沉默。

"在、在圣战军离开摩门前那、那天晚上,"这人道,"我被召到皇宫的地下密室。他们说是审问间谍,不过受审的明显是帝国宰相——"

"斯科约斯?"以利亚萨拉斯喊道,"他是间谍?"

弥逊塞巫师犹豫了一下,舔舔嘴唇:"那不是斯科约斯……是某个扮成他样子的人,或者东西……"

以利亚萨拉斯点点头:"我在听,斯卡拉提斯。"

"皇帝本人出现在审讯现场,要求我——非常严厉地要求我——推翻萨伊克的发现,要我告诉他那人身上有巫术……帝国宰相,您知道,是个很老的人,但看情形,在逮捕他的过程中,他杀伤了好几个全副武装的近卫军,仅凭赤手空拳!他们是这么说的。皇帝他,非常,嗯……非常紧张。"

"你看到什么了,顾问先生?看到印记了吗?"

"不,没有,他身上没有任何痕迹,没有任何巫术。我把这话告诉皇帝,他却指责我与萨伊克同谋,想蒙蔽他。然后那个天命派学士来了——被伊库雷·孔法斯带来了——"

"天命派学士?"以利亚萨拉斯说,"你是说杜萨斯·阿凯梅安?"

斯卡拉提斯把后半句话咽了下去:"您认识他?我们弥逊塞学派已不再与天命派来往了,阁下难道仍——"

"你是打算出售情报,还是用来做交换,斯卡拉提斯?"

弥逊塞紧张地笑笑:"当然是卖掉它了。"

"那接下来发生了什么?"

"天命派的家伙证实了我的结论,皇帝认为他也在撒谎。就像我之前说的,皇帝……非常……"

"紧张。"

"是的。那个时候尤其如此。但那个天命派,阿凯梅安,似乎极其

第一卷 第一次进军

不安。他们争吵了一会儿——"

"争吵？"不知为何，以利亚萨拉斯没感到惊讶，"吵什么？"

弥逊塞摇摇头："我不记得了。关于恐惧。然后宰相和那个天命派说话了——用的是我从没听过的语言。他认出了那巫师。"

"认出了？你确定？"

"非常确定……斯科约斯，或者说那个东西，认出了杜萨斯·阿凯梅安。然后他——不，是它——抖动起来。我们看得目瞪口呆。它开始拉扯钉在墙上的锁链……而且挣脱了！"

"杜萨斯·阿凯梅安帮了忙？"

"没有，他和我们一样吓呆了——或许吓得更惨。混乱中，它又杀了两三个人——我从没见过移动得那么快的东西！这时萨伊克出手把它烧掉了……后来我才明白，他们是不顾天命派巫师的反对烧死它的。那个<u>巫师</u>非常气愤。"

"阿凯梅安为他求情？"

"准确地说，他试图用自己的身体保护宰相。"

"你确定？"

"非常确定。我决不会忘记那一幕，宰相的脸……他的脸……剥落了。"

"剥落了……"

"或者说展开了……那张脸就那样……就那样打开了……像手指一样……我……我不知道怎么形容。"

"像手指一样？"

不可能！他撒谎！

"您怀疑我。您不该这样，阁下！密探有两层脸，没有巫术的印记，但能模拟别人的样子！这意味着它一定是水魂的造物，西斯林的造物。这意味着他们可以派出您发现不了的密探！"

麻木感像流水一样，从以利亚萨拉斯的胸口蔓延到四肢。我在拿我的学派冒险。"

"西斯林的巫术是非常粗糙的……"

斯卡拉提斯看上去很激动。"不管怎样,这是唯一的解释。他们想出了办法,制造出完美的密探……想想看!他们控制了皇帝的助手多长时间?皇帝的助手!而谁知道还有多少……"他停下来,似乎感到自己太接近问题的核心了,"总之,这就是为什么我拼命骑马出来找您,警告您。"

以利亚萨拉斯的嘴唇干得发苦,他努力咽着唾沫:"今后你要和我们待在一起,以便我们进一步……询问你。"

对方顿时面如土色:"这恐怕、恐怕不可能啊,阁、阁下。我必须赶回皇宫。"

以利亚萨拉斯握紧拳头,不让自己发抖:"从现在起,你为赤塔效力了,斯卡拉提斯。你与伊库雷家族的合约解除了。"

"啊,阁、阁下,虽然我万分敬仰您的荣耀与力量——我是您的奴隶!——但恐怕其他学派的谕令并不能解除弥逊塞的合约。连您的也、也不行。所、所以,如果我能、能拿到我、我的……"

"啊,是的,你的报酬。"以利亚萨拉斯紧盯着弥逊塞巫师,挤出尽可能温和的微笑。可怜的蠢货,他以为我会低估他的消息的价值。这情报比金子更贵重。不,远非金钱可以衡量。

弥逊塞巫师的脸上突然没了表情:"我想我可以晚一点再离开。"

"你——"

这是以利亚萨拉斯无比接近死亡的一瞬。他刚开口答话,对方就开始吟唱咒语,占到了一个呼吸的先机——几乎足够了。

闪电破空,弹在大宗师下意识召唤出的隔绝术上,发出震耳欲聋的声响。一时间,以利亚萨拉斯什么都看不到,人被椅子绊住,跌倒在地毯上。他不等起身,立刻吟唱反击。

空气跃动,一道道亮光如重锤般砸在隔绝术上。大宗师召唤出燃

第一卷 第一次进军

烧的麻雀群。那蠢货高喊着,用尽力气挥舞手臂,想强化自己的隔绝术,但在哈纳玛努·以利亚萨拉斯、赤塔大宗师面前,他的巫术不过是小孩把戏,轻易就可解决。一只只燃烧的火鸟朝他冲去,以生命的焰火,将他的隔绝术消耗殆尽。然后空气中凝结出闪光的锁链,穿透了他的四肢和肩膀,像绑孩童一样将他全身绑住,吊了起来。

斯卡拉提斯厉声尖叫。

贾维赫战士们手拿武器冲进房间,但看到弥逊塞巫师的样子,都面露惧色地停住脚步。以利亚萨拉斯朝他们大吼,要他们离开。

他看到自己的间谍总管伊奥库斯在往外退却的奴隶战士中挤出一条路。这个吸食参孚的瘾君子跌跌撞撞踏过地毯,红色瞳孔的眼睛大张,干枯的嘴唇在兴奋中颤抖。以利亚萨拉斯不记得上次看到这人如此激动的表情是什么时候了——至少从十年前西斯林那次可恨的攻击之后再没见过……

从宣战之后。

"以利!"伊奥库斯盯着斯卡拉提斯被刺穿的、不停扭动的身体大叫,"这是什么?"

大宗师漫不经心地踩灭地毯上一簇火苗:"是给你的礼物,老朋友,又一个等待你破解的谜题。又一个威胁……"

"威胁?"他喊道,"什么意思,以利?嗯?这儿发生了什么?"

以利亚萨拉斯打量着不停尖叫的弥逊塞巫师——又一个手下败将。

下一步怎么做?

"那个天命派巫师,"以利亚萨拉斯转过脸去,对伊奥库斯说,"在哪里?"

"和普罗雅斯在一起,至少我知道的情况是如此……以利?告诉我——"

"将杜萨斯·阿凯梅安带到我面前。"以利亚萨拉斯续道,"要么如此,要么杀了他。"

伊奥库斯的脸色阴沉下来:"这种事需要时间……需要计划……他是个天命派学士,以利!更不用说这会招致报复……怎么,我们要一边跟西斯林开战,一边惹上天命派吗?再说,除非你告诉我究竟发生了什么,我不会做任何事!这是我的权利!"

以利亚萨拉斯仔细打量对方,凝视着那双不安的眼睛。透明的皮肤可能是头一次带来心安,而非战栗。你是伊奥库斯吗?一定是的,对吧?

"听起来也许很不合理……"

"确实如此。甚至可以说疯狂。"

"相信我,老朋友,这绝非疯狂。需求会让一切变得合理。"

"为什么要这样拐弯抹角?"伊奥库斯喊道。

"耐心……"以利亚萨拉斯答道,重新带上大宗师的威严。这种时候需要控制,需要计算。"首先你得认同我的疯狂,伊奥库斯……然后我才能告诉你为什么。不过在那之前,我要先摸摸你的脸……"

"为什么?"对方惊讶万分。

斯卡拉提斯的哀号似乎是从非常遥远的地方传来。

"我必须确定你的脸下面有骨头……你本人的骨头。"

自离开摩门,阿凯梅安还是第一次独坐在夜晚的营火旁。普罗雅斯为欢迎各大贵族,举行了盛大的宗教庆典,所有人都收到邀请——除了巫师和奴隶。阿凯梅安决定为自己举办一场庆典。他频频举杯,向落入云纳拉山脉肩头的斜阳、向亚斯吉罗奇和她残破的塔楼、向圣战军大营及暮色中的无穷篝火祝酒,直喝得坐在火堆前抬不起头,思维模糊,混杂着争论、恳求与悔恨。

第一卷 第一次进军

他知道,把自己的困境告诉凯胡斯实在太鲁莽了。

对凯胡斯坦诚相告已是两星期前的事。这期间,康里亚军团离开了石板铺成的索吉安大道,穿过因纳拉高原灌木丛生的沙丘。和之前一样,他与凯胡斯同行,回答对方的问题,思考对方的评论——并一直在揣测对方的心灵与智慧。表面上日子和之前没什么两样,只是没有大道可走。但私底下,一切都不一样了。

他以为分享心事就能减轻负担,以为开诚布公可以缓解羞愧。真蠢啊,他怎会认为痛苦的原因是对困境保密,而非困境本身?如果说保密起到什么作用,应该说是缓和了痛苦。而现在,每当他和凯胡斯眼神交错,阿凯梅安反而觉得自己的痛苦被反射回来,越来越强烈,直到无法呼吸。他的负担非但没减轻,反倒成倍增加了。

"如果你告诉天命派,"王子问,"天命派会怎么做?"

"他们会把你带到阿提尔苏斯,囚禁起来,不停拷问……他们知道非神会仍在四处横行,便将不惜一切手段,哪怕恢复表面上的控制……只为这个原因,他们也不会放过你。"

"那你绝不能告诉他们,阿凯!"话音中有愤怒和紧张,甚至有一丝绝望,让他想起埃因罗。

"那第二次末世之劫呢?又该怎么办?"

"你真的确定它会发生?确定到能拿一个人的生命作赌注?"用一个人的生命赌世界,或用世界赌一个人的生命。

"你不明白!想想看,凯胡斯!想想看我们冒着怎样的风险!"

"你觉得,"凯胡斯答道,"我还可能想其他事吗?"

阿凯梅安听说,雅特维女神的女祭司每次献祭都会将两只祭品拖上祭坛,通常是当年春天产下的羔羊。其中一只被送上刀口,另一只则要目睹这神圣的过程。如此一来,走上祭坛的祭品都会知道——在它们懵懂的意识中——发生了什么。对雅特维女神的信徒来说,仪式本身还不够,真正将屠宰转变成牺牲的是认知。一只羔羊抵十头公牛,一个女祭司告诉他,虽然她不能用严格的数学知识证明这说法。

一只羔羊抵十头公牛。当初阿凯梅安只笑笑,而现在他明白了。

坦白之前,这一切像见不得人的情欲一样扰乱着心绪,他无法忍受时就会退开。但现在,当凯胡斯知道了以后,它沉重得无法承受。在那之前,有凯胡斯这样善解人意的旅伴,阿凯梅安不时还可放松心情,假装自己只是个老师。但现在,难题横亘当中,任阿凯梅安如何转移目光,都没法无视它的存在。没有假装,无法忘记,只有刀锋一样冰冷的现实。

还有酒。香醇、甜美的烈酒。

来到几乎化作废墟的亚斯吉罗奇后,单单出于绝望,阿凯梅安开始向凯胡斯讲授代数、几何和逻辑学。除此之外,还有什么能赶走烦扰灵魂的困惑,平息抓心挠肺的疑虑呢?阿凯梅安和凯胡斯会花上几小时,在地上画出各种形状与线条,以证明观点。有人报以大笑,有人抓耳挠腮,有人——比如那个塞尔文迪人——对他们怒目而视。没过几天,亚特里索王子就找到了新定理,发现了阿凯梅安无法想象、更不曾在经典著作中读到的命题与公式。凯胡斯甚至向他证明——证明!——阿金西斯《演绎法》的体系可用基本的逻辑原理推导出来,只需把着眼点放在句子之间的关系上,而不要放在句子中的主谓关系。两千年来无数学者的解读与阐释,被王子用树枝在沙地上划动几下,就完全推翻了!

"怎么会?"他喊道,"这怎么可能?"

凯胡斯耸耸肩:"这只是我的想法而已。"

他就在这里,但我没法与他平起平坐——阿凯梅安突然冒出这种念头……若说各人所见取决于各人所处的位置,那么凯胡斯的位置一定在其他什么地方,这点不容否认。他的位置真的超越了杜萨斯·阿凯梅安的极限了吗?

啊,多复杂的问题。再来点酒才能想明白。

阿凯梅安把手伸进背包——这是唯一一个每天都在营火旁陪他的

第一卷　第一次进军

伙伴——取出之前画的关系图。画这张图时他还在从苏拿赶往摩门的路上,现在看来,那是太久之前的事了。他把那张图拿到火光下,眨了眨蒙眬的眼睛。羊皮卷上用黑墨水写下的名字彼此联系了起来,除了

安那苏里博·凯胡斯

联系。就像在算术与逻辑学中,一切都要归结到联系。阿凯梅安用墨水标出的,有的是他确认无疑的联系,比如非神会和皇帝之间;有些只是假设,或者害怕成真的事实,比如玛伊萨内与埃因罗。那么多墨线,一条代表非神会渗透进皇宫,一条代表埃因罗被害,一条代表赤塔与西斯林的战争,还有圣战军对希摩的再征服。墨线代表联系,是现实世界粗略的黑色骨架。但凯胡斯应该填在哪里?他在这张图上的什么地方?

阿凯梅安突然大笑,努力忍住把羊皮纸扔进火堆的冲动。烟雾。所谓的联系不就是这样吗?不是墨迹,而是烟雾。难以看清,无法把握。这不就是问题的症结所在,一切问题的根本吗?

想到烟,阿凯梅安摇摇晃晃地起来,弯腰拾起背包。他又犹豫了一阵要不要把关系图扔进火里,仔细考虑一番后,还是把它放回背包。在应对醉酒后的傻事方面,他的经验极其丰富。

阿凯梅安把背包和辛奈摩斯的酒袋各搭在一边肩膀上,脚步不稳地走进黑暗。他一边自嘲,一边想:没错,烟……我需要烟……大麻叶。

为什么不呢?世界末日就要到了。

太阳落到云纳拉山后,星星点点的营火映出一圈圈亮光,整个营地仿佛是许多金币洒在黑色布匹上。最早到达要塞的军队中,康里亚人把营帐扎在山上的亚斯吉罗奇要塞旁,以便从中取水。阿凯梅安一路往下走,仿佛走进了更加黑暗、喧闹的地下世界。

他跌跌撞撞地走在营帐间黑暗的小路上，一路遇到了许多人：在营地间游行狂欢的兵士、喝多了出来找厕所的醉汉、跑腿送东西的奴隶，甚至有一个吉尔加里奥神的祭司，一边吟唱颂歌，一边挥着用皮带拴住的老鹰尸体。阿凯梅安时而放慢脚步，审视每一个火堆旁红润的面孔，为他们扮的鬼脸大笑，又或思考他们为什么皱眉。大多数士兵情绪高涨地吹嘘着，敲打胸膛，向群山吼叫。他们即将踏上异教徒的土地，面对宿敌。"真神烧掉了我们的船！"阿凯梅安听到一个赤裸上身的加里奥斯人大喊，先用谢伊克语，然后用母语，"Wossen het Votta grefearsa！"

时而他又停下脚步，回头扫视身后的黑暗。老习惯。

走了一阵，他感觉累了，酒也快喝完。他相信命运女神阿娜克会带他找到营妓，不管怎样，她不也是妓女么？但和其他事上一样，她带他走上歧路。挨千刀的婊子。他不得不借助周围火光辨别方向。

"你走错路了，朋友。"一个没门牙的老人在帐篷前对他说，"只有骡子来这儿拉屎。公牛和骡子。"

"很好……"阿凯梅安边说，边用泰丹人的方式挠裤裆，"至少我尺寸差不多。"老人及其同伴哈哈大笑。阿凯梅安朝他们眨眨眼，又喝了口酒。

"往那边走吧，"有人在火堆旁朝他喊，指着黑暗的深处，"希望你的屁眼儿够深！"

阿凯梅安咳嗽起来，酒呛出鼻子，不由得弯腰干呕了一阵。这场滑稽表演为他在火堆旁争取到一个位置。身为经验丰富的旅行者，阿凯梅安早就习惯和好战的陌生人一起坐在营火旁，有那么一阵，他放松心情，享受着他们的陪伴、他们的酒还有身份的隐秘感。但当他们的问题指向他时，他只得道谢离开。

远处传来阵阵鼓声，他循声穿过一片空荡的营地，猝不及防地来到了营妓住的地方。突然间，似乎所有人都在营火照不到的地方活动，几乎每走一步他都要碰上肩膀，或是撞上后背，有时只能在黑暗中摸索。

第一卷　第一次进军

天堂之指苍白的光线照亮了陌生人的头、肩与面孔，有的地方，歌手、商人或皮革门帘的随军妓院把火把插进地里，照亮自己的生意。一些道路挂着灯笼，他看到年轻的长牙之民——不过是半大孩子——喝多了酒在暗处呕吐，几个十岁左右的女孩拉住膀大腰圆的士兵，朝幕布遮掩下的帆布篷走去。他甚至看到一个涂脂抹粉的男孩，用紧张而期待的眼神看着来来往往的男人。这里有摆摊的手艺人，他从几个草草搭成的铁匠工棚边走过，鸦片馆的门帘下，一个男人蜷在那儿抽搐，仿佛被蚊子叮咬得不行。他又经过许多教派的镀金大帐，包括吉尔加里奥神、雅特维女神、摩玛斯神、阿乔里神，甚至有难以捉摸的欧吉斯女神——许多人对她极为尊崇，埃因罗是其中之一。他挥手赶开无处不在的乞丐，对那些把黏土护身符塞进他手里的信徒哈哈大笑。这里几乎没有像样的帐篷，多是用木棍、细绳及上色的皮革草草搭出的隐蔽处，有的甚至只挂起一张毯子。在一条小巷中，阿凯梅安看到至少十几对男女——既有男人和女人，也有男人和男人——毫不遮掩地搂抱在一起做爱。他停步观看一个异常美丽的诺斯莱女孩被两个男人抓着，另一个黑牙齿的男人拿棍子站在旁边，要围观的人掏钱。他看到一个文身的老朽隐士，趴在一个胖妓女身上拱动。他还看到黑皮肤的祖姆妓女们，穿着劣质绸缎织的花哨裙服，跳着人偶般的奇怪舞蹈，华丽的动作透出讥讽味，展现了她们遥远故乡的气质。

　　到头来是女人先找上他。走进两个帆布篷间极昏暗的小巷，他听到身后传来一阵急切的脚步声，然后感觉一双小手朝他两腿间摸去。他转身抱住女人，她体形还算不错，只是黑暗中看不清面孔。她隔着长袍抚弄他的下体，低声呢喃："只要一枚铜板，大人，一枚铜板就为您取出种子……"他感到她露出扭曲的笑容，"两枚铜板可以买我的桃子。您想要我的桃子吗？"

　　在她灵巧的手中，他不由自主地挺立起来，喘起粗气。这时，一队举火把的骑兵——皇家齐德鲁希骑兵——从旁驰过。借着火光，巫师看见了她的脸:空洞的眼窝,溃烂的嘴唇……

他把女孩推开,笨手笨脚地摸钱包,掏出一枚铜币,本打算放进她手里,却掉到了地上。她跪在地上,哼哼着在黑暗中摸索……阿凯梅安转身逃掉了。他发觉自己徘徊在黑暗中,盯着一群围坐在火堆旁的妓女。她们唱歌、拍手,一个身材粗壮、胸脯平坦的克泰女人在火堆边跳舞,只披了条刚好盖住屁股的毯子。阿凯梅安知道这是她们做生意的方式。这些女孩会轮流上场,表演种种淫秽舞蹈,朝周围的黑暗中呼唤,展示她们准备出售的货物。

他在黑暗的隐蔽下仔细挑选女孩,以免当面选择的尴尬。那个跳舞的女孩并没有引起他的兴趣——脸实在太长了,像马脸一样。但那个随歌声像孩子一样摇晃着漂亮脑袋的年轻诺斯莱女孩……她坐在地上,双膝漫不经心地前伸,火光时不时照到她大腿内侧……

当他终于下定决心走向火堆时,她们跟拍卖市场上的奴隶一样叫嚷起来,向他提出各种保证,但等他拉住加里奥斯女孩的手,马上又都变成了嘲弄。虽然喝得酩酊烂醉,他还是紧张得无法呼吸。她看起来非常美,柔软而纯洁。

女孩从旁边小架子上取下一根蜡烛,拉他朝暗处走去。她领他找到一排简陋住所中最靠后的一间,解开身上的毯子,蜷到油污的皮布篷下。阿凯梅安站在她身前大口喘气,想要仔细闻闻她裸体的味道。她住处里面那堵墙不过是碎布片结成的绳子,透过绳子昏暗的缝隙,他看到成百的人来来往往。

"你是想跟我睡,没错吧?"她的口气好像只是要确认一件无关紧要的事。

"噢,没错。"他含糊地说。为什么喘不过气来?

瑟金斯在上。

"睡很多次,嗯?'巴斯乌'?"

他紧张地笑笑,透过破幕布往外看了一眼。两个男人互相咒骂、扭

第一卷 第一次进军

打着,来到近处,阿凯梅安不禁缩了缩身子。

"很多次?"他知道和妓女讨价还价时该说什么话,"你觉得能有多少次?"

"我想,四……四枚银币的次数吧。"

银币? 她显然是把他的尴尬当成经验不足了。不过像现在这样的夜晚,钱又算什么? 他是在庆祝,不是吗?

他耸耸肩:"像我这样的老人?"

在这样的对话中,男人一定要嘲弄自己的能力,才能达成公平交易。如果口袋不够充裕,就要承认自己年老、虚弱,诸如此类。艾斯梅娜告诉他,傲慢的男人在协商中总会吃亏。当然,这正是谈判的意义,妓女痛恨的莫过于那种上门时自欺欺人地把奉承自己的谎言当真话的男人。艾斯梅管那种人叫"西玛特拉帕里",意思是"只能射两次的人"。

加里奥斯女孩打量着他,眼里仿佛有云雾笼罩。她开始在昏暗的光线中抚摸自己。"你真强壮。"她的语调突然变得含混了,"就像……'巴斯乌'一样强壮! 两个银币的次数,你觉得呢?"

阿凯梅安笑笑,努力不去看她手指抚过的地方。地面缓慢地旋转起来,有那么一阵,她的身体在黑暗中看来苍白而瘦削,好像一个被多番凌辱的奴隶,她身下的草垫仿佛都能把她皮肤割开……他喝得太多了。不,不是太多,是刚刚好……

地面稳定下来。他咽咽唾沫,点点头,从钱包里取出两枚银币。"'巴斯乌'是什么意思?"他一边问,一边把银币倒进她期待已久的小手掌中。

"嗯?"她脸上露出胜利的微笑。

她用令人眼花缭乱的动作将两枚闪闪发亮的白色塔兰藏起来——她拿钱买什么? 他不禁想——然后她用大眼睛疑惑地看着阿凯梅安。"那个词是什么意思?"他缓慢地重复,"巴斯乌……"

她皱皱眉头，露出调皮的笑容："是'大熊'……"

虽然胸脯丰满，体态成熟，但她的神态仍让他想起小孩子。无辜的微笑，来回滚动的眼珠，充满弹性的脸蛋，像蝴蝶翅膀一样时开时合的膝盖。仿佛女孩的妈妈时刻都会闯入，大喊大叫着把他们分开。这是她装出的样子吗？就像没羞没臊的马戏演员？他的心被重重地捶了一下。

他在她两腿之间的宝贝前跪下。她颤动着，翻滚着。"快啊，巴斯乌。"她喘着气说。

他晃晃身子，清醒了一些，不禁暗自发笑。他掀起长袍，紧张地看着外面来来往往的阴暗人群。

他努力让自己不去注意味道。他自己的味道。

"噢，好大一只熊。"她柔声说，抚弄着他的下身。

突然间，他的忧虑消失了，心底某个扭曲的部分甚至很高兴其他人看着自己。让他们看！让他们学！

我一向是老师……

他咯咯笑着，抓住她苗条的臀部，拉她坐到自己大腿上。他一直渴求着这一刻。他在颤抖！颤抖！

女孩发出银色的呻吟，金色的叫喊。周围人群纷纷转过脸去。就在这时，穿过那些打结的布条，阿凯梅安看到了艾斯梅娜。

"艾斯梅！"阿凯梅安大喊着一跃而起，拨开行人的手臂和肩膀朝前挤去。加里奥斯女孩在他身后叫嚷——用的是他听不懂的语言。

他又瞥见了艾斯梅娜，她急匆匆从雅特维女神祭司诊所门前的一排火炬下走过。一个梳森耶里战士辫的高个男人挽着她的手臂，不过带路的似乎是她。

"艾斯梅！"他高喊着，急切地跳了两下，想让她从人群中认出自己。她没转身。"艾斯梅！停下！"

她为什么要跑？她看到他刚才和那个女孩在一起了吗？

第一卷 第一次进军

她在这里做什么?

"见鬼,艾斯梅娜!是我!是我啊!"

她回头看了一眼?太黑了,看不清楚……

有那么一刻,他想使用巫术。只要他愿意,完全可以闪得这片地方所有人目不视物。但他一如既往地感觉到周围人群中散布着象征死亡的小圆球,有的长牙之民带着祖传的丘莱尔……

他打起精神,继续在人群中挤来挤去。有人重重撞在他身上,让他耳朵嗡嗡作响,不过他并不介意。

"艾斯梅!"

他眼见她挽着森耶里人,朝更昏暗的小路拐去。他踉跄着挤出人群,冲向小巷口。随他们钻进黑暗前,他犹豫了一下,突然涌起不祥的预感。艾斯梅娜在这里?在圣战军中?不可能。

是陷阱。这想法像刀刺中了他。

地面又开始旋转。

非神会能装成斯科约斯,就不能装成艾斯梅娜吗?他们知道埃因罗,肯定也知道她……哄骗心情郁结的学士,还有什么更好的办法……

换皮密探?我追逐的是换皮密探?

透过灵魂之眼,他看到杰什鲁尼的尸体从萨育特河中被捞了出来。被害的人。被亵渎的尸体。

瑟金斯在上,他们夺走了他的脸。同样的事也可能发生在……

"艾斯梅!"他大喊着冲进黑暗,"艾斯梅!艾——斯——梅!!"

奇迹发生了,她停下了,她身边的同伴站在火炬亮光下,也许是听到他的喊声,又或……

阿凯梅安加快脚步,跑到她身前,却大吃一惊,差点摔倒。

不是她。棕色的眼睛太小,颧骨太高。很像她,但不是她……不是艾斯梅娜。

"又一个疯子。"女人对同伴哼了一声。

"我、我以为……"阿凯梅安低声说,"我以为你是另一个人。"

"那女孩真可怜。"她嗤笑一声,转过身去。

"不,等等!请你……"

"请我?做什么?"

阿凯梅安眨眨眼睛,她看起来那么……像。"我需要你,"他低声说,"我需要你的……安慰。"

森耶里人毫无征兆地抓住他的喉咙,一拳打在他肚子上。"Kundrout!"那人怒吼,"Parasafau ferautin kun dattas!"阿凯梅安喘不过气,一边咳嗽,一边抓向那人粗壮的前臂。恐慌。紧接着沙砾与岩石——哦,地面——撞上了他的胸膛和脸颊。震荡。明亮的黑暗。有人在尖叫。鲜血的味道。模糊间头发纷乱的战士朝他啐了一口。

他抽搐着翻身,流着泪用膝盖撑起身子。透过泪水,他看到那两人消失在拥挤的人群中。

"艾斯梅!"他哭喊,"艾斯梅娜,求你了!"

古老的名字。

"艾——斯——梅!"

回来……

他感觉有人在触碰自己。他听到了声音。

"你还在给人衔棒子,我看出来了……你这条没力气的老狗。"

他借着火炬光茫然四望。

她用纤细的手臂扶起他,两人踉跄着走过阴暗的面孔夹出的长廊。她散发出樟脑和芝麻油的味道——像个费恩商人。那是她的味道吗?

"瑟金斯在上,阿凯,你真是一团糟。"

"艾斯梅?"

"是的……是我。阿凯,是我。"

"你脸上……"

"一个加里奥斯混蛋弄的。"她惨然一笑,"长牙之民就是这样对待

第一卷 第一次进军

妓女的。不给操,就揍她。"

"噢,艾斯梅……"

"等肿块消退,和你比起来,我就是贵族家的处女。他、他踢你脸的时候,你听到我的叫声了?你在做什么?"

"我、我不知道……我、我在找你……"

"嘘,阿凯……嘘……不要在这里。以后再说。"

"再说一遍……我……我的名字。再说一遍!"

"杜萨斯·阿凯梅安……阿凯。"

他哭了,哭得那么厉害,甚至没发现她也在流泪。

可能被同样的冲动驱使,两人朝营帐后的阴影中走去,跪下抱住了对方。

"真的是你……"阿凯梅安低声说,看着她盈满泪水的双眼中映出的一对月亮。

她笑着,抽噎着:"真的是我……"

咸涩的泪水让他嘴唇发烫。他把手伸进她的哈萨斯,露出左边乳房,拇指绕着乳头摩挲:"你为何离开苏拿?"

"我害怕。"她低声说,亲吻着他的前额和脸颊,"为何我总在害怕?"

"因为你活着。"

激吻。两人在黑暗中摸索、拉扯、抓握。地面又旋转起来。他仰身躺下,她张开滚烫的大腿,坐在他腰上,然后他进入了她体内。她喘息着,两人就这样一动不动静止了好多个心跳的时间,心脏仿佛在一起跳动,气息仿佛在同时喷吐。

"你绝不会再这样了。"阿凯梅安道。

"你发誓?"她擦了把脸,吸吸鼻子。

他轻摇她的身子:"我发誓……没有任何事、任何人、任何学派、任何威胁、任何东西可以将你从我身边夺走。"

"没有吗……"她低声呻吟。

这一瞬间,两人合而为一,在迷乱的激情驱使下舞动,无声无息地摇摆。这一瞬间,他们心中没有恐惧。

激情过后,他们互相爱抚着,在黑暗中低诉甜言蜜语,为早已被原谅的事情彼此道歉。最后,阿凯梅安问她把行李放在哪里。

"我被抢过,"她努力想挤出笑容,"不过还是留下了一些东西。离这里不远。"

"你会和我在一起吗?"他含着眼泪真诚地问,"可以吗?"

他看着艾斯梅娜,咽咽唾沫,眨眨眼睛。

"可以。"

他笑了,艰难地站起身:"我们去拿你的东西吧。"

他们慢慢走着,就像一起逛集市的情侣。阿凯梅安不时看向她的眼睛,露出难以置信的微笑。

"我以为你不会再出现。"他说。

"但我一直在这里。"

阿凯梅安没问她是什么意思,只是笑了笑。这一刻,她身上的谜团似乎不重要了。这不是因为他喝醉了酒,脑子转不过弯。他不知道是什么驱使她离开苏拿,是什么让她来到圣战军中,是什么迫使她……是的,迫使她逃避他。但在这一刻,这些都不重要。他在意的只有一件事,那就是她在这里。

就让这一夜永恒吧。求你了……留给我这一夜……

第一卷　第一次进军

两个人组成了一个无言的国度。两个人带领彼此,远离苦痛的边疆。

他们在一个杂技演员面前停下,看着他把一条皮绳放进装满蝎子的篮中,等拿出来,角质肢节、钳螯及尖尾巴已将整条绳子包裹。那人说,这是著名的"蝎辫子",尼尔纳米什的国王至今仍在用它惩罚重犯。观众围到他身边,急切地想要凑近看看。他高举辫子,让每个人都看清楚,然后突然甩将起来,从观众们头顶掠过。女人发出尖叫,男人要么俯身趴下、要么举手护头,但没有一只蝎子从绳上脱落。表演者的声音盖过了周围喧哗,他告诉大家绳子浸了毒药,蝎子松不开嘴,如果不给蝎子解药,它们会咬着皮绳到死。

几乎整场表演中,阿凯梅安一直看着艾斯梅娜,心中充满欢悦。他不停地在她身上发现从没注意到的细节,就像第一次见到她一样。她鼻子周围的脸颊长着小雀斑,眼珠非常白,漆黑的头发夹杂着几缕红褐色,后背与肩膀有健美的曲线。她的一切似乎都是崭新的、迷人的。

我要一直这样看待她,她就像我深爱的陌生人……

每当两人目光交汇,都会相视而笑,仿佛在庆祝不经意的重逢,但随后又会马上转开眼睛,似乎知道短暂的幸福无法经受考验。最终两人间不知发生了什么,也许是某人眼神中闪过一丝焦虑,便再也没有对视。阿凯梅安狂喜的心中出现了一个洞。他握紧她的手,她的手指却始终松着。

过了一阵,艾斯梅娜拉他来到几堆营火亮光的交汇处。两人停下脚步。她咬紧牙关看着他的脸,面无表情。

"你身上有什么不一样了。"她道,"以前你一直在假装,连埃因罗死后都是,但现在……你不一样了。发生了什么?"

他还不敢回答她的问题。太快了。

"我是个天命派学士。"他有气无力地说,"还能发生什么?我们在经受……"

她嗔怒地瞪了他一眼。"知识的折磨。"她说,"你们一直在经受……折磨越多,意味着学到的越多……对吗?你又学到新东西了?"

阿凯梅安直盯着前方,一言不发。太快了!

艾斯梅娜的目光越过他,朝他身后阴影中的人群看去:"你想知道我遇到了什么吗?"

"别说了,艾斯梅。"

她往后缩了缩,别开脸,眨眨眼睛,从阿凯梅安手中抽出自己的手,继续朝前走。

"艾斯梅……"他喃喃说着跟在她身后。

"你知道,"她说,"除了偶尔挨打并不算太坏。这里有很多客人。很多——"

"够了,艾斯梅。"

她笑了,好像这是场闲谈,说什么都不打紧:"我和老爷们睡过……贵族种姓的老爷,阿凯!想想吧,他们那话儿比一般人大——你知道这个吗?我还不清楚艾诺恩人是什么样,他们喜欢男孩。康里亚人也没来过,他们只对加里奥斯的娘们儿感兴趣——那种牛奶白皮肤的,你知道。不过皇家军团的人,纳述尔人,他们喜欢家乡的桃子,恨不得住在妓院里。还有森耶里人!我一张开大腿,他们就兜不住种子!不过他们非常凶,尤其喝醉了的时候,而且每个都那么小气。噢,加里奥斯人,接待他们才有趣,他们有时抱怨我瘦得皮包骨头,不过他们喜欢我的皮肤。如果不是每次完事都有负罪感,还会发火,他们是最好的客人。他们不习惯找妓女……可能是因为他们的城市都不够古老,没太多人做这行吧……"

她打量着阿凯梅安,眼中带着苦涩与挑衅。他走着,眯眼直视前方。

"这里的生意一直很好。"她转开目光。熟悉的愤怒又回来了,几个月前,就是这样的怒火让他离开她的怀抱。他握紧拳头,仿佛看到自

第一卷　第一次进军

己在摇晃她,挥拳打她。欠操的婊子!他想高喊。

为什么告诉我这些?为什么让我听到无法承受的东西?

特别是这种时候,还有那么多问题要问她……

你为什么离开苏拿?你到底躲了我多久?多久?

他没来得及说话,艾斯梅娜就领他拐了个弯,避开一队武装士兵,来到一个火堆前。火堆旁都是化了妆的面孔。都是妓女。

"艾斯梅!"一个黑发女用男人一样的粗鲁声音喊道,"你今天这——"她顿了顿,仔细看了两人一阵,笑起来:"你这位不走运的朋友是谁?"她四肢结实,腰肢很粗,不过算不上肥胖——艾斯梅曾告诉他,某些诺斯莱人就喜欢这样的女人。阿凯梅安明白了,她是那种把百无禁忌当成亲密的人。

艾斯梅娜犹豫了一阵,令阿凯梅安皱起眉头:"这是阿凯。"

粗壮女人画得浓浓的眉毛扬起来。"那个不要脸的杜萨斯·阿凯梅安?"女人问,"学士阿凯?"

阿凯梅安看着艾斯梅娜。这人是谁?

"这是雅瑟拉,"艾斯梅娜说,好像女人的名字就能说明一切,"雅茜。"

雅瑟拉审视的眼神没离开阿凯梅安:"你在这儿做什么,阿凯?"

他耸耸肩:"我跟圣战军来的。"

"我们也一样!"雅瑟拉喊道,"你也许会说我们追随的不是同一根长牙……"其他女人哄堂大笑——像男人一样。

"还有那小先知,"另一个女人沙哑地说,"不知他在床上是不是也那么多话……"

女人们高声喝彩,只有雅茜瑟拉微微一笑。

笑话接连不断,不过艾斯梅娜已拉他朝黑暗中走去,应该是朝她的住处。

"我们把帐篷扎在一起,"她抢先开口解释,"有事可以互相照应。"

85

"我看出来了……"

"这是我的帐篷，"她在肮脏帆布搭成的低矮三角帐篷前蹲下——这帐篷就像阿凯梅安自己的一样，这让他感到一丝奇特的欣慰。她一句话没说，便朝黑暗中爬去，阿凯梅安跟在后头。

帐篷里太小，坐直都勉强，除了熏香味，还有一股催人情欲的气味——又或只是阿凯梅安忍不住想象她和其他男人在这里干的样子。她用妓女特有的、满不在乎的姿势脱掉外袍，他端详着她柔软的曲线、小巧的胸部。在外面透进来的昏暗火光中，她显得如此脆弱、渺小、凄凉。夜复一夜，她躺在这里，躺在一个又一个男人身下……

我必须改变这一切！

"有蜡烛吗？"他问。

"有一些……不过会着火的。"对城里长大的人来说，火永远是禁忌。

"不，"他说，"有我在不会……"

她从角落的行李中取出一根蜡烛，阿凯梅安用一个词就让它燃烧起来。在苏拿，每次看到他这样的小把戏，她总会惊奇不已；而现在，她只是用顺从而谨慎的眼神看着他。

烛光亮起，两人都眨了眨眼睛。她取出一条沾满油渍的毯子盖住膝盖，直勾勾地盯着蜡烛。阿凯梅安咽了咽唾沫："艾斯梅？为什么要告诉我……这些？"

"因为我想知道……"她说着，目光继续往下移动，看向双手。

"知道什么？知道我的手为何发抖？知道我的眼神为何如此慌张？"

她的肩膀在昏暗的光线中耸动。阿凯梅安这才发觉她在抽泣。

"为什么你假装没看到我？"她低声说。

"什么？"

"在摩门最后那个晚上……我去找你。我找到了你的营帐、你的朋

第一卷　第一次进军

友们,但不敢走出来,因为我怕……我怕……但你没在,阿凯!所以我等着你。直到我看到……看到了你……我高兴得哭了,阿凯!我高兴得哭了!我站在那里,站在你面前,哭着!我伸出双手,但你……你……"她眼里痛苦的光芒暗淡下去,消失了,她的声音变得不一样了——冰冷了许多。

"你装作没看到我。"

她在说什么?阿凯梅安按住前额,忍着发火的冲动。她一直在触手可及的地方——这么久以来一直都在!——却躲着他……他一定要弄明白。

"艾斯梅?"他缓缓地说,想理清醒后混乱的思绪,"你到底——"

"为什么,阿凯?"她坚强而冷酷地问,"因为我肮脏、污秽?因为我是个见不得人的妓女?"

"不,艾斯梅,我——"

"因为我是个被揉烂的桃子?"

"艾斯梅娜,听着——"

她艰涩地笑了:"现在你打算把我带到你的帐篷里,是吗?放到你的筐里……"

他抓住她的肩膀喊道:"筐?你居然这样说我?你?"

目睹她恐惧的表情折射出他的野蛮,他马上后悔了。艾斯梅娜缩了缩身子,好像在等他挥拳打来。他发觉她左眼上有块瘀青。

谁干的?不是我。不是我……

"看看我们。"他放开她,小心翼翼地抽回手。都是被驱逐、被诅咒的人。

"看看我们。"她低声重复,泪水从脸颊滚落。

"我可以解释,艾斯梅……所有一切。"

她点点头,揉着肩上他刚刚抓过的地方。帐外传来女人的齐唱,她们唱着妓女的歌,用柔软的大腿换取坚硬的银币。打开的帘幕透出闪烁的火光,好像黑暗的水池里晃动的金币。

"你说的那天晚上……瑟金斯在上,艾斯梅,我没看到你。不是因为我觉得你丢脸!我怎会那么想?怎会有人觉得你这样的女人丢脸?更何况我还是个巫师?"

她咬咬嘴唇,透过泪水露出微笑:"那是为什么?"

阿凯梅安翻了个身,躺在她身边,朝头顶黑暗的帆布帐篷看去。

"因为我找到他们了,艾斯梅,就在那天晚上……我找到了非神会。"

"之后我什么都不记得了。"他最后说,"只知道自己连夜返回了军营,从皇宫一路奔回辛奈摩斯的营地,完全不记得怎么走回去的……"

一连串话语奔涌而出,有时甚至词不达意。他描绘出安迪亚敏高地下的恐怖。不期而至的传唤。与伊库雷·瑟留斯三世的会面。审讯皇帝的宰相斯科约斯。不是脸的脸,像女人修长的手指一样张开。夺取人脸的恐怖阴谋。他和盘托出,除了凯胡斯……

艾斯梅娜蜷在他怀里,仔细听着,用脸颊摩擦他的胸口。

"皇帝相信你吗?"

"不……我想他仍以为是西斯林干的。人总是喜欢新欢与宿敌。"

"那阿提尔苏斯呢?天命派作何反应?"

"非常兴奋也非常沮丧,至少我是这样想的……"他舔舔嘴唇,"我不是很确定。自第一次向诺策拉汇报后,我再没有联系过他们。他们也许以为我死了……因为某些发现而被杀。"

"他们没联系过你……"

"我们的规矩不是这样的,你还记得吗?"

"是的,是的……"她答道,翻了翻眼珠,得意地笑着,"看我说得对

第一卷 第一次进军

吗？要施放传声咒，需要知道要联络的人及其位置，才能开始对话。因为你在随军行动，他们不可能知道你的位置……"

"没错。"他勉力打起精神，准备应对无从回避的下一个问题。她的眼睛在他眼中探寻，带着怜悯，也带着警惕。

"那为什么你没再联系他们？"

阿凯梅安耸耸肩，颤抖的手指在她头发中抚过。"真高兴你在这里，"他低声说，"你没事真是太好了……"

"阿凯，到底怎么了？你吓到我了……"

他闭上眼，深吸一口气。"我遇到一个人。一个在两千年前的预言中出现的人……"他张开眼睛，她还在他怀中，"安那苏里博。"

"这名字……"艾斯梅娜皱眉盯着他的胸口。"有一次你在梦中喊出这名字，把我弄醒了……"她抬头盯着他的脸，"我还记得，当时我问你'安那苏里博'是什么意思，你说……你说……"

"我不记得了。"

"你说那是古代库尼乌里王国最后一个王朝的姓氏，还有……"她的表情由于恐惧变得僵硬，"这一点都不好玩，阿凯！你真的吓到我了！"

她在害怕，阿凯梅安知道，因为她相信他……他吸了口气，抹去眼角的热泪。喜悦的泪水。

她真的相信……至少有她相信！

"不，阿凯！"艾斯梅娜边喊边抓着他的胸口，"不能让这种事发生！"

生命怎会变得如此诡异？一个天命派学士居然会庆幸世界末日成真。

艾斯梅娜赤裸的身体靠着他,听他解释为何凯胡斯一定是末日到来的标志。她仔细听着,一言不发,用恐惧而期待的眼神看着他。

"你不明白吗?"他不知是对她、还是对周围的黑暗说,"如果我告诉诺策拉或其他人,他们一定会带走他……不管他在谁的庇护之下。"

"他们会杀了他?"

阿凯梅安眨眨眼睛,赶开眼前浮现的审讯场景:"他们会毁了他,毁掉曾经那个他……"

"即便如此,"她说,"阿凯,你也必须交出他。"没有犹豫,没有停顿,只有冰冷的眼神和毫不容情的判断。看来对女人而言,威胁与爱情之间孰轻孰重是无须衡量的。

"那可是一条人命,艾斯梅。"

"是的。"她说,"一条人命……会带来什么不同呢? 一条人命? 已经有那么多人死去,阿凯。"残忍的世界,残忍的逻辑。

"但要看这人是谁,不是吗?"

这话让她顿了一下:"的确。那他到底是什么样的人? 什么样的人值得你冒引发末世之劫的危险?"

虽然这话带着讽刺,但他能感到她的恐惧。确定性与复杂性是不相容的,而她需要确定。她以为自己在拯救我,他明白,为了我好,她要确定我是错的……

"他……"阿凯梅安吞口唾沫,"他与其他人完全不同。"

"何以见得?"卖身者职业性的怀疑。

"很难解释。"他犹豫了一下,回想着与凯胡斯的相处。那样强大的洞察力。那么多令人敬畏的瞬间,"你能想象站在别人地盘上的感觉吗? ——踩在别人的财产上?"

"我想……就像是闯入者吧,或者像个客人。"

第一卷 第一次进军

"这就是他让人产生的感觉。感觉自己像个客人。"

厌恶的表情。"我不觉得这能讨人喜欢。"

"我形容得不对,"阿凯梅安深吸一口气,挑选合适的词语,"人和人之间有……很多空间。其中有些是双方共有的,有些不是。比如说,你和我谈论非神会时,你站在我的地盘;我和你谈论你的……生意时,我站在你的地盘。但当你和凯胡斯在一起,不管谈论什么,结果都一样。不知什么原因,你会觉得脚下的土地全属于他,而自己永远是他的客人——永远都是!哪怕教授他知识时也一样,艾斯梅!"

"你教他?你收他做学生了?"

阿凯梅安皱了皱眉。她的语气好像他背叛了谁一样。

"只是外在的知识,"他耸耸肩,"关于这世界的知识。无关于内在的知识,他不是异民……"停了一下,他补充道,"感谢真神。"

"为什么这样说?"

"因为他实在太聪明了,艾斯梅!你无法想象!我没见过这样敏锐的头脑,不管在生活中还是在书本上……他甚至超越了阿金西斯,艾斯梅!阿金西斯!如果凯胡斯能使用巫术,他会……他会成为……"阿凯梅安屏住呼吸。

"成为什么?"

"又一个谢斯瓦萨……甚至不只是谢斯瓦萨……"

"我更不喜欢他了。听起来他非常危险,阿凯。你一定要让诺策拉和其他人知道。如果他们要抓他,就抓好了。至少你能洗净双手,离开这件疯狂事!"

他眼中涌出泪水:"但是……"

"阿凯,"她加重声音,"这担子不是要你来承担的!"

"但它确实是!"

艾斯梅娜从他胸口抽身,支起一只手臂,斜倚在他身上。她的头发披在左边肩膀,烛光下显出深不见底的黑色。她似乎在思量、在犹豫。

"是吗?我想你这么说是因为埃因罗……"

寒气裹住了他的心。埃因罗。他亲爱的孩子。像儿子一样。

"为什么不呢?"他的声音突然变得狂暴,"他们杀了他!"

"但他们派的是你!他们派你去苏拿策反埃因罗,而你正是这样做的,虽然你非常清楚会发生什么……你联系他之前对我说过!"

"你想表达什么?我杀了埃因罗?"

"这是你的想法。你觉得自己杀了他。"

噢,阿凯梅安,她的语调在说,求你了……

"如果真是这样呢?我就必须再屈服一次吗?让阿提尔苏斯的那些蠢货毁灭又一个我深——"

"不,阿凯梅安,这意味着你做这一切——所有的一切!——去拯救这个人、这个安那苏里博·凯胡斯,只为了惩罚自己。"

他目瞪口呆地盯着艾斯梅娜。她是这么想的?

"你这样说,"阿凯梅安喘息着,"是因为你太了解我……"他伸出手,用一根手指沿她胸乳白皙的弧线划动,"太不了解凯胡斯了。"

"没有哪个人能有那么特殊……我是个妓女,你记得吗?"

"我们来看看是不是吧。"他把她拉近,吻她。深深的长吻。

"我们,"她重复了一遍,笑着,好像受了伤害,又仿佛感到惊奇,"现在真是'我们'了,是吗?"

她带着羞赧甚至有几分胆怯的笑容,帮他脱掉破旧长袍。

"我找不到你时,"他说,"还有你刚才转身走开时,我感觉……我感觉无比空洞,好像我的心变成了一缕烟……这难道不能说明是'我们'吗?"

她把他按倒在垫子上,骑坐在他身上。

"我体会到了,"她说着,泪水却如小溪流过脸颊,"一定是的……"

一只羔羊,阿凯梅安心想,十头公牛。认知。

他刚硬起来,急切地想再次占有她。和以往一样,周围一切都在闪

第一卷 第一次进军

烁,每幅图景都变得像玻璃板。染血的面孔。交鸣的青铜武器。在汹涌澎湃的巫术中倒下的人们。巨龙露出钢铁般的牙齿……但她抬起腰,任他刺进体内。这样一来,过去与未来都消失了,只留下荣耀的现在。他在疼痛中喊了出来。

她轻轻啮咬着他。她不再是想要尽快与客人结束缠绵的老练妓女,而是一个笨拙自私的情人,想要床伴停下动作享受这一刻——就像情人,就像妻子。

今晚她会接纳他,阿凯梅安知道,这是一个妓女能给他的一切。

它戴着妓女的脸,坐在黑暗中,竖起耳朵听着一臂之外他们做爱的声音——光辉灿烂的声音——它想到血肉之躯的限制,想到自己不用去关心那些,它感到强大、致命。

空气中弥漫着他们的呻吟,没洗过的身体的醉人味道在暗夜中阵阵袭来。这味道不坏,也许只是缺少恐惧。

这是动物的声音和味道,饥渴的动物。它了解他们的欲望,也许是太了解了。欲望是方向,而造物主早就给予了它方向——如此雅致的饥渴!啊,没错,造物主一点都不蠢。

它脸上露出极乐的表情。欺骗带来狂喜,杀戮引发高潮……尤其在黑暗中。

第四章 亚斯吉罗奇要塞

不管决定多么合理,都无法抛开后果。

不管后果多么出人意料,都无法免除做出决定的责任。

甚至死亡也不能。

——希尤斯,《图西安戏剧》

回忆当时种种,感觉十分奇特,好似陡然惊觉差点在黑暗中摔下悬崖。无论何时回想,我都惊讶于自己居然能活下来,也为自己必须继续在黑暗中前行感到恐惧。

——杜萨斯·阿凯梅安,《第一次圣战简史》

长牙纪4111年,初夏,亚斯吉罗奇要塞

阿凯梅安和艾斯梅娜在彼此臂弯中醒来,朦胧忆起昨晚的事,又紧抱在一起,压下心头恐惧。周围营地也在缓缓苏醒,他们急匆匆又云雨了一番。完事之后,艾斯梅娜一言不发,每当阿凯梅安想看她的眼睛,她都倔强地转过脸去。这样的态度转变让他有些困惑,也有些生气,但他很快明白过来,她在害怕。昨晚她分享了他的帐篷,今天她要分享他的朋友,他的白天——他的生活。

"不用担心。"艾斯梅娜紧张地抓着自己的哈萨斯,阿凯梅安终于对上她的眼睛,"我找朋友的标准高多了。"

一丝怒意冲淡了她眼里的恐慌:"和什么相比高多了?"

他眨眨眼睛:"和找女人相比。"她垂下眼,笑着摇头,似乎低声骂了句什么。阿凯梅安弯腰走出帐篷时,她使劲在他屁股上拧了一把,让他大叫起来。

阿凯梅安搂着艾斯梅娜的腰,领她来到辛奈摩斯面前。元帅正站着和血腥丁察说话。阿凯梅安介绍她时,辛奈摩斯只例行公事地跟她打个招呼,然后转身指着东方地平线上一道若有若无的烟柱。他解释说,费恩教的小部队穿过群山,袭击了高原地区。昨晚,东边一个叫土桑的不小的村子,在毫无防备的情况下遭遇袭击,被烧成平地。普罗雅斯想第一时间去现场调查——带军官们一起。

说完元帅离开他们,向手下大声呼喝下令。阿凯梅安和艾斯梅娜回到火堆旁,一言不发地坐在一起,看着一队队亚特雷普斯骑兵沿营地中的大路集结出发。他感到她的担心,她一定觉得给他丢了人,但他实在想不出什么话来取悦或安慰她。他只能跟着她的目光,感觉自己像个奴隶或者残疾人,被排除在行动之外。

凯胡斯来到他们身边,用和辛奈摩斯同样的姿势看着东方地平线。

"这么说,开始了。"他说。

"什么开始了?"阿凯梅安问。

"流血的战争。"

阿凯梅安带着一点羞赧,把艾斯梅娜介绍给凯胡斯。艾斯梅娜冷冰冰的语调和表情让他有点沮丧,她脸上那块瘀青也让他有些难为情。不过就算凯胡斯注意到了这些,也没有表现出来。

"新人,"他露出温暖的笑容,"没胡子,也没眼袋。"

"只是现在没有……"阿凯梅安说。

"我从不长眼袋,胡子就说不准了。"艾斯梅娜装出抗议的口气。

他们都笑了,艾斯梅娜的敌意似乎减轻了些。

不久，西尔维也来了，身上仍裹着毯子。刚看到艾斯梅娜时，她惊奇的表情似乎带着些惶恐——看到艾斯梅娜不止听男人说话，居然和他们交谈，这种表情更明显了。阿凯梅安为此感到不安，但仍觉得只要艾斯梅娜改掉在妓女的营火旁养成的像男人一样说话的习惯，她们能成为好朋友。

不知为什么，他感到军营中充满压迫感，完全坐不住，于是建议大家到山间远足。凯胡斯马上同意，说自己没从远处看过圣战军的样子。"不从高处观察，就不能完整地了解一件事。"他说。西尔维平时总被留下，这次能一起出门，兴奋得有些害羞。艾斯梅娜似乎只要握着阿凯梅安的手，就心满意足了。

湛蓝天空下，云纳拉山脉宏伟的山峰高高耸立，像古老的臼齿排成的一道弧线，消失在远方地平线。他们花了一上午在周围山坡寻找，想找到俯瞰圣战军全貌的制高点，但营地附近起伏的山坡总不能尽如人意。他们越走越远，却仍只看到广阔营地的角落，无数熄灭火堆冒出的烟雾让景象变得更加模糊。他们遇到了许多巡逻的骑兵队，警告他们费恩教的斥候部队可能就在附近。辛奈摩斯麾下一队康里亚骑兵坚持要护送他们，只是凯胡斯亮出自己的王子身份，命令他们离开。

艾斯梅娜问起此事，在这么危险的环境下，这样做是不是不大明智。凯胡斯只说："我们可是和天命派学士一起行走呢。"

确实如此，她想道，但异教徒仍然让她紧张。她想，圣战的对象已不是抽象概念。她经常往东方看，似乎在期待爬上某个山顶之后，能看到土桑村的冒烟残骸。

自上一次坐在苏拿的窗前，过去了多久？她走过了多长的路？

走路。城市中的妓女管那些跟着军队迁徙的营妓叫"penedi-

第一卷 第一次进军

tari"——"走远路的",这个词又很容易被说成"pembeditari"——"扒手",因为很多人认为营妓的维生手段不止一种。"peneditari"在有些人眼中只是一种职业,跟世袭贵族的情妇差不多,另一些人则认为她们像为了钱不惜与麻风病人上床的乞丐娼妓一样腐化堕落。艾斯梅娜发现,真相恰恰介于二者之间。

她感觉自己也是个名符其实的"peneditari"了。她从没走过这么久、这么远的路,哪怕在夜里,哪怕躺着或跪着时,似乎也在赶路,跟随一支由各种形状的阳具和一成不变的责难眼神组成的大军。她从没接待过这么多男人,每天早上醒来,他们的魂魄仿佛还留在她身边。她收拾起行李,跟上大军,感觉像在逃跑,而不是前进。

然而她还是有时间去幻想、去学习。她观察一路走来的地貌变迁,看着自己的肤色渐渐变深,小腹越来越平坦,双腿肌肉越来越结实。她学了几句简单的加里奥斯语,足以带给客人惊喜。她看着孩子们在运河中嬉戏,自己也学会了游泳。被凉水包围的感觉,漂浮的感觉,一瞬间变得洁净的感觉!

但每个夜晚都没有区别。男人苍白的下体碰撞她,被太阳晒黑的手臂搂抱她,威胁,争论,还有营火旁其他妓女讲的笑话——这一切似乎要把她碾平,再折叠成过去的生活中不曾有过的形状。她开始梦到人脸,梦到长胡须的猥琐的人脸。

然后,昨天晚上,她听到有人喊她的名字。她四下张望,半是惊奇,半是难以置信,自觉一定是听错了。她看到显然醉得厉害的阿凯梅安,和一个体格魁梧的森耶里人扭成一团。

她想跑开,却不由自主地站在原地,屏住呼吸呆看着,看着那个战士将他扔到地上。靴子踩下去时,她发出尖叫,但仍然没法移动。直到他撑起身子,哭喊出她的名字,她的腿才能动弹。

她朝他奔去——还有其他选择吗?在整个世界上,他只有她——只有她!她原以为再见到他会觉得愤怒,但完全不是。他的触碰,他的味道,都显出致命的脆弱,显出她从没见过的顺从——多么美好!瑟金斯在上,这感觉多么美好!就像被孩子小小的手臂拥抱着,就像忍受了长时间饥饿之后尝到辛辣的烤肉,就像漂浮在洁净的凉水中。

没有负担,只有闪耀的阳光,缓缓挥动的肢体,青草的味道……

她不再是"peneditari"。她成了加里奥斯人所说的"im huswarra"——"军营里的妻子"。她终于属于杜萨斯·阿凯梅安了。她终于干净了。

也许我终于可以去神庙了,她心想。

艾斯梅娜没告诉他萨瑟鲁斯的事,也没提及苏拿那个疯狂的晚上,以及她关于埃因罗的猜测。提到一样,她就不得不把所有事和盘托出,于是她只告诉阿凯梅安,她离开苏拿是因为爱他,而自从在摩门城外被他抛弃后,她就加入了营妓的行列。

她还能怎么做?她能拿两人终于拥有的一切冒险吗?而且,她离开苏拿确实是因为他,加入营妓也是因为他。沉默与事实并不矛盾。

也许,如果他还是在苏拿离开她时的那个阿凯梅安……

阿凯梅安一直非常……软弱,但这份软弱源自诚实。当其他人闭口不言、绕开话题时,他仍会说出自己的想法,而这让他拥有一种奇妙的力量,让他变得与艾斯梅娜认识的所有男人——以及大多数女人——不同。但现在的他和之前不一样了。他变得更加绝望。

在苏拿,她经常说他就像埃科斯市场上那些疯子一样,一直叫嚷着厄运与毁灭。每次遇到这种人时,她都会说:"你看,又是你的朋友。"而他看到肥胖的富人则会说:"看,又是你的客人。"现在她不敢再开这样的玩笑,阿凯梅安仍是阿凯梅安,但现在他有着和那些疯子一样空洞迷茫的眼神,好像永远都在注视着别人看不到的恐怖事物。

他说出的话让她害怕——她怎可能不相信他呢?——但她更害怕的是他说出那些话的方式。漫不经心的语调、起伏不定的笑声、渐趋乖戾的性格以及无尽的悔恨。

第一卷　第一次进军

他要疯了。她心里非常清楚。但她知道,让他发疯的不是因为发现了非神会,也不是确信第二次末世之劫即将到来,而是这个人……安那苏里博·凯胡斯。

固执的傻瓜!为什么不把凯胡斯交给天命派?若非阿凯梅安本人就是个巫师,她肯定会说他被巫术迷惑了。不管她说什么都没法动摇他的决定,不管说什么!

按阿凯梅安所说,女人没有遵循原则的本能。对她们来说,每件事都是特殊的……他怎么说的来着?哦,对了,对女人来说"存在先于本质"。出于天性,她们的灵魂所走的道路与那些被原则束缚的生物平行,没有交点。女性的灵魂更容易屈服,更懂得怜悯,更习惯照顾,因此,她们也就难以发掘原则,就像无法找到一根藏在灌木丛中的木棍一样;这也是为什么女人容易将自私与正确相混淆——正像她现在这样。

但每个男人都有迥异的强烈意愿,原则是永远无法丢弃的担子,是他们每个人身上的轭,只不过有人拼命承受,有人拼命甩脱而已。和女人不同,男人总是知道自己该做什么,因为这与他们想做的事之间总有着无比强烈的对比。

艾斯梅娜几乎就要相信他的话。否则怎么解释他愿意拿他们的爱情去冒险?

但很快她明白了,挫伤她的是这原则,而不是什么女人的愚蠢。她难道不是把自己交给他了吗?她不是放弃自己的生活和天赋了吗?她不是原谅他所有的过错了吗?

而她要他放弃什么呢?一个才认识几周的人——一个陌生人!重要的是,根据他自己的原则,这恰恰是他应该交出去的人。也许你的灵魂才是女人的!她想朝他喊,但不知为何,她做不到。假如男人必须为女人承担这个世界,女人也许应该为男人承担真相的负担——男和女就像一个童心未泯的孩子的两半。

艾斯梅娜停步喘了口气,看着阿凯梅安与凯胡斯聊——她听不清,但显然是些轻松愉快的事。阿凯梅安哈哈大笑。我必须让他明白。不管怎样，一定要让他明白！

哪怕漂浮在水面上，也会有波浪……总有需要去斗争的东西。

西尔维走在她身边，不时地投来紧张的一瞥。艾斯梅娜没有主动开口，她知道那女孩想和她说话。那女孩似乎没有任何威胁，至少现在如此，就算在女人当中，那女孩也是极少见的类型，仿佛永远不会失去童贞、永远不会被玷污似的。如果那女孩也在苏拿做妓女，艾斯梅娜一定会私下不齿。她会嫉恨西尔维的年轻美貌、金色头发和白皙皮肤，最让她嫉妒的是对方与生俱来的脆弱感。

"阿凯一直——"那女孩刚说出半句就脸红了，低头看脚，"阿凯梅安一直在教凯胡斯非常有趣的东西——非常了不起的东西！"连口音都这么惹人怜爱。对妓女来说，嫉妒是家常便饭。

艾斯梅娜懒懒地望着南方地平线："哦，是吗？"

也许这才是问题所在。早在得知非神会的换皮密探之前，也就是确认这人是末日的使者之前——如果他真是的话——阿凯梅安就在教导凯胡斯了，这给了他庇护这人的理由。也许这才是阿凯梅安说到的原则和束缚……凯胡斯是他的学生，就像普罗雅斯和埃因罗。

想到这里，艾斯梅娜忍不住想吐口痰。

西尔维毫无征兆地冲到前面，欢腾着跳上小丘，来到一片草地上。"花！"她喊道，"好漂亮的花！"

阿凯梅安和凯胡斯停下脚步看她，艾斯梅娜来到他们身边。几步之外，女孩跪在一株灌木前，灌木上开满青绿色的花朵。

"啊，"阿凯梅安走到她身边，"佩比斯……你没见过吗？"

"从没见过。"西尔维吸了口气。艾斯梅娜似乎闻到了丁香味。

"从没见过？"阿凯梅安摘了朵花，朝艾斯梅娜看了一眼，眨眨眼睛，"你是说你从没听过那个传说？"

艾斯梅娜站在凯胡斯身边，等着阿凯梅安讲故事，关于皇后和她那

第一卷 第一次进军

些嗜血情人的故事。尴尬的气氛持续了一阵。凯胡斯个子很高,即使在诺斯莱人中也算得上高挑。肌肉发达,四肢修长,如果她在苏拿的那些老朋友看到他,免不了会细细打量一番。他的眼睛是透明的蓝色,摄人心魄的目光让她想起阿凯梅安的故事中那些古代北方的国王。他的一举一动是那么优雅,仿佛不属于这个世界。

"你曾与塞尔文迪人一起生活?"最后她说。

凯胡斯看了她一眼,就像被她打扰到了一样,然后又把视线转到西尔维和阿凯梅安身上:"是的,我在那边住过一段时间。"

"给我讲讲他们的事吧。"

"比如说?"

她耸耸肩:"讲讲他们手臂上的疤……那是战利品吗?"

凯胡斯微笑着摇头:"不是。"

"那是什么?"

"这不好回答……塞尔文迪人只相信'行为',虽然他们不会说出口。对他们来说,只有做出的事是真实的,其他一切不过是烟尘。他们把生命称为'syurtpüitha',也就是'移动的烟雾'。对他们来说,生命不是一件东西,可以拥有或交换,而是一条线、一串行为的总和。一个人的线可以与其他人的交织,比如和族人生活在一起;可以被别人纺织,就像奴隶;也可以被终结,就是被杀。最后这种终结行为的行为,在塞尔文迪人眼中最重要、最真实,是他们荣誉的基础。

"这些疤痕,或称'斯瓦宗',并不像三海诸国的人们想象的那样,是为了庆祝夺去他人的生命。它们标记着……这样说吧,行为线交叉处的争斗,在这个点上,某个生命将其所有的动力交给了另一个生命。以奈育尔为例,他身上有那么多疤痕,意味着他带有那么多人的动力。斯瓦宗远不只是他的战利品,还是在记录着他。在塞尔文迪人看来,他是一块带着山崩地裂的能量的石头。"

艾斯梅娜惊奇地看着他!"我还以为塞尔文迪人只是粗俗的……

101

野蛮人。这样的信仰也太复杂了吧!"

凯胡斯笑了。"任何信仰都很复杂。"他闪亮的蓝眼睛攫住了她。"至于'野蛮',我想,这个词不过是用来形容自己不熟悉的威胁罢了。"

艾斯梅娜犹疑不定地低下头,看着凉鞋旁的草地。她朝阿凯梅安瞥了一眼,他虽然和西尔维蹲在一起,眼睛仍看着她这边。他心照不宣地笑笑,继续给西尔维讲野花的故事。

他知道会发生这种事。

凯胡斯的声音不知从哪里冒了出来:"这么说,你曾是妓女了。"

她惊讶地抬起头,下意识地盖住左手背的刺青:"是又怎样?"

凯胡斯耸耸肩:"给我讲讲……"

"比如说?"她大声打断他。

"和不认识的人睡,是什么感觉?"

她想发火,但他的表情带着令人无法拒绝的真诚,这份坦白让她困惑,也就没法计较他的无礼了。

"挺好的……有时,"她道,"有时也让人没法忍受。不过只有为别人提供好处才能填饱肚子,事情就这样。"

"不,"凯胡斯说,"我是想让你讲讲你的生活……"

她清清嗓子,有些尴尬地转开视线。她看到阿凯梅安碰到西尔维的手指,心中涌起一阵嫉妒,不由得紧张地笑了笑。

"这问题还真奇怪……"

"你没被问过这样的问题吗?"

"没有……我是说,当然有人问过,但……"

"你怎么回答的呢?"

她顿了顿,心里有紧张、慌张,还有好奇带来的激动。

"大雨之后,我窗户下面那条大街会留下许多马车印,而我……我会坐在窗前看它们——嘎吱嘎吱压出车辙的马车——我会想,这就是我的生活……"

第一卷 第一次进军

"一条被其他人踩出的路。"

艾斯梅娜点点头,眨去眼角的两滴眼泪。

"其他时候呢?"

"妓女都是演员——你必须明白这点。我们是在表演……"她犹豫了一下,搜寻着他的眼睛,好像那里有她想找的词句,"我知道长牙上说我们自轻自贱,为私欲滥用神圣的性事……有时确实有这种感觉,但并非一直如此……我经常看着身上的男人,那些像鱼一样喘着气,自以为占有我、在我身上刻下痕迹的男人,我觉得他们非常可怜。他们可怜,不是我。我更像是……窃贼,不是妓女。愚弄,欺骗,在客人眼中看到自己,就像看着镀银镜子……那种感觉就像……就像……"

"自由。"凯胡斯说。

艾斯梅娜笑着皱眉,她不安地发现自己居然说出这么多亲近的人之间才谈的细节,更吃惊的是自己看待过去时居然充满诗意。一番谈话后,她感到莫名轻松,好像放下了非常沉重的担子,有想发抖的感觉。凯胡斯似乎离她如此……如此之近。

"是的……"她咽了咽口水,努力不让声音颤抖,"但你是怎么——"

"我们了解了神圣的佩比斯,"阿凯梅安和西尔维一起回到他们身边,"你们了解到了什么呢?"他朝艾斯梅娜投来意味深长的一瞥。

"我们了解了彼此的生活。"凯胡斯说。

阿凯梅安有时会回头看看走过的路,他知道自己两千年前走的是同样的、至少是非常相似的路线。他会站在原地,就像在灌木丛中看到狮子,震惊得忘了动弹。熟悉感让他极为不适,这是一种离奇的认知。

谢斯瓦萨走过这些山峰,逃离被围攻的亚斯吉罗奇,和其他百来名

乌有王子 ✳ 战士先知

难民一起,想在群山中找到生路,远远躲开可怕的 Tsurumah。阿凯梅安不断回望,每次都看向北方,似乎在期待着地平线上积聚的黑色云层。他抓挠着并不存在的伤痕,眼前闪过一场并未经历的战役:凯兰尼亚人在摩萨鲁纳斯的失败。他像人偶一样机械地迈步,没有了希望与渴求,只想活下去。

谢斯瓦萨在途中离开了难民们,独自在这片风蚀岩中徘徊。在离此不远的地方,他找到一个阴暗的小石洞,像狗一样蜷缩在里面,紧紧抱住膝盖,尖叫,哭号,哀求死亡降临……清晨到来时,他为自己仍在呼吸而诅咒诸神。

阿凯梅安发现自己盯着凯胡斯,双手颤抖,思维混乱。

艾斯梅娜关切地看着他,问他有什么不对。

"没事。"他粗声说。

她笑笑,捏了捏他的手,好像相信了他。但她知道不对劲。他有两次看到她用惊恐的眼神瞥向亚特里索的王子。

日头渐西,阿凯梅安慢慢复原。似乎离谢斯瓦萨的足迹越远,他就越能装作若无其事。不知不觉间,在他带领下,一行人走得离圣战军营地太远,天黑前肯定赶不回了。他建议大家找个地方扎营过夜。

深紫色云层下的山坡越来越模糊。夜幕临近时,他们看到一个低矮山岬的铁黎木丛下有座低矮的建筑,于是沿起伏的山坡走过去。凯胡斯第一个认出那建筑是什么:一座早已荒废的因里教礼拜堂。

"神庙吗?"阿凯梅安随口问。他们踏过灌木与草丛,来到地基旁。这里的铁黎木长得过于茂盛,矗立成排,紫色与白色的枝叶交织,随着温暖的夜风摇曳。

绕过乱石堆,跨过一道倒塌的石墙,他们发现一片拼成因里·瑟金斯人像的瓷砖地面。先知的头被断瓦残垣埋了起来,两只放射光晕的手朝外伸出。他们四个到处巡视,踩过丛生的杂草。阿凯梅安知道大家都在猜测这里被遗弃了多久。

第一卷 第一次进军

"没有燃烧的痕迹。"凯胡斯踢了踢地上的沙子,注意到这点,"这地方似乎是自己倒下的。"

"这里真美。"西尔维说,"怎会有人把这样的地方扔下不管?"

"杰迪亚省落入费恩教之手后,"阿凯梅安解释,"纳述尔帝国放弃了这片土地。也许是太容易遭到费恩教徒劫掠吧……附近应该到处是这样的废墟。"

他们捡来许多枯死的灌木,阿凯梅安用巫术点着了火,然后才发现火堆位于后先知画像正中。他们在画像两边的砖块上坐下,继续聊天,火光驱走了逐渐聚拢的黑暗。

他们喝不掺水的葡萄酒,吃面包、韭葱和腌猪肉。阿凯梅安把瓷砖上能看清的文字翻译给他们听。

"玛鲁西斯,"他研究着风格化明显的高等谢伊克语印章,"这地方属于玛鲁西斯,千庙教会中一个非常古老的学院……如果我没记错,费恩教占领希摩时摧毁了他们……也就是说,这地方早在杰迪亚陷落前就荒废了。"

不用说,凯胡斯接着问了几个关于千庙教会中学院的问题。由于艾斯梅娜对千庙教会迷宫般的权力结构更加了解,阿凯梅安让她回答。她几乎和每个学院、教派和神灵的祭司都……

都做过爱。

他边听边琢磨凉鞋上磨脚的绳结。该换双鞋了,一股深切的悲哀笼罩心头,那是属于能被最细微的小事打倒的男人的无助疯狂。上哪里去找凉鞋呢?

他跟大家打个招呼,从火堆旁走开,摇摇晃晃朝倒塌的过道走去。他在废墟边缘,礼拜堂的残垣与树丛交界的地方坐下。铁黎木下一片黑暗,月光映照下,仿佛属于另一个世界的繁茂树冠随着微风缓缓摇动。半是苦涩、半是甘甜的气味让他想起辛奈摩斯的果园。

"又在郁闷吗?"他听到艾斯梅娜在身后说。

他转身,看到她站在阴影中,和周围废墟一样带着苍白的色彩。夜,让石头看起来像肌肤,也让肌肤看起来像石头。她转眼间就来到他怀抱中,亲吻他,拉扯他的麻布长袍。他把她推倒在破裂的祭坛上,双手在她大腿与臀部游走。她摸索着找到他的下体,用两只手紧紧握住。他们一起燃烧。

事后,两人拂去皮肤和衣服上的砂粒,互相露出心照不宣的羞涩笑容。

"你有什么感觉?"阿凯梅安问。

艾斯梅娜发出不知是笑还是叹气的声音。

"没什么感觉。"她说,"只是觉得温柔、甜美,这真是个神奇的地方……"

"我是说凯胡斯。"

怒火一闪而逝:"你就不会想别的吗?"

他的喉咙翻了一下:"我怎能想别的?"

她似乎变得无比遥远,无法触摸。西尔维的笑声在废墟中响起,他不禁猜测凯胡斯对她说了什么。

"他确实是个了不起的人。"艾斯梅娜低声说,但没看他。

我该怎么办?阿凯梅安想喊出来。

他保持沉默,强压住内心的咆哮。

"我们拥有彼此,"她突然说,"不是吗,阿凯?"

"当然了。但这——"

"只要我们拥有彼此,其他事又有什么关系?"

她总是打断我……

"瑟金斯在上,女人啊,他可是末日的使者!"

"我们可以逃!逃离天命派,逃离他。我们躲起来,就我们两个!"

"但艾斯梅……这责任——"

"这不是你的责任!"她嘶声说,"为什么要我们承受这一切?我们逃吧！求你了，阿凯！离开这疯狂的是非！"

"真愚蠢，艾斯梅娜，逃到哪里能躲过世界末日？就算我们逃了，我也会变成没有学派的巫师——野巫师，艾斯梅，下场还不如女巫！他们会追杀我——所有学派，不只是天命派。没有哪个学派能容忍野巫师存在……"他苦涩地笑笑，"况且我们还不知能不能活到被追杀。"

"但这是我第一次……"她的声音嘶哑了，"我第一次感到……"

也许是因为她的肩膀绝望地朝前弯下，也许是因为她绞紧双手、把手腕并在一起的样子，阿凯梅安涌起了要抱住她的强烈冲动。但一阵恐慌的喊叫让他停了下来。是西尔维。

"凯胡斯要你们赶快回来！"她在暗处喊道，"远处有火把！是骑兵！"

阿凯梅安皱了皱眉头："哪个傻瓜会在夜里骑马上山？"

艾斯梅娜没有回答。无须回答……

费恩教徒。

他们在黑暗中往回走，艾斯梅娜不停诅咒自己的愚蠢。凯胡斯踢灭火堆，把后先知的镶嵌画变成四散的木炭组成的星图。其他人也都急匆匆从地砖画上踩过，和他一起离开废墟，来到草地上。

"看。"亚特里索的王子手指下面山坡。

阿凯梅安刚才的话本就让她有些喘不过气，现在的景象把她最后一点呼吸也夺走了。一排排火把撕裂了山脚下的黑暗，沿着起伏地势往这边延伸，唯一可能的目标就是这座神庙废墟……几百个闪动的光点。异教徒，他们会被杀，或者更糟……

"他们很快就会到这儿。"凯胡斯说。

艾斯梅娜感到一阵突如其来的急迫恐惧。任何事都有可能发生——哪怕她和阿凯梅安、凯胡斯这样的男人在一起！这个世界真是太残忍了。"也许我们可以躲起来……"

"他们知道我们在这儿,"凯胡斯低声说,"我们的火。他们追着火光来的。"

"让他们试试看。"阿凯梅安说。

听他的语调,艾斯梅娜不禁心里一惊,转头一看,不由自主地吓得退了几步。白光从他眼睛和嘴巴中射出,咒语如滚雷落下山崖。他张开的双臂当中,一条光柱升腾而起,亮得她不得不抬手遮眼。光柱闪烁着上升,比尺子画的还笔直,比四周的云纳拉山峰更高,它照亮了被它穿过的云朵,朝无边无际的黑暗延伸……

天堂之光!她想起来了,这是他讲的第一次末世之劫的故事中出现的咒术。

影子在远处山崖上跃动,颤抖的景色时隐时现,好像被一道道闪电照亮一样。艾斯梅娜看到了穿盔甲的骑兵———整队骑兵——彼此呼喊示警,努力控制马匹。她看到他们脸上的震惊……

"等等!"凯胡斯喊道,"停下!"

光线熄灭了。一片黑暗。

"是加里奥斯人。"凯胡斯一只手坚定地按在她肩上,"长牙之民。"

艾斯梅娜眨眨眼睛,紧抓着胸口。在那些骑士中,她看到了萨瑟鲁斯。

一个洪亮的声音在黑暗中响起:"我们在找亚特里索的王子!安那苏里博·凯胡斯!"

混杂着诸多情绪的语调被理清了,梳理成许多小股:诚挚、担忧、愤怒、希望……但凯胡斯知道没有危险。

他是来听我建议的。

"梭本王子!"凯胡斯喊道,"来吧!我们的火堆永远欢迎信民!"

第一卷　第一次进军

"也欢迎巫师吗?"另一个声音喊,"渎神者也受欢迎吗?"

话语里带着不加掩饰的愤慨与讽刺,但真正让他惊讶的是说这话的声音。谁在说话?一个纳述尔人,分不太清是哪里口音,也许是马森提亚的。一个世袭贵族,而且有和王子一起出行的军衔……皇帝手下的将军?

"确实如此,"凯胡斯喊着回话,"只要他们为信民效劳!"

"请原谅我的朋友!"梭本笑着喊,"恐怕他只有一条裤子,不够巫师烧的!"加里奥斯人亲切的欢笑声从山下传来:笑声,口哨声,友善的嘲讽。

"他们想做什么?"阿凯梅安低声问。哪怕在黑暗中,凯胡斯也能从他表情中看出痛苦的线条。是之前同艾斯梅娜争论留下的。关于凯胡斯的争论。

"谁知道呢?"凯胡斯说,"议事会上,梭本是最早鼓动大家不等艾诺恩人和赤塔到来就出征的人之一,也许他打算趁普罗雅斯不在搞出什么名堂……"

阿凯梅安摇摇头。"他说洛墨堡的毁灭可能影响长牙之民的士气。"巫师仿佛又想起了什么,"辛奈摩斯告诉我你把他驳得哑口无言……你重新诠释了地震的预兆。"

"你觉得他是来报复的?"凯胡斯问。

太晚了。月光下越来越多的骑兵集结拢来,他们翻身下马,伸展疲惫的四肢。梭本及其随从骑马朝他们小跑过来,两边是举火炬的士兵。加里奥斯的王子勒住披甲军马,高耸的眉骨投下的阴影遮住了他的眼睛。

凯胡斯按王子与王子会面的礼仪低了低头。

"我们整下午都在找你。"梭本跳下马鞍。他几乎和凯胡斯一样高,胸脯和肩膀比凯胡斯更壮实一些。和手下军人一样,他全副披挂,不只穿了锁环胸甲,还戴着头盔和铁手套,外袍上加里奥斯王室的红色雄狮纹章下草草绣上了长牙的徽记。

"'我们'？"凯胡斯边问，边朝梭本身后的骑兵看去。

梭本从头发斑白的老仆库索特开始，介绍了一遍身边的人，不过凯胡斯只是打量了他们一眼，真正吸引他注意的是一个孤身前来的沙里亚骑士，王子说他叫库提亚斯·萨瑟鲁斯……

又一个。又一个斯科约斯……

"终于见到您了。"萨瑟鲁斯说，他的眼睛在伪造的面孔后闪烁，"著名的亚特里索王子。"

他鞠了一躬，态度远比阶级要求的恭敬。

这又是什么意思，父亲？

变数太多了。

梭本先安排卫兵放哨，然后让其余士兵在树林外散开，废弃礼拜堂的火堆旁只留下他的仆人和沙里亚骑士。根据南方宫廷的习惯，加里奥斯的王子全不提来意，小心翼翼等待交谈中出现礼仪规范所谓的"memponti"——"巧合的转折"，引领他们去讨论更重要的话题。凯胡斯发现，梭本一直觉得本国人行事太粗略，他无时无刻不在与自己的本性做斗争。

但凯胡斯真正在意的还是那个沙里亚骑士——萨瑟鲁斯，而且不只因为那张消失的脸。阿凯梅安掩盖了表情中的惊讶，但每当他朝那名长牙骑士看去，眼中都会现出清晰可见的愤怒。凯胡斯知道，阿凯梅安不只认出了萨瑟鲁斯，还对其怀有恨意。杜尼安僧侣可以清楚地听见阿凯梅安灵魂的动作：曾经的轻蔑引起的沸腾怨恨，这人殴打过他，还有懊悔……

苏拿，凯胡斯想起阿凯梅安上一次任务是在苏拿，他回忆着阿凯梅安讲过的每个细节。巫师和萨瑟鲁斯一定在苏拿发生过什么。和埃因罗有关。

阿凯梅安对萨瑟鲁斯怀着恨意,但显然不知此人是另一个斯科约斯……另一个非神会的换皮密探。

艾斯梅娜显然也不知道,她的反应比阿凯梅安还强烈。羞耻。害怕被揭穿。带着强烈负罪感的希望……她以为他是来带走她的……带她离开阿凯梅安。

她曾是这东西的爱人。

但与真正的问题相比,这些谜团不算什么。凯胡斯想知道,它来这里做什么?它不仅加入了圣战军,还来到这里,整晚骑马跟在梭本身边……

"你怎么找到我们的?"阿凯梅安问。

梭本拂过一头短发。

"我这位朋友,萨瑟鲁斯,追踪的本领真不小……"他转过脸去对骑士队长说,"你说你是怎么学会个中技巧的来着?"

"我小时候,"萨瑟鲁斯在撒谎,"父亲在西部有几片产业,我经常在那里——"他舔舔充满活力的嘴唇,似乎在努力控制不笑出来,"追踪塞尔文迪人……"

"追踪塞尔文迪人。"梭本重复了一遍,就像在说:这帮纳述尔人……"黄昏时我打算回去了,但他坚持说你们就在附近。"梭本摊开手耸耸肩。

沉默。

艾斯梅娜僵硬地坐着,盖住手上的文身,就像在用微笑掩饰缺损的牙齿。阿凯梅安看了凯胡斯一眼,希望他说些什么来打破尴尬。西尔维似乎察觉到紧张的暗流,紧紧抓着凯胡斯的腿。无面的野兽盯着自己的酒碗。

若是平时,凯胡斯一定会说些什么,现在却只是机械地回答别人的话。他的眼睛看着周围,却没有焦点。他的表情像镜子一样映射着周围人的情绪。自我消失成一个点,一个开放的点,种种因素排列成确凿的结局。结果与影响。一桩桩事件仿佛在未来那黑暗的池水中激起无数同心圆……而每一句话、每一个眼神都是一块石头。

局面非常危险。必须马上抓住这次会面的关键。只有道能照亮前路……只有道。

"我跟着你们的味道过来的。"萨瑟鲁斯说。他直直地看着阿凯梅安,眼里闪动着无法理解的东西。是取笑?

凯胡斯明白,这不只是笑话,它的确像狗一样追着他们来到这里。必须对这种生物提高警惕。迄今为止,他还不了解它们的能力。你知道这些事吗,父亲?

拜杜萨斯·阿凯梅安为师后,一切似乎都改变了。现在他知道,这个世界对他的组织隐瞒了太多太多秘密。道仍然真实,但实现它的方式远比杜尼安僧侣一直认为的更曲折、更壮观。要达到完满,万物的终端比他们想象的更遥远。如此多的阻碍,如此多的歧途……

虽然起初有所怀疑,但经过这些天的讨论,凯胡斯已经相信阿凯梅安说的大部分是真的。他相信第一次末世之劫,也相信面前这个无面者是非神会的造物。但塞摩玛斯预言?第二次末世之劫的到来?这种事就太荒谬了。未来无法预测现在,后事不能成为前事……不是吗?

在父亲那里等待着的东西实在太多了……太多问题了。

他的无知业已造成近乎灾难性的结局。在皇帝的私人花园,他只匆匆一瞥,就触发了许多小灾难,包括安迪亚敏高地下发生的一切。正是这件事让阿凯梅安确信,凯胡斯真是末日的使者,如果他决定告诉他的学派安那苏里博回来了……那就太危险了。

必须对杜萨斯·阿凯梅安保密。如果让他知道凯胡斯可以认出每一个让他恐惧不已的换皮密探,他会毫不犹豫地与他在阿提尔苏斯的主子们联系。一定要疏远他和他的学派——让他彻底孤立,即便这意

第一卷 第一次进军

味着凯胡斯必须独自面对那些密探。

"我的仆人发誓说,"梭本对那个沙里亚骑士说,"一定是巫术把你引到这里的……库索特一直觉得自己追踪的本事无人能比。"

非神会知道是他在皇宫中揭穿了斯科约斯吗?皇帝当时看到他在打量宰相,事后抓着这点不放。最近几天,凯胡斯好几次看到皇帝的探子谨慎地跟踪他。非神会可能已经知道斯科约斯是怎么被发现的了,这甚至可以说是必然的。

如果他们知道了,那这个萨瑟鲁斯十有八九是来试探他的。他们需要知道斯科约斯的败露到底是皇帝的疑心病过重造成的偶然,还是来自亚特里索的陌生人看穿了它的脸。他们会观察他,问一些谨慎的问题,而若这些手段没有效果,他们还会进一步与他接触……会吗?

还需考虑阿凯梅安。非神会无疑紧盯着每一个天命派学士,毕竟只有他们相信非神会仍然存在。萨瑟鲁斯和阿凯梅安接触过,还是正面接触,从巫师的反应就能看出;也有间接的,通过艾斯梅娜,她显然被这东西引诱过。不知出于什么原因,它们在利用她……也许是在考验她,看她有没有伪装与背叛的能力。她没告诉阿凯梅安关于萨瑟鲁斯的事,这点再明显不过了。

我的学习在深入,父亲。

一千种可能性在无路可循的大草原上飞驰。一百种场景在他的灵魂中闪过,有些不断拓展,最后将他的目标转向其他方向,有些则酿成可怕的灾难……

直接冲突。向各大贵族示警。揭示潜藏在他们当中的威胁。将天命派卷进战争。与非神会开战……行不通。在彻底掌握天命派之前,不能把他们牵扯进来。绝不能冒险与非神会开战。现在还不行。

间接冲突。黑夜袭击。割断喉咙。伺机报复。发动一场逐渐升级的隐秘战争……也不行。杀掉萨瑟鲁斯和其他人,非神会会知道有人能认出它们。等它们了解了斯科约斯败露的详细过程——如果他们现在还不知道的话——就会明白是凯胡斯揭发了它,这样一来间接冲突也会变成公开战争。

以逸待劳。继续观察敌人。评估。毫无结果的试探。再次评估。为加深了解而延缓反应,在阴影中关注逐渐增长的力量……可行。就算他们知道了斯科约斯暴露的细节,也只能怀疑而已。若阿凯梅安说的一切属实,他们不至于如此幼稚,在彻底了解潜在威胁之前就试着去抹除。与非神会的冲突终究不可避免,但冲突的结果取决于他有多长时间来做准备……

他是超越条件的杜尼安僧侣。环境会向他屈服。任务必须——

"凯胡斯,"西尔维说,"王子正问你呢。"

凯胡斯眨眨眼,微微一笑,就像在嘲笑自己的愚蠢。不出意外,火堆旁的每个人都盯着他,有的关切,有的迷惑。

"我、我很抱歉。"他结结巴巴地说,"我……"他的眼睛紧张地在周围注视着他的人脸上扫过,长吁一口气,似乎下了很大决心违背自己的原则,不管会造成多尴尬的局面,"有时我……我确实能看到东西。"

沉默。

"我也能看到东西。"萨瑟鲁斯嘲弄地说,"通常是睁着眼睛的时候。"

他闭了眼睛?他完全不记得了。如果真是这样,那可是很严重的失礼。自从——

"白痴。"梭本转过脸,厉声对沙里亚骑士说,"蠢货!我们坐在这个人的火堆旁,你却在侮慢他?"

"骑士队长没有恶意。"凯胡斯说,"王子殿下,您忘了他不仅是战士,还是一位祭司,而我们却要求他与巫师坐在同一火堆旁……这就像让接生婆去和麻风病人分享面包一样,不是吗?"一阵紧张的笑声,响亮,短促,做作。"毫无疑问,"凯胡斯接着说,"他只是心情不大好。"

"毫无疑问。"萨瑟鲁斯重复了一遍。嘲弄的微笑,深不可测,跟它

第一卷 第一次进军

其他的表情一样。

它想做什么？

"但这让我不得不问，"凯胡斯毫不费力地发现了梭本王子一直费力寻找的"巧合的转折"，"是什么让一位沙里亚骑士来到一位巫师的火堆旁呢？"

"高提安派我来，"萨瑟鲁斯说，"我的大宗师……"他看了梭本一眼，梭本的表情僵硬得像石头，"沙里亚骑士都发过誓，要最先踏上异教徒的土地，而梭本王子提出——"

梭本连忙打断他："关于这点我想单独和你谈，凯胡斯王子。"

你会怎么做，父亲？

可能性太多了。无法计算的可能性。

凯胡斯跟随梭本，穿过铁黎木树丛中黑暗的小径，停步在悬崖边，遥望月光映照的因纳拉高原。令树叶沙沙作响的山风吹在他们身上，长长的山崖布满倒伏的树木，死去的树根伸向天空。有些树根仍然带着大块泥土，就像在朝幸存的树举起尘土握成的拳头。

"你确实能看到东西，对吗？"最后梭本说，"我是说，你在亚特里索梦到了圣战。"

凯胡斯用感知的圈子包裹住对方。心跳的速度。本能的反应。眼睛周围肌肉的跃动……他怕我。

"为什么问这个？"

"因为普罗雅斯是个顽固的傻瓜。因为最先赴宴的人才能吃上第一盘菜。"

加里奥斯的王子胆识过人，但缺乏耐心。他能欣赏精妙的手段，到头来却还是喜欢直截了当。

"你想立即出征。"凯胡斯说。

梭本在黑暗中做个鬼脸。"如果不是你,"他叫道,"我已经在杰迪亚了!"

他指的是最近那次议事会,凯胡斯在会上重新解释了洛墨堡毁灭的意义。凯胡斯看出,他的愤怒其实是空洞的。虽然柯伊苏斯·梭本固执粗鲁、唯利是图,但不是为小事耿耿于怀的人。

"那你现在为何来找我?"

"因为你的话……真神烧掉了我们的船……听起来像真的。"

凯胡斯看出,此人喜欢观察别人、衡量别人,一生都把自己当作精明的法官,足以评判他人的品格。他为自己的诚实而骄傲,会对谄媚者施以惩罚,为批评者送去奖赏。但在凯胡斯跟前……他没有合适的码尺或墨线。他想说服自己相信凯胡斯拥有预言能力,但又害怕犯错……

"那你在寻找什么?真相吗?"

唯利是图的梭本也有某种程度的虔诚,但说到底,他的信仰只是一场游戏——一场非常严肃的游戏。其他人把对神灵祈求称为"祈祷",但梭本眼中只有谈判和讨价还价。对他来说,到这里来就是对诸神做出的让步……

他害怕犯错。害怕失去命运妓女给他的机会。

"我需要知道你看到了什么!"那人喊道,"我打过很多仗——都是为我可怜的父亲!——我熟悉战场,我不认为前面等着我的是费恩教徒的陷——"

"但你要记得奈育尔在议事会上的话。"凯胡斯打断他,"费恩教徒骑马作战,他们会将陷阱带到你面前。记得奈育尔——"

"呸!我们说话这会儿,我外甥正在杰迪亚侦察,每天都送信回来。山脚根本没有费恩教的大部队,普罗雅斯追的那些游骑兵是来迷惑我们的,为了拖延时间,让异教徒聚集力量。萨考拉斯非常精明,知道自己兵力处于劣势,他会退回施吉克,躲进森比斯河畔的城市里,等待他的帕迪拉贾及基安大公们前来增援。他放弃了杰迪亚,就看谁有勇气去把它夺过来了!"

加里奥斯王子显然对自己的话自信满满,但能相信他吗?他的分析听上去非常合理,实际上,连普罗雅斯也对他的军事嗅觉推崇备至。几年前,梭本甚至与伊库雷·孔法斯在战场上分庭抗礼……

把可能性串连起来,其中隐藏着机会……也许无需正面冲突就能除掉萨瑟鲁斯。但……

我对战争了解得太少。太少了。

"所以你希望,"凯胡斯说,"萨考拉斯会——"

"我相信!"

"那我是否赞成你出征还有什么要紧?真相就是真相,不管谁说出来……"

绝望。"我只希望你能给我忠告,告诉我你看到的东西……仅此而已。"

他眼神飘忽。呼吸短促。死气沉沉的语调。又是谎言。

"但我看到的东西有很多……"凯胡斯道。

"那就告诉我!"

凯胡斯摇摇头。"我很少能瞥见未来。而人心……人们心中的东西……"他停了停,紧张地看着悬崖下那些支离破碎、被月光漂白的树木,"最能打动我。"

梭本警惕起来:"告诉我……你在我心中看到了什么?"

揭穿他。揭穿他的每一句谎言,每一个借口。剥去了羞耻……

凯胡斯带着凄凉的眼神与他对视片刻。

……哪怕赤身裸体站在我面前,他也不会认为有何不妥。

"一个男人和一个男孩。"凯胡斯在声音里加入深沉的泛音,令其仿佛有了实体形质,"我看到一个男人和一个男孩……男人正经受痛苦,因为他微末的继承权与真正的权力之间相隔无比遥远。他渴求着命运拒绝给予他的东西,每天都活在并不为他所有的环境中。我看到了贪婪,梭本……他要的并非金钱,而是别人的评判。他渴望考验,希望人们看到他时会说:'嘿,这是个凭自己力量登上王位的人!'"

凯胡斯看着脚下令人目眩的虚空,眼睛变得如镜子一般,映射出神秘的未知……

梭本惊恐地看着他:"那个男孩呢?你说还有一个孩子!"

"男孩仍畏缩在父亲的手掌下,夜里醒来大声哭泣,不为别的,只希望别人知道他……但没人知道他。没人爱他。"

凯胡斯转身看着他,眼中闪着洞察一切的光,又带着非同寻常的怜悯:"我可以说下去……"

"不、不,"梭本有些结巴,好像从恍惚中突然醒来,"停下。够了……"

真的够了?梭本急需出征的借口,而他能给的回报是什么?变量太多时,一切都是冒险。一切。

如果我选错了呢,父亲?

"你听到了吗?"凯胡斯喊道,突然惊恐地望向梭本。

加里奥斯王子从悬崖边跳了回来:"听到什么?"

真实带来真实,谎言也是真实。

凯胡斯的脚步有些摇晃,梭本前跨一步,拉住了他。

"出征吧,"凯胡斯喘口气,凑到梭本跟前,近得可以吻对方的脸,"命运妓女会青睐你……但你要保证,让那些沙里亚骑士……"对方张大眼睛,似乎被这话惊呆了,就像在说:这不该是诸神的预言!

某些终点无法提前把握。某些道路只有走过才能知晓。冒险。

"你要保证,让那些沙里亚骑士接受惩罚。"

第一卷　第一次进军

凯胡斯和梭本离开后,艾斯梅娜默默坐着,盯住火堆,端详一直延伸到他们脚下的后先知的瓷砖像。她把脚趾从画像带光晕的手中抽出。踩在他身上似乎是种亵渎……

但她有什么好在乎的?她是被诅咒的人。现在看来这事再明显不过。

萨瑟鲁斯居然在这里!

痛上加痛。为什么诸神这么恨她?为什么要如此残忍?

萨瑟鲁斯穿着银色链甲和白色罩袍,浑身上下光辉灿烂,正亲切地和西尔维聊着凯胡斯,问王子从哪里来,他们最早见面的情形,如此等等。西尔维似乎很享受他的注视,而从她的回答中不难听出,她对亚特里索王子的感情不只是普通的爱慕。她的口气好像在说:除了与他的联结,她的生命没有其他意义。阿凯梅安也看着他们,但不知什么原因,他没有听。

噢,阿凯……为什么我知道自己要失去你了?

不是害怕,而是知道。这个世界是多么残忍!

低声向大家告别后,艾斯梅娜站了起来,缓慢而小心地从火堆旁逃开。

她被黑暗包围,停下脚步,跌坐在一段倒塌的石柱上。梭本手下士兵发出的声音弥漫在黑夜里:斧头有节奏地劈砍木头,嘶哑的叫喊,粗俗的大笑。黑色的树冠下面,军马打着响鼻,踩踏地面。

我做过什么?如果让阿凯知道了怎么办?

她朝来路看去,居然还看得到阿凯梅安。阿凯在篝火映照下全身蒙上了橙色,她看着他那五根白色胡须和他无助的神情,不禁笑了。他似乎在和西尔维说话……

但萨瑟鲁斯去哪儿了?

"在这样的地方,做女人真不容易。"一个声音从身后传来。

艾斯梅娜跳了起来,转过身。她的心怦怦直跳,沮丧与警惕交织。她看到萨瑟鲁斯朝她走来,当然了……

"那么多猪,"他续道,"却只有一条料槽。"

艾斯梅娜咽了口吐沫,浑身僵硬地站着,没有回答。

"我见过你,"他说,继续着篝火旁那套虚伪的把戏,"不是吗?"他嘲弄地摇着一根手指。

她深吸一口气:"不。你肯定没见过。"

"我见过……见过!你是个婊子,"他脸上带着胜利的微笑,"一个妓女。"

艾斯梅娜看看四周:"我不知道你在说什么。"

"巫师和妓女……倒挺配。那么多男人轮着舔你的裤裆,多一条巫术的舌头感觉一定很好吧。"

她打了他,或者说想打他。他抓住了她的手。

"萨瑟鲁斯,"她沙哑地说,"萨瑟鲁斯,求你了……"

她感觉他的指尖朝她大腿内侧划出一条难以置信的线。

"我说过,"他用与她的身体产生共鸣的声音低声说,"只有一个槽。"

她朝篝火旁看去,阿凯梅安皱眉看着她这边。当然,在他看来这边是一片黑暗。这是火焰的奸诈之处,让整个世界变得黑暗,只为了显出自己照亮的一点地方。但阿凯梅安看不看到并不重要。

"不,萨瑟鲁斯,"她嘶声说,"不许你……"

……在这里做那些事。

"……再碰我,这辈子都别想。明白吗?"

她感到他身上的热量。

不——不——不——不……

又一个声音响起,比骑士的声音更洪亮。"出了什么事吗?"她转

第一卷　第一次进军

身发现凯胡斯王子从旁边树丛的阴影中大步走出。

"不。没什么。"艾斯梅娜喘了口气,发现自己的手已被松开,"萨瑟鲁斯大人吓到我了,没别的。"

"她太容易被吓到了,"萨瑟鲁斯说,"不过大多数女人都这样。"

"你这么想吗?"凯胡斯一直朝萨瑟鲁斯走去,直到对方需要抬头才能看到他的脸。他紧盯着萨瑟鲁斯,表情温和,甚至有些茫然,却有着无可动摇的坚定。看着他,艾斯梅娜只觉心跳加速,四肢不自主想要逃开。他在听吗?他听到了吗?

"也许吧,"萨瑟鲁斯满不在乎地说,"很多男人也容易被吓到。"

不安的沉默。艾斯梅娜急切地想说些什么来打破沉默,却感到无法呼吸,更说不出话。

"我不打扰两位了。"萨瑟鲁斯突然宣布。他微鞠一躬,转身昂头朝火堆边走去。

和凯胡斯单独在一起,艾斯梅娜如释重负地叹了口气。那双刚刚还扼住她心脏的手消失了。她抬头看着凯胡斯,天堂之指在他左肩上方闪耀,他似乎是由金子和阴影组成的幻象。"谢谢你。"她轻声说。

"你爱过他,对吗?"

她耳朵仿佛在烧。她没法对这个问题说不,她不能对安那苏里博·凯胡斯王子撒谎。于是她说:"请不要告诉阿凯。"

凯胡斯笑笑,眼神里充满忧伤。他伸出手,好像要摸她的脸,但马上又放下了。

"来,"他说,"夜深了。"

艾斯梅娜和阿凯梅安像年轻恋人那样,双手紧握,十指交扣,一起在灌木丛和草地中寻找适合睡觉的地方。他们在树林边上离山崖不远

121

的地方找到一片平坦地面,铺开毯子躺下,像老年夫妻般叹息和呻吟。离他们最近的一株铁黎木枯死有段时间了,雪花石膏般的枝干将两人头顶的天空一分为二。艾斯梅娜穿过分叉树枝,看着天上星辰,不由自主地回想起萨瑟鲁斯,还有早先阿凯梅安说的那些激愤的话……

逃到哪里能躲过世界末日?

她怎能这么蠢?一个妓女居然以为自己对他很重要?他可是天命派学士,每天晚上都要体验失去挚爱的感觉,那感情是她无法想象的,更没可能去填补。她听过他的叫喊,也听过他像疯子一样用未知的语言喃喃自语,沉浸在远古的幻象中,双眼迷离。

她当然知道!多少个潮湿的黑夜里,是她搂着他入睡的?

阿凯梅安爱她,但谢斯瓦萨爱着那些死去的人。

"我有没有告诉你,"她不敢再想下去了,"我妈妈会占星?"

"那很危险,"他说,"特别是在纳述尔帝国。她知道会受到怎样的惩罚吗?"

帝国对占星术的禁令和对巫术的一样严格。未来的价值太珍贵,不能与低等种姓分享。"不如做妓女,艾斯梅。"妈妈说,"石头不过是打得远的拳头罢了,被石头砸总比被烧好……"

当时她多大?十一岁?

"她知道,所以她没教我……"

"她很明智。"

思绪满腹的沉默。艾斯梅娜强忍住心头莫名的悲愤。

"你相信它们预示着我们的未来吗,阿凯?那些星星?"

片刻停顿。"不信。"

"为什么?"

"奇族说,天是空的,没有尽头,是无尽的虚空……"

"空的?怎么可能?"

"还有,他们认为星星是非常遥远的太阳。"

第一卷　第一次进军

艾斯梅娜想笑，但就在这时，像突然看透自己在水中的倒影一样，她看到平坦的天空渐渐融化，拥有了无法想象的深度，一层又一层虚空叠起来，一颗颗星星——不，是太阳！——在其中飘浮，像光线中舞动的尘埃。她屏住呼吸。天空变成了无比广阔、张着巨口的深渊。她下意识地抓住身边的草，像被吊在悬崖边，而不是躺在平地上。

"他们怎能相信这种事？"她问道，"太阳绕着世界旋转，天上的星星绕着天堂之指旋转。"她突然想到，天堂之指可能是另一个世界，有着一百万颗太阳的世界。那里的天空会是什么样啊！

阿凯梅安耸耸肩："应该是虚族告诉他们的。他们是从其他像太阳一样的星星航行到这里的。"

"你相信他们？奇族？所以你不相信星星预示着我们的未来？"

"我相信他们。"

"但你仍然相信未来已经注定……"他们之间的气氛凝重起来，周围的草变得像铁丝一样锐利，"你相信凯胡斯是末日的使者。"

她发觉自己一直在说凯胡斯。凯胡斯王子。

片刻沉默。笑声越过废墟墙壁传出——凯胡斯和西尔维。

"是的。"阿凯梅安说。

艾斯梅娜屏住呼吸："如果不只这样呢？如果他不仅是末日的使者……"

阿凯梅安侧过身，用手掌支住头。艾斯梅娜这才发现，泪水正从他脸颊滚下。他在哭。她知道了，他一直在哭。

他在忍受痛苦……比我所能了解的更沉重的痛苦。

"你明白了，"他说，"你现在知道他为什么一直让我感到痛苦了，不是吗？"

她回忆起萨瑟鲁斯的手指划过大腿内侧时的路线，浑身一阵战栗。她仿佛听到西尔维在黑暗中呻吟、喘息……

"我是想让你讲讲，"她想起凯胡斯的话，"你的生活……"

她不想再逃了。

"不能让天命派知道,阿凯……我们来承担这一切。"

阿凯梅安抿了抿颤抖的嘴唇,咽口唾沫:"我们?"

艾斯梅娜又一次抬头看向星星。那是又一种她不懂的语言。

"我们。"

第一卷　第一次进军

第五章　蒙格达平原

> 你问我为何征服？战争让一切变得明白。生或死。自由或奴役。战争沉淀了生命的池水。
>
> ——崔亚姆斯一世,《日记与对话》

长牙纪4111年,蒙格达平原附近

看到被践踏的牧地和熄灭的火坑之前,奈育尔就察觉到不对劲。地平线上的烟柱太稀疏,天空中觅食的鸟类也太少。他对普罗雅斯说出想法,王子的脸变得煞白,似乎他的话证实了自己心中的忧虑。等他们爬上山丘,看到亚斯吉罗奇城下只剩康里亚人和纳述尔人时,普罗雅斯像癫痫病人一样狂怒不已,他尖声咒骂着,挥鞭抽打坐骑冲下山坡。

奈育尔、辛奈摩斯和其他康里亚贵族紧跟其后,一路冲向孔法斯的大帐。大统领用平静得让人生气的态度,向他们解释了一切。昨天早上,柯伊苏斯·梭本决定趁普罗雅斯不在为自己争取最大优势,而在讨伐异教徒的第一仗上,沙里亚骑士当然不愿屈居人后。至于戈泰克、斯凯耶尔特和他们那些野蛮的亲随？那帮头发都长到眼睛里的家伙,能指望他们区分愚人与智者吗？

"你没和他们争辩吗？"普罗雅斯喊道,"没跟他们讲道理吗？"

"梭本对'道理'没什么兴趣,"孔法斯一如既往地摆出一切尽在掌握的表情,"显然,他听从的是更响亮的声音。"

"真神？"普罗雅斯问。

孔法斯笑了:"我想说'贪婪',不过呢,'真神'也可以。他说你的朋友,那位亚特里索的王子,看到了什么东西……"他朝奈育尔瞥了一眼。

"你说凯胡斯?"普罗雅斯叫喊起来,"凯胡斯要他出征?"

"他是这么说的。"孔法斯答道。这个世界多么疯狂,大统领的语调似乎在说,眼睛却表达着完全不同的意思。

所有人都不约而同犹豫了一下。过去几周,杜尼安僧侣的名字已在因里教徒中有了不小分量,就像一块石头被他们高高举起。奈育尔在他们脸上看到了乞丐换上金边衣服时,或是醉鬼看到含羞少女时的表情……如果有一天,奈育尔心想,这石头重得他们举不动了呢?

跟普罗雅斯去辛奈摩斯的营地找杜尼安僧侣理论时,奈育尔只有一个想法:他犯错了!

"你都做了什么?"普罗雅斯质问那个恶魔,声音因愤怒而颤抖。

营火旁的每个人,西尔维、丁察塞斯,甚至包括那个胡言乱语的巫师及跟他来的坏脾气妓女,都惊呆了。没人这样和凯胡斯说过话……从来没有。

奈育尔险些笑出声。

"你想要我说什么?"杜尼安僧侣回答。

"究竟发生了什么?"普罗雅斯喊道。

"梭本在那边山里遇到了我们,"阿凯梅安赶快插话,"当时你在土桑——"

"闭嘴!"王子根本没看学士一眼,"我问的是你——"

"你的地位不比我高!"凯胡斯厉声喝道。所有人,包括奈育尔在内,都不约而同地跳了起来——不仅是因为惊讶,更因为他的语调中有种东西,有种超乎自然的力量。

杜尼安僧侣也站了起来,他离康里亚王子很远,态度却咄咄逼人。普罗雅斯后退了一步,仿佛记起了什么心照不宣的约定。

第一卷　第一次进军

"你是我的同辈,普罗雅斯,不要认为你的地位比我高。"

从奈育尔的位置看去,亚斯吉罗奇赭色的砖墙与箭塔恰好勾勒出两人的身形。凯胡斯修剪得整整齐齐的胡须和长长的头发在夕阳下闪着金光,他比面色黝黑的康里亚王子高出整整一头,两人展示出同样程度的优雅与威严。普罗雅斯脸上怒火重燃。

"我认为,凯胡斯,圣战军做出战略决策时我必须在场。"

"我没做出任何决策,这你是知道的。我只告诉梭本……"短暂一瞬间,他的表情中显出诡异的、可谓疯子般的脆弱。他双唇微张,视线仿佛越过康里亚王子,落在更遥远的地方。

"告诉他什么?"

杜尼安僧侣的视线落回王子身上,态度变强硬了。他身上的一切仿佛……汇聚起来。就像他是比这里其他人更真实的存在,就像他站在一群鬼魂当中。

这是他的奇特能力,奈育尔提醒自己,他会把所有人当成对手。

"我看到的东西。"凯胡斯说。

"你看到的又是什么呢?"普罗雅斯不由自主地问出这句话。

"你真的想知道吗,涅尔塞·普罗雅斯?你真的想要我告诉你吗?"

普罗雅斯犹豫了。他眨眨眼睛,环视四周,在奈育尔身上停留了一下,但不太久。他面无表情地宣布:"你把我们都毁了。"然后转身骑马返回自己的营帐。

谈话结束后,奈育尔留在闷热的帐篷里,用塞尔文迪语要求杜尼安僧侣解释到底发生了什么。西尔维缩在小小的角落中,紧张地看着他们,就像是两个主人同时操控下的一具木偶。

"我说的一切都是为了保住我们的地位。"凯胡斯坚称,语调中没有任何感情,深不可测——每当他展示"真正的自我"时总这样。

"你就这么保住我们的地位?激怒我们的庇护者?让一半圣战军

去送死？相信我，杜尼安僧侣，我跟费恩教徒打过，这支圣战军，这群……这群移民，随便叫它什么，在战场上绝非费恩教徒的对手，别提征服希摩！而你还把它削弱一半？死去的神在上，你需要我教你打仗，不是吗？"

凯胡斯自然无动于衷："激怒普罗雅斯是为我们好。他对人太苛刻，且从不相信人，只有后悔时他才会敞开心灵，而他一定会后悔的。至于梭本，我告诉他的只是他想听的而已，每个人都渴望别人证实自己喜欢的幻觉。每个人。所以人们才甘心供养这么多寄生虫一样的贵族，还有占卜官、祭司、忆者——"

"看着我的脸，狗娘养的！"奈育尔咬着牙，"不要觉得你能说服我！"

停顿。闪亮的眼睛眨了眨，观察着他。这人扮出一副令人胆寒的审视表情。

"不，"凯胡斯说，"我不觉得。"

又在说谎。

"我没料到，"僧侣续道，"其他人——戈泰克和斯凯耶尔特——会服从他领导。如果拿来冒险的只是加里奥斯人和沙里亚骑士团，我想风险是可以接受的。就算损失了他们，圣战军也承受得起，而按照你之前告诉我的，过于臃肿的军团不便调度，很不可靠，所以失去他们甚至可以说对我们有利。但没有了泰丹人……"

"你说谎！你有办法阻止他们！如果你愿意就可以阻止他们！"

凯胡斯耸耸肩："也许吧。但梭本在山里碰到我们的当晚就离开了。他一回营地，马上下令部队做出发准备，昨天天没亮就离开了。等我们回到这里，戈泰克和斯凯耶尔特也跟他离开了破军关。来不及阻止了。"

"你相信他的话了，是吗？你真的相信那些胡言乱语，相信萨考拉斯逃离了杰迪亚。你现在还相信！"

第一卷　第一次进军

"相信这些的是梭本。我只是觉得这种可能性是存在的。"

"就像你说的,"奈育尔厉声说,语调中带着能表现出的最大程度的鄙夷,"每个人都渴望别人证实自己喜欢的幻觉。"

又一阵沉默。

"我必须首先争取一个大贵族的拥戴,"凯胡斯说,"其他人才会跟着追随我。若能取得杰迪亚,今后议事时柯伊苏斯·梭本王子一定会站在我这边。我们需要这支圣战军,塞尔文迪人,我认为这个险值得冒。"

真是个蠢货!奈育尔看着凯胡斯,虽然他知道对方的表情不会暴露任何真实想法,而他自己的一切都会写在脸上。他本打算给凯胡斯好好上一课,告诉他费恩教徒有多么狡猾奸诈,有多少声东击西的花招和反间手段,足以愚弄柯伊苏斯·梭本这样的傻瓜。但他瞥见西尔维在角落里盯着他,眼中充满仇恨。每次都这样。他心里有个声音说——一个筋疲力尽的声音。

突然间,他发觉自己确实相信了杜尼安僧侣。相信他犯了错。

每次谈话都这样,先相信,后怀疑。他想起小时候,年老的哈鲁特——乌特蒙部落的忆者——教他念歌谣的情景。前一刻,奈育尔还在追随伟大的乌特加这等英雄横扫草原;下一刻,他眼前的已是风烛残年的老人,喝多了奶酒,含糊不清地念诵已有千年历史的诗句:一旦相信,自己的灵魂就会因之活动;如果不信,活动的将是世上其他一切。

"并非我的每句话都是谎言,塞尔文迪人。"杜尼安僧侣道,"你为什么要认定,我在每件事上都欺骗了你呢?"

"只有这样,"奈育尔咬着牙说,"你才没办法欺骗我。"

奈育尔骑马走在队伍侧翼,以避开扬起的灰尘。他瞥瞥普罗雅斯及其身边的贵族和仆人,虽然盔甲和衣着无比光鲜,但每个人脸色都很阴沉。他们已越过云纳拉山脉中的破军关,终于踏上异教徒的土地,进入了杰迪亚,但既无高昂情绪,也没有坚定信心。两天前,普罗雅斯派几支骑兵队做前哨,去寻找加里奥斯的王子梭本。这天早上,伊吉亚班大人的游骑兵发现了其中一支部队的尸体。

杰迪亚的地形——至少在云纳拉山脉脚下——非常崎岖,遍布乱石山坡和矮小石岬。除开几丛不计较生长环境的雪松,春天的翠绿已化作夏日下的黄褐色。天空犹如一块绿松石磨成的盘子,毫无亮点,连片云都看不到——与纳述尔帝国永远浓云密布的天空截然不同。

他们走近时,秃鹫和寒鸦尖叫着飞上天空。普罗雅斯咒骂一句,勒住了马。"这意味着什么?"他问奈育尔,"是否萨考拉斯绕到了梭本等人的后方?费恩教徒把他们包围了?"

奈育尔举起一只手挡太阳:"也许吧……"尸体都被就地剥掉了盔甲,一共六七十具,在火热的太阳炙烤下,像从半空扔下来的一样。奈育尔兀自催马上前,王子及其亲随不得不紧紧跟上。

"索霍拉斯是我的堂亲,"普罗雅斯猛地勒马,"父亲会震怒的!"

"又一个堂亲。"伊吉亚班大人阴着脸说。他指的是卡摩缪尼斯和乡民圣战军。

奈育尔嗅了嗅空气中腐烂的味道,陷入沉思。他快忘记这种感觉了:飞舞的苍蝇,发胀的尸体,涂彩布片一样血污浑浊的眼睛。他几乎忘记了这一切有多么神圣。战争……土地似乎都在兴奋地震颤。

普罗雅斯下马跪在一具尸体前,用铁甲手套赶走苍蝇,然后转身问奈育尔:"你怎么想?你还相信他吗?"他转开视线,好像语调中的恳切让自己有些尴尬。"他"——凯胡斯。

"他……"奈育尔顿了顿,想耸肩膀却吐了口痰,"他能看到东西。"

普罗雅斯哼了一声。"你的态度让我更不放心了。"他站起来,拍去链甲护腿外装饰性的战裙上的灰,阴影落在死去的康里亚同胞身上,

第一卷　第一次进军

"世事大抵如此吧。"

"您指什么，王子殿下？"辛奈摩斯问。

"我们总把事情想得更美好，希望一切按我们的期许发展……"他打开水袋喝水，花的时间比平时久很多。"纳述尔人有个词形容这种事，"他又喝了一口，"我们会把一切'理想化'。"

奈育尔知道，普罗雅斯经常说出这种话，赢得了手下的敬畏与崇拜，包括那些极有权势的大贵族，如盖德奇和伊吉亚班等。他的话中包含着真挚与远见。

凯胡斯做的是同样的事，不是吗？

"你有什么想法？"普罗雅斯问，"这里发生了什么？"他又翻身骑上马背。

"很难说。"奈育尔答道，又看了眼地上的尸体。

"呸，"盖德奇大人不屑地哼了声，"索霍拉斯不是傻瓜，肯定是寡不敌众。"

奈育尔不这么想，但没有反驳，只催打坐骑朝山脊上跑去。土壤沙化得厉害，草根很浅，他的坐骑——毛色光滑的康里亚黑马——上山时踉跄了好几次。他在山顶勒马，倾身靠着鞍尾，以缓解背上若有若无的疼痛。眼前的山坡一直延伸下去，整条山脊像一块巨大的肩胛骨。正北方向，云纳拉山脉光秃的山顶隐藏于迷雾中。

奈育尔沿山脊走了几步，观察被踩踏过的地面，清点死尸。又有十七具尸体，和其他尸体一样被剥得干干净净，武器歪斜着扔在一旁，尸体嘴里爬满苍蝇。山下，普罗雅斯和各位总督争论的声音越来越响。

普罗雅斯不傻，但狂热让他失去了耐心。他花了不少功夫听奈育尔描述基安人的能耐和战术，但对敌人仍然缺乏清醒认识。他的手下更是一无所知。当一知半解的人和毫无知识的人争论时，双方情绪都更容易失控。

自队伍出发起，奈育尔就一直看不惯圣战军中那些粗野贵族的作为。到现在为止,他在议事会上提出的几乎每一项建议,要么被当即驳回,要么被公开嘲笑——这帮只会狂吠的蠢货!

在许多方面,圣战军都和塞尔文迪部落截然相反。首先,战争之民极少带随从出征,征讨敌国时军中绝对没有饱食终日的奴隶,没有祭司和占卜师,更没有女人。哪怕是遥远的长征,他们携带的行李也很少超过一名战士加上自身坐骑能驮动的分量。如果耗尽补给,又没法就地征粮,他们要么宰掉坐骑,要么干脆饿着肚子行军。他们的坐骑虽然个子不高,未经驯化,跑得也较慢,但每匹马都是大地——而非马厩——的产物。可他现在骑的马——普罗雅斯的礼物——不光要吃谷物和精饲料,而且食量抵得上三个人!

简直太疯狂了。

这帮鼠目寸光的白痴提出的所有事情中,奈育尔唯一没抗议过的,恰是他们争得面红耳赤的焦点:将圣战军分成独立的军团。这些因里教徒到底有什么毛病?都是近亲繁衍的吗?还是小时候脑袋被驴踢了?部队规模越大,行军速度越慢;行军速度越慢,消耗的补给就越多。多简单的事实!问题不在于该不该分兵——这没得选,无论从哪个角度看,杰迪亚都是个贫瘠地区,人口不多,耕地稀少——问题在于,他们的行军毫无计划,对前方敌情一无所知,更没就行军路线和安全联络的方式达成共识。

怎样让他们清醒过来?必须让他们清醒过来,这关系到圣战军的生死存亡,关系到一切……

奈育尔朝沙尘里吐了口痰,听着他们争吵,看着他们比画。

一切都为了杀死安那苏里博·莫恩古斯。这是拉直所有绳子的石头。

为这个我可以忍受任何侮辱……任何侮辱!

"伊吉亚班大人!"奈育尔朝山坡下喊道,所有人都吃惊得闭上了嘴,"骑回土力纵队,至少带一百个人回来。费恩教徒有伏击收尸人的

第一卷 第一次进军

习惯。"

眼见贵族们一动不动,奈育尔咒骂了一句,催马冲下山坡。普罗雅斯看到他过来,皱了皱眉,但什么也没说。

他在考验我。

"我不在乎你是不是觉得我无礼,"奈育尔道,"我只是说出了一件你必须做的事。"

"我去吧。"辛奈摩斯边说边调转马头。

"不,"奈育尔说,"伊吉亚班大人去。"

伊吉亚班咕哝着,手指划过罩袍上的蓝色麻雀——那是他家族的标记。他怒视着奈育尔。"在所有朝我腿上撒尿的狗里,"他傲慢地说,"你是第一个尿到膝盖以上的。"一帮贵族狂笑起来,这位克桑泰的总督也露出嘲讽的笑容,"不过在我换裤子之前,塞尔文迪人,告诉我你为什么朝我撒尿吧。"

奈育尔没理会他的笑话:"因为你的人离我们最近,因为此事关乎你的王子的生死。"

下巴突出的总督脸色发白。

"照他说的做!"辛奈摩斯喊道。

"注意你的举止,元帅!"伊吉亚班咆哮,"和王子下几盘棋并不代表你地位比我高!"

"辛,他的意思是说,"盖德奇大人讽刺道,"不准你尿到他腰以上。"

又一阵大笑。伊吉亚班恨恨地摇头,停了一下,然后调转马头离开。临行前他向塞尔文迪人低了低胡须修得方方正正的下巴,奈育尔不明白这到底是表示和解还是警告。

尴尬的沉默。一只秃鹫的影子扫过人群,普罗雅斯朝天上看了一眼。"那么,奈育尔,"他被太阳晃得眨了眨眼,"这里到底发生了什么?他们是寡不敌众吗?"

奈育尔皱紧眉:"他们上当了,并非由于人数。"

"什么意思?"普罗雅斯问。

"你的堂亲是傻瓜,他让自己人列成纵队骑马前进,就像在沿道路行军。他们来到这洼地,三四人一排朝山顶骑去,而基安人卧倒马匹,在顶上等着他们。"

"中了埋伏……"普罗雅斯举起一只手挡着太阳,朝山脊上看,"你觉得异教徒是恰好碰上他们的?"

奈育尔耸耸肩:"也许是,也许不是。索霍拉斯认为自己是前哨,显然没必要再派斥候侦察了。费恩教徒比他精明,他们也许不知不觉盯了他很久,判断出他早晚要来这里……"他骑马绕了一圈,指着山脊中央散布的那些腐尸。尸体看来出奇的平静,就像洗完了澡躺在太阳下打盹似的。"这些没法弄清了。可以确定的是他们刚爬上山顶,费恩教徒就发起攻击,索霍拉斯首当其冲——"

"见鬼,"盖德奇大人脱口而出,"你怎么知道——"

"因为下面那些骑士散开队形,冲上山顶来保护主人,结果却看到了早已沿整个山脊埋伏的费恩教徒。这山坡看起来不危险,实际暗藏杀机,到处是沙子和卵石。许多人的坐骑跌跌撞撞,马上的骑士被弓箭近距离射杀。那些爬上山顶的人给费恩教徒造成了不小的损失——血迹比这里这些尸体流出来的多得多——最终仍然不敌。剩下的人脑子比较清楚,但出于勇气拒绝逃跑。他们知道不可能救出主人了,于是后撤了一段——在这里——也许打算把费恩教徒引下山,再为主人报仇。"

奈育尔看了盖德奇一眼,看这位急性子总督有没有胆量反驳他。但盖德奇和其他人一样研究起尸体的位置来。

"基安人待在山顶上……"奈育尔续道,"向活下来的士兵发出挑衅,我想可能是亵渎了索霍拉斯的尸体——有些尸体的内脏被剖出来了。然后他们想用弓箭削弱我军,那些在山顶上和他们交手的因里教

第一卷 第一次进军

徒一定让他们感到了紧张,令他们不愿再冒险。但尽管距离不远,他们的箭也没起什么效果,最后他们开始朝战马射箭——基安人一般情况下并不喜欢这样做,你们最好记住这一点——索霍拉斯的人没了战马之后,基安骑兵很容易就把他们消灭了。"

战争。他后颈寒毛直竖……

"他们剥掉尸体的盔甲,"他最后说,"撤往西南方。"

奈育尔在腿上擦了擦手。这些傻瓜相信他了——震惊的沉默说明了一切。在他说话前,这地方让他们感到愤怒,带来不祥的预兆。但现在……

神秘会放大一切。知识则让一切变得渺小。

"瑟金斯在上!"盖德奇突然叫道,"他看尸体跟读经书一样。"

普罗雅斯朝他皱眉头:"请不要说渎神的话……总督大人。"他捋了捋整齐的胡子,目光又一次移到死者身上,似乎点了点头,然后目光炯炯地看向奈育尔。

"他们有多少人?"

"费恩教徒?"塞尔文迪人耸耸肩,"六七十,都是轻骑兵,不会更多了。"

"梭本呢?这意味着他被包围了?"

奈育尔对上他的目光:"步兵与骑兵作战,就等于是被包围了。"

"那杂种可能还活着。"普罗雅斯语调中轻微的颤抖暴露了他内心的紧张。失去一个国家的兵力,圣战军或许还能战斗,失去三个呢?梭本仓促的赌博赔上的不止是他自己的性命,远远不止——这也是普罗雅斯不顾孔法斯反对、命令部队出征的原因。如果三个国家没法取胜,四个国家一起也许还有胜算。

"根据现有情报,"辛奈摩斯说,"那个加里奥斯杂种也许是对的。没准儿我们说话这工夫,他已横扫杰迪亚,追着萨考拉斯的散兵往海岸去了。"

135

"不，"奈育尔说，"他正身临险境……萨考拉斯在杰迪亚集结了大军，全力以赴等着你们。"

"你又怎么知道这个？"盖德奇喊道。

"因为突袭你堂亲的费恩教徒冒着巨大风险。"

普罗雅斯点点头，眯起的眼睛里有了顿悟的光彩："攻击比自身人数更多、装备更好的部队……说明他们是奉命行事，接到了非常严格的命令。他们要断绝我方各军团的联络，以便各个击破。"

奈育尔低了低头表示尊重——不是尊重对方，而是尊重事实。涅尔塞·普罗雅斯终于想明白了，萨考拉斯一直在研究他们，早在圣战军离开摩门前，他就在研究他们。他知道圣战军的弱点……知识。知识就是力量。

这是莫恩古斯教会他的 。

"战争的本质是斗智，"塞尔文迪酋长说，"如果你和你的人坚持要随心所欲地冒险，那就在劫难逃了。"

"Akirea im Val!"一千个加里奥斯人同声呐喊，"Akirea im Val pa Valsa!"——荣耀归于真神。荣耀归于诸神之神。

这喊声惊醒了沉思中的柯伊苏斯·梭本，他看着脚下宏伟而杂乱的行军纵队，寻找库索特的身影。他的仆人骑马接应斥候去了。他咬着多茧的指节，这是他紧张时的习惯动作。拜托，他想道，拜托……

他还是没发现库索特。

他摘下头盔和头巾，用手指拂着秋天般金黄的短发，抹去不停流进眼里的汗水。他骑马独立于悬崖顶，崖下是一条湍急小河。他手头几张粗制滥造的地图都没标出它的存在，还好河水不深，部队可以涉水而过，但也并非毫无难度——河水已冲走四辆载货木车，还搭上一条人

第一卷 第一次进军

命,更重要的是他们在这耽误了几小时的宝贵时间。河谷越来越拥挤,人员和补给都堆在河岸上。河对岸,已渡河的战士和随军平民擦掉身上水渍后四散开来,有些人沿河散步,往水袋里装水,甚至开始打鱼,看得梭本脸色阴沉;其他人拖着沉重的脚步继续前进,疲惫让人们的表情变得麻木,背囊在肩头的长矛和长枪上晃悠。

往南看去,遮挡视线的山丘被这道河谷切断,可以窥见山后地区的轮廓。起伏的山丘后面是广阔的平原,呈现出和远山一样的蓝色,一直延伸到视野尽头。蒙格达平原。传说中伟大的战争平原。

梭本胸口一紧,想到了表兄萨齐尔卡,表兄和卡摩缪尼斯的乡民圣战军一起,遗尸于遥远的平原。他想到凯胡斯王子……

我拥有这片土地……它属于我!它必须属于我!

出征已整整一周。自离开破军关,他们一直沿一条废弃的塞内安时代的大路行军,直到前方横生出一条河。他和戈泰克——固执的老杂种!——就朝哪个方向前进争吵起来,差点大打出手。东南方向梅内亚诺海边的辛内雷斯城称得上是杰迪亚的明珠,梭本想取得,更重要的是,圣战军需要这座城市,以保证大军继续南下时侧翼安全无虞。然而在霍加·戈泰克看来,杰迪亚省不过是行军的必经之地,并非征服的对象。听那蠢货说话,好像圣战军与希摩之间的辽阔疆域一个冲刺就能到达。他们高声争吵到午夜,高提安从旁一次次调解,而森耶里王子斯凯耶尔特在角落里打盹儿,偶尔假装听翻译说两句。最后,他们决定分道扬镳。受过军事教育的纳述尔贵族还算有头脑,高提安选择进军辛内雷斯——他不是傻瓜。没人知道斯凯耶尔特的打算,但第二天,他和戈泰克的泰丹人一起朝南方进发了。

摆脱他们是好事,梭本曾想。

那时,他还相信萨考拉斯放弃了杰迪亚。

"出征吧,"亚特里索的王子那天晚上在山上对他说,"命运妓女会青睐你。但你要保证,让那些沙里亚骑士接受惩罚。"

乌有王子 * 战士先知

梭本这一生中，还从未被这么短的一句话弄得如此心神不宁。这话乍听上去直截了当，却又像远古的奇族雕像一样诡异，从不同角度看去，可能显得仁慈也可能显得歹毒，可能像神灵也可能像恶魔。凯胡斯的话每过一天含义似乎都在变化。凯胡斯王子到底有没有肯定他的观点？诸神当然保证了他的胜利，但那些悭吝的神祇也提出了条件。尤其重要的是，他们没有确认萨考拉斯让出了杰迪亚，恰恰相反，他们暗示的是完全不同的东西……

战斗。他们暗示会有战斗。否则怎会让他去惩罚沙里亚骑士？

"Akirea im Val! Akirea im Val!"

梭本往下看了一眼，又朝南边地平线望去。战争平原。平坦，黑暗，发出幽幽蓝光，看上去更像大海，而非广阔的土地。它似乎可以将一整个国家吞噬。

萨考拉斯不打算把杰迪亚拱手相让，这念头如铅块塞在他腹中、填在他骨头里。意识到这一点时，他刚与戈泰克的军队分开，这让梭本心中充满恐惧——虽然他起初不愿承认。他得到了诸神的保证，诸神的保证！那跟不跟戈泰克的泰丹军队一起行动又有什么关系？命运妓女青睐他，杰迪亚一定会是他的！

他如此说服自己。

一个低低的声音不知从什么地方传来：也许凯胡斯王子是个骗子……

如此疯狂！如此扭曲！一念之间，灵魂的一次轻微抖动，就让一切天翻地覆。之前他像税官一样按部就班地将未来掌握于手，现在却在伸手不见五指的黑暗中扔出算筹，赌注是成千上万人的性命！也许还包括整支圣战军的命运。

一念之间……灵魂与世界间的平衡如此脆弱。

恐惧压迫着他，绝望威胁着他。晚上，他在帐篷里偷偷哭泣。他不是一直都这样吗？诸神不是一直都在讽刺他、挫败他、羞辱他吗？他的

第一卷　第一次进军

出生是第一次羞辱,第七子却有长子的灵魂!他父亲尽一切可能惩罚他,为他火一般的热情、为他的机智鞭打他!然后是几年前与纳述尔帝国的战争……只差几里地!他已经看到地平线上摩门城的炊烟了!但他却被伊库雷·孔法斯打败,输在一个毛头小子手上!

然后是这次……

为什么?为什么要骗他?他没有奉献吗?他没有拜祭诸神丑陋的偶像,满足他们对鲜血的渴求吗?

昨天,阿斯贾亚里和万海尔——负责侦察、肃清大军前方的两个将领——发现了大批异教骑兵。

"他们穿着五颜六色、飘来飘去的薄外套,"库里嘉德伯爵万海尔在夜间议事会上说。虽然万海尔与梭本的地位和年龄相差无几,但梭本总觉得对方是撞大运鸡犬升天的家伙:分明一个混迹酒馆的莽夫,却被安放在世袭贵族的躯壳里。"比艾诺恩人还糟……像一帮该死的跳舞的!"

一片哄笑。

"但他们速度很快,"阿斯贾亚里补充,他仍盯着火堆,"非常快。"看向其他人时,他的表情变得非常严肃,狭长的眼睛目光清明。"他们轻易甩掉了我们的追踪……"他顿了一下,想让这帮领主领会其中的重要意味,"还有他们的箭术!我没见过这样放箭的,边骑马边放箭——朝身后的追兵放箭!"

领主们对此没什么兴趣:因里教贵族,不管诺斯莱人还是克泰人,都觉得箭术是卑贱而缺乏男子气概的技巧,严峻的情报也难以让他们放下心头的优越感。"他们当然会躲开我们!"万海尔说,"唯一意外的,是那帮杂种居然再没现身。"

高提安同意万海尔的观点,但表达得更委婉:"如果萨考拉斯想和我们争夺杰迪亚,肯定会把守大路,不是吗?"

只有阿斯贾亚里心存疑惑。讨论结束后,他拉着梭本走到一边,低声说:"事情不大对头,舅舅。"

确实有些不对头,但梭本什么也没说。他早就学会在军官们齐集的场合不要擅自决断——尤其当他的指挥权还不明确时。很多人他能信任——大多是他的亲戚,或随他征战的老兵——但他只是加里奥斯军团名义上的首领,眼下见到一些贵族只顾在丘陵间游猎放鹰,更证实了这种判断。伯爵们对没有封地的王子所持的尊重大多流于礼仪,事实上他的每条命令都得小心翼翼不触及这些人的骄傲,能否执行全看他们的心情。

于是他摆出一副犹豫不决的样子,隐藏起心中无比沉重的确定感。隐藏起真相。

这里只有他们,大约四五万加里奥斯人及九千沙里亚骑士,外加数不清的随军平民,被困在敌人的国度,被残忍、狡猾又无比坚决的敌人握在掌心。他们跟戈泰克的泰丹部队失去了联系,普罗雅斯和孔法斯仍驻扎在亚斯吉罗奇。如果之前孔法斯对萨考拉斯的军力估计正确,那他们的人数远少于敌人——高提安相信孔法斯的估测。他们的军队没有真正的纪律,也没有真正的领袖,没有巫师,没有赤塔。

但他说过命运妓女会青睐我……他说过!

梭本回过神,山脚下的和声让他有些迷惑。"Akirea im Val."叫喊、祈祷和咏唱的混合往往伴随着出征的大部队。有什么东西刺激着他。梭本又一次越过尘土和人群,寻找仆人的身影。一定要是库索特啊……

拜托……

就是他!和一小队骑兵在一起。梭本长舒一口气,颤抖了一下。他看着他们穿过一群兴高采烈的士兵——根据泪珠形盾牌判断应是阿格蒙人——爬上碎石山坡,来到他跟前。他的欣慰马上消失了,只见这些人端着长枪,枪上串着人头。

"Akirea im Val pa Valsa!"

第一卷　第一次进军

梭本握紧拳头，捶着锁甲覆盖的大腿，另一只手用拇指与食指捏了捏眼皮，似乎想将凯胡斯王子捏出来。

没人知道他，也没人……

长枪！他们端着长枪……这是加里奥斯骑士的传统，用来警示首领即将到来的战斗。

"是阿斯贾亚里？"看到库索特一路朝山上骑来，梭本大喊。

老仆皱皱眉，好像在说：还能是谁！这人身上的一切都那么无趣：锁甲、凹痕累累的旧战盔，甚至那绘有柯伊苏斯家族蓝底红狮标志的罩袍。无趣而危险。库索特完全不在意仪表，这让他显得可怖，老脸上透出暴戾。除了凯胡斯王子，梭本没见过有人有库索特这么难以应付的眼神。

"他说什么？"梭本喊道。

老仆抛来长枪，勒住马。梭本接住长枪——也许太晚了一点，枪尖上的人头直接凑到了他脸旁。没了血色的黑皮肤，编成辫子的山羊胡左右摇摆。基安贵族，就像曝晒过久的皮革制品。它似乎仍在凝视他，眼皮浮肿，犹如刚撒出种子的男人。

他的敌人。

"战争与苹果，"库索特说，"他说，'战争与苹果'。"

"苹果"是加里奥斯人对砍下的头颅的称呼。有位老师告诉梭本，古代加里奥斯人会把人头炖熟、塞满，就像森耶里人那样。

其他人吵吵嚷嚷爬上山来，朝他致意，包括高提安及其副官萨瑟鲁斯，杰斯达伯爵安菲里格及其仆从，许多家族派出的男爵代表，还有四五个毛都没长齐的年轻人，随时准备传递消息。大家都带着介于绝望与愤怒之间的情绪，除了库索特和高提安。

接下来的讨论和戈泰克离开后的每一场一样充满痛苦。显然阿斯贾亚里和万海尔自清早起就在与敌人的小股部队作战。库索特说，阿斯贾亚里坚信萨考拉斯的大军就在附近，很可能在蒙格达平原上。"他认为帕夏打算用哨马拖住我们,不让我们在他做好准备前到达战争平原。"

高提安不同意,他坚持认为萨考拉斯早在为这一天做准备,目前正诱惑他们。"他知道你们很鲁莽,一听说有仗打就会冲过去。"安菲里格和其他人齐声反对,大宗师叫了起来:"你们看不出来吗?看不出来吗?"他反复质问,直到所有人,包括梭本在内,都不再说话。"他想激怒你们,让你们按他计划的节奏行事!激怒你们!"

"所以呢?"安菲里格轻蔑地问。高提安总是以直接或间接的方式告诉他们,费恩教徒有多狡诈、多残暴,这让很多加里奥斯人以为他害怕异教徒,是个懦夫。梭本知道,高提安真正害怕的恰恰是他的诺斯莱盟友这种盲目乐观。

"所以也许他知道我们不知道的事!有什么事即将发生!"

这话让梭本一时喘不过气。"若说杰迪亚是个残破之地,"他麻木地说,"战争平原就是离开这里最快的通道……"他看了高提安一眼,对方谨慎地点头赞同。

"这有什么——"安菲里格说。

"动动脑子!"梭本叫道,"动动脑子,安菲!想想戈泰克!戈泰克想尽快离开杰迪亚,他会走哪条路?"

杰斯达的伯爵不是傻瓜,但也不是什么天才,他低下灰白的、雄狮一样的头,仔细想了想:"你是说泰丹人和森耶里人离我们不远,他们正前往战争平原……"他抬起头,眼中闪动着勉强的尊敬。梭本知道,作为长兄的挚友,安菲里格一直把他看成是年轻时那个可随意取笑的小孩子。"你是说帕夏不想让我们和戈泰克会合!"

"正是。"梭本答道,又看了眼高提安,知道大宗师先前是在提示他。他希望我来带领军队。他信任我。

但大宗师并不了解他。没人了解他。没人——

他在想什么啊?

第一卷　第一次进军

除开艾诺恩人,泰丹人拥有圣战军中最大的军团——大约七万名久经沙场的军人,再加上斯凯耶尔特手下两万凶猛战士,几乎是整个中北地区的力量。这是自远古北方诸国沦陷以来,最强大的一支诺斯莱军队!

啊,萨考拉斯,我的异教徒朋友……

突然间,枪尖上的人头不再像是在斥责他,而是化为一座毁灭的图腾,变成了预兆,如同预示火焰的烟雾。不知为何,梭本明确地知道萨考拉斯在害怕……

他确实该害怕。

预言的歧义消除了,古老的快感像烈酒一样在血管中涌动,他认为这种感觉来源于吉尔加里奥神,独眼的战神。

命运妓女会青睐你。

梭本把长枪和上面可怕的战利品扔还给库索特,大声下令,派出多名信使把当前情况告知阿斯贾亚里和万海尔,同时让安菲里格想办法找到戈泰克的位置,要高提安集结麾下骑士,还要求全军严整军纪。

"和戈泰克会合前,我们待在丘陵里。"他宣布,"萨考拉斯想接近我们得走着来,或者先摔断几千个脖子!"

然后突然间,他发现身边只剩库索特一人。他耳朵嗡嗡作响,脸上也泛起红晕。

他明白,终于开始了。开始了。经过这么久的女人般的口舌之争,战争终于开始了。其他人,如普罗雅斯,努力让"圣战"中的"圣"不落入皇帝的盘算中,但梭本感兴趣的是"战"。

至少他是这样告诉自己的。

战争不但已经开始,还是按照凯胡斯王子说的样子开始。

没人知道他。没人。

他瞥了瞥沙里亚骑士的队伍,他们正在高提安和萨瑟鲁斯的带领下奔下山坡。想到要按凯胡斯王子——或者说诸神——的要求,牺牲掉他们,他的心突然感到死亡般的沉重。

惩罚他们。你要保证让那些沙里亚骑士接受惩罚。

一股寒意攫住了他的喉咙,吉尔加里奥神占据了他,将真神逐出脑海。

"有什么问题吗,大人?"库索特问。这人总能猜到梭本的情绪,让他有些害怕。库索特一直在他身边服侍,梭本最早的童年记忆就是库索特把他抱在怀里,在摩劳尔王宫的走廊中飞奔,因为一只蜜蜂差点蜇死他。

梭本又不由自主地咬指节。

"库索特?"

"什么?"

梭本犹豫了一下,发觉自己望向南方,望向战争平原:"我要一本《圣典》……我要找……找些东西。"

"您要找什么?"老仆惊讶地说,语调奇异地柔和。

梭本盯着他:"这和你有——"

"我一直带着《圣典》……"老仆边说边把龟裂的手掌抬到胸前,按在心脏位置,"在这里。"

梭本意识到,老仆把《圣典》背下来了。不知为何,这让他万分惊讶。他知道库索特是个虔诚的人,但……

"库索特……"他开口,却不晓得说什么。

老人眨眨无动于衷的眼睛,没有其他表示。

"我需要……"梭本决定冒一次险,"我需要知道后先知说过什么关于……牺牲的话。"

老仆浓密的白眉毛绞在一起:"说过很多,非常多……但我不明白你的意思。"

"诸神要求的……他们要求的就是正当的吗?"

"不是。"库索特仍然皱着眉。

第一卷 第一次进军

这不假思索的回答让梭本感到无端的恼火。老蠢货知道什么?

"你不相信我,"库索特的声音充满疲惫,"但因里·瑟金——"

"算了。"柯伊苏斯·梭本直接打断他,看了眼枪上人头——"苹果"——注意到干瘪的嘴唇间露出了一颗金色门齿。这就是我们的敌人……他抽出长剑,砍掉人头,连带把长枪从库索特手中打落在地。

"我只信我需要信的东西。"

第六章 蒙格达平原

古人说,一个巫师在战场上等于一千名士兵,在地狱中等于一万名罪人。

——杜萨斯·阿凯梅安,《第一次圣战简史》

当盾牌变成假腿,长剑化作拐杖,人心也会随之崩溃;
当妻子变成奖品,敌人加官晋爵,希望也会随之消失。

——佚名,"被征服者的哀歌"

长牙纪4111年,初夏,蒙格达平原附近

晨光初现,加里奥斯人和泰丹人起伏的号角声穿透清新的空气,音调扬到最高时,听上去就像女人的尖叫。

它呼唤人们参战。

昨天虽有数千费恩教骑兵前来袭扰,还爆发了几十场小战斗,但重要的是加里奥斯人、泰丹人和森耶里人终于合兵一处,在紧挨战争平原北端的丘陵地带集结完毕。柯伊苏斯·梭本和霍加·戈泰克经过再三商议,终于达成共识,连夜率军在平原北方布阵,希望充分利用地形优势——如果这称得上优势的话。他们认为,现在的位置是能找到的最佳布阵地点了。东北方向的一连串盐沼可以保护侧翼,西面则有丘陵作倚靠。蜿蜒汇入沼泽的溪流冲出一道浅浅的谷地,因里教徒的阵形就沿谷地铺开。他们希望把交锋战线控制在这里。山坡太平缓,没法

第一卷 第一次进军

阻止冲锋,但至少可以让异教徒在淤泥中攀爬时吃些苦头。

东风吹来,士兵们发誓闻到了大海的味道。这片土地让一些人心绪不宁——幸好这样的人为数不多——他们互相打探,询问同伴晚上睡觉有没有受到打扰,有没有听到模糊的声音,那就像池水中泡沫的嘶声。

中北之国的伯爵们召集起各自的亲随及男爵们,那些男爵也召集起各自的部属。总管们高喊命令,盖过四下喧闹。不时传来欢呼和粗鲁的笑声,一队队年轻骑士借着酒意纵马朝南跑去,希望成为首先发现异教徒军队的人。成千上万条腿踩过草地,开始做列阵准备。随军妻妾与男人们拥抱作别,沙里亚祭司带领士兵和随军平民一起祈祷。成千上万的人跪在草地上,大声念颂祖祖辈辈传下的经卷,俯身亲吻尚带着清晨寒意的土地。各教派祭司在主持各自古老的典礼,用鲜血和圣油涂抹偶像。他们将猎鹰奉献给战争之神吉尔加里奥,砍下羚羊的小腿,投入黑暗猎手赫斯耶尔特的圣火中。

占卜师反复掷着骨头。医师们把刀刃放在火上烤过,备好工具。

地平线上初升的太阳为骚动的人群撒下一层金光,一面面军旗在微风中无精打采地抖动。全副武装的士兵们乱糟糟聚拢到一起,在队列中寻找位置。骑兵穿行而过,武器闪烁光芒,一尘不染的盾牌上有的绘着狰狞的图腾,有的则是长牙徽记。

突然间,沿谷地集结的人群中传出呐喊,整个地平线似在移动,就像撒上了银色粉末。异教徒出现了。杰迪亚和施吉克的基安大公们大举出动。

中北之地的伯爵和男爵们咒骂着,用雷鸣般的声音发号施令,节制麾下大军沿谷地北坡列阵。溪流已变成乌黑泥泞的狭小池塘,岸边泥地里留下了坐骑深深的足印。谷地最南边,声势浩大的步兵阵线之前,因里教骑士们结队来回奔跑。有人发出惊慌的叫喊,他们在野草间发现了裹着腐烂皮革与布料的骨头——那是之前的乡民圣战军留下的。

147

乌有王子 ★ 战士先知

不同版本的颂歌唱起来,在低等种姓的步兵中,歌声尤其嘹亮。但这些歌声旋即沉了下去,被一首远为洪亮的赞歌盖过。很快,成千上万人的合唱震得空气嗡嗡作响,吹号手用号角应和着节奏,连重甲骑兵行列中的世袭贵族们也加入进来:

我们来到战场,
我们编织死亡,
白日结束的时候,
诸神在我们眼中潜藏!

这首歌和远古北方诸国一样古老,乃是《长诗》中的歌。因里教徒唱响这歌时,只觉得往昔的荣耀在身边漫卷而过,将他们裹挟其中。一千个声音唱着同一首歌,一千年来的人们唱着同一首歌!他们从没感到自己的根系如此牢固,心中的信念如此坚定。歌词带着启示般的力量,撼动着每个人的心。泪水从饱受阳光炙烤的脸颊流下,燃烧的激情在队列中扩散,直到每个人都向天挥剑,发出含混的咆哮。一千人、一万人、十万人,在这一刻仿佛合而为一。

诸神在我们眼中潜藏!

借助晨曦掩护,基安人纵马杀来,回应因里教徒的战歌。他们在烈日下长大,不像诺斯莱人那样习惯云朵与丛林的庇护,现在这一点似乎更能凸显他们的荣耀。只见阳光照在镀银战帽上,他们身穿的"卡哈拉"的丝绸衣袖闪闪发亮,将他们的阵线变得五颜六色。他们身后鼓声震天。

因里教徒继续唱着,

第一卷　第一次进军

诸神在我们眼中潜藏！

梭本、戈泰克和其他大贵族在就位前举行了最后一次会议,虽然尽了最大努力,仍无法将全军排列整齐。有的地方队列过疏,有的地方则毫无必要地密集。大贵族们的扈从间爆发了争吵,安菲里格手下一个叫特洛达的男爵甚至抽出小刀要捅人,幸好被旁边的人按倒在地。然而歌声没有停息,歌声越来越洪亮,甚至让人紧捂胸口,生怕心跳也会随之起伏。

我们来到战场,
我们编织死亡!

灰绿色平原上,基安人越来越近,奔来的骑兵数不清几千几万——看起来比因里教徒预料的多得多。鼓声激荡,传过两军间的无人地带,让人想到隆隆咆哮的汪洋大海。加里奥斯的长弓手——主要是北方边境的阿格蒙人——站到阵列最前面,举起紫杉长弓,开始射击。刹那间,天空被遮住了,一片稀疏的阴影扎入异教徒前进的阵列中——却如石沉大海。费恩教徒越来越近,因里教徒可以看到他们磨光的骨弓、长枪的铁尖和风中飘动的外套宽袖。

但因里教徒继续唱着歌,虔诚的长牙骑士、加里奥斯、瑟－泰丹和森耶里的蓝眼战士们,齐声歌唱。随着他们的歌声,大气回音颤抖,好像天空是巨石垒成的穹顶。

白日结束的时候,
诸神在我们眼中潜藏！

阿斯贾亚里和他手下的男爵们高喊:"荣耀属于真神！"冲出阵列,

在马上伏低身子,缓缓探出长枪。其他贵族也跟着抛弃阵列,直扑基安人而去:万海尔、安菲里格、"大胆的"韦里昂,然后是年迈的戈泰克本人,他高喊:"真神的意志!"中北之地的一个又一个贵族家族跟随他们,犹如一场雪崩,最后几乎所有铁甲骑兵都冲向了敌阵。

"看那儿!"阵列中的步兵高喊,指着梭本的金狮,或是戈泰克及其儿子们的黑鹿。

大群战马先是小跑,渐渐成了疾驰。画眉鸟从窝中惊起,扑翅飞上天空。每个人感受到的,只有身前、身后及两侧的弟兄们的喘息和身上铁甲的味道。箭雨像一片蝗虫扑到他们当中,马匹的嘶鸣与士兵的惊呼汇成一片噩梦般的嘈杂。翻倒在地的战马徒劳地舞动四蹄,将骑士掀翻在地,许多人当即折断了腿骨甚至脊柱。

他们不再恐慌,重新发起雷霆冲刺,陡然升起的同仇敌忾之念将所有思绪结成一股可怕的意志。土丘、矮树、死去的乡民圣战军的尸骨在脚下一闪而过。风吹过锁甲链环,搅动着森耶里人的辫子和泰丹人的头冠,鲜亮的旗帜在风中拍打。邪恶肮脏的异教徒越来越近、越来越近。最后一阵箭雨如暴风袭来,划出几乎与地面平行的轨迹砸在盾牌与盔甲上。中箭的人跌落马下,在无意识中震破了舌尖。跌下马的骑士在地上翻滚、尖叫,将手伸向天空,受伤的坐骑在不远处徘徊。其他人仍然隆隆向前,越过草地,扬起盛开的远志花。他们端起长枪,两万名骑兵厚厚的毡袍外罩着沉重的锁甲,脸上笼着钢铁护面,身下的军马也披着锁环扣成或整铁打造的盔甲。恐惧逐渐消解在疯狂的速度中,化为前进的冲劲,与心中的振奋合而为一。长牙之民似乎沉醉在冲锋里,一切汇聚到闪亮的枪尖上。目标越来越近,越来越近……

马蹄轰鸣和隆隆战鼓淹没了身后战友的歌声,他们冲过最后一片稀疏的漆树丛……看到了吓得煞白的眼睛。

接着是冲撞。长枪刺穿盾牌和盔甲,木屑四下飞溅。突然间,他们脚下的地面静止了,变得无比坚实,空中回荡着哭号与呐喊。每个人都

第一卷 第一次进军

握着剑斧扭打挥砍,马匹纷纷扬起前蹄,剑锋将鲜血洒向长空。

基安人一片片倒下,倒在狂怒的北方人脚下,倒在苍白的脸庞和无情的蓝眼眸下。异教徒开始退出屠宰场——逃离战场。

加里奥斯人、泰丹人和森耶里人同声怒吼,催马追赶,只有沙里亚骑士团勒住坐骑,似乎有些困惑。

因里教众骑士脚踢马刺,但费恩教徒撤退的速度更快,一边后退一边撒下箭雨。突然,退却的异教徒中出现了一波骑兵,他们穿着厚重盔甲。双方阵线撞在一起,发生了许多可歌可泣的交锋。奥斯加德伯爵哈迦隆橙黑相间的战旗消失在战团中,这位加里奥斯领主被长矛钉在地上,没了生气。斯凯耶尔特的亲戚玛嘉被长枪刺穿喉管,跌落马下,摔在亲随当中。盘旋的死亡之舞中,连戈泰克也倒下了,他儿子们的怒吼在一片喧嚣中清晰可闻,而费恩教徒悲啼般的咆哮达到了顶点。

战争就是流血,钢铁战士们锤打敌人,砸裂战帽和头骨,刺穿木头盾牌,折断举盾牌的手。"斯兰克之锤"亚格罗塔一击砍下一匹战马的头,马上的费恩教大公像孱弱的婴儿一样被他掀下马背。普莱多伯爵"大胆的"韦里昂集结起手下泰丹人,突破了围攻戈泰克的异教徒。瑟恩·奥格莱伯爵、森耶里人"赤红的"高肯在地上拼杀,不管人马一律无情地砍倒,一路杀回自己摇摇欲坠的军旗底下。基安人不曾面对这样的敌手,不曾在战场上遭遇如此猛烈而坚决的攻击。沙漠中晒出的黑脸庞在号叫声中倒地,鹰一样的眼睛里充满恐惧。

战场上出现了刹那平静。

扈从们把受伤的领主拖到军队围成的小块安全区域里。阿格蒙伯爵塞内耶手臂受了伤,但他大吵着不让随从把他拖走;努曼奈伯爵奥斯莱恩哀声痛哭,从儿子软绵绵的手中接过家族古老的战旗,再度扬起。梭本王子大声叫喊,要人再给他找匹马来。那片他们刚以雷霆之势碾过的沙场,现在趴着很多人,摸索着想要按住伤口。但更多人发出欢呼,他们被战争的疯狂所占据,残忍的吉尔加里奥神在他们心中飞驰。

然而他们被敌人包围了,前方、两侧,甚至有敌人绕到了后方——大群骑兵在他们后方不远处调转马头,发起冲锋。杰迪亚与施吉克的大公们的丝绸长衫和金色胸甲闪耀着,再次向钢铁战士袭来。

长牙之民腹背受敌,不断有人死去。长枪刺穿后背,钩子把他们拉下马鞍,马匹把他们踩倒,狭长的斧头穿透厚重的锁甲,箭矢射中他们引以为傲的战马。临死的人呼喊妻子或神祇的名字,偶有耳熟的声音穿过喧嚣战场,那是表亲、挚友、兄弟或父亲的尖叫。格图尼伯爵科斯瓦的绯红战旗倒下,又被重新擎起,然后随着科斯瓦和他手下那五百名瑟丹人一起消失了。阿甘萨诺的黑色雄鹿也倒下了,被踩进草地当中,戈泰克的部属想把受伤的伯爵带离战场,却有一支基安骑兵半途截杀,将他们冲散。最后是老伯爵的儿子们发动一轮疯狂的冲锋,才将老伯爵救出,其长子戈瑟拉斯为此大腿中了一枪。

喧闹中,中北之地的领主们听到身后绝望的号角,大声催促他们撤退,但已经没可能了。四周都是异教徒骑兵,撒下雨点般的箭矢,压迫他们的侧翼,化解他们不连贯的反冲锋。不管他们望向哪里,都只看到费恩教徒镶金线的丝绸军旗,绘着古怪的动物图案。永不停息的神秘鼓点仿佛标出了死亡的节奏。

突然之间,出乎所有人意料,阻挡退路的基安人阵形变得散乱,白甲的沙里亚骑士从中冲出,高喊:"快撤,兄弟们!快撤!"

惊惶的骑士策马飞奔,或是徒步奔跑,或是连滚带爬地朝同胞们退去。一支支浑身染血的队伍退向谷地,退回自己人阵中。沙里亚骑士团又奋战了一阵,然后也调转马头,跑回本阵,大群异教徒骑兵朝他们涌来——长枪、盾牌、黝黑的脸庞、嘴角泛沫的马匹——铺天盖地。数百名徒步跋行退出战争平原的战士在离阵线仅一箭远的地方被砍倒,长牙之民只能目瞪口呆地旁观。他们的歌声停止了,耳边只有战鼓隆隆,不停地敲打着、敲打着、敲打着……

恐惧与异教徒一起袭来。

第一卷 第一次进军

"我们打败他们了……打败他们了!"梭本大喊着,吐了口血痰。

高提安抓住他双肩:"你谁都没打败,傻瓜!谁都没打败!你知道我们的计划!击溃他们之后,马上退回战线!"

大宗师涉过溪边淤泥,一直在寻找加里奥斯的王子,好容易在人群中挤出条路,找到的却是一个胡言乱语的疯子。

"但我们打败他们了!"梭本喊道。

周围人突然吵嚷起来,高提安下意识地举起盾。梭本仍在胡言乱语:"他们在我面前像婴儿一样崩溃——""咔嗞"一声,好像冰雹砸在黄铜屋顶上。有人尖叫。"——像婴儿一样!我们把他们统统砍翻!"

一根异教徒的箭扎在加里奥斯王子的胸口,刹那间大宗师以为他死定了,但梭本只是伸手把它折断。箭头刺穿了锁甲,被下面的毛皮阻住了。

"妈的,我们真的打败他们了!"梭本仍在咆哮。

高提安又抓着他摇晃了几下,"听着!"他高喊,"你这么想正合他们的意!基安人太精明了,他们在战场上极为圆滑、极有韧性,不可能就这么败退。发起冲锋是要放他们的血,不是击溃他们!"

梭本木然地看着他:"我毁了大家……"

"醒醒吧,伙计!"高提安大喊,"我们与异教徒不一样,我们更坚强,也更易碎,我们会败退的!戈泰克受伤倒下了!——也许是致命伤!你必须团结大家!"

"是的……团结……"梭本的眼睛猛地一亮,仿佛灼热的火在体内燃烧起来。"命运妓女青睐我!"王子喊道,"他是这么说的!"

高提安莫名其妙地看着他。

柯伊苏斯·梭本,加里奥斯的王子,老混蛋厄耶特的第七个儿子,在马上大喊起来。

不计其数的费恩教枪骑兵潮水般涌来，冲进因里教徒的阵线——然后死在那里。加里奥斯和泰丹的长矛兵刺穿了他们的马腹，来自瑟-泰丹北部边境、刺着刺青的拿格人挥动棍棒，痛殴跌倒在泥里的敌人。阿格蒙人躲在盾牌和重甲士兵后面，用致命的紫杉长弓射出箭矢。森耶里的丛林深处来的奥格利人眼看费恩教徒退却，便冲出阵列，掷出短柄手斧，手斧破空发出蜻蜓振翅一样的嗡嗡声。

谷地的其他地方，穿皮甲的费恩教骑兵沿因里教徒的战线策马狂奔，一边辱骂，一边射来箭雨，还把方才交锋中砍下的因里教贵族头颅朝阵中扔来。北方人弓身躲在塔盾后躲避箭雨，无动于衷地将那些头颅又扔了回去，这让异教徒们很是沮丧。

很快，费恩教徒开始避开因里教阵线的某些地方——刚毅的杰斯达和库里嘉德的加里奥斯勇士，瑟-泰丹的严肃的努曼奈人和长须的普莱多人。但最可怕的是头发如亚麻的森耶里人，他们的巨盾仿佛石头垒成的墙壁，双手斧与阔剑劈开铁甲直斩心脏。巨人"斯兰克之锤"亚格罗塔徒步矗立在基安人面前对仗咆哮咒骂，大开大阖地挥舞战斧。基安人想躲开他，但他带领着自己部落的战士将从旁经过的骑兵一一砍翻。

杰迪亚与施吉克的大公们仍然一次次地冲进谷地，与钢铁战士正面相抗。他们攻击的重点先放在加里奥斯人身上，接着是泰丹人，不断寻找链条上最薄弱的一环。一次突破就足以获胜，这点认知让他们的攻击更为疯狂。有人挥舞着破碎的弯刀，带着血流不止的伤口，甚至肠子都快垂到膝盖上，仍在不断冲锋，奋不顾身地冲击诺斯莱人的防线。但他们每一次都陷入近身肉搏中，被泥浆裹住脚步，在基安领主们下令撤退前便遭遇屠杀。基安人撤退后，长牙之民纷纷跪倒在地，嘶吼着发泄心中的苦闷与宽慰。

第一卷　第一次进军

战线一直延伸到东北方的盐沼地。帕迪拉贾的儿子,王太子法纳亚,带领父亲的"夸约里"精英重骑兵向瑟－泰丹的卡威里人发起冲锋,这些怯阵的泰丹人先前躲到西边的友军身后,正在跌跌撞撞回归原位,却被重骑兵逮个正着。局面顿时一团混乱,数十名卡威里人朝沼泽逃去,阔剑与弯刀在阳光下闪耀。然后,虽然法纳亚的白马旗仍矗立在谷地附近,前方的夸约里骑兵却乱了阵脚——戈泰克的两个小儿子率领残余骑兵,发起决死冲锋。失去机动空间的费恩教徒伤亡惨重,被逼得连连后退。

这次成功激起了加里奥斯的梭本王子的斗志,他召集起还有马的骑士,激励他们的自信,开始用反扑回应费恩教徒的冲锋。他们冲进看似松散的费恩教大军中,但对方的阵形仿佛融化了,逼得梭本的队伍策马退后,以避开疾冲向侧翼的敌军。待他上气不接下气地跑回自家阵中,长枪已然折断,剑锋留下凹口,兵将折损不少,自己也失去了三匹战马。努曼奈伯爵奥斯莱恩被部属抬了回来,伤势极重,眼看就要去见死去的儿子了。

太阳逐渐升高,热浪冲刷着战争平原。中北之地的贵族们咒骂着天气,疲于应对基安人的机动战术。他们羡慕地看着敌人油光水滑的高大战马,那些异教徒似乎用意念就能指挥坐骑。他们不再嘲笑异教大公们娴熟的弓箭技艺。很多盾牌插满箭矢,许多人的盔甲上也刺进了断裂的箭杆。沿着因里教徒的阵线,数以千计的人死伤在异教徒的箭下。

现在费恩教徒开始撤退,重新编整阵形,长牙之民发出了嘶哑的欢呼。闷热的天气让许多步兵跑到铺满尸体的溪水旁,用散发着血腥与恶臭的溪水打湿头发。很多人颤抖着跪倒在地,无声地啜泣。贴身奴隶、祭司、妻子和妓女来到战士们身边,清洗他们的伤口,给普通士兵送上清水和麦酒,给贵族献上葡萄酒。筋疲力尽的战士聚成一个个小圈子,低声唱起颂歌。军官们大吼着发布命令,武断地征用身边的士兵,把断掉的长枪、长矛乃至木头断片埋在阵线前的斜坡上。

战场另一端的消息传来,异教徒派出大批骑兵,绕过丘陵去北方,企图偷袭因里教徒。但这招梭本早料到了,阿斯贾亚里伯爵和他的加恩里骑士英勇地挫败了敌人的阴谋。联军中响起震耳欲聋的欢呼,有那么一会儿,甚至盖过了费恩教徒永不停息的战鼓声。

但他们的欢庆并未持续太久。平原上,异教大军在三角旗帜下重振声威,排成漫长而诡异的阵线。鼓声停顿下来。片刻之间,长牙之民可以听到风吹过草地,甚至还有溪谷里尸体上大群蚊虫的盘旋。一小队傲慢的骑兵在费恩教徒静止不动的队列前一路小跑,举着萨考拉斯的黑色豺狼旗。

施吉克的基安帕夏现身了。他们听到远处模糊的演说声,回应的是陌生语言的齐声呐喊。

梭本王子听到有人大叫大嚷,说哪个弓箭手能杀掉帕夏就可得到五十枚金塔兰,伤他也可得到十枚。几个阿格蒙人试了试风向,朝太阳举起紫杉木长弓,试探性地放箭。大多数箭矢中途坠落,但有几发飞到了足够的距离上。远处的骑兵努力摆出视而不见的样子,直到其中一人突然捂住脖子,翻身落马。

长牙之民爆发出一阵嘲笑,他们一齐拍打盾牌,轻蔑地叫嚷。帕夏的随从散开了,只留下一个贵族站在原地,华丽的白马衣上勾勒着黑色与金色的图案。他显然对箭矢毫不畏惧,对平原对面的隆隆嘲弄也无动于衷。因里教徒明白过来,他们看到的这个人,正是伟大的萨考拉斯·阿布·纳拉扬,纳述尔人称他为"Sutis Sutadra"——"南方的豺狼"。

对面的加里奥斯人射来的箭矢纷纷落在他前方的地上,但他一动未动。阿格蒙人渐渐掌握了距离与风向,越来越多的箭杆仿佛给这片大地覆上了一层羽毛。帕夏面对因里教徒,轻松地从鲜红色腰带中取出一把小刀——他开始修剪指甲。

第一卷　第一次进军

现在变成费恩教徒狂喜地咆哮了。他们用闪亮的弯刀拍打手中圆盾，喧嚣声似乎造成了地震。两个民族，两种信仰，深切的仇恨与杀意充斥在尸横遍野的战争平原上。

萨考拉斯举起一只手，战鼓重新敲响执着的节奏，费恩教大军开始全线推进。长牙之民安静下来，握紧了长枪，用盾牌遮挡住自己和身边的战友。战斗又要开始了。

基安人加快了速度，身后烟尘四起。他们仿佛踏着鼓点，整齐地端平长枪，催动马匹开始冲锋，伴着摄人心魄的呐喊，朝因里教徒猛扑过去。他们的骑射手向两边散开，将箭雨撒向北方人头顶。冲锋的队列一波接一波，比早上声势更足、规模更大，仅仅为了冲过两军间的空地，就牺牲掉数百的士兵。基安人冲向加里奥斯的乌斯加德人，冲向已吃过一次败阵的卡威里人，冲向瑟-泰丹的拿格人和沃努特人，一直冲上谷地的山顶，逼得钢铁战士节节后退。一柄柄长枪折断，或是戳中人脸，或是钩中马匹的挽具。弯刀砍破头盔或穿透铁锁甲劈断了锁骨。发狂的战马在战阵和盾牌当中横冲直撞。每每在因里教徒以为异教徒已成强弩之末的时候，新一波骑兵总会从烟尘中冲出，跃过溪流，踏过死尸，挺枪冲向疲惫不堪的步兵。没时间安排战术，甚至没时间祈祷，只有绝望的挣扎、杀戮与求生……

在很多地方，战线动摇了，开始崩溃……

这时，仿佛从灼目的太阳中走出来的一样，西斯林出现在战场上。

梭本用剑脊狠狠拍打身边溃逃的乌斯加德人，但毫无用处。混杂着恐惧的疯狂降临到他们心中，他们连滚带爬地从梭本的战马前跑开，只求躲开追杀他们的金甲骑兵。

"真神！"梭本咆哮着，转身冲进追来的夸约里骑兵队里，"这是真神的意志!"他的黑马撞向身前那些异教徒的坐骑,个子较小的战马跌倒了,梭本一剑刺穿那个惊恐不已的骑兵的脖颈,然后回身架开一个一身飘逸红袍的基安人发起的猛击。黑马嘶鸣着朝旁撞去,他的大腿与旁边那人撞在一起,只不过梭本的坐骑更高占到上风。他用剑柄抢去,砸得对方满脸是血,仰天栽倒。不知从什么地方挥来的刀刃在梭本的头盔上留下一道刻痕。他在失去骑手的军马后腿上砍了一剑,军马吃痛,朝他身前的异教徒冲去,然后他立刻挥动手中阔剑划出一道巨大的弧线,砍飞了偷袭者坐骑的下颌。那马人立起来,将骑手摔翻在地,梭本勒着黑马朝左转了个圈,踩在惊声尖叫的异教徒身上。

"这是!"他大喊着猛砍向下一个人,劈开了对方的木盾。

"真神的!"第二击砍断了那人举起的手臂。

"意志!"第三击劈裂了镀银头盔,将那张黝黑的脸一分为二。面对他的横冲直撞,他面前的夸约里骑兵迟疑了,但他身后的敌人没有犹豫。一柄长枪擦过他的背,几乎把他掀下马,背上的锁甲也被扯开一道口子。梭本站在马鞍上,回身砍断长枪。敌人手伸到背后去够弯刀时,梭本的剑插进了他的盔甲缝隙。又干掉一个敌人。异教徒们围在他身边,有些不知所措。

"懦夫。"梭本啐了一口,狂笑着策马冲进敌群。对手在恐惧中退缩——刹那间又有两人送命。但梭本的黑马突然立起来,绊倒在地……又一匹该死的马!他重重地撞在地上,脑子仿佛被烂泥塞满,混乱无比。人腿和马蹄汇成的密林不停踩踏着。了无生气的躯体。踏碎的草茎。起来……起来……给我起来!他朝地上不断挣扎的坐骑一阵猛踢。一个巨大的阴影仿佛飘浮在头顶,钉有铁掌的马蹄踩在他脑袋旁的土地上。他挥剑向上刺去,感觉到剑尖在胸骨上打滑,然后深深刺进一匹棕马柔软的肚腹。阳光闪过,他终于脱开马鞍,挣扎着站了起来。但又有什么东西敲在头盔上,让他再度跪下。另一阵冲击把他打翻,脸朝下撞地。

第一卷　第一次进军

真神啊,他的狂怒竟如此空虚,与大地相比,他竟如此脆弱!他伸出空空如也的左手,握住另一只手——冰冷,结着厚茧,皮革一样的指头,玻璃般的指甲。一只死人的手。他抬起头,越过乱糟糟的草地,看到了死人的脸。一个因里教徒。脸贴在地上,鲜血覆盖了大半脸庞,看不清面孔。那人的头盔不见了,沙金色头发从兜头的链甲中冒出来,头巾歪在一旁,盖住了下嘴唇。那人看上去如此沉重,如此静谧——就像大地一样……

意识到眼前是什么时,他感觉自己仿佛处在噩梦中。太超乎自然,不可能是真的。

那是他的脸!捧在他自己手中!

他想尖叫。

但发不出声音。

更加沉重的马蹄声响起来,他听到熟悉的语言发出的呐喊。梭本松开冰冷的手指,手脚并用地爬着。关切的声音。不知从哪儿伸来的手臂扶他站起来。他麻木地看着空空的地面,看着片刻之前他的尸体所在的位置……

这片土地……这片土地被诅咒了!

"这儿,拉住我的手。"父亲般的声音,似乎在对刚被严厉地教育过的儿子讲话,"你得救了,王子殿下。"是库索特。

得救?

"你还好吗?"

梭本喘息着啐出一口血痰:"只是擦伤……"

数码之外,沙里亚骑士和夸约里重骑兵的战局仍然胶着。他们在混乱中努力朝对方挥砍,剑刃交鸣,映出太阳与天空的颜色。如此美丽,如此遥远,就像织在布帛上的画面……

梭本一言不发地转脸面对仆人。老战士看上去形容枯槁,毫无斗志。

"你一人挽回了败势。"库索特说,他眼中带着古怪的惊奇,也许还有一丝骄傲。

梭本眨眨左眼,把流进去的血挤出来。他心中突然涌起莫名的残忍念头:"你老了,动作太慢……把你的马给我!"

库索特苦涩地看着他,抿紧了衰老的嘴唇。

"没工夫在这里跟你扯皮,老傻瓜,赶快把他妈的马给我!"

库索特抽搐了一下,好像有什么东西从身体里爆裂开来,然后他朝前扑倒,沉重的躯体带得梭本摇晃了一下。

梭本被老仆撞得朝后跌去,一屁股坐在地上。

"库索特!"

他把库索特拖着靠在自己大腿上,发现对方背上插着一支箭。

老仆喉咙里咯咯作响,咳出老年人的黑血。老战士眼睛转动,对上了梭本的眼神,然后笑起来,又咳出更多的血。梭本浑身起了鸡皮疙瘩。这一生当中,他听对方笑过几次?三次?四次?

不——不——不——不!

"库索特!"

"我真想让你知道……"老人喘息着说,"我有多恨你……"

老人身子一震,吐出浓稠的血液,然后长长地喘了口气,不再动弹。像大地一样。

梭本四下看了看,寂静像一口无形的袋子,笼住了他们。每一片被践踏过的草地中,仿佛都有死者的眼睛在看着他。他明白了。

是这里的诅咒。

夸约里重骑兵退下被践踏得一片狼藉的谷地,但没人欢呼,相反,因里教徒发出了尖叫。不知哪里的闪光如此明亮,甚至在正午的阳光下投下了阴影。

他不可能恨我……

怎么可能?库索特是唯一一个……

第一卷　第一次进军

这笑话真有趣。哈哈,你这老傻瓜……

有人站在他身前,大声呼喊。

太累了。他可曾这么累过?

"西斯林!"有人喊着,"西斯林!"

啊,那光……

一只手打在他脸上,手套上的铁环划破了他的脸颊。他的头盔哪去了?

"梭本!梭本!"因切里·高提安喊着,"是西斯林!"

梭本用手指在脸颊上摸了摸。血。

忘恩负义的混蛋。老不死的狗奴才。

让他们接受惩罚!惩罚他们!惩罚!

老不死的狗奴才。

"冲过去,"加里奥斯的王子平静地说,他紧紧地把死去的老仆抱在大腿和胸腹间。老傻瓜真会说笑话。

"你们必须向西斯林发起冲锋。"

　　他们小心地步行前进,保持与因里教阵线的距离,他们知道人墙后藏着弩手,装有神之泪的十字弓瞄准着他们。他们中任何一人都不能以身犯险,因为赤塔正气势汹汹地赶往战场——又或无须任何原因,只因他们是西斯林,因达拉取水者,他们的呼吸比成千上万人的呼吸更宝贵。他们是人群中的绿洲。

　　他们向前伸出手掌,伸过草地和草地上盛放的金线菊与白十字花。他们朝敌军阵线走去,一行十四人,身上的黄丝法衣被风与热浪吹得翻卷舞动。每个人脖子上的五条蛇都探出头来,犹如分叉的烛台,朝各个方向探寻。绝望的北方人射出一排排箭矢,但那些箭未曾落下,在空中就爆成烈焰。西斯林继续前进，空洞的眼窝扫过因里教阵线林立的枪矛。他们转向哪里，哪里的长牙之民就会被灼目的蓝色光线扫过、爆炸，皮肤烧出水泡，钢铁与血肉融合，心脏化作焦炭……

许多北方人仍然坚守阵地，按照训练中的教导，低头躲在盾牌后面。但其他许多人——乌斯加德人、阿格蒙人、加里什人、努曼奈人和普莱多人——不顾军官与领主们的大声呼喝，开始了溃逃。因里教的中央阵线在颤抖、蒸发。战斗演变为屠杀。

这时，法纳亚王太子及其夸约里重骑兵第二次被赶过了谷地，沙里亚骑士追赶他们，穿过翻滚的尘土和烟雾——至少看到这一幕的人起初是这样想的。很快，费恩教徒不敢相信自己的眼睛，许多人大喊起来，不是出于恐惧或沮丧，而是因为那些偶像崇拜者展现了不可思议的疯狂。法纳亚逃到了阵后，因切里·高提安带领的四千名左右的沙里亚骑士却继续朝前冲来，高喊着——哭喊着——"真神的意志！"这些骑士之前分散在战争平原各处，除了早上第一波的灾难性冲锋，并未集中投入战斗。现在他们在草地上疾驰，由于害怕被巫术扫到，每个人都低伏在马背上，但又发出狂怒的叫喊，以表达蔑视。他们催动坐骑冲向邪恶的光柱，向十四名西斯林巫师发起冲锋，很快，冲在最前面的人燃烧了起来，就像跌进炉火中的虫子一样。

一道道炽烈的蓝光舞动闪耀着，带着妖异的华美，将四肢化作焦炭，让身体炸裂开来，把马鞍上的人一个个变为祭品。但在尖叫与哀号中，仍然可以听到隆隆马蹄，听到有人呼喊"真神的意志"。高提安被化作焦炭的坐骑甩下，差点摔断脖子。比亚西·斯考拉斯的腿烧掉了一截，他翻下马去，被身后的骑兵踩成肉酱。库提亚斯·萨瑟鲁斯正前方的骑士炸裂开来，尖利的盔甲碎片划过他的喉咙。骑士队长倒下了，脸朝下摔在地上，死亡盘旋着降临。

脑浆在颅骨中化作蒸气，尸体还在咬紧牙关。头三十秒就有几百人倒下，接下来又是好几百人。灼热的光线四下扫荡，触到的一切都像

第一卷 第一次进军

玻璃一样粉碎。然而沙里亚骑士仍然催马向前,跃过兄弟们还在燃烧的残骸,一个接一个地奔向末日。几千人发出高亢的呐喊,他们呐喊着,灌木与长草在燃烧,油腻的烟雾直冲天空,风把烟刮向西斯林的方向。

一个孤单的骑士,一个年轻的军官,飞也似地冲到一名巫术祭司面前——砍下了祭司的头。离他最近的西斯林把空洞的眼窝转向他,但燃烧的只有男孩的马。年轻骑士跌了下去,但仍在向前冲,发出刺耳的尖叫。从亡父那里得到的丘莱尔被他紧紧握在手心。

直到这时,西斯林才意识到自己的错误——傲慢。他们犹豫了几个心跳的时间……

被烟尘与热血包裹的骑士们如潮水般冲出翻滚的烟雾,大宗师高提安正在其列,高举纹着金色长牙的白色大旗,那是骑士们神圣的旗帜。在这最后一波冲刺里,又有数百人燃烧着倒下,但其他人没有退缩。西斯林撕裂了脚下土地,绝望地想将那些带着丘莱尔的人吞没,但为时已晚——骑士们呼啸着冲到跟前,一个西斯林升上天空想要逃跑,却被带着神之泪的弩箭射中,其他人都被当场砍翻。

他们是西斯林,因达拉取水者,他们每个人的死都抵得上数千士兵。

在这诡异的刹那,四下一片寂静,几百个幸存的沙里亚骑士步履蹒跚地朝他们的因里教弟兄已被撕裂的阵线走回去。因切里·高提安最后一个抵达安全地带,肩上扛着一名被烧伤的年轻军官。

❦

萨考拉斯知道,这些西斯林完成了任务,只可惜没保住性命。他向手下大公们喊叫,要他们立即攻击。但费恩教徒被亲眼目睹的这一幕惊呆了,完全动弹不得,他们反而开始后撤,阵线中出现了混乱;而在他

乌有王子 * 战士先知

们对面,在犹如收割过的麦田一样铺满焦土与尸体的空地后面,中北之地的伯爵和男爵们又一次奋力集结起部队,填补了阵线中央的缺口。等到施吉克和杰迪亚的大公们终于发动攻击时,钢铁战士已占领了有利位置。他们的阵线变得稀薄了,但他们的心却更加坚定。

他们又一次唱起古老的颂歌,现在在他们听来,那已不只是歌曲,而是预言:

我们来到战场,
我们编织死亡,
白日结束的时候,
诸神在我们眼中潜藏!

下午的厮杀中有更多人倒下。库里嘉德伯爵万海尔在一次反冲锋中被掀下马背,摔断了脊骨。斯凯耶尔特最小的弟弟,纳拉达王子,被流矢射中眼睛。活下来的人,有的因炎热和疲惫昏迷过去,有的因过度悲痛而发疯,必须被强行拖到战场之外的营地交给祭司照料,但那些坚持奋战的人通过了考验,他们不会再崩溃。钢铁战士们又一次嘹亮地唱起战歌,歌声又一次点燃了他们心中狂热的火焰。费恩教徒的战鼓弱了下去,最后彻底被歌声淹没。千万个声音唱着同一首歌,千万年的岁月唱着同一首歌:

白日结束的时候,
诸神在我们眼中潜藏!

日头在西方低垂,越来越多的费恩教徒在因里教徒的阵线前退缩了,他们心中充满越来越强烈的惊惶,他们在那些偶像崇拜者眼中看到了魔鬼。

第一卷　第一次进军

当普罗雅斯和他那些戴银色面具的康里亚人的旗帜出现在西边丘陵时,萨考拉斯已下令撤退。加里奥斯人、泰丹人和森耶里人不约而同地突然发力猛攻,咆哮着冲向战争平原。筋疲力尽、垂头丧气的费恩教徒陷入了恐慌,撤退迅速演变成无秩序的逃亡。康里亚骑士冲入溃逃的人群,施吉克的帕夏萨考拉斯·阿布·纳拉扬的大军土崩瓦解。中北之地的领主们骑着仅剩的马匹,冲入费恩教徒的辽阔军营,在战场上受尽苦难的北方人听任狂怒攫住了心灵,强奸女人,屠杀奴隶,将无数基安贵族奢华的大帐洗劫一空。

日落时分,乡民圣战军的血仇终于得报。

接下来的几周,长牙之民在通往辛内雷斯的道路上发现了几千匹倒毙的马,都是活活跑死的。异教徒发了疯一样地逃离圣战军的钢铁战士们。

———❦———

梭本伏在马鞍上,看着一排排神情疲惫的男男女女踏过月光照耀下的草地,这些人赶了好久的路,终于追上普罗雅斯及其麾下骑士。梭本这才知道,康里亚的王子之前一定是倍道兼程,不顾一切地把辎重和随军平民统统抛下了。无须照镜子,他也知道自己是什么样子,那些在黑暗中迎面走来的人脸上恐惧的表情说明了一切。他撕得稀烂的罩袍上染满血迹,锁甲环节都被血污糊住了。

直等那人差不多走到身前,他才开口叫住⋯⋯

"你的朋友,他在哪里?"

那巫师,阿凯梅安,朝后退开他骑马的身影,拉住了自己的女人。也难怪,黑暗中出现这样一个浑身浴血的身影,谁都会害怕的。

"您是说凯胡斯?"胡子修得方方正正的学士问。

梭本怒视他:"记住自己的地位,狗。他是王子。"

"那您是说,凯胡斯王子?"

不知为什么,梭本感觉像被责骂了一样,他停下来舔了舔浮肿的嘴唇:"是的……"

巫师耸耸肩:"我不知道。为了追上你,普罗雅斯把我们赶得像牲口。到处都一团糟……另外,王子在打仗时可不会跟我们这种人一道闲逛。"

梭本怒视着这个拐弯抹角的傻瓜,考虑是不是该为他的无礼给他一拳。不过想起曾看到自己横尸战场,他忍住了,浑身一颤,扬了扬眉毛。那不是我!

"也许……这样的话,也许你可以帮帮我。"

巫师皱了皱眉头,露出困惑的表情,梭本觉得这也是一种侮辱:"听凭差遣,王子殿下。"

"这地方……有什么特别吗?"

巫师又耸耸肩:"这里是战争平原……'非神'死去的地方。"

"我知道那些传说。"

"这是自然……您知道'势'是什么吗?"

梭本的脸抽搐了一下:"不知道。"

巫师身边那个漂亮女人打个哈欠,揉了揉眼睛。倦意毫无征兆地袭来,加里奥斯的王子坐在马鞍上摇晃了一下。

"你知道从高处往下看的感觉吗,"巫师道,"比如从塔楼上或山顶上?"

"我不是傻瓜。别把我当傻瓜对待。"

痛苦的微笑。"'势'就像高度,让你可以看到远处的东西……但它不是用石头或土壤垒成的,而是以痛苦与创伤。这种高度可以让人看到比这个世界更遥远的东西……来自外域的东西。这就是这片土地困扰你的原因——你站得太高、太危险了……这是战争平原。你的感觉和在高处的眩晕没什么不同。"

第一卷 第一次进军

梭本点点头,喉咙一阵发紧。他明白了,而且不知为什么,这份认知让他感到解脱,两行热泪不由滚下。"我太累了。"他哑着嗓子说,愤怒地抹了抹眼。

巫师看着他,眼神里更多的是遗憾而非责备。那女人盯着脚尖。

梭本没法看巫师的眼睛,只朝对方的方向点点头,骑马走开。巫师的声音却从身后传来。

"就算在势中,"巫师喊道,"这地方也是……很特别的。"他的语调中有什么不一样的东西,某种不情愿的感觉,让梭本有种冬天的寒风吹到汗涔涔的皮肤上的滋味。

"有什么特别?"他回头看向巫师。

"您记得《长诗》里的句子吗?'Emyutiri Tirmauna, kirnraus saraim……'"

梭本眨了眨眼不让泪水流下,没有说话。

"'所有遇到它的灵魂,'"巫师续道,"'都会停止前行。'"

"这话又他妈是什么意思?"加里奥斯的王子说,声音中的粗暴让自己都感到惊讶。

巫师扫视黑暗的平原:"它仍以某种形式存在于这里某处……莫格-法鲁。"转过脸来看梭本时,他眼里写满真正的恐惧。

"死人没有离开战争平原,王子殿下……这地方被诅咒了。非神死在这里。"

第七章 蒙格达平原

> 睡眠，如果足够深沉，会与失眠混淆。
>
> ——索兰纳斯，《圆与螺旋》

长牙纪4111年，初夏，蒙格达平原

刑鸟展开宽阔的黑翅膀，乘着晨风飞翔，品味这诡异的熟悉感。东边天际线终于开始发亮，然后太阳一下子从地平线上跳出来，长枪般的阳光射过丘陵，照亮尸横遍野的战争平原，撕破了无边无际的黑暗。那片黑暗之中，有一条无比漫长的路……

也许那就是回家的路。

谁能怪罪它沉浸在怀旧情绪中呢？千年之后，它终于又回到这里，回到那件事几乎发生的地方。人类和奇族差一点在这里被彻底消灭。差一点。然而……

快了。很快了。

它低下小小的人类般的头颅，研究平原上无数死尸组成的形状，惊奇地从中发现了它的族类喜欢的符号——当时它们的确是个族类。族类。种群。种族。

虚族，那些蝼蚁如此称呼它们。

它飞了一阵，看到身下几千只秃鹫在低空盘旋起伏，享受原野上的盛宴。然后它闻到了自己寻找的味道……一股不属于这个世界的恶臭——如此清晰可辨！——正是为这种偶然事件发生而预留的设计。

第一卷 第一次进军

萨瑟鲁斯就这样死了。真不幸。

至少圣战军胜利了——还打败了西斯林！

戈尔格特拉斯会满意的。

老魔物细小的人类嘴唇做出不知是微笑还是怨怒的表情,然后它俯冲下去,加入其他秃鹫古老的庆祝仪式。

远方地平线在翻滚,被披着人皮的蛆白色身影扭曲——那些都是斯兰克,尖叫的斯兰克,足有几十万,爪子在身上抓出黑色血痕,挖出自己的眼睛。眼睛!旋风咆哮着,将数以千计的斯兰克扯进风眼,围着中央的黑暗搅拌。

莫格-法鲁在它们当中行走。

凯兰尼亚的至高王抓着谢斯瓦萨的肩膀,但巫师并没有听到他的喊声,他听到的是另一个声音,从十万只斯兰克口中同时发出的声音,犹如炽烈的炭火塞进他的头颅……那是非神的声音。

你看到了什么?

看到?他怎能……

我要知道你看到了什么。

至高王转身不再理他,伸手去取苍鹭之矛。

告诉我。

秘密……秘密!连非神也无法用城墙阻挡被遗忘的过去!谢斯瓦萨看到不洁的躯壳在旋风中心闪烁,那是真银制成的棺椁,外面镌刻着经文,悬在空中……

我是——

阿凯梅安大喊着醒来,双手像爪子一样紧握身前,不停颤抖。

随后一个轻柔的声音在他耳边低语,柔声让他平静。温软的双手抚过他的脸庞,把汗水打湿的头发从他眼前拂开,抹去他脸上的泪水。

艾斯梅。

他在她怀中躺了好长一段时间,身体间歇性地颤抖,他拼命睁眼,看清自己所处的地方——以及时代。

"我在想凯胡斯。"等阿凯梅安的呼吸平静下来,她说。

"你梦到他了吗?"阿凯梅安心不在焉地开着玩笑,想要清掉嗓子里的痰声。

艾斯梅娜笑了:"不,你这傻瓜,我说——"

你看到了什么?

齐声的尖叫,凄厉而短暂。他摇摇头,露出不自然的笑容:"对不起,你说什么?瞌睡虫一定还在我眼睛和耳朵里……"

"我是说,我只是在想……"

"想什么?"

他似乎感到她仰了仰头,那是她想摆脱困惑时的惯常动作。"想他说话的方式……你有没有——"

我看不到。

"不,"他喘着气说,"我没注意过。"他咳嗽起来。

"这,"她说,"就是你总坐在火堆下风向的下场。"她总拿这事儿说他。

"老人的肉要熏过才好吃。"他也总是这样回答。汗水又快淌进眼睛了。

"不管怎样,凯胡斯他……"她放低声音续道。帐篷帆布很薄,营地又太拥挤。"每个人都在悄悄谈论他,因为这场战役和他对梭本王子说的话。我很吃惊——"

告诉我。

"——每天睡觉之前,我都感觉他说出的话,该怎么说呢……又近又远……"

第一卷 第一次进军

阿凯梅安咽了咽口水,勉力说道:"这是什么意思?"他想撒尿。

艾斯梅娜笑了:"我也不知道……还记得我告诉你,他问我做妓女的生活是什么样吗——就是和陌生人躺在一起。他这样问的时候,感觉离人很近,近得让人不舒服,但接下来你会意识到他有多真诚,心里不怀有任何偏见……当时,我以为他只是另一条发情的狗——"

我是什么?

"你到底想说什么,艾斯梅……"

她停了停,好像有些不开心。"但有时,他给人的感觉远得让人无法呼吸,好像站在高高的山顶,可以看到一切,或者说几乎一切……"她又停了停,阿凯梅安知道,自己无意间又伤到了她的感情。他感到她耸了耸肩。"我们所有人好像都站在山间某处,而他……就像现在这样,似乎提前看到了要发生的一切。每一天——"

我看不到。

"——他离我们都似乎更近,也更远了。我感觉——阿凯?你在发抖!在打摆子!"

他重重地吸了口气:"我、我不能留在这里了,艾斯梅。"

"你说什么?"

"这块地方!"他喊道,"我不能留在这里!"

"嘘,很快会好的。昨晚我听士兵们说,今天部队就会出发。离开这些死人——以免暴发瘟疫,而且——"

告诉我。

阿凯梅安喊了出来,努力控制自己的神智。

"嘘,阿凯,嘘……"

"他们说了要去哪里吗?"他喘着气说。

艾斯梅娜踢掉毯子,赤身裸体跪在他面前,双手按住他胸口。她看上去很焦急。非常焦急。"他们说起废墟什么的,我记得是这样。"

"那、那会更糟。"

171

"你说什么?"

"这片地方要把我撕碎了,艾斯梅,到处是回声。还、还记得昨晚我、我对梭本说的吗?非、非、非神……它的……它的回声在这里非常强烈。太强烈了!而那片废墟,那是蒙格达城。一切就是在那里发生的……非神就是在那里被打倒的。我知道这听起来很疯狂,但我想这块地方——我想这块地方认出了我……要么是我,要么是我、我身体里的谢斯瓦萨。"

"那我们要怎么——"

告诉我。

"离开……到东边俯瞰战争平原的丘陵上扎营,在那里等其他人。"

她的表情因为焦虑黯淡了下来:"你确定,阿凯?"

"我们不会有事的……只需远离这里。"

※※※

阿凯梅安说,力量越大,谜团越多。这是尼尔纳米什人的古老谚语,凯胡斯问他这句谚语的意思,巫师说这道出了力量的矛盾:一个人向世界索取的保证越多,就会变得越没有安全感。凯胡斯当时觉得这不过是阿凯梅安喜欢的、又一句过于空泛的总结,是世俗中人惯用的伎俩,将含糊与深奥混为一谈。但现在,他有些相信这句话了。

战斗结束后的第五天晚上,当最后一缕阳光消失在西边丘陵背后,各大贵族——包括孔法斯和切菲拉姆尼——带着随从,来到一座小丘陵上荒草蔓生的圆形剧场。这剧场是古时依着山势挖掘出来的,剧场中间点起庞大的火堆,将舞台变成了炉灶。各大贵族坐在剧场底层,其顾问及同乡贵族在上面的看台聊天谈笑。每个人都穿着典礼的盛装——其中很多还是刚从基安人手中夺来的——在火光照耀下闪闪发

第一卷 第一次进军

亮。橘黄色的光映在他们脸上,裸露胸膛的奴隶从黑暗中走出,在一众贵族面前登上舞台,将家具、服装、卷轴及基安人营地中掠来的其他无价值的东西投入篝火。火堆冒出奇异的铁蓝色烟尘,直冲天际,刺鼻的味道让人想起雅特维女神的女祭司惯用的油膏。

战争平原上已没有别的东西可烧了。

圣战军终于再度齐集。下午早些时候,纳述尔军和艾诺恩军穿过平原,加入蒙格达城废墟脚下的大营。阿凯梅安告诉凯胡斯,这曾是一座辉煌的城市,但毁于青铜时代早期。离开遥远的摩门城后,大大小小的贵族们终于能聚在一起召开议事会。虽然凯胡斯的阶级与名望足够让他坐在各大贵族上面的那一层,他却选择和大群骑士、亲兵和随从们一起,坐在剧场另一端的土堆上。这一来可以继续积累谦逊的名声,二来便于查看那些他必须征服的人脸上的表情。

他们的表情反差明显。一些人脸上带着最近这场战役留下的印记——绷带、起皱的伤痕、正在消褪的瘀伤——另一些人脸上什么都没有,尤其是刚抵达的纳述尔人和艾诺恩人。有人脸上闪动着胜利的欢愉,他们折断了异教徒的脊背;有人则因恐惧和失眠面色苍白……

战争平原上的胜利似乎在向他们索取奇怪的代价。

自在蒙格达平原铺下睡垫之后,圣战军中就有许多男女经历了可怕的梦魇。他们说自己每晚都会在战争平原上与从没见过的敌人苦战,然后倒下——这些敌人包括古代纳述尔人、真正来自沙漠的基安人、塞内安的步兵、古代施吉克骑兵、穿青铜盔甲的凯兰尼亚人、马上没有镫的塞尔文迪人,以及斯兰克、巴拉格,甚至有人坚称自己看到了瓦拉库——巨龙。

当他们为了避开带着尸臭的腥风,来到蒙格达城的废墟之后,噩梦变得更为剧烈。有人说梦到了刚刚与基安人的战役,梦到自己被西斯林的烈焰焚烧,或倒在战争中发狂的森耶里人手下。似乎这场战役的牺牲者们的最后时刻都被贮藏进了大地,每天夜里都会翻着本子一遍遍核对。许多人完全放弃了睡眠,尤其当一个泰丹男爵某天早上被人发现死在床铺上之后;另一些人逃离了营地,比如阿凯梅安。

那之后,地面上出现了坑坑洼洼的匕首、古老的硬币、破碎的头盔,还有人骨,好像大地正缓缓地将这些东西呕吐出来。起初它们只是零零星星在清晨的草地上出现,虽然每个人都声称自己肯定检查过那些位置,不会漏掉任何东西;后来变得更加频繁,有人说在自己帐篷中踢到脚趾,仔细看时发现是小孩的头骨。

凯胡斯什么都没梦到,但他看到了白骨。两天前的私人集会上,高提安讲解了战争平原的传说。千百年来,这片土地饮下了太多鲜血,现在它像饱和的盐水一样,开始向外释放旧日的污血,以容纳新血。高提安说战争平原确实被诅咒了,但只要坚持信仰,就无须为自己的灵魂担心,这只是人所共知的古老诅咒罢了。普罗雅斯和戈泰克都没做噩梦,他们不愿就此离开,一是因为他们派去找孔法斯和切菲拉姆尼的信使已通知对方在蒙格达城会合,二是因为许多溪流流经这座废城,而三天的路程之内再没有其他水源可供大军饮用。梭本也坚持要留下——凯胡斯知道,他有自己的原因。梭本一定做了梦。只有斯凯耶尔特要求马上出发。

就这样,这片战场取代基安人成了他们的敌人。辛奈摩斯在营火边说,这种战斗属于哲人和祭司,不该针对战士与妓女。

凯胡斯觉得,这种战斗根本不该存在……

得知因里教徒在绝望中大逆转的细节之后,凯胡斯感觉自己被疑问、困惑和谜团包围了。

命运妓女确实青睐了柯伊苏斯·梭本,但只是因为加里奥斯的王子敢于惩罚沙里亚骑士。在场的人异口同声地说,高提安向西斯林发动的自杀式冲锋拯救了中北之地的贵族。换句话说,一切都按照凯胡斯预言的那样发展,丝毫不差。

问题是,他没有预言任何事。他说那些话,只为了尽最大可能控制

第一卷 第一次进军

梭本,同时设法杀死萨瑟鲁斯。他在冒险。

这一定是巧合。至少一开始他是这样说服自己的。所谓的命运妓女不过是又一个世俗的借口,是人们用来掩饰自己的无能为力、赋予自己行为以意义的说辞。正因如此,他们才用妓女代表未来,因为她对所有男人一视同仁。一种令人心碎、冷漠的说辞。

前事决定后事……这是"或然论"的基础。靠着这信念,他可以掌控一切环境,无论言辞还是刀剑。正是这信念让他成为杜尼安僧侣。

让他超越条件。

大地吐出白骨。这不正说明大地在回应人们遭受的苦难,而非毫不在意吗?而若大地——大地!——都并非毫无知觉,那么未来呢?有没有可能后事恰恰决定着前事?从过去到未来,如果并非单一的直线,而是多元复杂的呢?它会不会在某一点上结绕成环,违背前事与后事的原则?

他真的会像阿凯梅安说的那样,是末日的使者吗?

这就是你为何召唤我吗,父亲?为了拯救这些孩子?

他觉得这些问题太过深刻了,眼前有许多迫在眉睫的谜团需要解开,许多触手可及的威胁需要应对。那些深刻的问题,正如辛奈摩斯所说,是属于哲人与祭司的,或者说,属于安那苏里博·莫恩古斯。

你为何还没有和我联系,父亲?

篝火更明亮了,奴隶们从黑暗中拖出一大堆卷轴,扔到火堆中。虽然凯胡斯坐得很远,但他能感觉到贵族们当中属于他的位置。那仿佛是有形质的东西,就像渔民在远处牵扯自己撒下的渔网。每一道目光,每一次饱含深意的注视,都被他看在眼里,分门别类地记在心中。每一张脸都被译解了。

普罗雅斯身边坐着的世袭贵族中有人向他投来熟悉的目光……是盖德奇总督。

他和同伴们长篇大论地讨论我,觉得我是个谜,又觉得自己无法解开我这个谜。他心里有一部分在猜测,甚至在渴望了解我。

有个泰丹人也朝他看过来。双方眼神交会了一刹那……瑟育拉伯爵。

他听过一些流言,但对自己在战场上的表现感到无比骄傲,不愿将功劳归结于命运。他在做噩梦……

伊库雷·孔法斯身后也有人在看他……马特姆斯将军。

他听过我的许多事,但太繁忙,根本没时间注意。

森耶里人中间,一个头发散乱的战士在人群中扫视……高肯伯爵。

他几乎没听说我的事。会说其他语言的森耶里人太少了。

康里亚人中投来轻蔑的一瞥……伊吉亚班总督。

他在和盖德奇谈论我,说我是个骗子。他对我和奈育尔之间的关系更感兴趣。不过他也睡不着觉了。

高提安人数骤减的随员中,有一双眼睛稳稳地盯着他……

萨瑟鲁斯。

像这样无法看穿的面孔越来越多了。阿凯梅安称之为换皮密探。

它为什么盯着我看?和别人一样因为流言吗?因为我的一席话引发了沙里亚骑士可怕的伤亡?凯胡斯知道,高提安正尽一切努力不仇恨他……

或者是因为它知道凯胡斯看穿了他,因此想要杀凯胡斯?

凯胡斯对上它目不转睛的凝视。自安迪亚敏高地与斯科约斯的遭遇之后,他一直在改进对这些怪物察言观色的能力。其他人看到的是或美丽或有瑕疵的面孔,他看到的是紧握的肢体捏出的眼睛。到目前为止,他在圣战军中发现了十一个换皮密探,每个人都假扮成非常有权势的角色,但无疑还有更多潜伏者……

他亲切地点点头,萨瑟鲁斯仍盯着他,就像没注意到他的回视,或者完全不在意……

有什么不对,凯胡斯心想,它们怀疑着什么。

第一卷　第一次进军

他所在的人群外围发生了一场小骚动,凯胡斯转头看到阿斯贾亚里伯爵正在观众中推搡,朝他的方向挤来。凯胡斯朝他低了低头,没有对这位年轻贵族失礼。那人回了个礼,不过低头的角度略嫌不足。

"这里的事结束后,"阿斯贾亚里说,"你跟我来。"

"梭本王子找我吧。"

栗色头发的英俊男子动了动下巴。凯胡斯知道,阿斯贾亚里是那种无法理解忧郁与踌躇的人,因此觉得给王子跑这趟腿有失身份。虽然伯爵很崇敬自己的舅舅,却仍觉得梭本对这个亚特里索来的穷酸王子态度太好了,过分了。

好骄傲的人。

"我舅舅想见你。"伯爵道,就像在给自己的错误找借口。他没有多说,转身挤进人群,回到剧场。凯胡斯朝大贵族那边看去,瞥见梭本匆匆转开目光。

他的痛苦越来越沉重,恐惧也越来越深。过去的六个晚上,加里奥斯的王子一直在刻意躲他,连在同一座营火前开会也避着他。战场上一定发生了什么,远比失去亲随、把沙里亚骑士推向灭亡更让人痛苦。

这是个机会。

凯胡斯注意到,萨瑟鲁斯离开了座位,和一小群沙里亚祭司站在一起,准备协助高提安进行庆典开始时的布道。吵嚷声渐渐低落下去。

大宗师以一段救赎罪孽的祷文开始了演讲,凯胡斯知道这是引用《圣典》的段落。然后高提安花了一些时间讲述后先知因里·瑟金斯的事迹,以及身为因里教信徒的意义。"凡悔悟心中的黑暗者,"他引用《学者之书》的段落,"皆可擎长牙而追随吾道。"他提醒听众,身为因里教众,即意味着他们是因里·瑟金斯的信徒。有什么比追随先知的圣迹更能显示一个人的虔诚呢?

"希摩,"他用清朗的声调说,声音远远传播出去,"希摩离我们越来越近了。用剑走上一天的路,抵得上用脚走上两年……"

乌有王子 * 战士先知

"比用舌头走得更远!"有个机灵鬼喊道。善意的笑声。

"四个夜晚之前,"高提安高喊,"我为玛伊萨内,至圣的沙里亚,崇高的圣战军之父,送去了战报。"他顿了顿,四下一片寂静,只听见火堆的噼啪声。大宗师双手都裹着绷带,那是从被西斯林烧着的草丛中拖出同伴时灼伤的。

"战报上,"他续道,"我只写了两个字——两个字!——因为我的手指仍在流血。"

人群零星地响起呐喊。沙里亚骑士团的冲锋业已成为传奇。"大捷!"他喊道,"大捷!"

长牙之民爆发出欢呼,每个人都在号叫、大喊,甚至有人痛哭失声。星光掩映下,周围蒙格达废墟里的土墩与残垣仿佛都在颤抖。

但凯胡斯默不作声。他朝萨瑟鲁斯瞥去,骑士大半个背对着他……他注意到对方态度的一些细微差异。高提安微笑着,火光映照下,白色与金色的法衣光芒万丈。他挥手示意安静,然后呼吁大家一起吟诵真神之殿的祷词。

诸神之神,
在我们中行走。
您的名字数不胜数……

上千人齐声祷告,空气颤抖着,发出异样的回音,好像大地也开口歌唱……但凯胡斯看的只有萨瑟鲁斯——只有对方身上的变化。姿态、身高与体形,甚至连黑发的光泽,都有微妙的变化。

一个替代品。

凯胡斯知道,原先那个骑士被杀了,正像他期待的那样。然而,萨瑟鲁斯的位置并未消失。没人看到骑士队长的死,于是它们很轻易地派来了替代品。

第一卷 第一次进军

人成了位置,奇怪的感觉。

……您的名即是真,
您的名将传承延续,
永世不停。

完成净化仪式后,高提安和萨瑟鲁斯退下,穿着装饰用锁甲的吉尔加里奥神的祭司们走上前,准备宣布战神使者的名字。可怕的战神选择这个人作自己的躯壳,出现在五天前的战场上。众人沉默下来,充满了期待。那天早些时候,辛奈摩斯对凯胡斯抱怨有无数人在选择战神使者这件事上下了注,到头来这更像是抽彩票,而非神圣的宣示。一个老人走到众人前面,白霜般的胡须修得方方正正。库默尔,吉尔加里奥神的高阶祭司。他还没来得及说话,斯凯耶尔特王子就跳了起来,大喊:"Wedt firlik peor kaflang dau hara mausrot!"王子转身背对大小贵族,面朝凯胡斯这边的人群,长长的金发与胡须盖在两边肩膀,"Wedt dau hara mut keflinga! Keflinga!"

库默尔唾沫飞溅,愤愤地用听不懂的言语说了句什么,其他人纷纷转向斯凯耶尔特的森耶里随从,等着他们解释。然而,他的翻译却不知哪里去了。

"他说,"戈泰克在高层看台的一个手下终于用谢伊克语解释,"他说我们必须首先商议如何离开这里。我们必须逃走。"

潮湿的空气顿时嗡嗡作响,人群中响起针锋相对的呐喊,有人指责,有人表示赞成。斯凯耶尔特体形骇人的男仆亚格罗塔跳将起来,捶打着胸膛,发出威胁的吼叫,他腰间挂的皱缩的斯兰克头颅像流苏一样舞动。出乎大家意料,斯凯耶尔特在地上踢了几脚,然后弯腰拔出匕首,再站起来时,他把什么东西举到了火光下。几百个人同时吸了口冷气。

他手中举着一个头骨,头骨沾满泥土,被远古战争中的一击打碎了半边。

"Wedt,"他缓缓地说,"dau hara mut keflinga."

死人像溺死的尸体一样浮上地面……这怎么可能?凯胡斯不禁想。

但他需要集中精力去解开另一些谜,与这片土地无关的谜。

斯凯耶尔特将头骨扔进了篝火中,朝其他大贵族看去。争论在继续,虽然切菲拉姆尼起初并不信服,但最终所有人都认同了,连大统领也无怨言。在整个争论过程中,一直有人朝凯胡斯这边看来,但没人过来征求他的意见。达成一致后,普罗雅斯宣布圣战军将于次日清晨离开蒙格达城及城下这片被诅咒的平原。

长牙之民一阵鼓噪,有人不解,有人宽慰。

人们的注意力又回到年迈祭司的库默尔身上。也许是因为太过慌张,或者是害怕受到更多干扰,老人略去了向吉尔加里奥神祈祷的所有仪式,直接走到梭本面前。其他祭司一时没反应过来。

"跪下。"老人用颤抖的声音喊道。

梭本依言跪下,口中却急切地说:"是高提安!冲锋的是他!"

"是你,柯伊苏斯·梭本。"库默尔回答。他声音很低,凯胡斯觉得没几个人能听到他的话。"是你……许多人在你身上看到了他,破盾者,荣耀的吉尔加里奥神……他用你的眼睛看!用你的躯体战斗!"

"不……"

库默尔微微一笑,从右边的繁复衣袖中取出一顶荆棘与橄榄枝编成的头冠。因里教徒们默不作声,只偶尔有人咳嗽。老人颤巍巍的手以高贵的姿态,将头冠戴在梭本头上,然后吉尔加里奥神的高阶祭司后退一步,高喊:"起来吧,柯伊苏斯·梭本,加里奥斯的王子……战神使者!"

雷鸣般的欢呼又一次响起。梭本勉力站了起来,但非常缓慢,仿佛

第一卷 第一次进军

跑过很远的路,早已筋疲力尽。他看上去难以置信,然后毫无征兆地,他转过脸来看向凯胡斯,火光下可见他脸颊闪着泪水,刮得干干净净的脸上仍带着五天前留下的刀痕与瘀伤。

为什么?他那痛苦的表情在说,我不配得到这些……

凯胡斯露出忧伤的微笑,弯腰鞠躬,恰好停在礼仪规范要求的面对战神使者必须的角度。他现在不仅掌握了这些毫无道理的习俗,甚至学会了如何巧妙运用每一个细节营造威严。他了解了他们的每一种暗示。

欢呼声更响了。大家都看到了梭本与凯胡斯的对视,每个人都听过梭本到一座破败礼拜堂中拜谒凯胡斯的故事。

发生了,父亲,发生了。

然而就在这时,震耳欲聋的欢呼突然停顿下来,变成了疑惑的吵闹。凯胡斯看到伊库雷·孔法斯站到篝火前,离梭本只数步之遥,大统领的喊叫渐渐盖过了周围的喧闹。

"——蠢货!"他怒斥,"一群位高权重的白痴!你们要给这个人荣誉?你们要赞许他几乎毁灭圣战军的行为?"

剧场里回响起潮水般的谩骂与嘲讽。

"柯伊苏斯·梭本,战神使者。"孔法斯嘲弄地喊道,周围的人被他震慑得沉寂下来,"我说他是愚神的使者!这个人险些让你们统统死在这片被诅咒的土地上!相信我,这是你们最不愿意死去的地方……"

梭本直直地看着他,有些惊呆了。

"你明白我的意思。"大统领直面王子,"你明白你做的一切有多愚蠢。"他的胸甲映射出火光,就像涂了油一样。

众人陷入死寂。凯胡斯别无选择,只能出面干预。

孔法斯太聪明了,他不会——

"在怯懦者眼中,愚蠢无处不在。"一个响亮的声音从下面座席传来,"在怯懦者眼中,英勇就是鲁莽,而他们会将自己的怯懦称为'审慎'。"奈育尔从辛奈摩斯身边站起身。凯胡斯和塞尔文迪人在一起生活了几个月,但草原人的洞察力仍不时让他惊讶。奈育尔发现了局面的危险,知道一旦梭本名声受损,对他们就没用了。

孔法斯笑了:"所以我是个懦夫,是这样吗,塞尔文迪人?"他的右手不偏不倚地落在剑柄上。

"某种程度上说是的。"奈育尔道。他穿着黑马裤,长及大腿的灰背心——都是从基安人营地中抢来的——但胸膛和手臂裸露在外。火光映着背心的刺绣,在他苍白的眼眸中闪动。草原人身上总是散发出野性与力量,凯胡斯注意到,这让他周围的人都下意识地紧张起来,身体也变得僵硬。他给人无比坚强的感觉,好像每道肌肉都必须用锯子才能割开,刀切都没用。

"自从打败战争之民,"塞尔文迪人续道,"你获得了太过响亮的名声。因此,你对其他享有荣誉的人心生妒忌。柯伊苏斯·梭本靠着勇武与智慧击败了萨考拉斯——如果你在你的皇帝驾前吹嘘的那些事没错,这可是个非常可怕的对手。然而仅仅因为荣誉不归你所有,你就要贬损它,称之为愚蠢,称之为运——"

"这确实只是运气!"孔法斯喊道,"诸神对头脑简单的醉汉怀有慈悲……这是五天前我们惟一得到的教训。"

"我不了解你们的神祇,"奈育尔说,"但你们得到的教训很多。你们知道了费恩教徒无力抵挡因里奥骑士意志坚定的冲锋,也无法突破你们顽强的步兵阵形。你们知道了他们在面对重装士兵时战术与武器上的优劣之处。你们亲眼见证了他们的极限,同时教会了他们一件事,一件非常重要的事——恐惧。即使是现在,他们仍在丘陵中逃窜,就像狗在狼群面前逃窜一样。"

人群再度爆发出欢呼,渐渐演变成震耳欲聋的咆哮。

孔法斯木然地盯着塞尔文迪人,手指握住了剑柄。他被彻底打败了,如此巧妙……

第一卷　第一次进军

"你可以在手臂上再刻一道疤!"有人喊道,笑声响彻剧场。奈育尔朝聚集的因里教徒扫了一眼,露出难得一见的凶狠笑容。

虽然离得很远,但凯胡斯知道大统领并没感到羞辱或窘迫,脸上仍挂着微笑,好像一群麻风病人在羞辱他的美貌一样。对孔法斯而言,几千人的嘲笑与一个人的嘲笑没有太大区别,权力的博弈更加重要。

在凯胡斯需要支配的所有人中,伊库雷·孔法斯是最特别、也是最麻烦的。这不仅是因为他的骄傲——他疯狂的骄傲——还因为他完全无视其他人的评判,简直到了病态的地步。而且他和他的皇帝叔叔一样,认为凯胡斯与斯科约斯——或者说西斯林,如果阿凯梅安提供的情报无误——有某种联系。再加上大统领从小在皇宫错综复杂的阴谋诡计中长大,杜尼安僧侣的种种手段对之几乎失效,就像在塞尔文迪人身上一样。

而且凯胡斯知道,他正谋划着什么,一旦成功,那将是圣战军的灾难……

这是另一个谜。另一个威胁。

大贵族们为其他事情争吵起来。先是普罗雅斯建议派骑兵部队火速赶往辛内雷斯,不为攻城,只为了保护城市附近的农田,不让基安人过早地收掉麦子运进城。凯胡斯知道,这应该是奈育尔出的主意。康里亚的王子声称,应该在整个海岸地区采取这样的策略。之前经过酷刑拷打,几个基安俘虏供出萨考拉斯曾下令在杰迪亚境内提前收割刚刚发白的冬麦,储藏在城里,以策万全。孔法斯极力反对这个计划,赌咒发誓说皇家舰队可以提供圣战军所需的全部军粮,同时警告大家,萨考拉斯仍拥有足够的力量与狡诈,可以摧毁任何一支分遣队。然而各大贵族不愿依赖皇帝,拒绝相信孔法斯,最终同意调拨数千骑兵供阿斯贾亚里伯爵、伊吉亚班总督及"大胆的"韦里昂伯爵指挥,天明出发。

然后他们谴责艾诺恩军团行军懒散,认为这造成了圣战军兵力的分散。在这件事上,戴着面具、完全听命于赤塔的艾诺恩领袖切菲拉姆尼意外地发现，普罗雅斯居然是他的盟友。普罗雅斯称，只要满足一定的条件，圣战军继续分成独立军团前进反倒更好。讨论陷入僵局时，康里亚的王子甚至向奈育尔寻求支持，但塞尔文迪人简单粗暴的论断没起到什么效果，争论仍然持续。

长牙之民的首领们一直争论到深夜，帕夏珍藏的尤玛那美酒把每个人都灌醉了。凯胡斯观察着他们，瞥进每个人心中连自己都不敢探寻的深处，他时不时把目光转向那个叫萨瑟鲁斯的东西，对方也经常朝他看来，好像在打量一个俊美的男孩——很多沙里亚骑士都有这种病态的爱好。它是在嘲弄凯胡斯，但凯胡斯知道这样的目光不过是假扮的，就像那东西脸上的表情一样。

到这时，已无须任何怀疑了……他们知道凯胡斯能发现他们。

我必须加快速度，父亲。

尼尔纳米什人错了。谜是可以解开的，只要拥有足够的力量。

伊库雷·孔法斯懒洋洋地躺在自己的赤红帆布大帐中，花了一小时工夫，乐此不疲地假想如何杀那个塞尔文迪人。这期间马特姆斯很少说话，孔法斯心中某个暗暗恼怒的角落里甚至在怀疑，这位沉闷的将军不但对野蛮人暗怀敬仰，还很享受之前大剧场中那场灾难带来的乐趣。然而孔法斯并不为此感到困扰，也许是确信马特姆斯的忠诚，就不那么在意对方在精神上的稍稍出轨了。这种事跟泥土一样，毫不稀罕。

那之后他又花了一小时，对马特姆斯讲解辛内雷斯将要发生的事。这段谈话大大振作了他的情绪，展示聪明才智总能让他放松下来，而他关于辛内雷斯的计划无疑是天才之举。与敌人做朋友总让人受益匪浅。

为了展示宽宏，他决定对马特姆斯——毫无疑问是他麾下将军中

第一卷　第一次进军

最有能力、最值得信任的一个——稍稍打开心扉，引领对方看到他下的这盘大棋。接下来的几个月，他需要心腹。所有的皇帝都需要自己的心腹。

不过当然，出于谨慎考虑，还需要再确定一下马特姆斯的态度。忠诚是马特姆斯的天性，不过就像艾诺恩人爱说的，忠诚就像妻子，男人必须知道她们躺在哪里——而且丝毫马虎不得。

他仰坐在帆布座椅上，越过马特姆斯，看向大帐远端，总领帝国军的赤红战旗就安放在那里一座有专门光照的神龛中。他盯着战旗旗面上闪耀的金属圆片，那似乎是某位凯兰尼亚至高王胸甲的遗物。不知为何，那些图案——四肢细长的黄金武士——总能攫住他的眼睛。如此熟悉又如此陌生。

"你从来没看过它吗，马特姆斯？我是说，真正地盯着看？"

一时间，马特姆斯将军似乎完全沉浸在酒杯中，不过那只是短短一刹那。这个男人不曾真正醉过。"您是说'情妇'吗？"他问。

孔法斯露出满意的微笑。普通士兵将这面统御全军的战旗称为"情妇"，因为根据传统，这面旗帜总是要放在大统领的房间中。孔法斯一直觉得这个名字异常贴切，他不止一次用这块备受尊崇的绸缎擦拭自己的阳具……感觉很奇妙，将自己的种子涂抹到圣物上。非常美妙。"是的，"他说道，"情妇。"

将军耸耸肩："哪个军官没看过？"

"那么长牙呢？你亲眼看过它吗？"

马特姆斯扬了扬眉毛："是的。"

"真的？"孔法斯的声音提高了。他本人都没见过长牙。"是什么时候的事？"

"我还是个孩子的时候，当时的沙里亚是普塞拉斯二世。我父亲把我带到苏拿，去看他的兄弟——也就是我伯父，在居利尤玛服役……伯父带我去看了长牙。"

"他现在还在那里吗?你当时有什么想法?"

将军凝视着自己的酒碗,用厚实而坚定的手指紧紧握着:"很难回忆了……我想,应该是敬畏。"

"敬畏?"

"我记得耳朵里嗡嗡作响。我知道自己在发抖……伯父说害怕是正常的,因为长牙联结着更宏伟的事物……"将军微微一笑,他清澈的棕色眼睛对上了孔法斯,"我问他这是不是乳齿象嘴里的,结果他打了我——就在当场!——就在至圣之圣跟前……"

孔法斯装出惊叹的样子:"嗯,至圣之圣……"他呷了一大口酒,慢慢品味这温暖奇妙的味道。上次享用萨考拉斯的私人窖藏是很多年前的事了,他仍不敢相信,那条老豺狼会被打败,而且是被柯伊苏斯·梭本打败……在大会上他说那些话是发自内心,诸神确实在庇佑头脑简单的醉汉,而孔法斯这样的人却要不停地接受他们的考验。他这样的人……"告诉我,马特姆斯,如果一定要让你为保护其中一个而死,你选哪一个,情妇还是长牙?"

"情妇。"将军毫不犹豫地回答。

"为什么?"

将军又耸耸肩:"习惯。"

孔法斯简直想大喊。说得好。习惯,有什么能比这保证更可靠?

可爱的人!宝贵的人!

他顿了一下,努力控制住情绪,然后道:"那个人,亚特里索的凯胡斯王子……你对他有何看法?"

马特姆斯皱皱眉头,从椅子上探出身。孔法斯曾把两人之间身体的俯仰当成游戏,仔细观察马特姆斯如何应对大统领体态的调整,好像在无比小心地保持着两人面孔间的距离。在很多方面,马特姆斯也是个蛮奇怪的人。

"很聪明,"过了一阵,将军说,"很会说话,不过穷困潦倒。为什么要问这个?"

孔法斯还在犹豫,他仔细打量着这位手下。依照与皇室成员独处的惯例,马特姆斯没携带武器,只穿着一件普通的红色罩衫。他并不介意给我留下什么印象……孔法斯提醒自己,正因如此,他的观点才无比珍贵。

"我该告诉你一些小秘密了,马特姆斯……你记得斯科约斯吗?"

"宰相大人。他怎么了?"

"他是个密探,一个西斯林的密探……我叔叔多疑又敏锐,各大贵族聚集在安迪亚敏高地开会时,他注意到凯胡斯王子似乎对斯科约斯怀有异乎寻常的兴趣。如你所知,皇帝陛下只要心生怀疑,就绝不会放任不管。"

马特姆斯的脸在震惊中变得苍白,一时间,他的鼻子似乎都要从脸上掉下来了。孔法斯几乎可以读到他的想法:斯科约斯是西斯林的密探?这还是小秘密?

"斯科约斯承认自己为西斯林做事?"

大统领摇摇头:"不需要他承认……他是……是个怪物——一个没有脸的怪物!皇家萨伊克无法侦测出来……这意味着他一定是西斯林派来的,毫无疑问。"

"没有脸?"

孔法斯眨眨眼睛,第一千次看到了斯科约斯那张无比熟悉的脸……张开了。"别要求我解释。我解释不了。"

这他妈叫什么话。

"所以你觉得凯胡斯王子也是西斯林的密探?是斯科约斯的上线?"

"他一定有某种隐秘的身份,马特姆斯,只是现在还不清楚那是什么。"

将军震惊的表情突然有了几分狡黠:"和皇帝一样,您也是一个只要心生怀疑,就绝不会放任不管的人,大统领大人。"

"确实如此,马特姆斯,不过和我叔叔不一样,我知道何时应该按兵不动,让敌人误以为我被蒙蔽了。观察,仔细观察,这与无知有细微的差别。"

"这正是我想表达的。"马特姆斯说,"您一定已派了线人,把那人看管起来……现在您都知道了些什么?"

当然会有此一问。"知道得不多。他和塞尔文迪人住在一起,似乎还分享一个女人——听说很漂亮。白天,他和一个叫杜萨斯·阿凯梅安的学士待在一起——我叔叔处理斯科约斯时,正是找到这个天命派的蠢货来与皇家萨伊克对质。至于这到底是不是巧合,我不得而知,据说他们的谈话内容大多是关于哲学和历史。他和塞尔文迪人一样,是普罗雅斯圈子里的人,而且正如整支圣战军今晚所见,他对梭本有着奇怪的控制力。此外,那些仆从种姓似乎觉得他是穷人的先知——具有某种预知未来的能力。"

"这还不算多?"马特姆斯道,"按您描述,他是个很有力量的人——如果他真是西斯林的人,可以说这是令人恐惧的力量。"

孔法斯微微一笑。"而且他的力量还在不断增长……"他朝前倾身,不用说,马特姆斯朝后仰了仰,"你想知道我是怎么想的吗?"

"当然了。"

"我想他是西斯林派来渗透进圣战军,以便把我们从内部摧毁的。梭本愚蠢的进军以及'惩罚沙里亚骑士'什么的胡言乱语,不过是他的首度尝试。相信我,他一定会有更多动作。不管使用什么手段,他会扮成先知的样子,诱惑别人……"

马特姆斯眯眼摇头:"但我听说的恰恰相反。他们都说他否认了任何言过其实的传闻。"

孔法斯又笑了:"想扮成先知,还有什么更好的办法?没人喜欢放肆的家伙,马特姆斯,连那帮猪一样的贵族揭发吹牛大王时也会拥有狼

第一卷　第一次进军

一样的嗅觉。我恰恰相反,我喜欢骄傲的人散发的臭气,我觉得它很真诚。"

马特姆斯的脸色暗了下来:"您为何告诉我这些?"

"你的反应一直这么快,嗯,将军?难怪我每次和你说话都精神振奋。"

"难怪。"将军重复。

真无趣啊,马特姆斯。孔法斯取过瓶子,在碗里倒满帕夏的美酒。"我告诉你这些,马特姆斯,是因为我需要你在另一场战争中扮演将军的角色。不管出身如何,你现在是个很有权势的人,如果这个凯胡斯王子为了达成目的而募集追随者,如果他对有权势的人献殷勤,你一定要对他表现出无法抵抗的样子。"

痛苦的表情在马特姆斯脸上蔓延开来:"你要我扮成他的门徒?"

"是的,"孔法斯答道,"我不喜欢这个人的味道。"

"干吗不直接杀了他?"

这还用说?……他为何有时这么聪明,有时又那么迟钝?

大统领斜了斜酒碗,看着碗底殷红似血的葡萄酒。一时间,酒香似乎带领他穿过岁月,回到在萨考拉斯奢华的宫廷中做质子的时候。他又一次朝熏香笼罩下的军旗看了一眼。他亲爱的情妇。

"说来奇怪,"孔法斯说,"有他在,我感觉自己变年轻了。"

189

第八章 蒙格达平原

活人永远比死人伟大。

——艾诺恩谚语

建筑工程用腕尺做量度标准,而腕尺的度量标准是神皇帝的手臂。他们说神皇帝的手臂无法量度,但我说神皇帝的手臂恰恰就是一腕尺的长度,而若干腕尺累加的长度由建筑工程来体现。连"全体"也不是无法量度的,它大过每个组成部分,"大过"本身也是一种量度标准。哪怕真神也有自己的腕尺。

——因帕拉斯,《水魂学》

长牙纪4111年,初夏,蒙格达平原

"他们在为我舅舅的荣耀欢呼。"阿斯贾亚里伯爵领凯胡斯穿过一群群纵酒狂歌的北方人。加里奥斯人喜欢用粗重木框架和毛皮搭成楔形帐篷,饰以长牙和粗糙的动物图腾。由于不用绳索固定,他们的帐篷可以靠得很近,帆布挨帆布,围着营火形成一个围场。阿斯贾亚里领他经过一个又一个围场,凯胡斯不断用问题引导伯爵,让对方详细解释加里奥斯人的外貌、习俗和传统。年轻的伯爵起初有些不耐烦,不过很快心里就充满了惊奇与骄傲。让他惊讶的不仅是自己的人民如何与众不同、高贵不凡,重要的是他更深刻地了解了自己。和其他许多人一样,他从没真正思考过自己是谁,是什么样的人。

第一卷　第一次进军

凯胡斯知道，柯伊苏斯·阿斯贾亚里决不会忘记和他同行的这段路。

如此简单，又如此困难……

凯胡斯找到了捷径。他得到了关于梭本继承权最重要的消息，也获得了梭本早熟的外甥的信任与敬仰。现在阿斯贾亚里把亚特里索的凯胡斯王子当成朋友和能让自己变得更智慧、更优秀的人。

最后，他们用肩膀挤到最大的、醉汉也最多的围场中。凯胡斯看到，柯伊苏斯家族的红狮旗在影影绰绰的围场远处飘扬，阿斯贾亚里往军旗的方向挤去，骂骂咧咧地推搡挡在身前的同乡。接近围场中央时，他停下来，这里庞大的篝火向夜空喷吐着火星与浓烟。

"你会对这个感兴趣的。"他笑着说。

篝火旁空出一片宽阔场地，两个上身赤裸的加里奥斯人站在当中屏息对视，中间横着两根长杆。凯胡斯发现，两人的手腕分别用皮带绑在两根长杆的末端，不能直接够到对手。他们紧抓着光滑的木杆，身子前倾，白皙的胸膛和晒得稍深的手臂上青筋暴露，肌肉紧绷。围观的人都在大喊。

离凯胡斯较近的人突然撤回原本正往前推的左手，他的对手朝前跌了两步。两个男人就这样围着火跳起舞来，上举、下压、前推、后拉，使尽一切手段要将对方掀翻。

高个男人踉跄了一下，差点栽到火里，观众不由得倒吸凉气，但看到他在离炽烈的木柴仅半步之遥处稳住身形，又爆发出一阵欢呼。那人大喝一声，火光映出他的长影，罩住了矮个男人。高个把对手朝后推，脚下却又一跌，他狂怒地摇着头，小火苗在他修剪得齐齐整整的胡须上燃烧。看到这一幕，周围几十名观众的笑声更响了。高个大喊着、咒骂着，甚至有一瞬间陷入了惊慌，直到有人把一杯不知是蜜酒还是啤酒的东西当头淋下。笑声更高了，夹杂着蔑视的叫喊。

阿斯贾亚里得意地笑着，转过身来，抬高嗓门盖过周围喧闹："这两伙计动真格的了！现在他们不要银币,要让对方流血和烧伤!"

"他们在做什么?"

"我们叫它'gandoki',或者说'影子'。要打败你的gandoki,你的影子,你必须把他压到地上去。"他笑声轻松,非常有感染力,这是对自己在别人心中的地位非常有把握的人才有的笑。"老外们,"他续道,"老外"是加里奥斯人对非诺斯莱民族的蔑称,"认为加里奥斯人是一支不懂得精细生活的民族——女人也是这么说男人的!但gandoki证明,这种说法至少不全对。"

突然间,就像从一扇无中生有的门中走出一样,萨瑟鲁斯站在了他们中间,仍然穿着剧场中那身白金相间的法衣。"王子殿下。"他朝凯胡斯低了低头。

阿斯贾亚里转过身:"你在这里做什么?"

沙里亚骑士笑了几声,骆驼毛般的睫毛下的眼睛直视伯爵:"和你一样。我要和凯胡斯王子谈谈。"

"你跟踪我们。"阿斯贾亚里说。

"得了吧……"那东西装出受冒犯的样子,"我知道他一定会来这儿,他一定会来分享——"他神秘兮兮地朝周围人群看了一眼,"——战神使者的荣耀。"

阿斯贾亚里瞥了瞥凯胡斯,眼神、心率乃至呼吸都流露出对沙里亚骑士毫不掩饰的厌恶。凯胡斯知道,伯爵觉得萨瑟鲁斯是个虚荣而微不足道的家伙,正是他从小到大一直看不起的那种人。然而,那该是库提拉·萨瑟鲁斯的性格——傲慢无礼的世袭贵族——但真正的萨瑟鲁斯早已死了,站在这里代替他的是某种野兽,经过细致训练的野兽。它夺取了萨瑟鲁斯的位置,继承了一切,甚至连他的死亡都夺走了。

这真是最彻底的谋杀。

"随便。"年轻伯爵说完转开脸,好像被别的事吸引了。

"请允许我和骑士队长说几句。"凯胡斯道。阿斯贾亚里皱了皱

第一卷 第一次进军

眉,同意稍后在梭本的帐篷外碰头。

"您请便。"萨瑟鲁斯道。伯爵不耐烦地在呐喊的同乡中挤出一条路。

一阵尖厉的叫喊刺穿了空气。凯胡斯看到高个 gandoki 选手跌了一步,倒在地上,一些加里奥斯人从人群中跑出去打他,但尖叫的却是矮个——凯胡斯在一条条腿投下的阴影间看到他被火烫出水泡的脸,冒烟的炭火仍沾在他的右肩和手臂上。

另一些人冲过去保护高个……寒光一闪,拥挤的人群中鲜血泼洒在地。

凯胡斯看了萨瑟鲁斯一眼,它僵硬地站在那里,完全被这一幕残杀景象吸引住了。它瞳孔扩大,呼吸急促,脉搏加快……

它也有下意识的反应。

凯胡斯注意到,它的右手想往胯下挠,好像在抑制强烈的自渎冲动。它的拇指与食指摩擦着。

又一阵叫喊。

那个叫萨瑟鲁斯的东西显然在激烈颤抖。凯胡斯明白了,这些东西处在永不停息的饥渴当中。它们渴求……

在影响人类神智的原始的动物冲动中,没有哪样比肉欲更微妙更深刻。从某种意义上说,正是它支配着所有思想,促成了几乎所有行动,这也是西尔维的价值所在。辛奈摩斯的营火旁那些人——除了塞尔文迪人——下意识地达成共识:讨好她的最好方法是奉承凯胡斯。而为了讨好她,他们愿意做任何事。

但萨瑟鲁斯渴求的是不同的东西,它的渴求包含暴力与痛苦。和斯兰克一样,这些换皮密探一刻不停地渴盼用那话儿去交配。它们拥有同样的造主,那些创造者将兽欲灌输进奴隶的心头,并像磨砺枪尖一样把这些欲望磨得锋利无比。

非神会。

"加里奥斯人,"萨瑟鲁斯脸上挂着唐突的微笑,"总在割自己人的喉咙,总喜欢残害自己的牧群。"

乱斗被安菲里格伯爵大声喝止,三个浑身浴血的男人被急匆匆抓起四肢抬离火堆。

"'他们繁荣兴旺,却不知缘由,'"凯胡斯引用因里·瑟金斯的话,"'因此他们口中喊出邪恶的话语,声称他人挡了他们的路……'"

非神会不知如何知道了他在皇帝揭穿斯科约斯这件事上的作用,只是还不清楚这是巧合还是蓄意。如果他们怀疑他能看穿换皮密探,就会痛下杀手,否则他们要弄明白斯科约斯是如何暴露的。我必须在这两条线当中寻找平衡,成为他们不得不解开的谜……

凯胡斯盯着那东西看了很久,超越了礼仪规范允许的界限。他假装皱眉道:"拜托,请你一定要满足我的好奇心……你身上……不,你脸上有些奇怪的地方。"

"这就是为什么你在剧场一直盯着我看吗?"

这一瞬间,凯胡斯敞开心中的军团,他需要更多信息——需要知道它的弱点,最脆弱的一环……

这个萨瑟鲁斯是新的。

"我有那么不谨慎吗?"凯胡斯道,"我表示歉意……我只是想起那天晚上,在云纳拉山的神庙废墟里你对我说的话……当时我印象很深。"

"我说了什么?"

它承认自己的无知,像普通人类一样装出没什么需要隐瞒的样子……这些东西受过良好的训练。

"你不记得了?"

冒名顶替的家伙耸耸肩。"我说过很多事,"它不自然地笑笑,又加上一句,"毕竟我有如此优美的嗓音……"

凯胡斯装出皱眉的表情:"你在开玩笑吗?还是在装傻?"

第一卷 第一次进军

那张伪造的面孔皱缩了一下，也装出皱眉的表情："我向你保证并非如此。告诉我，我到底对你说了些什么？"

"你说某些事发生了，"凯胡斯装出忐忑的神态，"你感到无尽的……饥渴，我想你是用的这个词……"

它的表情中有什么东西抽搐了一下——太微弱了，普通人的眼睛根本看不出来。

"是的，"凯胡斯续道，"无尽的饥渴……"

"那又怎样？"

它脸上的肌肉几乎无法觉察地收紧了，心跳节奏也加快了。

"你告诉我你不是表面看上去的那个人。你告诉我你不是沙里亚骑士。"

又一阵收缩，像蜘蛛在回应丝网上传来的颤抖。

这些东西的表情也可以读懂。

"你否认吗？"凯胡斯逼迫对方，"还是打算告诉我你完全不记得了？"

那张脸变得像掌纹般风平浪静。"我还说了些什么？"

它很困惑……不知道如何应对。

"我几乎没法相信的事。你告诉我你的任务是严密监视那个天命派学士。为达目的，你引诱了他的情人艾斯梅娜。你说我正身临险境，你的主人认为我与皇宫中的灾难有关。你说你打算帮我……"

它表情中细微的褶皱仿佛吸收了夜晚的水汽般生长蔓延，汇成网络。

"我告诉过你为什么要坦白这些吗？"

"因为你也在渴求着……怎么？你真的不记得了，是吗？"

"我当然记得。"

"那这又算什么？你为何变得如此……羞怯？你看上去和之前很不一样。"

"也许我有了其他想法。"

足够了。在这场短暂交锋中,凯胡斯确认了非神会对当下利益的看法,也学会了判断这些生物的思想的基本方法。最重要的是,他在对方心中埋下了一丝怀疑,让对方怀疑内部出了叛徒。他们会问:如果不是原来那个萨瑟鲁斯说出了这些,凯胡斯又怎会知道?不管到底有何目的,非神会的一切活动必定建立在严格的保密制度上,任何泄密行为都可能让之前的努力功亏一篑。如果他们对派出的密探——这些换皮密探——的可靠性产生怀疑,就不得不花更多精力来保密,行动也会更加小心。

换句话说,他们不得不把凯胡斯最需要的东西交给他:时间。他需要时间去统治圣战军,需要时间去找到安那苏里博·莫恩古斯。

他是超越条件的杜尼安僧侣。他遵从捷径之道。

周围人群安静下来,低声交流着。凯胡斯和萨瑟鲁斯同时朝火堆看去。一个高个杰斯达人,头发编成战士的样式,朝夜空高举 gandoki 的棍子,大声叫喊,问有没有挑战者上前。那个叫萨瑟鲁斯的东西笑着拉起凯胡斯的前臂,来到喧闹的人群中央。周围观众再次大喊起来。

它相信我的话了。

这是即兴发挥吗?还是恐慌而生的反应?又或早有预谋?在这么多好战男人的注视下,拒绝它的挑战是不可能的,在这里颜面扫地,日后将被所有人当作笑柄。

篝火的热量炙烤着他们,两人脱去衣服——凯胡斯脱去蓝色丝绸长袍,下身只穿一条亚麻短裙;萨瑟鲁斯一丝不挂,这是纳述尔人田径比赛的习俗。加里奥斯人大声嘲笑它,萨瑟鲁斯却毫不在意。他们隔开一定距离站好,打量着对方,等待两个阿格蒙人把他们的手腕绑到杆子上。那个杰斯达人拗了拗两根杆子,确定没问题后,看都没看两人,径自喊道:"Gaaaandoch!"

影子。

第一卷　第一次进军

篝火将裸露的皮肤染成黄色。他们绕着圈，轻轻抓住棍子两端。虽然周围人群仍在咆哮，但很快凯胡斯就听不到他们的声音了。人群退去，只剩一个人影，萨瑟鲁斯，占据着一个点……

连接着凯胡斯。

绷紧的肌肉在火光照耀的皮肤下跃动，许多肌肉的连结方式绝非人类所有。诡异的脸上，鼓胀的双眼盯着他，探究他。脉搏沉稳。纤细的肢体造出的嘴唇翕动、诉说着……

"我们很古老，安那苏里博，非常、非常古老。在这个世界，岁月意味着力量。"

凯胡斯知道，自己同这只野兽绑在了一起。按阿凯梅安所说，它是从戈尔格特拉斯深处而来，是上古科技"泰克奈"制造的怪物……无数可能性蔓延开，好像树枝伸进无限可能的虚空中。

"许多人，"它嗤声说，"玩过和你一样的把戏。"

输掉比拼是最简单的解决方式，然而示弱会被蔑视，会招来更多攻击。

"两千年来，我们遇到数以百万计的敌人。我们让他们的炉火变成哀号痛苦的源头，把他们的国家化为荒原，用他们的皮肤缝制斗篷……"

但打败这个怪物只会给凯胡斯带来更严重的威胁。

"所有敌人，安那苏里博，你也不会有什么不同。"

他必须达到平衡。但要怎样做？

凯胡斯右手往前一送，左手向上挑起，想要拖得萨瑟鲁斯失去平衡。无效。两根杆子就像绑在一头公牛身上。超乎常人的反应速度，还有力量——极强的力量。

重新考虑策略。应变措施。那个叫萨瑟鲁斯的东西咧开嘴，模样极为兴奋。凯胡斯知道，像这样在战斗或比赛中表现自己的雄性气势，在纳述尔人眼里是非常光荣的。

它的力量到底有多大？

凯胡斯身体前倾，压住长杆，双肘后撤，摆出推车的姿势，然后朝前冲去。萨瑟鲁斯也换成同样的姿势，肌肉绷紧，皮肤在火光中闪烁，像上了层油一样。岑木长杆发出噼啪声。

"你是谁？"凯胡斯压低声音喊道。

萨瑟鲁斯喉头发出模糊的声音，它拳头颤抖，双臂往腰间一沉，然后向上扬起。凯胡斯往前踏了一步，想止住这股力道。在他失去平衡的一瞬间，怪物猛地一甩手臂，把他像铁饼一样甩了出去。凯胡斯稳住身形，将两根木杆同时向后一拉。两人在空地上跳起舞来，推搡着，针锋相对地挪步，彼此是对方完美的影子……

几次心跳间，凯胡斯捕捉到它的重心所在，恰恰就在它勃起的下体尖端。他发觉了对方重复的动作，找到了规律，便开始验证预测，分析这场游戏可能的各种结果———一系列因与果的线条在眼前展开。他把自己的动作控制在有限度的精妙范围内，诱惑对手养成下意识的应对习惯……

"你想做什么？"凯胡斯喊道，他的动作同时开始变化。

凯胡斯半蹲下，左手上扬，左脚下劈压向左边的杆子，右手则朝前刺去。萨瑟鲁斯的右手砸在地上，向前一踉跄，接着被向后推去。这一刹那，它脚下一滑，好像绊到石头要跌倒的人一样……

但它在地上一蹬，翻了个跟头想站起来。凯胡斯把木杆往回拉，打算用杆头戳它腹部，但它不知怎么抬起左腿，膝盖护胸，及时挡住了木杆。它的右脚踢到火堆里……

烟灰与木炭四散纷飞。凯胡斯知道这不是为了迷他的眼睛，而是为了混淆视听，不让周围的加里奥斯人看到……

它挥动双臂朝后朝外摆，身体从两根木杆间冲出，抬脚飞踢。凯胡斯用小腿和脚踝挡开它猛烈的攻击———一脚，两脚……

它打算杀我……到时候，这不过是野蛮的加里奥斯游戏中发生的

第一卷　第一次进军

一起不幸事故而已。

凯胡斯手臂回转，用杆子的正中一段接下第三脚。此刻，他勉强恢复平衡，占了上风，将对方裸露的身体朝金色的火焰里推去……

如果这时伤到它……

凯胡斯猛地向前一拉。

这是个错误。萨瑟鲁斯毫发无伤地落在地上，朝前奔跑，用人类不可比拟的力量推着凯胡斯，把他推向拥挤的加里奥斯人堆，逼得所有人四散让开。一次，又一次，凯胡斯几乎摔倒，这时他后背撞上了沉重的东西——帐篷支架。架子发出一声脆响，整个帐篷倒下了，冲出围场的两人被埋在了里面，四周一片黑暗。凯胡斯知道，它想在这里杀他。

必须结束了！

他的脚踩上结实的土地，双腿用力，紧抓木杆，双肘下沉，把萨瑟鲁斯高高挑进夜空。那东西的震惊只持续了一个心跳的时间，紧接着它想用脚踢断棍子……却被凯胡斯像甩旗帜一样摔在地上。

感知中的点又变回人形，汗流浃背，深深地吸气。

第一个加里奥斯人冲进被砸坏的帐篷，在黑暗中不知所措，大喊着要人点火把。他们看到萨瑟鲁斯四肢着地，匍匐在凯胡斯脚下，虽然非常吃惊，仍大喊出凯胡斯的名字，宣示他的胜利。

我都做了些什么，父亲？

他们为凯胡斯解下手腕上的带子，拍打他的后背，发誓自己从没见过这样的表演。凯胡斯只盯着萨瑟鲁斯，看它缓缓站起身来。

如果它有骨头的话，肯定被折断了。不过凯胡斯已经知道，它没有骨头，全身软骨……

像头鲨鱼。

梭本看到阿斯贾亚里紧盯着地上那些骨头,露出恐惧的表情。帐篷很小,比其他大贵族耀武扬威的大帐小得多,染成蓝红两色的帆布底下,只摆了一张用旧的行军床和一个小小的行军桌。加里奥斯的王子坐在桌旁,沉湎于手中酒杯……

帐篷外面,纵酒狂欢的人群发出号叫与笑声——这帮蠢货!

"但他已经来了,舅舅,"年轻的加恩里伯爵说,"他等着……"

"让他走!"梭本喊道。他喜爱这个外甥,可以说非常喜爱,看到外甥仿佛看到了姐姐美丽的脸庞。是姐姐在父亲面前保护他。一直到死,她都爱着他……

但她真的了解他吗?

库索特了解他——

"但是舅舅,是您要我——"

"我不管!"

"我不明白……您怎么了?"

唯一一个了解他的人却恨他!梭本从坐椅上跳起来,捏住外甥的双肩,用厄耶特的儿子特有的方式恐吓着伯爵。他多希望喊出真相,向这个孩子承认一切。这孩子长着他姐姐的眼睛——流着他姐姐的血!但这孩子不是她……这孩子完全不了解他。

如果他了解我,也会轻视我的。

"不行!不能让他看到我这个样子!你难道看不出来吗?"

不能让任何人知道!任何人!

"什么样子?"

"这副样子!"梭本大吼,把年轻人往后推了一把。

阿斯贾亚里稳住身子,目瞪口呆地站在那儿,显然很受伤。他本该发火的,梭本心想,他是加恩里伯爵,全加里奥斯最有权势的人之一。

他应该表现出愤怒,而不是惧怕……

库索特的嘴唇一直在低声呢喃:"我真想让你知道我有多恨你——"

"赶他走!"梭本喊道。

"如您所愿。"外甥低声道,又看了一眼地上露出的骨头,掀起皮革帘子离开了帐篷。

白骨。就像一枚枚小小的长牙。

不行!哪怕是他也不行!

夜已深,他仍毫无睡意。赤塔和上艾诺恩人与圣战军会合之前,以利亚萨拉斯感觉睡了好几个星期。说到底,如果对外界失去感知,与长眠何异?不都是深沉的无知么?

为了弥补,以利亚萨拉斯在蒙格达平原上刚落轿,就派出手下间谍主管伊奥库斯调查五天前战争平原上的战斗,探访证人,确定西斯林的战术,找出因里教徒战胜他们的方法。赤塔也开始接触在圣战军各军团中安插的线人,一来是了解在异教徒土地上行军的情况,二来也是探寻那些新出现的西斯林密探。

无面的密探。没有印记的密探。

他在营帐外等待伊奥库斯,于火炬光线下踱步,他的秘书与贾维赫护卫们都谨慎地跟他保持距离。在轿子里捂了好几周后,他越来越讨厌封闭空间了。这些日子一切都显得如此密集、如此压抑。

过了一会儿,伊奥库斯从黑暗中现身,活像一个穿着闪烁红袍的盗墓者。

"和我一起走走吧。"他对瘾君子说。

"在营地里?"

"你害怕暴民?"大宗师有些不敢相信,"那么多人死在西斯林手上,我想他们应该觉得自己人中有渎神者,未尝不是一件好事了。"

"不……我只是觉得我们应该去看看那些废墟。他们说蒙格达的历史比什拉还要久远……"

"啊,考古学家伊奥库斯。"以利亚萨拉斯笑了,"我总忘记……"他对废墟毫无兴趣——他认为嗜好考古是性格缺陷,放在天命派学士身上再合适不过——不过这种时候,放任一下好奇心也没什么坏处。何况为生存作规划时,有死人做伴很合适。

大宗师示意护卫们留在后面,和伊奥库斯一起走进黑暗中。

"你发现了什么?"他问。

"我们调查了整个战场,"伊奥库斯说,"情况越来越清晰了……"在路过的火把映照下,他浅淡的眼睛不时闪出红光,"最让人不安的,还是那些没有印记的巫术,我快要忘记……"

"所以我们才如此冒险,伊奥库斯,我们必须扑灭水魂……"一种无法看到的巫术,一种无法理解的哲学……还需要别的理由么?"

"确实如此。"亚麻般皮肤的间谍主管回答,虽然语调并不信服,"根据收到的每一份报告——无论是否来自加里奥斯人——似乎是说梭本王子凭一己之力击退了帕迪拉贾的夸约里重骑兵——"

"厉害。"以利亚萨拉斯评论。

"真相可能并非如此。"永远抱着怀疑态度的间谍主管道,"虽然争论这一点没什么意义。重要的是费恩教徒逃跑后被沙里亚骑士追逐,我认为,这才是战役的转折点。"

"为什么这样说?"

"从高提安部队冲锋的位置起,地面全烧焦了,但那痕迹不是从梭本在谷地的阵地开始的,而是在那之外大约七十步……我想是因为夸约里重骑兵逃跑时,正好在西斯林面前挡住了沙里亚骑士团……等西斯林开始施放灼烧之焰,骑士离他们只有一百步左右了。"

"他们用的灼烧之焰？"

伊奥库斯点点头："我是这么想的。可能还有痛苦之鞭。"

"也就是说是第二层和第三层的人？"

"毫无疑问。"间谍主管道，"也许由一、两个第一层的人指挥……可惜我们没事先在诺斯莱人军中安插眼线。除了你我十年前看到的一幕，我们对他们如何调和能量一无所知。而且不幸的是，没人知道上战场的那些西斯林是谁——连高军衔的基安俘虏也不知道。"

以利亚萨拉斯点头："若能知道他们每个人的身份就好了……不过即使如此，他们也死了十多个人，伊奥库斯，十多个！"

三海诸国的学士被称为"异民"是有原因的。根据他们在希摩和南锡蓬的线人报告，西斯林中掌握了水魂的人数大约在一百到一百二十人之间，几乎和赤塔能派出的巫师总数相当。在以千、万为单位计算军力的人眼里，十多个人不算了不起的损失，而以利亚萨拉斯知道，在圣战军中，尤其在沙里亚骑士中，有不少人想到为这么几个巫师蒙受如此惨烈的损失，一定会咬牙切齿、忿忿不已。但学派彼此间的强弱之差都不过在几十人之间，这十多个人的损失可谓是灾难性的——或者说是极为显赫的胜利。

"一场惊人的胜利。"伊奥库斯道。他比划了一下从他们身边经过的影影绰绰的长牙之民，以利亚萨拉斯猜想，这些都是从贵族议事会上回来的观众。"但据我掌握的情报，长牙之民对这一点只有非常模糊的概念。"

这样更好，以利亚萨拉斯心想。奇妙的是，残忍与庆幸居然可以用如此甜美的方式彼此应和。

"那么，"他用命令的口气说，"我们的策略不变：不惜一切代价保存实力，尽量让那些狗去消耗西斯林。"他停下来对上伊奥库斯的目光，"我们必须保存实力，等待决战希摩。"

他、伊奥库斯和其他人讨论过多少次这个问题了？水魂固有可怕之处，但赤塔的决策者们清楚，它还比不上他们掌握的类比魔法。赤塔可以在全面战争中战胜西斯林——这点毫无疑问——但需要付出多大代价？摧毁西斯林之后，赤塔能剩下多少力量？如果胜利会让赤塔变成无足轻重的小学派，那就毫无意义了。

他们不只要打败西斯林，还要将对方彻底抹除。但不管他多么疯狂地期待着复仇，都不能损害自己学派的利益。

"明智的决定，大宗师阁下。"伊奥库斯说，"不过我担心，下一次接战因里教徒很难有这样的表现了。"

"这又是为什么？"

"西斯林步行前进，可能是要避开梭本的丘莱尔弓弩手——实际上，梭本把这支部队摆在阵线之后太远的地方了。然而奇怪的是，西斯林完全没有骑兵掩护……"

"他们走到前面来了？我一直认为，他们的传统战术是躲在一波波骑兵队中……"

"皇帝的顾问们也是这么说的。"

"因为傲慢。"以利亚萨拉斯断定，"之前每次与帝国作战，他们都要面对皇家萨伊克。而这一次，他们知道我们还有几天路程，还在通过破军关。"

"所以他们放松了警惕，认为不会有什么能伤害到自己……"伊奥库斯垂下眼睛，好像在看自己穿凉鞋的脚，还有光鲜的长袍边缘露出的受伤脚趾，"也可能，"最后他道，"他们只是为了突破因里教徒阵线的中央，确保下一次冲锋大获全胜，仅此而已。他们可能觉得自己足够谨慎了……"

他们走到营火和艾诺恩人的刺绣圆帐篷群之外，来到失落的蒙格达城郭附近。地面朝上倾斜，露出宽阔的石底座——以利亚萨拉斯知道，这是古城墙的遗迹。他们爬上多石的坡顶，小心不让长袍沾上泥土，周围是一大片断瓦残垣，而前方地平线上，一座被巨大石柱围绕的古老神殿孤零零地矗立在乌罗里斯星座之下。

什么东西毁灭了这里,以利亚萨拉斯想道,什么东西把这里彻底毁灭了……

"杜萨斯·阿凯梅安那边有什么消息?"他问。不知为何,他感觉难以呼吸。

参孚瘾君子的目光投向夜色中,似乎又沉浸在幻想里了。谁知道这个蛛网般有条不紊的脑子里在想些什么?最后他说:"恐怕你关于他的想法是对的……"

"恐怕?"以利亚萨拉斯咬牙切齿,"最后一个审问斯卡拉提斯的可是你,除了当事人,你比任何人都了解那天晚上在皇宫下面到底发生了什么。那怪物认出了阿凯梅安,也就是说,阿凯梅安与那怪物存在某种联系。那怪物只可能是西斯林的密探,所以阿凯梅安一定与西斯林存在某种联系。"

伊奥库斯转过来面对他,瘾君子的脸像牛奶一样白。"这联系重要吗?"

"这正是我们必须回答的问题。"

"确实如此。你觉得我们该怎么寻找答案呢?"

"还能怎样?抓住他。审问他。"他难道不觉得在这样的危险局面下需要采取非常措施吗?在以利亚萨拉斯看来,没有比这更紧迫的威胁了!

"就像对斯卡拉提斯?"

以利亚萨拉斯想起他们留在安塞卡省的那座浅墓穴,强压下一阵与身份不符的颤抖。

"就像对斯卡拉提斯。"

"而这,"伊奥库斯说,"正是我担心的。"

以利亚萨拉斯突然明白了:"你觉得再怎么审问也没用……"

几世纪来,赤塔绑架过数十名天命派学士,希望能从他们口中挖出真知的秘密,了解古代北方诸国的巫术。但没人屈服。一个都没有。

"真知是审问不出来的。"伊奥库斯说,"我担心哪怕在强烈的折磨或强迫术作用下,他仍会坚持说那个替代斯科约斯的怪物是非神会,而不是西斯林——"

"但我们知道真相。"以利亚萨拉斯道,"这个人表里不一!想想杰什鲁尼!杜萨斯·阿凯梅安割走了他的脸……然后刚过一年多,他就在皇帝的地牢中被一个无面的密探认了出来?这绝非巧合!"

以利亚萨拉斯盯着间谍主管,握紧颤抖的双手。他不喜欢伊奥库斯听他说话时这副猥琐的样子。

"我明白你的意思。"伊奥库斯说完,又一次转身审视月光下的废墟,他透明的脸孔却让人猜不出内心的想法,"我只担心事情不只这么简单……"

"当然不只这么简单,伊奥库斯,所以还要杀人。"

失去女儿以后,艾斯梅娜一直在试着弥补心中的空虚。

她问过那些来她床上的祭司,他们总是用同样的话敷衍,告诉她真神只会在神庙中安居,她的身体却是一座妓院。可他们照例使用她。有段时间,随便给她点什么她就会和男人上床,想让自己忘掉这空虚:半个铜板,面包——有一次甚至只为一个烂洋葱。但无论哪个男人都无法填满,只会让那里变得像烂泥一样。

她开始去找那些类似的女人,观察她们的举动。那些一直在欢笑的妓女,似乎在日夜漂泊的生活中寻到了快乐;那些叽叽喳喳不停的奴隶女孩,顶着水罐的脸上总是露出微笑,眼睛不停来回转动。她亦步亦趋地学着她们,好像那是一种新奇的舞蹈。于是有段时间,她感到了慰藉,就像一套习惯的姿势和表情,可以让死去的心重新跳动。

第一卷 第一次进军

她甚至一度忘记了,伪装的表情与真实的感情之间存在着距离。

她从没试着去爱上谁。如果身体的愉悦无法平息心头的绝望,那么也许应该在绝望中寻找乐趣。

他们在俯瞰战争平原的丘陵顶上住了五天。阿凯梅安在前探路时,发现了一条小溪,他们便沿溪流来到石头高地上,周围松树覆盖,大颗松子在风中缓缓摇动。他们的扎营地附近有个清澈的绿水池,却没有给阿凯梅安的骡子"黎明"吃的草料,他们不得不每天走上一个多小时,去给它找吃的。

这是怎样的五天啊。每个凉爽的清晨,他们一边嬉笑一边煮茶。干燥的风吹过树丛,他们就躲在帐篷中温存;到了晚上,他们就着野兔和松鼠——是阿凯梅安布下的陷阱抓到的!——享用干粮,在月光下满怀喜悦地抚摸彼此的脸庞。

还有游泳,漂浮在水中,让火一样的炎热与凉水相互撞击。

她多希望这样的日子永远不会结束。

艾斯梅娜把他们的睡垫拖出帐篷,依次迎风抖了抖,摊在温暖的岩石上晾晒。他们把帐篷扎在一棵孤单而茂盛的老松树下柔软的泥土上,这棵树长在山的东坡与北坡交界处一片广阔的空地边沿。

这里,她心想,这里是我们的地方……没有访客,没有废墟,没有回忆,除了最初到达时在树底下发现的几块动物骨头,一切似乎都远离了他们。

她钻回帐篷,把阿凯梅安用旧的皮背包拖出角落。背包被阿凯梅安扔在帐篷里潮湿阴暗的草皮上,已经发了霉,针脚里塞满粉状白末。

她把背包拿到阳光下,自己盘腿坐在厚厚的松针上,暖洋洋的,只是有点刺人。她在包里找到许多卷羊皮纸,便把它们压在石头下晒干。她还找到一个小小的人偶,木头削的,充当脑袋的是一小块丝绸,充当右手的是一把生锈小刀。她哼着苏拿从前流行的小调,拿着人偶弯了弯木头腿,摆出跳舞的样子。跳完后她不由得嘲笑自己的幼稚,然后把它也摆到阳光下面,两腿盘起来,双臂枕在脑袋后面,就像一个躺在野地里做白日梦的农奴。阿凯梅安要娃娃做什么?

然后她从背包里掏出一张叠起来单独放置的羊皮纸。她打开纸卷,看到纸上布满一系列竖写的潦草词组,每个词都和其他词用草草划就的线连在一起,有的是一条线,有的是两条,还有的更多。虽然不识字——她没见过哪个女人识字——但她还是感觉到这张纸很重要。她决定等阿凯梅安回来之后问问这是什么。

用一块斧头形状的燧石把纸压好后,她开始琢磨起背包上的针脚来,用一根小树枝挑掉霉菌。

过不多久,阿凯梅安从树林深处的阴影中探出头。他赤裸上身,抱着的木柴压在长黑毛的肚皮上。走过她身边时,他看到摆在外面的人偶和羊皮纸,皱了皱眉头,但也没显出太多不悦。她咧嘴笑笑,鼻子哼了一声。她喜欢看他这副样子:一个扮成樵夫的巫师,脱净上身,只穿一条马裤。虽然在圣战军中待了好一段时日,她仍然觉得马裤是偏僻蛮荒的地方的装束,带着古怪的异域风情。在许多纳述尔城市,这种衣饰是被禁止的。

"你知道为什么尼尔纳米什人觉得猫比猴子更像人类吗?"他边问,边把收集来的木柴靠在那棵大松树上。

"不知道。"

他转身面对她,手在裤腿上拍打。"因为好奇心。他们认为,好奇是人类最主要的特征。"他朝她走去,脸上露出笑容,"当然也是你最主要的特征。"

"这和好奇毫无瓜葛,"她努力让自己听上去有生气的样子,"你的包闻起来简直像发霉的奶酪。"

"我还以为那是我身上的味道。"

"你身上的味道像头蠢驴。"

阿凯梅安笑了,故作凶狠地扬了扬眉毛:"但我每天都洗胡

第一卷 第一次进军

子……"

她抓了把松针朝他脸上扔去,却被风吹偏了。"那东西是干什么的?"她指着人偶说,"你用它把小女孩骗进帐篷吗?"

他坐在她身边的地上。"那东西啊,"他说,"那是个瓦希人偶……如果多讲一些,你一定会逼我把它扔掉。"

"我懂了……那这个呢?"她举起那张叠起来的纸,"这又是什么?"

他变严肃了。

"这是我的关系图。"

她把羊皮纸举在两人之间,挥手赶开一只小黄蜂。"上面写的什么?名字?"

"人名,还有不同势力,其中每个都和圣战多少有些关系……那些线条代表它们之间的联系……你看,"他说着指向纸中间偏左的一个竖写词组,"这是'玛伊萨内'。"

"下面那个呢?"

"埃因罗。"

她不假思索地伸出手,握住他的膝盖。

"右上角那个呢?"她说,语调变快了一点。

"非神会。"

她听他一一说出那些名字——皇帝、赤塔、西斯林——再一一解释这些人所怀的不同目的,以及他觉得名字之间是怎样联系的。他说的这些她以前都听过,但这张硝制动物皮上的墨水线条不知为何仿佛混进了极强大的事物,突然间变得真实骇人……这是一个充满永不停息的斗争的世界。隐秘的、强大的力量……

她浑身一颤,皮肤起满了鸡皮疙瘩。她意识到,阿凯梅安不属于她——至少不是真正属于她。永远都不会。她与那些真正有力量的事物相比算得了什么?

我甚至不认字……

"为什么，阿凯？"她听到自己问，"你为什么停下？"

"你说什么？"他仍盯着羊皮纸，似乎沉浸其中。

"我知道你应该去做什么，阿凯。在苏拿，你总是要出门，找人询问事情，联系线人等等。其他时候你在等待消息。你一直在刺探。但现在，自从你把我带进你的帐篷，你再也不那么做了。"

"我想这才公平，"他故作轻松，"毕竟，你也放弃了——"

"别说谎，阿凯。"

他叹口气，坐在那里的他，那副委屈神情就像一个背着过重的担子赶路的奴隶。她望进他的眼睛。闪烁的棕色眼睛，透出紧张、忧郁和智慧。和每次坐在他身边时一样，她渴望伸出手，把手指插进他的胡须，抚摸下面的脸颊和颌骨。

我多么爱你。

"不是因为你，艾斯梅，"他说，"是因为他……"他的目光落在羊皮纸卷离"非神会"最近的那个名字上，那是唯一一个没有与其他名字联结起来的名字。

不需要解释。

"凯胡斯。"她说。

他们沉默了一阵。强风突然吹过松树树冠，她看着片片绒毛般的松针被风卷走，沿着花岗岩山坡一直向上飞，飞进无边无际的天空。她忽然有些担心羊皮纸会不会被吹走，不过它们都安安稳稳地压在石头下面。纸的边角在风中开开合合，就像说不出话的嘴巴。

自逃离战争平原，他们好久没说出凯胡斯这个名字了。有时这像是不言而喻的协议，是有着共同伤痛经历的情人间的默契；有时则是共同的厌恶，就像人们交谈时会回避忠诚与性一样；但大多数情况下，他们只是无须再去提他，好像需要说的话都已经说完了。

刚认识时，凯胡斯是个令人困扰的存在，但他很快能引起别人的兴趣，展现出温暖、好客及神秘——他总能带来愉悦的惊喜。然后有些时

第一卷　第一次进军

候他会变得高大起来,仿佛笼罩了其他人,像贵族,像宠溺孩子的父亲,像伟大的国王在向奴隶散发面包。而现在,即便人不在,他的身影仍在他们心中闪亮。他就像灯塔一样,当周围一片黑暗时,除了跟随他,还有什么选择……

他到底是谁?她想问,但只是无言地看着她的情人。

看着她的丈夫。

他们相视而笑,脸上露出羞赧,好像突然明白彼此不是陌生人。他们干燥的、被太阳晒暖的双手握在一起。我不曾有过这种幸福。

如果她的女儿能……

"来吧,"阿凯梅安突然道,随即站了起来,"我给你看样东西。"

她跟着他,从地毯般的泥土间,走到裸露阳光下被晒热的石头上。她不由得连连吸气,两脚交替跳着,避免脚掌烫伤。他们走上圆形岩壁,在她前面,广阔的、灰绿色的战争平原仿佛逐渐往上升去,支撑起天空。她握住阿凯梅安伸来的手,和他一起站在岩壁顶上,另一只手抬到眉际,挡着阳光看向远方。她看到了……

"瑟金斯啊。"她低声道。

如同层层叠叠的乌云撒下的阴影,他们让战争平原阴暗下来。排成雄伟阵型的士兵,武器在阳光下闪烁,就像撒在平原上的钻石粉末。

"圣战军出发了。"阿凯梅安道。他身体一僵,这一幕会令任何人都产生敬畏。

急促的呼吸带来灼痛。她朝骑兵队看去——每队都由几百甚至几千名骑士组成,还有长长的步兵纵队,简直像好多座城市。她看到了辎重队,一行行货车从这里看去只有谷粒大小。她看到绘有一千个家族家徽的无数旗帜迎风飘扬,而每一面都绣着长牙……

"这么多人!"她大声说。费恩教徒面临的是怎样的恐怖……

"超过二十五万因里教战士,"阿凯梅安说,"辛是这么说的……"不知为何,他的声音听来像是从洞穴深处传来的一样,有空洞的回响,

"也许还有同样数量的随军平民……没人知道到底有多少平民。"

成千上万人。由于离得很远,感觉移动很慢,直到他们占据了整个平原。她觉得就像是透过羊毛向外渗出的酒。

怎会有这么多人屈从于一个可怕的目的?一个地方。一个城市。

希摩。

"这就像……"她发觉自己大口地喘着气,"就像你梦里的情景吗?"

他停了一下,不知是犹豫还是忘了怎么说话,艾斯梅娜突然觉得他马上要跌倒了。她伸出手,扶住他的手肘。

"就像我梦里的情景。"他说。

第二卷
第二次进军

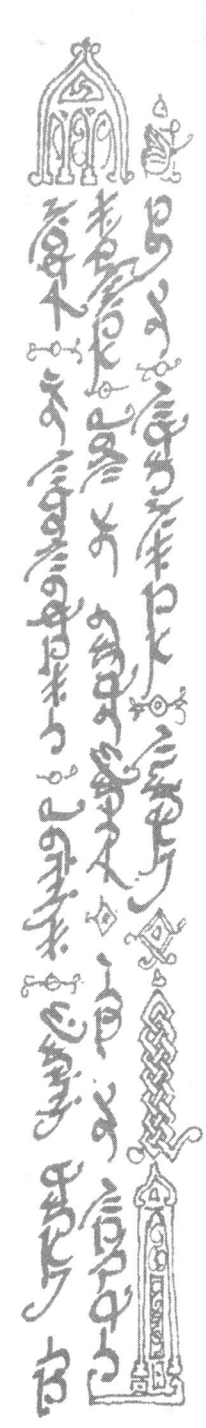

第九章 辛内雷斯

> 可以认识未来,也可以憧憬未来。后者远比前者有益处。
>
> ——阿金西斯,《人类的解析·第三卷》

> 若有人怀疑激情与非理性能决定国运,只需看看大人物们见面的场景。国王与皇帝都不习惯跟人平起平坐,因此他们的会面要么过于散漫,要么过于防备。尼尔纳米什人有种说法:"当王子们相遇,他们在彼此身上看到的是兄弟或是自己。"换言之,要么和平,要么战争。
>
> ——杜萨斯·阿凯梅安,《第一次圣战简史》

长牙纪4111年,初夏,摩门

伊库雷·瑟留斯三世穿过细亚麻帷幕,来到华美的庭院。迎接他的是歌声和无数闪亮火把,皇帝现身之地必须光辉明亮。庭院中人纷纷跪下,发出沙沙声音,涂脂抹粉的脸紧贴在地,只有那些魁梧的近卫军卫兵仍然站着。瑟留斯走过跪拜的人群,后边跟着托袍裾的童奴。和以往每一次一样,他体会着孤独的滋味。神的孤独。

他居然敢召唤我!我!傲慢无礼的混蛋!

他踩着木台阶登上御辇。有人喊了声号令,跪拜者全体起身。

瑟留斯伸出一只戴白手套的手,无所事事地猜测大总管恩加罗找谁来为他持缰——根据传统,这是极高的荣誉,不过并不值得皇帝本人关注。瑟留斯信任大总管的判断……就像他曾经信任斯科约斯一样。

剧烈的恐惧。这名字何时才不会像碎玻璃一样扎人?斯科约斯……

第二卷　第二次进军

他几乎没注意到那个把缰绳递给他的男孩。是齐凯家族的小家伙吗？算了，这不重要。哪怕心不在焉时，瑟留斯也会自然而然地摆出优雅风度，这是从父亲那里继承的特质。父亲的确是个怯懦的蠢货，不过，噢，他看上去还是很有帝王之相。

瑟留斯把缰绳递给驾车人，面无表情地示意前进。队长的鞭子一声脆响，马队耀武扬威地开拔，拉动身后的镶金战车。安在车前木板上的香炉咯咯作响，冒出缕缕蓝烟，散发出茉莉和檀香的味道。皇帝必须与都城令人作呕的气味隔开。

周围几百张涂脂抹粉的面孔投来逢迎的目光，在他们注视下，瑟留斯目不转睛地直视前方，姿势有如雕塑，拒人于千里之外。只有少数几人能让皇帝点头示意：婊子母后伊斯特里雅；年迈的库穆鲁斯将军——父王死后，靠他支持瑟留斯才得以继位；当然，还有他最中意的星象家亚里梅阿斯。皇帝的宠爱如无价之宝，瑟留斯小心贮藏着这份财富，对其发放更是艺术。一门心思往高位爬需要胆识，而要保住至尊地位，节俭则必不可少。

这是瑟留斯从母亲那里学到的又一样东西。太后从小给他灌输前朝皇帝的血腥历史，用无穷无尽的灾祸教育他。这个皇帝太轻信，那个皇帝太残忍，诸如此类。苏尔曼提克·斯基鲁拉二世过于残暴，总在手边放一碗熔化的黄金，看谁不顺眼就直泼过去；苏尔曼提克·沙坦提安穷兵黩武，征服应为帝国带来财富，不是让国库破产；泽尔塞·崔亚姆斯三世太胖，胖到要奴隶为他托膝盖才能骑马——伊斯特里雅咯咯笑道，他的死带给人审美上的解脱。皇帝看上去要像神祇，而非饱食终日的宦奴。

在太后嘴里，永远是不该这样、不该那样。"世界无法约束我们，"倔强的太后用妓女般淫荡的眼神瞧着他，"所以我们必须约束自己——就像诸神那样……可爱的瑟留斯，我们必须约束自己。"

他从来不吝于约束自己，至少瑟留斯自己是这么想的。

乌有王子 * 战士先知

出了庭院，一行行精锐的齐德鲁希重骑兵前后围住御辇，周围是举火把跑步跟随的侍卫，闪亮的队伍蜿蜒走下安迪亚敏高地，朝黑暗的、烟雾笼罩的摩门城而去。战车行得不快，好让周围举火把的跟上，车子嘎吱作响地在皇宫区长长的、不朽的大道上行进，前方便是西米拉神庙区。

无数人影站在大道两旁的阴影中努力朝前挤，想一睹皇帝的圣容。显然，这场短途朝圣的消息在城中传开了。瑟留斯左顾右盼，微笑着，摆出轻松愉悦的样子挥手向四周致意。

也就是说，他希望让所有人知道这件事……

一开始，他只能看到战车两侧的侍卫及他们手中闪烁的火把，也只能听到马踏鹅卵石的声音。然而越往前走，道路两侧的人群越拥挤，很快，奴隶和仆从种姓的平民围到了举火炬的侍卫身旁，火光照亮了他们的脸。瑟留斯终于发现，每次他朝他们挥手致意时，他们都在嘲笑他。一时间，他感觉心跳就要停止，赶紧握紧不停震动的车梁，稳住身子。在那些人眼中，这动作肯定也是无比愚蠢吧！

熏香的烟气之外，空中弥漫着粪便的臭气。

似乎片刻之间，几百人变成了几千人，随着人数增多，他们的胆子显然也大了起来。空气在叫喊声中震颤，瑟留斯惊恐地看着火炬照亮的一张张没洗过的脸，每张脸都朝着他，有些人只是默默地用责怪或蔑视的目光看他，有些在冷笑，有些则唾沫横飞地愤怒吼叫着。队伍继续前进，貌似没受影响，然而庄严肃穆的气氛完全消失了。瑟留斯咽了咽口水，冷汗像一条条爬进衣服的蛇。他直勾勾看向前方，紧盯骑兵们僵硬的后背。

这正是他想要的，皇帝告诉自己，记住，必须约束自己！

军官们大喊着下达紧急命令，齐德鲁希骑兵随即掏出军棍。

越过鼠渠上的桥时，队伍获得了短暂的喘息之机。瑟留斯看到，黑暗的水面上泊着几艘游船，在火把映照的雾气中随波逐流。商人种姓

第二卷 第二次进军

和他们的女眷都从垫子上站起身,朝御辇行礼,举起黏土捏成的祈福板,念颂他的名字。但瑟留斯不由自主地注意到,那些人没有完成觐见仪式,目光就移到了对岸——那里有无数暴民等着他。

无法无天的摩门人又一次淹没了皇家队伍。女人、老人、病人甚至小孩,所有人都在叫喊,都在挥舞拳头……瑟留斯站在车上朝下看,看到一个生天花的男人在御辇旁唾了一口,吐出一颗烂牙,落在车轮下面什么地方……

他们真的恨我,瑟留斯明白了,他们恨我……我!

但这一切会改变的,他提醒自己,等到尘埃落定,等到他的辛苦劳动开花结果,他们都会向他顶礼膜拜,认为他是人类记忆中最伟大的帝王。看到无数异教徒战俘被当作贡品押回本城,看到刺瞎双眼的君王被锁链扣住拖到他们皇帝的脚下,他们会欢呼雀跃,他们会以手遮眼,瞻仰伊库雷·瑟留斯三世,他们会知道——知道!——他是神皇帝,是从凯兰尼亚与塞内安的灰烬中重生,征服这个世界,让所有国家和部落跪倒亲吻双膝的人。

我会让他们看到!他们会看到的!

宽阔的西米拉广场在他面前展开,摩门人的叫喊达到了高潮,让他一时忘了呼吸,震耳欲聋的声音甚至让他的身体麻木。前面的齐德鲁希骑兵停下了,一时不知所措,瑟留斯看到一位骑兵的马人立起来。后面的齐德鲁希骑兵策马冲向两边,护住御辇两侧,每个人都抽出军棍,挥舞着朝人群示警,敲打敢于靠近的人。在闪亮的盔甲与明亮的火炬划出的边界之外,是暴民组成的黑暗世界。无穷无尽的人潮,仿佛咆哮的原野从左右两边包围过来,一直延伸到前方绍特海耶神庙宏伟的玄武岩石柱下。

瑟留斯紧抓着战车前面的横梁,直到指节发白,手掌刺痛。所有这些人……一遍又一遍地喊着那个人的名字……恐惧,眩晕,高处的坠落感。他在煽动他们反对我吗?会有人来刺杀我吗?他看着齐德鲁希骑

乌有王子 ∗ 战士先知

兵挥舞军棍,先打开一个缺口,随后像楔子一样冲进暴民中。他不自禁地咧嘴笑了,强烈的愉悦感迫使他咬紧牙关。这才是神灵证明自己存在的方式:用凡人的血!人群涌上来,挡住冲锋向前的齐德鲁希骑兵,叫喊声似乎加了倍。好几个穿着闪亮盔甲的骑兵跌落下马,消失在人潮中,但更多骑兵继续向前冲。军棍起起落落,长剑也拔了出来。

驾车人稳住马匹,紧张地回头看他。居然敢与皇帝对视?"走!"瑟留斯咆哮道,"继续前进!冲到他们中间去!"

他大笑着,靠在横梁上,朝自己的子民吐口水。伊库雷·瑟留斯三世像神一样站在他们当中,他们却呼喊另一个人的名字!这种时候,他多希望手里也有一碗熔化的黄金啊!

车轮慢慢朝前滚,碾过倒在地上的躯体时剧烈颠簸,将皇帝甩向前方。恐惧仿佛在他腹中燃烧,肠胃都不受意识控制了,思维也不再受约束,因感受到死亡而狂喜。举火把的侍卫一个接一个地被推倒,但齐德鲁希重骑兵仍保持着紧密阵形,在人群中挥砍,为他开路。长剑一起一落,一起一落,瑟留斯仿佛在用自己的手臂惩罚这帮贱民,仿佛是他向前伸手,将这帮杂碎统统砍倒在地。

纳述尔皇帝发出疯狂的笑声,穿过他的子民,向越来越显得宏伟的绍特海耶神庙前进。

终于,伤亡惨重的皇家队伍与驻守在绍特海耶神庙门前宏伟台阶上的近卫军会合了。瑟留斯已经听不见声音,就像刚从可怕的噩梦中醒来一样。有人引领他走下战车,经由木板铺成的高耸走道——皇帝的位置必须比凡人更高——前往神庙宏伟的大门。

途中,他恶狠狠地抓住一位近卫军队长的胳膊:"到兵营去传令!让这地方安静下来!回宫时,我要战车驶过鲜血!"

约束。他要让他们懂得什么叫约束。

他朝绍特海耶神庙的大门大步走去,却被长袍褶边绊住。一瞬间,他仿佛在狂怒中停止了心跳,周围的叫嚷被嘲笑点燃。他看了看身后

第二卷　第二次进军

汹涌狂乱的怒潮,收束好长袍,近乎逃命似的奔上台阶,跑进神庙。宏伟的石制神庙包围了他,庇护着他。

大门在他身后重重关上。

他的双腿不由自主地弯了下去,在短暂而静默的迷惑中,膝盖碰上冰冷地面。他颤抖的手抹过额头,指间汗水令他大吃一惊。

愚蠢!孔法斯看到会怎么想?

他耳朵嗡嗡作响。四周是黑暗的空气,那个名字仿佛从石头中迸出来的一样。

玛伊萨内。

十万个声音——听起来有这么多——同声高喊这个名字。在他们口中像祈祷,瑟留斯听起来却像诅咒。

玛伊萨内。

他像被风吹一样踉跄着走过前厅,然后停了下来。神殿大厅里那些宏伟的轮式烛台只点亮了几个,苍白光晕撒在宽阔地板上,照亮了一排排跪拜祈祷告用的褪色瓷砖。大松树般粗壮的石柱矗立阴影中,绘满赞美诗画作的上层廊道几乎被黑暗隐没。在正式祈祷的日子,神庙地板上会弥漫着熏香烟雾,将一切笼罩在模糊的幻影之中,为每一盏灯蒙上光晕。在信徒们眼中,这里仿佛是人世与外域的交汇处。但现在,这地方却像一个没有装饰的石头洞穴,散发出没药气味,闻起来跟地窖差不多。它不是任何东西的交汇处,只是一堆死气沉沉的石块。

瑟留斯远远看到了他,他跪在神像围成的巨大半圆正中。

你在这里啊,他想着,空虚的四肢又充满了力量。皇帝走过神殿大厅,便鞋发出一阵轻响。他不由自主地抚过背心和长袍,整理上面的褶皱。他的目光扫过绘着浮雕的圆柱:国王、皇帝及诸神,所有石像都带着异乎寻常的威严。他来到第一层台阶前,停下脚步,神殿中央最高的穹顶就悬在他头顶上方。

他盯着沙里亚宽阔的后背看了一阵。

来面对你的皇帝吧,你这忘恩负义的疯子!"

"很高兴你来了。"玛伊萨内仍然背对他,声音浑厚深沉,语调毫无顺从。根据礼仪规范,沙里亚和皇帝是平等的。

"为什么要这样,玛伊萨内?为什么来这里?"

宽阔的后背转了过来。玛伊萨内穿一件朴素的半袖白色法衣,他用闪亮的眼睛打量了瑟留斯一眼,然后朝暴民的声音传来的方向抬起头,好像那是应他祈求哗哗降下的雨水。在他上了油的黑胡须下,瑟留斯看到结实的颚骨。他的脸很宽,就像个耕田的农夫,而那张面孔年轻得惊人,虽然他的举止绝非年轻人所有。你到底有多大年纪?

"听!"玛伊萨内压低声音,举起双手,聆听着自己名字的回响。玛伊萨内——玛伊萨内——玛伊萨内……

"我不是个骄傲的人,伊库雷·瑟留斯,但听到这样的喊声还是很感动。"

瑟留斯虽然鄙视沙里亚的表演,但不知为何,心中又油然而生一股敬畏。眩晕感令他好不容易才恢复自制力。

"玛伊萨内,我没耐心和你玩这套礼仪规范的把戏。"

沙里亚一顿,随即露出胜利的笑容。他走下台阶。"我来这里是为了圣战……为了看看你的眼睛。"

听到这话,皇帝更为惶惑。来之前瑟留斯便知道,会面的赌注非同寻常。

"告诉我,"玛伊萨内说,"你和异教徒是否签订了密约?你是不是发誓要在圣战军到达圣地前背叛我们?"

他可能知道这件事吗?

"我向你保证,玛伊萨内……绝无此事。"

"绝无此事?"

"你误会我了,沙里亚,你居然——"

玛伊萨内突然放声大笑,回音甚至让绍特海耶神庙空洞的大厅

第二卷　第二次进军

震颤。

瑟留斯不由得倒吸一口气。沙里亚的行为受《普斯塔－安育文书》的约束,其中明令禁止沙里亚大笑,认为这是种放纵肉欲的表情。皇帝意识到,玛伊萨内向他展示了性格深处的一些东西。但为什么呢？这一切——暴民,绍特海耶神庙中的会面,甚至那些呼喊他名字的声音——都是展示,是故意用欠缺精妙的粗暴方式来示威。

我会摧毁你,玛伊萨内仿佛在说,如果圣战失败,你也会被毁灭。

"请接受我的道歉,皇帝。"玛伊萨内轻轻地说,"看来,哪怕神圣的战争也会被——"他露出痛苦的微笑,"虚假的流言玷污,嗯？"

他想吓唬我……他什么都不知道,他只想唬骗我！

瑟留斯一言不发,怒火中烧。他知道,他比孔法斯更容易动怒。他那个早熟的侄子虽然品行不端,甚至有些野蛮,但天生拥有拒人千里之外的冷漠,让身边每个人都感到紧张。而对瑟留斯来说,仇恨是经久长存、无法取代的情感。

他突然意识到这是个奇怪的习惯,总是情不自禁把自己和侄子的性格比照。从什么时候开始,孔法斯变成他衡量自己心灵的腕尺了？

"来,伊库雷·瑟留斯。"千庙教会的沙里亚庄重地说,好像接下来发生的一切将会在他们的生活中留下永久的印记。短短一瞬间,瑟留斯明白了是什么样的天分让此人爬上如此高位：他随时能让和他交谈的人体会出圣洁,感觉到敬畏,做这些对他来说易如反掌。

"来吧……来听听我对我的人民说的话。"

但就在两人短暂的对话期间,外面成千上万高呼玛伊萨内名字的声音发生了变化。起初他没法肯定,但随着时间推移,他越来越确信那喊声变了,变成了尖叫。

显然,那个不知名的队长完美地执行了皇帝的任务。瑟留斯露出胜利者的微笑,他终于可以与这个厚颜无耻、道貌岸然的人平起平坐了。

乌有王子 ★ 战士先知

"你听到了吗,玛伊萨内?现在他们喊的可是我的名字。"

"确实如此,"沙里亚阴沉地说,"确实如此。"

长牙纪4111年,夏末,杰迪亚省海滨,辛内雷斯城

在杰迪亚行省,越靠近海岸地形越崎岖,似乎大地厌恶海水,努力蜷缩起来一样。滨海平原非常狭窄,有些地方甚至根本没有平地,只在辛内雷斯城附近才有一小片冲积平原。仿佛是地形将圣战军引向了这座古城,圣战军先头部队走下台阶般的丘陵,眼前就是梅内亚诺海边的辛内雷斯,她环绕在砂石砌成的防御工事中,里面是以泥浆和烤砖为材料搭成的大片拥挤建筑。如泣似诉的号角声穿透腥咸的空气,从山脚响到海边,宣示了这座城市的末日。一支又一支部队走出丘陵:中北地区狂躁的剑士,康里亚和上艾诺恩的长裙骑士,纳述尔帝国久经沙场的步兵。

辛内雷斯自古是兵家必争之地。如同所有夹在强大的敌对文明间的地区,杰迪亚历史上一向作为附属国存在,一直是征服者的编年史中的点缀。辛内雷斯是全省唯一一座颇具规模的城市,因此也迎来过无数外乡总督:施吉克人、凯兰尼亚人、塞内安人、纳述尔人,直到最近的基安人。如今,长牙之民要将自己的名字加入这个行列。

圣战军环绕辛内雷斯的城墙,在田野与林地中扎下诸多营寨。经协商,大贵族们派出一支低等贵族组成的使团,前往城门要求守军无条件投降,然而杰迪亚的基安帕夏、费恩教徒安萨瑟-阿布-萨拉吉卡用箭矢与弩炮将使团赶走了。于是,几千人被派去城外田野收割即将成熟的麦子和稷黍,这些地方上周被打前战的贵族们(阿斯贾亚里伯爵、伊吉亚班总督和"大胆的"韦里昂伯爵)夺得,另外几千人被派往丘陵中伐木,制造攻城锤、攻城塔、投石车及弩炮。

辛内雷斯围城战开始了。

第二卷　第二次进军

经过一周准备,长牙之民发动了第一次进攻。如云的箭矢落在他们当中,滚烫的沸油当头泼下,士兵们尖叫着坠下云梯,或被砍倒在城垛上,炽热的沥青将攻城塔化作燃烧的火葬堆。长牙之民在辛内雷斯城下流血、燃烧,费恩教徒居高临下地嘲笑他们。

经历这场灾难后,几位大贵族向赤塔派去代表。切菲拉姆尼早已提醒过梭本等人,除非进攻希摩或面临西斯林的威胁,否则赤塔学士不会在战场上帮助长牙之民。代表们提出的要求因而殊为有限,仅希望巫师打破一段城墙,却还是遭以利亚萨拉斯的断然拒绝。普罗雅斯和高提安斥责了这些贵族,因为他们早发过誓,除非绝对必要,否则不运用渎神者的力量。

圣战军开始为下一次攻城做准备。一批士兵被派往丘陵地继续收集制造攻城器械的木材;另一些人被派去在黑暗中挖掘隧道,用布满水泡的手刨砂砾;当然,还需要有人搭起火葬台,焚烧死者。每晚,他们喝着从丘陵中运来的水,吃着面包、金红色的无花果、烤鹅和烤鹌鹑,诅咒着辛内雷斯。

这期间,因里教骑士分队沿海岸线继续南下,剿灭萨考拉斯大军的残部,并劫掠沿途渔村。凡有城墙的市镇,只要没立刻开门,一律洗劫。阿斯贾亚里伯爵向内地进发,在丘陵地里寻找交战与劫掠的机会。在一座名为戴鲁特的小要塞附近,他率领几百名男爵与骑士,突袭击溃了一支数千人的基安军队。回到要塞前,他强迫当地人造了一部小型投石车,把砍下来的基安人头颅一颗接一颗地抛进要塞。扔进一百三十一颗人头后,守军士气崩溃了,他们打开城门,跪倒在尘土中。阿斯贾亚里依次询问每个人:"你是否愿意否定费恩,承认因里·瑟金斯才是代表多面一体神的真实声音?"不愿皈依的当场处决,回答愿意的被绑起来送回辛内雷斯,卖给随军的奴隶贩子。

其他要塞以相似的方式陷落,对钢铁战士的恐惧在基安人中蔓延。古老的纳述尔要塞伊巴拉和库鲁特,一半化为废墟的塞内安要塞古纳赛,基安城堡安姆-安密戴——建城时居民还以因里教徒为主——统统落入因里教徒手中,活像是圣战军伸出戴链甲手套的大手,扫清了桌上的硬币。杰迪亚省陷落的速度,似乎只取决于因里教徒的马能跑多快了。

与此同时,在辛内雷斯城下,各大贵族完成了第二次攻城的准备。就在攻城前夕的晚上,大家被震惊的叫喊声吵醒,跌跌撞撞地跑出帐篷和大帐。起初,几乎每个人都朝海港里那支由划桨战船和帆船组成的大舰队指点,它有几百艘船,每艘都挂着绘有纳述尔的黑太阳的三角旗。然而很快,他们疑惑地打量起辛内雷斯城。只见雄伟的正门打开了,城墙上到处是小小的人影,他们降下安萨瑟的旗帜——绘有黑色羚羊的三角旗——升起纳述尔帝国的黑太阳旗。

有人欢呼,有人号叫。一队队衣冠不整的骑兵纵马朝高耸的城门疾奔,却被城门口的纳述尔步兵方阵阻住。一时间人们亮出了武器。

一切都晚了。辛内雷斯已告陷落,但它不属于圣战军,却属于皇帝伊库雷·瑟留斯三世。

―――― ∞∞∞ ――――

一开始,伊库雷·孔法斯根本不理会议事会的召唤,安抚梭本和戈泰克这项令人生畏的任务落在马特姆斯将军头上。将军唐突地向他们解释,昨晚纳述尔舰队抵达后,杰迪亚的帕夏知道没希望了,于是向孔法斯开出投降条件。马特姆斯甚至出具了一封信件,上面用潦草的基安文字写着什么,他说这是安萨瑟的亲笔信。按他的说法,帕夏非常害怕狂热的因里教徒,故而只愿向纳述尔帝国投降。马特姆斯说,在慈悲方面,人们总是更相信熟悉的敌人,而非陌生的对手。他更进一步声称,大统领的本意是召集各大贵族共览信件,征求意见,是他马特姆斯提醒大统领,投降之事十分微妙,倘若走漏风声,只怕坐失良机。大统

第二卷　第二次进军

领据此才决定略去讨论环节，直接采取行动。

各大贵族要求孔法斯解释，如果他真为圣战军利益着想，为何不向大家开放辛内雷斯城。马特姆斯耸耸肩，告诉他们这是帕夏的投降条件。他说安萨瑟是个敏感的人，害怕人民的安全得不到保障，却对纳述尔皇室的诚意抱有足够的尊敬。

最后，只有梭本拒绝接受马特姆斯的解释。他大吼着声称，辛内雷斯按权利应属于他，这是他在战争平原上胜利的战利品。当孔法斯最终来到议事会时，其他人不得不强行按住加里奥斯的王子。会后戈泰克和普罗雅斯安慰他，声称杰迪亚不过是个空荡荡的行省，土地也很贫瘠，就让皇帝沉醉于这空洞的、唯一的胜利好了，圣战军将继续南下。古老的施吉克省，传奇的财富之地，在前方等着他们。

----------◆◆◆◆◆----------

"辛，先别走。"普罗雅斯说。

普罗雅斯刚宣布议事会结束，他站在桌旁，看着手下人纷纷起身告退。开会时，王子烟雾缭绕的大帐中站满了人，有些是虔诚的教徒，有些则是雇佣兵，但所有人都露出骄傲的神色。盖德奇和伊吉亚班仍在争论，不管在军事方面还是其他事情上，他们的争吵从无休止。其他人排队离开：甘雅提，库什加斯，伊姆罗萨，某些高衔男爵，当然还有凯胡斯和奈育尔。除塞尔文迪人之外，其他人一一向王子鞠躬，才穿过蓝色幕布离开。普罗雅斯对每个离开的人都简略地点头致意。

很快，留在帐篷里的只剩辛奈摩斯。奴隶们在阴影中奔忙，收拾盘子和湿答答的酒碗，铺平地毯，摆好五花八门的靠垫。

"什么事，王子殿下？"元帅问。

"我有几个问题要问你……"

"关于什么？"

普罗雅斯犹豫了一下。他是王子,为何要害怕说出别人的名字?

"关于凯胡斯。"他说。

辛奈摩斯扬了扬眉毛:"他让您不安?"

普罗雅斯伸手挠后颈,扮了个鬼脸:"诚实地说,辛,他是我认识的人中最不会让人不安的了。"

"那您在担心什么呢?"

他要担心的实在太多了,最近在辛内雷斯的灾难只是其一。他们被孔法斯和皇帝戏耍了,这种事绝不能再次发生。

他没时间、也没耐性去关注这种……私人问题。

"告诉我,你对他有何看法?"

"他让我害怕。"辛奈摩斯不假思索地说。

普罗雅斯皱皱眉:"为什么?"

元帅的视线四下游移,似乎在组织语句。"我和他一起喝过很多酒,吃过很多饭。"他犹豫着,"他展示给我的东西数不胜数。不知为何,和他在一起我觉得……觉得自己变得更好了。"

普罗雅斯看着地面,审视着脚下地毯上那双刺绣翅膀:"他确实有这样的力量。"

他感觉到辛奈摩斯正用那该死的方式探究他:好像能透过王子身上伪装的成熟,看到隐藏其中的那个胸口凹陷的男孩,就像他不曾离开练剑场。

"他只是个普通人,王子殿下,他自己也这样说……除此之外,我们刚刚——"

"那阿凯梅安呢?"普罗雅斯突然问。

矮壮的元帅皱紧眉头,两根手指伸进胡须里,挠了挠下巴:"您不是说不准提这个名字了吗?"

"我只是问问。"

辛奈摩斯小心翼翼地点头:"他过得不错。可以说非常好。他带来

第二卷 第二次进军

一个女人,在苏拿认识的老情人。"

"嗯……是叫艾斯梅娜吧?那个妓女。"

"她对他很好。"辛奈摩斯维护地说,"我还从没见过阿凯这么满足、这么快乐。"

"不过你听起来也很担心。"

辛奈摩斯眯起眼睛,长叹一声。"我想是的,"他说着,目光越过普罗雅斯,"自我认识他到现在,他一直是个天命派学士,但现在……我说不清。"他抬头又对上王子的目光,"他几乎不提非神会和梦境了……您会很高兴的。"

"那他是恋爱了,"普罗雅斯摇摇头,"恋爱!"他狐疑地说,咧嘴笑笑,"你确定?"

辛奈摩斯轻笑:"没错,他是在恋爱,好几个星期魂不守舍。"

普罗雅斯笑着朝地上看去:"也就是说,他过上普通人的生活了。"阿凯陷入爱河,似乎既不可能又奇特地难以避免。他那样的人需要爱情……我则完全不同。

"确实如此,她很可爱。"

普罗雅斯哼了一声:"不管怎样,他是个巫师。"

辛奈摩斯的眼睛垂下去:"确实如此。"尴尬的沉默。普罗雅斯重重地叹口气。若是辛奈摩斯之外的任何人,这个问题都不会有任何不确定的回答。但辛奈摩斯,他钟爱的辛,为何在别人看来如此明显的事情上却变得如此顽固?

"他还在给凯胡斯上课?"普罗雅斯问。

"每天如此。"元帅虚弱地笑笑,就像在嘲笑自己的愚蠢,"是因为这个,对吗?你想相信凯胡斯,但——"

"他关于梭本的一切都应验了!"普罗雅斯高声说,"连细节都一样,辛!每个细节!"

"但是,"辛奈摩斯续道,为王子的打断皱了皱眉,"他却公然勾搭

227

阿凯梅安,和一个巫师……"辛奈摩斯嘲弄地模仿着别人说这个词的口气,就像在谈论被粪便抹过的东西。

普罗雅斯转身走到桌前,给自己倒了碗酒。最近,酒的味道越来越甜美了。

"你怎么想?"他问。

"我想凯胡斯在阿凯身上看到的和我看到的一样,和您曾经看到的一样……一个善良的人,虽然——"

"长牙上说,"普罗雅斯厉声道,"'烧死他们,他们是不洁者。'烧死他们!还需说得更明白吗?凯胡斯与孽物为伍,你也一样。"

元帅摇头:"我不信。"

普罗雅斯盯着他。我为何如此冷酷?

"你不信长牙?"

元帅脸色发白,康里亚王子还是第一次在老剑术教师脸上看到恐惧——恐惧!他想道歉,想收回之前的话,但冷酷的感觉是如此强烈……

如此真实。

我只是依照《圣典》而已!

如果不信真神的话语,如果拒绝聆听——哪怕是出于真挚的感情!——那么一切都会变得可疑。辛奈摩斯永远会依照内心的声音行动,这既是他的力量,也是他的弱点。人心没刻经文。

"这么说吧,"元帅淡淡地说,"您相信凯胡斯的程度,可以和相信我的程度一样……"

普罗雅斯眯眼点点头。

他感到了约束,感到了指引,但最明显的是召唤。

夜幕降临,凯胡斯独坐海岬之上,背靠着海岬上唯一一株雪松。雪

第二卷　第二次进军

松被经年不息的海风吹得朝东歪斜,分叉的树枝在星空下摇晃,好像被无数丝线系在脚下的景色上:圣战军大营,雄伟的石带子后面的辛内雷斯城,以及梅内亚诺海,月光为遥远的海浪镶上一道银边。

但他看到的不是这些,他眼中没有这些⋯⋯

他看到的是希望与威胁,以及可能存在的未来。

他看到这个世界——伊尔瓦大陆——被历史、习俗和动物的饥渴所控制,被前事敲打着、推动着。

他看到了阿凯梅安,听到了对方说的一切。末世之劫,古代帝王的血脉,各大学派与家族,国家之间披坚执锐的战争,以及巫术、真知,几乎无限的力量。

他看到了艾斯梅娜,她苗条的大腿和洞悉一切的智慧。

他看到了萨瑟鲁斯和非神会,他们的神秘与多疑促成了短暂的和平。

他看到了梭本,王子在权力欲的压迫下苦苦挣扎。

他看到了奈育尔,看到了对方的疯狂和军事天才,以及知道的一切带来的威胁。

他看到了圣战军,看到了他们的信仰和渴望。

他还看到了他父亲。

你到底要我做什么?

无数个可能世界从他身边穿过,飘动着四散分开,一幕幕场景在他眼前闪过⋯⋯

无名学士爬上碎石密布的陡峭海滩。一颗砍下的头颅被举向火热的太阳。幻影从晨雾中浮现。

亡妻的幻影。

凯胡斯呼了口气,深呼吸,体味雪松、土地及战争那苦乐参半的味道。

这是启示。

第十章 阿楚席安高地

爱是被赋予意义的欲望,希望是被赋予人性的饥渴。

——阿金西斯,《人类的解析·第三卷》

谁能学会无知?谁能教授无知?无知无从了解。然而无知却是固定生命罗盘的焦点,罪行与激情的度量,智慧与愚蠢的准则。无知就是完满。

——佚名,《伊乌普罗塔》

长牙纪4111年,夏末,杰迪亚内地

他感到平静。

阿凯梅安仍会梦到战争,除了天命派学士,没人会梦到这么多战争;他也亲眼目睹了现世国家间的战争——三海诸国对战争的喜爱,丝毫不亚于酝酿美酒的热情。但他本人从未参战,不曾像现在这样随大军前进,在杰迪亚的烈日下汗流浃背,被成千上万的钢铁战士环绕,周围是低低的牛叫声,踏着无数双脚踩踏过的地面。战争在烟雾笼罩的地平线上,在刺耳的号角声中,在夜复一夜军营的纵饮狂欢里。战争是血染的石块,是苍白的死人脸孔,是过往的噩梦与未来的预期。战争无处不在。

然而不知为何,他感到平静。

这当然有凯胡斯的缘故。

第二卷　第二次进军

决定对天命派隐瞒凯胡斯的存在带来的痛苦渐渐减轻，最后完全消失了，这点是他最困惑的。威胁仍然存在，阿凯梅安经常提醒自己，凯胡斯就是末日的使者。很快，非神的身躯将遮蔽太阳，将恐怖的阴影撒向三海诸国；很快，第二次末世之劫将摧毁全世界。但每想到这些，一种诡异的欢欣会盖过心头的恐惧，就像醉酒后的狂喜。阿凯梅安一直觉得战场上主动脱队、朝敌人冲锋的那些故事难以置信，现在他却理解这种不顾一切的冲动了。人变得疯狂，也就不再关心后果。还有绝望，当恐惧压倒一切时，绝望反而让人平静。

他就是那个冲进千百杆长矛里的蠢货。只为了凯胡斯。

白天行军时阿凯梅安仍在给凯胡斯讲课，现在艾斯梅娜和西尔维也陪在他们身边。她俩有时会闲聊，不过大多时候在听他讲。数以千计的长牙之民在他们周围不停行进着，背着沉重的包裹，被杰迪亚的烈日灼烤。凯胡斯渐渐掏空了阿凯梅安对于三海诸国的知识，他们逐渐把话题转到古代北方诸国，谈论谢斯瓦萨和那个青铜时代，谈论斯兰克和奇族。阿凯梅安时常想，用不了多久，他就没什么可以给予凯胡斯的了——除了真知。

当然，这是他无法给予的。但他很难抗拒心中冲动，总在猜想以凯胡斯这样超凡的天资掌握了真知巫术，会有怎样成就。万幸的是，真知所用的语言是这位王子学不会的。

傍晚之前，部队便会停下，具体时间取决于地形，以及更重要的水源。杰迪亚是一片干旱土地，阿楚席安高地的水源更为稀少。完成安营扎寨的例行工作后，他们总会聚到辛奈摩斯的营火旁。最近，阿凯梅安发现留下就餐的往往只剩他、艾斯梅娜、西尔维及辛奈摩斯的奴隶们，而辛奈摩斯、奈育尔和凯胡斯到普罗雅斯那里晚餐的次数越来越多。在塞尔文迪人粗俗的指导下，普罗雅斯开始沉溺于研究战术和谋略。不过大多时候，回到各自的床垫上就寝之前，大家总能抽出一两小时时间，聚拢在火堆边聊天。

这时,和其他时候一样,凯胡斯总会散发出光辉。

圣战军离开辛内雷斯不久后的一天夜里,他们默默享用着米饭和羊肉烹制的晚餐,羊肉是奈育尔昨天晚上为他们搞到的。艾斯梅娜对能吃上热腾腾的肉食表示感激,顺便问起给他们弄来食物的人。

"他和普罗雅斯在一起,"辛奈摩斯说,"讨论战争。"

"他们一直都在讨论,都说些什么呢?"

凯胡斯一口饭咽到一半举起了手。"我听过一次,"他说着转了转眼珠,眼睛闪闪发光,"他们说话时是这样的……"

艾斯梅娜已经笑起来,每个人都殷切地前探身子。凯胡斯除了机智无双,学起别人说话也是惟妙惟肖。西尔维脸上流露出欣喜与自豪。

凯胡斯摆出一副久经沙场的专横表情,朝两脚间吐了口痰,他的声音让人听了不由得起鸡皮疙瘩,正如奈育尔的声音:"战争之民不会用你们女人一样的架势骑马。我们骑马时一颗蛋在马鞍左边,一颗蛋在右边,不会摇晃,草原人那话儿很重。"

然后他换成普罗雅斯的口气:"我原谅你的无礼,塞尔文迪人。"

辛奈摩斯咳出满满一口酒。

"你不了解战争。"凯胡斯继续模仿奈育尔,"战争是肮脏、漆黑的,就像没洗过澡的摔跤手的皮肤。战争就像是全世界的靴子踩在你的蛋蛋上。"

"我原谅你的亵渎,塞尔文迪人。"

凯胡斯朝火里吐了口痰:"你以为自己跟战争之民没什么不同,你错了。对我们而言,你们不过是些愚蠢的小姑娘,如果你们的屁股能像我们的马屁股那么带劲,我们不介意操上一发。"

"我原谅你的癖好,塞尔文迪人!"

"我会让你活下去,"艾斯梅娜叫嚷起来,"活在我手上刻出的疤痕中!"

大家哄堂大笑。辛奈摩斯把头垂到两腿间,耸着肩膀,擤着鼻子。

第二卷　第二次进军

艾斯梅娜躺倒在座垫上大喊，看上去那么诱惑，那么惹人喜爱。岑卡帕和丁察塞斯靠在彼此身上，肩膀抽搐。西尔维缩成一团，笑出了眼泪，似乎充满喜悦。凯胡斯只淡淡地笑着，似乎对他们疯狂的反应有些迷惑。

奈育尔回到营地时，大家已安静下来，既有些尴尬，又带着心照不宣的戏谑。塞尔文迪人在火堆前停下脚步，皱着眉头，目光在每个人脸上扫过。阿凯梅安看了西尔维一眼，不由得吃了一惊：她微笑的脸上带着如此明显、如此强烈的恶意。

艾斯梅娜突然大笑起来。"你真该听听凯胡斯是怎么说话的，"她道，"你说起话来真是太有趣了！"

塞尔文迪人饱经风霜的脸上毫无表情，充满杀意的眼神变得麻木……这是真的吗？接着蔑视的神情又回到他脸上。他朝火堆里吐了口痰，大步走开。

那口浓痰在火中咝咝作响。

凯胡斯也站了起来，显得有些懊悔。

"真是个不近人情的人，"阿凯梅安故作轻松地说，"嘲弄是朋友之间的礼物。是友好的象征。"

王子转过身，"是吗？"他大声说，"或者这只是原谅自己的借口？"

阿凯梅安愣住了，直盯着凯胡斯。凯胡斯居然责怪他。凯胡斯！阿凯梅安朝其他人看去，在他们脸上看到了和自己一样的震惊表情，只是他们不像他这样惊慌。

"是吗？"凯胡斯逼问。

阿凯梅安感到自己涨红了脸，嘴唇颤抖。凯胡斯的声音中有什么不寻常的东西，就像阿凯梅安的父亲……

他有什么资格——

"抱歉，阿凯，"王子垂下头，仿佛失控的情绪让他自己都感到惊讶，"我为自己做的蠢事责怪你……这让我变得更愚蠢了。"

阿凯梅安咽了咽唾沫，摇摇头，硬挤出微笑。

"不……不，该道歉的是我……"他声音颤抖，"我对你太严厉。"

凯胡斯微微一笑，上身前倾，把一只手放在他肩上。被凯胡斯触碰到的一半身体好像失去了知觉。不知为什么，闻到王子的味道，那种混杂着玫瑰水的皮革气息，总让他心神不宁。

"我们都是傻瓜。"凯胡斯道，声音愉快起来。不知什么原因，阿凯梅安听出凯胡斯期待着什么……

"我一直都这么说嘛。"辛奈摩斯在火堆对面大喊。

元帅插话的时机再合适不过——每次都这样。艾斯梅娜率先笑出声，所有人又恢复了之前活泼欢悦的气氛。阿凯梅安发觉自己也在笑。

他们中每个人，时不时总会被别人的笑话冒犯到。辛奈摩斯会抱怨伊里萨斯，伊里萨斯会唠叨艾斯梅娜，艾斯梅娜会被西尔维惹火，西尔维也时常挑剔阿凯梅安的缺点，阿凯梅安则爱念叨辛奈摩斯，太愚蠢、太激进、太虚荣、太粗鲁，诸如此类。某种意义上讲，每个人都像那些商人种姓，不停地兜售自己，只不过没有统一量度或试金石，可以衡量每个人手中硬币的重量与纯度，交易过程只能靠猜。中伤、嫉妒、怨念、争论及第三方裁决，这些都是人际交往的市场上不可或缺的东西。

但和凯胡斯在一起，一切变得截然不同。不知为何，他能走遍市场，却从不打开钱包。几乎从刚认识起，这些人就把他当作裁决者——甚至包括辛奈摩斯，而元帅本是这堆营火名义上的主人。毫无疑问，并非每个人都百分之百信任他，他那惊人的智慧也并非能时刻展现，但这不过是在早已预设好的、无法移动的中心附近一点小偏差。他洞察一切的思维能力，从古到今都闻所未闻；他悲天悯人的情怀和埃因罗一样宽广，但更加深刻——他的仁慈是基于理解，而非原谅，就像他能看穿人的思想与情感中每一波不可告人的冲动，寻根溯本，找到那人灵魂里天真无辜的源头。还有他的话！每一个类比都紧扣事实，仿佛把一切从里到外烧穿了一样……

第二卷　第二次进军

阿凯梅安有时想,凯胡斯的特质,正如诗人普罗塔西斯描述的凡人的理想境界:崔亚米斯的双手、阿金西斯的智慧和瑟金斯的心灵。

其他人显然也这么想。

每晚晚餐结束后,来自不同国家的男男女女会聚拢到辛奈摩斯的营地周围。有时他们会喊出凯胡斯的名字,但大多时候只静坐在那里。起初人数尚少,后来逐渐增多,直至形成近四十人的团体。辛奈摩斯的士兵们扎下圆帐篷时会远离元帅的大帐,否则就要和陌生人一起进餐。

起初一周,包括凯胡斯在内的所有人都尽量不去注意陌生人,以为这样一来那些人就会离开。谁能忍受夜复一夜地坐在那里,看着别人——陌生人——聊天,完全不理会自己呢？但这些人却像不被理会的小兄弟一样执著地留了下来,并且人数越来越多。

某晚,阿凯梅安一时兴起,也在他们当中坐下,和他们一起看着营火旁的人,希望弄明白到底是什么让他们甘受忽视,坚持留下。起初,他只看到熟悉的面孔,坐在篝火照亮的地方,四下一片黑暗。奈育尔盘腿坐着,后背像艾诺恩的大扇子一样宽阔,裸露着上身伤痕累累的肌肉。在他对面,火堆另一边,辛奈摩斯坐在行军折凳上,双手按膝,被艾斯梅娜的笑话逗得前仰后合,修得方方正正的胡须在胸前扫过。艾斯梅娜跪坐在他旁边,毫无疑问正低声讲着某人的笑话。丁察塞斯、岑卡帕和伊里萨斯在另一旁,西尔维靠在垫子上,双膝无意间分开一些距离,留下令人想入非非的阴影。而她身边坐着凯胡斯,静谧的神情被火光镀上一层金色。

阿凯梅安看了看周围黑暗中端坐的人们,其中包括各个国家、各个种姓的长牙之民。有些人坐在一起低声交谈,但大多数人和他一样,只是静坐着,远离同伴,紧盯着火光旁的人影,好像努力就着昏暗灯光阅读书卷一样。他们似乎……被巫术迷惑了,如同鱼群游向闪光的饵。诱惑他们的与其说是那火光,倒不如说是周围的黑暗。

"你们为什么要这样做？"他问坐得最近的人,那是个金发的泰丹人,粗壮的胳膊像是士兵,却有贵族种姓清澈的眼神。

"你看不到吗?"那人根本没看他,只是反问。

"看到什么?"

"看到他。"

"你是说凯胡斯王子?"

那人终于转过脸来,微笑中透出幸福与同情。"你离他太近,"他说,"所以你看不到。"

"看到什么?"阿凯梅安问。仿佛有什么攫住了他的喉咙,让他无法呼吸。

"有一次他触碰我,"对方的回答阿凯梅安无法理解,"还是到达亚斯吉罗奇之前。我在行军时摔倒了,他扶着我的胳膊,对我说:'脱下鞋子,把土倒出来吧。'"

阿凯梅安笑了。"这是个老笑话,"他给那人解释,"摔倒的人总会诅咒土地。"

"所以呢?"那人问。阿凯梅安发觉他在颤抖,仿佛非常愤慨。

巫师皱皱眉,想做出微笑的样子:"呃,这是一种很老的说法——事实上是古书里的典故——告诫人们不要把失败迁怒于人。"

"不,"那人满有把握地说,"不是这样。"

阿凯梅安顿了一顿,问道:"那你说是什么意思?"

那人没回答就转开了脸,似乎根本不在乎阿凯梅安和他的问题。阿凯梅安盯着对方看了好久,既困惑又有点沮丧。那人为什么发怒?他站起来,拍掉膝盖上的尘土。

"这意味着,"那人在他身后说,"我们必须将这个世界彻底清理,我们必须把敌人消灭干净。"

阿凯梅安惊呆了。那人的声音中有如此浓烈的仇恨。他转过身,不知该嘲笑还是该责骂。最终他什么都没说,只是目瞪口呆地看着对方。不知为何,那人并没有回应他的目光,只是皱眉朝火堆的方向看

第二卷　第二次进军

去。阿凯梅安在周围黑暗中的人脸上一一扫过,大多数人都注意到那人愤怒的声音,转过脸来,然而就在他环视四周时,他们又把注意力转回火光下的凯胡斯身上。学士毫无来由地明白了:这些人是不会离开的。

我和他们没什么区别,他感到窒息般的刺痛,好像觉悟到早已知晓的事实,我只不过坐得离火堆更近一些……

他们的理由正是他的理由,而他早就知道。

每个人的理由其实都既单纯又繁琐:悲伤、诱惑、懊悔、困惑。他们望向凯胡斯时带着疲惫,带着不可告人的希望与恐惧,带着欣喜和狂热,更重要的是,他们带着需要。

他们看着凯胡斯,因为他们知道有什么重要的事即将发生。

火堆毫无征兆地发出噼啪响声,一簇火苗喷了出来,几颗火星朝凯胡斯的方向飘去。凯胡斯微微一笑,朝西尔维看了一眼,伸手用拇指与食指捏住橙黄色火星。火星在他指间熄灭。

黑暗中传来众人的吸气声。

日子一天天过去,营帐周围的人越来越多,阿凯梅安也越来越不安。一来是因为他们的营帐成了诡异的舞台,里头的人被火光照亮,外面是阴影笼罩的观众;另一方面则因为凯胡斯的幽默感变得越发炽热了。亚特里索的王子影响着围拢在辛奈摩斯的营火旁的每个人,他知道每个人心中的希望与痛楚,知道自己可以改变他们的看法、宽慰每个人心头的愤怒,却又一言不发。这就像看着自己敬重的人做出完全与期待不符的事来,让阿凯梅安十分迷惑。

又一个晚上,或许是出于惯有的气势,辛奈摩斯终于对凯胡斯说:"见鬼,凯胡斯!你干吗不去和他们谈谈呢?"

所有人都沉默了。艾斯梅娜伸出手,在两人中间的阴影里握住阿凯梅安的手。只有塞尔文迪人继续狼吞虎咽,用手把碗里稀粥拨进嘴。

阿凯梅安感到自己有些厌恶,就像看到了什么粗俗的兽行,看到一个人屈从于自己的欲望。

"因为,"凯胡斯紧张地说,眼睛仍盯着火堆,"他们把我看成我无法成为的人。"

是吗?阿凯梅安心想。他知道其他人心中也在问同一个问题,虽然他们之间很少说起凯胡斯。不知为什么,提到与凯胡斯有关的话题,每个人都感到莫名的羞赧,好像心里怀着愚蠢的、无法启齿的怀疑一样。阿凯梅安只能同艾斯梅娜谈论他,而且即使如此……

"那么,"辛奈摩斯说——元帅的与众不同之处在于,他仍然假装凯胡斯和火堆旁其他人一样,"就去告诉他们好了。"

凯胡斯目不转睛地看了元帅一会儿,点点头,一言不发地站起来,朝黑暗中走去。

于是自那天起,阿凯梅安后来所谓"The Imprompta"——"夜间谈话",正式开始。长牙之民觉得这样的谈话就像非正式布道一样。阿凯梅安和艾斯梅娜并非每场必到,不过也经常参加,在离凯胡斯很近的地方看他回答提问,与长牙之民讨论各种事情。凯胡斯说,他俩的出现能让他安心,让他记得自己与听众没什么不同。他坦承,有时这样的谈话会让他变得自负,自己还意识不到,他有些害怕。

"很多次,"他说,"我说话时简直认不出自己的声音。"阿凯梅安握紧艾斯梅娜的手,印象中不曾如此紧握过。

前来听讲的人越来越多,但增长速度不算快,以至于阿凯梅安起初并没意识到。但圣战军接近施吉克省边境时,原本几十人的队伍已变成几百人。有几个忠实听众搭起小木台,在上面放下两个铁火盆,中间铺上垫子。凯胡斯每晚就盘腿坐在上面,在火光照耀下显得无比宁静,似乎永远不会改变。他常穿一件朴素的黄色法衣——西尔维告诉阿凯梅安,这是在蒙格达平原上从帕夏的营地中抢来的。不知是因为姿势、举动、还是光线产生的错觉,他给人的感觉完全不属于这个世界,仿佛在发光。

第二卷 第二次进军

某晚,阿凯梅安参加夜谈会时带上了一截蜡烛、书写用具和一卷羊皮纸——他也说不清是为什么。前一天夜里,凯胡斯谈论信任与背叛时讲了个故事,说他在亚特里索北边的荒原中结识了一个以捕猎剥皮为生的猎户,那人为了忠于亡妻,把悲伤化为动力投入到培育猎犬上。"当一个人的爱人死去时,"凯胡斯最后说,"他必须学会爱别人。"艾斯梅娜当众流泪。阿凯梅安只觉得,这些话应当被写下来,于是他和艾斯梅娜一起在凯胡斯的讲台左边铺下坐垫。在这片小小的空地上,有人点起了火炬,听众的气氛非常友善,不过似乎有什么东西让每个人都保持安静——这份情感不只是尊重,但也算不上崇拜。阿凯梅安在人群中看到几张熟悉的脸,几个高等种姓的贵族,其中有个方下巴的男人,披着纳述尔帝国将军特有的蓝披风——阿凯梅安认识他,是一位叫索帕斯或马特姆斯的将军。甚至普罗雅斯也和其他人一起坐在地上,不过表情有些迷惑。发现阿凯梅安看向自己,他没打招呼,径自转开了视线。

凯胡斯坐到火盆中间自己的位置上,四周马上安静下来。有那么一阵,他看起来真实得无法接受,不加修饰,就像烟雾般的幻影世界中的唯一实体。

他笑了笑,阿凯梅安像风干皮革一样紧绷的胸口顿时放松下来,仿佛被水润湿了。出乎意料的轻松感扫过身体,他深呼吸着,准备好羽毛笔,不小心把一滴墨水落到纸页上,不禁骂了一句。

"阿凯。"艾斯梅娜用责怪的口气说。

和平时一样,凯胡斯扫视面前人群,眼神里闪动着同情的光。几次心跳后,他的目光落在一个人身上——从束腰外衣和手上沉重的金戒指看,应该是个康里亚骑士。那人外貌非常憔悴,好像仍在战争平原上睡觉一样,胡须散乱地打着结,显然好几天忘记梳理了。

"发生了什么?"凯胡斯问。

不知名的骑士微笑着,表情中却有微妙而诡异的不协调,好像白眼球和黄板牙之间的反差。

"三天前,"他道,"我们的领主听到传言,说西边几里外有个小村子。我们骑马赶去,希望能抢些东西……"

凯胡斯点点头:"你们找到了什么?"

"什么都没有……我是说,没有村子。大人非常愤怒,说其他人——"

"你找到了什么?"

那人眨眨眼,那张毫无表情的、疲惫的脸上闪现出一丝恐慌。"一个孩子。"他嘶哑地说,"一个死去的孩子……我们正沿一条小路前进,我猜那是牧羊人踩出来的路,穿过丘陵地,然后就发现了那个死去的孩子。是个女孩,最多五六岁,就躺在路上,喉咙被割开了……"

"后来发生了什么?"

"什么都没有……我是说,我们根本没管她,继续骑马向前,好像她不过是一团扔在地下的破布……一、一个扔在土里的皮袋。"他嗓音破了,低头看着结茧的手掌。

"但现在,你白天感到沉重的罪恶感与羞耻感,"凯胡斯说,"自觉罪孽深重;而晚上你被噩梦缠绕……她在梦中对你说话。"

那人绝望地点点头,模样甚至有些滑稽。阿凯梅安知道,那人并不冷血。

"但这是为什么?"他喊道,"我的意思是,我们不是见过那么多死人了吗?"

"不是每次看到,"凯胡斯回答,"都意味着见证。"

"我不明白……"

"见证,意味着证明自己看到的东西,做出判断同时也接受判断。你不仅看到了,也做出了自己的判断。有人犯下罪行,无辜者被杀。这就是见证。"

"是的!"那人嘶哑地说,"一个小女孩。小女孩!"

第二卷　第二次进军

"而现在你在受苦。"

"但为什么？"他喊道，"为什么我要受苦？她不是我的孩子。她是异教徒！"

"每一处地方……我们周围的每一处，都既有祝福也有诅咒，既有神圣也有亵渎。我们的心就像手，与世界接触会生出茧来；它也像手一样——哪怕长满厚茧的手——如果过于劳累，或被东西擦伤，会长出水泡。有时我们感到疼痛，但忙得无暇理会。"凯胡斯看着自己的右手，突然握紧成拳，高举起来，"然后，如果再被剑或战锤打到，水泡就会破开，我们的心也会被撕破。我们痛苦，是因为我们感到了那些祝福与诅咒。我们不仅是看到，而且是在见证……"

他闪亮的眼睛又一次看向无名骑士，蓝眼睛透出智慧的光芒。

"这就是你身上发生的事。"

"是的……是的！但、但我该怎么做？"

"庆祝。"

"庆祝？但我在受苦啊！"

"是的，庆祝！结茧的手无法感觉爱人脸颊的柔软，但见证意味着证明，意味着我们成为了自己看到的事情的一部分。这样——只有这样——我们才能找到归属。"

凯胡斯突然站起来，跳下低矮的讲台，朝人群中走了两步，让每个人都屏住呼吸。"不要弄错，"空气在他话语的回声中颤抖，"这个世界拥有你，你属于这个世界，不管你是否希望如此。我们为何受苦？为何那些可怜人自寻短见？因为这个世界。不管如何诅咒它，它都拥有我们，而我们属于它。"

"所以我们应该为受苦而庆祝？"一个挑衅的声音喊道。不知是谁发出的。

凯胡斯王子朝黑暗中微微一笑："这样就不再有痛苦了，不是吗？"

小小的人群发出笑声。

"不,"凯胡斯续道,"这不是我想说的。值得庆祝的是受苦的意义,庆祝你属于这世界,而不是庆祝受苦本身。要记得后先知的教导:为悲哀而欣喜,可得荣耀。悲哀与欣喜……"

"我明白、明白您话中的智慧了,王子殿下。"无名骑士结结巴巴地说,"我真的明白了!但是……"

不知怎的,阿凯梅安察觉出他要问的问题……

我们能从中得到什么呢?

"我不是让你们去看,"凯胡斯说,"我是要你们去见证。"空洞的面孔。寂寞的眼神。无名骑士眨眨眼睛,两行泪水在面颊上泛出银光。接着他露出微笑,似乎这是他生命中最荣耀的时刻。

"让我自己……"他的声音在颤抖、破裂,"让我、我……"

"成为你的世界的一部分。"凯胡斯说,"让你的生命与这个世界达成誓约。"

这个世界……然后你们将得到这个世界。

阿凯梅安低头看着羊皮纸,发觉自己早已停笔。他无助地看向艾斯梅娜。

"不用担心,"她说,"我都记在心里。"

她当然会记住。

艾斯梅娜。第二根支撑他内心平静的支柱,最有力的一根。

在圣战军中找到类似婚姻的感觉,奇怪而又理所当然。每个晚上,他们要么去听凯胡斯宣讲,要么待在辛奈摩斯的火堆旁,像年轻爱人一样握手、沉思、拌嘴,为晚上发生的事嬉笑。他们在支撑帐篷的绳索间穿行,阿凯梅安有时会装出胆大包天的样子,去掀别人帐篷的帆布。回到自己的帐篷后,他们脱去衣服,触碰,抚摸,在黑暗中久久地拥抱——好像两人在一起会变得更完整。

两个婊子,一个出卖言语,一个出卖身体。

外部世界退入阴影当中,他想到埃因罗的时候越来越少,他越来越

第二卷 第二次进军

关注自己的生活——关注艾斯梅娜和凯胡斯。就连非神会和第二次末世之劫的威胁仿佛也变得遥远而陈旧,仿佛只是遥远的民族开战的谣言。谢斯瓦萨的梦境和以往一样强烈,然而在她的触碰和温言软语的抚慰下,梦境带来的痛苦消解了。"嘘,阿凯,"她会说,"只是梦而已。"如此一来,那些景象——挣扎、呻吟、燃烧和尖叫的人影——都无影无踪。在他一生中,这还是头一回沉迷于当下,沉迷于现在……不经意间说出的话会让她眼中泛起微小的伤痛;两人坐在一起她的手会主动抚上他的膝头;每天夜里赤裸着躺在帐篷中时,她的头靠在他胸前,漆黑的长发披散在他肩膀和脖子上,他们谈论着两人都知道的事。

"每个人都知道。"某晚激情过后,她说。

他们这天很早就离开了篝火,现在还能听到说话声:有人佯做不满,其他人发出喧哗与笑声,然后凯胡斯有魔力的声音响起,一切平静下来。火堆仍在燃烧,他们看到静默的火光在黑暗的帐篷中投下模糊的影子。

"他是先知。"她道。

阿凯梅安心中泛起一阵类似恐慌的情绪:"你说什么?"

她转过脸来打量他,眼里泛出的似乎不止是火光:"我说出了你需要听到的话而已。"

"我为什么需要听到这话?"她到底在说什么?

"因为你也在想着这件事。你在害怕……但更重要的是,这是你需要的。"

我们注定难逃此劫,她的眼睛在说。

"我可不喜欢这个玩笑,艾斯梅。"

她皱了皱眉,不过好像只是在自己那件新的基安丝绸外套上发现了蛀洞一样。"你上次和阿提尔苏斯联系是多久前的事了?几个星期?几个月?"

"这又有——"

"你在等,阿凯,你在等着看他变成什么样。"

"你说凯胡斯吗?"

她侧过脸,把耳朵贴在他心口:"他是先知。"

她了解他。阿凯梅安回想起两人刚认识,她就好像一直都认识他一样。初见面时,他甚至觉得她是个女巫,这不只是因为她用来避孕的器具上有模糊的巫术印记,而是他才说了不到五个词,她便猜到他是巫师。自相识起,她似乎就能看透他的心。这天赋只为他而存在,为杜萨斯·阿凯梅安而存在。

被人了解——真正了解——是件很奇妙的事。对方不是在预测你的行为,而是在等待你做出预料中的事。对方不是相信你,而是接受你。你会成为对方细微习惯的一部分,会不断地在对方眼中看到自己。

了解别人也同样奇妙。有时她笑得那么厉害,似乎都要吐了;而失望时,她的眼睛会变得黯淡,就像临近熄灭的烛火。她喜欢草叶划过脚趾间的感觉。她喜欢用手松松地握着他的阳具,一动不动,任它变得坚硬如铁。"我什么都没做,"她会低声说,"你却立起来了。"她害怕马。深思时她会轻抚左边腋窝。她哭泣不会捂脸。她会说到美丽的事物,令阿凯梅安以为自己会停止心跳。

这些细节单独看来都平凡无比,合在一起却震人心魄。他了解这种神秘……

这难道不是爱吗?了解与信任……

约舍亚之夜那天,当康里亚人狂喝滥饮他们那可以点着的劣质烈酒"佩拉皮塔"时,阿凯梅安问凯胡斯,他对西尔维的爱是怎样的。当时只有阿凯梅安、辛奈摩斯和凯胡斯三人还醒着,而且都喝多了。

"和你爱艾斯梅娜的方式不一样。"王子回答。

"我又是怎样的?我爱她是怎样的方式?"他跟跟跄跄站起来,歪歪斜斜地挥舞手臂,摇晃着身子站在冒烟的火堆前,"就像鱼儿爱大海?像、像……"

第二卷 第二次进军

"就像酒鬼爱酒桶,"辛奈摩斯大笑,"就像我的狗爱你的腿!"

阿凯梅安点点头,但他想听的是凯胡斯的答案。总是凯胡斯。"你说呢,我的王子?我是怎么爱艾斯梅娜的?"

不知为什么,他的语调中混进了一丝愤怒。

凯胡斯微微一笑,抬起那双悲天悯人的眼睛,眼泪顺着脸庞流下。

"像个孩子。"他说。

这话让阿凯梅安沉沉地跌坐在地,嘟囔了一声。

"没错。"辛奈摩斯赞同,他朝黑暗中望去,微笑着……阿凯梅安知道,他在为自己的朋友微笑。

"像个孩子?"阿凯梅安问,自觉这个问题也透着孩子气。

"是的。"凯胡斯说,"你不问任何问题,阿凯,你们之间一切都那么自然……毫无保留。"他转过脸,脸上浮现出阿凯梅安最熟悉的神情,每当其他人占据凯胡斯的注意时,阿凯梅安都渴望重新看到他这副神情——这副神情混杂了朋友、父亲、学生和师长,总是在阿凯梅安的心中出现。

"她变成了你的大地。"凯胡斯说。

"是的……"阿凯梅安说。

她变成了我的妻子。

想到这里,他又露出孩子般的笑容。他知道自己醉了,这感觉如此美好。

我的妻子!

但就在那天晚上,不知为什么,他发觉自己在和西尔维做爱。

具体情节事后他不记得多少,只知道自己在火堆余烬边的茅草垫子上醒来,梦到了麦克莱的白色箭塔,听到了莫格-法鲁的谣言。辛奈摩斯和凯胡斯离开了,夜空深邃得不可思议,就像神庙废墟那个夜晚,他和艾斯梅娜在户外过夜时那样,如无底深渊。西尔维跪在他身上,火光中如象牙一样洁白无瑕。她一边微笑,一边流泪。

乌有王子 ☫ 战士先知

"怎么了?"他喘着气问。他发现西尔维将他的长袍掀到了腰间,用下腹摩擦他的下身。这太疯狂了。

"西尔维……"他想抵抗,但随着她手掌的每一次摩擦,一波波快感不停从他身上扫过。他弓起身,迎合着她的手。

"不。"他呻吟着,脚跟陷进地里,手抓着草皮。这怎么回事?

她放开了他。他喘息着、亲吻着凉爽的空气,感到心底澎湃的冲动……

说些什么。一定要说些什么!不能让这种事发生!

但她的哈萨斯已从肩头滑落,看到她的身体,他不禁颤抖。如此柔软、如此光滑,阴影中的部位那么洁白,火光下的皮肤则泛出金色。她不再触摸他了,但她的美丽却在鞭打他。他咽了口唾沫,努力吸气。然后她跨坐在他身上,他看到她瓷器一样的胸膛。

她是在——

她把他吸进体内。他喊了出来,咒骂着。

"是你!"她嘶声啜泣着,绝望地看进他的眼睛,"我能看到你。我能看到你!"

迷乱的狂喜中,他转过头,这是西尔维……瑟金斯啊,西尔维!

这时他看到艾斯梅娜站在阴影中,显得如此寂寞。她在看……他闭上眼睛,脸上肌肉扭曲。

再睁开眼睛时,艾斯梅娜不见了,跟从没出现过一样。西尔维仍在他身上扭动,全世界仿佛变成温热而潮湿的泥浆,充满轰鸣的渴望,美丽在抽打着他。他彻底放弃了抵抗,沉迷于她的狂热中。

号角响起前,他醒了过来,在自己的帐篷门口坐了一阵子,看着熟睡的艾斯梅娜,大腿上干涸的种子让皮肤发紧。艾斯梅娜醒来后,他看进她的眼睛,但什么都没看到。接下来一天路程漫长辛苦,她只是抱怨阿凯梅安昨晚喝得太多,别的什么都没说。西尔维也没怎么看他。到晚上扎营时,他已说服自己,那只是一场梦。一场美梦。

第二卷　第二次进军

是烈酒的作用。没别的解释。

该死的佩拉皮塔,他心想,努力让自己感到愉悦的悔恨。把这事告诉艾斯梅娜时,她哈哈大笑,还威胁要说给凯胡斯听。等到独自一人,他流下欣慰的泪水。他从没像那晚一般感觉在劫难逃,连在安迪亚敏高地与皇帝一起目睹疯狂一幕的夜晚都不能相比。他知道,自己属于艾斯梅——而不是这个世界。

她就是我的誓约。她就是我的妻子。

圣战军离施吉克越来越近,他仍没理会天命派。他可以找出无数理由。他可以说,在全副武装的狂信者的营地中,他没办法像以往那样去调查、贿赂或收集有用的情报。他提醒自己,他的学派对埃因罗做了什么。但归根到底,这些理由都毫无意义。

现在的他能冲向敌阵,能直视自己离经叛道的行为。无论心中怀着怎样的恐惧,他都能坚持到底。经过了漫长而漂泊的一生,杜萨斯·阿凯梅安终于寻到了幸福。

平静也降临心中。

今天的行军尤其令人疲惫,西尔维坐在火边,揉着脚趾,隔着火焰看着爱人。凯胡斯。如果能一直这样走下去……

四天前,普罗雅斯派塞尔文迪人带几百名骑士前往南方,探查进入施吉克的道路——这是凯胡斯告诉她的。这四天她无须担心撞上他饥渴的注视,无须在被他送回帐篷时违心靠在那钢铁般的阴影上,无须应对他可怕的凶蛮。

而每天她都在不停祈祷:让他死掉吧!

但这是凯胡斯决不会回应的祷告。

她凝望着,遐想着,对凯胡斯的爱意越来越深。他长长的金发在火光下闪烁,满是胡须的脸庞散射出幽默与智慧。阿凯梅安和他说着什么,也许是巫术,只见他连连点头。她根本没注意学士的话,一直忙着聆听凯胡斯表情的无声话语。

她从没见过如此美好的画面。他的相貌中有无法言明的东西,像神一样不属于现实世界,他的表情好像带着让人无法呼吸的优雅、无法想象的风度,可能在任何时刻迸发,带来启示。这张脸会让每一刻、每一次心跳都变成……

一份礼物。

她一只手放在微微隆起的肚子上,一时间似乎感觉到第二颗心脏的跳动——这颗心脏只有麻雀心脏那么大,却一刻不停地怦怦作响,越来越坚实。

那是他的孩子……是他的。

这段时间,身边发生的变化真的太多了!她知道,自己的智慧已远超其他刚度过二十个夏天的女孩。这个世界惩罚过她,让她知道反抗是多么徒劳——面对高纳姆家儿子们残忍的欲望,面对潘特鲁斯无法言说的野蛮,面对奈育尔钢铁般冰冷的疯狂意志。一个柔弱的妾侍如何能反抗他那样的人?她不过是另一件供他毁坏的东西。她知道一切都是徒劳,知道她体内的野兽会屈服、会尖叫,会用柔软的嘴唇裹住任何一个男人的那话儿,只为换得一时仁慈——做任何事,满足任何渴望,只要活下去。她明白了屈服的意义,真实的世界在屈服当中。

"你放弃了很多,西尔维,"凯胡斯告诉她,"正是通过放弃,你征服了我!"

什么也不是的岁月过去了。凯胡斯说,她是这个世界为他准备的。她,西尔维-希-凯雅尔提,注定是他神圣的配偶。

她会生下战士先知的孩子。

什么样的屈辱和痛苦可与这份荣耀比肩?当然,塞尔文迪人殴打她时她仍会哭泣,那人干她时她仍会愤怒地咬紧牙关,让羞耻塞满喉

第二卷　第二次进军

咙。但事后,她感觉自己了解这一切,正如凯胡斯告诉她的一样,了解最为重要。奈育尔是代表黑暗旧世界的图腾,是肉体需要承受的古老暴行。凯胡斯告诉她,与每个神灵对应,都会有一个恶魔存在。

每个神……

祭司们——无论父亲的还是高纳姆家的——都说诸神驱动着人类的生活。然而西尔维知道,神也会像人一样。看着艾斯梅娜、阿凯梅安、辛奈摩斯及火堆旁的其他人,她常常感到惊奇,他们居然无法看到凯胡斯的本相。有时她怀疑,这些人心底最深处已经明白了,只是固执着不肯觉悟。

和她不同,他们不曾陪伴在神——或是神的化身——身边。他们不像她这样被神亲自教导,学会如何去原谅、去屈服,不过他们会慢慢学到的。她经常看着他如何通过细枝末节指引他们,有时甚至替他感到委屈。看着神指引世人真是件妙事,即使现在,他也在指引他们。

"不,"阿凯梅安说着,"我们巫师的与众不同之处在于能力,正如你们贵族种姓与众不同之处在于血统。其他人能不能认出我们有什么关系? 我们仍是我们。"

凯胡斯的眼睛微笑着:"你确定吗?"

西尔维看过很多次这样的场景了。他的话总是非常简单,但说话的方式却在拨动他们的心。

"什么意思?"阿凯梅安迷惑不解。

凯胡斯耸耸肩:"如果我告诉你你我是一路人呢?"

辛奈摩斯尖锐地看了阿凯梅安一眼,巫师紧张地笑笑。

"一路人?"学士舔舔嘴唇,"怎么说?"

"我能看到'印记',阿凯……我能看到你的诅咒留下的痕迹。"

"你在开玩笑。"阿凯梅安反驳,但声音中有什么奇怪的东西……

凯胡斯转向辛奈摩斯:"你看到了吗? 片刻之前,我和你还是一样的。我们之间不存在分别,直到……"

"现在也没分别。"阿凯梅安抬高声音,"我会证明给你看!"

凯胡斯打量着他,神情中有关切也有困惑:"如何证明一个人看到的东西?"

辛奈摩斯似乎仍很镇定,笑出了声:"怎么了,阿凯?很多人能看到你的渎神行为,但并没有说出口。想想路西麦尔……"

但阿凯梅安跳了起来,脸上满是困惑,甚至恐慌:"但是……但是……"

西尔维的思绪跳跃着。他知道了,我的爱人!阿凯梅安知道你是什么人了!

想到巫师在自己双腿间的样子,她脸上泛起红晕,但又马上提醒自己,记忆中的不是阿凯梅安,而是凯胡斯……

你一定要认出我,西尔维,不管我伪装成什么样子。

"我有办法证明!"巫师道。他用滑稽的眼神看了看大家,然后毫无征兆地站起来,匆匆朝阴影中走去。

辛奈摩斯开始讲笑话,艾斯梅娜在西尔维身边坐下,脸带微笑却眉头紧皱。

"凯胡斯又把他惹火了吗?"她问,顺手递给西尔维一碗热气腾腾的香料茶。

"一如既往。"西尔维说着,接过她递来的碗。喝之前,她把一滴闪亮的茶水倒在地上。茶水很温暖,像太阳晒过的丝绸一样熨帖着她的胃。"嗯嗯嗯……谢谢你,艾斯梅。"

艾斯梅娜点点头,朝凯胡斯和辛奈摩斯看去。昨晚,西尔维帮艾斯梅娜把头发剪短了,像男人一样短。这样一来,她看上去就像个俊美少年。她几乎和我一样美,西尔维心想。

她从没见过艾斯梅娜这样的女人。如此大胆,揶揄的语调就像男人。艾斯梅娜有时让西尔维害怕,不管男人说什么、开什么玩笑,她都能接腔,斗起嘴来只有凯胡斯能胜过。但她总是如此体贴,西尔维问过

第二卷 第二次进军

她为什么对自己这么好,艾斯梅娜回答说身为妓女,只有照顾那些比自己还脆弱的人时,才会感到平静。西尔维坚持说自己不是妓女、也不脆弱,但艾斯梅娜只悲伤地笑笑:"我们都是妓女,西尔……"

西尔维相信了她。为什么不信呢?这话简直像是凯胡斯说出来的。

艾斯梅娜转过脸来看她:"白天赶路很辛苦吗,西尔?"她微笑着,西尔维的姨妈也是这样笑的,带着温暖和关切。但她的表情马上阴沉下来,好像她在西尔维脸上看到了什么令人不快的东西。她的眼睛似乎蒙上了一层阴霾。

"艾斯梅?"西尔维说,"出什么事了吗?"

艾斯梅娜似乎心不在焉。等她醒过神,英气的面孔挂上了另一副笑容,更加忧伤,但也同样真诚。

西尔维紧张地看看自己的手,突然感到害怕。艾斯梅娜可能已经知道了。她的灵魂之眼看到塞尔文迪人在黑暗中骑在她身上耸动。

但那不是他!

"最难受的是山路,"她忙道,"山路太难走了……凯胡斯答应过给我找头骡子。"

艾斯梅娜点点头。"一定要催他……"她停了停,皱眉朝黑暗中看去,"阿凯去搞什么了?"

阿凯梅安从黑暗中回来了,拿着一个小臂长短的人偶。他把人偶放在地上,靠住一块骨头般的石头,之前他一直坐在那上面。除头部外,人偶通体都由暗色木头雕成,四肢有关节,右手位置是一把生锈的小刀,人偶表面刻有一行行细小的文字。它的头是一段没有形状的丝绸,大小和穷人的钱包差不多。盯着它看时,西尔维突然觉得它是如此可怕,火光在它磨光的表面上闪动,让人感觉那些字刻进去足足有几寸深。它在石头上投下的小小阴影如沥青般漆黑,随着火光摇曳不安地摆动,它看上去就像一具小小的死尸,被人放到高耸的火堆跟前。

"阿凯梅安吓到你了吗,西尔?"艾斯梅娜问,眼中闪过一丝恶作剧的调皮。

西尔维想起神庙废墟那个晚上,阿凯梅安发出的光直冲上星空。她摇摇头:"没有。"他身上总带着忧伤的气息,吓不到人。

"这次他会的。"艾斯梅娜说。

"他说去找证据,"辛奈摩斯笑道,"却拿了个玩具回来!"

"这不是'玩具'。"阿凯梅安有点恼火地低声说。

"他是对的,"凯胡斯严肃地说,"这东西上面有某种巫术。我能看到印记。"

阿凯梅安尖利地看了凯胡斯一眼,什么都没说。火堆噼啪,他调整好人偶,退后两步。突然间,在夜晚背景的映衬下,在整个营地无数火光的映衬下,他似乎不再是那个满面倦容的学者,而是真正的天命派巫师。西尔维一阵发抖。

"这东西叫'瓦希人偶',"他解释,"这是我……我几年前从一个桑索里巫婆手中买下的……有一个灵魂被困在这个人偶当中。"

辛奈摩斯咳得酒呛出鼻子。"阿凯,"他用粗哑的嗓门说,"我不会容忍——"

"得了吧,辛!拜托……凯胡斯说他是异民。这是唯一一种既能证明、又无须让他——或你,辛——受诅咒的方法。至于我嘛,反正已经太迟了。"

"需要我做什么?"凯胡斯问。

阿凯梅安蹲下身,拣起脚边一根树枝。"我在地上写两个字,你把它们念出来,大声地念。这不是咒语,所以你不会染上'昂塔之血'的印记,不管谁看到你,都不会把你当成巫师,而且你仍然可以佩戴神之泪,不会有任何不适。只要你念出这件物品的密令……如果你真的是异民,那么这个人偶会动起来的。"

"让别人看出凯胡斯是巫师又有什么关系?"血腥丁察问。

第二卷　第二次进军

"那样的话他就被诅咒了！"辛奈摩斯几乎是在吼叫。

"有这个原因，"阿凯梅安点点头，"还有原因是这样一来他很快就会死。他成了一名没有学派的巫师。一名野巫师。所有学派都不会容忍野巫师存在。"

阿凯梅安转脸看向艾斯梅娜，短暂地交换了一个焦虑的眼神，然后朝凯胡斯走去。西尔维可以看出，他心里已经后悔了。

阿凯梅安用树枝熟练地在凯胡斯凉鞋边的地上写下一行符号。西尔维猜那应该是两个单词，虽然她完全不认识。"为不牵涉其他人，我用库尼乌里语写出这两个词。"他退后一步，缓缓点头。虽然被太阳晒了这么多天，他的脸早已变成棕色，现在看上去却很苍白。"念出来。"他指示。

凯胡斯布满胡须的脸上露出肃穆的神情，他看着那几个字研究了一会儿，然后用清晰的声音说："Skuni ari'sitvua……"

每个人都注视着躺在火光中的人偶。西尔维屏住了呼吸，期待看到人偶的四肢舞动起来，慢吞吞站起身，像喝醉的人一样，被看不见的丝线牵扯着。这种事没有发生，最先动起来的却是人偶污渍斑斑的丝绸脑袋。它不是懒洋洋地垂着，也不是在缓缓点头，而是仿佛被内部的某种东西驱动一样。西尔维惊恐地吸了口气，认出了那张小小的脸——鼻子、嘴唇、眉毛、眼窝——都在丝绸的污渍中……

他们仿佛被一团令人迷醉的薄雾笼罩了，那是看到不可思议之物时的迟钝。西尔维的心被重重敲打着，脑海一片混乱……

但她没法转开眼睛。那是一张人类的脸，只有手掌大小，从里面顶着丝绸。她看到小嘴唇张开，发出无声的嚎叫，然后它的四肢动了起来——如此突然、如此灵巧，全没有傀儡那种摇摇晃晃的样子。它体内不知有什么东西在驱使它，让它表现出简洁的优雅。西尔维有些恐慌，她明白，那是一个灵魂，一个能自主行动的灵魂……它有气无力地动弹了一下，往前倾身，两条胳膊撑地，弯弯膝盖站了起来，投下一道狭长的影子,好像一个头上绑麻袋的人一样。

"真神在上……"血腥丁察屏息嘶声道。

木头小人没有眼睛的脸转动着,仿佛在打量这群目瞪口呆的巨人。

它抬起那把代替右手的生锈小刀。火焰噼啪作响,腾跃了起来,一块冒烟的煤炭从火堆里滚出,落在它脚边。它朝下看了看,弯腰用小刀把炭又拨回火堆里。

阿凯梅安低声说了一句听不懂的话,人偶便摊开四肢倒下了。他用空洞的眼神看着凯胡斯,面如死灰,说话的声音也像死灰一样:"那么,你的确是异民……"

是恐惧,西尔维心想,他感到了恐惧。但为什么?他难道看不到吗?

辛奈摩斯突然跳了起来。阿凯梅安没来得及看一眼,元帅就抓住了他的胳膊,用力拉扯。

"你为何要这么做?"辛奈摩斯喊道,他脸上透着痛苦与愤怒,"你明知道我这样……这样……已经够难了!你明知道!现在你又让我们看这个?看这种渎神的把戏?"

阿凯梅安目瞪口呆、惊恐万状地看着朋友。"但是,辛,"他喊道,"我就是这样的人啊。"

"也许普罗雅斯是对的。"元帅厉声道,他满面怒容地推开阿凯梅安,朝黑暗中大步走去。艾斯梅娜从西尔维身边跳起来,抓住阿凯梅安颤抖的手。巫师没看她,而是死盯着亚特雷普斯的元帅消失的阴影。西尔维听到艾斯梅娜迫切的低语:"没关系,阿凯!凯胡斯会和辛说。他会告诉辛这样做是愚蠢的……"每个人的目光都落在阿凯梅安脸上,他转过头,无力地推了推她。

西尔维仍然迷惑不解,皮肤在恐惧中阵阵刺痛。她用恳求的眼神看向凯胡斯:拜托了……你一定要挽回这一切!必须让辛奈摩斯原谅阿凯梅安。他们必须学会原谅!

第二卷 第二次进军

她不记得自己是什么时候开始用表情和凯胡斯说话的了。最近她经常这样做,已经分不清每句话到底是对他说出来的,还是在脸上显露给他看的。这也是他们之间永保宁静的原因之一。没有任何事可以隐藏。

不知为什么,凯胡斯的眼神让她想起他说过的话:"我必须慢慢地把自己展示给他们,慢慢地,西尔维,否则他们会反抗我……"

——⌘——

当晚,西尔维被说话声吵醒——愤怒的声音就在帐篷外。她条件反射地捂住肚子,内脏恐惧地绞成一团。亲爱的诸神啊……发发慈悲吧!求你们了,发发慈悲!

塞尔文迪人回来了。

她知道他会回来。没人能杀死奈育尔·厄·齐约萨,西尔维知道自己看不到那一天。

不要再来了……求你们、求你们了……

她看不到什么,但奈育尔的存在仍然让她十分紧张,就像他是个鬼魂,是个邪恶野蛮的怪物,来这里就是为了毁灭她,扯出她的心,犹如瑟帕罗平原的女人用尖锐的牡蛎壳刮擦毛皮一样。她压低声音哭起来,努力不让他听到……她知道,他任何时候都可能冲进帐篷,让四处充满刚脱下盔甲的男人特有的臭气,抓住她的喉咙,然后……

求、求、求你了!我知道我应该做个好女孩——我会做个好女孩!求你了!

她听到他刺耳的嗓音。为不让别人听到,草原人把嗓门压得很低,但仍然非常凶暴。

"我受够了,杜尼安僧侣。"

"Nuta' tharo hirmuta,"凯胡斯无动于衷的口气让她紧张,但她很快明白:他的冷漠是因为他恨这野蛮人……和我一样!

"我不会!"塞尔文迪人唾了一口。

"Sta puth yura'gring?"

"因为是你要我这样的!我受够了听你污辱我的语言。我受够了被你嘲笑。我受够了你去逢迎那帮蠢货。我受够了看你玷污我的战利品!我的战利品!"

一阵沉默。她耳边嗡嗡作响。

"我们两个,"凯胡斯换用纯熟的谢伊克语说,"已经赢得他们的尊重。有权势的人都会听从我们的建议。你还想要什么?"

"我只想要一件事。"

"而我们会一起去做这件事,沿着捷径——"

凯胡斯突然停下,两人紧张地对视了一会儿。

"你想离开。"凯胡斯说。

笑声,好像豺狼的嗥叫被撕成了碎片。

"没必要和你共享帐篷了。"

西尔维吸了口气。她手臂上的伤痕,草原人在赫桑塔山脉脚下给她刻下的斯瓦宗,突然疼了起来。

不——不——不——不——不……

"普罗雅斯……"凯胡斯的声音仍然平稳,"你打算住到普罗雅斯那里。"

真神在上,不要——!

"我回来取我的东西,"奈育尔说,"我要带走我的战利品。"

西尔维这动荡的一生中,还从未像现在这样绝望。她停止了哭泣,连呼吸都忘记了,一动也不敢动。寂静在尖叫。过了三个心跳的时间,凯胡斯才开口回答,在这三个心跳的时间里,她的生命仿佛被吊在两个男人的话音搭起的绞架上。她知道她可以为他而死,而失去了他她也会死。她好像一直都知道这点,自憎懂的童年时代起就一直知道。恐

第二卷 第二次进军

惧令他窒息。

凯胡斯说:"不。西尔维留在我这里。"

松懈。麻木。温暖的泪水。脚下坚硬的土地像海洋一样起伏。西尔维险些晕过去。一个不属于她的声音透过她的痛苦与狂喜,在她耳边说:*慈悲……他终于肯发慈悲了……*

两人接下来的争吵她已听不到,得救的感觉与喜悦的轰鸣占据了她。他们没说太久,因为她在旁边大哭。凯胡斯回到她身边时,她扑到他身上,用绝望的吻洗涤他全身,紧紧抱住他强壮的身躯,直到自己几乎无法呼吸。最后,卸下重担的疲惫感压倒了她,她躺下,陷入了孩童般的甜美长眠。她感觉到他长满茧子的手指温柔地抚过她的脸颊。

神触碰了她。带着神圣的爱注视着她。

叫作萨瑟鲁斯的东西背靠帆布蹲在地上,像石块一样纹丝不动。塞尔文迪人的狂怒发出的香气渗透进夜晚的空气,甜美而浓烈,带着血腥的承诺。女人的哭泣声牵扯着它的下体。她本来是个值得遐想的猎物,现在却带上胎儿的味道,让它恶心……

它类似灵魂的东西中闪过一阵类似思考的涌动。

第十一章 施吉克省

如果说人类事件的发生各有其目的,以此推导,人类的行为也应当各有目的。但人与人竞争时,没人能完全实现目的:结果总处在各种目的中间。这就是说,由于无时不在的竞争,人类行为的目的与人类原本的目的无法区分,人类的行为受到某种非人类因素控制,我们全都是奴隶。

但我们的主人又是谁?

——蒙格瓦,《圣行录》

所谓实用主义,不就是每一刻都背叛前一刻吗?

——崔亚姆斯一世,《日记与对话》

长牙纪4111年,夏末,杰迪亚省南部

杰迪亚是突然消失的。柯伊苏斯·阿斯贾亚里及其麾下骑士穿过杰迪亚内地满是沙石的高原一路南行,历经几十场小规模遭遇战和围城战。他们沿河谷和山脊行进,一路总在往上爬,白天不打仗就打猎,羚羊用来充饥,豺狼用来练习技术,到晚上,风会带来大沙漠的味道。越往南走,植被越稀疏,草场渐渐变成沙地、砾石以及散发刺鼻气味的灌木。在一个牧羊人都不见的荒野整整骑行三天后,他们终于在南方地平线上看到了烟,于是催动甲饰华美的战马冲上山坡,又马上恐慌地勒住坐骑。这是上千尺高的断壁,朝两边延伸,消失在朦胧的薄雾中。森比斯河在脚下流过,蜿蜒着穿过青翠的平原,阳光在河水上闪耀。

施吉克。

第二卷　第二次进军

古代凯兰尼亚人称她"Chemrat",意为"红色大地",因为季节性的洪水在平原上留下的污泥带着红铜的颜色。远古时代,她统治着一个庞大的帝国,疆域从苏拿一直延伸到希摩,施吉克的神王们兴建起至今无法媲美的伟大建筑,包括传奇的金字塔群。近代,这里则因精明的祭司、气味典雅的香水和效果超群的毒药闻名于世。对长牙之民来说,她是一片遍布诅咒、墓穴和令人心神不宁的废墟的土地。

在这里,前事变成了恐惧,深深扎进人们心头。

阿斯贾亚里和骑士们骑下悬崖,他们想不明白,寸草不生的沙漠怎么这么快就变成草繁树茂的平原。为提防伏击,他们沿古老的水堤行军,穿过一个又一个被抛弃的村落,终于找到一个不怕他们的老人。费了不少功夫,他们才弄明白萨考拉斯和基安人放弃了整个北岸地区。他们在悬崖看到的烟柱就是这么来的:帕夏把能找到的船只统统付之一炬。

年轻的加恩里伯爵立刻派人把这消息通报各大贵族。

两周后,圣战军的大部队在毫无抵抗的情况下开始进入森比斯河谷。因里教徒的分队在冲积平原上散开,保护补给,占领被基安人放弃的村庄和要塞。这期间并没有发生什么流血冲突——至少起初没有。

在河边,长牙之民看到神圣的朱鹭和苍鹭在芦苇丛中涉水而过,还有盘桓在黑色水面上的大群白鹭。有人甚至看到鳄鱼和河马——他们后来才知道,施吉克人把它们当作圣兽。远离河岸的地方,一丛丛立着各种奇怪树木:桉树、无花枫、枣椰树、扇叶葵……它们总是在遮挡视线。他们经常惊讶地发现被树丛遮挡的废弃地基、宏伟石柱,或是铭刻着不知名的君王与他们丰功伟绩的墙壁。有些废墟极其庞大,那是宫殿或神庙的遗迹,这些建筑跟摩门的安迪亚敏高地或神圣的苏拿的居利尤玛一样宏伟。许多人在这些建筑中流连,遐想这里可能发生过的一切。

大部队来到村庄周围,走在土砌的水堤旁,试图争得那些用来灌溉的水。当地居民聚集起来,远远地看着他们,不让小孩发出声音,连狂吠的狗都拴得紧紧的。在被基安征服的几个世纪中,施吉克人一直对费恩教忠心耿耿,但他们是个古老的民族,就像活得比地主还长久的佃户,早已不是那些破碎石墙上的好战模样。他们为入侵者献上啤酒、葡萄酒和清水,以平息对方的干渴;他们拿出洋葱、干枣和刚出炉的面包,填饱士兵们饥饿的肚皮。有时他们甚至会献上女儿,以满足士兵们的欲望。长牙之民起初不敢相信他们,后来只是摇着头,称这是一片神奇的土地。有人回想起儿时被父亲领着拜访祖屋时的奇妙感觉:就像回到一个没到过的地方。

"施吉克"是《圣典》中再三提到的名字,是传说中遥远的暴君统治的土地,在古代已经非常古老。正因如此,许多因里教徒来到这里后不禁感到困惑,因为这地方与《圣典》的描述完全不同。他们在河中撒尿,在树丛里拉屎,拍打着无处不在的蚊子。这片古老的土地充满忧郁,但除了特别肥沃之外,并没有什么异样。大多数人感到的是敬畏,不管多神圣的典籍,在没有脚踏实地之前,其中文字只是飘在半空。每个人都用自己的方式意识到,这场朝圣之旅的意义正在于将这个世界写入经文。他们踏出了真正意义上的第一步。

圣城希摩似乎触手可及。

泰丹的沃努特伯爵瑟育拉遇到了第一座有围墙的城镇:齐亚玛。由于去年旱灾欠收,镇中长者担心军队强征粮食会造成饥荒,要求先得到安全保证才开城献降。瑟育拉没有谈判的意思,直接下令攻城。攻城没花费太大力气,那之后,沃努特人屠了城。

两天后,在河畔的雄伟要塞基鲁西又发生了一次屠杀。基鲁西要塞与南岸的安摩诺提斯城隔河相对,萨考拉斯留在要塞的驻军发动兵变,杀死了所有基安军官。当艾诺恩的摩瑟罗苏总督、战功卓著的乌兰扬卡率领骑士到达要塞时,暴乱的士兵马上打开城门,却被乌兰扬卡拘捕起来,集体处刑。他后来告诉切菲拉姆尼,他可以容忍异教徒的存

第二卷　第二次进军

在，但叛变的异教徒不可饶恕。

第二天早上，暴躁的安莱佩总督盖德奇下令进攻古都爱荷西亚附近一座叫呼特拉的城镇。总督的翻译官是个臭名昭著的酒鬼，事情的起因可能只是他译错了镇里送的降书。攻破城门后，康里亚人杀气腾腾地冲进街巷，奸淫屠戮，居民无一幸免。

那之后，杀戮本身仿佛具有了邪性的能量，圣战军在北岸地区的占领政策蜕变成大开杀戒，至于原因没人再关心。也许是因为流言说本地人进贡的枣子和石榴下了毒，也许是因为流血只要开始便收不住，也许是因为绝对的信仰就是恐惧与美丽并存——毕竟，有什么比摧毁谬误更能验证真理呢？

因里教徒的暴行很快在施吉克人中传开。费恩教祭司们在祭坛前、街道中宣讲，说独一神会惩罚那些欢迎偶像崇拜者的人。于是施吉克人躲进巨大的穹顶礼拜堂，堵死大门，带着妻儿跪在柔软的地毯上，哭喊着忏悔罪孽、乞求宽恕。回答他们的却是撞锤的轰鸣，然后钢铁战士们冲了进来。

北岸地区每一座礼拜堂都遭遇了屠杀。长牙之民挥舞着刀剑，平息了祈祷者的尖叫，踢翻三角桌，砸碎大理石祭坛，扯掉墙上的挂毯和地上用于跪拜的垫子。一切被费恩教玷污过的东西都投入火堆。有时他们会在毯子下发现原先兴建庙宇的因里教徒绘制的马赛克图案，美得令人惊叹，于是他们会放过这些庙宇。没有这些图案的宏伟费恩教礼拜堂被统统付之一炬。一道道冲天烟柱下，野狗嗅着层层叠叠的尸体，舔舐宽广的台阶上流下的血。

爱荷西亚出于恐惧打开了城门，几百名"克拉索提人"——在费恩教压迫下幸存了几世纪的因里教分支——唱着千庙教会的古老圣歌，保住了性命。这些刚刚还号哭不已的人们突然发现自己被失散已久、但有着相同信仰的兄弟拥抱。当晚，克拉索提人倾巢出动，踢开门扉，将竞争对手、骄横的税官以及每一个在帕夏统治下遭人嫉恨的人都杀掉了。他们的恨意由来已久。

在红墙围绕的纳格里斯，长牙之民甚至开始自相残杀。几乎在圣战军进入施吉克的同时，留在纳格里斯的施吉克统治者就向伊库雷·孔法斯派去使节，表示愿向皇帝投降，以换取皇室庇护。孔法斯立即派出努摩玛留斯将军率一支齐德鲁希骑兵前往。然而由于种种原因，他们到达时城门已被森耶里大军攻破，其中多是凶猛的因加罗什人和斯卡瓦人，这些人在城中大肆抢掠。齐德鲁希骑兵试图干涉，结果街巷中爆发混战。努摩玛留斯将军举着休战旗帜去见"斯兰克之锤"亚格罗塔，却被那巨人砸碎了脑袋。将军一死，齐德鲁希骑兵失去了领导，加上被金发武士的狂暴震慑，于是纷纷退出城市。

最恐怖的折磨落在费恩教祭司头上。每天晚上，在异教徒的圣物燃起的篝火前，因里教徒把他们当作酒后玩物，剖开肚腹，像牵骡子一样牵着他们的肠子来回走。有些人被刺瞎双眼，有些人被强迫观看因里教徒奸污他们的妻女，还有些人被活活剥皮。最终，许多人被当作巫师烧死。几乎每个村子都留下了费恩教祭司或相关神职人员被损毁的尸体，他们的四肢钉在繁茂的桉树树枝上。

就这样过了两星期，疯狂的情绪好像具有精确量度似的，突然停止下来。客观而言，遇难的施吉克人和当地总人口相比不算多，但任何人走在大路上，每小时都能发现尸体。森比斯河上出现的不再是渔人和商贩的小船，而是一具具浮尸，浮尸沿污秽的河水漂下，进入梅内亚诺海方才散开。

施吉克终于得到净化。

───❦❦❦───

从金字塔顶向下看，塔身比平地上看去显得更陡峭。说到底，许多事都是如此。

第二卷 第二次进军

沿着异常陡峭的台阶登上塔顶后,凯胡斯转头环视四周景色。北边和西边都是农田,他看到水堤延伸进田地,看到一行行大枫树和岑树,远处的村庄像摔碎在大地上的陶器碎片。不远处有许多较小的金字塔,修得也很结实,以这些金字塔为中心,水渠和堤坝组成的网络向远方延伸,直到杰迪亚的断崖脚下。往南看去,越过那座被阿凯梅安称为帕尔波西斯的金字塔的顶部,可见沼泽银杏高高矗立在一片片沙洲柳林中间,好似弓腰驼背的哨兵。宽阔的森比斯河在更远处闪耀。东方的绿地间杂着红色线条,那是高出地面的人行道和远古大路,它们穿过了阴暗的灌木丛和阳光普照的田野。所有道路汇聚在爱荷西亚,她的城墙和她散发的烟雾为地平线涂上了一抹阴影。

施吉克。又一片古老的土地。

如此古老,如此辽阔,父亲……你见过这些吗?

他朝大金字塔背后供人行走的台阶看去,阿凯梅安仍在辛苦地往上爬,白色亚麻外套的腋下和脖颈现出汗渍。

"我记得你说过,古人相信他们的神居住在这些塔顶。"凯胡斯朝下喊道,"怎么不往上走了?"

阿凯梅安停下脚步,皱眉看着剩下的距离。他好容易喘匀气,努力挤出笑容:"正因为古人相信他们的神居住在这些塔顶啊……"

凯胡斯笑了笑,扭头查看早已破败的塔顶。古代的神龛乱七八糟地倒作一团,倒塌的墙壁和散落的砖石随处可见。残墙上有雕刻,还有早已无法辨识的象形文字。这些应该就是古代神祇,凯胡斯心想,以及他们在人间的残留。

信仰。是信仰建起这座黑色台阶的山峰——死去已久的人们的信仰。

巨大的付出,父亲,只因受骗?

这似乎令人难以置信,然而圣战军不也如此吗?某种意义上说,它是规模更宏大、但寿命更短暂的信仰造物。

抵达摩门至今的这几月里,凯胡斯已为自己的金字塔打下地基,通过暗示获得了位高权重的人们的尊重,潜移默化地让人觉得他不只是自称的王子——远远不止。通过不经意间展示的智慧与谦逊,他最终认可了其他人强加给他的身份。考虑到其中涉及的复杂运作,他本希望用更谨慎的方式去征服人心,但自与萨瑟鲁斯遭遇之后,他不得不加快进度,采取了一些本来应当规避的冒险行为。他知道即便是现在,非神会也在注视他、研究他,审视他逐渐增强的力量。他必须在非神会的耐心耗尽前将圣战军掌握在手,他必须让这些人为他建起金字塔。

你也看到它们了,对吗,父亲?他们在捕猎你吗?这就是你召唤我的原因?

凯胡斯朝塔下不远处看去,只见一个男人在高耸的人行道上赶着几头公牛,每走三四步就挥一鞭子。旁边小米地中许多农民弯腰劳作。大约半里外,一支因里教骑兵排成一列纵队,在金黄的麦田中穿行。

他们中任何一个都可能是非神会的密探。

"瑟金斯啊!"阿凯梅安终于爬到塔顶,不禁喊道。

这巫师若是知道他与非神会间的秘密冲突会怎么反应?凯胡斯知道,现在还不能让天命派牵涉进来,至少在他拥有能与之匹敌的力量之前绝不可以。

一切都归结于力量。

"你说这座塔叫什么来着?"凯胡斯问,虽然他不会忘记任何事。

"西约瑟大金字塔。"阿凯梅安仍在喘粗气,"古王朝最伟大的作品之一……非常的与众不同,你觉得呢?"

"是啊……"凯胡斯装出意兴盎然的样子。

他一定为发生过的事感到羞愧。

"你有心事?"阿凯梅安问。他弯腰扶着膝盖,转脸朝塔顶边缘吐了口痰。

"是西尔维……"凯胡斯用坦白的口气说,"告诉我,你觉得她有没可能……"他故作紧张地咽了口唾沫。

阿凯梅安望向薄雾笼罩的远方,但他转开脸之前,凯胡斯已瞥见转瞬即逝的恐惧表情。他的手握紧了,胡须在紧张中根根直立,心跳也在加速……

"有可能什么?"巫师假装毫不在意地问。

在凯胡斯控制的所有灵魂中,很少有像西尔维这样有用的。欲望与羞耻是抵达俗世男人心底的捷径。自他派她去阿凯梅安那里过夜之后,巫师一直在用数不清的微妙方式试图弥补半醉半醒中犯下的罪过。康里亚人的谚语说得不错:与你妻子通奸的朋友对你最慷慨……

而慷慨正是他需要杜萨斯·阿凯梅安做到的。

"没什么。"凯胡斯摇摇头,"我猜,每个男人都担心自己的女人不忠吧。"有些伤口需要不停关照处理,有些则要放在那里等它溃烂。

学士避开他的目光,呻吟着揉后背。"我老了,不适合这样的运动。"开玩笑的声音带着紧张,他清清嗓子,又吐出一口痰,"艾斯梅该怎样笑话我……"

艾斯梅娜,在他的设计里也有她的角色。

经过多周来的亲密接触,凯胡斯对阿凯梅安的了解已远超其本人。关爱这位学士的人——辛奈摩斯和艾斯梅娜——认为他个性孱弱,他们会小心不说出太伤人的话,假装没注意到他发抖的双手或脆弱的表情,甚至会不自觉地用父母的口气为他辩护。但凯胡斯知道,杜萨斯·阿凯梅安比许多人——尤其是他自己——以为的更强大,他这种人不停虚掷着天分,沉湎于自我怀疑当中,直到外人觉得他卑微得不成体统。对付这种人,必须让这个世界用残酷的斧头将之劈开。

必须让他们接受考验。

"告诉我,"凯胡斯说,"做老师需要付出多少?"

他知道,阿凯梅安很久没把自己当作他的老师了,但出于虚荣心不肯完全放弃这个称号。最有效的奉承不是直接用言语表达,而是隐匿在每一句预设中。"

"这个,"阿凯梅安又迎上他的目光,"要看学生的个性。"

"所以老师必须了解学生,以免教得太少。"他一定已开始质疑自己。

"或是太多。"

这是阿凯梅安习惯的思维方式:他总能注意到与自己观点相反的、不那么显而易见的事,乐于掀开简单事物的面纱,揭示其下的复杂结构。在这点上他相当独特。凯胡斯发现,俗世中大多数人对"复杂"满怀厌恶,正如他们喜欢奉迎一样。大多数人宁可死于欺骗之中,也不愿生活在不确定里。

"太多……"凯胡斯重复了一遍,"就像普罗雅斯?"

阿凯梅安低头扫了眼自己的凉鞋:"对,就像普罗雅斯。"

"你都教了他什么?"

"被我们称作'外在的知识'的东西……逻辑、历史、算术——除了'内在的知识',也就是巫术,什么都教过。"

"这就太多了?"

巫师困惑地停了一下,好像突然不确定自己想说什么。

"不,"过了一阵,他才勉强道,"我想不是。我曾希望教会他怀疑和容忍,但他的信仰发出的声音太强大了。如果他们允许我完成对他的教育的话,也许……但我终究失去了他,他变成了又一个长牙之民。"

现在让他看到弥补的机会。

凯胡斯发出了不由衷的笑声:"像我一样。"

"是的,"天命派学士道,露出他那带着狡黠与羞赧的微笑——凯胡斯知道,大家都觉得这种笑容惹人喜爱,"又一个嗜血的狂信徒。"

凯胡斯发出辛奈摩斯的笑声,随后又变成浅笑。他最近一直在根据阿凯梅安的反应修正自己表情中的微妙之处。虽然凯胡斯没见过埃因罗,却揣摩出了那个年轻人气质与表情的每个细节,分毫不差。只需

第二卷　第二次进军

一个眼神、一次微笑,他随时能让阿凯梅安想起埃因罗。

帕罗·埃因罗。阿凯梅安在苏拿失去的学生。他辜负了的学生。

"狂信徒也有很多种。"凯胡斯说。

巫师的眼睛突然睁大,然后眯了起来:他紧张地联想起埃因罗和去年发生的事——他不愿再回忆的事。

让他不只把天命派当成可憎的主人,更要当成敌人。

"嗯,并非所有狂信徒都是相同。"阿凯梅安说。

"那么不同取决于哪里呢?是信念,还是结果?"

埃因罗是结果,圣战军多日屠戮的无数平民也是结果。你的学派,凯胡斯暗示巫师,与他们没什么不同。

"真理,"阿凯梅安说,"区别在于真理。这些狂信徒,不管是因里教徒、非神会、甚或天命派,带来的结果都一样:让人死去或受苦。问题在于,这些死亡或受苦是为什么……"

"所以,目的——体现出真理的目的——能让一切苦难变得合理,包括死亡在内?"

"你一定相信这个,否则就不会在这里了。"

凯胡斯微微一笑,仿佛因被看穿而感到尴尬:"一切都是为了真理。只要目的正确……"

"任何事都可以变得正当。折磨,杀戮……"

凯胡斯睁圆了眼睛,他知道埃因罗一定会这样。"以及背叛。"

阿凯梅安紧盯着他,精明的面孔努力摆出石头般无动于衷的表情。但凯胡斯的目光透过他晒黑的皮肤,透过他精细的肌肉,甚至透过了肌肉下挣扎的灵魂。他看到神秘与痛苦,看到三千年来的智慧浸润出的渴望。他看到一个被醉酒的父亲殴打恐吓的男孩,看到一百代诺里渔民被饥饿和残酷的海洋压迫。他看到谢斯瓦萨和那场毫无希望的疯狂战争,看到远古的克泰部落冲下山坡。他看到一头野兽,扎根在地,却不停拱动着要返回连记忆都已失落的古代。

他看到的不是后事，而是前事……

"背叛。"巫师茫然重复了一遍。

接近了。

"而你的目的，"凯胡斯逼迫他，"是阻止第二次末世之劫到来。"

"是的。毫无疑问。"

"为这个目的，你愿意做任何事，背叛任何人？"

阿凯梅安的眼眸在恐惧中松弛，凯胡斯看到一丝焦虑闪过，但太短暂了，无法变成问题。学士习惯了他们之间高效的、跳跃性的交谈，两人很少像现在这样，在同一话题上交换这么多问题。

"真奇怪。"阿凯梅安说，"自己说的时候那么有把握的事，被别人说出来却显得荒谬……"

意料之外的转折，但也是机会。捷径。

"你困惑，"凯胡斯说，"是因为这表明你的信念好比廉价的言语，任何人都可以带着这样的信念，任何人都能说出和你一样冠冕堂皇的理由。"

"所以你害怕我和其他那些狂信徒一样。"

"你不一样吗？"

他的信念到底有多坚定？

"你确实是末日的使者，凯胡斯，如果你和我一样做着谢斯瓦萨的梦……"

"普罗雅斯不也可以用同样的说法解释他的狂热吗？他可以说，'如果你像我一样和玛伊萨内交谈过'？"

他会坚持到什么时候？一直到死吗？

巫师叹口气，点点头："这样的矛盾总是存在的，不是吗？"

"但这是谁的矛盾？我的还是你的？"

他会跟随我吗？

阿凯梅安笑笑，显然在努力隐藏恐惧。

第二卷　第二次进军

"这是这个世界的矛盾,凯胡斯。"

"你太轻描淡写了,阿凯——我要的不是这样空洞的解释。"

他会一直跟随我吗?

"我不知道——"

"这就是你对我的想法吗?"凯胡斯喊道,语调里带着突然而至的绝望。他的声音中透出埃因罗的犹豫,他的眼睛里流露出埃因罗的惶恐。

我必须得到它。

巫师惊慌地看着他:"凯胡斯,我……"

"想想你对我说的话,阿凯,想想吧!你说,我是第二次末世之劫的预兆,你说我预示着人类的灭亡!"

当然了,阿凯梅安肯定认为他的身份不止如此……

"不,凯胡斯……你不是一切的终结。"

"那我是什么?你到底觉得我是什么?"

"我想……我想你也许会是……"

"是什么,阿凯?是什么?"

"一切都是有目的的!"学士懊恼地喊道,"你来到我身边是有理由的,虽然你也许还没领悟到。"

凯胡斯知道,这不是真的。如果事件本身有其目的,那么事件的结果就会倒过来决定起因,而这是不可能的。一切事物都由其本源决定,非由终点。前事决定后事,他能操纵俗世中的人类就是最好的证明……就算杜尼安僧侣的某些推论有误,他们秉承的原则仍不容否认。"道"是复杂的——也许是世上最复杂的存在。根据他搜集到的情报,连巫术也遵循着某种道。

"那这目的到底是什么?"凯胡斯追问。

阿凯梅安犹豫了一下,虽然他一言不发,但无论表情、气味还是脉动,都在痛苦地号叫。他舔了舔嘴唇……

"我想……可能是拯救这个世界。"

永远是这样。永远是欺骗。

"那么,我是你的目的了?"凯胡斯似乎不敢相信,"我是让你的狂热行为变得合理的真理?"

阿凯梅安恐惧地紧盯着他。通过他的表情,凯胡斯看到推理在他的灵魂中不断地闪耀、流动着,最后得出了唯一的、无情的结论。

一切……他已经承认,他会献出一切。

包括真知巫术。

你到底变得有多么强大,父亲?

阿凯梅安毫无征兆地站起身,沿宏伟的台阶往下走去。他小心翼翼地踏出每一步,像在数台阶。施吉克的风吹乱了他闪亮的黑发。凯胡斯叫他时,他只说:"我讨厌在这么高的地方待着。"

凯胡斯知道他会这么说。

马特姆斯将军一向认为自己遵循实用主义,总是先弄清任务,然后有条不紊地安排步骤、达成目标。他没有继承权,童年时代不曾被人溺爱,所以他的决断不会受到蒙蔽。他会去观察、评价、行动。他对手下低级军官说过,只要保持清醒的头脑、断绝感情、讲求实际,就会发现世界没那么复杂。

观察。评价。行动。

他一生秉承这样的哲学,现在却被轻而易举地打败。

这次任务虽有点不同寻常,但目标明确:监视亚特里索的安那苏里博·凯胡斯王子,获得其信任。若如孔法斯猜测的那样,这个人想要召集追随者、达到不可告人的目的,一位遭遇信仰危机的纳述尔将军显然是绝好人选。

第二卷　第二次进军

事实并非如此。马特姆斯参加了十几次晚间布道——或按信徒的说法叫"夜谈会"——那人一直没认出他，也没和他说话。

当然，这种时候孔法斯一定会怪罪执行者，而非自己的设想，他会认为一切都是马特姆斯的错。凯胡斯毫无疑问是西斯林的密探，因为他和斯科约斯有关联，而斯科约斯是西斯林派来的，这点确凿无疑。经历了梭本那件事，情况更明显了：这个人在扮演先知。可他不可能知道马特姆斯是引他上钩的诱饵，因为孔法斯没把计划透露给马特姆斯以外的任何人。所以一定是马特姆斯搞砸了任务，只是太过倔强，不愿承认。

这是多年来孔法斯强加给他的不公正待遇中的一种。马特姆斯已不大在意这种羞辱，就算他在意，繁忙的公务也让他无暇理会。

马特姆斯将军不太清楚这些想法到底什么时候产生的，总之在穿越杰迪亚的长途行军中，他这个以实用主义闻名的人，不再认为凯胡斯王子是假扮先知了。这并不意味着此人真的就是先知——这方面马特姆斯还是很实际的——只是他不再知道自己到底该相信什么……

但他很快就会知道，这点总让他有些害怕。马特姆斯非常忠实，也很珍视自己作为伊库雷·孔法斯副将的地位。他总觉得自己生下来就是为了辅佐才华横溢的大统领，他的宿命是用自己更清醒、更可靠的视野来弥补孔法斯杰出天分中的缺陷。必须用实用主义来中和天才，他经常这样想。不管香料多么美味，做饭不加盐还是不行。

但如果凯胡斯真的是……那他的忠诚又应当属于谁呢？

思考这些时，马特姆斯正和几千个大汗淋漓的人坐在一起，等待聆听进入施吉克省之后凯胡斯的第一次布道。古老的西约瑟大金字塔矗立在前，仿佛一座由抛光的黑石头组成的雄伟山峰，让他有捂面跪拜的冲动。肥沃的森比斯河口三角洲平原向各个方向延伸开去，较小的金字塔散落四处，被水渠、芦苇湿地及无边无际的稻田包围。沙漠地区的白色天幕上，太阳投下火焰。

周围的男男女女都在交谈。马特姆斯看着前面一对夫妻拿出洋葱和面包,分享简陋的一餐。他这才意识到,周围坐着的人都在小心回避他的目光。他的军服和蓝披风可能吓到了他们,让他们看出他是贵族种姓。他扫过身边每个人,努力想找个轻松的话题和这些人交谈,却一个字都说不出来。

他感到一阵深切的孤独,不由得又想起孔法斯。

然后,他看到了凯胡斯王子。王子走下金字塔的大台阶,似乎遥远又渺小,马特姆斯却不由得露出微笑,仿佛在异国的市集中与老友重逢。

他会说什么?

马特姆斯第一次参加"夜谈会"时,以为那会是异端集会,或是很快就散去的座谈。事实并非如此。凯胡斯王子每每讲述远古先知们的话语,仿佛这些话源自他口中。他说的与马特姆斯一生中参加的无数讲道会的内容没有抵触——虽然那些讲道会上的祭司经常说出矛盾的话。似乎王子掌握着更深刻的真理,恰是因里教徒在自己信仰的教义中未曾领会的部分。

听他讲话,感觉是在学习早已明白、却未意识到的东西。

真神的王子,有人这么说,又说他是"身体迸射光芒的人"。凯胡斯王子的白丝长袍在阳光下闪耀,他停在金字塔底部的台阶上,俯瞰激动的人群,仿佛不是从塔顶走下,而是从天而降一般。马特姆斯心头一阵惶恐,他发觉自己根本没看到这个人登上金字塔,也没看到这人走出塔顶古代神灵废弃的礼拜堂,只是刚刚才……注意到他。

将军咒骂着自己的愚蠢。

"长牙所载,先知安吉释拉伊尔斋戒后走下艾什奇山,"凯胡斯一开口,周围的人彻底安静了,马特姆斯可以听到风吹过耳边的声音,"赫斯耶尔特神送给他一只野兔,让他在斋戒后恢复体力。安吉释拉伊尔把黑暗猎手的礼物剥了皮,在火上烤了,吃完后心满意足。这时,神圣

第二卷　第二次进军

的追猎者赫斯耶尔特来到他的火堆旁,当初神灵还在世间逗留,没把这个世界交给人类。安吉释拉伊尔认出了神,马上跪在火堆前,却忘记低头。"王子突然露出笑容,"就像婚礼之夜的年轻男人一样,激动之中犯了错误……"马特姆斯和其他几千人一起笑了。不知为什么,阳光好像也变得明亮了些。

"神说,'为什么我们的先知只是下跪而已?先知和其他人有什么不同吗?他们难道不该把脸贴在地上吗?'安吉释拉伊尔回答,'我的面前是火堆。'无与伦比的赫斯耶尔特说,'火从土来,火中烧烬的也归于尘土。我是你的神,你要把脸埋在土中对我膜拜。'"

王子停了一下。

"长牙所载,安吉释拉伊尔将头伸进了火堆里。"

虽然周围温暖潮湿,马特姆斯仍起了身鸡皮疙瘩。有多少次——尤其是童年时代——他凝视着火焰,不由自主地产生怪异的念头,想把脸伸到火苗中,只为了体验一下那位先知的感觉?

安吉释拉伊尔。被焚的先知。他将脸伸进了火里!火里!

"和安吉释拉伊尔一样,"王子续道,"我们也跪在火堆前……"

马特姆斯屏住了呼吸。火焰的热量仿佛在他身体里灼烧。

"真理!"凯胡斯王子喊道,好像在呼唤每个人都知道的名字,"真理的火焰,映照出你们每个人最真实的存在……"

他的声音仿佛分出了许多声部,就像唱诗团一样。

"你们脆弱。你们孤独。爱你们的人不了解你们。你们会对淫亵事物滋生欲望。你们害怕着哪怕最亲的兄弟。你们了解的东西远比你们装出来知道的少……"

"这些弱点就是你们——你们!脆弱,孤独,不为人知,欲求不满,心怀恐惧,能力有限。哪怕是现在,你们也能感觉到这些事实,它灼烧着你们,哪怕是现在——"他举起一只手,人们安静得大气不敢出,"它也在吞噬着你们。"

他放下手:"但你们却不愿将脸埋进土里。你们不愿……"

他明亮的眼睛落在马特姆斯身上。马特姆斯只觉喉咙一紧,心中像有一柄小锤砰砰敲打,血不断涌上脸来。

他看穿了我。他看到了……

"但是为什么?"王子质问,他音色沙哑,仿佛沉浸在古老的痛苦里,"真神就在火焰带来的痛苦中,而真神带来救赎,你们每个人都掌握着救赎的钥匙。你们已经跪在它面前了!但你们没有将脸贴在地上。你们脆弱。你们孤独。爱你们的人不了解你们。你们会对淫亵事物滋生欲望。你们害怕着哪怕最亲的兄弟。你们了解的东西远比你们装出来知道的少!"

马特姆斯的脸扭曲了。这番话将疼痛从他腹中提到了嗓子眼,他的思绪绕着一个念头飞转,仿佛认出了一件无比熟悉又无比陌生的东西。我……他说的是我!

"你们当中有人能否认吗?"

沉默。不知哪儿的人开始哭泣。

"但你们确实在否认!"凯胡斯哭了,像遭到爱人无情的背叛,"你们所有人!你们跪下了,却还在欺骗——欺骗自己心中的火焰!你们孕育出一个又一个谎言,宣告这火焰并非真理。你们说自己强大,说自己并不孤独,说爱你们的人了解你们,说自己对一切淫亵心无杂念,说你们完全不害怕自己的兄弟,说你们了解一切!"

马特姆斯说过多少次这样的谎?马特姆斯是个实用主义的人。马特姆斯是个现实的人。他分明明白凯胡斯王子的话,怎能继续欺骗自己?

"然而在某些隐秘的时刻——是的,隐秘的时刻——这些谎言变得如此空洞,不是吗?在某些隐秘的时刻,你们瞥见了真理带来的痛苦;在某些隐秘的时刻,你们看到自己的生命不过是场戏剧表演。你们会哭泣!你们会质问哪里出了错!你们会高喊:'为什么我不能变得强大?'"

他跳下几级台阶。

"为什么我不能变得强大?"

马特姆斯喉咙发疼!——好像这句话是他自己嘶喊出来的一样。

"因为,"王子柔声说,"你们对自己的欺骗。"

马特姆斯脑中只有一个疯狂的想法:他也有皮肤和头发……他只是一个凡人!

"你们脆弱,是因为你们假装强大。"那声音失去了形体,正悄然为上千双发红的耳朵解谜,"你们孤独,是因为你们不断撒谎。爱你们的人不了解你们,是因为你们的生活就是演戏。你们渴望淫亵之物,是因为你们否认自己的欲望。你们害怕自己的兄弟,是因为害怕他们看穿你们。你们了解的如此之少,是因为要学到东西,必须首先承认自己无知。"人的一生怎会如此简单,只手就可阐释?

"你们看到这当中的悲哀了吗?"王子续道,"经文用神灵的标准要求我们,要我们成为比自身更强大的存在。但我们是什么呢?我们是脆弱的人类,心中永远怀着暴躁与嫉妒,口中塞满编造的谎言。不承认自己的脆弱,人类就会继续脆弱下去。"

这个词,脆弱,似乎从天而降,从外域而来。刹那间,说话的那个人不再是凡人,而是某个更伟大的存在在世间的投影。脆弱……这个词不是凡人口中说出来的,而是从其他某个地方……

马特姆斯明白了。

我正坐在真神面前。

恐惧与幸福同时涌现。

什么东西摩擦着他的眼睛。什么东西覆盖住他的肌肤。真神。真神无处不在。

一切终归平静,世界经过长久的坠落后,终于被正确的东西支撑起来。回望自己坠落的路,马特姆斯就像是第一次来听讲一样,似乎认出

乌有王子 * 战士先知

真神之后,才第一次成为自己——就在这里!这里……

嘴唇上有盐味就不可能吸进甜美的空气。灵魂不可能如此动人,智慧不可能如此隐秘,涌动的激情不可能如此优雅。到处都是不可能。

但这一切不可能……

奇迹在这里发生。

"和我一起跪下吧。"不知从哪里传来的声音说,"抓住我的手,不要怕,把脸埋进熔炉中!"

他心中早为这句话留下了地方,把它像经文一样镌刻下来。至高的喜乐。

大家都高喊起来,马特姆斯也和他们一起呼喊。有人当众失声痛哭,马特姆斯也是。人们纷纷伸出手,想要抓住凯胡斯的影子,马特姆斯也伸出两只手指,试图触摸远处的人脸。

他不知凯胡斯王子说了多久,不过王子说到很多事。他说到哪里,哪里的世界就悄然发生变化。"身为战士的意义又是什么呢?战争不也是火堆吗?不也是我们的熔炉吗?战争不正代表了我们真正的脆弱吗?"他甚至教众人唱了首圣歌,他说那是他在梦中听到的。这首歌让每个人都深受感动,就像从外域传来的一样。那是诸神唱的歌,马特姆斯知道,在他生命中的每一天,早上起来脑海里都会响起这首歌的旋律。

之后,人群纷纷拥到王子跟前,跪倒在地,轻轻吻他白色长袍的下摆。他要人们站起来,提醒大家他也是普通人。最后,拥挤的人群将马特姆斯带到了他身边,那双非凡的蓝眼睛温柔地看着他,完全没在意他身上的金甲、蓝披风和军衔徽记。

"我一直在等你,将军。"

他俩仿佛同时浸入水中,将其他人激动的喊声远远隔开。马特姆斯呆站在原地,敬畏与满足让他说不出话来……

"孔法斯派你来的,但现在不一样了,是吗?"

第二卷　第二次进军

马特姆斯感觉像孩子站在父亲面前，无法说谎，也无法说出真相。

先知点点头，好像他已把这想法说出来了一样："我只是在想，你现在到底打算忠于谁？"

有人惊呼，但声音似乎太远太远，无关紧要。马特姆斯看着先知转过头去，朝后伸出一只带着金色光晕的手，抓住一条飞来的手臂，手臂顶端是握紧的拳头，拳头中攥着一把长长的银匕首。

刺客，他想道，但对此无动于衷。

他知道，站在他面前的这个人是不会死的。

暴怒的人群将刺客按倒在地。马特姆斯看到一张不停号叫的染血的脸。

先知回头面对他。

"我不会撕裂你的心，"他说，"等你做好准备，再来找我吧。"

"我警告你，普罗雅斯，必须对这人采取行动。"伊库雷·孔法斯流露出了过多的意愿。不过也到了做决断的时候了。

康里亚王子仰坐在行军椅上，温和地看着他，仿佛下意识地用手指捻着胡须："你觉得该怎么做？"

终于来了。

"我们应当召集大小贵族，召开议事会。"

"然后？"

"然后对他提出指控。"

普罗雅斯皱了皱眉头："指控？凭什么？"

"凭长牙上的训谕。古法。"

"啊，我明白了。那你打算用什么罪名指控凯胡斯王子？"

"煽动渎神行为。假冒先知。"

普罗雅斯点点头。"换句话说，"他尖刻地说，"你认为他是伪先知。"

孔法斯难以置信地笑起来。他还记得从前——回想起来似是很久之前的事了——他想象自己和普罗雅斯会在圣战途中结成密友，一起扬名天下。他们年龄相仿，容貌也同样尊贵，在三海诸国各据一方，都被视为前途无量的有为青年——至少，他在基育斯河之战中荡平塞尔文迪人之前是这样。

现在没人可以与我平起平坐。

"还有更合适的罪名吗？"孔法斯问。

"如果你打算讨论如何向南岸的萨考拉斯发动突袭，"普罗雅斯不耐烦地答道，"我可以参与。但我不同意你指控一位虔诚的信徒，一位我当作朋友的人。"

普罗雅斯的营帐虽然宽敞，装饰也很华贵，但仍然太昏暗，而且闷热得无法忍受。其他贵族都已搬出帆布帐篷，住进基安人遗弃的别墅，普罗雅斯却仍保持着行军习惯。

这个狂信徒。

"你听说他在西约瑟金字塔的布道了吗？"孔法斯问道，心中暗想：马特姆斯，你这蠢货……

但关键在于马特姆斯并不愚蠢，事实上，孔法斯很难想出谁比他更聪明……而这正是最可怕之处。

"是的，当然。"普罗雅斯不耐烦地回答，"我也经常受邀参加讲道会，只是公务繁忙。"

"我在想……你知不知道部队里有多少士兵和军官——其中既有我的人，也有你的人——把他称作战士先知？战士先知？"

"是的。我听说过这事……"普罗雅斯的语气和之前一样，明显透出不耐烦，但他的眉毛拧到了一起，好像想到什么担心的事。

"照理说，"孔法斯努力控制脾气，"这支圣战军效忠于后先知——

第二卷　第二次进军

因里·瑟金斯。但如果让那个骗子继续聚集信徒,这很快就会变成战士先知的圣战了。你明白吗?"

死先知很有用,可以用他们的名义去统治。但活先知?西斯林的先知?

也许我该把斯科约斯的事告诉他……

普罗雅斯摇摇头,似乎懒得再反驳:"你到底想要我做什么,嗯,孔法斯?凯胡斯他……和其他人有些不一样,这点我不怀疑。他能梦见东西。不过他从没自称过先知,事实上,别人这样叫他时,他很生气。"

"那又怎样?假冒之事需要他亲口确认吗?单单做了伪先知还不够?"

普罗雅斯露出痛苦的表情,眯起眼睛上下打量了孔法斯一番,就像在评判孔法斯身上的盔甲。

"你为什么如此在意,孔法斯?我敢肯定你绝不会这么虔诚。"

你想要我怎么做,叔叔?我应该告诉他吗?

孔法斯控制住像塞尔文迪人一样唾痰的冲动,只从齿间伸出舌头。他最看不起优柔寡断的人。

"我虔诚与否与此无关。"

普罗雅斯深深地吸了口气,发出沉重的叹息声:"我曾和这个人多次促膝长谈,孔法斯,我们屡屡朗读《长牙纪年》和《圣典》。这么长时间以来,我不曾听他说过哪怕一点异端言论,事实上,凯胡斯也许是我见过的人中最虔诚的。确实有很多人把他当成先知,我也承认这事有些令人困扰,但这并非他的错。人总是脆弱的,孔法斯,那些注视着凯胡斯的人在他身上看到了自己缺乏的人格力量,这有那么奇怪吗?"

孔法斯感到自己脸上露出了深深的蔑视:"连你……你也中了他的圈套。"

凯胡斯到底是个什么人?虽然不愿承认,但马特姆斯的汇报着实让他大吃一惊。不知何故,仅仅几周时间,那个凯胡斯王子就把他最信赖的手下变成了一个只知胡言乱语的白痴。真理！人类的脆弱！熔炉！

荒谬至极！然而这些谬论却像渗进亚麻布的鲜血一样，在圣战军中蔓延开来。那个凯胡斯王子犹如一道伤口——如果他像亲爱的瑟留斯叔叔害怕的那样，是西斯林的密探的话，那就是一道致命的伤口。

普罗雅斯非常愤怒，他用蔑视回应蔑视。"中圈套？"他哼了一声，"你当然会这样想了。野心勃勃的人很难理解虔诚二字，那种人只能理解世俗的目的，他们的愿望永远建立在最原始的饥渴上。"

孔法斯能感到这番话有几分言不由衷。

至少我埋下了一颗种子。

"吃饱肚子的人怎么说都可以。"孔法斯反击了一句，转身就走。他今天分配给白痴的耐性用完了。

刚走到帘幕前，普罗雅斯出声叫住他。

"还有一件事，大统领。"

孔法斯转过身，眼皮都没抬，只是扬起了眉毛："何事？"

"你听说过吗，有人打算谋杀凯胡斯？"

"你的意思是，世上除了我，还有清醒的人？"

普罗雅斯苦笑，一瞬间，他眼神中流露出真切的憎恶。

"凯胡斯王子告诉我，刺客是纳述尔人。事实上，是你手下的军官。"

孔法斯面无表情地看着对方，知道自己被耍了。刚才这些问题……普罗雅斯问这些问题只是耍弄他，挖掘他的动机。真蠢，孔法斯咒骂了自己一句。不管是不是狂信徒，涅尔塞·普罗雅斯都绝不可以低估。

真是一场噩梦。

"怎么？"孔法斯说，"你打算逮捕我吗？"

"是你打算逮捕凯胡斯王子。"

孔法斯咧嘴笑笑："逮捕一支军队是很困难的。"

"我没看到军队。"普罗雅斯道。

孔法斯笑容不减："但你确实看到了……"

当然，普罗雅斯什么都做不了，就算刺客活下来直接指认了孔法斯也无济于事。圣战军需要帝国的支持。

但这件事里确实能学到教训。战争是斗智。孔法斯会让凯胡斯王子明白这点……

孔法斯走出大帐，原本无所事事的齐德鲁希骑兵马上立正敬礼。为防万一，他身边一直带着两百名重装骑兵护卫。目前各大贵族分散驻扎，从大沙漠边的纳比里斯到森比斯河三角洲的爱荷西亚，而萨考拉斯把突袭部队派到北岸进行侵扰。大统领可不想为处理这种事冒被杀或被俘的危险。到目前为止，安那苏里博·凯胡斯的问题仍是理论上的，与实际战事没有关系。

随从为他备马时，大统领寻找着马特姆斯，发现副将混在骑兵队中。马特姆斯一直不大喜欢和军官们为伴，更愿意跟普通士兵待在一起，孔法斯曾经认为这习惯很有古风，现在却心存厌恶——甚至认为这具有煽动性。

马特姆斯……你到底怎么了？

孔法斯翻身骑上黑马，从旁经过。将军沉默地看着他，显然没领会他的意思。

孔法斯像个塞尔文迪人一样朝马特姆斯坐骑的蹄间吐了口痰，回头又看了一眼普罗雅斯的营帐，只见久经风霜的白帆布上用黑线绣着雄鹰，营帐周围的卫兵都狐疑地打量着他和他的部下。在南岸峭壁模糊的影子映衬下，涅尔塞家族绘着雄鹰与长牙的三角旗在懒洋洋的微风中轻摆。

他回头看向离经叛道的将军。

"看起来,"他的声音带着无法承载的凶狠,"你不是唯一一个受那密探的巫术伤害的人,马特姆斯……杀死这个战士先知之后,你会给很多人报仇的——很多很多人。"

第十二章 爱荷西亚城

> ……世界末日将在邪恶者的号叫中降临,所有偶像都将被推倒砸碎,石归于石。那些偶像崇拜者信仰的魔鬼将大张着嘴死去,如同饥饿的麻风病人,因为没有活人会回应他们暴虐的渴求了。
>
> ——《费恩之书》,16:4:22

> 失去灵魂,赢得世界。
>
> ——天命派教义

长牙纪4111年,夏末,施吉克省

辛奈摩斯不喜欢这个人,更没信任过他,但现在不得不攀谈几句。这人是塞里舒男爵,声名不佳,其领地位于康里亚与上艾诺恩的边境。他截住辛奈摩斯时,元帅刚与普罗雅斯会谈结束。一看到辛奈摩斯,这人长满胡子的瘦脸亮了起来,尽力装出"遇到您真是好巧"的表情。按辛奈摩斯的性格,哪怕不喜欢对方也会耐心应付,但信任就是另一回事了。算了,就算是虔诚之人必须忍受的侮辱吧。

"元帅大人,我似乎记得,"塞里舒加快脚步,跟上元帅,"您对书籍有非同寻常的爱好。"

辛奈摩斯礼貌地点点头:"算是个人品位吧。"

"那您听到这消息肯定会非常激动。位于爱荷西亚的著名的萨略特图书馆被加里奥斯人完好无损地夺取了。"

"加里奥斯人?我还以为是艾诺恩人。"

"不,"塞里舒说,他的嘴唇奇怪地扭动着,好像露出了上下颠倒的微笑,"我听说是加里奥斯人。准确地说,是梭本大人的亲随。"

"这样啊。"辛奈摩斯有些不耐烦,"那么……"

"我知道您很忙,元帅大人,不用您操心……我会派我的奴隶去安排拜访。"

遇上塞里舒就够让人心烦了,还要忍受和他一起去正式拜访?

"我再忙也不会慢待祖国的男爵,塞里舒。"

"那就好!"这人几乎是在尖叫,"是这样的……不久前,我的一位朋友——呃,应该说他还不是我的朋友,但是我……我……"

"是一个你打算努力奉迎的人吗,塞里舒?"

塞里舒脸上一亮,但也显出一丝不悦:"是的!虽然这话多少有些不中听,您不觉得吗?"

辛奈摩斯什么都没说,继续往前走,一直盯着远处杂乱的营地中自己营帐的尖顶。更远的地方,杰迪亚的群山在苍茫雾气中若隐若现。施吉克,他心想,我们拿下了施吉克!不知为何,一个奇特的想法突然攫住了他:很快他就能亲眼看到圣城希摩了,快得不可思议。这事真的发生了……想到这个,塞里舒也几乎没那么可恶了。几乎。

"好吧,我这位朋友刚从萨略特图书馆回来,问起我什么是'真知'。您是我认识的人中最接近学者的,我想您大概能帮上他的忙。您知道'真知'是什么吗?"

辛奈摩斯停下脚步,仔细打量着小个子:"真知,"他小心翼翼地说,"是远古北方诸国的巫术。"

"啊,对了!"塞里舒大叫,"这就说得通了!"

"你的朋友在图书馆里找到了什么有趣的东西,塞里舒?"

"大人,您知道,传言梭本打算把那些书卖掉,用来筹措军费。"

辛奈摩斯没听过这等谣言,他有点担心:"我怀疑其他大贵族会不会赞同。这么说,你的朋友有打算卖书?"

第二卷 第二次进军

"他是个非常有心机的人,元帅大人。如果您想从中获利,他肯定能给您带来好处——如果您明白我的意思……"

"不用说,肯定是条商人种姓的狗。"辛奈摩斯用不带任何感情色彩的语调说,"我给你的建议是,塞里舒:注意自己的身份。"

塞里舒似乎并未感到不悦,只是促狭地笑了笑。"当然,元帅大人,"他万分顺从地说,"您最明白这点。"

辛奈摩斯眨了眨眼睛,让他惊讶的并非塞里舒男爵的无礼,而是自己居然能冠冕堂皇地说出这话——一个每天跟巫师一起吃饭喝酒的人申斥别人对商人曲意奉迎?突然间,康里亚营地中的喧闹仿佛在他耳朵里嗡嗡作响,亚特雷普斯的镇守元帅紧盯着塞里舒,表情中的凶狠把自己都吓了一跳。那蠢货狼狈地咕哝了几句,言不由衷地道了歉,转身逃了。

回帐篷的路上,辛奈摩斯一直想着阿凯梅安,这位多年来的密友。他想到阿凯梅安的种姓,回忆起塞里舒的话,惊讶地感觉腹中仿佛被掏空了:您最明白这点。

有多少人也这样想?

辛奈摩斯知道,他们的友谊正处于紧张状态。如果能让阿凯梅安离开一段时间,对两人都有好处。

让他去图书馆。研究那些渎神的知识。

"我不明白。"艾斯梅娜怒气冲冲。

他要离开我……

阿凯梅安费力地把一麻袋燕麦饼举起来,放到骡子背上。他的骡子黎明,严肃地看了她一眼。密密麻麻的军营位于巫师身后斜坡上一小丛一小丛的黑柳树和棉白杨之间,不过里面已没多少人了。她甚至能看到远处的森比斯河,像黑曜石带子一样在炙热阳光下闪动。每当她往烟雾弥漫的南岸看去,都感觉到异教徒穿过阴暗的树木,回望过来。

"我不明白,阿凯。"她重复了一遍,语调忧伤了许多。

"但是,艾斯梅……"

"但是什么?"

他背过身,似乎恼火于她的打扰:"那是个图书馆。图书馆!"

"所以呢?"她愤怒地说,"不识字的人就不配——"

"不,"他皱眉打断她,"不!你看,我需要一点独处的时间。我要去想一想,艾斯梅,去想一想!"

他的声音和表情都带着绝望,让艾斯梅娜大吃一惊,一时说不出话来。

"想凯胡斯的事。"她说着,头皮一紧。

"是的,凯胡斯的事。"他又转回骡子的方向,清清嗓子,朝地上吐了口痰。

"他提出要求了,是吗?"她胸口发紧。这可能吗?

阿凯梅安什么都没说,不过动作中可看出一丝微妙的心不在焉,眼中也现出一丝难以觉察的阴霾。她知道,她琢磨透了他,他就像一首唱过太多遍的歌。

她了解他。

"什么要求?"他把睡垫绑到骡子背上之后,才终于问道。

"教他真知巫术。"

他们随康里亚军进入森比斯河谷三周了,在这段疯狂的占领时期——或者说从他拿出瓦希人偶那晚开始——阿凯梅安的情绪异常古怪。他变得紧张,让两人间的温存和谈笑异常短暂。她一直以为这是他和辛奈摩斯的争吵及疏远导致的。

几天前,她对元帅提过这事,告诉元帅他的朋友状态不佳。没错,

第二卷 第二次进军

阿凯梅安做了件非常无礼的事,但究其原因是因为愚蠢,而非对元帅的不尊重。"他想忘记那些事,辛,但他做不到!每天早上他都在我怀里大喊着醒来,每天早上我都要提醒他,末世之劫已经过去了……他认为凯胡斯是末日的使者。"

她也能看出,辛奈摩斯早就知道这一点了。无论语调、用词还是态度,他都非常耐心,只有眼神不是如此——他的眼睛一直没有真正听进去她的话。她知道,有什么更深层次的东西出了问题。阿凯梅安告诉过她,像辛奈摩斯这样的人,和巫师做朋友冒着很大风险。

她从没在这件事上给阿凯梅安施加过压力,只是偶尔温和地提醒他一下,比如说"他在担心你,你知道的"。男人的伤痛是敏感而不稳定的,阿凯梅安一直说男人是很简单的生物,女人只要喂饱他们,跟他们上床,偶尔说几句好话,就可以让他们高高兴兴地过日子。也许某些男人是这样,杜萨斯·阿凯梅安却绝非如此。所以她一直在等,希望时间和长期养成的习惯能让这两个老朋友找回过去对彼此的理解。

不知为何,她一直觉得让他陷入不幸境地的并非凯胡斯,而是辛奈摩斯。凯胡斯是神圣的——她毫无保留地接受了这点。他是先知,不管他自己信不信。但巫术是邪恶的……

阿凯梅安说他会成为什么?

巫师之神。

阿凯梅安继续收拾行李。他什么都没说,不需要说出口。

"但这怎么可能?"她问。

阿凯梅安停下手中活计,眼神涣散了几个心跳的时间。然后他转过来,没表情的脸上希望与恐惧混杂。

"先知怎么可能做出渎神的事?"他说。她知道,这个问题折磨他很长时间了。"我问过他这个问题……"

"他怎么说?"

"他赌咒说自己绝不是先知。他似乎感觉受了冒犯……甚至可以说是伤害。"

我最擅长伤害学生,他的语调似乎在说。

突然间,艾斯梅娜感到绝望涌上嗓子眼:"你不能再教他了,阿凯!你绝不能再教他!你看不出来吗?你才是诱惑。他必须抵抗你以及你所代表的力量的诱惑。他必须拒绝你,才能成为他必须成为的人!"

"你这么想吗?"阿凯梅安喊道,"我就像《圣典》中的什科尔国王一样,用世俗权力诱惑瑟金斯?也许他是对的,艾斯梅,你没考虑过吗?也许他不是先知!"

艾斯梅娜紧盯着他,害怕又迷茫,同时心中也有股奇妙的欣喜。她怎么走到这一步的?苏拿贫民窟的妓女怎么会站在这里,站在世界的中心?

她的生活也会被写进经文吗?有那么一阵子,她几乎无法相信……

"问题是,阿凯,你怎么想?"

阿凯梅安低头看着两人间的地面。"我怎么想?"他忧心忡忡地重复了一遍,然后抬起眼睛。艾斯梅娜什么都没说,但自觉眼神中的坚决开始融化了。阿凯梅安耸耸肩:"三海诸国对第二次末世之劫没有任何防备……苍鹭之矛失落了,斯兰克占据了半个世界,它们的数量比谢斯瓦萨的时代多出一百倍——一千倍!而人类现在拥有的神之泪少之又少。"阿凯梅安紧盯着她,他的眼睛似乎不曾这么明亮过,"虽然诸神诅咒了我,诅咒了我们两个,我还是不能相信他们就这样放弃了这个世界……"

"凯胡斯。"她低声说。

阿凯梅安点点头:"他们派来的不仅是末日的使者……我这么想,或者说我这么希望——我不知道……"

"阿凯,但巫术是……"

"亵渎神明,我知道。但你有没有问过自己,艾斯梅,为什么说巫师

第二卷 第二次进军

是渎神者?又为什么说先知是先知?"

她的眼睛在恐惧中张大:"因为一个唱的是神的歌曲,另一个说出了神的声音。"

"没错,"阿凯梅安说,"那如果先知使用巫术,算不算渎神呢?"

艾斯梅娜目瞪口呆地站在原地。

用真神的声音唱出真神的歌……

"阿凯……"

他又转身去看骡子,弯腰把背包从地上拿起来。一阵突如其来的恐慌刺透了她。"求你了,别离开我,阿凯。"

"我告诉过你,艾斯梅,"他说着,但并没有转过脸来。"我需要想一想。"

但我们在一起时你明明也可以想!

有了她的建议,他明明可以更加智慧,这他是知道的!他面临着前所未有的决断……为什么要离开她?是别的原因吗?他有什么隐瞒的事吗?

她看到了他在西尔维身下扭动的样子……他找了个年轻妓女,一个声音低声说。

"你为什么要这样?"她质问的声音比原本希望的尖利很多。

恼火的停顿。"怎样?"

"你的心就像一座迷宫,阿凯,你打开了那么多门,却不告诉我该走哪条路。你为什么一直躲着我?"

他眼中闪着无可名状的愤怒。

"我?"他笑了一声,又转过去继续干活,"你是说,我躲着你?"

"是的,你在躲。你太脆弱了,阿凯。你不需要这样。想想凯胡斯教导我们的话!"

他看了她一眼,眼里既有伤痛,又有愤怒。"那你呢?我们何不说说你女儿……你还记得她吗?你有多久没——"

289

"这不一样!那是你我相识之前的事!在你之前!"

他为什么要说这话?他为什么要伤害我?

我女儿!我已经失去我的宝贝女儿了!

"好一个双重标准。"阿凯梅安吐了口痰,"过去从不会死,艾斯梅,"他痛苦地笑笑,"甚至不会过去。"

"那我女儿现在在哪里,阿凯?"

他一时哑口无言。她总能与他分庭抗礼。

你这废物!傻瓜!

她的手指开始颤抖,热泪滚下脸颊。她怎能这样想?

因为他说的话……他怎敢说我女儿!

阿凯梅安张了张嘴,就像看到了她的想法。"抱歉,艾斯梅,"他含含糊糊地说,"我不该提起……我不该说那些话。"

他的声音低下去,又转身收拾骡子背上的行李,把怒气发泄在绑带子上。"你不明白真知对我们的意义,"他补充了一句,"它比我的生命还重要。"

"那就告诉我!告诉我怎样去理解!"

想想凯胡斯!我们一起发现他的!

"艾斯梅……我不能告诉你这些。我不能……"

"但为什么?"

"因为我知道你会说什么!"

"不,阿凯。"她感觉妓女的冷漠又回到自己身上,"你不知道。你根本不知道。"

他抓住骡子简陋的鞍辔上那根粗糙的麻绳,摸索了一阵。这一刻,他身上的一切——凉鞋、行李、白色亚麻长袍,看上去都那么孤独、可怜。为什么他看上去一直这么可怜?

她想起萨瑟鲁斯:无所畏惧,一丝不苟,还有身上的香气……

没有男子气概的贱货!

第二卷 第二次进军

"我不会离开你,艾斯梅。"他用无可置疑的语气说,显然不准备再谈下去了,"我绝不会离开你。再也不会了。"

"但我只看到一张睡垫。"她说。

他努力露出微笑,转身迈起古怪的步伐,牵着黎明走开。她看着他,胸中翻涌,好像被吊在深不见底的悬崖顶上。他沿大路朝东走,走过一排陈旧的圆帐篷,很快身影就变小了。奇怪的是,在明亮的阳光下,远处的人影居然如此黑暗……

"阿凯!"她大喊,不再在乎会不会有人听到,"阿凯!"

我爱你。

牵骡子的身影停了下来,离得那么远,几乎认不出。

那人影挥了挥手。

转过一片阴暗的柳树林消失了。

阿凯梅安早就知道,聪明人很少得到快乐。原因很简单:他们太喜欢伸张自己的想法了。聪明人不习惯接受真相——甚至根本不想听——他们擅长的是争辩。而这是他一定要从凯胡斯和艾斯梅娜身边逃开的原因。

他牵着骡子沿路前行,右边是广阔黑暗的森比斯河,左边是一长列魁梧的桉树。温暖的阳光偶尔穿过树枝洒到他身上,但大多时候,太阳被遮住半边天的树冠挡得严严实实。微风透过白色亚麻外套吹在身上,一切是那么平静。他想道,终于可以一个人了……

当辛奈摩斯告诉他萨略特图书馆里有关于真知魔法的书籍时,他就懂了。你该离开了,他的朋友无声地说。自使用瓦希人偶那晚之后,阿凯梅安一直在等着他的朋友把他从营火旁放逐,哪怕只是暂时的。更重要的是,他需要被放逐,需要被逼迫着离开那些无法面对的同伴……

尽管如此，这还是刀割般的疼。

不重要了，他对自己说，这不过是他们尴尬的友情引发的又一次不和。贵族和巫师。"最难相处的朋友，"一位长牙的诗人说过，"乃是有罪之人。"

阿凯梅安恰是一位罪人。

和别的巫师不同，他很少仔细考虑自己被诅咒这件事。也许这和殴打妻子的男人甚少质疑自己的拳头是一个道理……

不过也有其他原因。年轻时，他像别的巫术学生那般举止无礼、不知虔敬并以此为乐，好像学到的那些严重亵渎神明的东西让其他各种渎神言论也变得正当了。他和桑克拉——他在阿提尔苏斯的室友——总喜欢大声朗读《圣典》，嘲笑其中荒谬的段落，比如祭司种姓的割礼制度，当然还有可笑的净化仪式。却有一段多年来一直萦绕他心头：《祭司之书》中著名的"毋望回报"。

"听这一段！"某天晚上，桑克拉在床垫上喊，"'后先知说：虔诚不像金钱交易。你不是用食物去换食物，用住所去换住所，用爱去换爱。不要将善放在天平上，而要不计回报地付出。付出你的食物、你的住所、你的爱，不要求任何东西。顺从冒犯你的人，因为这是恶人做不到的事。毋望回报，你们终将得到长久的荣光。'"

年龄大一些的男孩用永远笑眯眯的深色眼睛盯着阿凯梅安，就是这双眼睛让他们做了一段时间的情人。"你能信吗？"

"信什么？"阿凯梅安问。他已经在笑了，他知道不管桑克拉编出什么话来，肯定都非常有趣。桑克拉就是这样的人，三年后他在奥克尼苏斯被杀，一位醉酒的贵族用丘莱尔要了他的命，阿凯梅安几乎崩溃。

桑克拉用食指轻敲那卷轴，如果在抄写室里这样做，很可能招来一顿毒打。"瑟金斯的话等于是说，'付出不求回报，可以得到更多奖励！'"

阿凯梅安皱了皱眉头。

"你不明白吗？"桑克拉续道，"他说只有摒弃了自私的期待，善行才会变成虔诚。换句话说，如果你期待回报，就算不上付出了——什么都不算！"

阿凯梅安喘了口气："所以，那些渴望死后到外域过上好生活的因里教徒……"

"什么都不算，"桑克拉难以置信地嘲笑道，"什么都不算！但我们呢？我们将贡献出整个生命，继续谢斯瓦萨的战斗……我们付出了一切，却受到诅咒。只有我们，阿凯！"

只有我们。

这话充满诱惑，动人而又有力，但阿凯梅安是个怀疑论者，他一直无法相信，觉得它太诱人、太自信。他觉得做一个好人就够了，如果不够，只能说明那些衡量善恶的标准出了问题。

他一直是这么想的。

但凯胡斯改变了这一切。阿凯梅安开始反复思考自己被诅咒这件事了。

从前，这件事似乎只是自我折磨的借口，长牙和《圣典》说得再明白不过。虽然阿凯梅安读过许多认为长牙上的经文是誊写上去的异端文章，也有许多相互矛盾的记载证明，古代或近代的所谓先知不过是普通人——事实确实如此。但就像普罗塔西斯所说："天堂不会因一点点瑕疵而毁灭。"

或许他的诅咒值得怀疑。或许正如桑克拉所说，所谓诅咒其实是一种遴选，甚或——阿凯梅安更愿意相信——真正的遴选标准是"怀疑"。他时常觉得有目的性地去付出善意，带来的诱惑是所有诱惑中最令人沉醉、最具毁灭性的；带着不确定的思想去行善，就等于是不期待回报地行善……也许怀疑本身才是虔诚的关键。

当然，这些问题可能永远不会有答案。如果最真挚的怀疑是一切前提的前提,那只有无视答案才能得到救赎。思考他被诅咒这件事,在他看来,似乎也是一种诅咒。

所以他从不去想。

但是现在……这问题可能会有答案了。他每天都在与那个可能的答案一起行走,一起谈话……

安那苏里博·凯胡斯王子。

他不觉得凯胡斯会直接给他答案,哪怕他鼓起勇气询问,他也不觉得凯胡斯代表或呈现了答案,那样凯胡斯的意义就太小了。按奇族人那古怪的说法,凯胡斯并不代表杜萨斯·阿凯梅安的命运。不,阿凯梅安知道,他到底该被诅咒还是该被敬仰,取决于他是否愿意自我牺牲。他的问题要由他自己回答……

用他自己的行动。

这想法让他恐惧,同时也充盈着持久而异样的喜悦。恐惧由来已久,那种对自己的行为将影响到整个世界的恐惧,他已经逐渐习惯,甚至有些麻木了。喜悦却是全新的,完全出乎意料。安那苏里博·凯胡斯让救赎成为可能。救赎。

天命派教义中说,失去灵魂,赢得世界。

阿凯梅安终于明白,自己之前的生命多么荒凉、多么缺乏希望。艾斯梅娜教会了他如何去爱人,而凯胡斯,安那苏里博·凯胡斯,教会了他希望的意义。

他会抓住这份爱和希望。他会抓住它们,再也不放开。

他只需下定决心去做……

"阿凯,"昨晚,凯胡斯对他说,"我有件事要问你。"

营火前只有他们两人,他们煮水冲午夜茶。

"问吧,凯胡斯。"阿凯梅安回答,"你有什么麻烦?"

"我的麻烦来源于这件非问不可的事……"

阿凯梅安从没见过凯胡斯露出这般苦涩的表情,好像恐惧弯下了身,带着狂喜亲吻他。阿凯梅安不由自主地想抬手挡住眼睛,几乎用尽全身力气才克制住。

"非问不可的事?"

凯胡斯点头。

"每一天,阿凯,每一天我都感觉在失去自我。"

这样的话仅仅回想起来就让他无法呼吸。阿凯梅安站在树荫中的光束里,手按胸前。云朵般的鸟群突然飞上天空,它们的影子无声地扫过他。他朝太阳眨了眨眼。

我要教他真知巫术吗?

他下意识地反对这主意——想到把真知交给外人,他就恐慌不已。他甚至不知道,就算愿意,自己能不能教导真知巫术。他对真知的了解是与谢斯瓦萨共享的,而谢斯瓦萨的记忆铭刻在他昏昏欲睡的灵魂中。

你会允许我吗?你看到了我看到的东西吗?

在天命派的历史上,从来没有——从来没有!——任何正式的巫师将真知的秘密泄露出去。真知是天命派赖以存续的唯一保证,只有真知能让他们在千年之后继续谢斯瓦萨的战争。如果失去它,他们会变成一个微不足道的学派。阿凯梅安知道,他的兄弟们宁愿战至最后一息,也不会让这种事发生。他们会毫不留情地追捕他和凯胡斯,用尽一切办法猎杀。他们不会在乎任何理由……而他的名字,杜萨斯·阿凯梅安,将成为阿提尔苏斯黑暗的大厅中永远的诅咒。

但这些情绪与贪婪或嫉妒有什么区别?第二次末世之劫迫在眉睫,难道不该将三海诸国武装起来吗?阴影降临前,谢斯瓦萨本人不也要求兄弟们打开武器库吗?

他确实会……

而这难道不说明,阿凯梅安是所有天命派学士中最忠诚的吗?

他继续往前走去,两腿似乎麻木了。

从灵魂深处,他明白凯胡斯一定身负使命。世界面临的危机如此严峻,而凯胡斯带来的希望又如此令人激动。他看着凯胡斯仅仅用几个月就消化了别人要用一生去领会的知识。他屏息凝气,听凯胡斯不经意间说出一句句思想比阿金西斯更精妙、感情比瑟金斯更丰富的至理名言。他坐在尘土中,不敢呼吸,看着这个人将穆雷特提斯的几何学扩展到无法想象的境地,或是更正古代逻辑学家的谬误、创立新的哲学体系,就像小孩子用树枝画出线条一样简单。

对这样一个人来说,真知会是什么呢?一种玩具?他会发现什么?他会掌握什么样的力量?

他仿佛看到凯胡斯像神一样踏上战场,征服斯兰克军团,击落空中的巨龙,与复生的非神、恐怖的莫格-法鲁战得难分高下……

他是我们的拯救者!我知道!

但如果艾斯梅娜是对的呢?如果凯胡斯只是对他的考验呢?就像《圣典》中邪恶的老什科尔,除了王冠之外,将权杖、军队和后宫都交给瑟金斯,只为让其停止布道……

阿凯梅安再次停下脚步,却被骡子拖着又往前走了两步。黎明。他抚弄着骡子的鼻子,露出孤寂的微笑,这是和不幸的动物作伴的人才有的笑容。微风划过森比斯河闪动的水面,在树林间低语。他开始发抖。

先知与巫师合而为一,长牙上称这种人为"萨满"。这个词在他的思想中就像一座雄伟的金字塔。

萨满。

不……这简直是疯了。

两千年来,天命派学士一直在保卫真知。两千年!他有什么资格背弃传统?

不远处,一群小孩聚在一株大枫树的树荫下,叽叽喳喳地吵闹、推搡,活像一群争抢面包渣的麻雀。阿凯梅安看到两个顶多四五岁的小男孩,两只手紧拉在一起,甩着胳膊,大声叫喊。孩子天真的举动让他

第二卷 第二次进军

一时呆立原地,不禁想,不知孩子们在多大的时候,才知道男孩间牵手是不对的。

他们知道凯胡斯吗?

一阵哀鸣让他抬起了头,他大吃一惊。只见一个全身赤裸的人被钉在头顶树干上,躯体呈现紫色,布满暗绿条纹。震惊之余,他想把那人放下来,但又能送到哪去呢?附近村里?他知道施吉克人对因里教徒的恐惧,恐怕很少有人敢正眼看看这人,更不用说触碰了。

懊恼击中了他,不知为何,他想到了艾斯梅娜。

你要保重啊。

阿凯梅安牵着黎明,从孩子们身边走过,穿过阴影中斑斑点点的阳光,朝爱荷西亚前进。施吉克神王们的古都在远处露出了城墙,黑暗的桉树缝隙间隐约可看到筑城石。阿凯梅安边走边与心中种种念头搏斗……

过去已经死了,未来一片漆黑,像张口等待的墓穴。

阿凯梅安用肩膀擦掉泪水。有什么无法想象的事就要发生,哲学家、历史学家和神学家将会为这些事争论几千年——如果纪年的方式,或任何人类的东西能幸存下去的话。杜萨斯·阿凯梅安的行为,将投下无比庞大的阴影。

他会给予,不期望任何回报。

他的学派,他的职业,他的人生……

真知将成为他献上的牺牲。

爱荷西亚厚重的城墙背后,是无数泥砖筑成的四层楼房,彼此几乎靠在一起。街巷非常窄,道路上面被棕榈叶编的雨篷挡得严严实实,阿凯梅安感觉好像行走在荒弃的地道中。他一路避让克拉索提人,那些

人欢庆胜利的眼神让他不适；但遇到武装的长牙之民，他还是会找他们问路。他注意到，这里的大多数因里教徒来自艾诺恩。有一两次，当街旁墙壁的缺口令他可以看到城里的大建筑时，他仿佛感到远处有赤塔留下的深刻痕迹。

这时他遇到了一队诺斯莱骑士——他们自称是加里奥斯人，多少让他松了口气。是的，他们知道萨略特图书馆在哪里。是的，图书馆在加里奥斯人掌握中。阿凯梅安熟练地编着谎话，告诉他们自己是学者，来记载圣战军的功绩。和以往一样，一听说自己可能被编年史提到，他们的眼睛马上亮了起来。骑兵们要他跟队伍走，声称图书馆就在他们回驻地的路上。

正午时分，他来到大图书馆的阴影下，但心头的忧虑没有丝毫缓解。

关于真知巫术文献的传言如果传到了他这里，赤塔怎么可能没听说？想到要和那帮红袍学士争抢卷轴，他心中涌起强烈的恐惧。

"你怎么想？"他问黎明，黎明喷个响鼻，用鼻子蹭蹭他的手掌。

萨略特图书馆里可能一直封存着记载真知巫术的文书，这想法并不像看上去那么荒谬。这座图书馆跟千庙教会的历史一样悠久，由萨略特学院建造保养，那是一个神秘的祭司学院，历史上一直以保存知识为己任。在塞内安帝国统治下，爱荷西亚的法律一度规定，进城者必须交出一本书给萨略特学院抄写。问题在于，萨略特学院是因里教机构，异民不准进入这座著名的图书馆。

许多个世纪后，施吉克落入费恩教手中，萨略特学院遭到屠杀。传说帕迪拉贾本人走进图书馆，从胸前掏出一本薄薄的、皮革封面的"kipfa'aifan"——《费恩之书》。这本书在他胸前放得太久，已折弯了，他在周围的阴暗中把它高高举起，扬声道："所有真理都写在这本书中，这里记载着所有灵魂需要遵循的唯一正道。把这个邪恶的地方烧掉。"据说就在此时，架子上一束卷轴滚到了他靴下。帕迪拉贾打开卷轴，发

第二卷 第二次进军

现那是杰迪亚省的详图,而后,靠着这张地图,他多次绝处逢生,打败了纳述尔帝国。

图书馆逃过了一劫。可是在萨略特学院的管理下,它只是拒绝学士访问;而在基安人治下,它被彻底封闭了起来。

这里很可能封存着记载真知巫术的文书,这种文献之前在别处发现过。如果说除了上古之战的梦境,还有其他原因让天命派在各学派中特立独行,那就是他们对真知巫术的独占了。真知让他们拥有与学派规模不相称的力量。如果像赤塔这样的学派得到了它,谁能保证会发生什么?只有一点可以肯定,这对天命派大为不妙。

一切都在改变——一个安那苏里博回来了。

阿凯梅安将骡子牵进围墙里的小庭院,院子的鹅卵石地面早已被红色尘土覆盖,只零星地从龟壳一样的地缝间露出来。图书馆正面和塞内安神庙风格相似,四四方方,高耸的石柱支撑着断裂的横梁,横梁上刻着人形浮雕,但难以分辨是人是神。两名大个子加里奥斯剑士斜靠着两侧的门柱,阴影打在他们身上。看到阿凯梅安走近,两人懒洋洋看了他一眼,算是打招呼。

"你们好,"他说,希望这两个人懂谢伊克语,"我是杜萨斯·伊斯塔法斯,康里亚的王子涅尔塞·普罗雅斯的史官。"

两人不答,他也停下来。那个一道长疤贯穿脸颊的士兵尤其让阿凯梅安紧张。他们看上去不是很友好,但话说回来,作为战士被派来看守这些没用的书卷,又有什么值得高兴的呢?

阿凯梅安清清嗓子:"有很多人来拜访图书馆吗?"

"不,"没疤的士兵回答,耸了耸穿盔甲的肩膀,"只有几个过来偷东西的商人,仅此而已。"那人把什么东西吐到了地上,阿凯梅安才发现他嘴里原来一直嚼着一枚桃核。

"我向你们保证,我不是那个种姓的人,绝对不是……"他带着好奇和尊重说,"能让我进去吗?"

对方冲骡子点点头。"你不能把那东西带进去。"他道,"不能让骡子在神圣的大厅里拉屎,不是吗?"他一脸傻笑,转向脸上有疤的朋友。有疤的士兵一直看着阿凯梅安,表情像一个无聊的孩子看到了一条死鱼,正考虑要不要动手戳。

阿凯梅安从骡子背上拿下几样东西,匆匆离开两名守卫,登上阶梯。镶金的黄铜大门失去了光泽,其中一扇开了道缝,只容一个人过去。阿凯梅安没入黑暗前,听到一个加里奥斯人——他觉得是有疤的那个——低声说了句:"臭大粪。"

他没为诺斯莱人古老的侮辱生气,相反,他感到激动。他几乎哈哈大笑起来,仿佛直到此刻才真正意识到,自己已置身萨略特图书馆了。该死的萨略特学院,一千多年来一直在收藏文本。他会找到什么?这里的文献不仅和真知有关,这里什么都有。《九典》,最早版本的《因塞鲁第对话录》,甚至阿金西斯失传的作品!

他摸黑穿过宽广的圆顶前厅,脚下是马塞克地板,他认为这曾有因里·瑟金斯伸出带光晕的双手的肖像画,只是后来费恩教徒把它铲除了,虽然他们没再使用这地方。他从背包里取出一根蜡烛,用一个隐秘的词点燃,把这点小小的亮光举在脸前,步入图书馆空旷的大厅。

萨略特图书馆中到处都是沥青般黑暗的走廊,充斥着尘土和腐烂书页的味道。就着蜡烛光线,阿凯梅安在黑暗里徘徊,怀里抱满珍宝。他没见过如此丰富的收藏,也没见过如此多的智慧结晶被弃之不顾。

这里有数以千计的书册,数以百万计的卷轴,哪怕其中几百张流传出去也是意义非凡。他没看到任何和真知有关的内容,却找到了其他很多感兴趣的东西。

他找到一本从没见过的阿金西斯的作品,是用瓦帕西语写的,那是

第二卷 第二次进军

古代尼尔纳米什人的语言。以他对这门语言的了解，只能大致看懂书名:《第四次关于行星及其……运动的对话录》。既然是对话录，一定价值极高。凯兰尼亚时期的伟大哲学家们的对话录很少流传下来。

他发现了一堆黏土烧成的泥板，上面写着古代施吉克的楔形文字，已被蛛网和尘土完全覆盖。他取出一块还算完整的，决定偷带出去。他心想，虽然这似乎只是一座谷仓的进货纪录，但如果送给辛奈摩斯的话，会是一份不错的礼物。

他还寻到其他一些书册和卷轴——大多是出于好奇。一本由一位他从没听过的历史学者写的城邦战争时期的简史；一本奇怪的牛皮纸书，叫作《论千庙教会及其公正性》，这让他开始琢磨萨略特学院中是不是也有异端思想。此外还有很多很多。

过了一段时间，发现完好无缺的新事物的激动及看到毁坏石板的怒火都平息了。他太累，于是在一间小凹室中找了张石凳坐下，把图书馆中的发现和少得可怜的财产在身边摆开，仿佛这是魔法阵中的器物。他吃了几块陈面包，喝了几口皮袋中的酒，想了一会儿艾斯梅娜，又为突然而至的渴望咒骂了一番。他尽一切努力不让自己想到凯胡斯……

蜡烛发出噼啪响声，他换了根新蜡烛，决定先读一阵书。又一次和书单独在一起了，他突然笑起来，又一次？不，应该说是终于……

书是不可能"读"的。在这里，和描述其他事情一样，语言偏离了行为的本质。说读过一本书，就像赌徒夸夸其谈炫耀自己通过手段或决心赢得了赌局，其实扔出算筹那一刻万分无助。打开一本书是一场更深刻的赌博，所体会到的不只是无助，不只是对另一个人用羽毛笔留下的、无法预知的印记几个心跳的羡慕。读书就像把自己写进书中，如果不能长久地让自己的心智跟随另一个人的灵魂跃动，书又有什么意义？

阿凯梅安认为读书是最深刻的放纵。他不停阅读，被死去数千年的人感动或逗得发笑。这些书中记述的思想与希望，远比作者的生命延续得长久。

他不记得自己何时睡着的。

梦中出现了巨龙,古老、可怖,无比邪恶。斯库苏拉的四肢好像虬结的铁块,它从天上落下,宽阔的黑翅膀遮蔽了半边天空。磷火如巨大的喷泉从斯库苏拉的巨口中吐出,把他的隔绝术外的沙子烧成碎玻璃状的东西。谢斯瓦萨单膝跪地,血涌入口,但老巫师扬起头,白发在龙翼卷起的狂风中像带子一样飘扬,口中念颂出不可能存在的词句。白热的光从仿佛在狂笑的口中倾泻而出,一束束光线刺破天空……

这场景自角落卷曲了起来,然后突然间,梦境好像是羊皮纸上的画一样,被卷起来扔进黑暗……

睁开眼睛,四下漆黑……他屏住了呼吸。这是在哪儿?大图书馆,没错……蜡烛一定是熄灭了。

他很快明白自己是怎么醒的了。他布下的揭露术唤醒了他。自加入圣战军,他一直没撤下这道咒语——瑟金斯在上……是赤塔。

他在黑暗中摸索,抓住背包。快,快……他站起来,用非自然的眼睛扫视周围。

这是个狭长的房间,房顶很低,四壁是一排排架子。入侵者离得很近了,他们在那些承载知识的书架中快速穿梭,从图书馆里的不同方位朝他赶来。

他们为真知而来?知识从来无法满足贪欲,而在三海诸国,恐怕没有比真知更有价值的知识。但在圣战军中绑架一位天命派巫师?这会让人们觉得赤塔别有所图——跟西斯林差不多。

人们会这样想……但换皮密探会怎样?非神会会顾忌这些吗?

他们知道,哪怕只听到真知巫术记载的传言,他也一定会来调查;

第二卷　第二次进军

他们还知道,他认为在图书馆中最安全。谁会冒险毁掉这样的宝藏?学士显然不会,不管他们到底有多疯狂……

他懂了,原来这一切都是一个被精心安排的陷阱——甚至辛奈摩斯也在其中扮演了角色。要哄骗一个生性多疑的天命派学士,有什么比让他最信任的朋友把诱惑送到他嘴边更好的办法呢?

辛奈摩斯?不,不可能。

瑟金斯啊……

但这事确实发生了!

阿凯梅安抓起背包,朝黑暗中扑去,撞到一个摆满卷轴的沉重架子,纸草像干涸池塘底部的泥巴般在指尖粉碎。他把背包扔到树叶一样的碎片里,快,快,然后他跌跌撞撞跑向进来的方向。

他们越来越近了。越过面前的黑色书架,他看到涂抹在天花板上的光线。

他只好退回之前打盹的小凹室,开始施放一系列隔绝术,一系列本不该存在的思想在他脑海中划过。光芒从他唇边涌出,没有温度的光线在他面前的空气中蔓延,好像射进浓雾的阳光。

摇晃的书架间传来黑暗的低语,隐秘的词句摩擦着空气,仿佛虫子在啃啮世界的墙壁。

然后是一道变幻的强光。眨眼间,书架仿佛成了黎明的地平线……爆炸,火与灰烬泉涌而出。

冲击力几乎抽光了他肺中空气,热量在附近石墙上留下裂纹。但他的隔绝术仍然坚挺。

阿凯梅安眨眨眼睛。四周又暗了下去……

"投降吧,杜萨斯·阿凯梅安……你赢不了我们!"

"以利亚萨拉斯?"他喊道,"你们这群蠢货要尝试多少次夺取真知?每次都一事无成!"

呼吸急促。心跳如雷。

"以利亚萨拉斯?"

"你完了,阿凯梅安!你想让这些财富和你一起毁灭吗?"

这些书确实珍贵,但这句话从他耳边卷过,没产生任何效果。至少现在没有。

"别这样,以利亚萨拉斯!"他嘶哑地喊道。想想要付出怎样的代价!怎样的代价!

"你已经——"

阿凯梅安抢先对头一个攻击者念出神秘的词句,五条闪光的线条刺穿了陈旧的书架、烟雾和飘飞的书页,空气噼啪作响。黑暗中的对手惊呼起来——第一次接触到真知的人总是这样。阿凯梅安继续低声念颂古老而强大的咒语:米尔索等分位面术用来持续压迫对手的隔绝术,奥丹尼混乱术用来让人眩晕、打破专注,然后是瑟罗伊昏暗术……

令人目眩的几何形从烟雾中跃出,笔直和弯曲的锋利光线穿透了木头、纸草和石头。赤塔学士尖叫着想逃跑,但阿凯梅安煮沸了他体内的东西。

四下黑暗,只有几点零星的火光在废墟中闪烁。阿凯梅安听到其他学士彼此呼喊,声音里带着震惊与沮丧。他感到他们在架子间穿行,想找机会结成法阵。

"仔细考虑一下吧,以利亚萨拉斯!你愿意牺牲多少人?"

拜托,不要——

烈焰咆哮起来,倒塌的书架发出轰鸣,他的隔绝术周围冒出泡沫般的火花。一阵灼目的闪光照亮了房间的每个角落。雷霆爆裂。阿凯梅安双膝跪倒,隔绝术在他脑海中发出呻吟。

他用抽象和推理的巫术原则反击。他是天命派学士,正式的真知巫师,战争咒术大师。他巫术的火光如阳光般覆盖在他脸上。他的声音把远处的事物化为废墟和焦炭。

萨略特学院贮藏的知识被吹得灰飞烟灭。热空气形成猛烈的旋

第二卷　第二次进军

风,撕扯着纸页,一本本书犹如皮虫子般被卷进风中扯碎了。巨龙的火焰席卷了余下的书架。闪电像蛛网一样在空气中展开,在他的防御巫术周围跳动。最后一排书架倒下了,在废墟中,阿凯梅安看到攻击他的人:一共七个,犹如穿赤红绸袍的舞者,站在火葬柴堆前。赤塔巫师。

闪动的大风暴倾泻出一束束刺眼的白光。幻影巨龙的头伸了出来,喷吐火焰。一群群燃烧的麻雀朝他扑来。这些强大的类比法术,闪着光狠狠砸在他的隔绝术上,发出雷鸣。他的抽象法术在这些类比法术中间坚持……

奎因第七术,索萨兰齐椭圆术……他喊出一串串不可能存在的词句。

最左边的赤塔学士尖叫起来,那人周围的幻影围墙在神秘弧线的冲击下粉碎了,其身后的图书馆院墙朝外爆裂开,他的身体像纸页一样被吹向傍晚的天空。

然后,阿凯梅安放弃了所有咒法,开始努力维持自己的隔绝术。

酷烈的火如瀑布倾泻而下。地板粉碎,巨大的石质天花板砰然砸在他身边,好像许多愤怒的手掌。他倒在不断颤抖的着火的巨石废墟中,但仍在吟唱。

他是谢斯瓦萨的传人,白袍诺施因罗的门徒。他杀了斯卡弗拉,最强大的瓦拉库。他的巫术之歌可以传到戈尔格特拉斯最令人胆寒的高峰。哪怕在莫格-法鲁本人面前,他也傲然而立,不曾屈服……

刺耳的撞击。脚下地面仿佛成了起伏的甲板。他甩开朝他压来的断墙,石块轰鸣着朝天空飞去。组成这个世界的坚硬物质被一片片黑暗冲击着,开始粉碎,像情人的衣服一样纷纷散落。世间万物都在回应他的歌声。

在这片酷烈的火焰中,他终于看到了天空,像水面一般清凉。

还有那里,天堂之指,被它映照的稀疏云朵仿佛银色胸衣。

萨略特图书馆已变成一座破墙包裹的熔炉。赤塔法师像丝线吊着般悬在空中,用一道道邪恶的咒术击打他。幻影巨龙摇晃着脑袋,喷出的火焰如燃烧的湖泊。它们不停地抬头,不停地喷吐,令人目眩的火焰包围了他,一颗颗灼目的太阳落在他身上。

阿凯梅安跪倒在地,全身浴火,嘴里和眼角都流出血来,周围散落着成堆的石块与文书。他咆哮着施放出一个又一个隔绝术,但每一个都被立刻打破、粉碎,像是扯开腐烂的亚麻布。苍穹间仿佛回响着赤塔学士永不停息的咏唱,好似愤怒的铁匠在敲打铁砧。

一片疯狂的混乱中,杜萨斯·阿凯梅安瞥见了远方的落日,如此无情,径自给一团团云彩抹上橙黄与玫瑰红……

真是一首好歌啊,他想道。

原谅我,凯胡斯。

第二卷　第二次进军

第十三章 施吉克

> 人总是用手指着其他人，所以我不关注指甲，只关注指节。
>
> ——昂提拉斯，《论人类的愚蠢》

> 没有正午的日子，没有秋天的年份。
> 永远崭新的爱情，或者爱情并不存在。
>
> ——匿名，《殇颂》

长牙纪4111年，夏末，施吉克省

有光。

"艾斯梅……"

她身子一动。是梦吗？是的……她梦到自己在游泳，在俯瞰战争平原的丘陵池塘中。

一只手按在她裸露的肩膀上，温柔地按压。

"艾斯梅……你得醒醒。"

但她刚开始感到温暖……她眨眨眼睛，发现还是夜里，不由得抽了抽嘴角。灯。有人举着一盏灯。阿凯在做什么？

她翻了个身仰坐起来，看到凯胡斯跪在她身边，表情非常严肃。她皱了皱眉毛，把毯子拉起来盖住胸口。

"怎——"刚开口，她就不得不停下来清嗓子，"怎么了？"

"萨略特图书馆，"他用冷漠的语调说，"着火了。"她茫然地眨眼，看着灯笼光，"赤塔的人毁掉了它，艾斯梅。"她转过脸，依然在寻找阿

乌有王子 * 战士先知

凯梅安。

辛奈摩斯表情中的某种东西深深震撼了普罗雅斯。普罗雅斯的手指漫不经心地滑过桌上的金酒碗边沿,酒碗早空了,他盯着酒碗侧面闪亮的雄鹰徽记。

"你到底想要我做什么,辛?"他的话音里带着烦躁与狐疑。

"你能做到的一切!"

元帅两天前就把阿凯梅安被绑架的事告诉了他。普罗雅斯没见过元帅这副样子,忧心忡忡,简直发了狂。按元帅的要求,他下令逮捕塞里舒,一个南部边境的男爵,他只模糊记得那人的模样。然后他骑马去了爱荷西亚,要求会见以利亚萨拉斯,大宗师也接见了他。

大宗师的态度非常亲切,却直截了当地否认了元帅的指控。他声称自己的手下调查萨略特图书馆时意外发现了一个西斯林的隐秘据点。"我们失去了两名成员,这是非常严重的损失。"大宗师严肃地说。

普罗雅斯彬彬有礼地提出要看西斯林的尸骨,以利亚萨拉斯回应道:"愿意的话,你可以把他们装走……你有袋子吗?"

你也明白,他的眼睛在说,你做这些事多么徒劳。

普罗雅斯一开始就知道这是徒劳——就算能逮捕塞里舒。很快,圣战军会越过森比斯河,进攻南岸的萨考拉斯。长牙之民需要赤塔,如果塞尔文迪人说得没错,圣战的胜败系于赤塔。一个人的性命——更何况还是个渎神的人——与这样的需要相比算得了什么?真神要求牺牲……

普罗雅斯知道这是徒劳——完完全全是徒劳!但要让辛奈摩斯也明白这一点,恐怕没那么容易。

"我能做到的一切?"王子复述了一遍,"请你告诉我,辛,我到底能做什么？康里亚的王子对赤塔有什么权力？"

他有点后悔自己不耐烦的语调,但别无他法。

辛奈摩斯仍然笔直地站在原地,就像在接受检阅："你可以召集议事会……"

"是的,我可以,但目的是什么？"

"目的？"辛奈摩斯重复了一遍,显然感到不解,"你说召集议事会的目的？"

"是的,这问题很伤人,却不得不问。"

"你不明白吗？"辛奈摩斯喊道,"阿凯梅安还没死！我不是要你为他复仇！他们带走了他,普罗雅斯！他们仍把他关在爱荷西亚的某个地方。他们会用你我无法想象的方式拷打他。是赤塔！赤塔抓住了阿凯梅安！"

赤塔。对那些生活在上艾诺恩的阴影中的人,这是一个恐怖的名字。普罗雅斯深吸一口气。真神的需求才最重要……

信仰令人坚强。

"辛……我知道你在经受怎样的折磨。我知道你觉得该为此事负责,但——"

"你这傲慢无礼、忘恩负义的臭小子！"元帅的怒火爆发了。他抓着桌角,身体前倾,压过桌上一卷卷羊皮纸,飞溅的唾沫沾在王子的胡子上,"你没从他身上学到什么吗？还是说你从小就一副铁石心肠？那是阿凯梅安啊,普罗雅斯,是阿凯！他曾那么宠爱你！那么喜欢你！是他成就了你！"

"记住自己的身份,元帅！我不会容忍——"

"听我说完！"辛奈摩斯大吼,挥起拳头砸在桌上。黄金酒碗跳了起来,滚到地上。

"你虽然顽固,"元帅的声音有些发涩,"也该知道如何处理这种事。记得你在安迪亚敏高地上说的话吗？'这场游戏无始也无终'。

乌有王子 ★ 战士先知

我不是要你去攻打以利亚萨拉斯,普罗雅斯,我只要你去玩你们的游戏!让他们相信,不确保阿凯的安全,你绝不善罢甘休;让他们认为,如果他们杀了阿凯,你不惜向他们开战。如果他们相信你愿不惜一切代价,甚至包括圣城希摩,也要救回阿凯梅安,他们会屈服的,他们一定会屈服的!"

普罗雅斯站了起来,从曾经的剑术老师那张愤怒的脸庞前退开。他的确知道"这种事"该如何处理,也"已经"用开战威胁以利亚萨拉斯了。

他露出苦笑:"你疯了吗,辛?你真的要让我把儿时的老师放到真神之前?把一个巫师放到我的神灵之前?"

辛奈摩斯放开桌子,挺直身体:"这么多年了,你一直不明白,对吗?"

"你要我明白什么?"普罗雅斯喊道,"这种对话我们有过多少次了?阿凯梅安是不洁的人!不洁的!"他突然感觉自己有无比确凿的信心,好像这个想法本身带来了怒火,"如果渎神者杀了渎神者,就给我们省下火油和木头了。"

辛奈摩斯缩了缩身,像被狠揍了一拳:"所以你什么都不会做。"

"你也不许做,元帅。我们要进军南岸了,帕迪拉贾把从吉尔加什到尤玛那的每一个帕夏都召唤来了,基安人全体集结!"

"我辞去亚特雷普斯的镇守元帅之职。"辛奈摩斯僵硬地宣布,"此外,我断绝与你和你父亲的一切关系,解除我对涅尔塞家族的誓言。我不再是康里亚骑士。"

普罗雅斯感觉脸和手都麻木了。这不可能。"你想好了,辛。"他的呼吸开始急促,"你的一切……不动产、动产以及种姓……你拥有的一切,你成为的一切,都将被剥夺。"

"不,普罗沙,"元帅转身朝门帷走去,"放弃一切的是你。"

他离开了。

第二卷　第二次进军

油灯的芦苇灯芯发出劈啪声,四周更加昏暗。难以承受!与同僚无穷无尽的斗争,异教徒,负担——无数负担!永无止境的恐惧……辛奈摩斯一直在他身边,只有辛奈摩斯,唯一一个理解他的人,唯一一个能让他的怒火平息的人,唯一一个能分担……

阿凯!

瑟金斯在上……他做了什么?

涅尔塞·普罗雅斯跪了下来,胃里仿佛有匕首在搅。但他没有流泪。是你在考验我!我知道是你在考验我!

❦

两个躯体,一份暖意。

这不就是凯胡斯说的爱情吗?

艾斯梅娜看到辛奈摩斯不安地坐下,好像不知道受不受欢迎。他厚重的手掌在脸上擦了擦,她可以看出他眼中的绝望。

"我已经,"他沉重地说,"尽我所能了。"

他的意思是找人谈过了,男人间的谈话总是假装发出了声音,同时存留着颜面。

"不!你必须继续去求他!你不能放弃,辛,你不能……"

他眼中的痛苦替她说完了话。

"过不多久,圣战军就要攻打南岸了,艾斯梅。"

他抿抿嘴唇。

他的意思是杜萨斯·阿凯梅安很快会被遗忘,跟所有棘手而尴尬的事一样。但这怎么可能?一个了解阿凯梅安、熟识阿凯梅安的人,怎么可能就这样离开他,就像被单从干燥的皮肤上滑落?但他们是男人,男人表面上都是干巴巴的,湿润的一面永远藏在心里。他们不可能将自己的生命和其他男人融合起来。永远也没法真正融在一起。

"也许……"她擦掉眼泪,尽全力露出微笑,"也许普罗雅斯很、很孤独……也许他需、需要——"

"不,艾斯梅,不行。"

滚烫的泪水流下。她缓缓摇头,面无表情。

不……我必须做些什么!一定有我能做的事!

辛奈摩斯的目光越过她,看向阳光照耀的地面,就像在寻找遗忘的话。

"你何不跟凯胡斯和西尔维待在一起呢?"他问。

短时间内发生了如此多的变化。失去地位后,辛奈摩斯的营地也散了。凯胡斯带着西尔维加入了普罗雅斯的队伍,虽然她理解这样做的理由,还是觉得沮丧——凯胡斯爱着阿凯,却不能不照顾更多的人。她恳求过他!她曾匍匐在他脚边,甚至在最绝望的时候,还试过引诱他。然而他完全不为所动。

圣战。圣战。一切都是为了这场见鬼的圣战!

阿凯梅安该怎么办?

凯胡斯忤逆不了命运,他要回应那位伟大的妓女……

"如果阿凯回来了呢?"她抽泣着,"如果他回到这里,找不到我怎么办?"

虽然每个人都已离开,但她的帐篷——阿凯的帐篷——没有移动分毫。她留在这个承载过她所有欢乐的缝隙中。亚特雷普斯军现在由伊里萨斯指挥了,但人们对她还算尊重,叫她"巫师的女人"……

"自己待在这里恐怕不好。"辛奈摩斯说,"伊里萨斯很快要和普罗雅斯一起出征,然后施吉克人……可能会回来报复。"

"我会有办法的。"她嘶哑地说,"我之前都一个人过,辛。"

辛奈摩斯站起来,伸出一只手,抚过她脸颊,拇指温柔地拂去一滴泪水:"多保重,艾斯梅。"

"你要做什么?"

第二卷 第二次进军

他朝她身后遥远的地方看去。也许是看向薄雾笼罩的金字塔,也许什么都没看。

"去找他。"他用毫无希望的声音说。

"我和你一起去!"她高喊着跳起来。

我来了,阿凯!我来了!

辛奈摩斯一声不吭地走到坐骑旁,爬上马鞍,从腰带中抽出一把匕首,高高地抛起来,插在她脚边的土地里。

"拿着。"他说,"保重,艾斯梅。"

艾斯梅娜这才发现,丁察塞斯和岑卡帕也骑马站在远处,等待他们曾经的领主。他们挥挥手,随辛奈摩斯离开了。她坐在地上,突然嚎啕大哭,用晒热的手臂捂住了脸。

再抬起头,他们都走了。

无助。如果说女人是希望最古老的伴侣,也只是因为她们的无助。当然,某些女人可以在灶火旁掌权,但灶火之外的世界依然属于男人。阿凯梅安正是消失在那个世界里,消失在一座座火堆间冰冷的黑暗中。

她只能等待……有什么比等待更痛苦呢?没有东西能像空白的时间一样,用精确的笔法勾勒出一个人的无能。时间一刻又一刻过去,有时感觉无比迟钝,有时则充斥着无声的尖叫,而每一刻仿佛都在咬啮她。光明的时刻带来令人痛苦的问题:他在哪儿?没有他我该怎么办?黑暗的时刻让希望化为乌有:他死了,只剩我一人。

等待,这是女人的传统。在灶火边等待。不住地瞥看,却又不敢对视。无休止地争论无意义的东西。不停思考,却与学识无缘。不断重复别人说过和暗示过的话。像念叨咒语一样追逐线索,仿佛她们拙劣的智慧加上无比执著的灵魂可以在更深层次上理解这个世界,让这个世界向她们屈服。

日子一天天过去,她仿佛成了旋转的车轮上唯一不动的点,或是洪水退却后仅存的建筑。附近营帐纷纷倒下,像覆在死尸上的裹尸布。

乌有王子 ✴ 战士先知

庞大的行李车装满辎重，穿盔甲的人骑马从地平线这头跑向那头，个个身负伟大使命。军团在牧场上集结，呼喊着，高唱圣歌，渐行渐远。

像这个过去的夏天。

而艾斯梅娜独坐在他们离开的地方，看着微风吹拂被践踏的草地，看着飞舞的野蜂如黑色圆点在满是足迹的河滩上嗡嗡盘旋。她感到自己坐在永恒的静默中，喧哗落幕，虚假的平静将她包裹。坐在阿凯梅安的帐前，背对他们可怜的财产，面朝阳光明媚的大地，她哭喊他的名字，仿佛他就躲在某棵黑柳树后。柳树的每根枝条都在自由舞动，似乎不属于同一片天空。

她几乎可以看到他蹲在树干黑色的阴影中。

出来吧，阿凯……他们都离开了，这里安全了，我的爱人。

白天。黑夜。

艾斯梅娜无声地问出明知不会得到答案的问题。她想着离去的女儿，将冰冷的死后世界与眼前的现实世界做比较——这是违反教义的想法。她走到森比斯河边，凝望黑色河水，不知是想喝水，还是想投入水中。她看到自己在水底挥手……

一个躯体，没有暖意。

白天。黑夜。时时刻刻。

艾斯梅娜是妓女，而妓女知道如何等待，她们在持久的泄欲行为中磨炼出了耐性。现在，她的每一天都是像生命一样漫长的卷轴上书写的段落，每个段落都在低声诉说：

这里安全了，我的爱人，快出来吧。

这里安全了。

------ ⚬⚬⚬ ------

离开辛奈摩斯的营地后，奈育尔的日子和以往没什么不同，不是和

第二卷　第二次进军

普罗雅斯商谈军事，就是应王子的要求执行任务。萨考拉斯在战争平原吃了败仗后几乎没浪费任何时间，立刻放弃了所有无法防守的土地——包括整个森比斯河北岸——又烧掉了所有能找到的船只，以阻止大军渡河。他一边沿整个南岸修建临时瞭望塔，一边聚集残部。对施吉克人及他们的因里教新领主来说，幸运的是萨考拉斯没有烧掉谷仓，也没在撤退时焚烧田地和果园。议事会上，梭本说这是因为异教徒撤退得太匆忙，是因为恐惧，但奈育尔知道并非如此。基安人是有计划地撤离北岸的，他们知道辛内雷斯会拖慢长牙之民的行军速度。哪怕在泽克尔塔——八年前塞尔文迪人击溃这些异教徒的战场——基安人也很快返回，收复了失地。他们是倔强而诡计多端的民族。

奈育尔知道，萨考拉斯放过北岸的田地，是因为他打算夺回这里。

以因里教徒的肚量，要消化这事实并不容易。即便是放下了自身种姓固有的狂妄、接受奈育尔教导的普罗雅斯，也不相信基安人能带来真正的威胁。

"你对胜利真有把握?"一天晚上，奈育尔单独与王子进餐时问。

"把握?"普罗雅斯说，"当然。"

"为什么?"

"因为这是真神的意志。"

"那萨考拉斯呢? 他不也会说出同样的话吗?"

普罗雅斯扬了扬眉毛，然后马上拧紧："这不是重点，塞尔文迪人。我们杀了多少敌人? 在他们心中埋下了多少恐惧?"

"你们杀的敌人太少，埋下的恐惧也太少。"奈育尔开口解释忆者是如何用歌谣故事描述每个纳述尔军团，讲述各军团的标志、徽章与性情。这样一来，各部落礼拜或作战时，就能读懂纳述尔军阵潜藏的意义。"而这却成为草原人在基育斯河之战中失败的原因，"他道，"孔法斯更换了各军团的标志，我们上了当……"

"傻瓜也知道如何解读敌人的阵线!"普罗雅斯打断他。

奈育尔耸耸肩:"那么告诉我,你在战争平原上读到了什么?"

普罗雅斯的脸色变白了:"当时烟雾弥漫,能看到什么?我只认出几个……"

"我全认出来了。"奈育尔强调,"基安的大家族只有约三分之二出现在蒙格达平原,有些还只是来做做样子——这视乎萨考拉斯在同僚中有多少敌人。屠杀乡民圣战军之后,显然有很多异教徒——包括帕迪拉贾——会轻视圣战军的威胁……"

"但现在……"普罗雅斯道。

"他们不会再犯同样的错误。他们会与吉尔加什、尼尔纳米什达成协议。他们会清空每座兵营,给每匹马装上鞍具,为每个儿子发放武器……不要心存幻想,每天都有数以千计的基安骑兵赶往施吉克,他们将以圣战回应圣战。"

这次谈话后,普罗雅斯完全接受了奈育尔的劝告。接下来的议事会上,除孔法斯外,每个大贵族都在嘲笑奈育尔的警告。但普罗雅斯带上的突袭河对岸抓到的俘虏,证实了奈育尔预测的每件事。那些可怜的家伙说,过去一周多,许多遥远地方的大公——远至塞鲁卡拉和南锡蓬——都穿过南方沙漠赶来了。许多名字连诺斯莱人都如雷贯耳:辛加捷霍,威名远扬的尤玛那帕夏;伊伯扬,安那斯潘尼亚帕夏;甚至杜诺沙,暴虐的安摩图帕夏,也从希摩赶到。

于是大家达成共识,圣战军必须尽快渡过森比斯河。

"想想看,"会后普罗雅斯对他说,"之前我只是把你当作外交上打败皇帝的奇招,现在除了名号之外,你已经成了我们的将军。你发现了吗?"

"我说的话、我提的所有建议,没有什么是孔法斯不能给的。"

普罗雅斯笑了:"除了信任,塞尔文迪人,除了信任。"虽然奈育尔也露出微笑,但不知为何,这话让他一阵不适。狗与牛的信任对他有什么意义?

第二卷　第二次进军

奈育尔是为战争而生,从小受的教育全都和战争有关。这一点,只有这一点,是他生命的全部意义。因此,他以超乎寻常的热情投入到渡河作战的准备工作中。各路贵族都在大量建造木筏和驳船,好让整支圣战军渡过森比斯河,奈育尔则带领康里亚人寻找理想的渡河地点。他带着分派给他的小部队趁夜对南岸发动突袭,甚至带上了绘图师,以测定南岸地形。如果说因里教徒的战争手段中有什么让他印象深刻,那就是对地图的运用了。他亲自监督审讯俘虏,把一些塞尔文迪人的手段传授给普罗雅斯的审讯官。他还询问那些在南岸劫掠的贵族,如阿斯贾亚里伯爵,仔细收集他们的见闻。此外,他经常与其他军团中有相同任务的军官们,比如瑟育拉伯爵、比亚希·索帕斯将军及乌兰扬卡总督等进行会商。

除了在普罗雅斯的议事会上,他很少见到凯胡斯,更没机会交谈。杜尼安僧侣对他而言仿佛变成了传说。

奈育尔白天的生活与以往没什么区别,但夜晚……则完全不同。

他从没在同一个地方扎过营。大多数时候,日落之后,或是跟普罗雅斯及其手下贵族吃完晚饭之后,他会骑马离开康里亚人的营地,越过岗哨来到荒野中,点起自己的营火,听夜风在树木间呼啸。视野良好的夜晚,他会盯着康里亚人的营地,细心点数营火。"敌人的数量,"父亲告诉他,"可以由营火推测。"有时他凝视星空,猜想那会不会也是敌人的营火。他经常幻想自己在大草原上宿营。神圣的大草原。

他也经常想起西尔维和凯胡斯,而且每次都在重复把她抛弃给杜尼安僧侣的情景。他是一名战士——一名塞尔文迪战士!他,骏马与战士的粉碎者奈育尔,要女人有什么用?

但无论多么冠冕堂皇的理由,也无法阻止他想起她。她浑圆的胸脯与臀部扭动的曲线都是如此完美。他为她燃烧,每个战士、每个男人都会为她燃烧!她是他的战利品——他的证明!

他记得自己假装睡着,聆听她在黑暗中哭泣。他记得心头的懊悔,如春雪般沉重而冰凉,压得他无法呼吸。多么愚蠢!他想出许多道歉的话,许多绝望的恳求,也许可以缓解她的恨意,可以让她看他一眼。他想亲吻她逐渐隆起的柔软肚腹。他想起安妮丝,他心中的第一个妻子,现在一定沉睡在遥远的炉火边,紧抱着他们的女儿桑娜西,仿佛可以为女儿驱走女人天性中的恐惧。他想起了普罗雅斯。

心情恶劣的夜晚,他会在帐篷的黑暗中抱紧身子,号叫、痛哭。他用拳头敲打地面,用匕首在地上挖洞,再用坚硬的下体在里面抽插。他诅咒这个世界。他诅咒天堂。他诅咒安那苏里博·莫恩古斯及其怪物般的儿子。

他想道:快让这一切结束吧。

心情不错的夜晚,他干脆不扎帐篷,骑马冲进最近的施吉克村庄,踢开每一扇房门,在号叫声中感受狂喜。他一时兴起放过了那些门上涂着符号的屋子——那可能是羔羊的血——但当他发现每一家都用羊血涂门时,就决定不再区别对待了。"杀了我!"他朝那些人咆哮,"杀了我,一切就结束了!"

放声大哭的男人,尖叫的女孩,沉默不语的女人。他取走所有他认为可以补偿自己的东西。

过了一星期,奈育尔终于为圣战军找到最好的渡河地点:森比斯河三角洲南部边缘潮水形成的一片浅沼泽。当然,各大贵族——除了普罗雅斯和孔法斯——对此都很犹豫,分头派人探查了那块地方之后更是无法接受。他们都是骑士,彻头彻尾的骑士,从小受的培训是如何冲锋,而在沼泽当中,马能迈动蹄子就不错了。

但这恰恰是奈育尔选择那里的原因。

在爱荷西亚举行的议事会上,普罗雅斯要他把计划解释给因里教贵族们听。他在桌上展开一张巨大的南岸三角洲地图。

"在蒙格达,"奈育尔说,"你们见识了基安人的速度。这意味着无论在哪里渡河,萨考拉斯都可以快你们一步集结兵力。但在蒙格达,你

第二卷 第二次进军

们也了解到了你们步兵的威力,更重要的是,你们用这一点教训了敌人。这里的沼泽不深,哪怕全副武装的士兵也可以走动自如,但马匹只能牵着行进。你们以你们的坐骑为荣,然而基安人的骄傲更甚,他们不愿下马作战,也不会把刚征募的步兵派来对付你们。面对连大公的亲兵都能击退的军队,临时征募的步兵又能做什么?毫无用处。萨考拉斯会放弃整片沼泽……"

他一只龟裂的手指戳在地图上,那是沼泽南边的某个位置。

"他会撤退到这里——安乌拉特要塞,把附近牧场让给你们集结。这样你们的步骑兵都能得到空间施展。"

"你怎么这么肯定?"戈泰克喊道。所有大贵族中,这位阿甘萨诺的老伯爵对奈育尔的出身最不满——当然,除了孔法斯之外。

"因为萨考拉斯,"奈育尔平静地说,"不是傻瓜。"

戈泰克一拳砸在桌上。但没等普罗雅斯出言干涉,大统领就从座位上站了起来:"他说得对!"

智取辛内雷斯之后,孔法斯几乎没发过言,他的声音不受欢迎了。但听到他支持塞尔文迪人,而且是在如此大胆的提议上时,贵族们还是愣住了。

"虽然我很不愿意承认,但这条狗说得没错。"他看了奈育尔一眼,眼中有笑意也有仇恨,"他选对了我们渡河的地点。"

奈育尔在脑海中想象如何割开他们肥胖的脖颈。

这次成功的会议之后,塞尔文迪酋长的名声传开了。因里教贵族甚至开始流行他的打扮风格,尤其是艾诺恩人和他们的妻子。普罗雅斯警告过他,这种事早晚会发生。"他们会被你吸引,"王子解释,"就像老色鬼看上小男孩一样。"奈育尔开始为受到过多的邀请和表白苦恼。有个女人甚至通过不懈努力,找到了他在野外的营帐,幸好他在掐死她之前停了手。

驻扎四方的圣战军开始在爱荷西亚城下集结。像在基育斯河之战前揣测孔法斯的思路一样,奈育尔绞尽脑汁地猜测萨考拉斯的想法。对方显然毫无畏惧:曾站在阵前,无视梭本手下的阿格蒙弓箭手射来的箭雨,好整以暇地修剪指甲——这故事在军中早已成为传奇。通过拷问基安俘房,奈育尔还了解到其他细节:萨考拉斯纪律严明,擅长组织人力,连地位比他高的人也尊敬他,包括帕迪拉贾的儿子法纳亚,还有他著名的女婿伊伯扬。他无意中还从孔法斯那里了解到此人的更多情况,孔法斯会在不经意间提起年轻时在帕夏那里做人质的经历,如果他的话可信,那么萨考拉斯是个极度精明又极其喜欢恶作剧的人。

在这人的性格特征中,奈育尔最在意这最后一点:顽皮。据说萨考拉斯会趁客人不备,在酒中掺上艾诺恩或尼尔纳米什的各种麻醉剂——甚至会放参乎。"以为在和我喝酒的人,"孔法斯模仿他的口气说,"实际上是在和自己喝酒。"奈育尔第一次听到这故事时,以为帕夏只是为炫耀奢华;现在他明白,麻醉剂的作用是让客人成为另外的人,当成陌生人来碰杯畅饮。

这意味着狡猾的帕夏不仅喜欢捉弄、欺骗人,还喜欢展示、证明……

对萨考拉斯来说,即将到来的战事不过是一场竞赛,他要利用这机会来展示自己。他在蒙格达平原低估了因里教徒,只看到了自己的力量和敌人的弱点,就像森努瑞特在基育斯河低估了孔法斯一样。他这次不会再靠蛮力对付长牙之民了。他这种人不会犯同样的错误。他会以智谋战胜对手,让长牙之民看到自己的愚蠢……

这个狡猾的老战士究竟会怎样做呢?

奈育尔把想法讲给普罗雅斯听。

他告诉王子:"你一定要确保赤塔始终跟随大军行动。"

普罗雅斯以手扶额,无奈地说:"以利亚萨拉斯不会同意。他说赤塔只会跟在圣战军后面。显然他的密探告诉他,西斯林仍在希摩……"

奈育尔皱眉吐了口痰:"这算什么!"

第二卷 第二次进军

"恐怕赤塔会保留力量,以全力对付西斯林。"

"必须让他们跟着。"奈育尔坚持,"哪怕藏在军队里也没关系。你一定有什么好处可以给他们。"

王子露出悲伤的笑容:"或者什么人。"他的声调异常伤感。

奈育尔每天至少去河边一次,查看准备工作的进展。爱荷西亚附近的冲积平原和森比斯河岸上的树木被砍伐一空。数以千计的因里教徒赤裸上身,在砍倒的树干旁辛勤劳作:劈砍、拖拽、捆绑,河边弥漫着汗水、沥青及砍下的木头的味道。他要沿河骑上若干里,才能看到队伍的尽头。他经过时,人们会高喊"塞尔文迪人!"向他致敬,仿佛他的民族成了他的名号一样。

只需看看森比斯河对岸,他就知道萨考拉斯在等着他们。费恩教骑兵在河岸上日夜巡逻,看上去只是些小点,其实是整支整支的部队。有时他甚至听到上千人发出的嘲笑从水面上传来,有时则是鼓声。

为防万一,几个分队的帝国划桨战船停在了河中。

圣战军在天亮前很久就开始登船,几百艘粗陋的驳船和几千只木筏驶入森比斯河。待朝阳给河水涂上珐琅,大部分船只已满载紧张的人和马起航了。

奈育尔和普罗雅斯及其亲随乘一艘船。辛奈摩斯不在,奈育尔有些奇怪,不过元帅有自己的部队要照顾。凯胡斯当然在船上,有时还站在王子身边,谈笑中普罗雅斯不时发出的笑声仿佛抓挠着奈育尔。

奈育尔眼看着杜尼安僧侣的影响力越来越大,眼看着他逐渐控制了辛奈摩斯火堆旁的每个人,像鞍匠加工皮革一样玩弄他们的心,硝制、打孔、塑造成型,眼看着他用谎言做稻谷,引诱越来越多的长牙之民,眼看着他只是用简单的话语和深不可测的眼神,就驾驭了数以千计的人——数以千计！——眼看着凯胡斯哄骗西尔维……他一直这样看着凯胡斯，直到忍无可忍。奈育尔清楚凯胡斯的能力，知道圣战军早晚必臣服于他，但知道和看到是不同的。奈育尔并不在乎因里教徒，但看到凯胡斯的谎言像肿瘤在老妇的皮肤上蔓延一样传播开来，仍不禁为他们感到恐惧——他鄙视他们，但也为他们感到恐惧！他们是怎样拜倒在他脚边，舔他的袍角，奉迎他，向他乞怜。无论天真愚蠢的年轻人还是久经沙场的战士，都在他面前自降身份，用哀伤的眼神和恳求的表情看着他……噢，凯胡斯……噢，凯胡斯……愚蠢的酒鬼！没有男人气概的混蛋！他们怎能这么轻易就向他屈服……

最让他愤怒的是西尔维。他眼看着她一次又一次屈服于诱惑，眼看着她的手探向杜尼安僧侣大腿之间……

背信弃义、浪荡薄情的婊子！他要打她多少次？占有她多少次？又有多少次，他紧盯着她，陶醉于她的美丽？

奈育尔盘腿坐在船头，窥视着对岸树下的阴影。他看到成群骑兵，大概有几千人，跟着他们的船队缓缓向下游行进。

空气阴沉潮湿，水面回荡着木筏上因里教徒们的兴奋叫喊，大多是嘲笑。奈育尔人看到许多人脱下裤子，把屁股冲着南岸。

"看我的屁眼！"有人朝对岸涌来的基安人叫嚷。

"真丢脸！"有人从旁边木筏上喊，"看你像个什么？异教徒吗？"

"不，我像个屁眼！"

一时间，好像整个森比斯河都在哄然大笑。奈育尔面无表情地看着，直到某个傻瓜玩得过火，失足面朝下栽进水里，由于身穿重甲，直接往下沉。周围人惊慌失措，南岸传来嘲笑和嘘声。普罗雅斯咒骂了一句，大声斥责周围木筏上的人。

然后王子离开凯胡斯，挤到船头，站在奈育尔身边，眼中精光闪烁——每次和凯胡斯交谈后，他眼里都会有这种光。事实上，每个人和凯胡斯交谈后眼里都会精光闪烁，仿佛噩梦初醒，发现自己和家人都平安无事一样。

但王子的表情里还有些别的东西,一种过于急切的同志之情。

"知道吗?你躲凯胡斯跟躲瘟疫差不多。"

奈育尔哼了一声。

普罗雅斯看着他,脸上的微笑逐渐退去。"这种事一定难以启齿吧。"他说,目光从奈育尔身上移到对岸,看着那些异教徒潮水般退却。

"什么事?"奈育尔问。

普罗雅斯微微一笑,挠了挠后脑勺:"凯胡斯都告诉我了……"

"告诉你什么?"

"西尔维的事。"

奈育尔点点头,朝船首下翻涌的河水吐了口痰。当然了,杜尼安僧侣一定会告诉他。对于他们之间的不和,还有什么更好的解释?男人的不和有更好的理由吗?女人。

西尔维……他的战利品。他的证明。

完美的解释。简单。合理。不会引发更多问题……

杜尼安僧侣的解释。

一阵沉默。尴尬中透着疑惑与误解。

"告诉我,奈育尔,"普罗雅斯终于开口,"塞尔文迪人的信仰是什么样的?他们遵循什么法则?"

"我的信仰?"

"是的……当然。"

"我相信你们的祖先杀了我的神。我相信你们的种族流着罪人的血。"

他的声音没有丝毫颤抖,表情也没有任何变化。但和每次说出这话时一样,他仿佛听到可怖的大合唱。

"所以你们崇拜复仇……"

"我崇拜复仇。"

"所以塞尔文迪人自称战争之民。"

"是的。战争就是复仇。"

这是恰当的回答。但问题本身似乎不太对劲。

"为了夺回被夺去的东西，"普罗雅斯眼神明亮，但其中也有一丝困惑，"就像圣战军要夺回希摩。"

"不，"奈育尔答道，"只是要杀死把东西夺走的人。"

普罗雅斯朝他投来警惕的一瞥，然后转开眼，那坦白的口气在奈育尔听来就像女人一样："如果忘记你的身份，塞尔文迪人，我也许会很欣赏你。"

但奈育尔已转身望向南岸。那边有许多人，如果能杀他的话，是绝不会手下留情的。普罗雅斯记得什么或忘记了什么都与他无关，他的身份不会因之改变。

我是战争之民！

因里教船只排成一列长长的纵队，进入三角洲的第一条水道。奈育尔不禁想，当萨考拉斯的哨兵向他报告圣战军失踪了时，他会作何反应？他预料到这一点了吗？还是恐慌不已？皇帝的战舰大概已堵住了最南边的通航水道，帕夏很快就会知道，圣战军打算在哪里登陆了。

骚扰他们的只有河面上的蚊虫。一上午过去，然后是下午。大战前呈现出特有的平静，每场战役之前总有这种感觉。不知为何，空气变得凝滞，每一瞬间的流逝都像石头落下一样。人们心中生出前所未有的厌倦，越来越沉重的厌倦让他们脖子变僵，脑袋发痛。每个人，不管早上多么害怕，现在都渴望起战争来，好像等待战争的折磨远比战争本身更沉重。夜晚在这样的不适中度过，大家在半梦半醒间到了精神恍惚的边缘。

第二天正午时分，他们到达盐水沼泽：深绿色芦苇汇成的海洋，一直延伸到远方地平线。凝滞感突然完全消失了，奈育尔心中升起骑马冲锋时的狂热。他带人涉过沼泽，尽力把驳船拖到离河岸远一些的地

第二卷 第二次进军

方,用剑砍倒面前高耸的纸莎草。几千人和他一起踩踏着芦苇前行,把本就很浅的沼泽踩成了平原。先头部队终于踏上森比斯河南岸坚实的土地,奈育尔、普罗雅斯、凯胡斯、伊吉亚班及一队骑士朝前冲了一段,看有什么在等待他们。杜尼安僧侣的存在又让他心头发痒,好像随时可能有人从看不到的地方袭击他一样。

朝东看去,他们望见梅内亚诺海遥远的波涛。前方——也就是南方——碎石密布的土地逐渐隆起,形成一大片铁锈色山丘。西边是大片牧场,中间的沟壑像男人皱起的额头,远处有几座果园。在一座孤零零的小山上,透过薄雾,隐约可见安乌拉特要塞低矮的围墙。几队骑兵在他们与要塞之间疾驰,此外再没有其他军队。

萨考拉斯放弃了在南岸阻击他们,正如奈育尔所料。普罗雅斯发出庆祝的呼喊:"那群蠢货!"

伊吉亚班也喊道:"蠢货!"

奈育尔没理会他们的欢呼雀跃,朝凯胡斯看去。不出所料,凯胡斯也看着他,研究着他。奈育尔吐了口痰,转开视线,他非常清楚杜尼安僧侣看到的是什么。这实在是太容易了。

圣战军用了整整一下午爬出沼泽。待到暮色降临,大多数人已扎好帐篷。奈育尔听到因里教徒的歌声,像往常一样露出嘲笑。他看着那些人成群结队地跪下,对着祭司或是神像祈祷。他听着他们大笑、欢呼,不禁想,战争前夜这些情绪到底是发自内心,还是被迫的。对他们而言,这场战役只是手段而非目的,是通往终点的道路。

希摩。

但夜色很快冷却了他们的欢欣。整个南方和西方地平线上火光遍布,像炭火的余烬散落在深蓝色羊毛毯上。营火,数不清几千几万,每一座营火周围都是心如皮革般坚韧的基安武士。鼓声隆隆,传下山坡。

长牙之民兵不血刃地渡过了大河,他们简直难以置信。在全体贵族参加的议事会上,他们推举奈育尔为"战争之主"——也就是部落民的"部族之王"。伊库雷·孔法斯带着将军和下级军官们愤怒地离席，而奈育尔一言不发地接受了欢呼，心如乱麻，没感到任何骄傲或尴尬。贵族们让奴隶为他缝了一面专属的军旗，这是因里教徒心目中的至高荣誉。

之后，奈育尔看到普罗雅斯独自站在暗处，看着异教徒营地不计其数的火光。

"那么多敌人，"王子轻声说，"对吗，战争之主？"

普罗雅斯扬起嘴角，折出微笑，但在月光下，奈育尔发现他的双手绞在一起。迎上王子的眼神，野蛮人心里不禁一颤，多么年轻，多么脆弱……直到此时，奈育尔似才理解即将发生的一切有多重要。国家、信仰和民族的命运全系于此。

这个年轻人，这个男孩，在其中处于哪个位置？又会成长到哪个位置？

他要是我儿子该多好。

"我会战胜他们。"奈育尔说。

可当他向梅内亚诺海多风的岸边孤零零的帐篷走去时，一路上懊悔不已。他为什么要向因里教王子做出这样的保证？谁死谁活与他何干？只要能杀人，何须多管闲事？

我是战争之民！

奈育尔·厄·齐约萨，男人中的男人。

那天深夜，他蹲在翻滚的海浪前，洗刷阔剑。他想起和父亲一起前往遥远的约露亚海，蹲在迷雾缭绕的海岸上，做着同样的事，倾听远处浪涛的轰鸣，倾听海水漫过沙滩和卵石。梅内亚诺海闪耀的海滩外漆黑无垠，无路可循。这是另一种大草原。

父亲是这么形容大海的吗？

他坐在海边磨剑，准备明天的礼拜。凯胡斯悄无声息地走出黑暗，风撕扯头发，拽出一条条淡黄色轨迹。

第二卷 第二次进军

奈育尔露出狼一样的笑容。不知为何,他并不吃惊。"你来做什么,杜尼安僧侣?"

凯胡斯借着火光观察他的脸,但这次奈育尔不在乎。

我知道你会说谎。

"你觉得圣战军会获胜吗?"凯胡斯问。

"伟大的先知,"奈育尔嗤之以鼻,"其他人问了你同样的问题?"

"确实如此。"凯胡斯答道。

奈育尔朝火里吐了口痰:"我的战利品呢?"

"西尔维过得很好……你为何回避我的问题?"

奈育尔冷笑一声,转身继续磨剑:"你知道答案,何必问我?"

凯胡斯一言不发地伫立在黑暗中,仿佛是另一个世界的生物。风把火堆冒出的烟卷在他身边,大海波涛轰鸣。

"你觉得我的心残废了,"奈育尔续道,将手里磨刀石掷向星空,"但你错了……你觉得我变得更不稳定、更无法预测了,觉得我威胁到你的任务……"

他从阔剑上抬起目光,迎上杜尼安僧侣无底深渊般的眼神。

"但你错了。"

凯胡斯点点头,奈育尔根本不在乎。

"等战斗打响,"杜尼安僧侣道,"你必须指导我……你要教我战争之道。"

"我宁愿自行了断。"

风吹过篝火,飞洒的火星落在海滩上。这感觉真好,仿佛女人的手指拂过头发。

"我可以把西尔维给你。"凯胡斯说。

剑"当"一声落在奈育尔脚边。刹那间,他全身僵硬。

"为什么,"他轻蔑地吐了口痰,"我为什么会要你那个怀了孕的婊子?"

"她是你的战利品,"凯胡斯说,"她怀的是你的孩子。"

他为什么如此渴望她？她不过是个虚荣浅薄的孤女——仅此而已！奈育尔见过凯胡斯怎么使用、怎么装扮她,听到了凯胡斯要她去说的话。杜尼安僧侣不会嫌哪件工具太弱小、派不上用场,对他们而言,没有哪个词平凡得毫无意义,没有哪个眼神短暂得无法注意。她的美貌是他的凿子,她的桃子是他的铁锤……奈育尔都看到了！

那他为什么还犹豫？

我拥有的只有战争！

梅内亚诺海的波涛激烈地拍打沙滩,风中夹带着腥咸味道。奈育尔盯着杜尼安僧侣,仿佛过了一千个心跳的时间,最后他点点头,明知自己放弃了唯一一件能克制这个怪物的东西。从今以后,除了杜尼安僧侣的承诺,他已一无所有……

他已一无所有。

但闭上眼睛,他就看到了她,感觉她柔软的身体被他压在身下。她是他的战利品！是他的证明！

明天,礼拜之后……

他终将得到回报。

第二卷　第二次进军

第十四章
安乌拉特要塞

> 尊敬产生于知识的差异。这就是为什么对每一位学生真正的考验在于如何羞辱老师。
>
> ——戈塔迦,《至秘之典》

> 这里的孩子们玩耍的是骨头,而不是木棍,
> 我每次看到总忍不住去猜那骨头到底是信徒的、还是异教徒的。
> 我猜那是异教徒的骨头,因为它们好像是弯的。
>
> ——佚名,《安乌拉特书信》

长牙纪4111年,夏末,施吉克省

伊库雷·孔法斯看着最新情报,把马特姆斯将军晾在一旁半天没理。他的指挥帐篷的帆布帷幕已卷好送去了辎重营,军官、信使、秘书和抄写员在灯笼照亮的走道和附近黑暗的纳述尔营地中来回奔波。有人大喊,有人低语,所有人都面容麻木、双眼深陷,眼神闪现出对战争的警惕与期待。他们是纳述尔人,没有哪个民族在费恩教徒手上失去的子民比他们多。这样一场大战!而他——他!基育斯河畔的雄狮!却只是一支分队的指挥……

没关系。按艾诺恩人常说的,这不过是蜜中掺的盐。苦涩会让复仇变得更加甜美。

"天亮之后,那条塞尔文迪狗将领我们上战场。"孔法斯仍然没从桌上摊开的文件上抬头,"我决定让你,马特姆斯,作我军派驻指挥所的代表。"

"您有更具体的指示吗?"将军呆板地问。孔法斯抬起头,故意打量了一阵将军坚硬的下巴。为什么还让他留着蓝色的将军披风?本该把这个傻瓜卖给奴隶贩子⋯⋯

"你以为我把这任务交给你,是因为我信任你的程度跟不信任塞尔文迪人的程度相当⋯⋯你错了。虽然我看不起那个野蛮人,也希望看到他死,不过说实在的,在战场上我很信任他⋯⋯"理应如此,孔法斯觉得,说起来奇怪,但长久以来,那野蛮人仿佛成了他的学生。至少从基育斯河之战以后⋯⋯

难怪他们把命运称为妓女。

"但是你,马特姆斯,"孔法斯续道,"我完全无法信任。"

"那为什么把这任务交给我?"

他没有辩称无辜,没有受伤的眼神,没有握紧的拳头⋯⋯只是不动声色地表示好奇。孔法斯知道,马特姆斯虽然失败了,仍是个可敬的人。让他就这样走了着实有些浪费。

"因为这是你未完成的任务。"孔法斯把几页纸交给秘书,然后低下头,好像在研究桌上下一张羊皮纸,"我得到消息,亚特里索的王子会和塞尔文迪人一起上战场。"他朝将军露出迷人的微笑。

有那么一阵,马特姆斯没说话,脸上僵硬得像石头:"但我告诉过您⋯⋯他是⋯⋯他是⋯⋯"

"得了吧,"孔法斯打断他,"你有多久没拔过剑了,嗯?我要是让你下手,就该嘲笑你的武艺了⋯⋯不,我派你去只为了观察。"

"那么谁——"

孔法斯已在挥手了。三个人走上前,都是叔叔派的刺客,其中两个显然是纳述尔人,没给人留下太深印象。但第三个人,黑皮肤的祖姆

第二卷 第二次进军

人,甚至让孔法斯手下最傲慢的军官也紧张地看了过来。他比周围所有人都至少高出一头,有公牛一样的胸膛和黄色的眼睛,穿着红色条纹外衣和帝国辅助部队的铁鳞甲,背着一把巨大的弯刀。

一名祖姆的剑舞者。皇帝真是慷慨。

"这些人,"孔法斯死盯着将军说,"他们会完成任务……"他往前探了探身子,压低声音,不让其他人听到,"但你,马特姆斯,你要把安那苏里博·凯胡斯的人头带给我。"

他在将军眼中看到的是恐惧?是希望?孔法斯坐回椅子里:"你可以拿你的披风当袋子。"

因里教徒的号角发出悠长的咆哮,穿透了黎明前的昏暗,长牙之民的胜利信念从未如此坚定。他们已踏上森比斯河南岸,面对的是曾被他们压垮、击溃的敌人,而这一次他们将全力以赴。最重要的是,真神在他们中间——他们通过无数明亮的眼睛看到了他,在他们眼里,长矛与骑枪仿佛化作了长牙。

空中回荡着伯爵、骑士和总管们发号施令的声音。士兵匆忙穿好盔甲,帐篷间奔出一队队骑兵。已穿上战甲的人跪成一圈,进行最后的祈祷。他们传递着葡萄酒,匆匆掰开面包咽下。阵列渐渐成形,士兵们有的在唱歌,有的在张望。一小群一小群的随军妻子和妓女朝奔过身边的骑兵挥舞五颜六色的丝巾,祭司们咏唱出最真挚的祝福。

当太阳为梅内亚诺海镀上金色时,因里教徒已在原野上结成一排排衣甲鲜明的阵列。数百步外,面对他们的是庞大的新月阵,身着亮银盔甲和鲜艳战袍的骑兵严阵以待,无数马匹焦灼地踩踏着地面。从南方高地到黑色的森比斯河,整条地平线上都是费恩教徒。大队大队的骑兵纵马穿过牧场,安乌拉特要塞的围墙和箭塔上闪动着武器的寒光,长矛兵在南方的浅堤边排出乌压压的纵深阵形,更多的骑兵集结在山顶,从高地一直到海洋。事实上,似乎远处的每一寸土地里都被异教徒占据了。

因里教各国的阵线随各国的习惯骚动着。任性的加里奥斯人喝骂敌人,用不久前的屠杀侮辱对方;甲饰华丽的康里亚骑士的诅咒声透过白银面具传出;最惹眼的森耶里人对自己的盾牌兄弟立下血誓;纪律森严的纳述尔部队站得纹丝不动,等待军官号令;沙里亚骑士团抬头望天,紧抿嘴唇,心中默念着炽热的祷词;傲慢的艾诺恩人脸涂白色战妆,神情漠然,眼神却透出紧张;黑甲的泰丹人阴沉着脸,默默计算各自要杀多少个敌人。

一万面旗帜迎着晨风招展。

他做了什么交易啊?用战争去交换一个女人……

奈育尔带着一小队军官、观察员和战地信使,沿草皮和碎石覆盖的斜坡爬上一座俯瞰整个中央战场的小山,凯胡斯跟在他身边。普罗雅斯给他分配了几名奴隶,他们正紧张地搭建他的指挥所:从马车上卸下支架,搭起篷顶,在地上放下坐垫。他们升起专为奈育尔缝制的军旗:两条带红色条纹的白丝绸,侧面装饰的马尾流苏在海风中猎猎舞动。

因里教徒称它为"斯瓦宗旗",这是他们的战争之主的标志。

奈育尔驱马来到山顶边缘,惊讶地看着下面。

圣战军从他脚下延伸向四面八方,在远处如同暗色羊毛。大批步兵组成方阵和散兵线,闪光的骑士成行或成列。对面,异教徒部队沿山地和原野散乱排列着,在朝阳下闪烁。不远处的安乌拉特要塞看上去两根手指就能挡住,它的围墙与胸墙上都有长长的橙色军旗。

空中充斥着无数人的叫喊,近处刺耳的号声盖过了远处模糊的号

第二卷　第二次进军

声。奈育尔深吸口气,嗅到海洋、沙漠和潮湿河水的味道——这味道与眼前的奇观毫无联系。他心想,倘若闭上眼睛、掩住耳朵,就仿佛独处此地……

我来自大地!

他翻身下马,轻蔑地把缰绳甩给杜尼安僧侣,朝平原上看去,寻找因里教阵形上的弱点。一里之外,战旗已成了军阵上的小点,他只能期待远处那些大贵族正按照之前商议好的队形布阵。尤其是艾诺恩人——他们位于战场最南端,看上去只是海岸山丘低矮的斜坡上一大片暗纹。

他揉揉眼睛,陡然想起凯胡斯还在身边,身体顿时一僵。凯胡斯穿一件锦绣白袍,袍子按康里亚的习俗结在背后,以便于腰和腿的活动。袍子下他穿了基安人的胸甲——可能是在战争平原上缴获的——和康里亚骑士的打褶短裙,战盔是纳述尔样式的,正面完全敞开,连鼻梁都露在外头。和以往一样,长长的剑柄突出他左肩,他的皮腰带上还插着两把粗糙的匕首,刀柄上绘有森耶里人的动物图案。在他长袍右胸,有人为他绣上了象征圣战的红色长牙。

凯胡斯离得这么近让奈育尔起了鸡皮疙瘩。他做了什么交易啊?

这辈子奈育尔从没像昨晚那样备受折磨。为什么?他向梅内亚诺海呼喊。他为什么要答应教杜尼安僧侣战争的本领?战争!为了西尔维?为了一个在大草原上找到的廉价战利品?为什么?

过去几个月,他已经做了太多交易。用荣誉交换复仇的保证。用皮甲交换女里女气的丝绸。用自己的大帐交换王子的帐篷。几百不洗澡的乌特蒙人,交换了数十万因里教徒……

他成了战争之主……部族之王!

想到这个,他心中的一部分仍沉醉在狂喜中。这样一支大军!从河畔到山陵,战线绵延近七里,阵形仍然如此紧密!草原人永远无法聚集起这么大的部族,哪怕清空每一顶帐篷,把每一个男孩都送上马鞍。

而他,奈育尔·厄·齐约萨,骏马与战士的粉碎者,却站在这里指挥它。异乡的王子、伯爵和总督们,还有数千名男爵,甚至连大统领都要听他号令!伊库雷·孔法斯,基育斯河一战的缔造者,部落的仇敌!

草原人会怎么想?他们会把这称为荣耀吗?还是会继续唾弃他、诅咒他,用对待老人和弱者的方式?

难道不是所有战争、所有战斗都是神圣的吗?胜利难道不就是正义吗?如果他击溃费恩教徒,用长靴将他们踩在脚下,草原人会怎么看待他的交易?到最后,他们会不会说,"这个人,这个浑身沾满鲜血的人,是真正来自大地"?

或者他们还会像以前一样窃窃私语?像以前一样嘲笑他?

"你的名字是我们的耻辱!"

如果他把因里教徒当作礼物呢?如果他将他们引向毁灭呢?如果他回家时,袋子里装着伊库雷·孔法斯的人头呢?

"塞尔文迪人。"莫恩古斯在他身边说。

他的声音!

奈育尔朝凯胡斯看去,眨了眨眼睛。

萨考拉斯!杜尼安僧侣的眼神高喊,萨考拉斯才是我们的敌人!奈育尔转身看着身后那些满怀期待的因里教徒,听到他们窃窃私语。除了普罗雅斯,各大贵族都派来代表——奈育尔觉得他们一来是为了随时听取他的意见,二来也是为了监视他。他认出了许多在全体议事会上发过言的人:甘里卡男爵、马特姆斯将军、弥玛里帕男爵及其他人。不知为何,他腹中出现了一个大空洞……

我必须集中精神!萨考拉斯才是敌人!

他朝灰扑扑的草丛吐了口痰。万事俱备,因里教徒集结的速度和准确性非常令人振奋,萨考拉斯的部署也完全符合奈育尔的预期。万事俱备,只是……

时间!我需要更多时间!

第二卷　第二次进军

但他没有时间了。战争已经到来，而他答应用它的秘密来交换西尔维。他答应交出他拥有的最后一点权柄。这之后，他再也没办法确保自己能复仇了。毫无办法！这之后，凯胡斯没有理由让他活下去。

我对他是个威胁。我是唯一一个知道他秘密的人……

她算什么？为什么要为她毁灭自己？她算什么，值得他用战争去交换？

我一定出了什么问题。有什么——

不！没有！没有！

"全军前进！"他大声下令，转身面向战场。激动的叫喊在他背后爆发，很快，号声响彻天空。凯胡斯用闪亮的、空洞的眼神看着他。

但奈育尔已转开视线，望向西边圣战军庞大的队列与方阵。长排长排的披甲骑兵开始慢跑，身后是阵形严密的步兵，用迎接老友的速度行进。大约半里外，费恩教徒站在起伏的阵地上，握紧盾牌与长矛，紧紧勒住胯下的良种战马，等待着敌人。战鼓声传下山丘。

杜尼安僧侣的阴影笼罩在他身边，他仿佛随时都受到尖锐的指责：他做了什么交易？为一个女人交换战争。

一定出了什么问题……

他身后的因里教贵族们唱起了战歌。

沿整条阵线，因里教骑士们很快超过了重甲步兵。野兔跃出灌木丛，跑过被阳光晒热的草地，包铁马蹄踏碎了干燥的野草。长牙之民迅速穿过起伏的草地，留下滚滚烟尘。异教徒的箭矢遮天蔽日，马匹尖叫着倒下，披甲的士兵滚落倒地，被同胞兄弟踩在脚下，但长牙之民轰鸣的马蹄声依然响亮。他们放低长枪，朝向异教徒的人墙，那人墙远处看来仿佛一片银色荆棘。仇恨让人们咬紧牙关，战吼变成心醉神迷的号

叫,心与四肢都在狂喜中颤抖。有什么比这更清晰、更纯粹？圣战军仿佛张开流动的巨臂,打算要拥抱敌人。

他们的布道只有两个词:

崩溃。

死亡。

西尔维无比孤独。祭司和其他女人聚在营地很多地方祈祷,但她刻意避开了他们,她已向她的神祈祷过了。不仅如此,她还亲吻过他,在他骑马与塞尔文迪人一起离去时痛哭过。

她跪坐在火堆前,烧水准备煮药茶,那是普罗雅斯的医祭给她开的方子。晒成棕色的手臂与肩膀被初升的太阳炙烤着,她感到细草底下的沙子啃咬着她膝盖柔软的皮肤。营帐被风吹得开开合合,活像海风中的船帆,奏出诡异的歌曲,时而出现高潮,时而又是毫无意义的停顿。她不害怕,却一直被困惑折磨。

他为何非要亲临险地？

阿凯梅安消失后,她对艾斯梅娜满怀同情,也为自己的处境感到恐惧。在他消失之前,她从没感觉自己处在战争中。这就像一场朝圣之旅,但并非信徒长途跋涉去参观神迹,而是把圣物送往某处。凯胡斯。如果像阿凯梅安这样强大的巫师都会突然消失、成为战争的受害者,凯胡斯也会吗？

她不害怕——简直无法想象这种事会发生——她只是困惑。人是不能为神担心的,但是否应该担心,却让人困扰。

神也会死。塞尔文迪人崇拜的就是死去的神。

凯胡斯会害怕吗？

这也是无法想象的。

第二卷 第二次进军

她似乎感觉到背后有什么东西——一个影子——但水开了,她站起来,用两根粗糙的木棍把简陋的茶壶挑下来。这种时候,她多想念辛奈摩斯的奴隶啊!她好不容易在没烫到自己的情况下把茶壶放在草地上——一个小小的奇迹——站起来叹了口气,揉了揉后腰。这时一只温暖的手环住了她,伸向她隆起的腹部。是凯胡斯!

她微笑着,半转过身,脸颊贴在他胸口,伸出一只手勾住他脖子。

"你在做什么?"她笑了——同时又皱了皱眉。他似乎矮了一些。他踩在坑里吗?

"战争让人饥渴,西尔维,某些欲望必须得到满足。"

西尔维脸一红,她又一次开始猜想他为什么选择了她——她!

我怀了他的孩子。

"现在?"她低声说,"战斗怎么样了?你不担心吗?"

他眼带笑意,拉她往帐篷入口走去。

"我担心的是你。"

他的因里教随从们在他身后谈笑、欢呼,不断喊着:"看!看啊!"

不管奈育尔转向哪个方向,看到的都是荣耀与恐惧。右边,一波波加里奥斯人和泰丹人疾驰过北边的草地,冲进大队基安骑兵中;前方,几千名康里亚骑士飞掠至安乌拉特要塞脚下;左边不远处是森耶里人,更远处是纳述尔各军团,正无情地向西推进。只有最南边被烟尘挡住,无法看清。

他心如鹿撞,呼吸急促。太快了!一切都发生得太快了!

梭本和戈泰克击破了费恩教徒的阵形,在翻滚的尘土中乘胜追击。

普罗雅斯在几百名装甲骑士的掩护下,冲进了一个庞大的施吉克步兵方阵,他的步兵也随他发动冲锋,很快就把用护盾遮住的铁顶大梯子架到了安乌拉特要塞南面的堡垒上。箭手向城垛上倾泻箭雨，一队队步兵和公牛把攻城器械拖到相应位置。

斯凯耶尔特和孔法斯已穿过南端的草地，勒马注视前方的若干道土堤，土堤虽不高，但足以阻挡骑兵冲锋。正如奈育尔预测，帕夏把在施吉克刚征来的大批未经训练的部队部署在这里。萨考拉斯的本意是靠这里的布置保护中军，然而奈育尔早已下令从沼泽地中拖来几百条木筏分发给森耶里和纳述尔部队。现在，在如冰雹般投下的长矛和标枪当中，纳述尔人立起木筏，充当临时坡道。

他仍看不见塞潘纳雷将军及其手下几万名艾诺恩骑士，极远处是一堆步兵方阵——在这个距离上是一堆方形阴影——其他什么都看不到。

狗在咬我的肚子了！

他瞥了凯胡斯一眼。"萨考拉斯利用地形保护侧翼，"他解释，"所以这将是一场'yetrut'，突破战，而不是'unswaza'，包围战。军队和人一样，总喜欢面对敌人。所以要包围他们或打破他们的阵形，从侧面或背后攻击……"

他的声音小了下去。风逐渐吹走了笼罩南边山丘的尘雾，他凝视着那里，看出艾诺恩骑士正在宽达两里的战线上全线后退，退到山坡上重整队形，他们身后跟进的若干步兵横队和方阵纷纷停下脚步。

基安人仍占据着高地。

我本该把艾诺恩人派到中央！萨考拉斯在那边部署的是谁？伊伯扬？瓦胡卡？

"这就是你毁灭敌人的方法吗？"凯胡斯问。

"什么？"

"从侧面或背后攻击……"

奈育尔摇着一头黑发："不。这是说服敌人的方法。"

"说服？"

第二卷　第二次进军

奈育尔哼了一声,用塞尔文迪语道:"这是战争最真实的一面。"

凯胡斯似乎不理解。"信念……你是说战争是一场信念的较量……一场争论。"

奈育尔斜眼看了看他,又朝南方望去。

"忆者们把战争称为'otgai wutmaga',宏大的争吵。战场上的两支军队都相信自己是胜利者,其中一支必须放弃这个信念。从侧面或背后攻击,震慑他,让他迷惑、震惊,杀死他:这些都是争论的方式。说服你的对手,让他相信自己被打败了,相信自己被打败的一方终将失败。"

"所以在战争中,"凯胡斯说,"说服带来真实。"

"我说过,这是战争最真实的一面。"

萨考拉斯!我必须集中注意力对付萨考拉斯!

奈育尔突然感到一阵强烈的不安,他扯着锁甲,似乎那下面很痒。接着他厉声下达了几道简短的命令,派一名骑兵去塞潘纳雷将军那里,必须搞清楚在山顶上击退艾诺恩人的到底是谁——虽然他清楚,等这人回来很可能战局已定——还要骑兵提醒将军巩固侧翼。为了方便,他们采用了纳述尔人的通讯方式,在战场上布下若干组号手,通过事先约定的号声传达不同的警告和命令。然而虽然艾诺恩人的将军还算可靠,但他们的摄政王切菲拉姆尼却是个无可救药的蠢货。

艾诺恩人是爱慕虚荣、缺乏阳刚气的民族。萨考拉斯并没有忽略这一点。

奈育尔看向纳述尔人和森耶里人。最远处的军团,和艾诺恩人相邻的部队,也已堆好木筏了。稍近一点,在可以分清每个士兵的区域,第一批木筏已就位。堤坝上凡是木筏铺到的地方,施吉克人马上消失——被击溃了。最前面的森耶里人号叫着向前冲去……

与此同时,普罗雅斯带着亲随突破了施吉克人破碎的阵形,阳光照耀着他们挥舞的长剑。但再往西看去,在施吉克人队伍背后的泥砖村舍和黑色果园后面,一排排骑兵正接近战场。他猜测那是萨考拉斯的预备队。薄雾中看不清任何一支队伍的军旗，但人数就够让他担心了……他又派出一名信使去警告康里亚人。

一切都在按计划进行……奈育尔早就知道，保护安乌拉特要塞的施吉克人绝对抵不住普罗雅斯狂怒的冲锋。他认为萨考拉斯也清楚这点。问题在于帕夏会派谁来堵住缺口……

很可能是伊伯扬。

他望向北方。开阔的原野上，费恩教骑兵在戈泰克和梭本面前退却，却利用安乌拉特要塞高耸的城墙作为机动的支点。"你看出萨考拉斯是如何耍弄梭本的了吗？"他道。

凯胡斯扫视着草地，点点头："他们并没有全力阻挡。"

"他放弃了北边阵地，因为加里奥斯和泰丹的骑士占有'gai-wut'——突袭——的优势，但基安人仍有'utmurzu'，也就是凝聚力，以及'fira'，速度。费恩教徒虽然无法抵挡因里教徒的冲锋，但他们速度够快，凝聚力够强，可以执行'malk unswaza'，防御性的包围。"

说这些话时，他已看到飞奔的基安骑兵像流水一样裹住了北方人。

凯胡斯点点头，目光没有离开远处这场活生生的战例："攻击者过于沉溺于冲锋，就会面临侧翼暴露的危险。"

"因里教徒经常这样。现在只有靠他们超乎寻常的'angotma'，战斗的意志，才能拯救他们了。"

因里教骑士突然发现自己被四面包围了。加里奥斯和泰丹的步兵仍然远远拖在后面。

"他们必须说服对手。"凯胡斯说。

奈育尔点点头。"战斗开始前，辅佐酋长的忆者们会要酋长记住，冲突中所有人都是彼此联结的，有的联结是锁链，有的联结是绳索，还有的是丝线，而联结的长短又各有不同。他们称这些为'mayutafiuri'，战争纽带，这用来描述军阵的'angotma'的强度与韧性。他们会将基安人称为'trutu garothut'，长锁链的人，可以分开很远，但仍能重新聚合。

第二卷 第二次进军

加里奥斯人和泰丹人则是'trutu hirothut',短锁链的人,在战场上会不停地战斗,只有灾难或'utgirkoy',也就是损耗,可以打破这些人的锁链。"

他们远远望着费恩教徒的战线被诺斯莱骑士的长剑粉碎,费恩教徒后退到更西边的地方,重组阵形。

"军队的统帅,"奈育尔续道,"必须不断地、一次又一次地评估这些丝线、绳索及锁链,包括敌人的和自己的。"

"也就是说,你并不担心北边。"

"是的……"

奈育尔转向南边,不祥的预感蓦地涌上心头。艾诺恩骑士的退却一定有原因,只是烟尘太大看不清。那条战线上,步兵开始往高地上攀登。他派出几名信使去找孔法斯,要求对方将齐德鲁希骑兵派到艾诺恩人的后方去增援,同时要号手通知高提安……

"那边,"他对凯胡斯说,"看到艾诺恩步兵正在推进吗?"

"是的……似乎有几支队伍偏移了……朝右边。"

"人们容易下意识地往右边人的盾牌后躲。费恩教徒发起冲锋时会针对那几队人,注意看……"

"因为他们暴露了纪律上的弱点。"

"是的,但这要看领军的是谁。如果是孔法斯,我会说他们是故意往右偏,为了让基安人放弃更熟悉的阵形……"

"诡计。"

奈育尔紧抓着铁片腰带,双手不停颤抖。

一切都在按计划进行!

"你要知道敌人知道的一切,"他说着,仍然面朝远方,"奋力巩固自己的纽带,攻击敌人的纽带。运用对敌人的了解,运用诡计、地形,包括通过演说与榜样的力量激励士气。绝不容忍任何疑虑,不惜一切增强军队的勇气,如有违反严惩不贷。"

塞潘纳雷在做什么？

"因为疑惑会迅速扩散。"凯胡斯说。

"草原人中流传着很多故事，"奈育尔道，"关于历次打败纳述尔军队的……有些人的心不会崩溃，但大多数人需要看看身边的人，才明白自己该相信什么……"

"所以才会发生崩溃？失去了信念？我们在战争平原上看到的就是这些吗？"

奈育尔点点头："正因如此，'cnamturu'，警觉，是统帅最重要的品质。他必须不停解读战场，不停判断和再判断每一个迹象，绝不能错过'gobozkoy'……"

"时机。"

奈育尔皱了皱眉头，记起自己几个月前提过这个词，那是在安迪亚敏高地上，和皇帝进行的决定命运的会议。"时机。"他重复了一遍。

他继续凝视海边的山丘，模糊地看到长长的步兵方阵爬上远处的山坡。塞潘纳雷将军撤回了骑兵……但到底是为什么？

除南边之外，费恩教徒在每条阵线上都在退却……他到底在担心什么？

奈育尔瞥向凯胡斯，发现对方闪亮的眼睛正望着远方，犹如经常审视人的灵魂时那样。一阵风向前吹起凯胡斯的头发，发丝拂过下巴。

"恐怕，"杜尼安僧侣说，"时机已经错过。"

在自己的叫喊声中，西尔维听到战斗号角吹响。

"怎么了？"她喘着气说。

她侧身躺着，脸埋在凯胡斯放的垫子上。他从后面进入她，胸膛仿佛熔炉一样紧贴她的后背，手握住她的膝盖。他的感觉和以前完全不同!

"什么怎么了,亲爱的西尔维?"

他扭动身体,继续深入,她呻吟着、喘息着:"不一样……你的感觉完全不一样。"

"是为了你,亲爱的西尔维……为了你……"

为了她!她挺起来靠住他,体会着他的种种不同,气喘吁吁:"是啊……"

他翻身躺下,把她拉到身上,用带光晕的左手抚摸她腹部象牙般的隆起,然后一路朝下伸去,引得她喊出声来。他用右手抓住她的头发,让她仰头弓身,然后朝她耳朵里低声说话。他从没这样使用过她!

"和我说话,亲爱的西尔维,你的声音跟你的桃子一样甜美。"

"说、说什么?"她喘息着,"你要我说什么?"

他的手往下,把她的屁股从身上托了起来——毫不费力,好像她只是一枚钱币。他开始冲刺,动作缓慢,但每一次都如此深入。

"说说我……"

"凯胡……斯……"她呻吟着,"我爱你……我崇拜你!真的!真的!我崇拜你!"

"这又是为什么呢,亲爱的西尔维?"

"因为你是神的化身!因为你是被派来世上的!"

他完全停止下来,把她送到了高潮的边缘。

她骑在他身上喘息,感觉他的心跳从下体传来,撞击她的脊柱,仿佛在拨弄弓弦。她抬起头,透过抖动的睫毛,看着帆布褶皱显出的若干几何形,透过欢愉的泪水看着那些线条不断变化。

她包裹着他,紧紧包裹着他,他属于她!单单想到这一点,就让她大腿间的空气变得浓稠,每一缕气流似乎都有了形质,似乎拉扯着她。

她喊了出来。如此的快感!如此甜美的快感!

瑟金斯啊……

"塞尔文迪人呢?"他沉声说,声音是那样诱惑,"他为什么这样轻视我?"

"因为他怕你,"她含糊地道,在他身上扭动,"因为他知道你会惩罚他!"

他又动起来,不过这次带着魔鬼般的谨慎。她尖叫着,咬紧牙关,惊奇地发现他是如此不同。他闻起来都不一样了。

就像……就像……

他的手握住她的后颈……她多喜欢这样的游戏啊!

"他为什么叫我杜尼安僧侣?"

"你是什么意思?"奈育尔对杜尼安僧侣说,"现在一切都没有决定。完全没有!"

他想骗我!想在这些异乡人面前破坏我的名望!

凯胡斯不动声色:"我研究过《军图之书》,纳述尔人的手册,上面记载着基安所有要人和他们旗帜的图案……"

"我也读过!"

不过他不识字,只是看图。

"大多数军旗离得太远,看不清,"凯胡斯续道,"不过我还是能推断出大部分……"

说谎!说谎!他害怕我变得太强大!

"你是怎么做到的?"奈育尔失声喊道。

"根据有多少种不同的军旗,手册罗列了每一位帕夏手下分别有哪些大公……我刚数了一遍。"

奈育尔挥挥手,就像在赶开空中的苍蝇。

"那么是谁在面对艾诺恩人?"

第二卷 第二次进军

"俯瞰梅内亚诺海的高地上的是伊伯扬及其麾下的安那斯潘尼亚诸大公,尤里萨达的瓦胡卡占据着其余的高地。杜诺沙率领圣地安摩图的大公们位于艾诺恩人右翼、纳述尔人左翼的山坡上。中间战场上的是施吉克人。虽然萨考拉斯的旗帜在安乌拉特要塞上飘扬,但我相信他麾下的大公、安萨瑟及战争平原上的其他幸存者正在北边草地上战斗。那村庄背后的骑兵,正准备向普罗雅斯发动冲击的,看上去是库拉西奇及其麾下的海墨恩诸大公。还有一批骑兵跟他们在一起,可能是辅助部队或盟军……像是乞尔吉人,许多人骑着骆驼。"

奈育尔狐疑地盯着他,张了张嘴,半天才说出话:"但这不可能……"

法纳亚王太子和可怕的夸约里骑兵呢?恐怖的辛加捷霍及其麾下著名的尤玛那一万大公呢?

"事实上,"凯胡斯说,"我们面对的只是一部分基安人。"

奈育尔猛地抬起眼,又一次朝南边的山陵看去,打心底深处知道杜尼安僧侣是对的。他仿佛突然通过基安人的眼睛看到了战场。施吉克和杰迪亚的大公们尽力把泰丹人和加里奥斯人拖向西边。施吉克人大批大批地死去,一如预期地开始逃跑。然而安乌拉特要塞这个稳固的据点威胁着因里教徒的后方。然后南边的山陵中间……

"他在表演,"奈育尔低声道,"萨考拉斯在表演……"

"他把军队分成两部分,"凯胡斯毫不犹豫地说,"一部分防御,另一部分隐藏起来,就跟战争平原上的情况一样。"

这时,奈育尔看到第一批基安骑兵海潮般地冲下南方远处的山坡,腾起高高的尘雾,挡住了跟随的部队。从这么远能看出艾诺恩步兵开始接战……绵延数里的战线。

与此同时,纳述尔和森耶里部队冲过了最后一道土堤。施吉克人的队形马上散开了,他们成千上万地向西逃窜,而打疯了的森耶里人穷追不舍。奈育尔和凯胡斯身后的因里教军官和贵族们高声欢呼。

这群蠢货。

在这漫长的战线上,萨考拉斯不追求突破,因为他有速度和凝聚力,fira 和 utmurzu。施吉克人是个诡计,是巨大的牺牲品,用来把因里教徒分散到破碎的平原上。精明的老帕夏知道,过多的说服也一样致命。

奈育尔胸口剧痛,全靠凯胡斯强壮的手扶着,才没蒙受跪倒在地的耻辱。

总是这样……

——————

他从未感觉如此矛盾,如此迷惑。

整场战斗中,其他人要么瞠目结舌,要么失声惊呼,要么指指点点,马特姆斯将军却一直盯着塞尔文迪人和凯胡斯,紧张地听着他们的玩笑。野蛮人一身抛光鳞甲,截短的袖子露出布满疤痕的手臂,一条镶铁片的皮带束在腰间,头上戴的则是尖顶基安战帽,战帽表面的镀银有很多地方碎裂了,长长的黑发披在肩上。

哪怕在几里之外,马特姆斯也能认出他。塞尔文迪狗杂种。虽然他在议事会和战场上的表现都令人惊讶,但一个塞尔文迪人——塞尔文迪人!——正指挥圣战,简直是难以忍受的侮辱。其他人怎么就看不到他令人作呕的手臂?每一条疤痕都说明他多该死!马特姆斯很乐意——非常乐意!——牺牲性命,为那些被野蛮人屠戮的人报仇。

但究竟是为什么,孔法斯要他杀塞尔文迪人身边的男人?

因为他是西斯林的密探,将军……

但密探怎么会说出那些话?

这是他的巫术!永远要记得——

不!这不是巫术,不是!

第二卷　第二次进军

"我说过了,将军,这就是他的巫术……"

马特姆斯只顾看着凯胡斯,根本没理会周围人的胡话。但不管他的任务有多矛盾,仍然无法忽视战场上的荣耀,任何士兵都无法忽视战场上的荣耀。马特姆斯听到胜利的呼喊,转过脸看到异教徒的中军已然崩溃。从安乌拉特要塞到南边的山陵,几里长的阵线上施吉克人抱头鼠窜,纷纷向西逃去,纳述尔和森耶里的步兵紧追其后。马特姆斯和其他人一起欢呼,一时间,他为同胞们的表现骄傲,只付出这么小代价就打败了敌人让他欣慰。孔法斯又一次征服了敌人!

然后他又朝塞尔文迪人看去。

他是个经验丰富的老兵,不会嗅不出灾难的味道,哪怕周遭充斥着胜利近在咫尺的香气。有什么灾难正在降临……

野蛮人大叫大嚷,要号手发出撤退信号。马特姆斯身边的人一时都惊呆了,回过神来后,人群陷入了骚乱。泰丹的男爵甘里卡甚至声言塞尔文迪人是投敌行为。有人抽出武器挥舞。野蛮人疯狂地叫喊,要他们往南看,但尘土挡住了一切,谁也看不清发生了什么。不过塞尔文迪人的狂怒已让很多人感到不安,一些贵族开始呼喊,要号手立即传令,其中包括凯胡斯王子。但塞尔文迪人不愿再等了,他在其他人惊讶的注视下跳上战马,几个心跳之后就朝东南方疾驰而去,扬起长长一串尘雾。

然后号角响起,响彻云霄。

其他人也纷纷朝坐骑跑去。马特姆斯转身看向孔法斯派给他的三个人。黑肤的大个祖姆人回应他的眼神,点了点头,然后越过他朝亚特里索的王子看去。他们是不会逃跑的。

真不幸,马特姆斯心想,这么久以来,逃跑是他头一个实用主义的想法。

刹那间,凯胡斯王子对上他的眼神,微笑中有深切的悲伤,令马特姆斯不禁吸了口气。然后先知又转过身,观察脚下远方的战场。

乌有王子 * 战士先知

一波又一波基安骑兵，他们的胸甲外罩着五颜六色的战袍，冲下山坡，冲向震惊不已的艾诺恩人。前排士兵连忙举盾抵御，努力从盾牌间伸出长枪，弯刀在他们头顶反射着早晨的太阳。干燥的山坡上烟尘滚滚，号角发出恐慌的声音，空中弥漫着叫嚷声、马蹄声及费恩教徒永不止息的战鼓声。越来越多的异教枪骑兵冲进了艾诺恩人的阵线。

加萨哈度沙王子的桑索人辅助部队最先崩溃，击破他们的正是凶猛的辛加捷霍，著名的尤玛那猛虎。似乎只在片刻间，尤玛那诸大公就突破了步兵方阵，很快艾诺恩人的每一个方阵，除了索特尔总督精锐的基什雅提部队之外，要么遭到围困，要么彻底崩溃了。基什雅提人有秩序地后撤，抵挡住一波又一波冲击，为艾诺恩骑士争取到宝贵的时间。

全世界似乎都被卷来的尘土遮住了，卡约提、辛纳特、摩瑟罗苏、安塔纳梅拉、艾什克拉斯和艾沙加纳的骑士穿着精致的战甲冲上山坡，穿过溃逃的步兵队伍。他们在一片赭黄色尘雾中碰上了费恩教徒，长枪交织碰撞，马匹尖叫嘶鸣，士兵们的叫喊直震天宇。

来自潮湿的摩瑟罗苏的总督乌兰扬卡挥动双手大战锤，打倒一个又一个异教徒。辛纳特总督塞弗拉辛多，带着他那些涂战妆的骑士横冲直撞，像伐木一样把人砍倒。加萨哈度沙王子带着桑索骑士一马当先，企图夺回族人神圣的旗帜。他们前方的基安骑兵纷纷逃跑，身后的艾诺恩人欢呼起来。

风开始吹散晨雾。

加萨哈度沙跑到了同胞们前面几百步的地方，一头撞进法纳亚王太子麾下的夸约里骑兵阵中。桑索的王子被一箭射穿眼睛，跌下马鞍，死亡盘旋着降临。顷刻间，全部六百四十三名桑索骑士要么被打下马、要么被杀。许多艾诺恩骑士只能看到附近，只能凭着战斗的声音发起冲锋,并一一消失在橙黄色尘雾中。其他人聚拢在自己的男爵与总督身边,等待风吹散烟尘。

这时,他们的侧翼与后方都出现了骑射部队。

———— ∞ ————

西尔维缩成一团,泣不成声,想用毯子盖住身体。
"我做了什么?"她哭喊,"我做了什么让你不高兴的事?"
一只带光晕的手抽了她一巴掌,她倒在毯子上。
"我爱你!"她尖叫,"凯胡斯——!!"
战士先知哈哈大笑。
"告诉我,亲爱的、亲爱的西尔维,我对圣战军有什么计划?"

———— ∞ ————

斯瓦宗军旗被风吹得歪歪斜斜,白色的长条起伏摇曳,仿佛船帆。马特姆斯决定要亲自踢翻这可憎的东西——当然要等一切结束之后……其他人都退下了小丘,只剩下他、凯胡斯,还有孔法斯派来的三名刺客。

虽然南边山丘间的尘土比之前更浓密了,马特姆斯还是可以看到艾诺恩步兵撤退时卷起的滚滚白烟。塞尔文迪人的身影早已消失在被践踏的草地中。为应对左翼的灾难,他看到同胞们的军团正在重组队形。马特姆斯知道,孔法斯很快会下令退回沼泽地。纳述尔人早已学会如何在费恩教造成的灾难中挽回损失。

凯胡斯王子坐在那里,背对他们四人,两脚脚掌相对,手掌平放于膝。越过他的肩膀,可见士兵们一个接一个爬上要塞城墙,又纷纷被推下来,一列列骑士冲过尘土飞扬的草场。北方人的斧头将不幸的施吉克人砍倒在地……

先知似乎在……倾听。

不。他在见证。

不,马特姆斯心想,我不能做这种事。

然而第一个刺客已来到他身边。

第二卷　第二次进军

第十五章　安乌拉特要塞

> 圣人认为凡夫俗子是愚蠢的，疯子认为整个世界都是愚蠢的。
> ——普罗塔西斯，《公羊之心》

长牙纪4111年，夏末，施吉克省

一条干涸的河床横亘平原中心，奈育尔沿河床跑了一阵，直到河道弯曲得像老人的血管，他才爬出来，勒住黑马停在河岸上。海边的山丘就在前方，山顶和海岸仍然笼罩在粉末状烟尘中。西边，残余的艾诺恩步兵方阵正从山坡上退下。东边，成千上万的士兵快步跑过破碎的平原。不远处一座小圆丘上，有一群穿着缝有铁环的黑皮革长裙的步兵，他们没有了头盔和武器。有些人坐着，有些人站着，正在脱身上的盔甲。除了少数几个失声恸哭的，其余人都带着震惊的恐惧看着烟尘笼罩的山坡。

艾诺恩骑士在哪里？

远处，碧玉般的梅内亚诺海被褐色山丘挡住了，他瞥到海滩上都是基安骑兵。无需看军旗他也知道，那是辛加捷霍率领的尤玛那诸大公，正毫无阻碍地冲过战场……

预备队在哪里？高提安和他的沙里亚骑士呢？盖德奇、"大胆的"韦里昂、阿斯贾亚里这些人呢？

奈育尔感觉喉咙里一阵锐利的疼痛。他咬紧牙关。

又开始了……

基育斯河。

只不过这一次他变成了森努瑞特。他变成了傲慢的骡子!

他挤出流入眼中的汗水,看着费恩教徒冲出远处一排矮树和灌木丛,仿佛无穷尽的浪涛……

营地。他们朝我们的营地冲去……

他大喊一声,策马狂奔。

西尔维。

大批士兵从地平线涌来,冲向坚固的阵线,随即陷入混战。远处的战斗传来的不再是轰鸣,而是低沉的回音,仿佛在海螺中听到的涛声。这是愤怒的大海,马特姆斯心想,他喘息着目睹一名孔法斯派来的刺客率先大步朝凯胡斯王子背后走去,举起手中短剑……接下来是难以置信的一瞬间,令他猛吸了一口气。先知只是轻巧地转身,用拇指和食指夹住砍下的剑刃。"不。"他说,然后抬腿一扫,用令人无法相信的动作将刺客踢倒在草地上。不知怎地,刺客的剑落在他左手中,先知仍蹲在原地,剑穿过刺客的喉咙,钉在草地上。

仅仅过去了一个心跳。

紧接着一名纳述尔刺客往前疾冲,挥剑便砍。先知并未起身,只抬脚一踢,那人的头便朝后仰去,剑从毫无知觉的手指中落下。刺客像被脱下的长袍一样瘫软在地,显然没了气息。

祖姆的剑舞者垂下巨大的弯刀,笑出声来。

"你是个会家子。"他说,声音如此深沉。

他突然出手,弯刀划出巨大的弧光,阳光下看起来像战车飞转的银色轮辐。

第二卷　第二次进军

先知站了起来,从肩后剑鞘中抽出那柄奇怪的长柄剑,握在右手,放低剑尖,对着靴子前的地面。剑尖一颤,一团泥土飞进了剑舞者眼中。剑舞者朝后跌了一步,咒骂出声。先知朝前一跃,剑尖深深地刺进刺客的上颚,庞大的尸体旋即倒地。

他独立原处,面前是争端与混乱,他的须发在风中飘舞。他朝马特姆斯转过身,跨过剑舞者的尸体……

晨光照耀着他。一个幻影朝马特姆斯走来。一座行走的神像……

太可怕了。太明亮了。

将军后退了一步,挣扎着想抽剑。"马特姆斯。"那幻影道,它伸出手,紧紧握住了他摸索着想拔剑的手。

"先知。"马特姆斯喘着气说。

幻影微笑了一下:"萨考拉斯知道是塞尔文迪人在带领我们。他看到了斯瓦宗战旗……"

马特姆斯将军盯着他,仿佛没听懂他的话。

战士先知转过脸去,朝战场方向点了点头。

所有阵线都已无从分辨。马特姆斯最先看到普罗雅斯及其康里亚骑士被困在远处村庄的泥砖建筑间,数千基安骑兵冲出阴暗的果园,扫荡他们的侧翼,头顶飘扬着海墨恩帕夏库拉西奇的三角旗。康里亚人完了,马特姆斯心想,但除此以外,他并不明白先知的话是什么意思……然后他朝安乌拉特要塞望去。

"乞尔吉人。"将军低声说。几千骆驼骑兵骑在高高的骆驼上,冲过匆匆结阵的康里亚步兵,卷过他们的侧翼,直扑山丘,直扑斯瓦宗战旗……

直扑他们而来。

令人不安的、狗吠般的战吼声透过喧嚣传来。

"我们得逃!"将军喊道。

"不,"战士先知说,"斯瓦宗旗不能倒下。"

"但它会倒下的！"马特姆斯喊道，"它已经倒下了！"

战士先知微笑着，眼中肆虐着狂野而不可征服的神色。"说服，马特姆斯将军……"他用一只带光晕的手抓着将军的肩膀。

"战争就是说服。"

※

艾诺恩骑士满心惶恐，漫天沙尘让他们迷失了方向，只能彼此呼喊，以求统一行动。一队队箭手从他们周围掠过，射倒他们披盔戴甲的战马。骑士们咒骂着，躲在插满箭杆的盾牌后面。每次乌兰扬卡、塞弗拉辛多或其他人发起冲锋，基安人就会散开，避开锋芒，任骑士们占领太阳晒干的草地。很多艾诺恩人迷失了方向，困在敌阵中，承受着四面八方的袭扰。吉卡斯的总督库斯杰特误打误撞冲上了山顶，却被困在令艾诺恩骑士早上最初的冲锋无功而返的尖铁工事与现下包抄过来的夸约里骑兵凶残的长枪之间。他不停击退基安的精英骑兵，最终跌落下马，手下骑士以为他死了，恐慌之中纵马从他身体上踩过，死亡盘旋着降临……

与此同时，尤玛那的帕夏辛加捷霍率骑兵冲过山下的草地。他手下的多数大公朝北散开，急于冲进因里教徒的营地，猛虎本人则马不停蹄地向西，带着亲随冲过四散奔逃的艾诺恩步兵，终于冲进塞潘纳雷将军的指挥所，杀掉了将军，但切菲拉姆尼——上艾诺恩的摄政王——却奇迹般地逃出生天。

西北方远处，圣战军的战争之主奈育尔·厄·齐约萨的指挥所在混乱和针对背叛的指责中瓦解了。萨考拉斯的中军——大批大批新征召的施吉克人——被迫继续迎接纳述尔人、森耶里人及普罗雅斯侧翼的康里亚骑士的冲击，这些因里教徒仍然相信圣战军即将获胜，他们毫无章法、不顾一切地向前冲。战线分解成广阔的草地中若干无秩序的

第二卷 第二次进军

人群,许多人甚至跪倒在阳光烘烤的草皮上,高喊着感谢真神。只有很少几个人听到撤退的号角,因为吹响的号角本就不多,大多数号手甚至不相信这命令是真的。

异教徒的战鼓却一刻也没有停。

海墨恩的大公们率几万名骑骆驼的乞尔吉人从奔逃的施吉克人中冲出,一路杀进长牙之民破碎的阵形,他们是南方沙漠中狂野的部落战士。普罗雅斯的步兵被冲散了,不得不撤到附近村庄的泥砖小巷中,王子一边高喊真神的名字,一边呼喝指挥手下士兵。草地上的森耶里人被包围了,他们就地举起盾牌围成圆圈,以惊人的顽强继续奋战,发现敌人的凶狠与自己不相上下,他们也不由得暗自吃惊。斯凯耶尔特绝望地召唤手下的伯爵和骑士,但他们又都被土堤阻碍住了。

宏伟的鏖战演变成几十处分散的战斗——更绝望,也更可怖。无论望向哪里,映入各大贵族眼帘的都是成群结队的费恩教徒扬鞭在草地上横冲直撞。无论何处人数处于劣势,他们都会赶去增援,压垮对手,实在没法把握战机的地方,他们绕圈投下致命的箭雨。

许多骑士在绝望中独自冲向敌阵,被箭矢射下马,在尘土中踩踏至死。

奈育尔拼命抽打坐骑,咒骂自己在无穷无尽的营地巷道中迷失了方向。他停在一个加里奥斯人的巨大围场前朝北张望,寻找康里亚人帐篷特有的圆顶。突然间,三个女人冲进围场向北跑去,消失在远处帐篷间,不一会儿,又一个黑发女人也沿同样的路线跑了过去,一边还用克泰人的语言尖叫着他听不懂的话。他往南看,看到几十个黑色烟柱。风吹过,附近的帆布沙沙响了一阵,沉寂下来。

奈育尔瞥见一件蓝外套被扔在了火堆旁,有人在它的胸口绣上了红色长牙……他听到惊叫声,几千人的惊叫。她在哪儿?

他知道发生了什么,更重要的是,他知道接下来会发生什么。点的这些火是在告诉战场上的因里教徒:你们彻底败了。之后胜利者会仔细搜刮营地中的财物,再将营地摧毁。基安人可能已包围了营地,不会错过任何可以劫掠的东西,尤其是那些会扭动、会尖叫的活物。如果不赶快找到西尔维……

他一夹马腹,朝东北方奔去。

他绕过一座装饰着动物图腾木板的大帐,进入曲折的过道,看到三个基安人骑在甲饰华丽的坐骑上。听到他接近,他们扭头看了一眼,不过马上又转开视线,似乎把他当成了自己人。他们似在争吵什么。奈育尔抽出阔剑,踢动马腹疾冲向前,只一次冲刺就杀了两个人——虽然另一个穿橙色衣服的在他跑来时喊了出来,但这两个人并没有看他。奈育尔勒马转身,准备第二次冲刺,但剩下的费恩教徒逃了。奈育尔没理会他,径自向东,他终于明白——至少他以为自己明白——自己在营地中什么地方了。

不满百步之外响起一阵毛骨悚然的尖叫,迫得奈育尔催马疾行。他从马鞍上站起身,扫视着拥挤的营地中逃窜的人群。更多的尖叫声刺穿了空气,就在附近,好像已经喘不过气。一大群随军平民突然从附近营帐中跑出,他们是妻子、妓女、奴隶、文员和祭司,有的在惊声尖叫,有的面无表情,每个人都在跟着其他人跑。看到他,有人大喊一声,脚步踉跄;但多数人没理他,要么是意识到他并不是费恩教徒,要么是知道他没办法杀光所有人。人不一会儿就跑了大半,年轻力壮的冲在前,落在后面的都是些老弱病残。年迈的吉尔加里奥神高阶祭司库默尔被几个助手扶着跑过奈育尔身边,还有无数疯狂的母亲,牵着吓坏了的孩子。不远处有二十多个绑绷带的士兵,从衣饰上看是加里奥斯人,他们决定不再逃跑,就地进行最后抵抗。他们唱起了战歌……

奈育尔听到刺耳的胜利吼声,马匹的鼻息与蹄声……

第二卷　第二次进军

他勒住马,抽出阔剑。

他看到了他们,在帐篷间纵情奔驰,就像逆着波浪涉水而行。尤玛那的基安人……

奈育尔低头一看,吃了一惊,只见一个腿上沾血的年轻女人,背上捆着一个婴儿,抱住他的膝盖用他听不懂的语言乞求。他本来提起靴子想把她踢开,但不知何故又停住了,弯腰抱起那女人放到马鞍前面。她尖叫着流泪,奈育尔调转马头,踢动马腹,跟上那些随军平民。

箭矢嘶嘶作响,划过耳边。

他的金发在风中飘舞,锦绣白袍翻卷如浪。

"趴下!"先知命令。

但马特姆斯只能目瞪口呆地站着。脚下的战场被尘埃和黑压压的乞尔吉人笼罩了。战士先知面对他们,一边肩膀朝后一甩,然后是另一边。接着他低头、扭腰、深蹲、跃起……这是一种诡异的舞蹈,每个动作似是随性而发,又似乎早有预谋;步伐看来漫不经心,却又快得让人喘不过气……直到一支箭射中马特姆斯的大腿,他才意识到先知是在躲避箭矢飞行的路线。

将军倒在地上,抓着大腿。整个世界都在号叫、喧哗。

痛苦的泪水从眼中涌出,透过泪水他看到斯瓦宗军旗在阳光下闪耀。

瑟金斯在上,我要死了。

"快跑!"他大喊,"您快跑啊!"

黑马喷着唾沫,气喘吁吁,嘶鸣不已。一座座帐篷从身边闪过,有

的是污渍斑斑的帆布帐篷,有的是涂彩漆的皮革帐篷,其中很多绣着长牙。不知名的女人在他怀中颤抖,徒劳地努力去看孩子。基安人的马蹄声越来越响,他们成群结队冲进狭窄的通道,在少见的空地上散开。他听到他们的吼声,知道他们在商讨战术。"Skafadi[①]!"他们喊道,"Jara til Skafadi!"很快,许多骑兵冲到和他平行的过道中,他有两次不得不把女人和孩子按在马脖子上,以避开掠过身边的箭矢。

奈育尔的马刺在黑马两肋刺出了更多血珠。他听到尖叫,意识到自己追上了逃跑的大群随军平民,突然间,四面八方都是疯狂的、步履蹒跚的男人,哀号的母亲和面色惨白的孩子。他催马左转,知道基安人就在身后。他是基安人口中有名的追随偶像崇拜者的"Skafadi",每个他审讯的俘虏都听说过他。黑马拐进纳述尔人操练用的方形大广场,仿佛突然恢复了生气。奈育尔弯弓射箭,离得最近的基安人跌倒在尘土中,第二箭射中了一匹马的脖子,费恩教徒倒作一团。

"泽克尔塔!!!!!!"他高喊。

女人恐惧地尖叫着。他朝前看去,只见几十个费恩教骑兵从西边入口冲了进来。

该死的基安人。

他催动疲惫不堪的黑马,加速朝北边入口冲刺,能有这回旋空间还多亏了纳述尔人奴隶般的扎营态度。"Dt-ut-ut-ut!"远处的吼声响彻天空,把不知名的女人吓得哭起来。

纳述尔军营在整个营区最北边,犹如一排整齐的牙齿。军帐越来越近了,女人一会儿看着前面,一会儿扭头去看基安人——她背上的黑发婴儿也一样。真是怪事,奈育尔心想,婴儿总是知道什么时候该默不作声。突然,费恩教骑兵又从北边入口涌入。奈育尔转向右边,从空荡荡的白色营帐前疾冲而过,想找一条能钻进去的路。待发现实在无路

[①] 这个词是基安语里的"塞尔文迪"。

第二卷 第二次进军

可走,他冲向广场一角。大批基安人又从东边入口冲了进来,并迅速散开。追兵越来越近,更多箭矢朝他飞来。他调转马头,把女人一脚踢进满是尘土的草地。她的孩子终于大哭起来。他掏出一把匕首扔给她,让她割开帆布躲进帐篷……

空气在马蹄声与异教徒的吼声中颤抖。

"快跑!"他朝她喊,"快跑!"

周围腾起片片尘土。

他大笑着转身。

奈育尔抽出阔剑,低头躲过一把弯刀,把剑刺进攻击者的腋窝。接着他又一剑斩断了下一把弯刀的刀身,碎片飞溅到来人脸上,那人愚蠢地举手遮挡,便教奈育尔刺穿了镀银胸铠,鲜血像被刺透的红酒袋一样涌出。他的剑卡在第三个人的盾牌上,他便像挥钉头锤一样挥着,直到那人从马屁股上跌下去摔个狗啃泥,头盔掉落在马蹄间。奈育尔反手一刺,刺进那人的后脑。

他在马镫上站起来,把剑身上的血甩到周围目瞪口呆的基安人脸上。

"还有谁?"他用神圣的语言咆哮着。

他挥剑砍向自己和敌人之间那两匹没人骑的战马。一匹马哀鸣着倒下,另一匹马长嘶着朝异教徒的队伍冲去。

"我是奈育尔·厄·齐约萨,"他大吼,"男人中的男人!"他的黑马喘着粗气踏前一步,"你们的父兄都刻在我的手臂上!"银盔投下的阴影中,异教徒们眼睛泛白,甚至有人发出尖叫。

"谁?"奈育尔凶狠地叫道,仿佛每一寸皮肤都在咆哮,"谁来杀我?"

一阵尖厉的女人喊声令奈育尔回头看去,只见那不知名的女人摇摇晃晃跑出最近的帐篷,握着奈育尔之前扔给她的匕首,打着手势要他一起逃。一时间,他感觉自己仿佛认识了她很久,仿佛他们是相伴多年的爱人。他看到阳光从她割开的帆布中射出,接着天上出现了一道阴影,他听到了不属于这个世界的声音……

许多基安人惊叫起来——恐怖的惊叫。

奈育尔赶紧把左手伸进腰带下面,牢牢握住父亲的丘莱尔。

他对上了那个女人张大的迷惑的双眼,还看到她肩头的小婴儿——不知怎地,他知道那是个男孩。

他想要高喊。

随后在喷涌而至的闪亮火焰中,他们统统变成了影子。

一片空间。

无数交点。

凯胡斯五岁那年第一次走出伊述亚。乌安长老带着他们这群同龄孩子,用一根长长的绳索把他们拴在一起。他没做任何解释,只领着他们走下露台,走出休耕门,来到森林中,最后进了由许多雄伟的橡树组成的小林子。他允许他们四处闲逛了一段时间——凯胡斯现在知道,那是在让他们体会周围环境。他听到了一百一十七只鸟儿的鸣叫,闻到了苔藓与树皮的气味,感到了土地在一双双小凉鞋下喘息,看到了无数颜色与形状,带状的白色阳光照在古铜色的阴影和黑色树根上……

虽然有这么多不同寻常的新鲜事物,凯胡斯的注意力仍集中在长老身上,甚至在期待中微微发抖。每个人都见过乌安长老如何训练那些大孩子,每个人都知道他会教授年长的孩子"肢体的运动"……

也就是武术。

"你们看到了什么?"老人终于发问,同时抬头看着头顶的树冠。

孩子们争先恐后地回答。树叶。树枝。太阳。

凯胡斯看到的不止这些。他注意到死去的枝干,大大小小的树枝

第二卷 第二次进军

彼此争夺不休。他看到瘦削的树木,比树苗粗不了多少,在巨树的阴影中艰难求生。

"冲突。"他说。

"为何这么说,年轻的凯胡斯?"

他害怕,也欣喜——孩子的感情。"那、那些树,长老,"他结结巴巴地说,"它们争夺着……争夺着空间。"

"是的。"乌安长老回应,除肯定外,毫无别的语气,"这就是我要教你们的,孩子们。如何成为一棵树。如何争夺空间……"

"但树不会动啊。"其他孩子说。

"它们会动,"长老说,"只是非常之慢。树的心只在每个春天跳动一次,所以它必须在每个方向上同时开战,它必须不停伸展枝叶,直到覆盖整片天空。但你们,你们的心一直在跳动,你们只需同时向一个方向攻击。这是人类争夺空间的方法。"

长老一跃而起,从动作完全看不出是个老人。他挥舞着一根树枝。

"来,"他说,"你们所有人都来试试摸我的膝盖。"凯胡斯和其他孩子穿过斑斑点点的阳光朝他冲去,而每次被树枝打到或戳中,凯胡斯都会发出沮丧而兴奋的叫喊。他惊奇地看着老人舞蹈、旋转,孩子们纷纷跌坐在地,或止不住地原地打转。谁都没能碰到长老的腿,谁都不曾踏进长老的树枝画出的圆环。

乌安长老是一棵胜利的树。一片空间的绝对拥有者。

乞尔吉人裹着褐色的破布衣服,举起涂彩骆驼皮包裹的盾牌,鞭策骆驼冲上山来,挥舞凶悍的弯刀。空中回荡着他们的号叫。

凯胡斯扬起杜尼安铁剑。

他们轻蔑地大笑。那些沙漠中晒成深色的脸,如此确信……

以至于直冲向他的剑划出的圆环。

奈育尔踢开马鞍和烧焦的马尸,爬出灰烬,在刺目的烟雾中眨眨眼睛。他耳边嗡嗡作响,除了烟雾与烤焦皮肉的味道,全世界都在嗡嗡响。

他找到了那个不知名的女人和她的孩子烧焦的皮骨,取回自己的匕首,小心地握住焦黑的刀柄。

它被火烧过,却没有烧着,巫术留下的热量感觉如此不真实。

他向北走去,走过艾诺恩人精美而松垮的帐篷,绘着象形文字的旗帜在风中飘动。在他身后,赤塔学士们升上天空,火柱无声地扫过地面,闪电覆盖了远方。似乎所有人都在尖叫。

他想:西尔维……

周围都是人。有的兴奋,有的恐惧,有的茫然不知所措。他们张大嘴巴,舌头抵着牙齿,但奈育尔只听见嗡嗡声。他用无力的手臂推开他们,继续朝前走。

左手被什么硌疼了,他张开手掌,看到父亲的丘莱尔。肮脏的、眼珠大小的小铁球,表面刻着看不懂的经文,即便阳光照耀下也没有一丝光泽。它救过他两次了。

他把丘莱尔塞回腰带。

他终于听到闪电噼啪,嗡嗡声渐渐消退,变成如泣如诉、几不可闻的低鸣。他停下脚步,闭上眼睛。叫喊,尖叫,又远又近,甚至就在身边。嗡嗡声渐渐远去,朝他听力中的地平线移动,终于消失在战场与海洋发出的咆哮中……

又走了一阵,他在一座小土坡上找到普罗雅斯华丽的大帐。它看起来真是陈旧,奈育尔心想,悲哀笼罩了他,一切似乎都那么疲惫。

他在附近找到和凯胡斯一起住过的老帐篷,那帐篷在风中咯吱作

第二卷 第二次进军

响,旁边烧黑的火坑上架着一个水壶。烟在地上盘旋,朝附近的帐篷飘去。

奈育尔的心怦怦直跳。她有没有和其他平民一起在营地西南方观战?基安人抢走她了吗?不管有没有怀孕,她这样的美人一定会被抢走。她会成为王子们的玩物!非同寻常的礼物!

战利品!

听到她的声音,他几乎跳起来。一声尖叫……

刹时间,他目瞪口呆,无法动弹。他听到了男人的声音,柔软,甜蜜,然而带着疯狂的残酷……

奈育尔脚下的土地似乎都黏滞了。他跌跌撞撞地后退,一步,两步。皮肤一阵刺痛。

杜尼安僧侣。

"求你了!"西尔维尖叫着,"求你了求你了!"

杜尼安僧侣!

这怎么可能?

奈育尔爬了过去。肋骨仿佛成了石头,他没法呼吸!匕首在他手中颤抖。他伸手用颤抖的刀刃割开帆布。

起初里头黑得看不清。他朝阴影中望去,听到了西尔维撕心裂肺的哭泣……

然后他看到她赤裸身体跪在一个高大的人影前,一只眼睛肿起,头上和鼻孔里都冒出血来,流到脖子和胸脯……

怎么回事?

奈育尔不及细想,便冲进阴暗的帐篷。空气中充满浓烈的淫秽气息。杜尼安僧侣转过身,他和西尔维一样全身赤裸,一只血淋淋的手握着刚硬的阳具。

"塞尔文迪人,"凯胡斯慢吞吞地说,眼中喷射着火红的快感,"我没闻到你的味道。"

乌有王子 * 战士先知

奈育尔的匕首朝他心口刺去,但那只血淋淋的手却兀地翻上来,扣住他的手腕。匕首深深刺进杜尼安僧侣的锁骨下面。

凯胡斯踉跄着退了一步,扬起脸来看向隆起的帆布篷顶,厉声尖叫——那仿佛是上百个声音,上百声尖叫同时从一个怪物的嗓子里冲出。奈育尔看到它的脸打开了,以嘴为中心,从头皮到脖颈都蜷曲起来。在那下面,是没有眼睑的眼睛,没有嘴唇的牙床……

那东西一击令他单膝跪下,但他立刻挥舞阔剑。

它却从裂口冲出帐篷,像野兽一样跳跃着,消失在营地中。

艾诺恩骑士被冲成分散的集团,马匹接连倒下,很快他们只能在地上战斗。越来越多的基安人号叫着冲到他们当中,把阳光照耀下涂白彩的面孔当靶子,血凝住了他们修得方方正正的胡子。绘有象形文字的军旗倒在地上,任人踩踏。尘土把汗水变成了污渍。塞弗拉辛多身负重伤,被抬出前线时,他开始"和萨罗斯一起欢笑"——这是所有艾诺恩贵族自知死期将近时的习俗。

有些人,比如艾沙加纳总督加尔格塔,抛下失去坐骑的亲随和扈从,独自冲下山坡逃跑;还有些人,比如残忍的泽索达,令手下士兵一次次发动反击,直到几乎一匹马都不剩;其他人,比如铁石心肠的乌兰扬卡和漂亮的岑约萨——安塔纳梅拉的总督——耐心迎候异教徒的屠杀。他们大吼着鼓励手下士兵,寸土必争。基安人一次又一次冲上前,战马嘶鸣,长枪交错,人人都在高喊和哀号,弯刀与长剑的交击声响彻山坡。费恩教徒每次被打退,都震惊于这些明明已遭打败、却拒绝放弃的人爆发出的力量。

东北方向,乞尔吉人不知疲倦地冲击因里教徒的阵地,有时甚至陷入疯狂——许多人跳下高高的骆驼,把目瞪口呆的骑士扭下马鞍。康

第二卷　第二次进军

里亚的安纳德总督库什加斯就是这样被杀的，遇害的还有森耶里的斯卡瓦伯爵因斯卡拉。普罗雅斯的队伍以及数千名组成盾墙的森耶里战士都被包围了。乞尔吉人冲向安乌拉特要塞，攻击围攻要塞的康里亚部队，将他们冲得溃不成军。乞尔吉人还向战争之主的斯瓦宗战旗所在的山丘冲去。

与此同时，尤玛那的大公们冲进因里教营地七弯八拐的长走道，将帐篷与营帐付之一炬，杀死祭司，拖出尖叫的女人，暴虐地占有她们。看到远处敌营中腾起的烟柱，萨考拉斯身边许多人跪倒在地，抽泣着感谢独一神的庇护。有些人开始祝贺帕夏，亲吻他脚边的土地。

但东边天空突然被闪电点亮。辛加捷霍手下光荣的骑兵们错误地冲进了赤塔的营区……灾难随即降临。

从巫师们第一波攻击中活下来的几千人夺路而逃，大多奔向梅内亚诺海宽广的海滩，但在那里等待他们的是大宗师高提安、塞育拉伯爵及阿斯贾亚里伯爵率领的圣战军预备队。约九千名因里教骑士冲来把他们砍倒在沙滩上，或逼迫他们投进滚滚浪涛。逃脱者寥寥可数。

与此同时，皇家齐德鲁希重骑兵突破了包围上艾诺恩骑士的包围圈，伊伯扬手下的安那斯潘尼亚诸大公被迫后退。在这场被称为"山坡之战"的漫长争夺中，战斗第一次停止下来。烟尘渐息……看见山下草地的战局，艾诺恩骑士长而凌乱的队列中爆发出欣喜的呐喊，他们和齐德鲁希骑兵一起朝高地冲去。

北边，乞尔吉人凶猛的冲击起初被斯瓦宗战旗下的亚特里索王子凯胡斯只身一人奇迹般地挡住，然后高肯伯爵和甘布罗塔伯爵带领奥格利和因加罗什的黑甲骑士从侧面反击，终于击退了他们。

费恩教徒的战鼓停息了。西北方远处，梭本王子和戈泰克伯爵彻底击破了杰迪亚和施吉克的大公们，并沿森比斯河一路追击。虽然人数远少于对手，芬纳尔伯爵却带着他的卡努特骑士们直扑保护神圣战鼓的帕迪拉贾卫士。芬纳尔伯爵腋下被长矛刺穿，但他的亲随打败敌人,消灭了逃窜的鼓手。很快,加里奥斯和泰丹的步兵开始在基安大营中气喘吁吁地追逐女人和奴隶了。

费恩教大军崩溃了。法纳亚王太子和他的夸约里部队朝南方逃窜,齐德鲁希骑兵沿海岸一路追击。伊伯扬把高地让给队形不整的艾诺恩人,指望从山陵间逃脱,却被伊库雷·孔法斯抢先一步堵住,最后他只带着几名随从偷偷溜走,留下手下诸大公与塞尔莱军团刚硬的老兵们硬碰硬。虽然博格拉斯将军被基安人的流矢射中身亡,但纳述尔人没有退却,最终全歼了安那斯潘尼亚人。乞尔吉人逃向西南,钢铁战士追着他们冲进无路可循的沙漠。

几百因里教徒因为追击游牧民过远送了命。

------※※※------

奈育尔看着烧黑的匕首落在毯子上。

西尔维紧抓着被血染透的毯子,摇摇晃晃站起来,疯狂地叫嚷。奈育尔抓住她,她却伸手挠他的眼睛。他把她推倒在地。

"他……他需要我,"她恸哭着,"他受伤了!"

"那不是他。"奈育尔低声说。

"你杀了他!你杀了他!"

"那不是他!"

"你有病!你疯了!"

长久以来的愤怒盖过了怀疑。他抓住她的胳膊,把她扭出帐篷。"我要带走你!你是我的战利品!"

"你疯了!"她尖叫,"他把你的一切都告诉了我!一切!"

他把她扔在地上。

"他说了什么?"

她擦掉嘴唇上的血。这是她第一次不显得害怕:"他告诉了我你为

第二卷 第二次进军

什么要打我。你为什么一直无法忘记我,但每次回来都要对我发怒。他告诉了我一切。"

他体内有什么东西颤抖了一下。他扬起拳头,但已无法攥紧手指。

"他说了什么?"

"他说我对你而言只是一个符号、一个象征。你打的不是我,是你自己!"

"我掐死你!我捏断你的脖子跟杀只猫一样!我会砸烂你的肚子!"

"那就来啊!"她尖叫,"杀死我,一切就结束了!"

"你是我的战利品!我的战利品!我想怎么对你都可以!"

"不!不!我不是你的战利品!我是你的耻辱!他告诉我了!"

"耻辱?什么耻辱?他说了什么?"

"他说你打我、要我告饶,是因为你屈服过!因为你和他做过,就像你和他父亲做过一样!"

她仍躺在地上,双腿歪斜着交叉在一起,如此美丽,哪怕被打得遍体鳞伤。人怎么可能如此美丽?

"他说了什么?"他茫然地问。

他。杜尼安僧侣。

她还在哭泣,一把匕首出现在她手中,对准了喉咙。他看到她的脖子弯成完美的曲线,看到她前臂上那道斯瓦宗。

她杀过人!

"你疯了!"她哭着,"我要自杀!我要自杀!我不是你的战利品!我是他的!他的!"

西尔维……

她的手朝里弯去。刀刃割开了血肉。

但他已抓住她的手腕,将匕首硬生生夺走。

他把泣不成声的她扔在杜尼安僧侣的帐篷外,自己在帐篷间游荡,

乌有王子 ✻ 战士先知

一路上盯着无路可循的梅内亚诺海，穿过欢呼的因里教徒。

他心想：海是如此不自然啊……

------ ⚘⚘⚘ ------

孔法斯找到马特姆斯时，太阳已变成西边空旷的天空中一颗焖烧的小球，在苍蓝的背景下发出金光——这颜色仿佛已刻进每个人心中。大统领带着几名卫士和军官，骑马来到小山，来到那个被诅咒的塞尔文迪人的指挥所。在山顶上，他看到将军盘腿坐在歪斜的塞尔文迪军旗底下，周围是一圈又一圈死去的乞尔吉人。将军凝视着夕阳，就像执意要灼伤眼睛，他摘掉了头盔，一头短短的银发在微风中飘摇。孔法斯心想，脱掉头盔让将军看上去年轻了不少，同时却也更有父亲的气质了。

孔法斯挥手让随从退下，翻身下马，一言不发地走到将军身边，抽出长剑砍斯瓦宗军旗的木头旗杆。一下，两下……"啪"地一声，那面可恶的旗帜在风中缓缓倒下。

孔法斯心满意足地站在离经叛道的将军身前，朝夕阳看去，就像要分享马特姆斯看到的景色。"他没死。"马特姆斯说。

"真可惜。"

马特姆斯没有回答。

"你记得吗，"孔法斯问，"基育斯河之战结束后，我们骑马在满是塞尔文迪人尸体的河岸上说的话？"

马特姆斯瞥了他一眼，点点头。

"你记得我对你说过什么吗？"

"您说战争是斗智。"

"你是战争的受害者吗，马特姆斯？"

矮胖的将军皱起眉头，抿了抿嘴唇，摇头道："不是。"

"恐怕你是，马特姆斯。"

第二卷　第二次进军

马特姆斯把目光从太阳上移回来,眯眼打量大统领:"我也担心过……但不会了。"

"不会了……为什么,马特姆斯?"

"我看着他,"将军说,"我看着他杀了所有这些异教徒。他不停地杀,直到对方再也不敢上来。"马特姆斯又转头去看落日,"他不是人。"

"斯科约斯也不是。"孔法斯回答。

马特姆斯看着自己布满老茧的手掌。

"我是个实际的人,大统领大人。"

孔法斯审视着阳光下的屠杀现场,尸体都张着嘴,双眼圆睁,手像猴爪一样伸出。他抬头看向安乌拉特要塞冒出的浓烟。不远,那里不远。

他又移回马特姆斯看着的太阳上,心想:照亮东西的阳光和被阳光照亮的东西,有着不同的美丽。

"你确实是,马特姆斯。你确实是。"

萨考拉斯·阿布·纳拉扬遣散了所有下属、仆从和奴隶——这些显示他显赫地位的长长人群——独坐在抛光桃木桌前,啜饮施吉克美酒,仿佛是头一次真正体会到失落的美丽。

老帕夏年事已高,身体仍然强健。他的白发按基安人的风俗上了油,紧贴头皮,和年轻人的一样浓密。他面容高贵,长长的髭须和下巴上稀疏的山羊胡显出严厉与睿智,黑色的双眼在深邃的眉骨下闪动。

他坐在安乌拉特要塞主堡高耸的塔楼中,透过窄窗听到塔楼下绝望的战斗,听到他深爱的朋友与信徒们发出的哭号。

萨考拉斯是个虔诚之人,但一生中仍做过不少恶事——这是权力无法避免的代价。每次回想,他都充满懊悔。他总在渴望平凡的生活。

当然,那样的生活会少些乐趣,却也不会有这么多负担,更不会有现在这样无法承受的时刻……

我毁了我的人民……我的信仰。

他回想这场战役,一切原本天衣无缝。让那些偶像崇拜者误认为会有一条固定战线,让他们相信他会按他们设想的方式战斗。先把他们的右翼扯向北方,随后打乱他们的战线,不是依靠得不偿失的冲锋,而是让他们击破——至少看上去是这样——自己的中军,最后让辛加捷霍和法纳亚席卷他们的左翼。这本该是光辉的一战。

谁能猜透这样的计划?谁能预料他的战术?

也许是孔法斯。

老对手,老朋友——如果那个人可以成为任何人的朋友的话。

萨考拉斯把手伸进纹着狼头的外套里,掏出一张羊皮纸,那是纳述尔皇帝给他的。几个月来,这张纸一直压在他胸口,现在这场大灾难之后,它也许是阻止那些偶像崇拜者唯一的希望了。汗水把伊库雷·瑟留斯三世、纳述尔皇帝的亲笔信浸得像布一样柔软,折成他身体的形状。

老敌人,老朋友。

萨考拉斯没有读信,他不需要读,但那些偶像崇拜者——永远不能让他们读到它。

他把羊皮纸的一角凑到泪珠状灼灼燃烧的油灯灯焰上,看着它起火蜷曲,一缕缕细烟盘旋升起,朝窗口飘去。

独一神在上,外面还是白天!

"众人抬头观望,他们所见,白日未尽。他们的耻辱由是暴露,他人均可……"

这是先知的话。愿先知赐他们慈悲。

他松开羊皮纸,看着它像翅膀拍打了两下,然后被火焰完全吞没。灰烬无力地扭动着,像活物一样,最终在桌子上结束了生命,只余一片

第二卷 第二次进军

焦痕。

完美的印记,帕夏心想,一个预示,预示着未来的毁灭。

萨考拉斯又喝了些酒。偶像崇拜者开始撞击他的大门了。敏捷的、心狠手辣的士兵。

我们都要死了吗?他心想。

不。只有我。

他向独一神做了最后一次,也是最虔诚的祷告。这期间他根本没听到木头破碎声,直到最后一次冲击撞开大门,瓷砖上木头叮当作响,他才意识时间到了,于是拔剑起身。

他转身迎向那些高大强壮、杀气腾腾的异教徒。

这场战斗要不了多久。

她醒来时,头枕在他大腿上。他用一块湿布擦拭她的脸颊和眉毛,他的眼睛在灯笼的亮光中闪着泪花。

"孩子呢?"她吸了口气。

凯胡斯闭上眼睛,点点头:"孩子没事。"

她微微一笑,然后开始哭泣:"为什么?我做了什么让你生气的事?"

"那不是我,西尔维。"

"那是你!我看到你了!"

"不……你看到的是一个恶魔。它伪造了我的脸……"

她突然明白了。熟悉的一切变得陌生起来。无法解释的事情豁然开朗。

一个恶魔拜访了我!一个恶魔……

她朝他看去。更多热泪沿着她脸颊流下。她哭了多久?

但是我……他……

凯胡斯缓缓地眨了眨眼。他占有了你。

她说不出话,只把脸靠在他大腿上,身体抽搐,却吐不出来。"我……"她抽泣着,"我……"

"你是忠诚的。"

她转身看着他,眉头皱了起来。

但那不是你!

"你只是被骗了。你是忠实的。"

他擦去她的泪水,她看到他衣服上有血迹。两个人都没说话,只是凝视着对方的眼睛。她刺痛的皮肤松弛下来,伤痛变成了奇妙的瘙痒。她不禁想,究竟可以这样看着他的眼睛多久?她的心可以在这双眼睛知晓一切的目光中跳动多久?

永远?

是的,直到永远!

"塞尔文迪人来过,"她最后说,"他想带走我。"

"我知道,"凯胡斯回答,"是我告诉他可以这样做。"

不知为什么,她好像早就知道了。

但为什么?

他笑得那么灿烂。

"因为我知道你不会让他得逞。"

他们到底知道了多少?

在唯一一盏灯笼的映照下,凯胡斯对着西尔维轻声软语,逐渐迎合她的节奏。心跳和着她的心跳,呼吸随着她的呼吸。凭借世俗中人无法想象的耐心,他缓慢引导她进入杜尼安僧侣称为"浸没"的恍惚状态,用他的声音覆盖她的声音。循着她身体一连串下意识反应,他审视着她与换皮密探接触的全过程,最后将那东西的袭击从她灵魂的纸卷上删去。明天早上,她醒来时只会奇怪身上这些伤口和瘀痕是哪儿来的,仅此而已,她会觉得自己是个洁净的人。

事后他穿过营地中欢庆的人群,朝梅内亚诺海走去,走向塞尔文迪人在海滩上的帐篷。他一脸沉思状,毫不理会途中向他欢呼的人——这次他是真的在沉思。那些坚持朝他欢呼的人在他愤怒的目光下退却。他有一个任务。

在凯胡斯所有的研究对象中,塞尔文迪人是最深刻,也最危险的。一方面,塞尔文迪人十分骄傲,和普罗雅斯及其他大贵族一样,对人与人之间互相支配的关系极为敏感;但另一方面,他又拥有超乎寻常的智力,不仅可以理解和领悟,还能敏锐地反思自己灵魂的动作——追问自己每个想法的起源。

更要紧的是他的知识——他对杜尼安僧侣的了解。许多年前,莫恩古斯为逃离乌特蒙部落,对他透露了太多,低估了奈育尔从那些碎片中能揭示的真相。草原人着迷于挖掘父亲的死因,并从中得出了许多令人不安的结论。现在,在所有生于俗世的人中,只有他了解杜尼安僧侣。在所有人中,只有奈育尔·厄·齐约萨是清醒的……

所以他必须死。

伊尔瓦的人类,几乎都不假思索地接受了本民族的习俗:康里亚人不刮胡子,因为裸露脸颊显得女人气;纳述尔不裹绑腿,因为那是粗陋的装束;泰丹人不与黑皮肤的人——或按他们的说法,"黑鬼"——打交道,因为他们污秽肮脏。对世俗间的人来说,这些习惯都是自然而然。他们会把宝贵的食物献给顽石雕成的人像。他们会亲吻弱者的膝盖。他们游移不定的心中充满恐惧。他们每个人都认为自己可以评判他人。他们拥抱屈辱,摒弃尊严,崇拜……

但他们从不问为什么。

奈育尔完全不同。其他人只顾接受,忽略了别的可能,他却总是不由自主地去思考。更重要的是,他还会一一确证无数可能的思想与行为。为什么要责骂哭泣的妻子?为什么不打她?为什么不嘲笑她、忽视她,或者抚慰她?为什么不和她一起哭泣?是什么决定了一种反应比其他反应更真实?是血脉吗?是他人理智的说服?是神意?

还是如莫恩古斯所说,出于某种目的?

奈育尔被族人包围着,在他们当中出生,若是听之任之,也命中注定要在他们当中死去。三十年来,他一直在试图控制自己的思想与情绪,回归乌特蒙人固有的狭窄道路,然而,尽管他拥有坚忍的耐性和天赋的敏锐,他的族人仍能嗅到他身上错误的气味。在人与人的交往中,每个人的动作都要符合他人的期待,这就像某种舞蹈,而这样的舞蹈中不容任何犹豫。乌特蒙人发现了他眼中闪动的怀疑,他们知道他在尝试做草原人——而他们知道不管是谁,如果需要尝试做草原人,就不可能是真正的草原人。

所以他们用低声细语和警惕的眼神惩罚他——这样度过了一百多个季节……

三十年的耻辱与否认。三十年的折磨和恐惧。一生被同族憎恨……最后,奈育尔走上了一条自己塑造的路,一条充满疯狂与杀戮的路。

他将鲜血当成洁净自己的圣水。如果说战争是礼拜,那奈育尔乃是最虔诚的塞尔文迪人——不仅是草原人的一员,而且是他们中最伟大的。他不停地让自己相信,他的手臂就是荣誉。他是奈育尔·厄·齐约萨,男人中的男人。

他不停地告诉自己,每条斯瓦宗标志的不止是荣誉,还是安那苏里博·莫恩古斯的死。什么是疯狂?难道不就是无法遏制的焦急,急于抛弃自己身上为这个世界否认的东西吗?莫恩古斯必须死,必须马上死——甚至不管那个人到底叫不叫莫恩古斯。

第二卷 第二次进军

出于愤怒,奈育尔将整个世界当成了宣泄的出口,他要为自己复仇。

然而这番精确的分析却无法帮助凯胡斯控制乌特蒙酋长。此人对杜尼安僧侣的了解始终是障碍,有一段时间,凯胡斯甚至觉得奈育尔永不会屈服。

直到他们遇到西尔维——她成了另一种宣泄。从最开始,塞尔文迪人就把她当作自己的道路,当作他仍在遵循草原人行事方式的证明。西尔维的存在可以抹去莫恩古斯,而凯胡斯与莫恩古斯是如此相似。她是解除莫恩古斯诅咒的咒语。奈育尔坠入了爱河,但爱的不是她,而是自己爱上她的想法。因为如果他爱她,就不会去爱安那苏里博·莫恩古斯……

或者他的儿子。

接下来是最关键的一步。

凯胡斯开始引诱西尔维。凯胡斯知道,在野蛮人眼里,这一幕和三十年前莫恩古斯引诱自己一模一样。很快奈育尔就觉得她既是解除仇恨的工具,也是心头那强烈仇恨的翻版。草原人开始殴打她,不仅是为了证明他和其他塞尔文迪人一样对女人充满轻蔑,也是在殴打自己。他惩罚她,是因为她犯了和他一样的罪孽。他爱她,又觉得爱代表懦弱……

这正是凯胡斯希望的:越来越深的矛盾。他发现,俗世中人对矛盾毫无抵抗力,尤其是会激发感情冲突的矛盾。没有什么比这更能刺透他们的心。没有什么比这更让他们沉迷。

等奈育尔完全被女孩征服后,凯胡斯带走了她,知道这个男人情愿用任何东西换回她,而自己根本不明白是为什么。

现在,奈育尔·厄·齐约萨没用了。

僧侣爬上一座草叶稀疏的沙丘,风吹过头发,把锦绣白袍扬到腰间。在他面前,梅内亚诺海向远处延伸,直到被空虚的夜色吞噬。他正下方就是塞尔文迪人简陋的圆顶帐篷,帐篷被踢倒在地,重重地踩踏过,帐篷前也没有火光。

一时间,凯胡斯以为自己来晚了,但他马上听到风中传来的粗声喊叫,看到起伏的海浪间有个人影。他走过废弃的帐篷,来到海边,感觉贝壳和卵石磨砺着鞋底。月光给翻涌的海水镀上一层银色,鸣叫的海鸥悬在空中,仿佛乘夜风飞翔的风筝。

凯胡斯看着海浪拍打塞尔文迪人的裸体。

"这里没有路!"那人高喊着,用拳头击打海浪,"哪里才有——"

他的身体毫无预警地僵住了。黑暗的水波在他身边卷动,几乎没过肩膀,然后化作水晶般的泡沫。他转过头,凯胡斯看到他饱经风霜的面孔被湿漉漉的黑发包围。他脸上没有表情。

完全没有表情。

奈育尔朝岸边走来。波浪在他身边破碎,仿佛变成无形无质的烟雾。

"我做了你要我做的一切!"他的喊声盖过周围的涛声,"我羞辱了我父亲,让他和你决斗。我背叛了他、背叛了我的部落、背叛了我的民族……"

水滴从他宽阔的胸膛流下,顺着紧绷的肚腹与下体一直向下流淌。海浪打在他花白的大腿上。凯胡斯的知觉中滤去了梅内亚诺海的喧哗,将所有感官集中到这个朝自己走来的野蛮人身上。平稳的脉搏。无血色的皮肤。木然的面孔……

死人般的眼睛。

凯胡斯意识到:我读不懂这个人。

"我跟着你走过了无路可循的大草原。"

赤裸的脚踩在被水浸泡的沙滩上。奈育尔在他面前停下,伟岸的身躯闪着光,仿佛月光下的瓷釉。

"我爱过你。"

第二卷　第二次进军

凯胡斯把手伸向背后,抽出了杜尼安铁剑,举在身前。"跪下。"他说。

塞尔文迪人跪下,伸出双臂,把手指埋进沙里,昂起头看着星空,露出喉咙。梅内亚诺海在他身后起伏翻涌。

凯胡斯一动不动地站在他面前。

这算什么,父亲?是怜悯吗?

他盯着面前可怜的塞尔文迪战士。他的感情来自于什么样的黑暗?

"动手!"这男人喊道,布满疤痕的伟岸身躯在恐惧与欢喜中颤抖。

凯胡斯没动。

"杀我!"奈育尔的喊声响彻夜空。他用出奇敏捷的动作抓住凯胡斯的剑,把剑尖对准自己的喉咙,"杀!杀!"

"不。"凯胡斯说。一波海浪卷来,风带着冰冷的水花打在他俩身上。

他朝前倾身,轻轻地把剑刃从对方粗重的手中夺下。

奈育尔环住他的脖子,扭着他倒在冰冷的沙滩上。

凯胡斯仍然没动。不知是碰巧还是出于本能,野蛮人把他推到了离死亡只有一线之隔。凯胡斯知道对方只需轻轻一扭,就能折断他的脖子。

奈育尔把他拉到自己脸前,他可以感觉到草原人潮湿的体温。

"我爱过你!"草原人既在低语,也在呼喊,然后他把凯胡斯朝后推去。凯胡斯双脚踏在沙地上,小心扭动着下巴,从他的手臂中挣脱出来。奈育尔带着希望与恐惧凝视着他……

凯胡斯收剑回鞘。

塞尔文迪人朝后倒去,抬起双拳敲打自己的头。他用力地把头发从头皮上撕扯下来。

"但你说过的!"他高呼着,拔下一束带血的头发,"你说过的!"凯胡斯一动不动地看着他。他还有用处。总是有用处。

那个叫萨瑟鲁斯的东西骑马沿土堤旁一条窄路前行。虽然空气异常潮湿,这仍是个晴朗的夜晚,月光给附近的桉树和大枫树涂上了一层蓝色。路过第一座废墟时,它放慢速度,指引坐骑往长满长草的圆丘间走去,进入两排石柱围成的长廊。石柱间可见湖泊一样宁静的森比斯河,镜子般的河面映着白色的月光和北岸阴影笼罩的悬崖投下的倒影。萨瑟鲁斯翻身下马。

这地方原是古城格尔吉罗斯,不过这对那个叫萨瑟鲁斯的东西来说没有任何意义,它是只为此刻而生的造物。它只知道这是个地标,而地标是密探与负责人接头的地方——无论那位负责人是不是人类。

萨瑟鲁斯背靠石柱坐下,陷入了人类无法理喻的、动物的沉思。苍白月光照亮了它头顶白色圆柱上的花纹,那是人立的细长猎豹。拍翅声令它从空想中回过神,抬起棕色的大眼睛朝上看去,心中想的却是另一种柱子。

一只类似乌鸦的鸟落在他膝上。除了白色的脑袋,那只鸟和乌鸦没有分别。

白色的人类脑袋。

那张脸带着鸟类的紧张转动着,用绿宝石色的小眼睛打量萨瑟鲁斯。

"我闻到血味。"它用尖细的声音说。

萨瑟鲁斯点点头:"那个塞尔文迪人……他打断了我对那女孩的审讯。"

"你的能力?"

"不受影响。会好的。"

第二卷　第二次进军

小小的眼睛眨了眨："很好。那你知道了什么？"

"他不是西斯林。"那东西低声说，就像在保护对方小小的耳膜。

人脑袋带着猫一般的好奇转过来。"好吧，"过了一阵，刑鸟道，"那他是什么？"

"杜尼安僧侣。"

那张小脸扯动着，细小的牙齿好像米粒，在它唇间闪光："别跟我玩把戏，高尔萨，别玩把戏。"

萨瑟鲁斯僵住了。"我没跟您玩把戏。这人是杜尼安僧侣，塞尔文迪人是这么叫的。她说这事毫无疑问。"

"但亚特里索并没有叫作'杜尼安僧侣'的组织。"

"确实没有。但我们已经知道，他并不是亚特里索的王子。"

老魔物停了一停，就像是在努力让庞大的思维在鸟儿小小的脑袋中运转起来。

"也许，"最后它说，"这个组织用古代库尼乌里语给自己取名不是巧合。也许这个人的名字，安那苏里博，不是西斯林笨拙的谎言。也许他真的是古老的种子。"

"有可能是奇族训练了他吗？"

"有可能……但就连伊斯坦宾斯也有我们的密探。尼恩·席尔吉拉斯不管做什么，很少有我们不知道的。非常少。"

小小的脸笑了。它那黑曜石色的翅膀一开一合。

"不错，"它续道，小眉毛皱在一起，"杜尼安僧侣不会是奇族的造物……古代库尼乌里的光芒熄灭时，有许多顽强的余烬存活下来。天命派是一块这样的余烬，也许杜尼安僧侣是另一块，具有同样的顽强……"

蓝眼睛闪动着——又眨了一下："而且更加隐秘。"

萨瑟鲁斯什么都没说。他并没有能力揣测这种事，他不是为此创造出来的。

细碎的牙齿发出啪嗒声,一次,两次,老魔物似乎在考验它们的品质。

"是的……余烬……在神圣的戈尔格特拉斯的阴影下……"

"他告诉那女人,圣战会为他所有。"

"但他不是西斯林!多古怪啊,高尔萨!杜尼安僧侣是什么?他们为什么想得到圣战?还有,我亲爱的、亲爱的孩子,这个人是怎么看透你的脸的?"

"但我们——"

"他看到的够多了……是的,够多了……"

它把头弯向右边,眨眨眼,然后又正过来。

"先别管这个凯胡斯王子,高尔萨。天命派巫师不在棋局中了,这个凯胡斯的威胁少了很多。先随他去……我们必须弄明白'杜尼安僧侣'是怎么回事。"

"但他的力量在不断增长,越来越多的长牙之民开始称呼他'战士先知'或'真神王子'。继续下去,就很难再动他了。"

"战士先知……"刑鸟笑了,"这个'杜尼安僧侣'非常狡猾,他用这帮疯子自己制作的皮鞭抽打他们……他是怎样布道的,高尔萨?他会威胁到圣战吗?"

"不。还不会,老父。"

"继续评估威胁,做你认为合适的事。如果他有阻止圣战的意向,就干掉他——不管付出什么代价。至于现在,他只不过是个新鲜玩具,西斯林才是我们的敌人!"

"是,老父。"

白色的脑袋如湿滑的大理石一样闪动着,上下摆了两次,好像在回应某种无法克制的本能。它一只翅膀落在萨瑟鲁斯的膝盖上,朝两腿之间的阴影中伸去……高尔萨的身体僵硬了。

"你伤得重吗,我亲爱的孩子?"

"是……是的。"那个叫萨瑟鲁斯的东西喘息着。

小小的头颅向后仰了一下。萨瑟鲁斯半闭眼睛,看着翅膀尖一转一敲,一敲一转。"啊,不过想想吧……这个世界上将再也没有子宫跳动,再也没有灵魂怀有希望!"

萨瑟鲁斯兴奋地吞着口水。

第十六章 施吉克

> 睡着的人最相似,死人也一样。
>
> ——欧帕里萨,《论肉体》

> 安乌拉特之战后,因里教徒的傲慢与日俱增。个别头脑清醒的人要求继续进攻,大多数人却吵嚷着要停下来休整。他们认为费恩教已被毁灭了,这想法跟蒙格达之战后如出一辙。长牙之民逗留不前时,帕迪拉贯却在谋划,要把全世界变作自己的盾牌。
>
> ——杜萨斯·阿凯梅安,《第一次圣战简史》

长牙纪4111年,初秋,爱荷西亚

阿凯梅安承受着梦境的折磨……

封印中的梦境。

远方的景色细雨笼罩,巨环山脉仿佛被灰羊毛帷幕遮蔽,视野中所有的造物都在他面前疯狂地涌动。大群斯兰克手握黑色的铜制兵器,一队队巴拉格用硕大的战锤敲打泥地,他们身后是戈尔格特拉斯的高耸城墙,险峻的山崖顶上有浓雾掩映的塔楼,方舟的两支巨大长角挑向阴影朦胧的黑暗,于无尽的灰色背景中划出金色弧线,仿佛划开波澜不兴的湖水。

古老的戈尔格特拉斯,从天而降的、从古到今最大的恐怖。

就要被征服了……

一大波魔鬼的造物冲出城墙,冲过沉闷的原野。

第二卷　第二次进军

斯兰克如蜘蛛汇成的潮水向前涌来,嗥叫着冲过水池与泥滩。它们冲进好战的长发的阿约西人的方阵中,他们乃是北方的壁垒;它们冲进库尼乌里人盔甲鲜亮的队列,挑战诺斯莱的荣光。上诺斯莱的大王子们挥鞭驱策战车全速前行,所向披靡。伊斯坦宾斯——最后一座奇族洞府——的战旗直指汪洋大海般的怪物部队深处,身后留下黑血绘出的尾迹。伟大的尼尔-吉卡斯在烟尘与暴虐中傲然挺立,仿佛一束无法撼动的阳光。奈摩里一遍又一遍地吹响世界之号,令斯兰克们耳边回荡着末日将临的鸣响。

谢斯瓦萨,索霍克学派的大宗师,仰脸迎向落雨的天空,品味甘甜的愉悦。这一切终于发生了,真的发生了!不洁的戈尔格特拉斯,古老的明-乌洛卡斯,即将陷落。他及时警告了他们!

阿凯梅安重新经历了这场长达十八年的幻觉。

封印中的梦境。

每次醒来,不管是被刺耳的叫喊惊醒,还是被冷水泼醒,都只是恐怖场景间的转换。火把的光晃得他直眨眼,麻木的身体感觉到锁链磨着皮肤,嘴里塞着臭烘烘的破布。阴暗中,他看到周围晃动着绯红长袍的人影。再次投入梦境之前,他想道:它来了……末世之劫来了……

———— ❦ ————

"很奇怪,不是吗,伊奥库斯?"

"什么奇怪?"

"人可以如此轻易地变得这样无助……"

"人是这样,学派也一样……"

"你指什么?"

"没什么,大宗师。"

"看,他在看我们!"

"是的……他经常会这样。继续审问前,我们必须等他积蓄更多力量。"

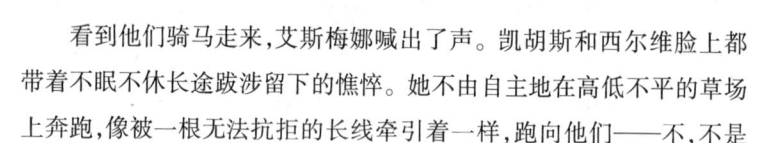

看到他们骑马走来,艾斯梅娜喊出了声。凯胡斯和西尔维脸上都带着不眠不休长途跋涉留下的憔悴。她不由自主地在高低不平的草场上奔跑,像被一根无法抗拒的长线牵引着一样,跑向他们——不,不是他们,是跑向他。

她飞一般跑到他身前,用难以置信的力气紧抓住他。他身上有尘土和膏油的味道,微微蜷曲的胡须和头发亲吻着她裸露的皮肤。她感到自己的眼泪不停滚过脸颊,流到他脖子里。

"凯胡斯,"她哭着,"噢,凯胡斯……我快疯了!"

"不,艾斯梅……你只是伤心。"

他的存在仿佛可以抚慰一切伤痛。他宽厚的胸膛压着她的胸脯,修长的手臂环着她的纤腰,搂着她的后背。

他把她往后推了推,她转身看到了西尔维。西尔维也在哭。她们相拥而泣,然后一同朝山坡上那顶孤零零的帐篷走去。凯胡斯牵着他们的马。

"我们想你了,艾斯梅。"西尔维说,但不知为什么神情有些慌张。

艾斯梅娜忧伤地看着女孩,女孩的左眼周围有一块樱桃色的瘀青,发际线下有一道鲜红的伤痕。艾斯梅娜现在的心绪并不适合去过问到底发生了什么,就算真的要问,她也想等西尔维自己先提。对于这样的伤痕,询问只能换来谎言,只有沉默能给予真相。女人就是如此——特别是风尘女子……

除了脸上的伤痕,女孩看起来非常健康,满面红光。哈萨斯长裙下,那让艾斯梅娜都感到嫉妒的苗条腰身微微隆起。艾斯梅娜脑子里

第二卷　第二次进军

有无数问题：怀上是什么感觉？多长时间撒一次尿？有流血吗？突然间，她明白了女孩有多害怕——哪怕和凯胡斯在一起。艾斯梅娜记得自己感受过的愉悦的恐慌。那时她是一个人，彻底的孤身一人。

"你一定饿坏了！"她喊道。

西尔维无力地摇摇头，艾斯梅娜和凯胡斯都笑了。西尔维总是很饿，怀孕的女人本该如此。

恍然间，艾斯梅娜眼中漾起旧日的阳光。"再见到你们真好，"她说，"我伤心的可不止是阿凯梅安的离开。"

暮色将近，她把木柴——其实都是河里拖出来的、骨头颜色的船只残骸——投进火里。凯胡斯盘起双腿，坐在小火堆对面。西尔维把头靠在他肩上，头发被霞光染白，女孩发红的鼻头略略有些脱皮。

"这就是当时那个火堆，"凯胡斯说，"我们刚来施吉克时生起的那堆火。"

艾斯梅娜停住了，手中仍抱着木柴。

"是啊！"西尔维道，她朝四周光秃秃的山坡上看了一圈，又望向不远处黑乎乎的河水，"但一切都不见了……所有帐篷，所有人……"

艾斯梅娜精心挑选木柴填进火里。照顾火堆成了她最近唯一的习惯，此外她没什么可以照顾的了。

她感觉到凯胡斯温柔的目光。

"有些炉火点不着了。"他说。

"我们的很好。"艾斯梅娜低声说。她眨眨眼睛，抽抽鼻子，又擦擦鼻头。

"但对炉火来说最重要的是什么呢，艾斯梅？是火，还是点火的家人？"

"是家人。"她最后道。奇异的空虚感笼罩了她。

"而我们是一家人……你知道的。"凯胡斯歪头看向她低下去的脸，"阿凯梅安也知道。"

她的腿仿佛不听使唤，脚下一绊，坐在地上，又哭起来。

"但我、我必须留、留下……我得、得在这、这儿等他……等他回家。"

凯胡斯跪在她身边，捧起她的脸。他看到一道泪痕在她左边脸颊上闪烁。

"我们就是他要回的家。"他说。不知为什么，她明白他不会再多说什么了。

吃晚饭时，凯胡斯给她解释了之前一周发生的事。他非常擅长讲故事，一向如此，一时间令艾斯梅娜迷失在安乌拉特之战错综复杂的战局中，揣摩其中种种变数。凯胡斯描述营地被焚和乞尔吉人的冲锋时，她的心提到了嗓子眼；他讲述自己如何保卫斯瓦宗战旗时，她和西尔维一起拍手笑起来。按凯胡斯的说法，他不过是一时走运，误打误撞干掉了几个敌人，拖延到援军到来。她却在想，这样一个奇迹般的男人——一个先知！一定是！——为什么会这样关心她？艾斯梅娜不过是苏拿贫民窟中的仆从种姓妓女。

"啊，艾斯梅，"他说，"看到你的微笑，我心里平静多了。"她咬咬嘴唇，挂着泪水的脸上露出了笑容。

他继续讲述战斗之后的事，态度也严肃了许多：异教徒如何被逐入沙漠，高提安如何将萨考拉斯的头颅悬挂在胜利的篝火前，圣战军如何肃清南岸——从河口三角洲到沙漠深处，到处是燃烧的神龛……

艾斯梅娜在北岸也看到了那些烟柱。

他们默默坐了一会儿，听火焰吞噬木头。沙漠的天空一如既往的明净，星罗棋布的穹顶深不可测，月光给亘古不变的森比斯河裹上一层银色。

多少个夜晚，她凝望着景物出神？高远的天空，辽阔的平原，它们涌出的漠然感压迫着她，让她感到渺小，让她觉得人心不过是飞舞的碎屑。风太大，它们会被卷进无穷无尽的黑暗；风太小，它们又会像炭灰

第二卷 第二次进军

一样散落下来。

阿凯还活着吗?

"辛奈摩斯传来消息,"最后凯胡斯说,"他还在找……"

"也就是说,还有希望?"

"希望永远存在。"他的话音让她感到鼓舞,却又透出绝望,"我们等着看他能找到什么吧。"

艾斯梅娜说不出话。她朝西尔维看去,但女孩避开了她的目光。

他们都觉得他死了。

她知道不该去希望,世界就是这样。但死总是最难以接受的想法。人怎能去想象思想的终结呢?

阿凯会——

"来吧。"凯胡斯轻快坦诚地说,似乎已确定了目标。他绕过小小的火堆,跪坐到她身边,用一根木棒在两人面前的地上画出一个她觉得无比熟悉的符号,"这段时间,我先来教你认字。"

似乎她早已把所有的泪水都哭完了,但不知为什么……

艾斯梅娜朝凯胡斯看去,挂满泪水的脸上露出了微笑。

她微弱又沙哑地说:"我一直想学认字。"

痛苦间的转换没有任何间隙,转瞬就从谢斯瓦萨两千年前在达里亚什深处所受的折磨转换到现在……翻起的皮肤灼烧般疼痛,手腕磨破了,身体重心的错误分布让每个关节都在抽搐。起初阿凯梅安并没意识到自己醒了,只是墨克特里格的脸变成了以利亚萨拉斯——人类背叛者无比美丽的面孔变成了大宗师布满皱纹的脸。

"啊,阿凯梅安,"以利亚萨拉斯说,"很高兴你又能看到东西了——我是指这个世界的东西,有一阵子我们害怕你再也醒不过来了呢。你知道,你差点就死了。图书馆彻底毁了……因为你的顽固,所有书都已化为灰烬。萨略特人在外域会发出怎样的号哭啊,他们那些可怜的书。"

阿凯梅安嘴里塞满布条,赤身裸体绑着锁链,手腕吊在头顶,双脚脚踝捆在一起,悬空挂在一大片马赛克地板上。这是个拱顶房间,但他看不到天花板的尽头,除了身穿丝袍的大宗师,周围一切隐藏在黑暗中。三座三脚火炉为这里提供照明,他独自被吊挂在光圈汇聚处,置身于光明当中。

"啊,没错……"以利亚萨拉斯带着促狭的微笑看着他,"这地方适合做牢狱,不是吗?这里似乎是因里教徒的旧礼拜室,我猜是塞内安时代的建筑。"

他忽然清醒过来。

是赤塔!我死定了……死定了。

眼泪滚下脸颊,被拷打过的身体麻木得无法动弹,但裸露的双腿间屎尿齐流。他听到粪便掉落在马赛克地板上。

不不不!不行!

以利亚萨拉斯的笑声带着些许恶意。"终于,"他用符合礼仪规范的戏谑语调说,"死去已久的塞内安建筑也有了生气。"

他身边的同伴似乎不情愿地跟着笑了几声。

本能的恐慌攫住了阿凯梅安,他挣扎着想摆脱锁链,想呕出喉咙里的布条。一阵痉挛让他的身体软了下去,他悬在空中打着小小的转,一波波痛苦惩罚着他。

艾斯梅……

"很多事本来已经注定,"以利亚萨拉斯说着用手帕遮脸,"你不觉得吗,阿凯梅安?你知道自己为什么被捉,也知道不可避免的结局。我们会不停逼问你真知的秘密,而你,经受过天命派这么多年的训练,会让我们每一次尝试都无功而返。你会在痛苦中死去,你的秘密仍留在心中,我们得到的无非是又一具毫无用处的天命派尸体。一切本该如此,不是吗?"

阿凯梅安只是茫然而恐惧地盯着他,像个钟摆一样痛苦地摇来摇去、摇来摇去……

以利亚萨拉斯说得没错。他该为自己掌握的知识而死。为真知而死。

仔细思考,阿凯梅安,思考!诸神在上,你必须思考!

三海诸国的类比魔法学派都未曾得到奇族奎雅巫师的指导,无法更进一步。他们所有的巫术,不管多么强大、多么精妙,都来自于建立神秘的关联,通过咒辞与实体的共鸣施放力量。换言之,他们需要比喻——将法术类比成巨龙、闪电、太阳——才能点燃这个世界;他们无法像阿凯梅安这样直接使用概念本身——比如"燃烧"。他们无法理解抽象的能量。

他们是诗人,他就是哲人。他们是青铜,他就是钢铁。他会让他们明白的。

阿凯梅安嗤笑一声,透过模糊的双眼盯着大宗师。

我要烧死你!烧死你!

"但在这里,"以利亚萨拉斯说,"在这个动荡的时代,我们无须拘泥于过往。在这里,你遭受的折磨,包括你的死亡,都不是必须的——在这里,一切都未曾注定。"

以利亚萨拉斯分开众人,走了过来——经过精心考量的、优雅的五步,停在离阿凯梅安非常近的地方。

"为证明这一点,我会去掉你嘴里塞的布。我会让你说话,而不是像对待你的同袍学士那样无穷无尽地使用强迫术。但我警告你,阿凯梅安,想攻击我们不会有结果。"他从绣有符文的衣袖中伸出瘦长的手,指了指阿凯梅安脚下的马赛克地板。

阿凯梅安看到一个硕大的红漆圆环绘在风格化的动物马赛克图案

上,再仔细看,所谓的圆环是一条象形文字组成的吞尾蛇。

"你看到了,"以利亚萨拉斯柔声道,"你被捆在乌博里安之环上……哪怕只是念出一段咒词,也会带来无法估量的痛苦。我向你保证,我见过想在乌博里安之环中施法的巫师的下场。"

阿凯梅安也见过。看上去赤塔拥有许多强大的东西。

大宗师退开,一个体格粗壮的宦仆从阴影中上前一步,用肥硕而灵活的指头抠出布条。阿凯梅安大口吸着空气,闻到了之前身不由己排出的粪便的味道。他向前探头,努力吐痰。

赤塔学士们满怀期待地看着他,有些人还有点担心。

"怎样?"以利亚萨拉斯问。

阿凯梅安眨眨眼,不顾痛苦仰起头:"我们在哪里?"

大宗师细细的灰色山羊胡被宽阔的笑意分开了。

"还用问么?当然是在爱荷西亚。"

阿凯梅安的脸抽搐了一下,他点点头,看着身下的乌罗博里安之环,看到自己的尿渍渗进瓷砖缝隙……

这与勇气无关,纯粹是瞬间的冲动,任性地无视行为引发的后果。

他试着说了两个字。

痛苦顿时袭来。

足以让他尖叫、再次失禁的痛苦。

一道道炽热光线舞动着,在他皮肤下面分叉,就像流淌的、血管状的阳光。

他一遍一遍地尖叫,好像眼球要被刺穿,牙齿要被打碎砸在细小的瓷砖上、发出瓷器撞击的声音。然后他又回到噩梦当中,梦中的折磨更加古老、更加漫长。

第二卷　第二次进军

尖叫停息后，以利亚萨拉斯盯着昏迷的人形。虽然绑上了锁链，全身赤裸，萎缩的阳具像木签一样混在阴毛当中，这个男人似乎仍然……具有威胁。

"顽固的家伙。"伊奥库斯说，无礼的语调仿佛在质问大宗师：你还想怎样？

"确实。"以利亚萨拉斯有些恼火。他们在爱荷西亚一拖再拖。真知太珍贵，值得从这只颤抖的老狗身上压榨，但那只是计划之外的奖品。他更需要知道那天夜里，在安迪亚敏高地下、皇帝的地牢中发生了什么。他需要知道这个人了解的、关于西斯林换皮密探的情况。

西斯林！

不管有意无意，这条天命派的狗削减了他们在蒙格达之战中获得的优势。他在萨略特图书馆杀了两名正式巫师，包括以利亚萨拉斯强大的盟友老法师育提拉摩斯。此外，此事还让那个狂信徒普罗雅斯握住了把柄，若非王子威胁要为他"亲爱的老师"复仇，以利亚萨拉斯绝不会答应让赤塔参加圣战军在森比斯河南岸的战役，结果失去了六名巫师！六名巫师在安乌拉特之战中倒在费恩教徒的丘莱尔弓箭手手下。乌克鲁姆、卡拉瑟恩斯、奈因……

六名！

以利亚萨拉斯知道，这正是西斯林希望的……让他们流血，同时小心翼翼保存实力！

不错，他对真知垂涎已久，这份渴望几乎掩盖了他真正的目标——西斯林。但只是几乎。萨略特图书馆那晚，眼看此人以一己之力，凭借闪耀的、抽象的光束对抗八名正式巫师，以利亚萨拉斯感到前所未有的嫉妒。如此伟大的力量，如此纯粹的统治，怎样才能做到？怎样做？

这些天杀的天命派猪猡！

等了解到关于西斯林的必要信息,他会让手下继续按以往的方式拷问这条老狗。世上一切都是赌博,谁知道结果会怎样?也许到最后会证明,捉住这个人乃是摧毁西斯林的至关重要的步骤……

以利亚萨拉斯知道,伊奥库斯的问题正在于此。那个人从不明白,有些奖品是那么诱人,值得疯狂下注。那个人不懂希望的意义。

参孚瘾君子向来不知希望为何物。

— ∞ —

渡河时,森比斯河似乎不止是一条河。

艾斯梅娜骑马跟着西尔维,上了最近的因里教渡船。骑在牲畜背上过河让她感到害怕,看到西尔维驾轻就熟地操纵马匹,她又觉得无比惊奇。西尔维解释说,她来自瑟帕罗兰草原,那里的女孩生来就会骑马。

也就是说——艾斯梅娜生出不寻常的嫉妒想法——她的腿可以张得很开。

过河后,她站在沙沙作响的树叶投下的阴影中望向光秃秃的北岸。北岸的荒凉让她忧伤,提醒了她眼下的心境以及为什么要离开。距离如此遥远……一种恐怖的终结感攫住了她,她曾以为森比斯河水无比友善,实际上却如此无情,不曾养育过任何人。

但我游过泳……我在这里游过泳!

凯胡斯拍拍她的肩膀。"终于有南方的样子了。"他说。

回到康里亚人的营地远没她想象中困难。普罗雅斯扎营在安摩诺提斯城的高墙后面,那是南岸唯一的大城市。这里跟市场一样拥挤,成队的骑兵、货车、赤足的朝圣者,全挤在道路两边棕榈树最浓密的树荫下。他们一行被人群淹没了,不管走到哪里,凯胡斯都被围在当中,这些人大部分是长牙之民,也有随军平民,他们都在乞求战士先知的祈福或触碰。西尔维解释说,传言凯胡斯以一人之力击退了乞尔吉人的冲锋,这让许多人的信念更加坚定。走到营地,他们几乎被堵得无法前行。

"他不再责怪他们了。"艾斯梅娜惊讶地看着这一切。

西尔维笑了:"这不是很棒吗?"

是的——确实是!凯胡斯,那个在营火旁取笑她的男人,如今走在崇拜他的人群中,微笑着触碰周围人的脸颊,说出温暖而鼓舞人心的话。凯胡斯!

战士先知。

他看着她们,眨了眨眼,会心一笑,身体靠住了马鞍上的西尔维。艾斯梅娜感到西尔维兴奋得发抖,不由觉得一阵强烈的嫉妒。为何失去一切的总是她?为何诸神这般痛恨她?为何活该倒霉的不是别人?为何不是西尔维?

但这念头一闪而过,之后她感到羞愧。凯胡斯亲自来找她。凯胡斯!那个众人顶礼膜拜的男子在关心她!

他是为阿凯梅安才这样做的。为他的老师……

普罗雅斯在康里亚营地周围布下栅栏,西尔维说这主要是为了防止狂热的人潮接近凯胡斯。很快,他们摆脱了所有干扰,行走在帆布围出的长长巷道里了。

艾斯梅娜对自己说,她害怕回来是因为这会激起太多回忆,其实她真正害怕的是失去这些回忆。拒绝离开原来的帐篷是草率、绝望、可悲的想法……凯胡斯让她明白了这一点。但留在那里也让她变得坚强——至少在她看来。她坚持为自己辩护,坚持说她必须保护阿凯梅安的一切,她甚至不愿触碰阿凯梅安最后那天早上用来盛茶水的那只有缺口的黏土茶碗。一切令人心碎的细节都描述着他的离开,她觉得这些东西仿佛统统变成了神像,被施加了法术,预示着他一定会回来。此外还有绝望的骄傲,每个人都逃走了,只有她还在……她还在!她望向被抛弃的营地,每个火堆都蒙上了尘土,营地间的道路被长出的草叶覆盖,似乎成了幽灵世界。只有她失去爱人的感觉是真实的……只有她对阿凯梅安的想念。这难道没包含着光荣与气节吗?

可现在她继续前行了——不管凯胡斯说了什么炉火与家的话,都不能阻止她产生这样的想法:这是不是意味着她已抛弃了阿凯?

凯胡斯帮她架起阿凯梅安的帐篷时,她又哭了。在凯胡斯和西尔维那顶华丽的织锦大帐前,阿凯梅安的帐篷显得那么小、那么破旧。但她仍很感激,非常非常感激。

她以为头几个晚上会很尴尬,但她错了。凯胡斯太慷慨,西尔维又太单纯,她只感受到他们的热忱。有时凯胡斯会逗她笑,艾斯梅娜怀疑这是为了提醒她她仍能感到欢乐;其他时候他会分享她的忧伤,或在她需要独自哭泣时退去一旁。

而西尔维……好吧,西尔维就是西尔维。有时她似乎完全忘记了艾斯梅娜的忧伤,就像什么都没发生,就像阿凯梅安随时可能从曲折的巷道中走出来,和辛奈摩斯一起大笑或争吵一样。虽然艾斯梅娜偶尔觉得不快,但事实上这给了她莫大的抚慰。假装一切都没发生也很不错。

另一些时候,西尔维会陷入深深的忧郁,为了她,为了阿凯梅安,也是为自己。这里面有怀孕的原因,艾斯梅娜非常清楚——她自己怀女儿时曾像疯女人一样又哭又笑——但仍觉得非常难以忍受。她会尽责地关心西尔维,温柔地抚慰女孩,心底却感到羞愧。如果西尔维说为阿凯梅安哭泣,艾斯梅娜会猜想那是为什么,他们做情人的时间不止一夜吗?如果西尔维说为她哭泣,艾斯梅娜又感到愤怒:怎么,她就这么可悲吗?如果西尔维说只是自己难受,艾斯梅娜又会自我厌恶,责怪自己怎么变得如此自私?

艾斯梅娜每每斥责自己,如果阿凯梅安知道她有这样的恶意会怎么想?会多么失望!"艾斯梅!"他会说,"艾斯梅,得了吧……"每当无

第二卷　第二次进军

法入睡,她都会忆起自己说出的每一句可怕的话、每一个残酷的念头,并祈求诸神原谅。她不是故意要那样想。那怎么可能呢?

第三天夜里,她听到有人轻拍帐篷门帘,她掀开门帘,西尔维挤进来,身上有烟尘、橙子和茉莉的味道。女孩半裸身子,跪在阴暗处忧郁地哭泣。艾斯梅娜知道凯胡斯还没回来,因为她一直听着外面的动静。凯胡斯要参加贵族议事会,当然还要去接见他越来越多的信徒。

"西尔?"一阵做母亲般的疲惫感袭来,她要抚慰遭受的痛苦远不如自己的人,"怎么了,西尔?"

"求你了,艾斯梅,求求你!"

"求我什么,西尔?你在说什么?"

女孩犹豫了一下,她的眼睛在昏暗处像两个闪亮的光点。

"不要偷走他!"西尔维突然哭出来,"不要从我身边偷走他!"

艾斯梅娜笑了,但很轻,以免女孩误会。

"偷走凯胡斯?"她问。

"求你了,艾斯梅!你、你这么漂亮……几乎和我一样漂亮!你还很聪明!你和他说话时简直像个男人!我听到过!"

"西尔……我爱的是阿凯。我也爱凯胡斯,但不是……不是你担心的那种。请你别害怕!我可没法忍受你害怕我哟,西尔!"

艾斯梅娜知道自己是真诚的,但之后搂着西尔维纤细的后背时,她发觉自己因为西尔维的担心而感到莫大的快乐。她把女孩的一头金发卷在指间,想象西尔维是如何把这些头发铺在阿凯梅安胸前……她不禁想,把这些头发从头皮上扯下来是不是很容易?

你为什么要和阿凯上床?为什么?

次日清晨,艾斯梅娜带着懊悔醒来。正如皮拉夏所言,憎恶是贪得无厌的客人,专门寄居在自负的心中,而艾斯梅娜的心正日益纤弱。她借着晨光打量女孩,熟睡的西尔维翻了个身,如花容颜展露在艾斯梅娜面前。女孩右手护住隆起的小腹,呼吸平静犹如婴孩。这张熟睡的脸怎会如此美丽？艾斯梅娜仔细寻思，心头不由得涌起一股孩子偷窥的感觉，那是单方面窥视带来的兴奋，令她不由得笑起来。但还有别的感觉：生命的宁静，死亡的征兆，人类表情中不受控制的欲望，全汇聚在这片刻平静中。她意识到，每个人的面孔都有这样的共通之处、共通的真实。她、阿凯梅安甚至凯胡斯都有这样的睡脸。重要的是，睡着的人带着极明显的脆弱，尼尔纳米什人的谚语说：熟睡的喉咙更容易割断。

这难道不是爱吗？在你睡着的时候看着你……

西尔维醒来看到艾斯梅娜在哭泣。女孩眨眨眼睛，清醒了一下，皱起眉头。

"怎么了？"西尔维问。

艾斯梅娜笑了。"你太美了，"她说，"简直完美无瑕。"

西尔维的开心写在眼里。她翻身躺平，在闷热的空气中伸了个懒腰。

"我知道！"她喊道，肩膀微微发抖，她朝艾斯梅娜看来，眉毛上下跳动着，"每个人都想要我！"她笑着说，"甚至包括你！"

"你这小丫头！"艾斯梅娜抬起手，假装去抠她的眼睛。

她们嬉闹着跑出帐篷，凯胡斯已在生火。他摇着头，每个男人看到这一幕都会这样。

从那天起，艾斯梅娜跟西尔维格外亲密。她居然跟这个女孩，跟这个把先知当情人的怀孕女孩成了好朋友，实在是一件奇特而令人困惑的事。

早在阿凯梅安去图书馆之前，她就一直在想凯胡斯到底看上了西尔维哪一点。当然不只是因为美貌，虽然艾斯梅娜经常觉得女孩的美貌绝非人间所有；凯胡斯看到的是人心，不是表皮，不管那表皮多么柔滑、雪白如大理石。但西尔维的心显然是有缺陷的，虽然永远充满欢乐，但同样包含着虚荣与怪诞的想法，还有暴躁和放荡。

现在艾斯梅娜开始思考，是不是恰恰这些缺陷，才铸就了西尔维的完美。她在西尔维的睡脸上看到的就是这样的完美,她仿佛看到了只有凯胡斯才能看到的东西……脆弱的美丽,不完美的光彩。

她意识到自己"见证"了,见证了真理。

想到这,她感到不知如何形容的欣慰,仿如重生了一般。那天早上,凯胡斯看到她时点点头,神态让她想起辛奈摩斯。他什么也没说,不需要说什么了——貌似是这样。也许,她心想,真理与巫术是一样的,拥有真理的人可以彼此鉴赏。

和西尔维一起去逛安摩诺提斯半荒弃的市集之前,艾斯梅娜一直在接受凯胡斯的教导认字。虽然她不情愿,他却坚持把《长牙纪年》当教材——光拿着这卷皮子包裹的手稿就让她恐惧。它的样子,它的味道,连它书脊上磨出的痕迹,都在宣示正义与不可更改的审判。书页活像用铁铸成,她读到的每一个词仿佛都在躁动,每行鸟爪一样的文字都在威胁。

"我不要读对我的诅咒!"她对凯胡斯说。

"那上面说了些什么?"凯胡斯没理会她的脾气。

"说我是不洁的!"

"那上面说了些什么,艾斯梅?"

她只得继续疲惫地挣扎,将那些符号变成声音,又把声音变成脑海中的词汇。

天气酷热,城里尤为如此,被阳光晒透的石头和泥砖似乎在成倍地释放热量。那晚,艾斯梅娜很早就离开了,许多时日以来头一次,她没有为阿凯梅安哭泣着入睡。

她在纳述尔人认为傻子才会醒来的时分醒来,眼睛刚一睁开就警觉起来,周围的黑暗与温度说明离黎明还很远。她皱眉看向门帘,发现门帘被打开了。她裸着的脚露出毯子,月光照在脚上,旁边是一个男人穿凉鞋的脚……

"你的同伴很有趣嘛。"萨瑟鲁斯说。她没有尖叫,一两个心跳的时间里,她觉得他的出现仿佛理所当然。他躺在她身边,头枕在手肘上,棕色的大眼睛闪着戏谑的光。他穿着雪白的刺金法衣,下面是沙里亚骑士的礼服,胸口绣着长牙。他身上有檀香的味道,还有其他一些她无法分辨的香气。

"萨瑟鲁斯。"她低声说。他在这里看她有多久了?

"你没把我的事告诉巫师,对吗?"

"没有。"

他带着怜悯与嘲弄摇摇头:"没规矩的婊子。"

不真实感消失了,她开始害怕。

"你想要什么,萨瑟鲁斯?"

"你。"

"走开……"

"你的先知不是你想象中的人……这你是知道的。"

害怕变成了恐慌。她非常清楚,萨瑟鲁斯对于他认为不配得到尊重的人有多残忍,他尊重的人不多,不过她一直认为自己在那个小圈子里——哪怕离开了他的帐篷。但那之后似乎发生了什么……不知为何,她觉得对这个凝视着她的男人来说,她已经什么都不是了,完全没有价值。

"马上走开,萨瑟鲁斯。"

骑士队长笑了:"但我需要你,艾斯梅。我需要你的帮助……我会给你金子……"

"我警告你,我会喊的——"

"还有生活!"萨瑟鲁斯低吼。他不知何时捂住了她的嘴,无须感到刺痛,她也知道一把匕首顶在她脖子上。

"听着,婊子,你总在错误的桌子上下注。那巫师死了,你的先知很快也会随他而去。我问你,到那时你会变成什么?"

他掀开她身上的毯子,让她暴露在夜晚温暖的空气中。她畏缩着、

第二卷 第二次进军

哭泣着,匕首尖在被月光照亮的皮肤上滑动。

"呃,老妓女?等你的桃子不再有弹性的时候怎么办呢,嗯?到那时你去和谁上床?你会落得什么下场?你会和麻风病人睡吗?或为了一点面包渣,就用嘴去服侍那些毛都没长齐的小男孩?"

恐慌让她泪流满面。

萨瑟鲁斯深吸一口气,似乎在享受她的耻辱。他眼带笑意:"我闻到的是什么味道?你理解我的话了?"

艾斯梅娜抽泣着点点头。铁一般的手指仍抓着她的脸颊,萨瑟鲁斯得意地笑着放开了手。她立刻尖叫起来,嗓子都差点喊破。

凯胡斯找到她,抓着她把她拖出帐篷,来到燃烧的火堆旁。她听到有人叫喊,人们打着火把围拢,康里亚人吼声连连。她靠在凯胡斯强壮的臂弯里,颤抖着、抽泣着解释发生的一切。好像只过了几次心跳的时间,又好像过了好多天,混乱平息了,人们纷纷回到帐篷中,去享受所剩无几的睡眠。恐慌模糊了,被渐生的尴尬取代。凯胡斯告诉她,他可以去找高提安申诉,不过不会有人管这种事。

"萨瑟鲁斯是个骑士队长。"凯胡斯说。

而她只是死巫师的女人。

没规矩的婊子。

艾斯梅娜拒绝了西尔维的邀请,没住进她和凯胡斯的帐篷,不过还是同意用她的澡盆洗澡。沐浴后,凯胡斯随艾斯梅娜回到帐篷。

"西尔维给你打扫干净了。"他说,"垫子都换了。"艾斯梅娜又哭了。她什么时候变得这么脆弱,这么可悲?

你怎能离开我?你为什么要离开我?

她爬进帐篷,就像野兽钻进藏身的洞穴。她把脸埋进羊毛毯子,那上面仍留有檀香味道……

凯胡斯举着灯笼,盘腿坐在她对面:"他走了,艾斯梅娜……萨瑟鲁斯不会回来了,不会了。就算没人动他,其他人的盘问也让他尴尬。哪个男人不怀疑别的男人屈从于欲望呢?"

"你不明白。"她喘着气说。她该怎么告诉他?她为阿凯梅安担心、甚至为他哀悼的同时……"我骗了他!"她喊道,"我骗了阿凯!"

凯胡斯皱了皱眉头:"什么意思?"

"他离开苏拿,把我留在那里,后来非神会来找我了。非神会啊,凯胡斯!我知道埃因罗不是自杀,我知道!但我从来没告诉过阿凯。瑟金斯啊,我一直没诉过他!现在他走了,凯胡斯!走了!"

"喘口气,艾斯梅,喘口气……这和萨瑟鲁斯又有什么关系?"

"我不知道……这才是最疯狂的,我不知道!"

"你们是情人。"凯胡斯说。她僵住了,好像孩子遇到了狼。凯胡斯一直知道她的秘密,亚斯吉罗奇附近山上神殿中那个夜晚,他打断了萨瑟鲁斯和她的谈话,从那时起他就知道了。但为什么她现在觉得害怕?

"有一阵我以为你爱过萨瑟鲁斯,"凯胡斯续道,"甚至拿他和阿凯梅安比较……然后发现阿凯梅安有许多缺点。"

"我是个傻瓜!"她喊道,"我是傻瓜!"她怎能这么傻?

没人能与你相比,亲爱的!没有人!

"阿凯梅安很脆弱。"凯胡斯说。

"我就是因为他的脆弱才爱他!你看不出来吗?这是我爱他的原因!"

我真的爱他!

"这也是你没去找他的原因……和萨瑟鲁斯同床时去找他,等于将他的脆弱公诸于众,他将无法承受。所以你离得远远的,骗自己说一直在找他,事实上却在躲。"

"你怎么知道这些的?"她抽泣着。

"但你骗不了自己……所以你没法把在苏拿发生的事告诉阿凯梅安——不管他多需要了解那件事!因为你知道他不会明白,你害怕他

第二卷　第二次进军

会看到你的……"

卑劣、自私、可恨……

肮脏。

但凯胡斯发现了……他一直都能。

"别看我!"她喊道。

求求你看着我……

"我会看着你,艾斯梅,我一直都看着你,而我看到的人让我惊喜。"

这样令人迷醉的话,这样的温暖,这样近的距离——这样近!——让她平静下来。枕头磨得脸颊发痛,垫子下坚硬的土地仿佛要在身体上留下瘀痕,但这一切都散发着温暖与安全感。他放下灯笼,静静地离开了她的帐篷,但他指间留下的温暖记忆依然在她发间抚动。

西尔维显然饿坏了,一早就起来找东西吃。一壶米饭煮在火上,凯胡斯不时掀开壶盖,往里加洋葱、香料和施吉克胡椒。通常做饭的是艾斯梅娜,但这天凯胡斯让她在一旁朗读《长牙纪年》,有时还用鼓励的口气取笑她偶尔犯的错。

她在读《颂歌》,即古老的"长牙律法",其中许多条款被后先知在《圣典》中废除了。他们一起猜想,那时的孩子会不会真的因为打了父母就要被石块砸死,或是一个人杀了别人的兄弟,自己的兄弟就要被斩首。

然后她读道:"'汝不应容忍……'"

她认出了那个被不断重复的词。"'娼妓……'"念出这个词后,她停下来看了凯胡斯一眼,恼怒地背诵道,"'汝不应容忍娼妓之存在,伊的子宫会腐蚀良善。'"她的耳朵仿佛在烧,强忍着把书扔进火里的冲动。

凯胡斯迎上她的目光，没显出半点惊讶。

他在等我读到这段。他一直在等……

"把书给我。"他用意义不明的语调说。她照做了。

凯胡斯从腰间华丽的刀鞘中抽出一把匕首，动作如此流畅，似乎根本不加思索。他捏住靠近匕首尖的位置，把那句让她心神不宁的话从羊皮纸上刮去。艾斯梅娜有好一会儿甚至都没弄明白他在做什么。她只是看着，目瞪口呆地见证这一切。

把那行字刮干净后，他朝后仰了仰头，欣赏自己的手工。"这下好了。"他说，仿佛只是刮去了面包上一片灰尘。他把书又递给艾斯梅娜。

艾斯梅娜甚至不敢触碰它："但……但你不能这样做！"

"不能吗？"

他把书放进她手里，她赶忙扔到远处的尘土中。

"这是《颂歌》，凯胡斯，是长牙，神圣的长牙！"

"我知道。是你受诅咒的证明。"

艾斯梅娜像个傻瓜一样张口结舌，说不出话来："但是……"

凯胡斯皱起眉毛，摇了摇头，就像为她的迟钝感到惊讶。

"那个，艾斯梅，你觉得我是谁？"

西尔维愉快地笑起来，拍着手。

"是、是谁？"艾斯梅娜结结巴巴重复了一遍，想不出该说什么。除了极偶然的发怒或是开玩笑时，她不曾听到凯胡斯用……用这样傲慢的口气说话。

"是的，"凯胡斯重复，"我是谁？"他的声音仿佛绸缎织成的闪电，身边看上去带着不朽的光环。

艾斯梅娜看到了，他的双手闪着金光……她不假思索地跪在他面前，把脸埋进尘土当中。

求你了！求你了！我什么都不是！

第二卷 第二次进军

西尔维打了个饱嗝。突然间不知为什么，艾斯梅娜面前的又变成了原先的凯胡斯。他微笑着把她从尘土中扶起来，将做好的饭递给她。

"好些了吗？"艾斯梅娜麻木地坐回凯胡斯身边，她的皮肤仍然又烫又起了鸡皮疙瘩。他朝那本打开的书点点头，而她只顾往嘴里塞米饭。

艾斯梅娜心中充满迷惑与激动，她满脸通红，低头朝下冲着饭碗点头。

我知道！我一直都知道！

而现在凯胡斯也知道了。他的存在灼烧着她，她喘不过气来地想：她怎样才能再去看他的眼睛？

她一生中一直把其他东西、其他人当作身外之物。她是艾斯梅娜，那是她的饭碗，那是皇帝的银币，那是沙里亚的人，那是真神的土地，诸如此类。她站在这里，其他一切东西都在那边。但现在一切都不同了，周围一切似乎都投射出他的热量——她光脚踩着的地面，屁股下的垫子，在那疯狂的一瞬间，她甚至觉得如果抬手摸脸，会触碰到亚麻色的柔软胡须。如果现在凯胡斯朝左边看去，会看到艾斯梅娜一动不动地捧着饭碗。

不知为什么，一切似乎都来到了这里，一切都变成了他。凯胡斯！

她吸了口气，心脏在胸腔中狂跳不已。他把那段话刮掉了！

这感觉仿佛一生的罪责都流走了，她被赦免了，真正的赦免。一息之间，她就被宽恕了！她感觉思维突然变得无比清晰，就像被清水浸洗过的白布。她觉得自己应该哭的，但阳光太明亮，空气太洁净，没法哭出来。

一切都变得确凿无疑。是他扫清了道路！

然后她想到了阿凯梅安。

乌有王子 * 战士先知

空中弥漫着劣酒、呕吐物及汗液的味道,火把在黑暗中闪烁,把泥砖墙壁涂成橙色与黑色,照亮了黑暗中那些醉酒士兵手中的银币,还有长满胡须的下巴、皱起的眉毛、闪亮的眼睛、按在剑柄上的血淋淋的手等等。奈育尔·厄·齐约萨穿过他们,穿过赫帕——安摩诺提斯古老的欢庆街区——狭窄的街道,用肩膀坚定地挤出一条路,好像有个确定目标一样。笑声和亮光从敞开的房门中洒出,施吉克女孩娇笑着,用乱七八糟的谢伊克语大喊。孩子们大嚼偷来的橘子。他们在笑,他心想,他们都在嘲笑我:你不属于这片土地!"是你!"他听到有人在喊。哭泣者!该死的哭泣者!

"是你。"一个年轻加里奥斯人说。他从哪跑出来的?加里奥斯人眼中闪着惊奇,但昏暗的光线让他的脸看上去有些苍白。他的嘴唇薄如放荡女子,唇间是漆黑的空洞:"你和他一起旅行。你是他的第一个门徒。第一个!"

"谁?"

"他啊。战士先知。"

你打我,叔叔老班努特大喊,是因为你想要像操他父亲一样操他!

奈育尔伸出巨手,把那人拽到跟前:"谁?"

"亚特里索的凯胡斯王子……是你在大草原上发现了他,是你把他带到我们身边!"

是的……杜尼安僧侣,奈育尔居然忘了他。他仿佛看到一张打开的脸,像大草原上狂风吹拂的草叶,他感觉一只温暖柔软的手按在他大腿上。他开始颤抖。

你比他们更强……你不是普通草原人!

"我是草原人!"他咬牙怒吼。

第二卷 第二次进军

那人徒劳地在他手中挣扎。"求你了!"他嘶声说,"我以为……我以为……"

奈育尔把他扔到地上,朝附近阴影中的行人看去。他们在笑吗?

我那天晚上看到你!我看到你看他的眼神!

他是怎么走上这条路的?他究竟要往何处去?

"你叫我什么?"他朝被扔在地上的人尖叫。

他没命地奔逃,逃离长草间的黑色道路,逃离营帐和父亲无所不知的鬼魂。他找到一丛漆树,在树林中心清出一块空地。绿色的草叶混在灰色的土地中。泥土的味道,在潮湿昏暗的岩石下挖洞的甲虫。孤独和隐秘的味道,苍天下的风将他遮掩。他从腰带中取出她的头发,屏息摊在手心,然后拢在一起。她是那么悲伤,那么美丽,美得不可思议。

是谁?他忘了自己在恨谁。

第十七章 施吉克

> 害怕时,人都会举起手,扭过脸。记住,崔亚,护住脸!脸是你的根基。
>
> ——索罗森尼斯,《崔亚姆斯皇帝》

> 如果几何学家能解释生命为何既可以是一个点又可以是一条线,诗人的笔还有什么用呢?所有的时间、所有的创造,是如何变成"现在"的?不要误会,这一刻,你呼吸的这一瞬间,乃是联系所有造物的一根脆弱丝线。
>
> 而粗心大意的人类……
>
> ——特雷斯·安桑修斯,《人之城》

长牙纪4111年,初秋,施吉克

某日,艾斯梅娜从河边把他们的衣服洗回来,听到几名长牙之民说圣战军准备进军了。那日下午,凯胡斯陪她和西尔维坐了会儿,告诉她们基安人跟撤离森比斯河北岸时烧毁了所有船只一样,在撤入沙漠前杀死了南岸所有骆驼,而在那之后,进入海墨恩沙漠侦察的部队发现水井都被投了毒。

"帕迪拉贾的计划是,"凯胡斯说,"像萨考拉斯利用森比斯河拖延圣战军一样,用沙漠阻挡我们。"

当然,大贵族们不会因此退缩,他们打算沿海岸边的山陵行军,让帝国舰队跟在后面提供淡水补给。这段行程会很艰苦,他们将不得不

第二卷　第二次进军

派出一批批成千成千的队伍越过山坡去取水,但却能迅速安全地到达安那斯潘尼亚——圣地的边境——不给帕迪拉贾从安乌拉特大败中恢复的时间。

"你们两个很快就要走沙漠了。"凯胡斯用带着一丝嘲弄的温和口气说,艾斯梅娜喜欢上了这种语气,"这对你会很困难,西尔维,孩子让你的身体变重了,你还要背我们的帐篷。"

女孩用半是斥责半是撒娇的眼神看了他一眼。艾斯梅娜笑了,但同时她也明白这意味着自己要离阿凯梅安越来越远……

她想问凯胡斯有没收到辛奈摩斯的消息,但又害怕得知消息,况且她知道一有消息凯胡斯就会告诉她。她甚至知道那消息是什么,那消息她在凯胡斯眼里看到过许多许多次。

他们避开烟雾,坐到火堆同一侧,凯胡斯在中间,西尔维在他右边,艾斯梅娜在左边。他们在火上烤着小块羊肉,配上小块面包和奶酪——这成了他们最爱的餐点,是让他们像家人一样的众多细节之一。

凯胡斯弯腰越过她取面包,继续取笑着西尔维:"你在沙地里扎过帐篷吗?"

"凯胡斯——!"西尔维娇嗔道。

艾斯梅娜深吸一口气,嗅到了他身上干燥的、带盐分的味道,感觉有些难以自持。"他们说要走好久好久。"他收回手,蹭到了艾斯梅娜的右胸。

这无意的亲密举动让她微微一颤,全身如遇火烧。一时间,她似乎感觉到超越常理的敏感。

整个下午,艾斯梅娜都觉得眼睛不听使唤。之前她总能把视线集中在凯胡斯的脸上,现在却不由自主地在他全身上下逡巡。她的眼睛仿佛成了掮客,总想在他的身体和她之间达成交易。看到他的胸膛,她的双乳一阵刺痛,似乎等着被挤压;看到他瘦削的髋部和结实的臀部,她大腿内侧阵阵暖意。有时她的手掌都会发痒!

这当然是发疯。艾斯梅娜只消看看西尔维警惕的眼睛，就知道不该做什么。

那日夜里，凯胡斯离开后，两个女人在各自的毯子上摊开手脚，头几乎抵到一起，分别躺在火堆两边。她们经常在凯胡斯离开时这样。她俩盯着火堆，有一句没一句地聊着，大多数时候沉默不语，只在炭火迸出火星时尖叫一声。"艾斯梅？"西尔维非常忧郁地唤道。

"怎么了，西尔？"

"我会的。你知道。"

艾斯梅娜心头一颤："你会什么？"

"我会和你分享他。"女孩道。

艾斯梅娜咽了口唾沫："不……绝不会，西尔维……我告诉过你不用担心。"

"我只想告诉你……我不怕失去他了，再也不怕了。我不怕任何人把他夺走。他想要的就是我想要的，他就是一切……"

艾斯梅娜屏息躺着，视线透过木柴，望向燃烧的炭火。

"你是说……你是说他……"

想要我……

西尔维轻柔地笑了。"当然不是。"她说。

"当然不是。"艾斯梅娜重复了一遍，耸耸肩，想摆脱这些令人发狂的想法。她在做什么？他是凯胡斯。凯胡斯。

她想起阿凯，眨眨眼睛，流下两行热泪："绝不会的，西尔维。"

凯胡斯直到第二天夜里才回来，他骑马和普罗雅斯一起来到营地。康里亚王子看上去非常劳累，面容憔悴，身穿朴素的蓝色束胸上衣——艾斯梅娜觉得应该是为方便骑马——只有褶边上繁复的金色刺绣代表着他的身份。平日里修得短短的胡须长了出来，他看上去与他手下那些胡子四四方方的贵族没什么区别。

艾斯梅娜起初一直回避普罗雅斯的目光，担心他会发觉她心中的

第二卷 第二次进军

恨意。她怎能不恨他？他不仅拒绝帮助阿凯梅安，甚至不让辛奈摩斯去，当元帅坚持要去营救阿凯时他剥夺了元帅的军衔和地位。但他的声音中有种让她不得不注意的东西，可能是某种高贵的绝望。普罗雅斯和凯胡斯一起坐在火边，看上去非常不舒服，甚至可以说是凄凉。艾斯梅娜觉得自己的恨意消解了。他爱过阿凯梅安，这事辛奈摩斯告诉过她。

也许阿凯的消失也一直让他饱受折磨。也许他与她并非那么不同。

她知道，这正是凯胡斯会说的话。

她给每个人倒上掺水的葡萄酒，把给自己和西尔维准备的饭分给大家，然后坐在火堆另一旁。

吃饭时，男人们讨论战事，艾斯梅娜发觉普罗雅斯对凯胡斯的恭敬和对其他人的态度形成了鲜明对比。她突然明白，为何凯胡斯不许他的追随者进入营地。普罗雅斯这样的人——所有的大贵族——觉得凯胡斯是个麻烦。他们总处在人群中心，一定比边缘人群更难以动摇，现在凯胡斯成了新的中心……

极易产生摩擦。

吃完羊羔肉、洋葱和面包，男人们沉默下来。普罗雅斯把盘子放到一边，抿了口酒漱口。他似乎在不经意间看了看艾斯梅娜，然后把眼神移向远方。艾斯梅娜突然感觉呼吸困难。

"塞尔文迪人过得如何？"她没话找话。

他又看了看她。那一瞬间，他似乎盯着她手背上的文身……

"我很少见到他。"英俊的男人回答，转眼看向火焰。

"我还以为他在辅佐你……"她顿了顿，不知自己要说的话是否合适。阿凯梅安总埋怨她对贵族种姓太不客气……

"辅佐我打仗？"普罗雅斯摇摇头。刹那间，她明白了阿凯梅安为什么爱上这位王子。与阿凯梅安认识的人待在一起滋味挺奇怪，这种时候,他的缺席每每变得更加明显,同时也更容易忍受了。

他存在过。他留下了印记。这个世界还记得他。

"凯胡斯向我们解释安乌拉特之战的始末后,"王子续道,"议事会把胜利归为奈育尔的功劳。吉尔加里奥神的祭司们甚至宣布他为战神使者,但他坚决不接受……"

王子长饮一口酒:"我想,他是无法忍受吧……"

"塞尔文迪人不能忍受因里教徒吗?"

普罗雅斯摇摇头,把喝空的酒碗放在右脚边。

"不,他无法忍受自己喜欢我们。"他说。

他没有继续解释便起身告辞,朝凯胡斯鞠了一躬,谢过西尔维的美酒与热情的陪伴,但没有多看艾斯梅娜一眼,径自走进黑暗中。

西尔维看着自己的脚。凯胡斯似乎陷入了不属于这个世界的沉思。艾斯梅娜静坐了一会儿,脸上滚烫,四肢和脑海似乎都在嗡嗡作响。这种滋味每每让她感到陌生,虽然她真真切切体会到了——

羞耻。

无论到哪里都伴随着她。这是她身上特有的臭气。

"对不起。"她对他们两人说。

她在这里做什么?除了羞耻,她能给别人什么?她是不洁的人——不洁的!但她却留在凯胡斯身边?凯胡斯?她到底有多蠢?她无法改变身份,正如无法洗去手背上的文身!种子可以洗,罪行却不能!罪行是洗不去的!

而他是……他是……

"对不起,"她抽泣着,"对不起!"

艾斯梅娜从火边逃开,爬到自己那顶孤单阴暗的帐篷里。那是他的帐篷!阿凯的!

不久后,凯胡斯来到她身边。她知道自己一直在盼他过来,不禁骂了自己一句。

第二卷 第二次进军

"真希望自己死了才好。"她低声说着,脸朝下趴在地上。

"许多人都这样想过。"

总是这样坦诚。她能跟随他吗?她有这样的力量吗?

"我一生中只爱过两个人,凯胡斯……"

王子的目光没有移开。

"而他们都不在了。"

她点点头,流下泪水。

"你不了解我的罪行,凯胡斯,你不知道我心中藏匿的黑暗。"

"那就告诉我。"

他们一直谈到深夜,她发觉自己竟可以用这等漠不关心的态度描述过往经历——死亡、羞耻、失去亲人——丝毫不动感情。

妓女。有多少男人拥抱过她?多少坚硬的下巴贴过她的脸颊?她只需忍耐。他们都在为自己的欲望惩罚她。那些一成不变的男人在她眼中逐渐变得可笑,怯弱的人、愤怒的人、危险的人,满心羞耻的人,满怀希望的人,排成一条长龙。哼哼唧唧的身体换来换去,最后都成了符号;一次次愚蠢的仪式,把带着身体热度的种子洒在她身上,涂抹出毫无意义的图案。男人与男人没什么不同。

他们都在惩罚她。

父亲第一次把她卖给朋友使用时她多大?十一岁?十二岁?而惩罚又是从什么时候开始的?父亲第一次和她做是什么时候?她还记得母亲在房间角落里哭泣……但别的都想不起来了。

还有她女儿……当时女儿才多大?

她的想法可能跟父亲没什么不同,她对自己这样解释。不过是又一张嘴,让这张嘴自己养活自己吧。一成不变的生活让她变得恐惧、麻木,让堕落变成了嬉笑。用闪亮的银币换牛奶一样的种子——这些蠢货。就让弥玛拉在男人的愚蠢中学习吧。那些笨拙的、永远发情的动物。只需付出一点点耐心,迎合一下他们的热情,很快就结束了。到了早上,就能买食物……那些蠢货给的食物。弥玛拉,你看不到吗,孩子?嘘,不要再哭了。看!那些蠢货给的食物!

"她叫这名字?"凯胡斯问,"弥玛拉?"

"是的。"艾斯梅娜说。她甚至没对阿凯梅安说出这个名字,为什么现在却说出来了?如此奇妙,长久以来埋藏的悲痛竟能消解眼下无法言说的痛苦。

开始哭泣时,她吃了一惊。她不假思索地靠在凯胡斯身上,他的双臂抱紧了她。她哭号着,轻轻捶打他的胸膛,肩膀起起伏伏。他身上散发出羊毛和阳光炙烤过的皮肤的味道。他们都不在了,她爱过的两个人。等她喘过气,凯胡斯扶她坐好,她的手落在他膝盖上。几个呼吸之间,她的手腕感觉到他坚硬起来,就像一条蛇在羊毛下游动。她没法呼吸,也没法动弹,四下一片寂静,仿佛可以听到空气在怒吼……她放下手。

为什么?为什么她要搅乱这样美好的夜晚?凯胡斯摇摇头,温柔地笑着:"亲近的人总会越来越亲近的,艾斯梅。只要我们还记得自己是谁,就没理由感到羞耻。我们都一样脆弱。"

她低下头,看着自己的手掌和手腕,也笑了:"我记得……谢谢你,凯胡斯。"

他抬手抚摸她的脸,然后离开了小帐篷。她侧身躺下,双手合十夹在膝盖当中,低声诅咒着,慢慢睡着了。

那个加里奥斯人说,信是走海路到的,从外套样式看,他是梭本的随从。

普罗雅斯掂量着手中的象牙卷轴盒。盒子不大,触感冰凉,表面雕刻着精细的长牙花纹。做工真精美,普罗雅斯心想,盒子上那无数的小

第二卷 第二次进军

长牙互相嵌套在一起,没有间隙,只是一枚枚长牙彼此联结,就像在布道一样。连这装信的盒子都在宣扬教义。

这就是玛伊萨内,时刻都在布道。康里亚王子谢过送信人,把他打发走,然后在行军桌边的椅子上坐下。帐篷里闷热潮湿,他甚至觉得不该点灯笼,认为这增加了热量。他脱得只剩一件细薄的白色亚麻束腰上衣,决定一会儿裸睡——读完这封信之后。

他用匕首小心翼翼打破封蜡,倒过盒子,里面落出一张卷轴,上面有另一块封蜡,盖了沙里亚的印章。

他会要我做什么?

普罗雅斯揣摩了一阵,能收到沙里亚的密信本身就是荣耀。然后他剥掉封蜡,打开羊皮纸卷轴。

涅尔塞·普罗雅斯王子殿下,
愿诸神之神庇佑你,保护你。
恐怕我们不得不承认,你的上一封信函中……

普罗雅斯停住了,心头涌起负罪感和屈辱感。数月前,他应阿凯梅安所求给玛伊萨内写了封信,询问阿凯梅安以前的学生——帕罗·埃因罗——的死亡状况。当时他就犹豫该不该把信发出去。如果不想承担这份责任,不愿让玛伊萨内质疑,有什么更好的写法吗?亲爱的玛伊萨内,我的一个巫师朋友希望我问问你,你是不是杀了他手下一名密探……简直是疯了,他怎可能写这样一封信……

然而他终究还是写了。

对阿凯梅安深爱的另一个学生,他怎能不产生血脉相通之情?他怎能忘记那个渎神的老傻瓜身上的一切?那讽刺的微笑、闪动的眼神,还有一个个慵懒的下午在花园里受教的情景?他怎能不怜悯阿凯?阿凯是一个好人、一个善良的人,只因追逐传说与童话里的敌人,就受到

乌有王子 * 战士先知

无尽的诅咒……

　　普罗雅斯送出了那封信，觉得足以平息天命派老师的纠缠了，甚至没想过会收到玛伊萨内的回信，至少没认真想过。但他是王子，王国的继承人，玛伊萨内则是千庙教会的沙里亚。他们之间无论隔着多凶险的世界，总有办法通信。

　　普罗雅斯继续屏息读信，希望化解心中的羞愧。他羞愧于用这等小事去劳烦将要净化三海的玛伊萨内，他情愿在这人脚下痛哭，却写出这种信。他还羞愧于出于羞愧不得不满足昔日老师的愿望。

涅尔塞·普罗雅斯王子殿下：

　　愿诸神之神庇佑你，保护你。

　　恐怕我们不得不承认，你的上一封信函中提到的事让我们倍感困惑。不过后来我们想到，你有一些——应该怎么说呢？——可疑的同伴。我们得知，那名年轻祭司帕罗·埃因罗的死是由于自杀。路西麦尔学院中负责调查此事的祭司汇报，埃因罗曾是天命派学徒，最近有人看到他与杜萨斯·阿凯梅安，他曾经的老师在一起。他们相信，这位阿凯梅安一直在对埃因罗施压，要年轻人为天命派效力，简而言之，就是做他们的密探。学院相信，年轻祭司无法忍受自己的处境。《部族书》4:8"没有可呼吸之处的人，最终会厌倦呼吸。"

　　恐怕我们要说，那位年轻人不幸的死亡，必须归咎于渎神者阿凯梅安。没有其他解释了，愿真神仁慈地对待他的灵魂。《颂歌》6:22"对真神之怒一无所知的人们，他们的话语让大地为之哭泣。"

　　你的信函让我们困惑，而你心中也一定充满困惑。圣战军与赤塔结盟，对虔诚者来说是种妥协。大家应该很清楚——至少我们祈祷如此——是战争的需要迫使我们这样做的。没有赤塔，圣战军无法战胜西斯林。"不要以渎神应对渎神。"我们的先知这样说，而我们的敌人也总在重复这句话。但教派祭司们责难先知时，先知同样说过："许多

第二卷 第二次进军

人只能通过邪恶的方式得到净化。为了达到光明,必先穿过黑暗;为了维护神圣,必先经历恶行。"因此,圣战军与赤塔同行,才能达成神圣的目的。《学者书》1:3"夜尽日升,天穹使然。"

现在,我们必须要求你做出进一步妥协,涅尔塞·普罗雅斯殿下。你必须尽你所能去帮助这位天命派学士。可能这不像我们担心的那么难,毕竟此人在奥克尼苏斯做过你的老师。但我们了解你有多虔诚,与之前要求你对赤塔做出的妥协不同,这次我们要你与罪人为伍,却无法用必要的解释来抚慰你虔诚的心。《辛塔雷书》28:4"我要问你,与罪人为友岂非对我们最大的考验?"

你要帮助杜萨斯·阿凯梅安,普罗雅斯。虽然他是渎神者,但神圣的意志恰恰体现在邪恶的行径之中。等到一切结束,所有罪行都将被洗清,只余荣耀。《学者书》22:36"人心纷争终会厌倦,劳苦过后才见甘甜。经历一整天辛苦的人,才能享受黎明到来时的宁静。"

愿真神与他所有的化身保佑你,庇护你。

玛伊萨内

普罗雅斯把信放在膝上。

"帮助杜萨斯·阿凯梅安……"

沙里亚到底是什么意思?情况有多紧急,才能让他提出这种要求?而自己又该怎样做?这要求来得太晚了。

阿凯梅安已经不在了。

是我杀了他……

普罗雅斯突然意识到,自己一直把老师当作道标,当作衡量自己信仰的腕尺。他甘愿牺牲所爱的人,难道不是正义最确凿的证据吗?难道不是安吉释拉伊尔在金苏里山上教给我们的吗?牺牲所爱的人,不是比牺牲所恨的人更能证明自己的虔诚吗?

415

或者把他交给敌人……

他想起凯胡斯营火旁那个妓女，阿凯梅安的情人艾斯梅娜……她看上去多么绝望、多么恐惧啊。是他让她变成那样的吗？

她不过是个妓女！

阿凯梅安也不过是个巫师。不过如此。

并非所有人都是平等的。当然，诸神自会眷顾中意的选民，但人与人之间的差别是存在的。行为决定每个人的价值。若说生命是真神考验人的问题，行为便是人给真神的答案。既然是答案，就难免有对错，有的受祝福，有的遭诅咒。阿凯梅安是自己宣判自己有罪的，毁灭他的是他自己的行为！那个妓女也一样……这不是涅尔塞·普罗雅斯的判决，是长牙的判决，是后先知的判决！

是因里·瑟金斯的裁决。

那为何他感觉如此羞耻？如此痛苦？为何无情的怀疑像木槌敲打着他的心？

怀疑。某种意义上说，这是阿凯梅安教给他的唯一一样东西。几何、逻辑、历史、尼尔纳米什数字算术，乃至哲学——阿凯梅安会说，与怀疑相比，这些都不过是镜花水月。是怀疑促生了这一切，也可以让它们统统化为乌有。

他会说，是怀疑让人们得到自由……不是信仰，而是怀疑！

他会说，因为信仰是行为的根基，不加质疑的信仰就跟行为不动脑子一样，而不动脑子就行为的人与奴隶无异。

这是阿凯梅安会说的话。

有一天，普罗雅斯听敬爱的兄长提鲁玛斯讲述前往圣地朝拜的惊险旅程后，告诉阿凯梅安，他想做一名沙里亚骑士。

"为什么？"发福的学士问。

他们在花园里散步——普罗雅斯至今仍记得自己在落叶上跳来跳去，只为听它们在鞋底粉碎的声音。他们来到花园中间那棵粗壮无比的铁橡树下,停住脚步。

"这样就可以到帝国边境上去杀异教徒了!"

阿凯梅安沮丧地举起双手:"傻孩子!你知道世上有多少信仰?它们又是如何彼此冲突的吗?你的信仰是唯一正确的吗?你真的打算为这个就去杀人?"

"真的!我有信仰!"

"信仰,"学士重复道,仿佛在念出某个仇敌的名字,"想想看,普罗沙……有没有可能,你需要做出的抉择不是这种或那种信仰,而是在信仰与怀疑之间?是拒绝一切未知可能,还是探寻它们的存在?"

"怀疑就是懦弱!"普罗雅斯喊道,"信仰才是力量!力量!"他确信自己感受到了神圣的力量。阳光似乎可以穿透他的身体,让他的心沐浴在光明之中。

"是吗?你留意过周围吗,普罗沙?多加留心,孩子,去观察周围,然后告诉我有多少人会软弱到产生怀疑?去听听周围人怎么说,再来告诉我你怎么想……"

他按阿凯梅安说的做了。之后几天,他一直在观察周围人。他发现了许多人的犹豫,不过并没把那与怀疑等同起来。他听到贵族之间的争斗,世袭祭司的抱怨,骑士与士兵们的闲谈。一个个使团来觐见父亲时,他都在旁观,看他们说得天花乱坠。他去听奴隶们洗衣服时的笑话和吃饭时的吵架。在无穷无尽的吹嘘、声明和指责中,却很少有人说出阿凯梅安口中那么熟悉、那么普通的一句话……而且普罗雅斯突然发现,自己也很难把这句话说出口!听阿凯梅安说时,他还以为这句话属于最智慧、最公平、最有怜悯心的人,而不是代表着愚蠢和丑恶:

"我不知道。"

为何这句话如此难以说出口?

"因为人总想要杀戮、金钱和荣誉。"阿凯梅安告诉他,"他们想通过信仰来解答自己的恐惧、仇恨与渴望。"

普罗雅斯还记得自己的心跳得有多快,记得那时的迷茫带来的兴奋……

"阿凯?"他深吸一口气,壮着胆子问,"你是说长牙上写的是谎话吗?"

恐惧的眼神。"我不知道……"

这句话太难以接受了,结果阿凯梅安被逐出了奥克尼苏斯。从那之后,普罗雅斯的老师换成了沙里亚的著名学者查拉摩玛斯。阿凯梅安知道会发生这一切……只是普罗雅斯至今才明白。

为什么?为什么阿凯梅安,这个已被诅咒的人要牺牲那么多,只为让他听到这句话?

他觉得他在给予我……非常重要的东西。

杜萨斯·阿凯梅安爱他。这份爱如此深沉,让巫师不惜危及名声与地位——如果辛奈摩斯说的是真的,还包括职业。阿凯梅安付出时并没有希望回报。

他希望给我自由。

普罗雅斯却把他交了出去,只想着回报。

这想法让人无法忍受。

我是为了圣战!为了希摩!

而现在他收到这封信——玛伊萨内的信。

他又抓起那张纸,仔细打量,仿佛沙里亚遒劲的字迹中包含着什么答案……

"帮助杜萨斯·阿凯梅安……"

到底发生了什么?他可以理解与赤塔结盟,但千庙教会的沙里亚有什么事需要学士去完成?更不用说是天命派学士,除非……

他蓦地打了个冷战。在摩门黑色的城墙下,阿凯梅安对他说过,圣战兴许不是表面上的样子……这封信就是证明吗?

有什么事让玛伊萨内感到恐惧,至少是担心。是什么呢?

第二卷 第二次进军

他听到有关凯胡斯王子的传言了吗？几星期以来，普罗雅斯一直想给沙里亚写信报告亚特里索王子的事，但不知为何总是没法落笔。似乎有什么东西在迫着他等下去，他也说不清是恐惧还是希望。对他来说，凯胡斯是个谜，只有耐心才能解开。再说，他能告诉沙里亚什么？为后先知发起的圣战，见证了一位新先知的诞生？

虽然他不愿承认，但孔法斯是对的：这太荒谬了！

不，普罗雅斯相信，如果神圣的沙里亚对凯胡斯王子有什么看法，一定会直接发问。这封信没有只字片语提及亚特里索王子，甚至没有暗示。玛伊萨内很可能根本不知道凯胡斯的存在，更不用说了解他日渐强大的势力。

不，普罗雅斯相信，一定另有原因……有什么沙里亚认为他无法接受，甚至无法理解的事。这个要求还能怎么解释？

可能是非神会？

"我的梦境……"阿凯梅安在摩门城下说，"最近越来越强了。"

"啊，又说回梦境……"

"一定发生了什么，普罗雅斯。我知道。我能感觉到！"

老师看上去从没那么绝望过。

可能吗？

不，太荒谬了。就算非神会还存在，那连天命派都找不到的组织，又怎能跟沙里亚产生联系？

不……一定与赤塔有关。无论如何，那才是阿凯梅安的任务，不是吗？监视赤塔……

普罗雅斯抓着头发，无声地吼叫着。

为什么？

为什么圣战就不能是纯粹而神圣的？为什么一切神圣的东西——一切！——都要与世俗的卑劣动机纠结在一起？

他坐在那里，大口吸气，战栗阵阵。他想象自己拔出剑来，在房间里乱砍乱号……但他还是控制住了自己。

没有什么是纯粹的……正如爱情会变成背叛,祈祷会化为控诉。

这正是玛伊萨内要说的,不是吗?伴随邪恶降临的可能会是神圣。

普罗雅斯曾自以为是圣战军的精神领袖,现在他知道事实并非如此。他明白自己不过是本约卡棋盘上的一枚棋子。他也许知道棋手是谁——千庙教会、伊库雷家族、赤塔、西斯林,甚至凯胡斯——但游戏规则,任何一盘本约卡棋局中最难以捉摸的元素,他却完全没弄明白。

我不知道。我什么都不知道。

圣战胜利了,他却从未感到如此孤独。

如此脆弱。

我告诉过你,老师。我告诉过你……

好似从昏迷中醒来一般,普罗雅斯叫来贴身的辛罗恩男奴阿加里,吩咐把书写用的桌案拿来。虽然无比疲惫,但他别无选择,必须马上回复沙里亚。明天,圣战军将向沙漠进军。

不知为什么,摸着桃心木与象牙制成的小桌案,拂过羽毛笔与蜷曲的羊皮纸时,涅尔塞·普罗雅斯感觉自己又变回了那个小男孩,在阿凯梅安猎鹰一样锐利却又包容一切的眼神注视下做功课。他甚至感到,巫师友善的身影就在背后,越过男孩纤细的肩膀,关切地注视着。

"涅尔塞家居然出了这么一个糊涂孩子!"

"天命派居然送来了这么一个糊涂老师!"普罗雅斯几乎要像那饱经世事的老师一样笑出声来,刚写下给玛伊萨内回信的第一行,泪水已溢满眼眶。

……但是,阁下,现在看来,杜萨斯·阿凯梅安已经死了。

艾斯梅娜微笑着,凯胡斯透过她橄榄色的皮肤,透过她骨头上跃动

第二卷　第二次进军

的肌肉,一直看到她灵魂中最本原的那一点。

她知道我能看穿她,父亲。

营地一片嘈杂,到处都是人们毫无防备的谈话。圣战军马上要穿越海墨恩的沙漠,凯胡斯把他的"佐顿亚尼"——库尼乌里语中的"真理部落"——中十四位最资深成员召到营火旁。他们已知道自己的任务,凯胡斯只需再重复一遍他做出的保证。单纯的信仰不足以控制人的行为,还要加上欲望。而这些人,他的门徒,身上的欲望尤为突出。

他们是战士先知的家臣。

艾斯梅娜坐在营火对面,和身边的人聊得很开心,阿威尔和帕索玛斯。她的脸因愉悦而兴奋——她却不敢承认这种愉悦的心情。凯胡斯朝她眨眨眼,转头去看其他人。他们微笑、大笑、呼喊……

而他在审视、控制。

每个人都被他看在眼里。匆忙垂下的眼神,加快的心跳。奥特玛和身边唠叨不休的西尔维说话时总是笨嘴拙舌。乌那塔露出微笑前一瞬间的犹豫,证明他仍对图玛的黑皮肤心存芥蒂。卡萨拉、加亚玛克里和希尔德拉斯就算和其他人说话,肩膀也一直朝韦尔乔的方向侧着,这意味着他们把韦尔乔当作凯胡斯的大弟子。韦尔乔的姿态也证明了这一点,他总把身体前倾,双手按在腿上,越过火堆和对面的人说话,而其他人都很自觉地只与身边的人交谈——这代表他们已在无意间建立起支配与屈从的关系,韦尔乔说话时连下巴都扬着……

"告诉我,韦尔乔,"凯胡斯说,"你在自己心中看到了什么?"

这样的干预是必须的。他们都是俗世中成长的人。

"喜悦。"韦尔乔笑着回答。他眼中的光微微黯淡了一些。脉搏变快了。脸上露出一抹红晕。

他在看,却看不到东西。

凯胡斯抿了抿嘴唇,露出克制的表情:"那我看到的又是什么?"

这个他知道……

其他人也都安静下来。

韦尔乔垂下眼睛。

"骄傲,"年轻的加里奥斯人说,"您看到的是骄傲,老师。"

凯胡斯笑了,大家脸上的紧张也消失了。

"不,"他说,"在这张脸上并没有,韦尔乔。"

所有人——包括西尔维和艾斯梅娜——都哈哈大笑。凯胡斯心满意足地扫过营火旁的人脸。他不会容忍这些人摆架子,必须让他们谦卑,他们才离不开他,一想到能见到他就激动万分、渴望不已。罪过存在于人心的隐私与他人的责难中,将这些剥离,去除伪装与评判,羞耻感和自卑感便统统消失了。

有他在身边,这些人都会觉得自己更重要、更纯粹。他们是被选中的人。

梅贡长老盯着年轻的凯胡斯的脸,看到了他的恐惧。"他们不会伤你。"他说。

"他们是什么人,长老?"

"一些次等……标本。专供教学使用。"长老做出微笑的表情,"是为你这样的学生准备的,凯胡斯。"

他们位于伊述亚地下深处,大千之厅宏伟的回廊中一个六角形房间。除入口外,房间每一面墙上都摆满了摇摇晃晃的架子,架子上插满疙疙瘩瘩、流出烛泪的蜡烛,令房间亮如正午,没有一丝影子。单凭这点,这个房间就极不寻常——迷宫中其他地方都严禁灯光——更令人惊奇的是,房间中央凹陷的地板上捆缚着许多人。

每个人都赤身裸体,皮肤像亚麻布一样苍白,被绿铜带绑在微微朝后弯曲的石板上。这些石板在房间中央的地板围成一个大圈,每个石

第二卷 第二次进军

板上躺着的人离同伴都只有一臂距离,而像凯胡斯这么高的孩子只要站在房间外圈的地板边缘,就能平视他们的脸……

若是他们有脸的话。

他们的头被扯向前,用铁架子纹丝不动地支撑、固定,根根铁丝从铁架子底部呈放射状延伸出来,用银钩挂住皮肤。滑腻的肌肉在灯光下闪动。凯胡斯觉得这里的每个人都好像把脑袋伸进了一张蜘蛛网,而蛛网把他们脸上的皮肤扯掉了。

梅贡长老称这里为"揭露之室"。

"首先,"老人说,"你要研究并记住每个人的脸,然后复习书卷上学到的东西。"他朝南边墙脚下那一串旧书桌点点头。

凯胡斯感觉自己的四肢轻得像秋天的叶子。他朝前走了一步,听到那些苍白的嘴唇发出类似咀嚼的声响,那是不成形的呻吟与喘息汇成的合唱。"他们的喉头被摘掉了。"梅贡长老解释,"为了帮你们集中注意力。"

凯胡斯在第一个标本跟前停下。

"人脸有四十四条肌肉,"长老续道,"通过协同组合,它们可以表达各种感情。而所有这些组合,凯胡斯,都源于五十七种基本类型,其中任何一种都能在这个房间中找到。"

虽然没了皮肤,凯胡斯仍立刻在面前那具被剥皮的标本脸上看到了恐惧:眼睛周围结实的肌肉像撕咬成团的蠕虫,同时朝里外两个方向蠕动;面部下方那几块更大的、老鼠般大小的肌肉紧紧扯起标本的嘴唇,持续地张开;没了眼睑的眼睛凝视着他;急促的呼吸嘶嘶作响……

"你在想,他为何能一直保持这副表情。"长老道,"若干世纪以前我们发现可以用针刺进大脑,限制人类的行动——我们称之为'穿脑术'。"

凯胡斯目瞪口呆地站在原地。一个助手毫无征兆地出现在他身后,嘴叼一根细芦秆,手端一碗橙色液体。助手把芦秆在碗里浸了浸,然后一吹,将液体均匀地洒在标本上,然后向下一个标本走去。

"通过穿脑术,"长老续道,"我们可以控制这些道具的表情,供教学使用。比如说,你眼前这个标本,它就永久性展示着恐惧的第二种基本类型。"

"惊恐?"凯胡斯问。

"正是。"

随着研究深入,凯胡斯心中孩童般的惊恐也消失了。他朝两边看去,只见那些标本消失在视野尽头,一排白眼睛陷在闪亮的红色肌肉中。他们只是标本——仅此而已。他把视线转回眼前这个男人,研究恐惧的第二种基本类型,将看到的一切记在脑海,然后朝下一具喘息着的紧绷肉体走去。

"很好。"梅贡长老站在外圈地板说,"非常好。"

凯胡斯又一次转身面对艾斯梅娜,用钩子般的视线剥去她脸上皮肤。

她从火堆边到帐篷走了两圈了,故意吸引他的注意,暗自估量他有多大兴趣。她不时把眼睛转来转去,一旦他发觉,可以假装被别的什么吸引。凯胡斯两次让她看到他在看她,每次都露出淳厚男孩般的笑容。她每次都低下头,脸上发红,瞳孔放大,眼神闪烁,身体散发出兴奋的香气。虽然艾斯梅娜还没上他的床,但她心中已有一部分牢牢系在他身上了,甚至在恳求着他,只是她自己没发觉。

艾斯梅娜虽然天赋极佳,毕竟只是俗世中的女人。俗世的男女都一样,两个灵魂使用同一具身体、同一张面孔和同一双眼睛。一个是野兽,另一个有智慧,每个人都同时拥有两个灵魂。

这是他们的缺陷。

第二卷　第二次进军

一个艾斯梅娜已经放弃了杜萨斯·阿凯梅安,另一个迟早也会的。

———— ∞ ————

艾斯梅娜眨了眨眼睛,看着绿松石般的蓝天,举起一只手遮挡阳光。眼前这幕场景不管看到多少次,总会让她目瞪口呆。

圣战大军。

她跟凯胡斯和西尔维爬到一座小丘上,好让西尔维整理背包。三人目睹漫山遍野的因里教士兵和随军平民从脚下走过,朝南边陡峭的山崖行军。艾斯梅娜看着那些全副武装的男人,每个人都离她越来越远,她的目光越过土丘和厚厚烟尘,直到远处的人影在阳光暴晒下发生扭曲,变成闪着金属光泽的行列。她回身看向安摩诺提斯沙砾颜色的城墙以及城墙下墨绿色的河水、苍翠的河岸。

施吉克。

再见了,阿凯。

她眼含热泪,自顾走开。凯胡斯叫她时,她只挥了挥手。

她行走在陌生人中,感到许多双眼睛从兜帽下朝她看来,听到他们低声谈论。在男人中间,她总能引起这些反应。有几个男人还来搭讪,但她不予理会,其中一个愤怒地抓着她文身的手,就像是在提醒她,她属于所有男人。干枯的草越来越稀薄,碎石地面烫着脚趾、蒸着空气。她浑身是汗,却不知为何觉得苦难才刚刚开始。

那天晚上,她没花太大功夫就找到了凯胡斯和西尔维。可燃物不多,但他们还是生起一小堆营火来做晚饭。太阳落山后,空气迅速凉爽下来,他们开始享受沙漠中第一个夜晚。地面仍在散发热量,就像灶火中取出的石头。往东看去,远处寸草不生的山丘挡住了海岸。西边和南边,越过混乱的营地,笔直的地平线被下落的太阳涂上一道完美的红唇。北边,透过层叠的帐篷,仍然可以瞥见施吉克的影子,只是那些绿色在黄昏开始发黑了。

西尔维蜷在毯子里,靠在微弱的营火小小的火舌旁,打起盹儿来。

"路上有何见闻?"凯胡斯问。

"对不起,"艾斯梅娜面带愧色,"我——"

"没必要道歉,艾斯梅……你想去哪里散步都可以。"

她垂下眼睛,感到轻松又感到深深的悲哀。

"你还好吗?"凯胡斯问,"路上有何见闻?"

"男人,"她面无表情地说,"这里有太多男人了。"

"你还说自己是妓女。"凯胡斯笑道。

艾斯梅娜仍然盯着自己沾满灰尘的脚,脸上浮现出羞赧的微笑。

"人是会变的……"

"也许是的。"他说话的神态让艾斯梅娜联想起斧头砍树的样子,"你有没有想过,为何真神要把男人放到比女人更高的位置上?"

艾斯梅娜耸耸肩。"我们生活在男人的阴影下,"她答道,"就像男人生活在诸神的阴影下。"

"你觉得自己生活在男人的阴影下?"

她露出微笑。没有什么能瞒过凯胡斯,不管她的手段多巧妙。这是他的神迹。

"对某些男人来说,是的……"

"但这种男人并不多?"

她笑了,知道凯胡斯发觉了她的骄傲。"确实不多。"她承认,但下一个念头让她几乎无法呼吸:连阿凯也不是……

只有你。

"其他男人呢?某种意义上,是不是每个人都生活在别人的阴影下?"

"是的,我想是这样……"

凯胡斯翻过手掌,掌心向上,以示全无戒心。"那么,到底是什么让你比不上男人？"

艾斯梅娜又笑了，知道他在开玩笑。"不管我走到哪里，不管我听哪里人说话，都是老一套：女人要服侍男人云云。事情就是这样，大多数女人就像……"她停了下来，似乎心中的想法颇为困扰。她瞥向西尔维，跃动的火光照耀着女孩完美的脸庞。

"就像她。"凯胡斯说。

"是的，"艾斯梅娜说，一种奇特的防备感迫使她垂下目光，"就像她……大多数女人很单纯。"

"大多数男人呢？"

"这个嘛，读过书的男人当然比读过书的女人多啦……他们很聪明。"

"这就是男人比女人强的地方？"

艾斯梅娜看着他，不知该说什么。

"又或，"他道，"是因为在这个世界上，男人早就被认定拥有比女人更多的东西？"

她没有挪开视线，但脑海中已乱成一团。她深吸一口气，仔细地把手按在膝盖上。"你是说女人和男人实际上是……平等的？"

凯胡斯扬了扬眉毛，似乎感到这话很好笑。"告诉我，"他问，"男人为什么要花钱和女人睡觉？"

"因为他们想要我们……他们有欲望。"

"这能说明男人花钱让女人取悦他们就合理吗？"

"不能……"

"那到底是为什么？"

"他们就是忍不住。"艾斯梅娜回答，她恨恨地扬起眉毛，"这就是男人。"

"也就是说，男人没办法控制欲望？"

她习惯性地撇撇嘴："看看你眼前这个胖胖的妓女就知道了。"

凯胡斯笑了，但笑得那么温柔，仿佛毫不费力地就从她的自嘲中分辨出了痛苦。

"那么，"他说，"人们为什么要养牛？"

"牛？"艾斯梅娜皱皱眉，这跟之前说的有什么关系？"是为了……为了宰来……"

她突然明白了他的意思，不禁呆坐在那里，浑身鸡皮疙瘩。她又一次发觉自己处在阴影当中，即将落下的太阳被凯胡斯挡住了，他仿佛成了一座青铜神像。太阳总是将光芒都让给他……

"男人没办法控制自己的饥渴，"凯胡斯说，"所以他们要去统治和驯养那些能满足他们饥渴的对象。不管是牛……"

"还是女人。"她道。

明白了这一点，艾斯梅娜不寒而栗。

"当一个民族，"凯胡斯续道，"臣服于另一个民族时，好比瑟帕罗兰人臣服于纳述尔帝国，两个民族会说哪一种语言？"

"征服者的语言。"

"那你说的又是谁的语言？"

她咽了咽口水："男人的语言。"

仿佛每眨一次眼睛，她都看到一个个男人，像狗一样弓着身，压在她上面……

"你眼中的自己，"凯胡斯说，"乃是男人眼中的你。你害怕变老，是因为男人渴望年轻女孩；你衣着不顾廉耻，是因为男人爱慕你的皮肤；你害怕说话，是因为男人希望你沉默。你为了勾引他们，搔首弄姿，化妆打扮，扭曲自己的想法和心灵。你一次次想要放弃，又一次次回到老路上，不断惩罚自己，只为了用征服者的语言回答他们！"

她似乎从没像现在这样一动不动地坐着，喉咙里的空气，甚至脉搏中的血液，似乎都完全静止了……

凯胡斯变成了一个声音，从她的眼泪和火光之中的某个位置传来。

第二卷　第二次进军

"你会说：'让我来替你羞辱我吧。让我来忍受你吧！我恳求你，求你！'"

不知为何，艾斯梅娜知道这番话会通往哪里，于是她强迫自己去想其他事，比如，干燥的皮肤和衣服为什么看上去这么干净……

她意识到，污秽和人一样，需要水才能存在。

"你会告诉自己，"凯胡斯续道，"'有些路我不会走！'也许你会拒绝某些特殊癖好，也许你会拒绝亲吻他们。你会假装犹豫，假装区分对待不同的客人，可到头来这个世界会强迫你走上无路可循的沙漠。钱！钱！钱能换来一切，为了钱也可以做出一切！要付钱给房东，要付钱给索贿的巡察官，要付钱给卖食物的小贩，要付钱给指节带疤的混混……你会暗地里自问：'既然我已被诅咒了，还有什么不可想象的？既然我已没有尊严可言，还有什么做不出来？'"

"'还有什么爱比牺牲更珍贵？'"

她的脸湿了，抬手一摸，发现手指间是黑的。

"你用征服者的语言说话……"凯胡斯低声说，"你说，'弥玛拉，跟我来，孩子。'"

她不禁一颤，好像震动的鼓皮……

"于是你带她……"

"她死了！"有个女人哭喊道，"她死了！"

"去港口的奴隶贩子那里……"

"住口！"那女人嘶声说，"我说了，不是这样！"

喘息，像刀割一样痛。

"把她卖了。"

她记得他的手臂环着她。她记得跟着他进了他的帐篷。她记得躺

在他身边不停哭泣,只有他的声音能平息她的痛苦。西尔维抹去她脸上的泪水,冰凉的手指穿过她的头发。她记得自己说出了当时发生的一切。那个饥饿的夏天,她甚至愿意免费用嘴为男人服务,只为吞下他们的种子。她告诉他她当时有多恨那女孩——污秽的小丫头——一直在哭,一直要这要那,一直吃她的食物,让她不得不到街上去奔波,就因为爱!她的眼神在疯狂中变得空洞。谁能理解饥饿?她告诉他那些奴隶贩子因为饥荒越来越殷实。她告诉他弥玛拉的尖叫,她小女儿的尖叫!她告诉他那些仿佛浸着毒药的钱币……不到一星期!那些钱她只花了不到一星期!

她记得自己在尖叫。

她从没哭得如此厉害,因为她终于说出来了,而他也认真听了。她记得他坚定的目光和话语让她仿佛飘在空中,只有他知道什么是真实,什么是正确……

而他赦免了她。

"你早已被原谅了,艾斯梅娜。"

你是谁?凭什么能赦免我?

"被弥玛拉。"

她醒来时发现头枕在他手臂上。也许她应该困惑,但她没有。她知道身在何处,心中有一部分在畏缩,另一部分却欢欣不已。

她躺在凯胡斯身边。

但我并没有和他做爱……我一直在哭。

一夜哭泣让她脸颊浮肿。昨晚很热,他们没盖毯子,似乎很长一段时间里,她一动不动地躺着,感受他如此贴近的白皮肤。她一只手按在他裸露的胸膛,透过温暖柔软的肌肤感受到他缓缓的心跳。她手指震颤,仿佛指尖是铁匠敲打的砧板。她想象着他的体重,脸不禁一红……

"凯胡斯……"她抬起头,看着他脸庞的侧影,毫无道理地知晓了他已醒转。

他转过脸来,笑吟吟地看着她。

她尴尬地轻哼一声,移开视线。

凯胡斯说:"真奇怪,不是吗?躺得这么近……"

"是的。"她也微笑着回答,抬起头,又马上转开眼睛,"真奇怪。"

他翻身面对她,艾斯梅娜听到西尔维在他另一边低声嘟哝抱怨了一句,不过仍然睡着。

"嘘,"他轻柔地笑着,"她比我贪睡多了。"

艾斯梅娜笑着看他,摇了摇头,心中涌起一股莫名的激动。

"真奇怪!"她低声说。她的眼睛不曾这么明亮。

她紧张地把膝盖并拢在一起。他离得这么近!

他朝她靠过来,她的嘴唇张开了,眼皮变得沉重。

"不。"她喘息着说。

凯胡斯友善地皱着眉头,看了她一眼。"只是腰布拧住了。"他说。

"哦。"她回答。两人都笑起来。

她又一次感觉到他的体重……

他比她高大得多,男人就应当这样。

然后他把手伸进她的哈萨斯,滑进她大腿中间,她发觉自己的呻吟声落进他甜蜜的嘴唇。他进入了她,犹如天堂之指刺穿天空。泪水从她眼里溢出,但她心里只有一个想法:终于!他终于占有我了!

这不再是感觉,而是事实。

从此再没有人可以称她为妓女。

第三卷
第三次进军

乌有王子 ★ 战士先知

第十八章 海墨恩

> 朝水中撒尿等于朝自己的倒影撒尿。
>
> ——乞尔吉谚语

长牙纪4111年,初秋,施吉克南部

长牙之民在太阳底下挥汗如雨,一路南行。他们穿过南岸崎岖的山壁,进入卡拉塞沙漠熔炉般的平原。乞尔吉人称这里为 Ej'ulkiyah,"无穷的干渴"。第一天夜里,他们来到塔米奈附近,塔米奈是来往商队常用的落脚点,可费恩教徒撤退时将之洗劫一空。

不久,被派去侦察前往安那斯潘尼亚的道路的阿斯贾亚里从南边荒原回来了,他的手下饱受干渴和疲惫的折磨,个个眼神空洞,他的情绪也十分糟糕。他告诉大贵族们,一路上每口井都被污染了,而且气候炎热得只能在夜晚行军。他说,异教徒一定是撤退到了炼狱的另一边。大贵族们让他放心,因为圣战军拥有无穷无尽的骡队,皇帝的舰队也会跟随他们,送来森比斯河的净水。他们详细解释如何翻越海岸边的山岭,把净水带给军队。

"你们完全不了解这片土地有多危险。"年轻的加恩里伯爵并不信服。但第二天晚上,加里奥斯、纳述尔、森耶里、康里亚、瑟-泰丹及上艾诺恩人的号角依然响彻了干燥的夜空。

在士兵与奴隶们的喊叫声中,营帐被拆散了,骡子驮上货物,被鞭策着排成长队。吉尔加里奥神的祭司将一只苍鹰投入祭礼火堆中,然后在夕阳下将另一只苍鹰放飞。士兵们把包裹绑在长矛上,开着玩笑,

第三卷 第三次进军

抱怨夜晚行军。有人唱响了圣歌,但在成千上万人忙乱的嘈杂中,歌声很快消失了。

空气凉爽下来,第一支部队朝海墨恩海滨山丘的西坡走去。

第一批乞尔吉人于午夜之后来袭。他们骑着骆驼,呼喝着猛扑而来,用锋利的匕首传播独一神和他的先知秉承的真理。他们的攻击短暂而凶狠,专门针对掉队落单的士兵。他们用鲜红的血液浸染了沙地,又避开因里教徒的巡逻队,旋风般冲进辎重队,刺破所能找到的每一袋珍贵的水。有时——尤其是不慎逗留在坚硬的碎石平原上时——他们会被因里教徒凶猛的反击歼灭,但大多时候他们能躲开追兵,消失在月光下的沙海之中。

第三天,第一批骡队爬过了海边山丘,来到梅内亚诺海,发现那里是一个海湾,海面在阳光下闪着水银一样的光,而纳述尔人的红帆像胡椒粉一样撒在海面上。第一批淡水上岸时受到了非常热烈的欢迎。把水搬到骡子背上是件繁重的活,但还是响起了歌声。男人把上衣脱掉绑在腰间,许多人甚至跳到滚滚海涛之中,以缓解身上的火热。当晚,圣战军战士走进令人窒息的帐篷时,迎接他们的是森比斯河的净水。

圣战军继续在夜间行进。虽然敌人的突袭令人胆战心惊,但许多人仍为卡拉塞沙漠的美丽折服。沙漠中很少有虫子,偶尔有一些疯狂的甲虫滚着粪球在沙子上跑过。因里教徒嘲笑这种虫,叫它们"推粪虫"。这里也没有动物,当然,不包括那些永远盘旋在队伍上空的秃鹫。没有水就没有生命,而在卡拉塞沙漠,除了每个人肩头沉重的水袋,再没有一点水分存在,仿佛太阳将整个世界烤成了干枯的骨头。长牙之民站在太阳、石头和沙子之间,这一切看上去如此之美,仿佛是绘声绘色的美梦——当然了,这种美存在的前提,是描述者无须承受梦中的一切。

圣战军与帝国舰队约定的第七次会合到了。长牙之民穿过干旱的峡谷,聚集在海滩上,朝梅内亚诺海望去。然而海面仿佛一片褶皱的石灰石和绿松石,却没有船只出现。初升的太阳在海面上闪着白光,他们看到远处的浪花,好像一排排钻石碎屑镶出的线条。但没有船。

他们在海滩上耐心等待,一边派信使回营地禀报。梭本和孔法斯很快赶到现场,用海水洗了个澡,又花了整整一小时唇枪舌剑之战,然后才返回圣战军本部。大小贵族的议事会立刻召开,贵族们一直争论到黄昏,仍未能决定下一步行动。很多人指控孔法斯,但大统领自己的生命也跟其他人一样受到了威胁,这些指控显得极为苍白。

圣战军又等了一天一夜,帝国舰队仍未能现身,他们只好继续前进。对于舰队失踪有许多看法,伊库雷·孔法斯设想,也许舰队遭遇风暴,只好南下前往下一个会合点,以节约补给;凯胡斯王子提出,也许基安人迄今未在海上开战是有原因的,也许屠杀骆驼、隐藏舰队全是为了引诱圣战军进入卡拉塞大沙漠。

也许海墨恩是个陷阱。

两天后,大小贵族随骡队一起翻越海边山丘,来到第八个会合点。空旷海面的美景让他们目瞪口呆,但他们从山上回来时,发现除了穿越沙漠别无出路。太阳、石头和沙子召唤着他们。

剩余饮水按种姓高低进行了严格配给。他们宣布,任何人被发现私藏饮水或使用超额的水,都将被处死。

议事会上,伊库雷·孔法斯展示了一些地图,那是皇帝的制图师们在海墨恩仍属于帝国的时代绘制的。他指着地图上一个叫苏比斯的地方,坚称那里的绿洲面积很大,异教徒不可能给整个绿洲都下毒。靠余下的水,圣战军完全可以到达苏比斯,但必须把其他一切——骡子、奴隶和随军平民——统统留下……

"留下……"普罗雅斯说,"你怎能提出这种建议?"

虽然贵族们下达了最严格的封口令,流言还是很快在半睡半醒的营地中传播开来。许多人逃进空旷的沙漠,并在那里迎来末日;还有些人拿起武器反抗;但大多数人只是静静等待着,等待屠戮:贴身奴隶、随

第三卷　第三次进军

营妓女、商人种姓,乃至奴隶贩子。号叫声在沙丘间回响。

因里教徒中爆发了暴乱与哗变。起初许多士兵拒绝杀死同胞,大贵族们出来向士兵们解释,圣战军必须活下去,他们必须活下去。最后,成千上万的随军平民被悲痛的长牙之民谋杀,只有祭司、军人的妻子及提供必需品的商人活下来。

那天夜里,大地仿佛刚刚冷却的烤炉,因里教徒带着空洞的眼神开始行军,逃离身后的恐怖,前往许诺中的苏比斯……队伍中只剩下士兵、战马和渐渐变成野兽的心。

乞尔吉人发现遍野的尸体和财物后,纷纷跪倒在地,大喊着赞美独一神。对偶像崇拜者的审判开始了。

圣战军壮观的队列在匆忙南下途中渐渐变得稀疏散乱。乞尔吉人成百成百地屠杀落单的士兵,多支部落还冲进了队列,尽力制造混乱,然后逃回荒凉的沙漠。一队骑兵不慎冲进了赤塔的队伍,顿时被烧成灰烬。

第二天一早,贵族议事会上充满绝望的气氛。他们知道,附近一定有水源,否则乞尔吉人不可能一直骚扰他们。但水井究竟在哪里呢?他们派出最优秀的骑兵,由阿斯贾亚里、山比斯、德纳米等人率领,前去追击沙漠部落,目的在于找到隐藏的水井。这些军官带领几千名因里教骑士疾驰进长长的沙丘,消失在远方闪烁的空气中。

入夜时分,除了艾诺恩的艾什克拉斯总督德纳米,其他人都回来了,凶悍的乞尔吉人和卡拉塞沙漠毫不留情的热浪让他们饱受打击。他们没找到任何水井。阿斯贾亚里说,就算真的遇到了水井,他们也不知该怎么找回去,沙漠中地形太单一了。

水几乎要见底了,苏比斯仍不见踪影。大贵族们决定,除了贵族种姓拥有的马匹，把其他马都宰掉。几千名森格米斯步兵——森格米斯是泰丹人的克泰属国——发生了哗变，不仅要求杀掉所有马匹，还要在长牙之民间平等分配补给。戈泰克和瑟-泰丹的伯爵们毫不留情地予以镇压。哗变的头领被捉起来掏空内脏，用长矛串着吊在沙漠中。

次日夜里，剩下的水已经非常少了。长牙之民的水袋像干瘪的羊皮纸，怒火与疲倦让他们失去了理智，许多人把携带的食物都丢掉了。他们已感觉不到饥饿，只有干渴，一生中从没有过的干渴。成百上千的马匹倒下，主人把它们遗留在沙地里，任它们咽下最后一口气。他们对一切都变得无动于衷。当乞尔吉人再次袭来时，许多人只是麻木地向前走，似乎没听到抑或根本不关心同胞正在身后死去。

苏比斯，他们心想，这个名字比任何神灵的名字更能带来希望。

黎明到来时，圣战军仍没有到达苏比斯，他们决定继续前进。世界变成了一座由灼热的石块围成的火炉，空气朦胧了，起伏的褐色沙丘仿佛是妓女诱人的皮肤。远处的沙地上，幻觉中的湖水闪动着，许多人没命地跑去，相信自己看到了许诺中的绿洲，许诺中的苏比斯。

苏比斯……情人的名字。

长牙之民跌跌撞撞走下满是砾石的长长沙坡，穿过犹如撑在细杆上的大蘑菇般的砂岩，爬过群山状的沙丘。

前面那座村庄仿佛是被风从沙子中吹出的、由许多房间组成的化石。深绿色的绿洲在阳光下闪着银光，看上去那么不真实……

苏比斯。

不成型的队伍扑过太阳曝晒的沙地，所有人都冲向被废弃的村庄。村庄外围的海枣树和洋槐早已枯死，蜘蛛网挂在干枯的树枝之间。他们彼此推搡着，摔倒在布满尘土的小道上，冲向闪亮的水池，欢笑着扬

第三卷 第三次进军

起水花……

在那里，他们找到了德纳米。

死去的德纳米，浑身肿胀，漂浮在碧绿的水里，外加他的四百五十九名手下。

许诺中的苏比斯被污染了。乞尔吉人找到了污染她的办法。

可长牙之民顾不上这些了。他们痛饮池水，呕吐出来，再喝下更多。成千上万人从沙丘上一路狂奔而下，冲进绿洲，拼命推搡，挤得动弹不得。数百人踩踏而死，还有几百人被挤到水池中央淹死了。过了好久，大贵族们的命令才得以执行。男爵和骑士们被派去用剑把士兵赶出绿洲，甚至不得不杀了一批违令的士兵作警示。大军终于恢复秩序，开始按建制灌注和分配水袋。会游泳的士兵被派去把尸体从水池中打捞上来，堆在阳光下。

大贵族们明白，德纳米率领手下一路向南，是要来苏比斯，而非寻找乞尔吉人的水井——他显然只顾拯救自己的性命。他们拒绝为德纳米一伙举行葬礼，上艾诺恩的摄政王切菲拉姆尼则宣布剥夺其艾什克拉斯总督之位，剥夺所有的官阶和称号。艾诺恩人在他的尸体上刻下诅咒的印记，然后扔到旷野喂秃鹫。

与此同时，长牙之民饱饮了一番。许多人来到海枣树的树荫下休息，靠在树桩上仰头看着干枯的枝叶，发现它们看上去就像秃鹫的翅膀。干渴缓和之后，人们才开始担心疾病。大瘟疫之神阿克亚格尼的医祭们被召到各路贵族面前，他们举出一系列喝了泡过死尸的水可能引发的病症，同时也指出他们的器材和圣物箱都遗弃在沙漠里了，现在除了提前为士兵们祈祷，做不了太多事情。

------ ∞ ------

医祭们的祈祷没能满足真神。

每个人身上都多少出现了症状——冷战、痉挛、呕吐——更有数千人得了重病,无休止地上吐下泻。到第二天早上,腹痛的人数翻了一倍,患者的皮肤上开始出现骇人的红斑。

议事会上,大贵族们反复研究伊库雷·孔法斯的地图。他们知道,安那斯潘尼亚太远了。他们派出几十支小部队,去往梅内亚诺海岸各处,指望奇迹出现,能与皇帝的舰队重新建立联系。许多人指控皇帝,其中两次,大家不得不强行把孔法斯和梭本分开。待得那些探路部队纷纷空手而归,各路贵族才闷闷不乐地下定决心,继续南进。

不管怎样,凯胡斯王子说,真神看着他们。长牙之民趁夜离开了苏比斯,每个人的水袋中都装满了被污染的水。有好几百个病人实在无法行走,于是被留在后面,留给乞尔吉人。

疾病在长牙之民中肆虐,没有亲朋好友的病人很快被抛弃。圣战军成了一支由步履蹒跚的士兵和跛行的病马组成的乞丐部队,在万里无云的蓝天之下,在布满砾石、平板单调的沙漠中行进。满天星辰以天堂之指为中心,绕着他们头顶旋转,仿佛在计算死人的数量。病得慢下来的人掉队了,他们扑倒在地,痛哭不止,第二天的太阳或乞尔吉人将带来他们的末日。

"安那斯潘尼亚。"大家不断重复这个名字,但他们不知道大贵族欺骗了他们,他们说安那斯潘尼亚只有三天路程,事实上是六天多,"真神会带领我们前往安那斯潘尼亚。"

这个名字是新的许诺……就像希摩。

对患腹泻的人来说,饮水配给远远不够。本就被疾病抽去力量的身体纷纷倒下,喘息着贴在夜间冰凉的沙地上。好几千病患这样子死去。

两天后,饮水出现了枯竭的迹象。干渴再次袭来,长牙之民嘴唇干裂,眼睛变得出奇柔软,紧绷的皮肤则像纸草一样干,关节处迸裂开来。

然而还是有些人,少数人,在这场考验中表现得无比坚强。当士兵

第三卷　第三次进军

干渴而死时，少数几个贵族拒绝了分配给他们坐骑的饮水，涅尔塞·普罗雅斯是其中之一。他坚定地与康里亚骑士和士兵们走在一起，用言辞鼓舞他们，不停地提醒他们，考验正是信仰的意义所在。

凯胡斯王子带着他那两位美丽的女人，也在鼓舞大家。他告诉士兵们，他们不止是在受苦，他们的苦难是有意义的……是为了希摩，为了真理，为了真神！而为了真神受难的人，将在外域获得无上的荣耀。确实有很多人会在这熔炉中牺牲，但那些活下来的人，他们的灵魂将变得无比坚韧。凯胡斯说，他们将变得与其他人完全不同，变成更强大的存在……

变成真神的选民。

无论凯胡斯和他的两个女人走到哪里，人们都会拥到他们跟前，恳求他触摸他们、治愈他们、宽恕他们。

他的脸色被沙子沾染，变得像青铜一般；他飘扬的头发几乎被漂成白色，看起来就是太阳、石头与沙子的化身。他，只有他，可以凝视着无边无际的卡拉塞大沙漠，露出笑容，向天堂之指伸出双臂，为他们经受的苦难表示感谢。

"真神选择了我们！"他大喊，"真神！"

他说出的话就像清水。

第三天夜里，他在沙丘间一个大洼地停了下来，在被无数双脚踩过的沙子中标记出一个地方，叫来他最坚定的几名支持者——他的佐顿亚尼——要他们开始挖掘。挖了一阵子，当他们什么都没找到，开始绝望的时候，凯胡斯要他们继续下去。很快，他们感觉到了沙子中的潮气……然后他往远处走了一段，让那些蜂拥而至的人继续在更多地方挖洞，其他人则被他组织起来，拿着武器在周围警戒。数千人被长枪竖起的篱笆挡在外面，绝望地舔着干枯的嘴唇，急切地想知道发生了什么。过了不久，十四股浑浊的水池在月光下闪动。那是泉涌的井水……

那水里满是泥巴,却是甘甜的,没被死人污染过。

当大贵族们终于在躁动的人群中挤出一条路,找到凯胡斯王子时,他正和其他十几个人一起站在齐膝深的水中,将闪烁的水袋朝上方无数双探出的手传递过去。

"是他告诉我的,"众人向他致敬,他却笑着说,"是真神告诉我的!"

在贵族们的命令下,士兵挖出了更多水井,水袋分配又一次恢复了秩序。由于圣战军中许多人都在遭受脱水的折磨,各路贵族决定在此逗留几天。剩下的军马被宰杀了,但由于没有燃料,大家不得不生吃马肉。议事会上,大小贵族为凯胡斯的发现向他道贺,不过仅此而已。现在圣战军中许多人,尤其是仆从种姓,已经公开称他为战士先知,但大贵族私下开会时总要为亚特里索王子的事展开激辩,一直无法达成共识。伊库雷·孔法斯警告他们,伪先知费恩同样是沙漠造就的。

与此同时,乞尔吉部落在沙漠深处集结了起来,他们以为圣战军像豺狼一样,为自己找到了丧生之处。第二天夜里,他们动员起全部兵力,发动了冲锋,几千人疯狂地从沙丘顶部冲下,自以为遇到的尸体会比活人还多。可让他们惊讶的是,长牙之民的躯体恢复了生机,信仰也得以重生。他们包围了沙漠部落,展开屠杀。许多在横跨海墨恩的无数小摩擦中已付出惨重代价的部落,在这次围歼战中被彻底消灭了,残余的部落退到了他们隐蔽的绿洲家园。

最后一批食物也被分发下去,水袋重新装满,扛在坚强的背上。歌声又一次在黑暗的沙漠中响起,其中许多是献给战士先知的赞歌。圣战军继续南下,现在这支部队已不再畏惧,他们是不可战胜的。经历过蒙格达之战、安乌拉特之战和大沙漠的考验,他们几乎减员了三分之一,但宏伟的队伍仍能席卷整个地平线。

他们穿过被偶降的冬雨冲出的干涸峡谷,爬上滚动的沙丘,又开始嘲笑那些推着粪球在沙地中疾行的"推粪虫"了。白天到来时,他们在

第三卷　第三次进军

帆布下避开严厉的阳光，于残忍的热浪中安睡。

第二天夜幕降临，军队又一次做好了出征准备。这时，许多人注意到西边天际出现了云彩——这似乎是他们离开杰迪亚之后看到的第一抹云。云层很快布满了地平线，呈现深紫色，遮住了西斜的太阳，仿佛是愤怒的红色眼珠。没有了记载种种预兆的文书，祭司们只能猜测这一幕奇景的意义。

空气中的热浪仍在涌动，阳光烘烤下的远方仿佛浸在水里。但很快，一切都静止下来，纹丝不动。一阵静默降临在圣战军队伍中，每个人都遥望着地平线，紧张地看着那只愤怒的眼睛，意识到那云层源自地面而不是天空。他们已经明白了。

那是沙暴。

尘云像一片飘扬在风中的头巾，带着倦怠的优雅从西边翻滚而来。古老的卡拉塞沙漠依然充满了仇恨，"无尽的干渴"依然在惩罚他们。

强风仿佛长着一百万枚獠牙，刮过裸露的皮肤。长牙之民彼此呼喊，却听不到对方的叫声。他们努力睁眼，想要通过褐色烟霾看到其他人的身影，但马上又被尘土遮住视线。有人在刺骨狂风中蜷成一团，感觉风沙裹住了四肢。他们临时搭建的避难所很快被撕碎了，像纸一样被扯进山一样高的尘柱。沙丘在他们周围肆意变幻形状，被遗忘在地上的水袋很快被掩埋起来。

沙暴一直持续到黎明时分。风停之后，长牙之民像头晕目眩的孩子一样，对着周围变了模样的地形发呆。他们收集起能找到的全部行李，并在沙子下面发现了许多尸体。大小贵族又一次聚集在议事会上，他们知道，圣战军已没有足够的帐篷在白天躲避太阳了。他们必须继续行军，这点毫无疑问，但向哪一个方向呢？许多人称应返回那些由凯

乌有王子 * 战士先知

胡斯王子——议事会仍然这样称呼他,一方面出于他自己的坚持,另一方面则是部分人痛恨"战士先知"这个称谓——发现的水井,至少他们剩下的水足够坚持到那里。

但以伊库雷·孔法斯为首的反对者坚持说,水井很可能消失在沙暴中了。他们指着周围在阳光下明亮得让人睁不开眼的沙丘,坚称水井附近的地形一定也像这样有了巨变。如果圣战军用仅剩的饮水背离安那斯潘尼亚行军,却又找不到水井的话,那就注定会被毁灭。此外,孔法斯再次声称,根据他的地图,他们离水源只有两天路程了。继续行军,他们当然会受苦,但至少可以活下来。

出乎一些人意料,凯胡斯王子同意大统领的说法。"毫无疑问,"他说,"冒着受苦的危险去规避死亡,总比冒着死亡的危险去逃避受苦要好。"

于是圣战军继续向安那斯潘尼亚前进。

———— ∞∞∞ ————

他们穿过海一样的沙丘,踏上一片像燃烧的盘子一样的地面,一片宽阔平坦的石头平原。这里连空气都在滋滋作响地散发热量。饮水配给再度严格起来,人们在干渴中变得神志恍惚,很多人开始丢弃盔甲、武器乃至衣服,像疯子一样赤身裸体地走着,直到倒下。他们黝黑的皮肤被太阳晒出了水泡,最后一批马也死去了,士兵们早就对这些坐骑怀恨在心,因为他们的领主对它们的关心胜过了对自己的手下。经过那些木头一样的马尸时,他们咒骂着,把石子踢去。年迈的戈泰克倒下了,他的儿子们把他绑在担架上,匀出自己的水给他。康里亚的安基里奥斯总督甘雅提大人,他光秃秃的脑袋像从破手套中冒出的流脓的拇指,被捆麻袋一样捆在马背上。

夜晚终于降临,圣战军仍在南行,他们又一次跌跌撞撞地爬上沙

第三卷 第三次进军

丘。长牙之民不停地走着,但渐渐凉爽下来的沙地却没带给他们任何安慰。没人说话,他们仿佛变成了一支由无言的怨灵组成的无边队伍,穿行于卡拉塞沙漠起伏的沙海中,个个浑身尘灰,满脸愁苦,眼神呆滞,四肢像喝醉了酒一样不听使唤,但仍在不停行走。圣战军的队伍就像一撮落入水中的泥土,不停地分解,直到变成一片由毫无关联的人影组成的云雾,踩在石头与沙子上。

清晨的太阳仿佛在严厉责骂他们,沙漠依然看不到尽头。鬼魂般的圣战大军把数以千计已死和将死的人四散着留在身后,随着太阳不断升高,又有更多人倒下。许多人彻底丧失了意志,干脆坐在沙地上,干渴与疲惫把他们的思想和躯体都压垮了;另一些人不断强迫自己,直到残躯再也无以为继,他们在沙地上无力地挣扎,像虫子一样蠕动头部,也许是在嘶哑地呼救,想要同伴回来帮助。

但只有死亡盘旋降临。

舌头在嘴中肿胀,羊皮纸般的皮肤晒黑、绷紧,最终破裂开来,露出紫色的血肉,让死者无从辨认。弯折扭曲的双腿开始拒绝主人的意志,好像脊柱断裂了一样。太阳仍在抽打他们,灼烧破裂的皮肤,将嘴唇烘烤成苍白的皮革……

没人哭泣,没人哀号,也没人惊叫。兄弟抛弃了兄弟,丈夫抛弃了妻子,每个人都变成了一个孤独而痛苦的圆环,朝前移动着。

无论甜美的森比斯河水,还是安那斯潘尼亚的许诺,都离他们远去……

连战士先知的声音也消失了。

只有审判在继续,将那些温热的、不停跳动的心拉成一条痛苦的长线,像沙子一样细,像沙子一样单调。脆弱的心跳在荒原中变得更加细微,以越来越缓慢的速度将那些缺水的血液泵向肢体。

又有数千人死去,剩下的人奄奄一息,每一口呼吸仿佛都变得更加微弱。他们透过木头般的喉咙,吸进熔炉般的空气,感受着噩梦般痛苦

乌有王子 ＊ 战士先知

的临终时刻。热流仿佛变成了凉风。黑色的手指插进燃烧的沙地。无神的眼睛抬起来,迎向夺目的太阳。

沉默与无边的孤独。

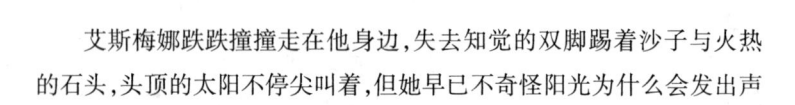

———— ∞∞∞ ————

艾斯梅娜跌跌撞撞走在他身边,失去知觉的双脚踢着沙子与火热的石头,头顶的太阳不停尖叫着,但她早已不奇怪阳光为什么会发出声音了。

凯胡斯把西尔维抱在怀里,艾斯梅娜从没像现在这样有胜利的感觉。

然后他停下来,前方是一片遥远而深暗的景色。

她摇晃了一下,哀鸣的太阳在头顶旋转,但他已来到她身边,撑住了她。她想舔舔干裂的嘴唇,但舌头肿得不听使唤。她向他看去,他露出笑容,带着仿佛不应存在的健旺精神……

他仰起头,朝远处层层叠叠的绿色,朝蜿蜒闪亮的河水大声叫喊。他的声音在地平线上发出了回响:

"父亲!我们来了,父亲!"

———— ∞∞∞ ————

长牙纪4111年,初秋,爱荷西亚

辛奈摩斯的怒视让他安静下来,三个人退到建筑里墙壁夹出的黑暗角落,把那个奴隶战士的尸体也拖了过来。

"我一直以为这些杂种很难对付。"血腥丁察轻声说,他的眼睛仍闪动着杀意。

"他们确实难对付。"辛奈摩斯也小声说。他扫视脚下阴暗的庭

第三卷　第三次进军

院——那像是空地、裸墙和精致的立面构成的谜题盒子,"赤塔是从斯兰克深坑里搞来这些贾维赫的,个个都是硬手,你们给我记住这一点。"

岑卡帕在黑暗中露出嘲讽的笑容:"你真走运,丁察。"

"先知的蛋蛋!"血腥丁察低声说,"我——"

"嘘嘘嘘!"辛奈摩斯吐了口口水。他知道丁察和岑卡帕都是好人,也很勇猛,但他们受的训练都是用来在战场上打仗,不是在黑暗中潜藏的。况且他们似乎无法理解这次行动的重要性,这让辛奈摩斯有种奇妙的挫败感。他知道,阿凯梅安的生命对他们没什么意义。阿凯梅安是个巫师,是个怪物,他的消失对他们也许还是个不小的安慰。虔诚者身边没有渎神者的位置。

但如果他们不理解这次行动的重要性,也许就会低估其中蕴含的致命危险。在全副武装的人中间像窃贼一样行动已经够危险了,更别提在赤塔中间……

辛奈摩斯知道,他们都害怕,所以才强装出空洞的幽默与勇气。

辛奈摩斯指指庭院狭窄的一端里一座房子。房子底层是一长排柱子,里面一片漆黑。

"被遗弃的马厩,"他说,"如果我们运气好,应该是和那边兵营连着的。"

"希望是被遗弃的兵营。"丁察低声说。他正在审视黑暗中杂乱的建筑。

"看上去确实如此。"

我会救出你,阿凯梅安……我会弥补我的错。

赤塔选了一座半要塞化的宏大建筑作驻地,这建筑看上去能追溯到塞内安时代。也许是某位早已不在人世的塞内安总督的宏伟官邸吧,辛奈摩斯心想。他们花了两个多星期观察这建筑,眼看着重甲士兵、辎重车和奴隶抬的轿子结成长队,走出狭窄的大门,沿爱荷西亚迷宫般的街道向海墨恩出发。辛奈摩斯并不十分清楚赤塔队伍的规模有多大，但至少也是数千人。这意味着他们的驻地是个庞然大物，包括芜杂的军营、厨房、贮藏室、宿舍和军官办公室；也意味着当学派大部队南行时，少数留在后方的驻军很难防范闯入者。

这算是个好消息……如果阿凯梅安真的被囚禁在这里的话。

赤塔绝不敢带上阿凯梅安，对此辛奈摩斯非常肯定。行军途中无法拷问天命派巫师，尤其是要和普罗雅斯王子同行。况且，赤塔在这里留下一支分队本身就意味着他们在爱荷西亚还有任务没有完成。辛奈摩斯下定赌注，认定他们未完成的任务就是阿凯梅安。

如果他不在这里，那很可能已经死了。

他就在这里！我能感觉到！

三人进入马厩后，辛奈摩斯抓住脖子上那枚小小的饰物，好像它比旁边的黄金小长牙更为神圣。神之泪，这是他们是对抗巫师的唯一希望。父亲死后，辛奈摩斯继承了三枚饰物，这也是他只带丁察塞斯和岑卡帕来冒险的原因。三枚饰品只能让三个人进入这座怪物的巢穴。不过辛奈摩斯祈祷无须它们派用场。不管有什么罪孽，巫师总归是人，而人总要睡觉。

"一定要空手握，"辛奈摩斯命令道，"它必须接触到皮肤，才能提供保护。不管做什么，绝不要松手……这个地方肯定受到隔绝术的保护，如果饰物离开皮肤，哪怕只一瞬间，我们就完了……"他把自己那枚饰物从脖子上扯下来，感受钢铁冷冰冰的重量，小球上深深的铭文在手掌中压出印记，让他感到一阵安心。

没清理过的马厩充满马屎与牧草的味道。摸索一阵子后，他们找到一条通往废弃兵营的通道。

随后他们开始了迷宫中噩梦般的旅程。这座建筑确实很大，这是辛奈摩斯希望的，也是他担心的。看到一个个空荡荡的房间与走廊，他甚至感到一丝欣慰，毕竟他对找到阿凯梅安不抱什么希望。有那么一两次，他们听到远处有人在用艾诺恩语说话，马上匍匐在沥青般黑暗的

第三卷 第三次进军

阴影中,或是藏到形状奇异的基安家具后面。他们穿过布满尘土的觐见厅,月光非常明亮,足以让他们看到穹顶上几何图形的宏伟壁画。他们躲躲藏藏地穿过贮藏间和厨房,听到奴隶们在潮湿黑暗的房间里打呼噜。他们蹑手蹑脚走过高高低低的楼梯,打开的每一扇门仿佛都是悬崖:远方悬挂的要么是阿凯梅安,要么是死亡。每一个瞬间,每一次呼吸,仿佛都是一场不可能获胜的赌博。

他们经过的每一个地方似乎都有赤塔巫师的鬼魂在飘荡,举行渎神的会议,召唤恶魔,或者研究不洁的典籍。

他们究竟把他关在哪里?

过了一阵子,辛奈摩斯感觉自己变勇敢了。盗贼或老鼠就是这种感觉吗,游走在他人视野与感知的边缘?潜藏在敌人之中不被发觉,这带给人欢喜,甚至奇妙的满足感。辛奈摩斯心中不由涌起一个无比确定的念头:我们会成功!我们一定能救出他!

"我们应该去检查一下那些地下室……"丁察低声说,一层光亮的汗水盖在他灰白的脸庞上,修得方方正正的灰胡须也被汗打湿了,"他们一定会把他关在某个无论怎么尖叫外面也听不到的地方,不是吗?"

辛奈摩斯的脸抽搐了一下,一来是这位老下属的声音实在太大,二来对方说的没错。阿凯梅安一定经受了长时间拷打……这想法让他无法承受。

阿凯……

他们转回一道之前走过的石头楼梯,往下面的漆黑处走去。

"我们需要点亮光!"岑卡帕叫道,"这里伸手不见五指!"

他们跌跌撞撞走进一道铺了地毯的走廊,彼此靠得非常近,可以闻到其他人身上因恐惧冒出的汗。辛奈摩斯感到一阵绝望。真的没希望!

就在这时,他们看到一束光,一个小小的光球照亮了走廊,它正在移动……

他们身处的走廊非常狭窄,圆形天花板也很低矮——现在他们能看到了——但很长,好像贯穿了整个兵营一样。

一个巫师正在里面走动。

那人很瘦,但穿着宽大的赤红丝袍,长袖上绣着金色苍鹭。他的脸沐浴在诡秘的光线中,显得无比洁净,眼睛朝外凸,编成辫子、卷曲光滑的华美胡须遮掩了下陷的脸颊。他似乎对来回走动的任务有些不耐烦,一点泪滴形状的亮光悬在他额前一腕尺左右的地方,照亮了他的前额——但看不到蜡烛。

辛奈摩斯听到丁察牙齿间嘶嘶的呼吸声。

那个人影和那道鬼魂一样的光在走廊拐角停了下来,好像那人闻到了什么。老面孔皱了皱,巫师似乎朝他们所在的黑暗中看了一眼。他们像盐柱一样站立不动,三个人的心都怦怦直跳……好像死神来到了面前。

皱眉很快又变成了厌倦,那巫师转了个弯,继续向远处走,把巫术的亮光照亮的石头和涡旋花纹留在身后。黑暗又一次庇护了他们。

"瑟金斯在上……"丁察喘了口粗气。

"我们得跟着他。"辛奈摩斯轻声说,他逐渐恢复了冷静。

那张脸和那巫术带来的亮光,让他们觉得每一步都万分危险。辛奈莫斯知道,唯一让丁察塞斯和岑卡帕还跟在他身后的,乃是超越对死亡的恐惧的忠诚。在这里,在这个赤塔要塞的中心,这份忠诚受到了前所未有的挑战,哪怕在最激烈的战场中心,也不曾有这么严峻的形势。他们不仅在与最可憎的邪恶赌命,更重要的是,这里没有规则可言。随时可能降临的死亡,足以摧毁任何人的心智。

他们走到拐角,但另一条走廊里没有任何光亮,于是他们还像之前一样,用手指摸索着石灰石墙壁,一寸一寸地向前挪。

他们来到一扇沉重的大门前,门边看不到任何光线。辛奈摩斯抓着铁铸门闩,犹豫着。

第三卷 第三次进军

他就在这附近！我敢肯定！

辛奈摩斯推开门。

潮湿的皮肤感觉到门打开时的风，里面是个大房间，但黑暗仍然无法刺穿。他们自觉被埋葬在了恐惧的暗夜里。

辛奈摩斯把一只手举在身前，朝黑暗中走去，低声让另外两人跟上。

一个声音打破了沉寂，让他们的心都停止了跳动：

"这可不行。"

然后他们看到了光，刺目的、无比明亮的光跃动着。辛奈摩斯拔出剑。

他们眨眨眼睛，用手揉了一阵才看清面前那些人。十来名贾维赫站成半圆，每个人蓝红相间的外套下都全副武装，其中六个平端着十字弓。

辛奈摩斯头晕目眩，恐惧让他意识恍惚。他放下父亲的巨剑。

我们完了……

贾维赫们身后有三名赤塔巫师，其中一个是他们之前见过的，另一个跟前者长得很像，不过胡须染成橙红色，第三个人大为不同——单从举止辛奈摩斯就能看出，他才是这里的掌权者。

在赤红长袍映衬下，那人的脸色格外苍白，仿佛身体里没有一点色素。毫无疑问，他是个参孚瘾君子，不过和其他恶行相比，这一点小小的亵渎也就微不足道了。那人腰缠一圈宽阔的蓝腰带，腰带垂下一条金链，在两腿之间挂住一个沉重的垂饰——一条蛇缠着一只乌鸦。

那双红眼打量着他们，显露出一丝兴趣，透明的、如同淹死的虫子般的嘴唇发出"吧唧"声。做点什么！我必须做点什么！一生当中，辛奈摩斯第一次由于恐惧而无法动弹。

"那些东西，"患毒瘾的巫师道，"你们拿来保护自己的东西……那些饰品，要知道，我们能感觉到它们的存在……特别是当它们离我们很近的时候。那种感觉很难描述,真的……有点像把石头弹子放在一块薄布上。石头越重,压出的坑也就越深……"

半透明的眼睑闪动了一下:"我们几乎可以闻到你们的气味。"

辛奈摩斯努力让自己的口气听上去充满蔑视:"杜萨斯·阿凯梅安在哪里?"

"这问题不对,我的朋友。如果我是你,我会问:'我都做了些什么?'"

辛奈摩斯感到正义的怒火在胸中沸腾:"我警告你,巫师,立刻交出阿凯梅安。"

"警告我?"古怪的笑声。那人的脸颊像鱼鳃一样翕动着,"除非你是要提醒我天气正在变冷,元帅大人,否则我不觉得你有任何可以用来警告我的东西。你的王子已向海墨恩的荒原进军了,我向你保证,这里不会有人帮你。"

"我带着他的手令。"

"不,你没有,你被剥夺了一切官衔和封号。不过就算你有也没关系,重要的是你闯入了我们的领地,我的朋友。我们学士对擅闯领地这种事非常看重,却不太在意王子的命令。"

强烈的恐惧,辛奈摩斯自觉脖子后面寒毛根根竖立。这真是件愚蠢的差事……

但我是正义的……

巫师露出微笑:"让你的手下把饰物扔掉吧。当然了,你最好把自己的也扔掉,元帅大人……小心点。"

辛奈摩斯满心忧虑地看了一眼那些正对着他的弩箭,看了看那些瞄准他们的贾维赫石头一样的面庞,感觉自己的生命悬在一根细线上。

"马上!"巫师厉声道。三枚饰物落在地毯上,发出李子掉地的声音。

"很好……我们很喜欢收集丘莱尔。知道它们在哪里总是件好事……"

然后那个人说了句什么,他那赤红色的瞳孔变得像两颗燃烧的太阳。

辛奈摩斯被身后传来的热浪推得跪倒在地。他听到了尖叫……

丁察和岑卡帕的尖叫。

等他转过身,丁察已经倒下,化作一堆翻滚的焦炭和炽热火焰。岑卡帕敲打着地面,仍在尖叫,渐渐变成一道腾起的火柱。他跌跌撞撞往后退了两步,栽入黑暗的走廊,终于倒在地上。尖叫声停息,变成了油脂燃烧的滋滋声。

辛奈摩斯面对两团火焰跪倒在地。不知不觉间,他抬起双手,捂住了耳朵。

我是正义的……

他感到戴铁手套的手抓紧自己,强壮的肢体压迫着身躯,他不由自主地被扭转过去,面对那个参孚瘾君子。巫师离他很近,元帅可以闻到艾诺恩香水的味道。

"我们的人告诉我,"瘾君子的口气仿佛在说,出于礼貌,这样不幸的事最好还是不要太直白,"你是阿凯梅安最亲密的朋友——从你们一起教导普罗雅斯时就是了。"

辛奈摩斯像一个无法从噩梦中清醒的人,只能瞪着对方,面无表情,泪水沿宽阔的脸颊流下。

我又让你失望了,阿凯。

"你看,元帅大人,我们担心那个杜萨斯·阿凯梅安在撒谎。首先,我们想要知道他对你说的话与对我们说的是否一致;然后我们要看看,他是否认为真知比他最亲密的朋友更重要。如果知识对他来说比生命和友爱更重要……"

半透明的脸顿了一下,就像突然想到什么有趣的主意。

"你是个虔诚的人,元帅大人,你知道作为真理的工具意味着什么,不是吗?"

是的。他知道。

意味着受苦。

成堆石块落满了灰尘。断瓦残垣中,偶尔有一两根细长的柱子伸出来,直指夜空。

不断分叉的裂纹像追逐着并不存在的太阳的树枝,倒下的石柱被月光分为光暗两半,石上有火烧的痕迹。

萨略特学院经年累月建起的图书馆,毁于赤塔学士的贪婪。

四下一片沉寂,只听到细微的刮擦声,好像一个无聊的孩子在玩弄汤勺。

它究竟像老鼠一样在废墟的空洞里钻了多久,才爬过水泥和石块堆垒的迷宫?没人知道。它爬过瓦砾堆下的文书,爬过被火烧得像鳄鱼皮一样焦黑的木头,还爬过一只没了生气的人的手掌。这就像一座小矿井,只不过唯一的矿石是知识的碎片。它一直向上爬、向上爬,使尽浑身解数,就这样过了多久?几天?几周?

它对时间并没有什么认识。

它满不在乎地穿过巨石,越过碎裂的、动物皮革编成的书页,推开一块手掌大小的砖块,抬起丝绸包裹的脸,望向如云繁星。然后它继续朝上爬,终于将小小的人偶身躯抬到废墟的最顶上。

它举起一只小匕首,并不比猫的舌头大多少。

就像要去触碰天堂之指。

它是个瓦希人偶,从一位死去的桑索女巫那里偷来的……

有人说出了它的名字。

第三卷　第三次进军

第十九章 安那斯潘尼亚

这算什么复仇！他可以沉睡,我却必须继续忍耐？血不会熄灭仇恨,也不会洗刷罪行。它像种子一样自行肆虐,留下唯有悲哀。

——哈米沙扎,《特姆皮拉斯王》

……他们说,我的士兵把剑当成偶像。但不是剑让一切变得确凿、明白吗？不是剑让那些跪在阴影中的人俯首帖耳吗？除了剑,我无须其他神祇。

——崔亚姆斯一世,《日记与对话》

长牙纪4111年,晚秋,安那斯潘尼亚

普罗雅斯最先听到的是风吹树叶的声音,空旷的声音。然后,他居然听到潺潺流水声——生命的声音。

沙漠……

他猛然醒转,阳光刺痛了眼睛,流出痛苦的泪水,前额如有炭火炙烤。他想呼叫贴身奴隶阿加里,却发不出声音,刺痛的嘴唇像在潺潺流血。

"你的奴隶死了。"

普罗雅斯记起了一些事……凄惨的大沙漠……

他转向那个和自己说话的声音,看到奈育尔蹲在旁边,弯腰摆弄一条皮带。草原人赤裸上身,普罗雅斯看到他宽广的肩膀也晒出了水泡,布满伤疤的手臂上有一道道刺目的红色。在他身后,泥土与石头之间的沟槽里,一道小溪穿流而过。远处可见一片葱翠绿色。

"塞尔文迪人?"

奈育尔抬起头,普罗雅斯第一次注意到对方的年龄:那双雪蓝色眼睛周围已有了分岔的皱纹,长鬃般的黑发间也出现了银丝。他意识到,野蛮人和他父亲差不多年纪。

"发生了什么?"普罗雅斯咳嗽着说。

塞尔文迪人继续摆弄那条皮带。"你晕倒了,"他说,"在沙漠里……"

"你……你救了我?"

奈育尔顿住了,但没有抬头,又继续干活。

被无情烈日折磨过的人如同从熔炉中取出的镰刀。他们冲向每一座村庄,横扫小山上的要塞及安那斯潘尼亚北部每一座庄园。每栋建筑都被烧毁,每个男人都成了剑下亡魂,无一例外。连每个从藏身之处抓出来的女人和孩子也都被推向利刃。

没有人是无辜。这是他们在沙漠中领悟的真理。

所有人都有罪。

圣战军继续南下。严整的军队已变成散乱的团伙。他们走出了死亡之原,用命运折磨他们的方式折磨面前这片土地,将所受的苦难撒向四方。他们苍白的眼神折射出沙漠的恐怖,风沙的残酷已刻进他们瘦削的身型。他们的剑就是对这个世界的审判。

在长牙的旗帜下进入海默恩的约有三十万人,其中约五分之三是战士,而离开沙漠的只有十万人,几乎全是士兵。虽然损失惨重,但除了德纳米总督,大贵族们无一丧生。死神将因里教的贵族种姓当作圆心,划出一个又一个圆,一个比一个小。他先带走奴隶和随营平民,然后是对领主有义务的仆从种姓士兵。生命变成了按种姓与地位分发的配给品。二十万具尸体标记着圣战军从苏比斯绿洲到安那斯潘尼亚的征途。二十万人死去,被太阳烤成黑皮革。

之后若干代人的时间里,乞尔吉人一直称这条路为 saka'ilrait——"骷髅之路"。

沙漠将灵魂磨成了尖刀,长牙之民将举着这把刀走向另一条路,一条更可怕、更狂暴的路。

———— ❧ ————

长牙纪 4111 年,晚秋,爱荷西亚

他们拷打了他多久?

他经历了多少痛苦?

但不管他们如何折磨他,不管是用粗糙的烙棒还是最精妙的巫术,他都没有倒下。他不停尖叫,直到连尖叫都变成了极遥远的东西,仿佛是风中传来的陌生人被拷打的动静。他没有倒下。

这与力量无关。阿凯梅安并不坚强。

但谢斯瓦萨……

阿凯梅安在达里亚什的折磨之墙上被折磨了多少回?有多少回他在极度的痛苦中醒来,为手腕终于获得自由、为没有长钉钉入小臂而泪流满面?在让人受苦这方面,赤塔实在无法与非神会相提并论。

不,阿凯梅安并不坚强,然而赤塔巫师虽然极其残忍,他们却不知道自己拷问的是两个人,不是一个。阿凯梅安被赤裸着吊在那里,头垂到肩膀和胸膛之间,看到自己拖长的影子散布在马赛克瓷砖地板上。

但无论痛苦如何肆虐,有一片阴影纹丝不动,不管他哀求也好,呕吐也好,那片阴影都完全不受影响……

无论他们做什么都无法影响我。巨树的心是烧不到的,烧不到的。

两个人,就像圆环和圆环投下的阴影。拷打也好,强迫术也罢,乃至麻醉剂——一切手段都失去了作用,因为它们要逼迫的是两个人,而其中一个,谢斯瓦萨,处在远离当下这个圆环的地方。不管怎样可怕的折磨,他的阴影始终在说:我经历过更多痛苦……

时间就这样过去,痛苦层层堆叠,直到某日,那个参孚瘾君子伊奥库斯,把一个男人拖到他面前。那男人被推着跪在乌博里安之环前,双手绑在背后,除了锁链外一丝不挂。一张几乎完全被伤痕与胡须盖住的脸抬起来,朝他看来,似乎又哭又笑。

"阿凯!"陌生人说,他嘴里全是血,唾沫从唇边流下,"求你了,阿凯!求、求你告诉他们!"

这人身上有什么东西阿凯梅安感到很熟悉,令人厌烦的熟悉……

"我们用完了常规手段,"伊奥库斯说,"我早知道会这样。你向我们证明了你跟你之前的同伴一样顽固。"赤红的眼瞳移到陌生人身上,"该尝试一下新方法了……"

"我受不了了。"那人抽泣着,"我不行了……"

间谍总管抿了抿毫无血色的嘴唇,装出痛惜的表情:"你知道,他打算来救你。"

阿凯梅安看着这个陌生人,好像是无意间瞥到的东西——某个恰好出现在那里的事物。

不。

不可能。那个人不会允许。

"所以我们的问题是,"伊奥库斯说,"你会保持这种漠不关心的态度吗?你能忍受你所爱的人遭到残害吗?"

不!

第三卷 第三次进军

"我觉得最精彩的部分应该打头阵,不然观众会渐渐麻木……所以我们先挖眼睛吧。"

他用食指画了一个圈,辛奈摩斯身后一名奴隶战士便抓住元帅的头发,往后拉去,然后举起一把闪亮的匕首。

伊奥库斯看了看阿凯梅安,朝那名贾维赫点点头。那人的匕首小心谨慎地朝下刺去,像用叉子叉起餐盘中一枚李子。

辛奈摩斯厉声惨叫,眼窝紧箍住闪亮的钢铁。

阿凯梅安看到这诡异的一幕,连喘了几口气。那张脸他如此熟悉、如此珍爱,那眉头曾上千次地对他皱起,那嘴唇曾上千次地对他咧出笑容,每次谴责中都带着庇护,但现在,现在……

贾维赫举起匕首。

"辛!"阿凯梅安尖叫。

但他的阴影悬在原地,好像透过厚厚的玻璃对他低声说:我不认识这个人。

伊奥库斯道:"阿凯梅安,阿凯梅安!我要你听仔细:这是学士之间的对话,你我都知道,你绝不可能活着离开这个房间。但你的朋友,这位克里加特斯·辛奈摩斯……"

"求——求你了!"元帅号叫着,"求、求——"

"我,"伊奥库斯续道,"是赤塔的间谍总管。权力说大不大,说小也不小。我对你和你的朋友不怀任何恶意,和其他许多人不一样,我并不憎恨工作的对象。你和你遭受的痛苦只是为达成目的而采取的手段。如果你能把我的学派需要的东西交给我们,阿凯梅安,那你这位朋友对我也就没用了。我会命他们除去他的锁链,放他自由。我以学士的身份向你保证……"

阿凯梅安相信他。如果能够,他愿献出一切,但两千年前死去的巫师用他的眼睛、以可怕的超然姿态看着这一切……

伊奥库斯审视着他,薄膜般的皮肤在晃动的光线下显得更加湿润。

他发出一阵嘘声,摇了摇头。

"真是疯狂的顽固!如此顽固!"

红袍巫师转身朝那个抓着辛奈摩斯的奴隶战士点了点头。

"不——!"一阵凄惨的号叫。

一个陌生人在失去视觉的痛苦中抽搐着,身下发出一阵臭气。

我不认识这个人。

无名的橙色斑猫停下脚步,俯下身躯,耳朵向前,紧盯前方那条布满瓦砾的小巷。什么东西在爬出阴影,慢得像冷天的蜥蜴……但突然间,那东西冲进尘土飞扬的阳光中,吓得斑猫跳了起来。

五年来,它一直潜藏在爱荷西亚的街道与下水道中,靠捕杀老鼠为生,有时还能找到些人类的剩饭。有一回,它甚至吃过一只被男孩子们扔到屋顶的死猫。

直到最近,它才开始吃死人。

每天,它都会遵循血脉中与生俱来的本能,沿同一条路线,用无声的脚步徘徊。它走过安戈特玛市场后的小巷,老鼠会在这里嗅探垃圾;它走过废弃的围墙,死去的野草和紫蓟标记着鼠群的存在;它走过帕纳斯广场上餐馆的后墙,穿过神殿废墟,绕进塞内安时代的建筑围成的迷宫,有时那里的一个孩子会挠挠它的耳朵。

过去的一段时间,死人开始出现在它的路线上。现在又是这个……

它绕过路上的障碍,趴到一团阴影中,刚才跑过去的东西就消失在这里。它并不饿,只想看清那到底是什么,它还想念活生生的猎物的血味……于是它弓身靠在一堵烧焦的砖墙上,从拐角处伸出脖子,停下脚步,全身纹丝不动,面前的世界在它的胡须前……

第三卷 第三次进军

没有心跳,没有只有它才能听到的老鼠吱吱声,但确实有东西在动……

它朝那个影子跳去,伸出爪子将之扑倒。它的爪子陷进对方的后背,牙齿穿透了对方喉咙上柔软的组织,但味道不对,气味也不对。它感到有什么割了自己一道,接着又一道。它撕扯着喉咙,寻找肉味,等待热血涌出来。但什么都没有。又一道割伤。

斑猫放开那东西,想要爬开,但后腿走不动,摔倒了。它号哭着、尖叫着,在石地面上抓挠着。

小人偶用手臂划过斑猫的咽喉。

它终于尝到了血味。

长牙纪4111年,晚秋,卡拉斯坎

卡拉塞沙漠以南的国度与施吉克和纳述尔之间只有一条大道相连,卡拉斯坎就坐落在这条大道上,是一座极具战略意义的古老路标。商人们不愿交给反复无常的海洋的货物——祖姆的丝绸、香料、胡椒、尼尔纳米什壮丽的挂毯、加里奥斯的羊毛、纳述尔的美酒——都会在卡拉斯坎宏伟的集市上出现,数千年来一向如此。

在古王朝时代,卡拉斯坎只是施吉克的一座哨卡,随着岁月流逝,她不断成长,甚至在大国崛起的短暂间隙里,她也建立过自己的小帝国。安那斯潘尼亚是半山地,同时拥有卡拉塞沙漠干旱炎热的夏季和尤玛那阴雨绵绵的冬天,卡拉斯坎城坐拥九座山丘,帷幕般的高墙乃塞内安帝国最伟大的神皇帝崔亚姆斯一世所建。当卡拉斯坎成为塞内安帝国最富庶的行政区之一时,博克萨里亚斯皇帝清出了庞大的市场。站在城里九座山丘中任何一座的制高点,都能看到那些薄雾笼罩的高塔和"狗城"中森然林立的兵营,它们是穷兵黩武的纳述尔皇帝沙坦提安的手笔,在对尼尔纳米什无休止的征战中,他将卡拉斯坎当作临时国都。此外还有建在"跪拜高地"上，白色大理石砌成的宏伟的帕夏行宫，那是基安最初的帕迪拉贾中最为悍勇也最为虔诚的费罗卡一世所建。

尽管身为附属，卡拉斯坎仍是和摩门、南锡蓬乃至凯里苏萨尔一样伟大的城市；虽然成了无数战争的战利品，她仍有自己的骄傲。

骄傲的城市不投降。

帕迪拉贾宣称圣战军会在海墨恩的沙漠中全军覆没，他们却活了下来。长牙之民不再是北方的可怕谣言，北边地平线上不断腾起的烟柱标志着他们的到来。难民拥挤在城门口，谈论那些毫无人性的士兵带来的杀戮。他们说圣战军是独一神的怒火，独一神降下那些偶像崇拜者来惩罚他们犯下的罪行。

卡拉斯坎陷入了恐慌。无论帕夏——光荣的征服者伊伯扬——做出怎样的保证，都无法安抚市民。那个伊伯扬不是像被打败的狗一样逃出了安乌拉特吗？那些偶像崇拜者不是杀了安那斯潘尼亚四分之三的大公吗？每个人都在街道上谈论陌生的名字：梭本，金发的加里奥斯野兽，只一眼就能吓得人屎尿齐流；孔法斯，战争天才，依靠计谋甚至粉碎了塞尔文迪部落；阿斯贾亚里，人中之狼，在山地神出鬼没，所到之处寸草不存；赤塔，邪恶的巫师，连西斯林都在他们面前逃窜；当然还有凯胡斯，那个像伪先知一样在他们中间行走的恶魔，鼓动他们做出无数疯狂的恶魔般的行径。这些名字被一遍遍传扬，每每带有十分小心，好像每个名字都是末日的声音，犹如黄昏行刑时的锣声。

但卡拉斯坎的街道和集市上没有人谈论投降，逃出城外的人也非常少。这座城市在无言中达成一致：必须有人抵抗偶像崇拜者，这是独一神的意志。不能逃离神的怒火，就像孩子不该逃脱父亲举起的手掌。

受苦是虔诚者命运的一部分。

他们聚集在宏伟的神龛中，每个人都在哭泣、祈祷，为了自己，为了自己的财物，也为了自己的城市。

第三卷 第三次进军

圣战军步步逼近……

———— ⊱❦⊰ ————

长牙纪4111年,晚秋,爱荷西亚

他们把他留在那座礼拜堂,用锁链吊起来,等他缓缓窒息。三脚炉台渐渐烧尽,剩下闪动的炭渣,周围的黑暗中只见模糊的线条和橙红色石块。直到伊奥库斯开口说话,阿凯梅安才注意到瘾君子已来到自己身边。

"不用说,你一定很好奇圣战军现在的状况。"

阿凯梅安并没抬起胸口的头颅。

"好奇?"他咳嗽着,亚麻皮肤的巫师不过是视野边缘的声源。

"帕迪拉贾似乎很有手段,他并没认为安乌拉特之战一定获胜,而是做了更长远的打算。能针对愿望之外的事做计划,这代表着智慧。他知道,圣战军要想到达希摩,一定要穿过海墨恩的沙漠荒原。"

他咳嗽了一声:"是的……我知道。"

"好吧,早在圣战军围攻辛内雷斯时,就有人追问为何帕迪拉贾没在海上开战。基安舰队并没有统治梅内亚诺海,但若说无力一战,却也与事实相去甚远。我们占领施吉克时,又有人提出这个疑问,但很快被忘记了。每个人都认为,卡萨曼德觉得他的舰队会失败——为什么不呢?过去几个世纪,基安在与帝国的战争中屡屡获胜,但其中鲜有海战——结果他们都错了。"

"什么意思?"

"圣战军想凭借帝国舰队供应的淡水穿越海墨恩,进军希摩,帕迪拉贾显然预料到了这点。等圣战军深入沙漠、无法回头时,基安舰队便向纳述尔舰队发动攻击……"

伊奥库斯嘲讽般地露出苦笑。

"他们动用了西斯林。"

阿凯梅安眨了眨眼睛,看到红帆舰队在水魂法术疯狂的光束中燃烧,心中猛然升起的一丝关切——他早已忘记了恐惧——让他抬起头,盯着面前这名赤塔学士。眼前这人穿着闪闪发亮的丝绸衣服,像个鬼魂。

"圣战军呢?"阿凯梅安嘶哑地问。

"几乎全军覆没。无数人死在海墨恩的沙漠。"

艾斯梅娜呢?他很久没想起她的名字了。起初,那名字是他的庇护所,只是甜美的发音便能慰藉他;但辛奈摩斯被牵扯进来后,他意识到他们会利用他的爱人来折磨他,于是他遗忘了她,遗忘了所有的爱……

因为有比他们更重要的事物。

"看起来,"伊奥库斯续道,"我的学士兄弟也吃了不少苦头。我们在这里的任务被取消了。"

阿凯梅安低头看着他,泪水不知不觉浸湿了肿胀的脸颊。伊奥库斯站在该死的乌博里安之环外一步远的地方,打量着他。

"所以?"阿凯梅安的声音像锉刀一样。艾斯梅娜?我的爱人……

"所以你再不会受苦了……"他似乎犹豫了一下,"我想告诉你,杜萨斯·阿凯梅安,我反对抓你。我审问过天命派学士,知道这种审问总是乏味而无效……而且令人厌倦……无比厌倦。"

阿凯梅安盯着他,什么都没说,什么感觉都没有。

"你知道,"伊奥库斯说,"亚特雷普斯的元帅证明了你关于安迪亚敏高地下那件事的供词。你真的认为帝国宰相斯科约斯是非神会的密探,是吗?"

阿凯梅安痛苦地咽了咽吐沫:"我知道他是。很快你也会知道了。"

第三卷　第三次进军

"也许,也许……但现在,我的大宗师认定那密探是西斯林。传说毕竟不能取代现实。"

"你这是自欺欺人,伊奥库斯。"

伊奥库斯细细打量着他,似乎很惊讶如此无助、如此屈辱的人居然还能说出如此尖刻的话来。"也许。不管怎样,我们的时间恐怕结束了。我们已开始做准备,去和海墨恩那一边的弟兄们会合……"

阿凯梅安像被挂在锁链上的布袋,身体早在之前的折磨中麻木了。他仿佛从某个亘古不移的位置审视着面前一切,从体内深邃的地方向外探视,就像一艘离了大海的航船。

伊奥库斯紧张起来。

"我知道我们这种人心中不会有……宗教情感。"他说,"不过我至少会保持待客的礼貌。几天之内,我会派一名奴隶下来,给你们分别带来一枚饰物和一把匕首。饰物给你,匕首给你的朋友……在那之前你有足够的时间做好上路准备。"

赤塔学士说出这种话颇为奇怪,不知为什么,阿凯梅安知道这话并非挖苦。"你愿意把这也告诉辛奈摩斯吗?"

那张半透明的脸猛转向他,又毫无理由地柔和下来。"我想我会的,"伊奥库斯说,"他至少值得在死后的世界拥有一个位置……"

巫师转过身,苍白的身影消失在黑暗中。远处的门打开了,通往一道光照充足的走廊,阿凯梅安瞥见伊奥库斯面孔的轮廓。这一瞬间,他又成了芸芸众生的一员。

阿凯梅安想起了摇曳的胸脯,想起了肌肤相亲的触觉。

活下来,亲爱的艾斯梅,活下来等我。

长牙纪4111年,晚秋,卡拉斯坎

乌有王子 * 战士先知

一路乱糟糟南下的长牙之民被残暴的杀意驱使,聚集在卡拉斯坎宏伟的城墙下。无边无际的队伍冲下高地,但他们的狂怒很快被眼前高耸的堡垒平息了。厚城墙环住几座山丘,沙石城墙闪着黄铜颜色,沿起伏的山坡延伸到雾气之中。

因里教徒发现,与施吉克的大城市不同,这座城市有人把守。

军旗插进坚石地里,那些在炙热的沙漠中离开了封君的次级贵族们又回到主人身边。临时帐篷和大营帐都搭建起来。沙里亚及各教派的祭司召集信徒,为沙漠中丧生的无数英魂唱起长长的挽歌。全体贵族再次召开议事会,首先为能从海墨恩幸存举行了良久的赐福仪式,然后计划为卡拉斯坎的新领主举行授勋。

涅尔塞·普罗雅斯骑马出阵,在象牙之门外与伊伯扬会面——象牙之门得名于它的色彩,它宏伟的门楼并非用安那斯潘尼亚的采石场中挖出的红色岩石砌成,而是白色石灰石。通过口译员的翻译,康里亚王子要求帕夏投降,并保证伊伯扬的亲随及城内居民的性命不受威胁。伊伯扬穿着黄蓝相间的华美外套,大笑不已,放言沙漠没完成的任务,将由卡拉斯坎坚固的城墙完成。

卡拉斯坎的大部分城墙建在陡峭山坡上,只有东北方向是平地。那里的山丘间有方圆几里的冲积平原,其间散布着田野、果园和被遗弃的庄园与房产。那是特尔塔平原,因里教徒最大的营地便建在那里,并准备将那里当作攻击点。

工兵开始挖掘地道。一队队牛车与士兵被派往山地伐木,以制造攻城器械。轻骑兵在附近乡村侦察劫掠。人们脸上的水泡渐渐痊愈,沉重的工作加上安那斯潘尼亚丰盛的掠获,让被沙漠啃噬过的肢体重新健壮起来。因里教徒又唱起了歌。在祭司们带领下,一支支队伍环绕卡拉斯坎城墙巡游,用小便冲刷眼前的地面,诅咒筑城石。异教徒在城墙上嘲笑他们,但射下的箭矢很少命中。

因里教徒数月来第一次看到云彩,真正的云彩,像水里的牛奶一样

第三卷 第三次进军

在蓝天上伸展卷曲。

入夜后,因里教徒聚在火边,海墨恩沙漠里的灾难与救赎已不再是大家的话题,除了为能活下来表示惊奇,大家纷纷开始憧憬希摩。卡拉斯坎是《圣典》中常提到的名字,因里教徒觉得它就像通向圣地的大门。神佑的安摩图,后先知的国度,离他们非常近了。

"净化卡拉斯坎之后,"他们说,"我们会净化希摩。"

希摩。哪怕说出这个神圣的名字,便足以重燃圣战军的热情。

许多人长途跋涉来到山丘旁,聆听战士先知的布道,他们认为是他将圣战军带出了沙漠。几千人在手臂上刻下长牙形状的疤痕,成为他的佐顿亚尼。在全体贵族的议事会上,圣战军的头脑们忧心忡忡地听取他的建议。亚特里索的王子加入圣战时一文不名,现在他手下的军团规模已不亚于任何一位大贵族。

就在长牙之民准备向卡拉斯坎的箭塔发动第一次攻击时,天暗了下来,大雨倾盆。洪水席卷城南的军营,三百名泰丹人因此丧生。一条地道因为降雨而坍塌,又有数十名士兵丧命。干涸的河床内涌起洪流,雨下个不停,烤干的皮甲开始腐烂,而锁甲不得不经常放进装满砾石的桶里滚动除锈。许多地方的土地变得如此湿滑,好像腐烂的梨子,结果因里教徒立起庞大的攻城塔楼时,却发现它们寸步难移。

冬雨降临。

第一个死于瘟疫的是一名基安俘虏,他的尸体被投石车抛进城市——接下来的死者也一样。

长牙纪4111年,深秋,爱荷西亚

摩马拉德决定先杀巫师。虽然不明缘由,不过这位贾维赫队长光想到要杀巫师,就激动得勃起。当然,他没有想过,这或许是因为自己的主人同样是巫师。

他步履轻快地走进礼拜堂,把主人给的饰物放在手心,不断握紧、松开。那个巫师像猎人的战利品一样被吊在房间远端,三座三脚炉台发出的橙光照亮了伤痕累累的身体。摩马拉德来到那人跟前,发现那人来回摇晃,仿佛在轻柔的波浪中摆动。然后他听到尖厉的刮擦声,就像钢铁划过玻璃。

他在宽阔的穹顶下停住,本能地看了一眼巫师身下黑红颜料绘出的乌博里安之环。

他看到有个小东西趴在圆环边上……一只猫?想挖个坑撒尿吗?他咽了口吐沫,眯起眼睛。刮擦声在他耳中如尖厉的哀号,好像用生锈的匕首刮牙齿。

那是什么?

他意识到,那是一个小人。一个小人在乌博里安之环上,弯腰刮擦神秘的图案……

一个玩偶?

摩马拉德突然吸了口气,拔出匕首。

刮擦声停下了,吊挂的巫师抬起那张长满胡须的憔悴的脸,闪亮的眼睛对上了摩马拉德。只一个心跳,他便感到一阵卑微的恐惧。

圆环被打破了!

接着他听到不属于这个世界的低语声……

阳光从巫师的口中和眼中激射而出。

不属于这个世界的光线如乞尔吉人锋利的刀刃、如蜘蛛的长腿般环绕过来。灰尘与碎片从细瓷砖地上飞溅,空气似乎在破裂。

摩马拉德举起双臂,大声惊叫,不属于这个世界的亮光刺瞎了他的眼睛。

然后光芒消失了,他完全没受影响,安然无恙……

他记起手中握着那枚丘莱尔。于是摩马拉德,贾维赫持盾卫士队长,笑了起来。

第三卷 第三次进军

三脚架仿佛被阴影踢了一脚，火溢了出来，闷燃的炭劈头盖脸砸向摩马拉德，有几块钻进嘴里，烧碎了牙齿。他痛得扔下饰品，他的惨叫盖过了低语声……

然后他的心在胸腔中爆炸了，火焰自七窍与指尖涌出。摩马拉德倒下，化作一团包着人皮的焦炭。

复仇者在赤塔的驻地到处肆虐——就像神。

他如一头瞎眼野兽，狂暴地咏唱，扯碎墙壁，将屋顶炸上天，好像人力修筑的房间不过是一堆沙土。

只要发现瑟缩在类比魔法下的巫师，他便轻易撕碎他们的隔绝术，好像刀刃刺穿棉布。他用光束击打他们，将他们不停尖叫的身体举到半空，好似好奇的孩子用拇指与食指举起新发现的昆虫……

然后死亡盘旋着降临。

他们在走廊中乱作一团，绝望地试图结成法阵。他知道，痛苦的尖叫和腾起的石块无一不在提醒他们做过的事。他们害怕自己的罪行，但闪亮的死亡将纠正他们唐突的侵犯。

爆炸的冲击力被地毯和滋滋作响的隔绝术减弱了，但整个大厅仍被摧毁。前面是一队贾维赫，他们慌乱中射出的弩箭未等飞来便被光线化作灰烬，然后他们开始尖叫，双手伸向化为焦炭的眼珠。他穿过他们——穿过破碎的肉块和焦黑的骨头。他发觉某个方向上昂塔的结构发生了扭曲，说明那边有佩戴神之泪的奴隶战士。

他推倒了他们头顶的建筑。

他大笑着念出更多疯狂的词句，毁灭如美酒般甘甜。燃烧的光线打在他的隔绝术上，他扭头露出一丝残忍的微笑，向攻击他的两个赤塔巫师吟诵出致命的真理、致命的抽象力量，誓要把那两人及其周围一切彻底荡平。

他随手一挥,便打碎他们轻薄的类比魔法防御,他像抓着尖叫的人偶一样把他们拎出废墟,掷向坚硬的石头,摔得粉身碎骨。

谢斯瓦萨自由了,他带着远古的末日留下的印记来到现世。

他会让他们看到真知的真面目。

我早该想到。第一阵战栗扫过整个要塞时,伊奥库斯心想。

不知为何,进入脑海的下一个念头是以利亚萨拉斯。

我告诉过他最后会变成这样子。

由于任务基本完成,以利亚萨拉斯只给他留下六名学士——其中还只有三名正式巫师——外加二百五十名左右的贾维赫。更糟糕的是,这些人分散在整个驻地。从前,他也许会认为这些人对付一名天命派巫师足够了,但亲眼目睹了萨略特图书馆疯狂的一幕后,他不那么确定了……哪怕事先做好准备也一样。

这下我们完了。

在他漫长的一生中,参孚早已将所有激情化去,就像他无色的皮肤。他感受到的只是对激情的记忆,而不是激情本身。

现在是对恐惧的记忆。

他们还有希望。贾维赫手中至少还有十几枚饰物,更重要的是,他,赫拉玛里·伊奥库斯,还留在这里。

像弟兄们一样,他也对天命派的真知巫术心怀嫉妒,但不同的是伊奥库斯心中没有恨意。相反,他对天命派始终抱有尊重,他明白秘密的知识会带给人怎样的骄傲。

巫术就像一座宏大迷宫,一千年来,赤塔一直在迷宫中标注、探索、挖掘极具破坏性的恐怖知识。虽然他们还没找到真知那光耀的领地,

第三卷　第三次进军

但还是有些分支和岔道成了他们独有的发现。伊奥库斯就是研究这种禁断分支的巫师,恶魔术的学生。

他是一位恶魔术巫师。

在恶魔术巫师的秘密会议中,他们总会猜测:远古北方的战争咒语与恶魔术孰强孰弱?

尖叫声从大厅中渗透进来,附近的爆炸回响让墙壁震颤。谨慎的伊奥库斯早已计算过可能发生的最坏情形,他知道,该是回答这个问题的时候了。

他掀开华丽的毯子,用灵巧娴熟的笔画在瓷砖上画出一个个圆圈,接着念起恶魔咒,光线透出毫无血色的嘴唇。当风暴席卷而来时,他终于唱完那首仿佛无穷无尽的歌曲,壮着胆子说出"西弗朗"——恶魔——的真名。

"卡约提!听吾号令!"

伊奥库斯站在自己画出的保护圈中,惊奇地盯着来自外域的光芒。他看着光芒当中不停扭动的孽物——鳞片如同利刃,肢体仿佛钢柱……

"汝可感到疼痛?"他并没有在雷鸣般的号叫声中退缩,而是开口问道。

"汝做了什么,凡人?"

卡约提,来自外域的狂怒,从深渊中召唤的恶魔。

"吾约缚了汝!"

汝被诅咒了!汝难道不知晓谁能将汝永远占有吗?

一个恶魔……

"无论如何,"伊奥库斯喊道,"此乃吾之命运!"

乌有王子 * 战士先知

贾维赫像舞者一样跃动、尖叫，摔倒在地，在奢华的基安地毯上抽搐。

遍体鳞伤、全身赤裸的阿凯梅安在他们中间行走。

"伊奥库斯！"他声如雷霆。

一片片泥灰落在他的隔绝术上，亮光一闪，马上化作灰烬。

"伊奥库斯！"

尘埃抖动着升上半空。

只用几个词，他就扯开了面前的墙壁，走进空地，踏过一片倒塌的地板。石块从屋顶坠落，他朝化为粉末的砖块汇成的尘雾中看去……

然后淹没在闪亮的龙焰之中。

他转向那个瘾君子，哈哈大笑。间谍总管环绕着鬼魂般的墙，蹲在一块漂浮的碎石上，苍白的面孔在不连贯的歌声中抽搐……浑身比太阳还明亮的秃鹫冲击着阿凯梅安的防御，闪烁的熔岩在他脚下爆开，冲刷他的隔绝术。闪电在房间黑暗的四角舞动……

"你赢不了我，伊奥库斯！"

他用瑟罗伊昏暗咒发动袭击，用光线组成的几何形撕扯瘾君子的隔绝术。

然后阿凯梅安被击倒了，一个狂怒的恶魔撞在他的隔绝术上，用长着长指甲的大拳头捶打。

每一拳都让他咳出鲜血。

他倒在瓦砾堆里，用奥丹尼混乱咒发动反击，把西弗朗推回阴暗的废墟。他朝上看去寻找伊奥库斯，发现对方正往房间远端墙壁的裂口爬去，于是他吟唱出维埃拉光束咒，一千束光芒闪过，被戳了无数破洞的墙终于倒下，天花板也不能幸免。白热的光束横扫过整个爱荷西亚，刺向夜空。

第三卷 第三次进军

他强迫自己站起来。

"伊奥库斯!"

恶魔咆哮着,又一次扑到他身上,浑身闪着狂暴的光芒。

阿凯梅安将恶魔鳄鱼般的表皮化为焦炭,扯碎它来自另一个世界的血肉,用沉重的石棒敲打着它巨象般的颅骨。它身上上百个伤口都流淌着火焰,它却仍不愿倒下。它用邪恶的声音号叫着,让岩石为之碎裂,将大地化为深渊。越来越多的地板陷下去,他们扭打着滚过一间间黑暗的窖室,闪动的怒火照亮了每一个角落。

巫师与恶魔。

不洁的西弗朗,这个受折磨的灵魂汇聚了世上所有的痛苦。它被言辞束缚,就像一头被绳索捆住的狮子,只有完成使命才能重获自由。

阿凯梅安承受着它可怕的力量,在它的伤口上一层层叠上新伤口。

最后,它终于倒在他的歌声中,像被打倒的野兽一样蜷缩着,消失在黑暗……

阿凯梅安赤身裸体地在冒烟的废墟中徘徊,麻木的思想驱策着麻木的身体。他跌跌撞撞,这可怕的一切竟是因他而生,让他十分震惊。他看到好多被自己点燃或撕碎的尸体,记忆中突然涌起的仇恨让他朝它们吐了口痰。

夜晚凉爽,他体味着空气亲吻皮肤的感觉,赤脚走在石路上。

他面无表情地走进那些没毁坏的建筑,就像一个鬼魂回到记忆最炽烈的地方。他费了点时间寻到了辛奈摩斯——被锁链捆着,蜷缩在自己的粪便中,裸露的四肢团在一起,不停哭泣。很长一段时间里,阿凯梅安就坐在朋友身边……

"我看不到了!"元帅哭喊,"瑟金斯在上,我看不到了!"

他伸手摸索,终于抓住了阿凯梅安的脸庞。

"对不起,阿凯,对不起……"

但阿凯梅安能记起的只有那些杀戮的词语……

那些被诅咒的词语。

等他们终于一瘸一拐走出化为废墟的赤塔驻地,来到爱荷西亚的街巷中时,看到他们的人——施吉克人、全副武装的克拉索提人、还有少数驻扎在城里的因里教徒——全都无比震惊,但不敢上前询问。

这两个人拖着脚步没入城市的黑暗之中时,也没人敢跟随。

第三卷　第三次进军

第二十章　卡拉斯坎

无知者以人的标准衡量真神，于是以诸神的形式来崇拜真神；有识者以信念的尺度衡量真神，于是以爱或真理来崇拜真神；智者完全不去思考真神，他们知道人类有限的思维能力对无限的真神来说只会是冒犯。他们会说：真神思考着他们，这便足矣。

——摩格瓦，《神谕集》

……偶像崇拜者的罪孽并非崇拜石头，而是在所有石头中只崇拜某一块。

——《费恩之书》，8:9:4

长牙纪4111，初冬，卡拉斯坎

一队队浑身泥泞的公牛和筋疲力尽的士兵将木头和毛皮制成的大型攻城塔隆隆推向卡拉斯坎的西城墙。投石车掷出石块和燃烧的沥青，因里教弓箭手对着城墙攒射，而异教徒从两侧的箭塔和城墙后的街道投出的箭雨仿佛升腾的乌云。因里教徒密集的阵形里，许多士兵大叫着捂住受伤的肢体倒在泥泞中。呻吟着的攻城塔终于靠到了城墙边，每座塔的侧面都被燃烧的焦油覆盖。塔顶的士兵们蹲在盾牌后，透过烟雾张望，等待攻击信号。

一声号角盖过了一切喧闹。

木跳板轰然砸在城垛上，铁甲骑士高喊"杀身成仁！"往上冲去。他们挥舞阔剑，冲向举着长矛与弯刀的基安人。城下，数千人也迅速冲向城墙，立起带铁钩的云梯。石头和尸体砸在他们身上，滚烫的热油让他们尖叫着掉下梯子，但还是有人登上去，越过城垛，与费恩教徒厮杀。双方在阴云之下战成一团，信民与异教徒一同滚落城墙。

拿格人、安佩莱人，还有阴沉的杰斯达人各占领了一段城墙。越来越多的因里教徒冲出攻城塔或攀上云梯，只是瞥见脚下的伟大城市才愣了一愣。有些人冲向最近的塔楼，有些人被塔楼顶上的异教徒投下的箭雨逼得缩在泪珠形盾牌的后面。箭杆像蜻蜓一样嗡嗡飞过头顶，一壶壶燃烧的沥青在他们当中炸开。战士们尖叫着倒下，人群被烧出缕缕黑烟。一座攻城塔被烈焰吞噬，其余的也为浓烟笼罩，几十名拿格骑士被身后呛人的烟尘逼得急急向前冲向跳板，结果纷纷跌落。

这时，伊伯扬率领麾下大公冲出塔楼。人们咆哮着扭打成一团，挥剑左劈右砍。

失去攻城塔支援的因里教徒暴露在呼啸的箭雨下，他们自城墙落下的速度远超过通过云梯补充的速度。仿佛眨眼间，每个人的盾牌和盔甲上都插了十几支箭。冲向伊伯扬的骑士被逼得节节败退，周围尽是尖叫的同胞和族人的尸体。终于，伊恩加尔看到麾下骑士们眼中的绝望，只好下令撤退。幸存者退向云梯，最终鲜有生还。

接下来几周，因里教徒又两度攻上卡拉斯坎的城墙，每次都被凶悍狡猾的基安人击退，损失惨重。

与此同时，大雨和瘟疫交相袭来，消耗着圣战军的力量。

医祭们确诊了这种在仆从种姓中被称为"空心病"、在贵族种姓中被称为"坏血病"的病症之后没几天，每个医祭就要对付几百个头痛发热的病人。当瘟疫之神阿克亚格尼的高阶祭司海普玛·卡莱拉向大贵族们证实了流言，可怕的神祇确实用坏血病的手抓住了他们时，恐惧攫

第三卷 第三次进军

住了每个人的心。哪怕高提安威胁用沙里亚责罚令惩戒逃兵,仍有几百人逃进了安那斯潘尼亚的山丘。这便是坏血病的恐怖。

健康人在卡拉斯坎的城墙下奋战、死亡,数以千计的病人则留在透湿变形的帐篷里,吐着浓痰,打着寒战,忍受高烧的煎熬,身体不断痉挛。一两天之内,他们的眼睛就会变得暗淡无光,除了胡乱咆哮,没有精力做任何事。四五天后,他们的皮肤会褪去血色——医祭们解释说,那是瘟疫之神的手留下的痕迹。一周后,体温会达到顶点,这样的体温持续一周,会让钢铁之民的四肢失去所有力量。病人如果无法坚持过去,便会陷入死一般的沉睡,但很少有人能再次醒来。

医祭们在营地中设立了隔离区,照顾那些没有侍从和战友的病患。所有还活着的女祭司,不管侍奉的是雅特维、阿娜克、欧吉斯,还是吉耶拉,都和男祭司们一起一次次地举行祭典,希望战胜瘟疫。但不管他们烧掉多少香木,都无法掩盖死亡与溃烂的臭气。无论走到哪里,都能听到神志错乱的尖叫,闻到腐烂躯体散发着的坏血病味道。臭气蔓延开来,许多长牙之民在营地间行走时都把浸了尿液的碎布罩在脸上——这是艾诺恩人在瘟疫时期的习俗。

疫情越来越严重,瘟疫之神的手没放过任何人,哪怕是被赐福的高贵种姓。几天之内,库默尔、普罗雅斯、切菲拉姆尼及斯凯耶尔特相继倒下,一时间,病人的数量甚至超过了健康人。沙里亚祭司在营地间粗陋的巷道中奔波,踩着泥水从一间帐篷走向另一间帐篷,寻找死者。火葬柴堆一直没有熄灭。三百名因里教徒死在一个凄风惨雨的夜里,其中包括康里亚的阿德罗特总督伊姆罗萨。

可恶的雨越下越大,腐蚀着药品、帐篷和希望。

加恩里伯爵回来了,带回了更可怕的消息。

早在围城开始时,急躁的阿斯贾亚里就离开卡拉斯坎,带领手下的加恩里骑士及舅舅梭本王子拨给的几千名库里嘉德人和阿格蒙人,去扫荡安那斯潘尼亚的其他地方。他以极小的代价攻陷了安那斯潘尼亚

477

乌有王子 ★ 战士先知

西部边境上古老的塞内安要塞博卡伊，然后挥军向南，粉碎了所有敢于正面迎击他的本地大公，一路掠劫直达尤玛那北境。看到翠绿肥沃的土地，他手下的骑士都欢欣不已。

他甚至着手围攻宏伟的要塞弥萨拉特，但听说辛加捷霍亲自来援，立刻撤向东北。他在拜特穆拉山脉长满雪松的峡谷间避开了尤玛那猛虎的锋芒，接着开进谢拉什，不费吹灰之力就击退当地帕夏乌特嘉兰吉率领的小部队。帕夏被俘后表现得很顺从，得到五百匹马和所需情报后，阿斯贾亚里将他毫发无伤地送回古都捷罗萨，那座城在《圣典》中被称为"谢拉什的妓女"。

然后阿斯贾亚里一路狂奔赶回卡拉斯坎。

他被审问出的消息震惊了。

他简单地向还能与会的大贵族报告了出征情况，然后很快把话题转到乌特嘉兰吉提供的情报上。根据帕夏的说法，帕迪拉贾本人，伟大的卡萨曼德，正率军从南锡蓬出发，与安乌拉特战役的幸存者们会合，和他一同前来的还有来自奇纳迪尼——基安人的故乡——的大公们，以及好战的吉尔加什人，他们是尼尔纳米什的费恩教徒。

当晚，斯凯耶尔特王子死了，森耶里人诡秘的哀歌回荡在倾盆大雨中。第二天传来消息，将营地驻扎在附近约克萨城墙下的泰丹的沃努特伯爵瑟育拉也倒下了。过不多久，艾诺恩的辛纳特总督塞弗拉辛多停止了呼吸。而据医祭说，普罗雅斯和切菲拉姆尼很快也会随他们而去……

剩下的圣战军领袖感到强烈的恐惧。卡拉斯坎难攻不破，阿克亚格尼用痛苦与死亡步步紧逼，帕迪拉贾则带领另一支异教大军向他们开来。

他们背井离乡，踏上敌人的土地，为邪恶的异教徒包围，却被真神抛弃。他们绝望了。

他们追问为什么，而或迟或早，这个问题会变成：是谁……

第三卷　第三次进军

雨滴鼓点般敲打着营帐，帐内回荡着潮湿的咆哮。

"那么，"伊库雷·孔法斯问，"你想要什么，骑士队长？"他皱皱眉，"你叫萨瑟鲁斯，对吧？"

虽然萨瑟鲁斯经常陪高提安参加议事会，但从没有人把他介绍给孔法斯——至少没有正式介绍过。这人的黑发像席子一样盖在头上，雨水淌下脸颊，那张脸小时候一定有人夸赞可爱。他锁甲外的白罩袍干净得不可思议，简直让人错乱，仿佛圣战军仍驻扎在摩门城下。除他之外的所有人，包括孔法斯在内，要么衣衫褴褛，要么换上了基安人的装束。

沙里亚骑士点点头，视线并没有离开孔法斯的眼睛。"只想和您谈一件令人困扰的事，大统领。"

"我一向喜欢听令人困扰的消息，骑士队长，我向你保证。"孔法斯咧嘴一笑，又加了一句，"这多少有点受虐倾向，你是不是注意到了？"

萨瑟鲁斯露出睿智的笑容："议事会上我们看得很清楚，大统领。"

孔法斯从不信任沙里亚骑士。他们献身奉献，抛弃一切世俗联系……他一直认为，自我牺牲更像是一种疯狂，而非愚蠢。

早在少年时，亲眼看到其他人以信仰或感情为借口伤害甚至毁灭自己——乃至乐此不疲——时，他就得出了这个结论。他发现，那些人好像被一个他无法听到的声音指引着，一个不知从何处传来的声音。荣誉受侮他们会自杀，而为了喂饱孩子，他们会将自己卖给奴隶贩子。他们似乎觉得，世上有比死亡或奴役更悲惨的命运，似乎灾难降临到别人身上，他们就没法活下去……

孔法斯绞尽脑汁也无法理解那种决断，更没法想象他们的感受。当然了，真神、经卷此类荒谬之物是存在的，他能理解这些声音。永恒诅咒的威胁可以为最荒谬的牺牲写下理由。这些声音是有来处的,但另一种声音……

一种让人发疯的声音。你只需走到集市,听听那些隐士狂呼乱叫就知道了。而那种声音让沙里亚骑士异常狂热。

"你为何困扰?"孔法斯问。

"为那个被称为战士先知的人。"

"凯胡斯王子。"孔法斯说。

他在行军椅上欠了欠身,示意萨瑟鲁斯找个座位坐下。即使营帐中点着熏香,他还是闻到发霉的味道。雨势小了,打在营帐上像用手指敲击鼓面。

"是的……凯胡斯王子。"萨瑟鲁斯边说边挤干发间的水。

"他怎么了?"

"我们知道他——"

"'我们'?"

沙里亚骑士恼怒地眨了眨眼。孔法斯感到,在他虔敬的外表下,在他胸口绣着的金丝长牙下,还有其他什么东西,比如自负的味道……也许他之前看错了这个萨瑟鲁斯。

也许他是个能讲通道理的人。

"是的,"萨瑟鲁斯续道,"我本人,还有我的一些兄弟……"

"但不包括高提安。"

萨瑟鲁斯撇撇嘴,这是孔法斯希望看到的表情。"确实不包括他……至少现在如此。"

孔法斯点点头。"不管怎样,继续说吧……"

"我们知道,你刺杀过凯胡斯王子。"

大统领哼了一声,似乎受到了冒犯,又似乎颇感兴趣。对方要么非常勇敢,要么就是无法忍受的粗鲁。"你们知道,嗯?"

"我们认为如此……"萨瑟鲁斯更正,"无论怎样……重要的是我

第三卷　第三次进军

们和你抱有相同的观点。尤其是经历过沙漠中疯狂的日子……"

孔法斯皱起眉头。他知道对方是什么意思：离开卡拉塞沙漠时，凯胡斯王子赢得了成千上万人的崇拜，除他自己之外，所有人都将他当作奇迹般的存在。但孔法斯本以为沙里亚骑士会争论预兆与迹象，而非权力……

沙漠征程确实疯狂。起初孔法斯和其他人一样，步履蹒跚地走在沙漠中，一边诅咒愚蠢的萨索提安——他亲自指派的帝国舰队司令。他无休止地幻想自己获救的场景，但没过多久，一切支撑幻想的希望便耗尽了，诡异的怀疑涌上心头。他开始正视死亡的可能性，就像在看那些愚蠢的商人兜售货物："是的，是的，你会死的！我保证！"

得了吧，孔法斯想，你以为我是谁？

然后，在越来越乏力的征程中，他的怀疑变成确信。他感觉这一幕仿如奇景——他居然找到了生命的终点。他知道，不会有最后的书页，也没有最后一尺卷轴。墨水用尽了，一切都露出沙漠一样的空白。

就是这里了，孔法斯望着风中起伏的沙丘心想，我的人生终点。这就是一直在等待我的地方，从我出生那一刻起一直在等待我……

但这时孔法斯看到凯胡斯王子，在沙地的深坑里用手捧着水。当他伊库雷·孔法斯即将干渴至死时，这人却在涉水而行！在他精神错乱时想象出的所有图景中，没有哪一个像眼前这一幕般疯狂：被一个他未能杀死的人拯救。有什么比这更可恨？更荒谬？

就在这一刻……这一刻，他动摇了——哪怕现在想来仍令他紧张——一瞬间，孔法斯在想马特姆斯是不是对的……也许这个人真的不止是他显露出的样子。这个人就是战士先知。

确实，沙漠是疯狂的。

孔法斯审视着沙里亚骑士。"但他拯救了圣战军。"他说，"你的……以及我的命……"

萨瑟鲁斯点点头。"确实如此，而我要说这才是问题所在。"

"此话怎讲?"孔法斯明知故问。

骑士队长耸耸肩。"进入沙漠前,凯胡斯王子不过是另一个狂热者,自称得到真神的启示。但现在……尤其是现在,当瘟疫之神在我们中间行走……"他叹口气,往前探了探身,手掌交叠,前臂压在膝盖上,"我为圣战军担心,大统领,我们为圣战军担心。我们一半的兄弟把这骗子当成另一个因里·瑟金斯,当成我们的拯救者;另一半兄弟则把他当成诅咒,认为是他造成了现在的惨状。"

"你为什么告诉我这些?"孔法斯温和地问,"你为什么来这里,骑士队长?"

萨瑟鲁斯嘴角一撇:"因为很快会发生大兵变,暴乱,甚至公开械斗……我们需要一个人,一个既有能力也有权力来阻止不测发生,或将损失减至最低的人,一个仍然得到属下忠诚的人。我们需要这个人来保全圣战军。"

"前提是你们杀得了凯胡斯……"孔法斯嘲弄地说。他摇摇头,好像为自己丝毫没表现出惊讶而有些不满。"他和他的追随者住在一起,那些人恨不得把他当长牙来保护。按他们的说法,在沙漠里有一百人献出自己的饮水——自己的生命——给他和他的两个女人。现在又有另外一百人站出来充当他的贴身护卫,个个都发誓愿为战士先知而死。连皇帝也无法得到这样的保护!但你还是觉得自己能杀他。"

骑士队长眨了眨昏昏欲睡的眼睛,孔法斯不禁确信——虽然非常荒谬——萨瑟鲁斯有非常美丽的姐妹。

"不是觉得,大统领……是肯定。"

西尔维发出动物一样的叫声,既像痛哭,又像是咕哝。艾斯梅娜弯下身子,俯在她身上,用手指梳理女孩汗渍渍的秀发。雨点有节奏地打

第三卷 第三次进军

在简陋的营帐顶上,水滴在昏暗处闪动,落在已经很潮湿的垫子上。在艾斯梅娜看来,他们仿佛蹲在被照亮的洞穴中间,四周是发霉的布片和腐烂的茅草。

凯胡斯叫来的基安女人用只有凯胡斯听得懂的语言在西尔维耳边低语,不过艾斯梅娜感到那女人接连发出的喉音中有抚慰人心的力量。她知道,语言和信仰的差别已经无关紧要,西尔维马上要生产了。

助产婆盘腿坐在西尔维张开的膝盖间,艾斯梅娜跪在她头边,关切地望着她痛苦的脸;凯胡斯站在她们身旁,表情中透着关切、睿智及忧伤。艾斯梅娜焦虑地看向他。一切正常,他的眼睛说,但他的微笑并不能挥去她心头的恐惧。

这里有重要的事正在发生,她提醒自己,比我更重要的事。

阿凯梅安离开她多久了?

也许并不太长,但沙漠横亘在他们之间。

这似乎是世界上最漫长的旅途。卡拉塞大沙漠强暴了她,解开她衣服的带扣,把皮革一样的双手伸进她的长袍,用磨光的指尖抚过她的胸脯和大腿。它剥光了她,从皮肤到骨髓,它像剥贝壳一样把她在沙子里剥开。

然后它将她交给凯胡斯。

起初,她根本没注意到沙漠。她太年轻,又喝了太多水,甚至以为这是趟愉快的旅程。凯胡斯与她和西尔维走在一起时,她总是和平时一样谈笑,但不知为什么,她觉得有些虚伪,仿佛在遮掩他们之间的亲密。她早已不记得年轻时的生活了,不记得在赤裸身体追寻鱼水之欢的妓女生涯开始前,生活是什么样了,但与凯胡斯——包括西尔维——一起做爱,让曾经的厚颜无耻变成了神圣端庄。她感到自己不再被人注目,感到自己变得完整了。

凯胡斯和他的佐顿亚尼走在一起时,她就和西尔维牵手一路前行,讨论看到的一切,而无论两人谈到什么,话题都会回到他身上。她们一起娇笑,满脸通红,用笑话为欢愉做准备。她们对彼此坦陈心中的怨恨与恐惧,知道她们共享的床铺不容忍任何欺骗。她们梦想着宫殿,还有成群的奴隶。像小男孩一样,她们吹嘘将来要让国王亲吻她们脚下的泥土。

但那段时间,她踏上的只是卡拉塞大沙漠的边缘,尚未深入其中。沙漠就像少女晒黑的胴体,石头平地在阳光下闪耀,它似乎只是为了验证她的爱情,或者是一条让战士先知巩固地位的大道。直到饮水告罄,奴隶和随军平民被屠杀……直到这时,她才真正进入"无尽的干渴"。

过去变得破碎,未来开始蒸发,她的每一次心跳似乎都属于另一颗心脏。死亡的迹象不断累积,一切变得荒芜,她就像是一根刻着文字的蜡烛,靠燃烧生命来阅读自己。她记得自己看着西尔维,那女孩在凯胡斯的臂弯中变得无比陌生;她记得自己看着一个用她的四肢行走的陌生人。

在卡拉塞大沙漠,没有任何东西能够生长。没有足够强健的根系,什么都会被吹走。这就是为什么所有的树都死了,她知道,这就是沙漠的秘密。

这时凯胡斯要她交出自己的水。

西尔维。她会保不住孩子……

他的眼睛一直在提醒她她到底是谁:艾斯梅娜。于是她拿出水袋,放到那双坚定的手里。她看着凯胡斯将自己那带着泥泞的生命倾倒在陌生人口中,当最后一滴水像唾液一样消失时,她明白了——领悟了——一件事,如烈日般明亮而无情:

有比我更重要的事。

凯胡斯将她的水袋扔到尘土之中。

你是第一个,他的眼睛说,那目光就像水——就像生命。

她的双脚被砾石烫伤,她的头发被尘土凝结,她的嘴唇被阳光晒裂。每一次呼吸都像喉咙和胸口有羊毛燃烧。然而就在这时,出乎意料地,他们到达了鲜美的绿色土地——安那斯潘尼亚。他们跌跌撞撞冲进河谷,来到奇形怪状的柳树下。西尔维小憩时,凯胡斯脱去艾斯梅娜的衣服,将她抱进透明的水中。他给她洗澡,冲去她皮肤上丝绒般的尘土。

你是我的妻子,他说,你,艾斯梅……

她眨眨眼睛,阳光穿过挂在睫毛上的水珠。

我们穿越了沙漠,他说。

而我,她心想,是你的妻子。

他大笑着,用手背擦她的脸,好像感到一丝尴尬。她抓住他的手,亲吻那发出太阳光晕的手掌……从他亚麻色的卷发与胡须中流下的水是褐色的——干涸的血的颜色。

凯胡斯用石头和树枝给西尔维搭建住所,用陷阱捕捉野兔,在土地中挖掘块茎,以木棍摩擦取火。一时间,似乎活下来的只有他们三人,不光圣战军,其他所有人类也都消失了。只有他们在说话,只有他们在观看,只有他们明白自己看到的一切,也只有他们拥有爱。这份爱跨越了所有的大地和水面,延伸到世界尽头,仿佛所有的感情和领悟都集中在这里,用统一的音调回响着。这种感觉没法解释,也没法理解。它不像花朵,不像孩童无忌的笑声。

他们成为了衡量一切的标准……完满。超越条件。

他们在水中做爱时,似乎连江河大海都变得圣洁了。

你,艾斯梅娜,是我的妻子。

他们燃烧着,浸入清水中,浸入彼此……满足彼此的渴望。

沙漠改变了一切。

"凯胡斯——!"西尔维在宫缩的间隙喘息着,"凯胡斯,我害怕!"她呻吟着,叫喊着,"情况不对!情况不对!"

凯胡斯和那个基安助产婆交谈了几句,那女人正用滚烫的水擦洗西尔维大腿内侧,一边点头,一边露出笑容。他看了艾斯梅娜一眼,又跪在女孩身边,伸手捧住她闪闪发亮的脸颊。她紧抓着他的手,将颤抖的嘴唇贴在上面,金色的眉毛在痛苦中绞在一起,眼神中透出恳求与绝望。

"凯胡斯——!"

"一切,"他眼里充满神采,"都在按注定的道路前进,西尔维。"

"是你,"女孩喊道,大口吸着气,"是你!"

他点点头,仿佛听到的远不止这一句莫名其妙的话。他微笑着,用拇指拂去她脸上的泪。

"是我。"他低声说。

一次心跳间,艾斯梅娜仿佛在远处看着自己。她怎能不屏住呼吸?她和他——和战士先知跪在一起,跪在那个正为他生下第一个孩子的女人身边……

这个世界自行其是,有时发生的事会将人挤扁,有时逗人发笑或令人心安——有时则使人痛苦。但不管怎样,到最后所有的感觉总会汇聚成单调,让人感到一切都不出所料。那么多昏暗的光阴!那么多没有光泽的时刻,那么多没有铭刻的记忆,仿佛除了永久的失落,时间没有意义。艾斯梅娜觉得自己一生中始终是个被陌生人牵着的孩子,穿过拥挤人潮,前往一个她知道自己不该踏足的地方,但她是那么害怕,不敢问询,更不敢抗争。

你要把我带到哪里?

她从不敢问出这句话,不是害怕答案,而是害怕答案会改变她。

哪儿都不是。绝不是什么好地方。

但离开沙漠之后,沐浴了安那斯潘尼亚的清水之后,她知道了答案。她知道,之前陪伴过的每一个男人都是为他而存在,之前犯过的每一项罪孽都是为他而经历。她打碎的每一个碗,她伤过的每一颗心,包括弥玛拉,甚至阿凯梅安。艾斯梅娜在不知不觉中度过的一生,都是为了他——为了安那苏里博·凯胡斯。

第三卷　第三次进军

她的悲伤是为了供他怜悯,她的幻想是为了让他启迪,她的罪孽是为了让他宽恕,她的堕落是为了被他高举。他是本源。他是终点。他是一切的来处与去处。而他就在这里!

这里!

疯狂。不可思议。但却真实。

每当想到这点,艾斯梅娜便会在惊喜中笑出声来。神圣曾经那么遥远,就像她一直想得到的硬币上国王与皇帝的头像。遇到凯胡斯之前,她对神圣的概念就是:千方百计让她承受痛苦与羞辱。像她父亲一样,它总会在深夜时分来找她,低声威胁她,要她屈服,告诉她一切都很短暂,然后再用无穷的恐惧与屈辱安慰她。

她怎能不恨它?怎能不怕它?

她曾是苏拿城中的妓女,在圣城中做妓女绝不是件容易的事。她的同伴们开玩笑般自诩为"天堂门口的小偷",一直拿那些在自己怀中哭泣的朝圣者开玩笑。"他们费尽千辛万苦来看长牙,"老皮拉夏打趣说,"最后反倒在我们这里露出'长牙'了!"

艾斯梅娜和她们一起笑,但她明白,那些朝圣者是为自己的失败而哭泣。他们牺牲了庄稼、积蓄及爱人的陪伴才来到苏拿,低等种姓的人不会蠢到追求财富或喜悦——这个世界太过反复无常,只有救赎与神圣是他们能触到的。而她坐在窗前,摇晃膝盖,就像疯狂的麻风病人,仅仅因为心头的恶意,就朝那些没有感染的人们肆意吐痰。

那个曾经的女人——那个妓女远去了,现在神圣触手可及……

西尔维在号哭、尖叫,生产的痛苦让她全身痉挛。

基安女人高喊着鼓励她,露出狰狞的笑容。西尔维仰头靠在艾斯梅娜膝上,喘息着,眼神疯狂,不断尖叫。艾斯梅娜呆呆地屏息注视,不可思议的大事居然与平凡的生活契合在一起,让她无法思考。

"Heba serrisa!"基安女人喊道,"Heba serrisa!"

婴儿吸进第一口气,发出第一声啼哭,既是哀诉,也是祈祷。

艾斯梅娜紧盯着新生儿,意识到这正是她交出的水哺育的生命。为了让西尔维有水喝,她经受了折磨,而正因如此,才有了这个啼哭的婴儿,战士先知的儿子。

沙漠里终归生长出了枝叶……

她哭着俯下身子,告诉西尔维:"是个男孩,西尔,你生了个儿子!健康得很!"

西尔维咬咬嘴唇,先是微笑,继而哭泣,然后又大笑出声。她们用充满智慧与喜悦的眼神对视,除了凯胡斯,没有男人能理解。

他大笑着将不停尖叫的婴儿从助产婆手中接过,用探究的眼光看着。片刻间,婴儿安静下来,仿佛也在研究凯胡斯的脸,露出只有婴儿能有的惊讶表情。他把孩子举到一束闪亮的水流下,洗去婴儿身上的血迹和羊水。婴儿又哭起来,凯胡斯也假装惊讶地叫了一声,然后伴着温柔的眼神把婴儿递给西尔维。

就在那一瞬间,仅仅是一瞬间,艾斯梅娜似乎听到某人怀恨的声音。

他弯腰将孩子交给西尔维,女孩轻轻捧着婴儿,仍然在哭泣。艾斯梅娜突然感到无比悲伤,其他人的欢乐在排斥她。她低头站起身,一言不发跑出帐篷。

帐外,百柱团——凯胡斯最忠诚的卫士——用钢铁般的眼神看着她,但没有阻止她。不过她只是在凯胡斯的住所周围走动,她知道如果离开太远,肯定会有愁苦的信徒来打扰她。虔诚的佐顿亚尼一直在营地周围保持武装警戒——凯胡斯承认,他们不但在防备异教徒突袭,也在防备长牙之民。

这是沙漠改变的另一件事……

雨停了,雨后的空气清冷逼人。云散开了,她可以看到天堂之指,就像掀开的羊毛长袍下露出的闪光肚脐。她知道,仰起脸来凝视天堂之指,可以想象自己身处任何地方:苏拿,施吉克,大沙漠,甚至阿凯梅

第三卷 第三次进军

安的巫术梦境。她知道,天堂之指才是唯一一件丝毫不在意时空的事物。

两名士兵——看长相是加里奥斯人——在黑暗与泥泞中朝她走来。"真理闪耀。"擦身而过时,他们中的一人低声对她说,那人脸上仍带着沙漠里留下的灼伤。这时他们认出了她……

"真理闪耀。"艾斯梅娜回答,随即垂下头。

她避开士兵们惊慌失措的目光。"夫人……"一名士兵低声说,后半截话似乎被惊得堵在了嘴里。在她面前,这些士兵显得越来越拘谨而恭敬,好像她变得太重要了。他们服从的姿态让她不舒服,却也令她兴奋。随着日子过去,尴尬的感觉越来越轻,愉悦之情变浓了。这不是梦。

黑暗的地平线上传来声音。她知道,沙里亚祭司们正在某处吹响祈祷的号角,正统因里教徒会跪倒在草草搭建的神坛前。一时间,那声音让她想起远远听到的西尔维的叫喊。

悲伤很快变成悔恨。在沙漠中,她情愿给出自己的水,甚至几乎付出生命,为何现在就不能与西尔维共享这欢乐时刻?是嫉妒吗?不,嫉妒会把嘴唇扯成一条苦涩的直线,而她并未感到苦涩……

是吗?

凯胡斯是对的……我们不知道驱动我们的是什么。有更多东西,总有更多东西。

脚趾间的泥水非常凉爽,与熔炉般的沙砾如此不同。

旁边帐篷传来的叫喊让她停住脚步,她知道,那是正受空心病折磨的病人。她往后退开,心里却忍不住想去看看那是谁,想去给予安慰。

"求你、你、你了……"一个虚弱的声音说,"我需要……我需要……"

"我无能为力。"她满心恐慌地盯着那顶树枝与皮革搭建的阴暗小帐篷。凯胡斯隔离了所有病人,只允许在早期症状中活下来的人照顾无法自理的患者。他说,瘟疫之神会通过细小的蚊虫传播疾病。

"我在自己的粪便里打滚!"

"我无能……"

"为什么?"那个可怜的声音问,"为什么?"

"拜托,"艾斯梅娜低声哭泣,"你要明白,这是不允许的。"

"他听不到你的声音……"

凯胡斯。她似乎早就知道他会来。她感到他的手臂环着自己,丝绸一样的胡须扫过她裸露的脖颈——这出乎她的意料,让她又惊又喜……

"他们只能听到自己遭受的折磨。"他解释。

"和我一样。"艾斯梅娜回答,突然间后悔起来。为什么要跑出来?

"你必须坚强,艾斯梅娜。"

"有时我感到自己很坚强。有时我感到自己宛若新生。但很快……"

"你已获新生。我父亲重塑了我们每个人。但你的过去仍属于你,艾斯梅娜,你曾经的一切无法改变,而陌生人之间的宽恕需要时间。"

他怎么做到的?他怎能如此轻易地说出她的内心想法?

但她知道问题的答案——至少她觉得自己知道。

凯胡斯告诉过她,人就像钱币,永远有两面。一面用来看人,另一面用来被人看。虽然人同时拥有这两面,但只了解自己用来看人的一面,以及别人用来被看的一面。也就是说,每个人真正了解的,只有自己的内在和别人的外在。

起初艾斯梅娜认为这说法蠢透了。内在不就是完整人格吗?不就是其他人无法理解、只属于自己的东西吗?然而凯胡斯要她回忆在其他人身上看到的一切。有多少无心之过?有多少性格缺陷?有多少人发表评论时暗藏自负,恐惧又表现为对他人的评判……

人类的弱点——人类的极限——写在那些看待他们的眼睛里。这

第三卷 第三次进军

就是为什么每个人都急切地想得到他人的正面评价,为什么每个人都在充当演员。他们不自觉地意识到自己看到的自我只有一半,他们迫切地想让自己变得完满。

凯胡斯说,这两种"自我"之间的距离,乃是衡量智慧的标准。

那次谈话后,她用同样的标准去看凯胡斯,这才发现,她从没有——从没有!——在他的言辞或行动中发现缺陷。意识到这一点令她有些震撼,不过并没有吃惊。她知道正因如此,凯胡斯在人们眼中才有无限的力量,就像大地一样,从她脚下那小小的圆圈延伸开去,一直达到天际。他变成了她世界的界限。

对凯胡斯来说,看与被看没有区别,他就是完满。重要的是,他既可以站在自己之外去观察自己,也能从内心出发去观察别人。他会让别人变得完满……

她转头迎向他的眼睛。

你就在这里,不是吗?你和我在一起……你在我的内心里。

"是的。"凯胡斯道,就像神祇凝视着她。

她眨眨眼,流下两滴惊喜的泪水。

我是你的妻子!你的妻子!

"所以你必须坚强。"他的声音盖过病人凄惨的号叫,"真神在清洗圣战军,前往希摩之前,我们先要经历净化。"

"但你说我们无须畏惧疾病。"

"不是疾病——是大贵族。他们中许多人开始怕我了……有人认为真神因为我而惩罚圣战军,还有人担心失去权位。"

他担心会有人攻击他们?圣战军中的内战?

"你得和他们谈谈,凯胡斯,你必须让他们明白!"

他摇摇头。"人总喜欢听奉承,不喜欢听人唱反调——这你是明白的。此前追随我的只有奴隶和普通士兵,他们可以无视我的影响,现在连他们最信任的顾问和属下都转向了我,他们开始担心自己的权力,开始发现自己的弱点了。"

他抱着我！这个男人抱着我！

"他们的弱点是什么？"

"信念。"

艾斯梅娜努力迎上他的眼神。

"你和西尔维，"他续道，"今后绝不能单独行动。一有机会，他们便会利用你们来对付我……"

"到这么绝望的地步了吗？"

"还没有，不过快了。只要卡拉斯坎继续抵抗下去……"

突然间，恐惧仿佛无底深渊吞噬了她。她的灵魂之眼仿佛看到暗夜中潜藏着无数刺客，戴金饰的阴谋家在烛光下眉头深锁。

"他们想杀你？"

"是的。"

"那你必须杀死他们！"

她脱口而出的话中带着凶残。她感到震惊，但没有后悔。

凯胡斯笑了笑。"这样的夜晚，我们却在说这样的事！"他轻笑一声，令片刻前的悔恨又涌上她心头。西尔维今晚刚生下孩子！凯胡斯有了儿子！她却只能吞下孤独与失落。你为什么要离开我，阿凯？

痛苦的呜咽席卷而来。"凯胡斯，"她低声说，"凯胡斯，我感到羞愧！我嫉妒她！我是那么嫉妒她！"他轻轻笑了笑，用鼻尖蹭她的头顶。

"你，艾斯梅娜，你将是汇聚我光芒的透镜。你……你将传递火种，养育部落与国家。你是不朽，你是希望，你是历史。你将比神话和经卷更伟大，你将是它们的母亲！你，艾斯梅娜，你将母仪众生……"

她的呼吸在阴雨绵绵的黑暗世界中变得粗重，她紧紧抓住他伸来的手。她知道，从刚进入沙漠时就知道，正是为此，她才剥掉妓女的外壳，把从女巫那儿买来的避孕咒符扔进了沙地。

你将传递火种……

第三卷　第三次进军

她不会再将种子排出子宫了。

长牙纪4111年,初冬,梅内亚诺海岸,爱荷西亚附近

告诉我……

狂啸的龙卷风,连接了布满盔甲的大地与灰暗的天空,将尘土和斯兰克一同扬起。

你看到了什么?

阿凯梅安醒来时没有尖叫。他平静地躺在那里,努力平息呼吸。他眨眨眼睛,抹掉泪水,但没有哭泣。阳光从品字形窗框射进来,照亮了屋子中央的条纹红地毯。他把自己深埋在温暖的床铺中,感受这奇迹般宁静的清晨。

这样奢逸的生活简直难以想象。摧毁了赤塔在爱荷西亚的驻地后,他和辛奈摩斯遇到了山尼帕尔男爵,普罗雅斯留在施吉克的代理人。男爵把他们奉为贵宾,说是他手下一位扈从骑士看到他们赤身裸体走在城市里,认出了辛奈摩斯,便马上带他们来见他。男爵把他们送到这座坐落在梅内亚诺海岸的基安豪华别墅疗养康复。

过去几周,男爵一直在保护、招待他们。过去了这么久,他们已经忘了自己能活着逃出来是个奇迹,开始沉浸于痛苦中。阿凯梅安很快发现,幸存本身就是需要努力承受的事。

他咳嗽一声,踢掉身上的被子,露出脚来。山尼帕尔男爵派来伺候他的两名施吉克奴隶之一从绘着浮花的缎面屏风之后转了出来。男爵脾气古怪,待人的好恶完全取决于对方是否迎合他的种种怪癖。他认为,这两位客人应该像曾拥有这座别墅的基安大公一样生活。显然,基安人睡觉时会让奴隶留在房里——跟诺斯莱人对待自己的猎犬一样。

洗浴更衣后,阿凯梅安走进庄园大厅,寻找辛奈摩斯的踪影。昨晚元帅并没有回到自己的房间。基安人留下了足够多的财富——红木镶

面的家具、绵软的地毯、宝石蓝色的挂件——阿凯梅安甚至觉得,款待他的并非是一位穿着费恩教衣饰、过着费恩教徒生活的因里教男爵,而是一位真正的费恩教大公。

他一间间房子找过去,心里诅咒着元帅。健康人总是嫌恶病人,被行动不便的人束缚住并不好受。但阿凯梅安承受的痛苦非同寻常,错综复杂简直可以构成迷宫,和辛奈摩斯在一起的每一天似乎都变得越来越艰难。

从许多角度看,元帅都是阿凯梅安认识最久、最为信任的朋友,单这一点就让阿凯梅安对他的现状负有责任;而他付出的一切牺牲、忍受的一切痛苦都是为了救出阿凯梅安,这让阿凯梅安背负了更沉重的责任。辛奈摩斯仍在经受痛苦。虽然阳光普照,身边被绸缎与奴仆环绕,他似乎仍然生活在充满尖叫声的地下室里,仍然在吐露秘密,仍然在痛苦中咬紧牙关……似乎每一天,他都要重新失去双眼。所以,他不止是要阿凯梅安为此负责,简直是在指责巫师朋友……

"看看我为忠诚付出的代价吧!"他曾经喊道,"这两个坑也会流泪吗?我感觉脸还是干的啊。我的眼皮干枯了吗,嗯,阿凯?给我讲讲啊,我再也看不到了!"

"没人求你来救我!"阿凯梅安喊道。为了这份他没有想过的人情,他要偿还多久?"没人要你做出这样的蠢事!"

"艾斯梅,"辛奈摩斯回答,"艾斯梅求了我。"

不管阿凯梅安多努力地想原谅元帅的负气话,其中的敌意仍如毒药一样深陷进他心中。他常常思考自己的责任到底有多大,就像在衡量欠下的债务。他到底欠辛奈摩斯什么?有时他告诉自己,辛奈摩斯,真正的辛奈摩斯,已经死了,这个瞎眼暴徒不过个陌生人。何不把这个人推进阴沟,让这个人去求别人解救呢?还有些时候,他说服自己相信,辛奈摩斯需要体会一下被抛弃的感觉,哪怕只为了除去身上那该死的贵族种姓的骄傲也好。

第三卷　第三次进军

"你攥着早该抛下的东西不放,"他对元帅说,"本该紧握的却被你放弃……不能再这样下去了,阿辛!你必须记起自己是谁!"

不止辛奈摩斯,阿凯梅安也发生了变化——无法挽回的变化。

他不曾为朋友哭泣。他,最喜欢哭的他……自从逃离牢笼,便不曾叫喊着从梦境中醒来。不知为什么,他觉得自己就是……做不到。他能忆起那种感觉,耳中回荡着咆哮,眼睛灼痛,喉咙肿胀——但那种感觉似乎毫无根据,变得抽象了,就像从书上读到却无法领会的句子。

奇怪的是,辛奈摩斯似乎需要他的泪水,好像比遭受拷打、双目失明更不能忍受的事实是,现在两人中更弱小的是辛,而不是阿凯梅安。奇怪的是,辛奈摩斯越是需要他的泪水,阿凯梅安就越是难以流泪。他们的谈话仿佛是摔跤,辛奈摩斯像一个失去了权威的父亲,不停地试图在儿子面前维护威严,却只能自取其辱。

"我才是更坚强的人!"辛奈摩斯有一次半醉半醒地喊道,"我!"

阿凯梅安看着他,心中只能勉强挤出一丝怜悯。

他为朋友遗憾,也能感到朋友的痛苦,但就是无法落泪。这是不是意味着他身上也有重要的东西被取走了?或者他找回了什么?他并没有感到强壮或坚定,但不知为什么,他知道自己拥有了这一切。"折磨会教会人们,"诗人普罗塔西斯写道,"爱情所忘记的东西。"这是赤塔送他的礼物吗?他们把这些用火焰烧灼在了他心里?

抑或,他只是被拷打得麻木了?

无论答案为何,他一定会把他们烧成灰——尤其是伊奥库斯。他会让他们知道,被他们唤醒的是什么。也许这才是他们留下的礼物。仇恨。

向几个奴隶问路后,他找到了辛奈摩斯。元帅正在海景阳台上独酌,朝阳透过凉爽的空气烘烤着皮肤——这种感觉每次都让阿凯梅安心动。碎浪与盐水的味道让他想起童年。梅内亚诺海从脚下向地平线延伸,碧绿的浅滩渐渐变成无底的深蓝。

他深吸一口气,朝元帅走去。元帅斜靠着椅子,双手攥着一只酒碗,脚在踢打釉彩砖栏。昨晚,山尼帕尔提出给他们租一艘船前往卡拉斯坎的港口约克萨。阿凯梅安希望——不,必须——尽快离开,但他没法不带上辛奈摩斯。不知为什么,他清楚辛奈摩斯留在这里肯定会死。再伟大的人也会被悲伤与苦涩杀死。

他停下脚步,心里默默重复了一遍所有的说辞,下定决心……

辛奈摩斯毫无征兆地高喊起来:"啊,黑暗,你在这里!"

他醉了,阿凯梅安知道。他看到白亚麻外衣胸口洒满淡红色酒痕,元帅烂醉如泥。

阿凯梅安张了张嘴,但说不出话。能说什么呢?说普罗雅斯需要他吗?普罗雅斯剥夺了他的领地与头衔。圣战军需要他?对军队而言他只会是负担——他很清楚……

希摩!他来这里是为了看到——

辛奈摩斯放下脚,从椅子上探了探身子。

"你要带我去哪里,嗯,黑暗?你到底是什么意思?"

阿凯梅安紧盯着友人,端详着阳光勾勒出的长满胡须的脸庞。一如既往,面对那空空的眼眶,他难以呼吸,就像辛奈摩斯眼前永远悬着那把匕首一样。

元帅朝太阳伸出一只手,似乎在丈量距离。"啊,黑暗?你总是这副样子吗?你总是在这里吗?"

阿凯梅安低下头,心中充满悔恨。快说些什么!

但他什么都说不出。能说什么呢?说自己必须去找艾斯梅娜?

你走啊!去找你的妓女!把我留在这儿好了!

辛奈摩斯发出咯咯的笑声,像所有醉鬼一样,很快从一种情绪跳转到另一种。

"我的话这么难听吗,黑暗?噢,我知道你没那么坏。有了你,我就不用再看到阿凯那张脸了!撒尿时也不用告诉自己,其实是我的手变

第三卷 第三次进军

大了!想到……"

起初阿凯梅安一直急切地打听圣战军的消息,以免沉浸于自己和辛奈摩斯的遭遇里。在被严刑拷打的过程中,他没去想艾斯梅娜,好像他下意识地明白,她代表他心里最脆弱的一环。但自恢复意识那一刻起,他就没办法去想其他任何人了——也许除了凯胡斯。为了重新拥她入怀,用笑声、泪水和亲吻抚慰她,他愿意付出一切!看到她欣喜、哭泣、难以置信的表情,将会是多么愉悦!

他可以清楚地看到这一切……但怎么才能做到?

"我只想知道,"辛奈摩斯用醉鬼哄人的口气说,"你他妈到底是谁!"

虽然曾担心会发生最坏的情况,但阿凯梅安知道她还活着。传言圣战军在穿越海墨恩途中几乎全军覆没,但辛奈摩斯说,她是和凯胡斯一起走的,他想象不出世界上有哪个地方会比在那个人身边更安全。凯胡斯不会死,不是吗?他是末日的使者,是被派来在第二次末世之劫中拯救人类的。

这是他在被拷打的过程中确定的另一件事。

"你带来风的感觉!"辛奈摩斯的喊声越来越刺耳,"你有海的味道!"

凯胡斯将拯救世界。而他,杜萨斯·阿凯梅安,将是凯胡斯的顾问和导师。

"睁开眼睛,辛!"元帅的喊声变得嘶哑,阿凯梅安看到唾沫在阳光下闪烁。"睁开你见鬼的眼睛!"

一道巨浪在脚下黑色的岩石上炸开。空中弥漫着腥咸水雾。

辛奈摩斯放下酒碗,疯狂地朝天空挥手,高呼:"哈!哈!"

阿凯梅安往前冲了两步,然后停下了。

"所有的声音!"元帅喘息着,"所有的声音都让我害怕!我从来没有这么害怕!从来没有!求你了,真神……求你了!"

"辛。"阿凯梅安低声说。

"我曾经那么强壮!那么强壮!"

"辛!"

元帅突然停下。

"阿凯?"他收起胳膊,紧紧抱住身体,就像要缩进只有自己可以看到的黑暗之中,"阿凯,不!不!"

阿凯梅安不假思索地紧紧抓住了他,抱紧了他。

"是你造成了这一切!"辛奈摩斯朝他的胸口尖叫,"是你做出了这一切!"

阿凯梅安紧紧拥抱痛哭的友人。辛奈摩斯的肩膀如此宽阔,让他的手臂难以合拢。

"我们必须离开,"他低声说,"我们必须找到其他人。"

"我知道,"亚特雷普斯的元帅喘息着,"我们必须找到凯胡斯!"

阿凯梅安的下巴低了低,抵住友人的头顶。他在想:自己的脸庞还是干的吗?

"是的……凯胡斯。"

长牙纪4111年,初冬,卡拉斯坎附近

这片废弃庄园的中心区域兴建于远古的塞内安时期。初到这里时,孔法斯曾饶有兴味地按历史年份巡视了一遍整片建筑,最后住进一间几代前某位基安大公用大理石建的小房间。不把所处的房屋结构彻底搞清,他总觉得不舒服。他认为这是将军的习惯,把所到之处都当成战场。

午后,因里教贵族陆续赶到,一队队骑者披着斗篷、冒着蒙蒙细雨而来。孔法斯和马特姆斯一起站在有顶篷的阴暗阳台上,看着他们急匆匆穿过庭院。从叔叔的私人花园中那次会谈以来,这些贵族似已改

第三卷　第三次进军

变许多。如果闭上眼睛,他仍能看到他们当时的样子:四散在柽柳与柏树间,脸上写满了希望,却没有多少警惕,每个人的仪态举止都透着傲慢与做作,华美的衣着显出各自国家的特色。回想起来,他们身上的一切都显得……初出茅庐。而今经过数月的征战、沙漠征途和瘟疫,他们看上去变得坚韧刚强了,就像军团士兵一样不断进化,变成心如铁石的老兵,让每个新丁羡慕不已,让年轻军官心怀畏惧。他们似已变成一个全新的民族,康里亚人与加里奥斯人、艾诺恩人与泰丹人的区别仿佛被铁锤从他们身上敲打出去,就像去除了钢中的杂质。

所有人都骑着基安人的战马,穿着基安人的衣服……这些表面的东西是无法忽视的,它们有更深刻的影响。

孔法斯瞥了马特姆斯一眼:"他们比异教徒看起来更像异教徒。"

"沙漠造就了基安人,"将军耸耸肩,"也改变了我们。"

孔法斯仔细看着这个男人,心中有些莫名的不安。

"是啊,你说得对。"

马特姆斯用毫无感情的眼神看着他。"您能告诉我这是要干什么?为什么要秘密召集全体贵族?"

大统领转过脸,望向雨帘后安那斯潘尼亚漆黑的群山。"当然是为了拯救圣战军。"

"我一直认为我们只关心帝国的利益。"

孔法斯又一次审视这位属下,想猜出对方隐藏在话语后的想法。刺杀凯胡斯王子的计划失败后,他经常有种冲动,怀疑将军背叛了自己。他把施吉克的事怪罪于马特姆斯,但奇怪的是,他仍把将军带在身边。

"帝国与圣战军正走在一条路上,马特姆斯。"不过——他不禁想——用不了多久,两者就会分道扬镳了。那将是无比悲惨的一幕……

首先是卡拉斯坎,然后是凯胡斯王子,那之后才是圣战军。一切按部就班。

马特姆斯只眨了眨眼："那如果——"

"来吧，"孔法斯打断他，"到戏耍狮子的时候了。"大统领指挥侍从们——自离开沙漠，他不得不让士兵来做奴隶的活——把因里教贵族领到马厩旁一间宽敞的室内骑马场。孔法斯和马特姆斯来到时，火盆中的橙红色炭火让他们感到温暖。浑身湿透的人们窃窃私语，有五六十人来到这里。起初没人注意到孔法斯，大统领一动不动站在入口的拱门处，扫视着他们——从灰暗的场子里他们仿佛带着沙漠色彩的眼睛，到湿靴子上沾的稻草。他不禁暗自揣测，若把这间屋里的人一网打尽，帕迪拉贾愿意付他多少钱？人们渐渐注意到了他，谈话声低了下来。

"安那苏里博没来？"盖德奇总督叫道。他的眼神和平时一样锐利，还带着一丝讽刺。

孔法斯咧嘴一笑："噢，他确实来了，总督大人。人不在，但议题是他。"

"这儿少的不只凯胡斯王子，"戈泰克伯爵道，"梭本也没来，还有阿斯贾亚里……当然，普罗雅斯病了。但这里没有一位凯胡斯的热心支持者……"

"这只是巧合，我敢肯定……"

"我还以为我们要谈卡拉斯坎。"乌兰扬卡总督道。

"当然了！卡拉斯坎在抗拒我们。我们来到这里，就是为了搞明白为什么。"

"那是为什么呢？"高提安有些轻蔑地问。

这不是孔法斯头一次发觉他们都在鄙视他了——很正常，谁都会憎恨比他们优秀的人。

他伸开双手，走到他们中间。"为什么？"他喊道，眼中带着怒火与挑衅，"这正是问题所在，不是吗？为什么雨一直下，让我们的双脚、我

第三卷　第三次进军

们的帐篷,甚至我们的心都开始腐烂?为什么坏血病毫无区别地袭击所有人?为什么有那么多人上吐下泻地惨死?"他佯作惊讶地笑了笑,"而这一切都是走出沙漠之后发生的!似乎卡拉塞的灾难还不足以让真神满足!为什么?我们难道还需要让老库默尔查查他那些记载预兆的书典吗?"

"不,"高提安紧张地说,"事情很明显。真神的怒火在灼烧我们。"

孔法斯心中暗笑。萨瑟鲁斯坚称,要不了几天,那个所谓的战士先知就会丧命。但不管他是否成功——孔法斯怀疑他做不到——在接下来的行动中,他们都需要尽可能多的盟友。没人知道凯胡斯王子手下到底有多少"佐顿亚尼",至少也有数万……看来,长牙之民忍受的折磨越多,就有越多人转向恶魔。

不过,正如俗话所说,挨打的狗是不会忠于主人的。

孔法斯的视线在这群贵族身上扫过,演说停在最完美的时机。"谁能否认呢?真神的怒火在灼烧我们。这是我们罪有应得……"

他的视线又一次在众人身上扫过。

"因为我们庇护着一个伪先知。"

人群爆发出叫喊,抗议的声浪远高过支持的。但这也在孔法斯预料之中。当务之急是让那些蠢货开口谈论这个话题。剩下的交给他们的偏执就行了。

第二十一章 卡拉斯坎

> 伊尔纳之子,汝将杀尽四方。汝当断其战马四蹄,焚其战车以烈焰。汝当用恶人之血濯洗双足。
>
> ——《长牙纪年·部族之书》21:13

长牙纪4111年,冬,卡拉斯坎

柯伊苏斯·梭本在雨帘中跳跃,滑下斜坡,跃进一道小峡谷,又爬上对面山崖,对着灰色的天空仰面大笑。

它是我的!诸神在上,它一定会是我的!

他意识到,接下来的会面需要遵守礼仪,至少也要显露出某种程度的泰然自若,于是放慢步伐,轻快地走过一排临时搭起的帐篷。然而终于看到雨雾中枫树林旁普罗雅斯的帐篷时,他不禁又加快脚步。

国王!我会成为国王!

加里奥斯的王子停在帐篷门口,困惑地发现没有卫兵。普罗雅斯对手下向来仁慈,也许是让他们留在屋里躲避这该死的大雨了。帐篷周围的泥水犹如沸腾,草皮被水沟与泥潭分割得七零八落。雨点不停打在他面前低垂的帆布上。

卡拉斯坎之王!

"普罗雅斯!"他的叫喊盖过大雨的喧嚣。雨水终于浸透他锁甲下沉重的皮衣,好像在亲吻他的皮肤。"普罗雅斯!你这该死的家伙,我要和你谈谈!我知道你在这儿!"

第三卷 第三次进军

过了好一会儿,帐篷里有人捂嘴咒骂了一句。门帘打开的刹那,梭本不禁退了一步。普罗雅斯就站在他面前,形销骨立,裹着一条深色羊毛毯,瑟瑟发抖。

"他们说你病好了。"梭本有些尴尬。

"我当然好了,白痴,我已经站起来了。"

"你的卫兵呢?医生呢?"

一阵砂石摩擦声般的咳嗽让病弱的王子弯下了腰。他清清嗓子,几缕痰液沾在嘴角。"我把他们赶走了,"他用衣袖擦嘴,痛苦地扬了扬眉,补充了一句,"否则我睡不着觉。"

梭本大笑,用穿铠甲的手臂抓住他。"你现在更要睡不着了,我虔诚的朋友!"

"梭本殿下,拜托,有事请直说。我病得很厉害。"

"我来此是问你一个问题,普罗雅斯……一个问题。"

"那就问吧。"

梭本突然冷静下来,变得十分严肃。

"如果是我解放了卡拉斯坎,你会支持我成为这里的国王吗?"

"你的'解放'是什么意思?"

"意思是让它对圣战军敞开大门。"加里奥斯的王子答道,碧蓝的眼睛死盯着对方。

普罗雅斯神色大变,苍白病容从脸上褪去,黯淡的眼神中透出清醒与关注:"你认真的?"

梭本像贪婪的老人一样笑起来:"我从来没有这么认真过。"

康里亚的王子审视了他一阵,好像在猜测个中究里。

"我不喜欢你玩的游——"

"见鬼,你只需回答我的问题!当我要求加冕为卡拉斯坎之王时,你会不会支持我?"

普罗雅斯沉默了一阵,然后缓缓点头:"好吧……只要你能解放卡拉斯坎,我保证,你会是这里的国王。"

梭本仰起脸,朝低垂的天空伸出双臂,发出战斗的嘶吼。冰冷的雨水泼在他脸上,让他平静下来,水珠带着蜜糖的味道落在他唇齿之间。他曾觉得周围一切像海浪冲撞着他,猛烈得让他站不稳,数月前他还以为自己会死于这浪潮。然后他见到了凯胡斯,战士先知领他走上通向自己内心的路,在这条路上,他在一场场灾难中存活下来,那些灾难原本有十条命也不够应付。现在,他等了一生的时刻终于到来。这让他头晕目眩,难以置信。

这是天赐良机。

从海墨恩死里逃生后,雨水如此甘甜。雨水拍打着他的前额、面颊和紧闭的双眼。他摇晃脑袋,甩掉浓密头发中的雨水。

国王……我终于要成为国王了!

"怎么回事?"普罗雅斯问,"你为何一直这么安静?"

奈育尔在营帐正中那片阴影里看着普罗雅斯。他明白,康里亚王子在康复期间并没闲着,而是在思考。

"我不明白你的意思。"奈育尔说。

"你明白,塞尔文迪人……在安乌拉特有什么事发生在你身上,我要知道。"

普罗雅斯仍然病着——病得很重。他蜷在行军椅上,裹着一层层羊毛毯,平时健旺的脸庞现在如溺水者般苍白。如果这样的虚弱出现在其他人身上,奈育尔会感到厌恶,但普罗雅斯并非其他人。过去几个月,年轻的王子让他发生了令人困扰的变化,他对王子产生了某种敬意。就算是对其他塞尔文迪人,这种感觉也不该存在,更不用说对外乡人了。连生病时,普罗雅斯似乎也带着王族的威严。

第三卷 第三次进军

不过是又一条因里教的狗!

"在安乌拉特什么都没发生。"奈育尔说。

"什么都没发生是什么意思?你为何跑开?为何消失?"

奈育尔皱起眉头。他觉得我能说什么?

说自己疯了?

许多个不眠之夜里,他努力回忆安乌拉特战场的一切。他忆起战争失控。他忆起杀了一个不是凯胡斯、却长着凯胡斯的脸的人。他忆起坐在海滩上,望着梅内亚诺海冒着泡沫的白色巨掌捶打沙滩。他忆起一千件事,但这一切似乎都从他心中被偷走了,就像听一位儿时朋友讲述往事。

奈育尔大半生都在疯狂中度过。他听着兄弟们的话,他理解对方的想法,但不管他多么自责,不管在周围人的羞辱中活了多久,都无法把那些话语和想法变成自己的。他的灵魂破碎而叛逆,永远无法满足于一个想法、一种饥渴。但不管灵魂离开正确的道路多远,他都非常清楚自己是在背叛草原。他一直知道自己的堕落!他仿佛在旁观那些疯狂的念头,困惑着,高喊着:这怎么可能?这些想法怎么可能是我的?

他的疯狂一直属于他自己。

但在安乌拉特,情况变了。他心中那个不曾动摇的观察者倒下了,人生中第一次,他被自己的疯狂所占有。那之后的几周,他自觉像一具骑在疯马上的尸体。他的灵魂经历了怎样的飞驰!

"我去哪里和你有什么关系?"奈育尔喊道,用拇指钩住铁片腰带,"我不是你的扈从。"

普罗雅斯脸一沉。"的确不是……但你是我最重要的顾问。"他抬起头,眼里有一丝犹豫,"特别是辛奈摩斯离开后……"

奈育尔的脸扭曲了一下。"你太——"

"你在沙漠里救了我。"普罗雅斯说。

奈育尔努力克制心中突然出现的渴望之情。不知为什么,他怀念沙漠,比怀念大草原更甚。为什么?是因为大沙漠留不下脚印,无路可循吗?还是因为对它的敬重?卡拉塞沙漠杀的人远远多于他……又或是在荒芜的沙漠中,他的心终于认识到了自己?

这么多该死的问题!闭嘴!闭——

"当然是我救了你,"奈育尔道,"不管我在圣战军中有怎样地位,都只有通过你才能发号施令。"话一出口他便后悔了。他本想用这话打发普罗雅斯,说出口却仿佛承认了对方的地位。

普罗雅斯似乎沮丧得要喊出来了,但最终只垂下头去,仔细看着铺在自己赤裸的白皙双脚下的垫子。再抬起头,他表情中有哀伤,也有决心。

"你知不知道,孔法斯不久前召集了一次秘密议事会,讨论怎么对付凯胡斯?"

奈育尔摇头:"不知道。"

普罗雅斯凑近看着他:"也就是说,你还是不和凯胡斯说话。"

"是的。"奈育尔眨眨眼,仿佛看到杜尼安僧侣的脸在尖叫中裂开。这也是记忆吗?真的发生过这等事?

"这又为何,塞尔文迪人?"

奈育尔努力忍住嘲笑的冲动。"因为那个女人。"

"你是指西尔维?"

他还记得西尔维在尖叫,全身沾满血迹。那是在安乌拉特发生的事吗?真的发生过吗?她是我犯下的错。

和凯胡斯一起歼灭蒙努亚第人那天,他到底中了什么邪,才把她带在身边?他为什么要带着一个女人——一个女人!——上路?是因为她的美貌?她是战利品,这毋庸置疑。草原上小部落的酋长会利用一切机会把她拿出来炫耀,明知不会把她卖出手,却总为了虚荣提出交易,只为了看看她到底值多少头牛。然而,他的目标是莫恩古斯!莫恩古斯!不,答案很简单:他把她带在身边,是因为凯胡斯。不是吗?

第三卷　第三次进军

她是我的证明。

找到她之前,他和那个人已经度过了几周——和一个杜尼安僧侣单独相处了几周。到现在,亲眼目睹那毫无人性的怪物吞噬了一个又一个因里教徒的心,他发觉自己居然能活下来,简直不可思议。无底深渊般的审视,令人陶醉的声音,魔鬼般的洞察力……经历了这样的折磨,他怎可能不带走西尔维?她不仅美丽,而且纯真、热情——恰与凯胡斯相反。与蜘蛛作战,怎能不渴求蚊虫的陪伴?

是的……正是如此!他把她带在身边,是作为界标,用来提醒自己人类应当是怎样。但他不知道,她也会成为战场。那个人在利用她逼疯我!

"请原谅我的怀疑。"普罗雅斯说,"在和女人有关的事上,很多男人都会变得古怪……但你也会吗?"

奈育尔汗毛直立。王子到底指什么?

普罗雅斯低头看着身边桌上一捆捆文书,潮湿的天气让羊皮纸边角蜷曲起来。他心不在焉地用拇指与食指搓着一张纸,想把它展平。"我一直在思考所有这些由凯胡斯引起的疯狂事,"他说,"尤其是和你相关的。成千上万人聚集到他身边,对他顶礼膜拜。成千上万……但你,最了解他的人,却无法容忍他。这是为什么,奈育尔?"

"我说了,是因为那个女人。他偷走了我的战利品。"

"你爱她?"

忆者说,为伤害别人,人们通常会殴打对方的儿子。可为什么殴打自己的妻子,自己的爱人?

为什么他要打西尔维?为了伤害凯胡斯?伤害一个杜尼安僧侣?

凡是凯胡斯抚摸过的地方,奈育尔就要用巴掌去打;凯胡斯低声细语,奈育尔便要咆哮;杜尼安僧侣越让她爱慕,他就越让她恐惧。但他一直没弄明白自己在做什么,他只觉得应当用这样的怒火来对待她。反复无常的贱人!他当时心想,你怎能这样?怎能这样?

他爱她吗？他能够去爱吗？

也许在一个没有莫恩古斯的世界里……

奈育尔朝王子的地毯上吐了口痰："我拥有她！她是我的！"

"就因为这个？"普罗雅斯问，"这就是你与凯胡斯之间所有的恩怨？"

所有的恩怨……奈育尔险些笑出声。他心中的感觉岂是一句话说得清？

"我发现你不说话时更令人不安。"普罗雅斯说。

奈育尔又唾了一口："我也发现你提问时更让人厌烦。你假设得太多了，普罗雅斯。"

那张苍白英俊的脸缩了一缩。"也许是罢，"王子深深叹口气，"也许不是……奈育尔，我一定要听你说出答案，我必须知道真相！"

真相？这些狗会拿真相怎么办？知道真相的普罗雅斯会如何反应？

他会在不知不觉间吃掉你。等他得逞，你只剩骨头……

"你要知道什么真相？"奈育尔反击，"凯胡斯到底是不是因里教的先知？你觉得我能回答吗？"

普罗雅斯一直焦急地前倾身子，这下跌坐回椅子中。

"不，"他喘息道，一手按住额头，"我只希望……"他声音低下去，疲惫地摇摇头，"这些都不重要。我叫你来是为了谈别的事。"

奈育尔更仔细地观察着王子，发现王子眼中居然出现了推诿的神色，不由有些吃惊。

孔法斯找过他……他们打算对凯胡斯采取行动。

他为什么还为杜尼安僧侣撒谎？他已经不相信凯胡斯会履行约定了……

他到底还相信什么？

"梭本找过我，"普罗雅斯续道，"他在和一个叫克菲特·阿布·塔

第三卷 第三次进军

纳吉的基安军官通信,甚至在交换人质。看样子,克菲特一伙对伊伯扬怀恨在心,愿付出任何代价来杀伊伯扬。"

"卡拉斯坎,"奈育尔说,"他要献出卡拉斯坎。"

"准确地说,他打算献出一段城墙,西边一个小侧门旁的一段。"

"你要我的建言?哪怕经历了安乌拉特的一切?"

普罗雅斯摇摇头。"我需要的不止是你的建言,塞尔文迪人。你一直说我们因里教徒像你们瓜分鹿肉一样瓜分荣誉,这次也不例外。我们经受了这么多痛苦,无论谁打开卡拉斯坎的大门,都将被永远铭记……"

"而你病得太厉害。"

康里亚王子哼了一声。"你先在我脚下吐痰,现在又在用我的虚弱触犯我……有时我在想,你手上那些疤到底是因为杀了人,还是因为杀了风度?"

奈育尔又想吐痰,但忍住了。"是因为杀了蠢货。"

普罗雅斯笑了笑,马上又咳嗽起来,从肺里咳出黄色脓痰。他靠在椅背上,把几丝黏液吐到椅子后阴影中的痰盂里。明暗不定的光线照射下,痰盂的黄铜边缘若隐若现。"为什么找我?"奈育尔问,"为什么不是盖德奇或伊吉亚班?"

普罗雅斯呻吟一声,在毯子下耸了耸肩。他又坐直身子,把手肘放到膝盖上,手指紧紧按住脑袋。清了清嗓子之后,他抬头面对奈育尔,两行泪水从他脸颊滚落,那是刚才咳嗽时留下的。

"因为你更——"他吞了吞唾沫,"更有能力。"

奈育尔身子一僵,感觉一阵咆哮冲到了嘴边。他想说的是更容易控制!

"我知道你觉得我在说谎。"普罗雅斯很快补充,"但我没有。如果辛奈摩斯还……还……"他眨眨眼,摇摇头,"我会找他。"

奈育尔审视着王子:"你担心这是个陷阱……你担心梭本被

骗了。"

普罗雅斯咬紧牙关,点了点头:"整整一座城市,只为取一人的性命?没有谁的仇恨会强烈到这种地步。"

奈育尔根本懒得反驳。

———— ❦ ————

仇恨有时会侵蚀宿主,饥饿有时会盖过食欲。

奈育尔·厄·齐约萨弯下腰,把阔剑横在身前,悄无声息地爬上通往侧门的城墙。他想着凯胡斯和莫恩古斯,心中充满杀意。

要让他需要我……必须想出办法,让他需要我!

是的……疯狂在涌动。

奈育尔停下脚步,穿着铠甲的后背靠在潮湿的石头上。梭本就在他身后不远处,再往后是五十名精挑细选的战士。奈育尔深呼吸,平复紧张的四肢,月光照亮了他脚下层层叠叠的建筑。看着这座如此艰苦地抵抗他们的城市就这样暴露于眼前感觉十分奇特,就像掀起熟睡女人的裙子。

一只沉重的手落在他肩头,奈育尔转身,看到暗处的梭本,锁甲头罩下那张坚毅的面孔正朝他微笑,月光给战盔镶上银边。虽然奈育尔对加里奥斯王子在战场上的勇猛赞许有加,但仍不喜欢,也不信任他。不管怎么说,此人和杜尼安僧侣的走狗混在一起。

"她看上去真是个荡妇……"梭本朝脚下的城市点点头,低声说。他回过头,那双眼睛是那么明亮。"你还怀疑我吗?"

"我没怀疑过你,只是不信任那个克菲特。"

加里奥斯王子的笑容咧得更宽了。"真理闪耀。"他说。

奈育尔努力忍住嗤笑的冲动,"猪牙也会闪耀。"他朝古老的石建筑吐了口痰。他怎么也躲不开杜尼安僧侣,这段时间以来,那怪物用每

第三卷 第三次进军

个人的嘴巴说话,用每个人的眼睛观察,而且愈演愈烈。做些什么……他一定能做些什么!

但他能做什么呢?杀死莫恩古斯的约定注定是场闹剧,杜尼安僧侣根本不考虑别人。他们只关心结局,其他一切,无论是征战的国家还是羞赧的眼神,都只是工具,可资利用的工具——仅此而已。奈育尔现在没有任何用处了,他挥霍了曾拥有的全部优势。安乌拉特之战后,他的名声在大贵族中也衰落了……不,现在凯胡斯完全不需要他。除了……奈育尔猛吸一口气,除了需要我保持沉默。

他眼角余光瞥到梭本警惕地朝他转过脸:"怎么回事?"

奈育尔轻蔑地扫了王子一眼。"没什么。"他回答。疯狂在涌动。

梭本用加里奥斯语咒骂了一句,从他身边经过,爬行在坑坑洼洼的城垛下。奈育尔紧跟在后。呼吸声仿佛刺耳起来,雨水在石板缝隙间汇成水洼,反射着月光。他趟过水洼,寒气刺痛手指。他沿城墙行进,心中的强弱对比也在发生微妙变化:起初,他觉得卡拉斯坎暴露在面前;现在,侧门上箭塔的阴影越来越近,他们仿佛成了弱势。火把在箭塔外墙上闪烁。

他们最终停在一扇包铁大门前,忧心忡忡地对视,似乎每个人都明白,这将是对克菲特及其心中非同寻常的仇恨的最终检验。苍白光线下,梭本看上去有些恐惧。奈育尔皱了皱眉,猛地拉动铁铸把手。大门在摩擦声中打开了。

加里奥斯的王子吸了口气,笑笑,好像一时的犹豫把他自己逗乐了。他低声喊了句"杀身成仁",然后贴着石墙走进黑暗的巨口中。奈育尔最后望了一眼月光下的卡拉斯坎,然后跟上梭本,心跳有如雷鸣。

他们在黑暗中保持战斗队形,穿过回廊下的石梯。按普罗雅斯的吩咐,奈育尔一直跟在梭本身边,在狭窄的过道中好几次撞在王子背上。他知道城门的设计肯定是非常简单的,但在紧张与焦灼的气氛中,它仿佛成了迷宫。

梭本伸在前面的手在黑暗中碰到了什么。一面开裂的墙壁。加里奥斯王子停在了一扇门前，一束束金光在黑暗里勾勒出门的形状。奈育尔听到周围士兵压低声音叫喊，不由得寒毛直竖。

"真神把这地方赐予我，"梭本低声说，"塞尔文迪人，卡拉斯坎将是我的！"

奈育尔在黑暗中盯着他："你怎么知道？"

"我就是知道！"

杜尼安僧侣告诉他的。奈育尔可以肯定。

"你带克菲特去见凯胡斯了……对吗？"

他让杜尼安僧侣读了那人的脸。

梭本咧嘴一笑，又哼了一声。他没回答，转身背对奈育尔，用剑柄敲了敲门。

里面发出木石摩擦声——有人推开椅子。一声含糊的笑声，然后是基安人的说话声。如果说诺斯莱人说话像哼哼唧唧的肥猪，那基安人就像嘎嘎叫的白鹅，奈育尔暗想。

梭本挥舞手中阔剑，像握匕首一样高高举起。在这疯狂的瞬间，他的姿势让人想起站在溪水边准备叉鱼的少年。大门猛地打开，浮现出一张人脸……

梭本一把抓住那人精心编成的山羊胡，挥剑下刺。基安人没撞到地面就死了。加里奥斯的王子呼号着，朝明亮的门里跃去。

奈育尔和其他人一起跌跌撞撞跟在他身后。门后是烛光通明的狭小房间，一座古旧的巨大圆形木绞盘矗立在前，绞盘缠着锁链，锁链来自屋顶的沟槽。圆盘后有好几个穿红马甲的基安士兵，他们正手忙脚乱地拿武器。还有两个人目瞪口呆地坐在屋子远端一张粗糙的餐桌跟前，其中一人手里还拿着面包。

梭本砍杀进去，立时便有一人捂脸尖叫着倒下。

奈育尔跳到混战人群中，用塞尔文迪语大喊。面前的异教徒是个

第三卷 第三次进军

肩膀瘦削的少年,山羊胡子还没长齐,双手吓得直颤,奈育尔敲落他的剑。另一守卫从侧面扑来,他弯腰一剑断其双腿,转身去寻那个男孩,却发现对方消失在远处一扇门里。一个他不认识的加里奥斯骑士用长矛把他砍倒的人钉在地上。

在他身边,梭本把阔剑抡得像鞭子,直直砍向两个基安人,每次挥剑嘴里都在骂脏话。他的头盔掉了,血把蓬乱的金发糊在一起。奈育尔冲到他身边,一剑就劈碎了离他最近的卫兵手中黄黑相间的圆盾。异教徒滑倒在血泊中,不由自主地张开双臂,奈育尔把剑刺进他锁甲的缝隙,对手发出一声惊叫,带着血水上涌的声音。奈育尔往左一瞥,看到梭本砍断另一名敌人的下巴,热血溅到奈育尔脸上。异教徒跌倒在地,四肢胡乱挥舞,梭本又挥出一剑,几乎砍掉他的头,他终于安静下来。

"升起城门!"加里奥斯王子咆哮,"升起城门!"因里教战士挤满了房间,大多是红脸的加里奥斯人。几个人朝木绞盘冲去,铁链在石头上的刮擦声让他们发出兴奋的叫喊,空中弥漫着刺穿的内脏的味道。

梭本手下的军官和领主都聚到他身边。"赫尔萨!发出信号!梅亚吉,去占领下一座塔!必须把它攻下来,孩子!要让你的祖先骄傲!"那双闪亮的蓝眼睛发现了奈育尔,虽然脸上沾满血迹,但仍带着王者的威严与父亲般的自信。奈育尔的心不禁一颤:柯伊苏斯?梭本已成为国王,而且是凯胡斯的人。

"把机关房清理干净,"加里奥斯的王子继续下令,"需要多少人就带多少人……"他的视线在众人身上扫过,"卡拉斯坎解放了,弟兄们!真神在上,卡拉斯坎属于我们了!"

房间里一阵欢呼,很快变成沙哑的喊叫及靴子踩在地板上红色血池中的声音。"杀身成仁!"他们高呼,"杀身成仁!"

奈育尔和其他人一起涌过一道长长的走廊,凭直觉冲进一扇门,房里的阴暗让他花了一阵才适应,那正是机关房。不远处,一支蜡烛劈啪

513

作响,他听到铁闸门发出嘎吱声,它连接着房里古老的机械。外面潮湿的冷气从脚底涌来,他明白自己站在连接两扇城门的巨大铁栅上。周围事物的轮廓渐渐从黑暗中浮现:靠墙堆着的木头,一排排双耳细颈壶;里面无疑装着火油,随时可从铁栅上倒下去;两个不比他膝盖高的炉子,每一个都装满引火物;旁边还有风箱,上面架着烧油的铁壶……

这时他看到之前被他夺走武器的基安男孩,缩在对面墙角,棕眼睛瞪得像银塔兰币。刹那间,奈育尔没法移开眼神,尖叫与呐喊在看不到的走廊中回响。

"P'pouada't'fada,"年轻人哭着说,"Os-osmah……Pipiri os-mah!"

奈育尔咽了口吐沫。

一个奈育尔不认识的加里奥斯男爵不知从何处冲出,高举阔剑掠过他朝男孩扑去。恰在此时,脚下通道有光线闪动,透过脚边栅栏,奈育尔看到一队举火把的加里奥斯人奔向内城门。他抬起头,只见那男爵挥剑下砍,就像用木棍殴打一条讨人厌的小狗。男孩举起双手,剑刃砍在手腕上一偏,削断了小臂的骨头,切下一片鱼那么大的肉来。男孩厉声惨叫。

脚下的城门打开了,欢呼声响起,紧接着涌来的是冰冷的空气和闪动的火光。梭本埋伏在城门外破碎的山坡上的几千加里奥斯人开始冲过脚下通道。男爵继续挥剑砍那个男孩,一剑,两剑……

惨叫声停止了。

方格形光线掠过男爵浴血的身体,他用蓝眼睛出神地凝视着脚下的壮观景象,然后瞥了奈育尔一眼,咧嘴笑笑,笨拙地用手背擦了擦满是泪水的脸颊。

"真理闪耀!"他的脸抽搐着,"真理闪耀!"

他的眼睛仿佛也在发出骄傲的怒吼。

奈育尔不假思索地扔下剑,抓住他,几乎把他举起来。他们扭打在

第三卷 第三次进军

一起,奈育尔用前额撞他的脸,男爵失去了知觉,阔剑从手指间滑落,头软绵绵地后仰。奈育尔又撞了一下,感到对方牙齿断裂。叫喊和吵闹在铁栅栏下回荡,每一支燃烧的火把都在他身上投下斑杂的栅格阴影。又一下,骨头撞骨头,对方的面孔在他额下粉碎。那人鼻梁碎了,接下来是左边脸颊。奈育尔一次次地猛砸,直到对方变成一摊模糊的血肉。

我比你更强!

扭曲的身体垂到地上,盖住了下面冲过的长牙之民。

奈育尔站直身子,胸口起伏,血液如溪水涌过护手甲上的铁片。整个世界摇晃起来,脚下人与盔甲汇成的潮水在奔流。

这下疯狂真的涌动起来了。

号角响彻这座伟大的城市。战斗的号角。

清晨时分雨停了,但薄雾仍遮蔽着卡拉斯坎的色彩与明暗,将远处的街区变得如鬼魂一般。空中布满阴霾,却能感觉到太阳在云层后燃烧。

费恩教徒,无论是本地的安那斯潘尼亚人还是远道而来的基安人,都聚在屋顶上,紧张地观望着发生的一切。他们看到城市东边冒出滚滚浓烟,女人紧紧搂住大哭的孩子,面如死灰的男人用指甲划过小臂,年老的母亲仰天大哭。他们脚下,基安骑兵在拥挤的街道上冲撞,从平民身上踩过,努力回应帕夏鼓声的呼唤,朝城市西北高耸的要塞——"狗城"——冲去。过了一阵,透过远处街道的某些角落,恐惧的观望者中终于有人看到了他们——长牙之民,烟雾中钻出的邪恶小阴影。钢铁覆体的人影冲进街道,长剑起剑落,不幸的小人纷纷倒下。看到这一幕,很多人吓得发了疯,跳下屋顶冲到拥塞的街道上,加入疯狂而绝望的逃难队伍。其他人呆在原地,目睹烟柱滚滚而来,一边向独一神祈祷，一边撕扯胡须和衣服，恐慌地想象着即将失去的一切。

梭本聚起手下，沿城中街道直扑宏伟的号角之门，经过激战，他拿下城门口巨大的碉堡，但帕夏的军官们仓促中纠集的费恩教骑兵仍给加里奥斯人带来很大压力。狭窄的街巷中爆发了几十场殊死搏斗，虽然可从侧门源源不断地补充部队，但加里奥斯人每前进一步，还是要面对顽强的抵抗。

宏伟的号角之门最终还是被打开了，阿斯贾亚里带着加恩里骑士，骑着抢来的马，急速冲进城市，后面紧跟着康里亚人。康里亚人戴着神灵般的面具，所向披靡，仿佛根本不是人类。他们的队伍末尾有一顶轿子，他们的王子，疾病缠身的涅尔塞·普罗雅斯，被抬进了卡拉斯坎。

面对新一轮屠戮，基安人最后一丝拯救城市的希望也消失了，他们再也无心作战。有组织的抵抗渐渐被粉碎，变成散布在卡拉斯坎城中的零星混战。因里教徒的队形像泡沫一样散开，士兵们开始在城中劫掠。

每座房子都遭到洗劫，利剑夺去了全家人的性命。黑肤的尼尔纳米什女奴被抓着头发拖出藏身处，强暴之后割开喉咙。挂毯从墙上扯下，卷成一团，或用来捆绑金银打造的盘碟、雕像等物件。长牙之民在古老的卡拉斯坎城内肆虐，身后只留下破碎的衣衫、残缺的箱子，还有火焰与死亡。有些地方，四散掠夺的士兵被一些有武器的基安人杀死、赶跑或困住，但某位男爵或骑士很快会组织起队伍惩罚那些异教徒。

最大的市集和最宏伟的建筑中进行着最激烈的战斗。混乱中，只有大贵族能聚起冲破这些地方的兵力，一路杀进铺着地毯的长走廊。这些地方有最丰厚的战利品——装满尤玛那和尤里萨达的葡萄酒的冰凉地窖，浮雕纹饰的神龛后藏着黄金打造的圣骨匣，雪花石和玉石的狮子与沙狼塑像,剔透玉髓刻成的繁复匾牌。粗俗的叫喊在空旷的穹顶下回响,因里教徒在宽阔的白砖地板上留下血迹与污痕。士兵们收起武器,笨手笨脚地解开裤子,跌跌撞撞地冲进死去的大公们大理石制的女眷住所。

大礼拜堂的门被砸开,长牙之民冲进大批跪拜祈祷的费恩教徒当中,刀剑和棍棒在人群中挥舞,直到瓷砖地面上死伤枕藉。他们又撞开邻近的大门,冲进铺满地毯的昏暗内室,迎接他们的是柔和的阴影与诡异的香气,光线透过细小窗户上的彩色玻璃雨水般落下。起初他们有些害怕,这里是邪恶的巢穴,西斯林的怪物们在这里干着作呕的勾当。他们默然行走,恐惧让身体变得麻木,但最终,街上号叫着的迷乱而狂野的情绪还是感染了他们。有人伸出手,把象牙讲台上的书本拨到地上,什么危险也没出现,禁忌的光环顿时消解,取而代之的是突然而至的正义怒火。他们放声大笑,高呼因里·瑟金斯和真神的名字,大肆掠夺伪先知的禁地,拷打费恩教祭司,逼问一切秘密。他们把卡拉斯坎金碧辉煌、由无数梁柱支撑的礼拜堂付之一炬。

长牙之民不停地把尸体从屋顶扔下。他们将死者的衣袋洗劫一空,从灰色的手指上扒下戒指,有时为节省时间,干脆直接砍断指节。尖叫的孩童被人从母亲怀里扯出,丢过房间,用长剑刺穿。孩子的母亲遭到殴打和奸污,而她们的丈夫被切开肚腹,捧着肠子哀号着旁观。因里教徒犹如疯狂的野兽,嗥叫的杀意让他们失去了理智。真神的怒火在驱动他们毁灭这座城市,不分男女老幼,无论牛羊牲畜,统统屠戮殆尽。

真神的怒火燃烧起来,真神在灼烤卡拉斯坎的居民。

冰冷而明亮的太阳从黑暗的地平线上升起,照亮了城市。老魔物

展开鸟类的翅膀,乘着灼热的西风飞起来。卡拉斯坎在他身下一掠而过——大片大片的平顶屋、被房屋包围的山丘、远处混乱的泥砖墙壁、宽敞的集市广场以及宏伟的大建筑群。

东边,火焰熊熊燃烧,挡住了远处的街区。它在山一般高的烟柱旁盘旋。

它看到卡拉斯坎人挤在商人区的屋顶花园上高声惊叫,仿佛不敢相信眼前的事实。它看到一群群武装的因里教徒穿过废弃的街道,分散进入各建筑。它看到第一座圆顶礼拜堂最先燃烧起来,遥遥望去,就像倒扣在火堆上的碗。它看到骑兵在广阔的市集中横冲直撞,步兵方阵沿宽敞的大道朝薄雾笼罩下狗城的蓝色城墙行军。

它看到那个自称杜尼安僧侣的男子,在破旧的屋顶上像风一样逃跑,高尔萨等穷追不舍。它看到那人纵身一跃,一只脚尖踏在第三层楼上,疾冲几步,然后用手一撑,跳到旁边一座两层高的建筑上。他落地时伏身一蹲,周围的基安步兵还没回过神,他就又纵身跃起,顺便带走了四条性命。高尔萨及其兄弟们跃到那些士兵身边时,他们甚至没来得及抽出剑。

他到底是谁? 杜尼安僧侣究竟是什么人?

这是需要回答的问题。高尔萨说,这个人的佐顿亚尼,他的"真理部落",现在有几万人了。高尔萨坚称,再过几周,整个圣战军都会对他屈服。这些事实引发了严重的危机。不能让任何事耽搁圣战军,必须让他们占领希摩,必须毁灭西斯林!

虽然有许多没解决的疑问,但已经不能容忍他存在了。他必须死,由于种种原因,这比和西斯林之间的战争更重要。这不只是因为他奇异的能力,也不只是因为他正缓缓地征服圣战军,最叫人无法忍受的是他的名字。一个安那苏里博回来了——一个安那苏里博!虽然戈尔格特拉斯一直在嘲笑天命派,认为对方的塞摩玛斯预言是无稽之谈,但它们怎敢冒这样的风险? 它们已经要成功了! 要成功了! 孩子们很快会

第三卷　第三次进军

聚集起来，毁灭这可鄙的世界！一切结局的终结即将到来……在这种事上不能冒险。必须杀死安那苏里博·凯胡斯，再抓住其他人——塞尔文迪人和那两个女人——拷问出一切。

远处，那个杜尼安僧侣的身影冲进一座建筑——消失了。刑鸟伸长小小的人类脖子，从天空朝下弯去，看着它的奴隶们跟着凯胡斯消失在那幢建筑中。

很好。高尔萨及其兄弟们把那个人包围了。

战士先知……老魔物决定要享用他的尸体。

一双双凉鞋敲打地面，野兽般不知疲倦的肺发出有节奏的喘息，还有衣料挂甲的摩擦。

他们来得太快了！

凯胡斯不断奔跑。一个个房间从身边掠过，仿佛昔日的记忆，而每个房间都带着沙漠人特有的优雅。紧跟在后的萨瑟鲁斯等人在附近回廊散开。凯胡斯踢开一扇门，滚下石台阶，落进昏暗处。它们紧追不舍，离他只有几个心跳的距离。他听到钢铁擦过木头——利刃出鞘——便弯腰朝右一滚，一枚匕首闪着寒光从他左边擦过，在石头上撞出火花，落在地上。凯胡斯又跳下一段台阶，蹿入更黑暗的地方。他被一扇破门绊了一下，面前空空荡荡的，能闻到蓄水池的味道。

换皮密探们犹豫了。

他们的眼睛也需要光。

凯胡斯在空荡的房间里转身，每寸肌肤都活跃起来，感受着扭曲混杂的气流，凉鞋擦过石头，衣袂凌空翻飞。他伸出手指轻触桌子、椅子和砖砌炉灶，每一瞬间都在触碰上百种不同的表面。转眼间，他来到房间最里面的角落，抽出了剑。

纹丝不动。

沥青般漆黑的房间里,传来一声木头被踩碎的声音。

他感觉到它们一个接一个溜进房,沿对面墙壁散开,它们的心怦怦直跳。整个房间弥漫着它们的香味。

"我品尝过你的两个桃子,"那个叫萨瑟鲁斯的东西说——凯胡斯明白,他是要盖住其他东西的声音,"真是回味无穷,你知道吗?我让她们兴奋得不断尖叫……"

"你说谎!"凯胡斯装出绝望的愤怒。他听到密探们停下脚步,朝他发声的角落聚拢过去。

"两个都那么甜美,"萨瑟鲁斯喊道,"汁水四溅……她们说,男人让桃子成熟。"

凯胡斯把剑尖刺进从他面前滑过的那生物耳中,尽量悄无声息地把它放到地上。

"嗯?杜尼安僧侣?"萨瑟鲁斯叫道,"这两顶绿帽子你戴得如何啊!"

有东西撞到椅子上。凯胡斯跳过去,一剑将它开膛破肚,趁它尖声高叫时翻身钻到桌子下面。

"他在耍我们!"一个怪物喊道,"Vnza, pophara tokuk!"

"闻他的味道!"那个叫萨瑟鲁斯的东西叫嚷,"闻到他的味道,不管是什么劈开再说!"

被开膛的家伙挥舞着双手砰然倒下,发出恶魔般的尖叫——正是凯胡斯希望的。他弓身冲出桌子,回到入口左边的墙角,脱下绸缎长袍,朝一张椅背扔去——他看不到椅子,但记得它的位置。

然后他一动不动站在原地。对方离他越来越近,可以听到它们的低语,感觉到它们野兽般的心跳,闻到它们身上野性的热气。其中两个朝他的长袍跳去,长剑挥出砍中椅子。他立时挺剑向前,刺穿了左边那怪物的喉咙,但对方倒下时带走了他的剑。凯胡斯朝左后方一仰,堪堪避过一把挥来的铁剑。他抓住一只手臂,扭脱它的关节,顺势挡开另一个握匕首的拳头,然后伸手抓住对方的喉咙,扯断了气管。

凯胡斯向后一跳,萨瑟鲁斯的剑呼啸着劈过黑暗,接下来他流利地向后倒立翻滚,借助椅背伏落在搁板桌远处边缘。

被开膛破肚的换皮密探在他脚下抽搐。他伏在桌上,听那个叫萨瑟鲁斯的东西跑出这间屋子。它逃了……

凯胡斯静伏原地,保持深呼吸。不属于人类的尖叫在黑暗的房间中回响,听起来就像有什么动物——很多动物——在被活活烧死。

这样的生物为什么会存在于世?你知道它们的存在吗,父亲?凯胡斯找回自己的剑,砍下那个还活着的换皮密探的头。房间终于安静下来。他扯下长袍裹住仍在喷血的头颅。

然后他回到外面阳光下的杀戮场。

被长牙之民称为"狗城"的黑色大要塞占据了卡拉斯坎城九座山丘中最东面的一座,她得名于此是因里里外外环绕中央高塔主堡的围墙让人联想起蜷在主人腿边的狗。费恩教徒叫她"Il' huda",意为"屏障"。狗城由伟大的沙坦提安修建,他是纳述尔帝国早期历史上最好战的皇帝,宏伟的狗城折射出这个在塞尔文迪人阴影下繁衍的文明曾具有怎样的规模与创造力:环形塔楼,巨型碉堡,内外两层大门相互照应,城内防御设施环环相扣,一个个同心圆相互兼顾,包裹着光滑玄武岩的外墙几乎刀枪不入。

伊库雷·孔法斯清楚,这座原被纳述尔人命名为"Insarum"的城堡才是全城锁钥,于是刚进城就直扑而来,希望赶在伊伯扬组织起有效抵抗之前攻占城墙。塞尔莱军团冲上了南坡,但很快被击退,伤亡惨重。不久后,加里奥斯人也和他们一起来到陡峭的坡道上。接下来是泰丹人：梭本和戈泰克没有蠢到把这等战利品留给大统领独享。原用于攻击卡拉斯坎外城墙的攻城器械被拖到城堡底下，投石车将燃烧的沥青掷向要塞，大块花岗岩与费恩教徒的尸体如雨点般撒下，顶端带铁钩的长云梯被推上围墙。基安人从墙垛上倾泻石块与滚烫热油，爬上云梯的士兵要么被砸下去，要么被烧死。覆盖毛皮盾板的巨大撞锤被推向城门，冒着冰雹般的火弹和箭矢开始撞击。飞箭如云覆盖天穹，梭本的大腿被基安弓箭手射中，手下将他抬离了前线。

瑟-泰丹的沃努特人凭借人数的绝对优势和悍勇之气，率先攻占要塞西墙，那些蓄胡须的高大骑士多是已故瑟育拉伯爵的扈从。他们在蜂拥而至的异教徒中挥砍出一条血路，内墙上的弓箭手朝他们不停射击，不过箭矢就算能穿透厚实的锁甲，也只嵌进下面的层层硬皮革。许多人背插好几根箭杆，仍然咆哮着继续战斗。已死和垂死的士兵被直接扔下去，有的摔在下面的石头上，有的撞到不停向上爬的人。最终泰丹人渐渐站稳了脚跟，异教徒无法抵挡，而在身后，他们的同胞——戈泰克的小儿子戈尔宇率领的阿甘萨诺人爬上了城墙。在受伤的梭本指挥下，阿格蒙长弓手将箭射出高高的弧线，坠入内墙之中，迫使安那斯潘尼亚和基安的弓箭手只能贴着城垛。有人将阿甘萨诺的黑色雄鹿旗插上了一座外塔，包围高地的因里教徒发出震耳欲聋的欢呼。

就在这时，比太阳更灼目的光线射了出来。士兵们惊声高叫，指着飘荡在黑色主堡的塔楼间穿橙红长袍的人影。无目的西斯林，每人喉咙上都缠着两条蛇。

一道道邪恶的白炽光线扫过外墙，像鞭子在水中抽过。在闪耀的热能炙烤下，岩石炸裂，锁甲被焊入皮肤。泰丹人蹲伏在泪珠形巨盾下躲避光线，嘴里发出恐惧而愤怒的叫喊，最终仍被烧成灰烬。阿格蒙人徒劳地向那些悬浮的怪物放箭，但由于距离太远，几队配备丘莱尔的弩手射出的箭矢只是呼啸着从他们身边擦过。

高大的瑟-泰丹骑士倒下了。虽然眼前这一幕让人绝望，许多人

第三卷　第三次进军

仍挥舞着长剑,高声诅咒巫师,直到最后时刻降临。还能爬下梯子的逃了,几个须发着火的战士直接从堡墙上跳下去。一阵邪恶的光线吞噬了戈泰克的军旗。

它闪烁着消失了。

一时间,战场安静下来,只有仍留在城墙上的人还在尖叫。然后城上的基安人爆发出欢呼,夺回了被攻占的高地,把还活着的泰丹人推下城墙,包括戈泰克的小儿子戈尔宇。老伯爵在悲痛中失去了理智,其他人不得不将其拖开。

长牙之民狠狈地撤出来,他们骑马冲向城门,去寻找还没进入卡拉斯坎的赤塔巫师。他们只带去一句口信:"西斯林在守卫狗城。"

— ※ —

凯胡斯背着战利品,穿过冬青树和造型灌木组成的小花园,大步走到一栋废弃豪宅的露台上。一具女尸静静地躺在两棵杜松间,裙服裹在头上。凯胡斯从她身边走过,踏过闪亮的大理石地面,来到露台栏杆前。微风带来恶臭与芳香,那是宝贵的财产燃烧的气味。

近处的视野完全被狗城占据,那薄雾笼罩的暗色外墙山峦般矗立在街巷中起伏的围墙与屋顶之上。他看到基安士兵的小小人影在高墙上来回奔跑,城垛间银盔闪闪发亮。他还看到因里教徒的尸体从城墙顶上被抛下。

到处都有卡拉斯坎人死去。透过烟雾的帷幕,他仔细查看远处的暴乱场面,目光扫过一场场小型闹剧:混战、暴行,尸体被剥光,女人在号哭,孩子从房顶跳下。一阵突如其来的尖叫让他垂下视线,他发现一队黑甲的森耶里人冲进露台正下方那座与世隔绝的花园。那些人很快跑出他的视线,只听见刺耳的笑声随晨风飘荡。

他越过城堡,越过卡拉斯坎蜿蜒的城墙南方的山丘,向希摩望去。

523

我离你越来越近了，父亲，非常近了。

他把染血的长袍包裹从肩头卸下，怪物的头滚落在冰冷的地板上。他仔细研究那张脸，那就像一团裹着人类皮肤的蛇。一只没有眼睑的眼睛在阴影中隐约闪烁。凯胡斯已经知道，这东西并非巫术的造物，他从阿凯梅安那里学到的东西足以证明，它们是俗世的武器，古代的虚族使用它们，就像人类使用刀剑。看到这恢复原状的面孔，事实变得无比确凿。

武器。非神会终于拿起了武器。

战争中的战争。终于来到这一刻。

凯胡斯已遇到了许多佐顿亚尼，他的指示正得到确凿的执行。他要他们将西尔维和艾斯梅娜撤出营地，要百柱团来保卫这栋不知名的商人别墅，他还召集了所有监视换皮密探的佐顿亚尼——营中每个被他认出的换皮密探他都派人监视了——只要赶在混乱结束前下手……

必须净化圣战军！

城堡上突然光芒四射，碎裂声响彻全城，犹如地底的震雷。一阵令人不安的不和谐音回响起来，接下来是更多闪动的光线。凯胡斯看到许多石料砸在城堡地基下，碎块滚下山坡。

赤塔巫师们高悬空中，围绕宏伟的城墙组成一个巨大的半圆。透过一片浓密的箭雨，可见烈火在塔顶上闪动，就算离得这么远，凯胡斯也能看到浑身着火的费恩教徒从塔上跳下。闪电从幻影般的云层中打下，将石头与血肉一起炸开。一群群炽热的巫术麻雀云集城墙之上，朝一张张惊恐万状的脸冲去。

虽然不停地带来毁灭，但仍有赤塔学士被异教徒的丘莱尔击中，跌到脚下的屋顶上，化作盐块。一个，一个，又一个……凯胡斯的眼睛被一片刺目的闪光吸引了，他看到一个巫师撞到山脚下，像石雕一样四分五裂。赤塔学士们发出的邪恶光线瞬间加剧，塔楼顶部纷纷爆炸，显然无人生还。

第三卷　第三次进军

之后赤塔学士们的歌声低落下去。雷鸣渐行渐远。几个心跳的时间里,整个卡拉斯坎似乎都平静下来。

要塞上空仍然冒着血肉燃烧的黑烟。

几名巫师大步向前。阿凯梅安告诉过凯胡斯,巫师不是真的会飞,而是在一个不存在的表面上行走——那是大地在空中的回音。学士们穿过烟雾,悬在主堡狭窄的外庭上方。凯胡斯看到他们那鬼魂般的隔绝术显露的轮廓。他们似乎在等待什么……又像在寻找什么……

突然,从城堡的不同方位射出七道明亮的蓝光,刺穿烟尘直指天空,交叉着击中了最中间的学士的身体……

西斯林。凯胡斯明白了,西斯林在保卫这座要塞……

那圈远处看来只是小斑点的赤红人影回应着隐藏在塔楼里的敌人。凯胡斯举起一只手挡住明亮的光线。空气不停震荡。西边一座塔楼被火焰烧塌了,笨重地倒下,压倒外墙,滚下山坡,变成一片雪崩般的碎石与尘埃。

凯胡斯欣赏着这壮观的一幕,希望能真正了解其中奥秘。巫术是唯一未被他征服的知识,是俗世中人最后的秘密。他是异民——这是阿凯梅安既希冀又恐惧的事实。他可以掌握怎样的力量呢?

而父亲是西斯林,他已拥有了怎样的力量呢?

赤塔学士毫不留情地轰击城堡,片刻不曾停顿。西斯林的反击看不见了。烟雾与尘土翻滚,将黑色的主堡整个包裹在内。烟尘的缝隙间充斥着巫术的光芒,有时闪烁的光线又从烟尘中透射出来,像照过黑色薄纱。

古怪的韵律让凯胡斯耳朵发痛。怎么能说出这样的词句?话语怎么能成为前事?

南边一座塔楼坍塌了,砸在地基上,激起一大片黑色烟尘,笼罩了周围的房屋。凯胡斯看到长牙之民在街巷里逃窜,突然有一个穿黄丝外衣的人影,在奔流的人潮上飞翔,伸开手臂,穿凉鞋的双脚向下疾点。

因里教士兵在他身下散开。

一个幸存的西斯林。

凯胡斯看着那人低低地掠过高低不平的房顶,落进街道。他起初以为那人是在逃跑——弥漫的烟尘挡住了赤塔学士的视线。但他很快意识到……

那个西斯林正朝他跑来。

人影没有继续向南飞,而是折向西面,利用建筑隐蔽路线,不让远处那些视力经过增强的学士看到。凯胡斯观察那人的行进路线,只见他沿折线在街道中穿行,通过许多突然的转向来掩饰真正的意图。虽然不知为什么——似乎毫无道理——但毫无疑问那个人正朝他赶来。这可能吗?是父亲吗?

凯胡斯从栏杆前退开,弯腰将换皮密探的头重新裹进长袍。他握住手下的佐顿亚尼献给他的两枚丘莱尔之一……按照阿凯梅安的说法,与针对其他巫术一样,丘莱尔可让他免受水魂术的伤害。

西斯林爬上斜坡,直奔露台而来,飘过树顶时踢到了松散的枝叶,鸟群被他惊飞。凯胡斯看到他双眼的两个黑洞,他脖子间两条昂立的蛇,一条朝前看,另一条则望向仍在继续坍塌的城堡。

龙吼声在远方响起,紧接着震雷滚滚。脚下的大理石地面不断震动,更多黑云从城堡上涌起……

是父亲?这不可能!

西斯林低飞过森耶里人不久前出没的花园,然后猛地向上。凯胡斯甚至能听到他的丝袍破空的舞动声。

凯胡斯后跳一步,抽出剑来。巫术祭司飞过栏杆,双手合十,指尖相对。

"安那苏里博·凯胡斯!"那个从空中落下的人喊道,然后陡然停下,几乎贴上自己的影子。他踩在光洁的大理石面散布的碎石上。

凯胡斯一动不动地站在原地,紧握丘莱尔。

第三卷　第三次进军

他太年轻——

"我是席法纳特·阿布·库努克里,"没有眼睛的人气喘吁吁地说,"因达拉-基沙乌里部落的成员……我带来你父亲的口信。他说:'你走过了捷径,很快就能领悟千回之念了。'"

父亲?

凯胡斯收起剑,放开所有感官,接受那人施放的信息。他发现了绝望和决心。压倒一切的决心……

"你怎么找到我的?"

"我们看到你了。我们都看到了。"那人身后,城堡的烟尘如一朵巨大的紫玫瑰绽放。

"我们?"

"所有侍奉他的人——第三视野的传人。"

他……父亲。他在西斯林中建立了自己的势力……

"我必须知道,"凯胡斯加重语气,"他打算做什么。"

"他什么都没告诉我……就算他说过什么,也没时间讲给你听了。"

这人脸上带着战斗的紧张情绪,又没有眼睛,解读他的表情比解读普通人要复杂一些,不过凯胡斯看出他说的是真心话。但这是为什么呢?父亲从那么远的地方把他召唤到这里,现在却把他留在黑暗中?

他知道长老是派我来刺杀他的……他必须先确定我的想法。

"我必须警告你,"席法纳特道,"帕迪拉贾正统帅全南方的军队兼程赶来。现在他的斥候应在地平线上看到这里的烟柱了。"

一直有关于帕迪拉贾亲征的传言……但真的已经这么近了?那么多偶然、可能性和选择,像长枪一样刺进凯胡斯的脑海——他却得不出结论。帕迪拉贾即将赶到。非神会大举出动。大贵族们蠢蠢欲动……

"发生的事太多了……你必须告诉我父亲!"

"没有——"

那条看着城堡方向的蛇突然立起来,发出嗞嗞声。凯胡斯瞥见三名赤塔学士凌空大步走来,身上的红袍虽有些破旧,但在阳光下仍熠熠生辉。

"卖身者来了,"没有眼睛的人说,"你必须杀我。"

凯胡斯流利地拔出剑。西斯林显得毫不在意,那条蛇却一直高耸着头,就像被一根绳子拴住了似的。

"道既无始,"席法纳特用颤抖的声音说,"亦无终。"

凯胡斯砍下西斯林的头。那人身体倒向一旁,头向后滚开。一条蛇被切成两段,在地上扭动,另一条完整的蛇则像长长的虫子一样迅捷地爬进了花园中。

狗城原本所在之地,巨大的黑色烟柱高耸在被洗劫一空的城市上方,仿佛直达天际。

卡拉斯坎的每个街区都在燃烧,从"酒碗区"(因被九座山丘中的五座环绕而得名)到旧城——旧城的标志是凯兰尼亚时代城墙的破碎遗迹,那是古时卡拉斯坎的外墙——一排排烟柱笼罩城市。远处的景物渐渐看不分明,但最浓密的烟柱是从东南方倒塌的灰色主堡中涌出的。

卡萨曼德·阿布·特菲尔罗卡,基安和所有得到净化之地的至高帕迪拉贾,站在南方远处的山顶,望着滚滚浓烟,平日严酷的眼中涌出泪水。卡萨曼德的斥候带回灾难的消息时,他并不愿相信,坚称伊伯扬——他机智、凶猛的女婿——一定会向他示警。但现在,一切都无法否认了。卡拉斯坎,可与白墙塞鲁卡媲美的城市,落入了被诅咒的偶像崇拜者之手。

他来晚了。

第三卷 第三次进军

"我们无法拯救,"他对身边衣甲鲜亮的大公们说,"但可以复仇。"

— ❧ —

就在卡萨曼德盘算该怎样将发生的一切告诉女儿时,一队沙里亚骑士捉住了逃向城外的伊伯扬及其随从。当晚,高提安要大贵族们用血迹斑斑的靴子踩踏帕夏的脸,说:"欢庆吧,真神赐予了我们战胜敌人的力量。"这是一项古老的仪式,历史可上溯到长牙时代。

之后,他们把帕夏吊死在一棵树上。

— ❧ —

"凯胡斯!"艾斯梅娜高喊着,跑过一道黑色大理石方柱围成的回廊。她从没进过有这么多奢侈品、这么宽敞的房子。"凯胡斯!"

他从一群围聚的士兵当中转过身,露出微笑,伸手带着爱意触碰她,这样的触碰每次都让剧痛从她喉间一直涌到心里。那是狂野的、不顾后果的爱!

她扑进他怀里,他的双臂环着她的肩膀,让她沉醉在这几乎绝对的安全感中。他那么强壮,仿佛是唯一不会动摇的支点……

这是充满怀疑与恐惧的一天,对她和西尔维来说都是。攻陷卡拉斯坎的喜悦很快被冲走了,她们先听说有人试图刺杀凯胡斯,几个眼神狂热的佐顿亚尼声称,恶魔在城市里袭击凯胡斯。不久,百柱团过来护送她们离开营地。没人知道凯胡斯是否还活着,连韦尔乔和加亚玛克里都不知道。接下来她们目睹了被洗劫的城市中一幕接一幕的惨剧。无法言说的事。女人,孩子……她不得不把西尔维留在院子里,女孩完全被痛苦占据了。

"他们说你遭到恶魔袭击!"她伏在他胸前哭道。

"不,"他笑出声,"不是恶魔。"

"发生了什么?"

凯胡斯轻轻地把她推开。"我们已经经历过很多事。"他轻抚她的脸,不仅仅是在看着,而是在注视……她明白那目光中包含的问题:你够强壮吗?

"凯胡斯?"

"考验要开始了,艾斯梅,真正的考验。"

前所未有的恐惧让她浑身颤抖。不会的!她在心里高喊,你不会有事的!

他听上去很害怕。

———∽∞∽———

长牙纪4111年,冬,特兰提斯湾

风间歇性地鼓动船帆,海湾波澜不惊。阿摩塔尼亚号行驶平稳,甚至可以把一枚丘莱尔放在盾牌顶上。

"那是什么?"辛奈摩斯边问,边把脸迎向阳光,"他们看到了什么?"

阿凯梅安看了朋友一眼,然后转回头去,望向一片狼藉的海滩。

一只海鸥高叫着,仿佛在模仿人类的痛苦。海鸥总是这样。

他一生中常会遇到这样的时刻——平静的惊奇。他觉得这样的时刻是按它们自己的意志来"访问"他的。周围一切仿佛停顿下来,让他觉得超然物外,有时温暖,有时则冰冷彻骨。他会想:我怎么会体验这种生活?几个心跳间,最亲近的事物——吹动手臂毛发的微风,艾斯梅娜收拾他们少之又少的财物时肩膀的姿势——也变得无比遥远。而整个世界,从牙齿间的味道到远方看不见的地平线,仿佛都不真实。怎么可能?他有时会低声说,这怎么可能?

第三卷 第三次进军

这样的问题从没有答案,有的只是惊奇。

阿金西斯称这种体验为"umresthei om aumreton",意为"在失落中拥有"。在他最著名的作品《人类的解析·第三卷》中,他声称这种感觉是智慧的核心,是开化的灵魂最可靠的证明。他说,只有失而复得才让人真正拥有,真正的存在也需要"umresthei om aumreton"。没有这种体验,无异于在梦中胡走乱撞……

"是船,"阿凯梅安告诉辛奈摩斯,"烧焦的船。"

当然,最讽刺的是,"umresthei om aumreton"会让一切真实存在变得像梦——尤其是噩梦。

海墨恩寸草不生的海岸山丘仿佛环绕海湾的围墙,在层叠的山壁掩映下,海边有一道道不连续的狭窄沙滩。沙滩的沙本是亚麻白色,但极目所见,焦黑碎块遍布,仿佛田野间劳作的奴隶腋下的盐渍。不管朝哪边看,阿凯梅安都只看见火焚的船只及船只残骸,足有几百艘,每艘都落满红色脖颈的海鸥。

叫喊声在阿摩塔尼亚号的甲板上此起彼伏。船长——一个叫穆玛拉斯的纳述尔人——下令下锚停船。

离海岸一段距离的地方,几艘烧得半焦的船靠在沙洲上,看外形是三层桨船。再远些有十来个船头伸出水面,铁制撞锤锈迹斑斑,船首像涂着明漆的眼睛龟裂剥落。其他船大都在沙滩上挤成一团,犹如生病的鲸鱼被突如其来的风暴卷上浅滩,船壳要么倒向一侧,要么整个颠倒。有几艘船甚至只剩龙骨旁几根黑色肋木。一排排断桨指向天空,海草像长毛的绳索挂在舷墙上。空中满是盘旋的海鸥,它们争夺着那些比较小的废船,并在一个个翻倒的船腹上尽情啄食。

"这是基安人摧毁帝国舰队的地方。"阿凯梅安解释,"帕迪拉贾在这里几乎毁灭了圣战军……"他记得在赤塔驻地的地下室里,当他被无助地悬挂在空中时,伊奥库斯向他描述过这场灾难。也是从那时起,他不再为自己担忧,转而担心起艾斯梅娜。

凯胡斯。凯胡斯会保护她的安全。

"特兰提斯湾……"辛奈摩斯脸色阴沉。现在,全世界都知道了这地方。特兰提斯之战已成为帝国历史上最惨痛的海战失利。帕迪拉贾将长牙之民诱到沙漠深处,然后对他们唯一的水源——帝国舰队——发动攻击。虽然没人确切知道当时情况,但普遍认为,卡萨曼德在舰队中隐藏了大量西斯林巫师。传言基安人离开战场时只少了两艘划桨战舰,还是在风暴中失去的。

"你看到了什么?"辛奈摩斯追问,"它是什么样子?"

"西斯林烧掉了一切。"阿凯梅安回答。

他顿了顿,思维几乎被涌起的抵触情绪占满,一句话都不想说。不知为什么,将眼前这幕惨象诉诸语言似是件亵渎、猥琐的事。然而要描述他人的损失别无他法,只能诉诸语言。

"到处都是焦黑的船……像在沙滩上晒太阳的海豹。还有海鸥——几千海鸥……在诺恩我们管它们叫割喉鸟。你知道,那些鸟就像喉咙被切开了似的。都是些坏脾气的畜生。"

阿摩塔尼亚号的船长穆玛拉斯离开手下,来到栏杆前跟他们站在一起。自在爱荷西亚第一次相见,阿凯梅安就喜欢上了这人。他是纳述尔人所说的"退伍船长",指挥过战船,现在以私人身份做承包生意。他短短的银发透出几分贵族气质,长年的海上生活让他脸上皮肤变得坚韧,但仍能看出有过细心保养。他当然没留胡子,脸刮得干干净净,有点像小男孩,不过纳述尔男人看上去都像孩子。

"这海湾不在航线上,我知道。"这人解释,"不过我一定要亲眼看看。"

"你失去了亲人。"阿凯梅安注意到他下陷的眼睛。

船长点点头,紧张地看着海滩上散布的焦黑残骸。"我兄弟。"

"你确定他死了?"

海鸥在头顶尖叫,仿佛是递交国书的大使。

第三卷　第三次进军

"其他人，"穆玛拉斯说，"一些我认识的人上岸去看过。他们看到散布的骨头和干尸，从北到南延伸出好几里。虽然基安人攻击猛烈，不过萨索提安将军把船泊在离岸很近的地方，所以还是有几千人，甚至几万人活下来……你闻不到吗？"他看了辛奈摩斯一眼，"那些沙尘……跟白垩一样苦。我们就站在卡拉塞大沙漠边上。"

船长转向阿凯梅安，棕色的眼睛一眨不眨："在那里没人能活下来。"

阿凯梅安僵住了，长久以来的担忧再次涌上心头。虽然周围是干燥的沙漠空气，他的皮肤却黏稠起来。"圣战军活下来了。"他说。

船长皱起眉，似乎阿凯梅安的口气中有什么东西让他犹豫。他张了张嘴想反驳，不过马上停下，露出若有所思的眼神。

"你也在担心失去什么人。"他又朝辛奈摩斯看了一眼。

"不。"阿凯梅安说。*她还活着！凯胡斯会救她！*

穆玛拉斯叹口气，带着同情与尴尬转开眼。"祝你好运——"他看着拍打的海浪说，"我真心希望。但这支圣战军……"一阵神秘的沉默。

"圣战军怎样？"阿凯梅安问。

"我是个老水手，看过太多航船被吹离航线，太多舰队沉没，这让我明白，不管船长是谁、船上押送的是什么货物，真神都不会给他们打包票。"他又望向阿凯梅安，"关于圣战军，只有一件事能确定：这是一场史无前例的浩劫。"

阿凯梅安知道这算不了什么，但他没有说出口。他的目光停留在被摧毁的舰队上，突然间非常讨厌船长的陪伴。

"为何这样说？"辛奈摩斯问。他说话时总是左右转脸，阿凯梅安觉得越来越无法忍受了。"你听说了什么？"

穆玛拉斯耸耸肩："都是些疯狂事情。有人说他们得了坏血病，还有人说他们吃了大败仗，帕迪拉贾已聚集起剩余的所有部队。"

"呸。"辛奈摩斯啐了一口，这样刻薄的口吻他之前从没有过。"听风就是雨。"

从辛奈摩斯的每句话中,阿凯梅安都能听出恐惧。就像有无比恐怖的东西潜藏在黑暗里,而他害怕那东西认出自己的声音。时间一周周过去,事实越来越明显,赤塔夺走的不只是他的眼睛,还夺走了那双眼睛中曾有的光明与开朗。伊奥库斯用强迫术改变了辛奈摩斯的灵魂,迫使他放弃爱与尊严,这样的改变无法挽回。阿凯梅安想对元帅解释,当时有那样的想法、说出那样的话的并非他本人,但这没有用。诚如凯胡斯所说,人不知道推动自己的是什么。辛奈摩斯见证的虚弱与堕落只属于他自己。面对真正的邪恶,他才意识到自己的脆弱。

"还有,"船长续道,辛奈摩斯的脾气显然没影响到他,"有人说圣战军有了一位新先知。"

阿凯梅安猛地扭过头来,险些扭到脖子。"先知?"他小心地问,"谁告诉你的?"一定是凯胡斯。如果凯胡斯还活着……

艾斯梅……你一定不能有事啊!

"在爱荷西亚和我们交换泊位的那艘大帆船,"穆玛拉斯说,"船长刚从约克萨回来,他说长牙之民现在追随一个叫凯什么胡的人。那是个能带来奇迹的人,可以从沙里挤出水来。"

阿凯梅安发觉自己的手按在胸口。他的心怦怦直跳。

"阿凯?"辛奈摩斯低声说。

"是他,辛……一定是他。"

"你认识他?"穆玛拉斯脸上带着怀疑的笑容。对海上讨生活的人而言,传闻是另一种金币。

但阿凯梅安已经说不出话了。他紧抓木栏杆,努力克制心头猛然涌起的奇异而幸福的眩晕感。

艾斯梅娜还活着。

她还活着!

但他知道,自己心中还感到更深切的宽慰……想到凯胡斯,他的心也狂跳不止。

"放轻松!"船长抓住阿凯梅安的肩膀。

阿凯梅安呆滞地看着他,狂喜几乎让他晕厥过去……

凯胡斯。此人在他心中激起的究竟是怎样的念头?成为伟人吗?除了巫师,谁能明白超越凡人的感受?巫师嘲讽信民,只因信民将巫师视为贱种,完全不了解他们拥有的力量。能够驾驭又何须屈服?

"来,"穆玛拉斯说,"来坐会儿吧。"

阿凯梅安挡开那人父亲般伸出的手。"我没事。"他喘着气说道。

艾斯梅娜和凯胡斯。他们活着!能拯救他心灵的女人和能拯救世界的男人……

他感到另一双强壮的手按在自己肩上。辛奈摩斯。

"不用管他,"他听到元帅说,"这次航行只是我们行程中的小插曲。"

"辛!"阿凯梅安想笑,但喉头的剧痛让他没法笑出来。

船长退开了,至于是因为同情还是尴尬,阿凯梅安不得而知。

"她还活着,"辛奈摩斯说,"想想她会多高兴吧!"

不知为什么,听到这话他几乎无法呼吸。那个辛奈摩斯,那个承受着他所无法想象的痛苦的人,已将伤痛放在一边,为了……

为了抚慰他的痛苦。阿凯梅安咽了咽唾沫,想把伊奥库斯的相貌从脑海里赶走,那双红色瞳孔的眼睛深深地下陷,带着心不在焉的懊悔。

他伸出手,抓住朋友的手,紧握在一起,各人心头有各自的绝望。

"我会带去火焰,辛。"

他干涩的眼睛扫视着帝国舰队的残骸。突然间,这场景在他眼中不再是终结,而是过渡——就像一群巨大的甲虫蜕下的外壳。

红色脖颈的海鸥仍用猜忌的眼神看着他们。

"火焰。"他说。

第二十二章 卡拉斯坎

> 万事皆有代价。我们用呼吸来偿还,但我们的钱包并不丰厚。
>
> ——57:3,《长牙纪年·歌集》

和许多老暴君一样,我宠爱我的孙辈。看着他们淘气、嬉闹、异想天开,我无比高兴。我故意用蜜糖棒逗弄他们,他们对这个世界以及这世上无可计数的尖牙利齿,都保有诸神赐予的无知。我应该像我祖父对我那样,驱走他们身上这份童真吗?还是应该放纵他们的幻想?哪怕是现在,死亡的阴影逐渐在我身边聚拢,我仍在追问:为什么要无知为世界负责?也许这个世界应该为无知负责才对……是的,我宁可相信是这样。

我已经厌倦了承受责备。

——斯塔贾纳斯二世,《沉思录》

长牙纪4111年,冬,卡拉斯坎

城破次日清晨,卡拉斯坎仍笼罩在烟雾中。远处的城区影影绰绰,间或可见毁坏的宏伟建筑。死尸堆积在冒烟的房屋内,横陈在洗劫一空的宫殿里,散布在卡拉斯坎著名的大市集中。野猫舔食血水,乌鸦啄着黯淡的眼窝。

孤寂的号声凄凉地盘旋在屋顶。昨天放纵的屠杀仍让长牙之民有些沉醉,号角让他们浑身一凛,明白接下来的一天将在悔悟与阴沉的庆祝中度过。但城市的许多区域响起更多号声，呼唤他们拿起武器。铁甲骑士疯狂呐喊着，沿街奔驰。

爬上南城墙的人看到穿不同颜色盔甲的大批骑兵越过草木稀疏的山坡，沿山脊散开。卡萨曼德一世，基安人的帕迪拉贾，终于来到因里教徒面前。各大贵族奋力召集手下的封臣与骑士，但他们散布在城中各地，根本无法结集。戈泰克因幼子戈尔宇的死备受打击，卧床不起，缺少备受敬重的阿甘萨诺伯爵带领，泰丹人拒绝离开城市；长发的森耶里人刚失去他们的王子斯凯耶尔特，部队毫无组织，变成了一伙伙暴徒，他们无视迫在眉睫的威胁，继续在城市各处大开杀戒；切菲拉姆尼在病床上奄奄一息，艾诺恩各总督勾心斗角。号角一遍遍呼唤，但应答的人少之又少。

费恩教骑兵冲下山坡的速度之快，令圣战军不得不放弃城市周围大部分营地，包括营中的攻城器械和补给。骑士们撤退时将好几座营地付之一炬，以免落入异教徒之手。数以百计病得无法逃跑的士兵被留下任人屠戮。几队因里教骑士壮着胆子抵抗帕迪拉贾，不是很快被逼退，就是被一波又一波高声呐喊的费恩教骑兵淹没。上午刚过半，大贵族们便慌忙召回卡拉斯坎城外所有部队，把他们派上辽阔的城墙。

欢庆变成恐惧与怀疑，圣战军被困在一座刚被他们自己围困过数周的城内。大贵族匆忙下令清点剩余的食物储备，他们绝望地发现，伊伯扬意识到卡拉斯坎不保时将城中谷仓都烧掉了。不用说，城中最牢固的要塞狗城原有巨大的储藏室，但它刚被赤塔摧毁。卡拉斯坎最东边的山丘上，破碎的要塞仍在燃烧，仿佛一座明亮的灯塔。

山坡别墅的屋顶平台上，卡萨曼德·阿布·特菲尔罗卡坐在华丽的长椅上，望着麾下大军无情地包围卡拉斯坎，周围是他的顾问和孩子

们。他心爱的女儿们靠在他鲸鱼一样的肚皮上，询问战事进展。几个月以来，他一直在科拉沙——南锡蓬著名的白日行宫——闷如蒸锅的礼拜堂中关注圣战军的动向。他曾相信众位帕夏睿智的头脑和好斗的意志，他曾鄙视那些崇拜偶像的因里教徒，认为他们野蛮不化，对战争一无所知。他不会再这样想了。

为弥补疏忽，他召集起不逊于史上任何圣战军的队伍：约六万安乌拉特之战的幸存者，由杰出的辛加捷霍指挥，帕夏暂时抛开了与帕迪拉贾的芥蒂；基安人故乡奇纳迪尼的大公们带来四万骑兵，指挥他们的是卡萨曼德残忍而精明的儿子法纳亚；吉尔加什的皮拉萨坎达国王，卡萨曼德的老臣属，其臣下的酋长们带领着三万黑皮肤的费恩教徒及从尼尔纳米什的异教徒那弄来的一百头战象。最让帕迪拉贾自豪的也是最后这支部队，那些野兽隆隆前进时总让他的女儿们娇笑不已。

夜幕降临，帕迪拉贾下令攻击卡拉斯坎，希望打偶像崇拜者一个措手不及。他们抬起因里教木匠打造的云梯，他们还找到了一座完好无损的攻城塔。象牙之门附近发生了激烈战斗，费恩教徒用大象拉动长牙之民制造的铁头攻城槌，很快，如雷的鼓声和大象的嘶吼就盖过了战场上士兵的喧嚣。但钢铁战士们没有放弃居高临下的优势，令基安人和吉尔加什人蒙受了惨重损失，十四头战象被燃烧的沥青活活烧死。卡萨曼德最年轻的女儿，美丽的西罗尔，失声痛哭。

太阳终于落下，长牙之民带着解脱与恐惧迎来黑夜。他们暂时得救了，但毁灭的命运已经注定。

------❦❦❦------

低沉的、时断时续的战鼓声有如雷鸣。

普罗雅斯靠在号角之门的石灰石城垛上，越过垛口，看着脚下泥泞的平原。奈育尔站在他身后。漫山遍野都是基安人，正将因里教徒的

第三卷　第三次进军

补给和帐篷扔进巨大的篝火堆里,搭起自己鲜亮的帐篷,加固栅栏和工事。一队队银盔骑兵沿山脊来回巡逻,在果园或牛棚间的空地上飞驰。

因里教徒发起攻击时也选中这片平原,那座烧焦的攻城塔离当初普罗雅斯部署的位置只差一个石块的投掷距离。他揉揉干涩的眼睛:这不可能!不可能!

先是占领卡拉斯坎的欢欣——狂喜!——然后是帕迪拉贾。许久以来,对因里教徒来说,他只是传言中的南方暴君,现在却带领军队活生生出现在俯瞰城市的山岭上。起初普罗雅斯觉得这一切是个天大的误会,等洗劫城市的混乱过去,一切自然会好起来,那些戴丝绸头巾的不可能是基安骑兵……异教徒在安乌拉特遭受了致命打击——他们完了!圣战军占领了宏伟的卡拉斯坎,打开了通往谢拉什和安摩图的大门,即将向圣地进军!他们已离得这么近……

离希摩这么近,他相信那里的人一定在地平线上看到了卡拉斯坎的硝烟。

但那些骑兵确实是基安人。他们骑马在帕迪拉贾的白狮旗下奔驰,潮水般拥向绵长的城墙,烧掉因里教徒丢弃的营地,杀死留下的病人。所有愚蠢地试图抵抗的人都被踩翻在地。卡萨曼德来了,真神和希望都背弃了他们。

"你估计他们有多少人?"普罗雅斯问身后的塞尔文迪人,对方穿着鳞甲,抱起满是疤痕的手臂。

"有关系吗?"野蛮人回答。

蓝绿眼睛的注视让普罗雅斯非常不安。他转头望向灰烟笼罩下的平原。昨天,当灾难发生时,他一遍遍自问,就像犯错的孩子,反复拷问自己的虔诚。有哪个大贵族像他这样辛苦工作?谁比他献上的祭品更丰厚、祈祷的时间更长久?但现在,他不敢再问了。

他想到了阿凯梅安和辛奈摩斯。

"是你,"亚特雷普斯的元帅说,"放弃一切的是你……"

但我是以真神的名义！是为了真神的荣耀！

"当然有关系。"普罗雅斯嘶声说。他知道塞尔文迪人听到这语调会发怒，但他已不再为这个担心，也不在意了。"我们必须突围！"

"正是，"奈育尔仍显得无比平静，"必须突围……不管帕迪拉贾有多少军队。"

普罗雅斯皱眉转回垛口，他没心情忍受野蛮人的纠正。

"孔法斯呢？"他问，"粮食方面他有可能撒谎吗？"

野蛮人耸耸宽阔的肩膀："纳述尔人很擅长数数。"

"也很擅长撒谎！"普罗雅斯喊道。这人为什么就是不愿回答他的问题呢？"你觉得孔法斯说的是实话？"

奈育尔朝古老的石城垛吐了口痰："等着看好了……看我们瘦下来的时候他是不是还那么胖。"

该死的东西！为什么在这种时候、这样的危急关头拿他开玩笑？

"你们被围困了，"塞尔文迪战士续道，"而之前你们花了好几个星期消耗这里的粮食。就算孔法斯私藏食物，铁定也杯水车薪。你们还有一个选择，也是唯一的选择：让赤塔行动起来，马上行动，在帕迪拉贾聚集西斯林之前，圣战军必须与敌人决战。"

"你以为我不清楚吗？"普罗雅斯喊道，"我请求过以利亚萨拉斯，你知道他说什么？他说：'赤塔已承受了太多不必要的牺牲……'不必要的牺牲！这是什么意思？他们在安乌拉特死了十几个人——如果真有那么多的话！——在沙漠里也有几个人渴死。但这和死去的十万信民相比算得了什么！还有呢？昨天有五个人被丘莱尔击中——真神保佑！他们死的时候正在销毁卡拉斯坎剩余的食物……战争难道不都要流血吗！"

普罗雅斯停顿了一下，意识到自己在喘气。疯狂与混乱就像热病未消。古老宏伟的城楼在身边旋转，如果——他心里出现疯狂的想法——如果崔亚姆斯是用面包造的城墙就好了！

第三卷 第三次进军

塞尔文迪毫无表情地看着他,"那你们完了。"他说。

普罗雅斯双手捂脸,抓着脸颊。这不可能!一定有什么……有什么我疏忽了!

"我们被诅咒了,"他低声说,"他们是对的……真神在惩罚我们!"

"你说什么?"

"也许孔法斯和其他人关于他的说法是对的!"

野蛮人的脸僵住了:"他?"

"凯胡斯。"普罗雅斯大喊。他颤抖的双手紧握在一起,手掌摩擦。我在颤抖……我失态了。

普罗雅斯读过许多人在危急时刻失态的记载,荒谬的是,他意识到这一刻——现在!——正是他自己最脆弱的时刻。与期待不同,知道前人的例子并没有给他力量,恰恰相反,这甚至在加速他的崩溃。他病得太重……太疲惫了。

"他们要对付他,"普罗雅斯沙哑地解释,"先是孔法斯,现在连戈泰克和高提安也加入进去。"他颤抖着长吁一口气,"他们说他是伪先知。"

"这是真的?他们亲口告诉你的?"

普罗雅斯点点头。"他们希望得到我的支持,公开对他采取行动。"

"你想在城里挑起内战?因里教徒对因里教徒?"

普罗雅斯咽了咽唾沫,强迫自己不移开目光:"如果真神要我这样做。"

"你又怎么知道你的神要什么?"

普罗雅斯惊恐地盯着塞尔文迪人。"我……"喉咙深处涌起剧痛,热泪滚下脸颊,他在心里咒骂,张了张嘴,但说不出话……真神,求你了!

太久了,负担太重了。一切都是负担!每天,每句话都在打仗!而他的牺牲如此沉重，与之相比，沙漠，甚至坏血病都不算什么。但阿凯梅安——啊，这才是重要的！还有辛奈摩斯。这世上他最尊重的两个人，他都为了圣战军而抛弃了……但这仍然不够！

永远……永远都不够！

"告诉我，奈育尔。"他咳嗽一声，诡异的露齿笑容一闪而过，泪水又流下来。他用手捂住眼睛和面颊，趴在胸墙上。"求你！"他面贴石头喊道，"奈育尔……你一定要告诉我该做什么！"

塞尔文迪人露出惶恐的表情。

"去找凯胡斯，"野蛮人说，"但我警告你，"——他举起一只布满伤痕的强壮拳头——"封起你的心。紧紧地封起来！"他颔着下巴，紧盯着普罗雅斯，像狼一样……

"去吧，普罗雅斯，你自己去问那个人吧。"

房间正中的黑台子上摆着一张床，就像从天然岩石上长出来的一样。五根石床柱间的帷幕平常总是垂着，现在别在碧玉与金丝的顶棚上。凯胡斯从被子下伸出一条腿，轻抚艾斯梅娜的脸颊，视线透过她泛红的皮肤和跃动的心脏，直指她子宫中的迹象。

我们的血，父亲……在充斥着粗劣而愚笨的灵魂的世界上，没有什么比这更珍贵。

安那苏里博家族。

杜尼安僧侣看得又深又远。就算圣战军在卡拉斯坎幸存，就算他们再次征服希摩，也仅仅是个开始……阿凯梅安是这样告诉他的。

而到最后，只有子嗣能战胜死亡。

你因此才召唤我吗？你要死了吗？

"怎么了？"艾斯梅娜把被单拉到胸口。

第三卷　第三次进军

凯胡斯猛地起身,盘腿坐在床上。他朝烛光下的阴影中看去,听到门外低沉的骚乱声。这是要——

对开大门毫无预兆地拉开,凯胡斯看到普罗雅斯带着久病后的虚弱,正和两名百柱团战士纠缠。

"凯胡斯!"康里亚王子喊道,"让你的狗滚回窝里,否则我向真神发誓,一定会让他们见血!"

凯胡斯一声令下,两名卫士放开王子,回到门边各自的位置上。普罗雅斯站在那里,胸膛起伏,扫视着奢华的卧室。凯胡斯用感知包裹住他……他每个毛孔都在发出绝望的吼声,然而他的情绪波动太大,很难分清细节。和所有人一样,他害怕圣战军失败,他也担心这是凯胡斯的错——许多人都有这种想法。

他需要知道我是谁。

"怎么回事,普罗雅斯?你有什么不舒服,为何发这么大火?"

王子看到艾斯梅娜,惊得目瞪口呆。凯胡斯立即看出危险。

他在寻找理由。

门里有一排低矮的栏杆,普罗雅斯跟跄着走到栏杆跟前。"她在做什么?"他困惑地眨眨眼,"她为什么在你床上?"

他不想去理解。

"她是我的妻子……这和你有什么——"

"妻子?"普罗雅斯喊道,一只虚握的手举到额头,"她是你的妻子?"

他已经听说了……这次来是为了告诉我他并不相信。

"沙漠,普罗雅斯,沙漠改变了我们所有人。"

王子摇摇头。"去他的沙漠……"他低声道,然后突然抬头,眼里充满怒火,"去他的沙漠!她是……她是……阿凯爱她!阿凯!你不记得了吗?你的朋友……"

凯胡斯垂下视线,显露出忏悔与悲痛:"我们认为这也是他的希望。"

"希望?希望他最好的朋友和他的女人睡——"

"你,"艾斯梅娜唾了一口,"凭什么和我提阿凯!"

"你说什么?"普罗雅斯脸色发白,"你是什么意思?"他抿紧嘴唇,视线落下,右手落到了胸口。

在他凌乱的情绪中恐惧是个坚实的支点——一个机会……

"你明明知道,"凯胡斯说,"在所有人当中,你最没权利评判这件事。"

康里亚王子缩了缩身:"你是什么意思?"、

就是现在……跟他停战。让他知道我理解他。指明他的罪过……

"好了,"凯胡斯说,他控制着词语、声调及表情中最细微的差别,"你让绝望控制了自己……而我,则有失于礼仪。普罗雅斯!你是我最亲爱的朋友之一……"他掀起被单,脚踩上地板,"来,和我们喝点酒,聊聊天。"

但普罗雅斯抓着他之前的评论不放——正中凯胡斯下怀:"我想知道我为什么最没权利评判。你那话到底是什么意思,'最亲爱的朋友'?"

凯胡斯把嘴唇抿成一条痛苦的直线。"我的意思是:你,普罗雅斯,而不是我们,背叛了阿凯梅安。"

那张英俊的脸因恐惧变得松弛。脉搏如鼓点般跳动。

我必须谨慎。

"不。"普罗雅斯说。

凯胡斯闭上双眼,做出失望的样子。"没错。你责怪我们,是因为你知道自己应该负责。"

"负责?负什么责?"他哼了一声,就像个受惊的少年,"我什么都没做。"

"你做了一切,普罗雅斯。你需要赤塔,而赤塔需要阿凯梅安。"

第三卷 第三次进军

"没人知道阿凯梅安的下落!"

"但你知道……我看得出来你知道。"

康里亚王子后退了一步:"你什么也看不出来!"

接近了……

"我当然看得出来,普罗雅斯。经历了这么多,你为何还在怀疑?"

但这时他发现,王子身上发生了什么:眼中闪过一丝凯胡斯未曾预料的警觉,各种思绪如瀑布奔涌,没法一一平息。那个词……

"怀疑?"普罗雅斯大喊,"我为什么不该怀疑?圣战军被逼到了绝境,凯胡斯!"

凯胡斯笑笑,就像辛奈摩斯看到王子愚蠢而令人感动的作为时那样。

"真神在考验我们,普罗雅斯,他尚未宣判!告诉我,难道不是因为怀疑才有审判吗?"

"他在考验我们……"普罗雅斯重复,脸上一片茫然。

"当然了,"凯胡斯用悲哀的语气说,"只需敞开你的心,你就会看到!"

"敞开我的……"普罗雅斯的声音低下去,眼里突然涌起恐惧与怀疑,"他告诉过我!"他突然自言自语,"他说的就是这个!"目光中迫切的渴望,与自己的担忧斗争的痛苦,突然都消失了,变成怀疑与不信任。

有人警告过他……塞尔文迪人?塞尔文迪人竟然这么做?

"普罗雅斯……"

我本该杀死他。

"那你呢,凯胡斯?"普罗雅斯吐了口痰,"你会怀疑吗?伟大的战士先知会害怕未来吗?"

凯胡斯看了艾斯梅娜一眼,她在哭泣。他伸出手,紧扣她冰凉的手。

"我不会。"他说。

"我不怕。"

但普罗雅斯已退出双开大门,回到明亮的前厅。"你会的。"

———※———

过去一千多年,卡拉斯坎宏伟的石灰岩城墙一直矗立在安那斯潘尼亚丘陵间的乡村之上。崔亚姆斯一世——也许是最伟大的神皇帝——兴建这座城市时,塞内安帝国中有人批评说工程太过劳民伤财,他们说如果能征服所有敌人,又何必修建城墙?根据编年史家们记载,崔亚姆斯用来打发他们的话是:"没人能征服未来。"确实如此,接下来几世纪,卡拉斯坎的"崔亚姆斯之墙"多次阻挡了历史的潮流——甚至完全改变了它的方向。而有些时候,历史就在这城墙之内发生。

因里教徒的号角日复一日地在高塔上响起,召唤长牙之民去驻守城墙。愤怒的帕迪拉贾不停地督促士兵攻击崔亚姆斯的坚固工事,每一次都坚信忍饥挨饿的偶像崇拜者会崩溃。但加里奥斯人、康里亚人和泰丹人忍饥受累,操纵卡拉斯坎之前的守卫者留下的战争器械,用投石机投出燃烧沥青,用弩车发射铁制箭矢。森耶里人、纳述尔人和艾诺恩人聚集在城墙上,躲在城垛底下,拼起盾牌,抵挡遮天蔽日的箭雨。一天又一天过去,他们似乎总能击退异教徒。

虽然一直在诅咒因里教徒,基安人也不得不惊叹对手绝望中迸发的力量。年轻的阿斯贾亚里两次率死士冲过布满沟壑的平原,一次袭击了施工的工兵队,破坏了他们挖出的隧道;另一次越过防御工事上一处漏洞,洗劫了一座孤立的营地。全世界都明白,他们的末日已经注定,他们却拒绝认输。

可他们是明白的——越来越严重的饥饿在不断提醒他们。

坏血病,或曰"空心病",逐渐停止了蔓延。许多人,包括上艾诺恩摄政王切菲拉姆尼,仍在垂死挣扎,还有些人,如科拉菲亚城总督祖索

第三卷 第三次进军

达、阿格蒙伯爵塞耶内，终于被夺去性命。火葬柴堆仍在燃烧，现在为它们提供燃烧的不止是病人，还有战死者。阿格蒙伯爵被烈火吞噬时，他手下著名的长弓手们将火箭射向城外，令基安人疑惑那些偶像崇拜者到底发了哪门子疯。塞耶内也是在瘟疫中丧生的最后一位因里教大贵族。

瘟疫暂时退去，饥饿的威胁却更严重。可怕的饥荒之神布克里斯会将人整个吞噬，只吐出皮骨，而他现在行走在卡拉斯坎的街巷间。

城市里，士兵们捕猎猫狗，最后为了充饥，连老鼠都不放过。不那么富有的贵族只好宰杀坐骑，那些马已把城里的茅草屋顶吃了个一干二净。很多骑兵队开始抽签决定杀谁的马来吃。没马的人在土里挖掘，企望找到块茎。他们煮葡萄藤乃至蓟，以平息肚子疯狂的唠叨。所有能找到的皮革——马鞍、皮甲等等——都煮过吃掉了。号角响起时，许多士兵的盔甲像裙子一样摇摆起来，腰束和皮扣早就落进了饭锅。骨瘦如柴的士兵在街上漫无目的地行走，寻找一切可充饥之物，他们脸上没有任何表情，动作迟钝慵懒，就像在沙漠中行走。谣言说有人吃了基安人肿胀的尸体，或在死寂的深夜杀死同伴，以平息疯狂的饥饿。

随着饥荒蔓延，恶疾也回来了，吞噬着一个个虚弱的人。士兵们患上败血症，牙齿脱落，疫情在仆从种姓中尤为严重。还有人得痢疾，浑身痉挛，腹泻不止。城里许多地方都能看到不穿裤子的士兵四处奔走，有人甚至在自己的粪便中打滚。

关于亚特里索王子凯胡斯的争吵越来越激烈，他的崇拜者与反对者之间的关系越来越紧张。议事会上，孔法斯、戈泰克甚至高提安一刻不停地谴责他，称他是伪先知，是圣战军必须铲除的祸害。谁还不信真神正在惩罚他们呢？他们坚称，圣战只能有一位先知，这位先知是因里·瑟金斯。普罗雅斯一度是凯胡斯的忠实捍卫者，但现在每次争辩他都躲在一旁不置一词。只有梭本仍为凯胡斯说话，但态度也有所动摇。为当上卡拉斯坎之王，他需要支持，他不愿在这种事上树敌过多。

虽然如此，仍没有人敢对所谓的战士先知采取行动。他的追随者"佐顿亚尼"已有几万之众，只不过在上等种姓中不算多。许多人仍记得沙漠中的水之奇迹，记得凯胡斯如何拯救了圣战军，包括那些现在称他为祸患的家伙。争斗和暴乱时有发生，在这场圣战中，因里教士兵的剑第一次让因里教士兵流血。骑士背主，兄弟相残，同乡为敌。似乎只有高提安和孔法斯的手下仍忠于他们。

然而每当号角响起，因里教徒就会抛开彼此的分歧，从疾病带来的麻木中清醒过来，重新投入战斗，只有真正被真神背弃的人才能理解他们的狂热。在攻击他们的异教徒看来，守卫城墙的是一群死人。当离开战场，安然坐在营火旁时，基安人会低声讲起人形怪物和被诅咒的灵魂，这支圣战军本该灭亡，却仍战斗不止，正如他们心中永不停息的仇恨。

卡拉斯坎仿佛不再是城市，而是悲苦的疆域。她的城墙——伟大的崔亚姆斯亲自修建的城墙——似乎都在呻吟。

这地方的奢侈让西尔维想起在高纳姆家做宠妾的闲散日子。穿过房间另一边开放的柱廊，可见天空下沿山势铺开的卡拉斯坎城。她朝后仰了仰身子，靠在绿色长沙发上，手臂从长裙肩头滑出来，于是那裙只靠腰上一道华丽的带子束着。粉嫩的孩子在她赤裸的胸前蠕动，她正要喂奶，却听到门闩打开声。她本以为是个基安奴隶，等战士先知的手落在她裸露的脖颈上，她又惊又喜地吸了口气。他的手拂过她赤裸的乳房，一只温柔的手指划过孩子圆润的后背。

"你来这里做什么？"她一边问，一边仰起嘴唇，吻了吻他的胡须。

"发生了许多事，"他温柔地说，"我只想知道你还安全……艾斯梅在哪儿？"

第三卷 第三次进军

听他问出这样简单的问题总让她觉得奇妙,提醒她神祇仍有凡人的一面。"凯胡斯,"她问,"你父亲叫什么?"

"莫恩古斯。"

西尔维皱起眉头:"我还以为他叫……安塞尔,或者类似的名字。"

"安塞拉留斯,"战士先知道,"在亚特里索,国王继位时会选一位伟大祖先的名字。莫恩古斯是他的真名。"

"那么,"她的手指划过孩子苍白的头皮上那层绒毛,"这就是他施洗用的名字了:莫恩古斯。"这并非断言,在战士先知面前,无论说什么都只是问题。

凯胡斯笑了:"这就是我们孩子的名字。"

"你父亲是个怎样的人,我的先知?"

"他非常神秘,西尔维。"

西尔维笑了笑:"他知道他是真神之声的父亲吗?"

凯胡斯抿抿嘴唇,装出认真思考的样子:"也许知道吧。"

西尔维已经习惯了这样神秘兮兮的对话,只微微一笑,眨了眨眼睛,不让自己流泪。胸口有孩子的温暖,脖颈上是先知的呼吸带来的暖意,整个世界仿佛成了封闭的圆环,好像悲苦终于从愉悦之中被驱逐了出去。再也不会有残酷而遥远的事让她付出代价了,她的心安然待在属于自己的壁炉前。

剧烈的罪恶感突然攫住了她。"我知道你很悲伤,"她说,"那么多人在受苦……"

他垂下头,什么都没说。

"但我从来没有这么快乐过,"她续道,"从来没有如此完满……这也是罪过吗?在别人受苦时感到欢乐?"

"对你来说不是,西尔维,对你来说。"

西尔维吸了口气,低头看着吸奶的婴儿。

"莫恩古斯饿了。"她笑着说。

皮疹和维里加完成长长的巡夜,在城墙顶上停下脚步。皮疹放下盾牌坐在地上,背靠城垛,维里加站在石头城垛旁,从瞭望孔中看着特尔塔平原上敌人的营火。两人都没注意到蹲在远处阴影中的那个人影。

"我看到那孩子了。"维里加仍然朝暗处望着。

"你看到了?"皮疹急切地问,"在哪里?"

"在法玛宫的下层门,洗礼是公开的……你不知道,对吗?"

"没人告诉我!"

维里加又朝黑夜中望去:"还真黑啊,你不觉得吗?"

"什么?"

"孩子。那孩子的皮肤好像很黑。"

皮疹哼了一声:"那是胎毛……很快会掉的。我敢发誓,我第二个女儿生下来还长着连鬓的胡子呢!"

友好的笑声。"将来,等这一切结束,我一定要去追你那个长胡子的女儿。"

"拜托……你还是从我那个长胡子的老婆开始吧!"

更多呛住的活泼笑声。"哦嗬!原来你的名号是这么来的!"

"你这混蛋!"皮疹喊道,"才不是,我的皮肤只是——"

"孩子的名字呢,"一个声音在黑暗中响起,"叫什么?"

两个男人停下谈笑,塞尔文迪人幽灵般的高大身影就在他们身后。他们见过这个人——很少有长牙之民没见过他——但从没有离野蛮人这么近。即使在月光下,野蛮人的身影仍然让人紧张:狂野的黑发,怒冲冲的眉毛压在眼睛上冷若冰霜,强壮的肩膀微微弓着,仿佛被他后背蕴含的超自然力量压弯了,年轻人一样苗条的腰肢,还有那双强健的、

第三卷　第三次进军

被疤痕分割得支离破碎的胳膊，那些疤痕既是象征也是战斗的成果。他浑身上下没有一丝赘肉，看上去像石头铸就，古老而充满饥渴。

"你——你说什么？"皮疹结结巴巴地问。

"名字！"奈育尔咆哮，"他们给孩子起了什么名字？"

"莫恩古斯！"维里加脱口而出，"施洗时他们用的这个名字，莫恩古斯……"

威胁气氛突然消失，野蛮人的表情变得异常空洞，他一动不动，好像一下子失去了生气。他喜怒无常的眼睛穿过两人的身体，向远处的重重阴影望去。

片刻紧张过去了，塞尔文迪人一言不发地转身，走进黑暗之中。

两人同时叹口气，面面相觑，似乎过了很长时间，才开始有一句没一句地聊起来。

就像有人要他们这样做似的。

还有办法，父亲，一定有。

已经没人到狗城来了，连那些最绝望的吃老鼠的贫民也不会。

凯胡斯站在一截断墙顶上，黑暗的卡拉斯坎在眼前展开，上千点阴暗的火光在城市各处燃烧。城墙外面，尤其是北边平原上，可以看到更多营火，那是帕迪拉贾的军队。

路，父亲……我的路在哪里？

不管他多少次对可能性进行冥想，所有出路似乎都已死亡，不是会导致灾难，就是条件不够无法成为现实。变量太多了，可能性太多了。

过去几周，他运用了自己掌握的一切影响力，希望延缓事态恶化，但现在看来似乎无法避免。大贵族中，只有梭本仍在公开支持他。普罗雅斯虽然一直没加入孔法斯的贵族同盟，但康里亚王子同样拒绝了凯胡斯不断的示好。地位较低的长牙之民中，佐顿亚尼与正统派——他们现在这样称呼自己——之间的隔阂越来越深。此外，还有更深远、更长久的威胁：非神军随时可能下手，这使他无法自如地在长牙之民中行动——可他必须保住那些已属于自己的人，还要征服其他人。

与此同时，圣战军已面临末日。

你说我走过了捷径……他上千次地在心中重复与那个西斯林短暂的会面，分析，评价，寻找每一种可能的解释——但都无济于事。不管父亲怎么说，他现在每一步都走在黑暗中，每一句话都是冒险。在许多方面，他与俗世间的人没什么两样……

千回之念到底是什么？

他听到石块咔嗒声，一小撮碎石松动。他看向废墟底下那片阴影，就着天堂之指苍白的光线，火焰烤过的石墙形成了一座无顶的迷宫。一个比周围的黑夜更暗的影子在断墙间跳动。借着星光，他看到一张圆润的面孔……

他俯身朝下喊去："艾斯梅娜？你怎么找到我的？"

她的笑容满是顽皮，不过凯胡斯能看到笑容之下的关切。

她从来没像爱我这样爱其他人，甚至对阿凯梅安。

"韦尔乔告诉我的。"她边说边沿断裂的石墙爬上来。

"啊，对的。"凯胡斯似乎马上明白了，"他怕女人。"

艾斯梅娜摇晃了一下，伸出双手，最终她站稳了脚步，但在那之前，凯胡斯突然感到自己难以呼吸。如果从这里掉下去，她肯定会没命。

"不……"她花了一点时间集中精神，吐了吐舌头，然后跳着跑过最后一段路。"他只是怕我。"她娇笑着跳进他怀里。黑夜里高墙上的强风中，他们紧紧拥抱，环绕他们的是这座城市以及整个世界——卡拉斯坎和三海诸国。

她知道……她知道我在挣扎。

"我们都怕你。"凯胡斯说，他居然出了身冷汗。

她是来安慰我的。

"你真会哄人开心。"她低声说,抬起嘴唇和他亲吻。

———❧———

天黑不久,他们就来了。九名"纳森蒂",战士先知手下最资深的信徒,来到一所商人别墅的屋顶平台,这是凯胡斯在卡拉斯坎为他们选定的基地和避难所。他们聚在一张柚木和桃心木拼嵌的大桌子前,桌子并不比他们的膝盖高多少。艾斯梅娜站在花园角落的阴影里,没人注意到她。她看着他们跪在桌前垫子上,也有人盘腿坐着。几天来,几乎每人脸上都能看到焦虑的痕迹,但这九个人尤为沮丧。纳森蒂一直在城里组织佐顿亚尼,选拔执法者,为将来管理城市作准备。她知道,他们比其他人更了解圣战军的困境。

平台位于公牛高地北面,从这里望去,可见大片城市景色。酒碗区迷宫般的街巷组成了卡拉斯坎的中心,一直向远方下降,延伸至周围高地,犹如盖在五座木桩间的一块布。狗城的残骸矗立在东面,月光勾勒出历经烈火洗礼的蜿蜒城墙。西北方,帕夏的宫殿铺展在跪拜高地上,那里地势不算高,从这可看到大理石外墙上灯笼照亮的身影。夜空黑云散布,不过天堂之指仍然十分清晰明亮,从黑暗的深处发着光。

纳森蒂们突然安静下来,同时垂下头,下巴碰到胸口。艾斯梅娜转身看见凯胡斯从旁边房间的金色光线中大步走出。路过一排燃烧的火盆时,他映射出无数影子。两个祖露胸膛的基安男孩跟在他身边,手中香炉冒出淡蓝的烟。西尔维跟在他身后,再后面是许多穿甲戴盔的战士。

艾斯梅娜下意识地屏住呼吸,不由得骂了自己一句。他为何能让她的心跳得这样厉害?她低头扫了一眼,发现自己右手盖住了左手手背的刺青。

那些日子过去了。

她走出花园,来到桌前和他打招呼。他微笑着,握住她左手手指,让她在自己右手边坐下。风吹拂过,带起他的白丝基安长袍,长袍卷边和袖口绣着双弯刀,在他身上却毫不突兀。有人——很可能是西尔维——将他的头发结成加里奥斯武士风格的辫子,胡须则像艾诺恩人一样修得方方正正,在周围火盆的光线中闪着青铜色的光。和以往一样,长剑圆头高高露出他左肩——佐顿亚尼称它"恩索亚",意为"确然"。

他的眼睛在浓眉下闪烁。当他微笑时,眼角和嘴角都有细密的皱纹——那是沙漠的太阳留下的礼物。

"你们,"他说,"是我的延伸。"他的声音那么深邃、那么丰富,就像从她自己的胸膛中说出的一样,"在所有人当中,只有你们知道前事。只有你们,战士先知的封臣,知道驱动你们的是什么。"

凯胡斯向纳森蒂们介绍之前和她讨论过的情况,艾斯梅娜不禁回想起辛奈摩斯的营地,对比当时那群人和现在这些人。才过去几月,她却感觉过去了一辈子,过去的时光陌生得让她皱眉:辛奈摩斯是那群人的中心,不论心情大好还是不悦,都会大喊大叫;阿凯梅安总是紧握着她的手,过于频繁地看她的眼睛;凯胡斯和西尔维在一起……虽然她自己不知道,但似乎在那时就爱上了他,只不过将秘密藏在心底。

不知什么缘故,她突然急切地渴望看到元帅手下那个促狭的队长,血腥丁察。她还记得最后一次看到他时,他和岑卡帕一起在等辛奈摩斯,施吉克的太阳照耀着他短短的银发。回想起来,那些日子是多么黑暗、多么残忍无情啊。

丁察塞斯发生了什么?还有辛奈摩斯……

他找到阿凯梅安了吗?

刹那间,她似乎要被恐惧吞噬……但凯胡斯富有韵律的声音又将她带回谈话中。

第三卷 第三次进军

"如有不测发生,"他说,"你们要听从艾斯梅娜,就像听从我一样……"

我是他的容器。

听到这话,纳森蒂们交换着担忧的眼神。艾斯梅娜能看出他们的想法:老师是什么意思,将一个女人放在他们这些神圣的信徒前面?虽然拜在凯胡斯门下这么久,他们仍在与前度的黑暗搏斗。他们并没有完全拥抱他,像她这样……

积习难改,她带着一丝忿怒想道。"但是老师,"韦尔乔,他们之中最刚正者开口,"您说这话就像是要离开我们一样!"

过了一个心跳的时间,她才意识到自己错了:他们担心的是他的话里暗示的事,而非将来可能得听命于他的配偶。

凯胡斯长时间一言不发,只在每人脸上扫视。"战争要来了,"他终于说,"不光来自城外,还有我们内部。"

虽然她和凯胡斯讨论过这些危险,但还是感觉皮肤上滑过一阵凉意。桌旁响起叫喊声。艾斯梅娜感到西尔维紧紧握住她的手。她转过脸去想安慰女孩,却发现对方正用安抚的眼神看着她。听他说就好,女孩美丽的眼睛说。西尔维疯狂的信仰让艾斯梅娜困惑又羡慕。女孩的信念已经不能用坚定来形容,简直像大地一样不可动摇。

她让我上了她的床,艾斯梅娜想道,因为对他的爱。

"谁会攻击我们?"加亚玛克里喊道。

"孔法斯。"韦尔乔唾了一口,"还能有谁?从施吉克起,他就一直和我们作对……"

"我们必须主动出击!"白发的卡索齐喊道,"先净化圣战军,才能打破包围!净化!"

"真是疯了!"希尔德拉斯叫道,"我们必须和他们谈判……您要跟他们谈啊,老师。"

凯胡斯只看了他们一眼,就让他们安静下来。

有时,看到他轻而易举地控制这些人,她感到一丝害怕。但细细想来,这是理所应当的。当其他人浑浑噩噩徘徊世间,不明白自己想要什么、害怕什么、希望什么,更不用说理解他人时,凯胡斯总能抓住每个瞬间——每个灵魂——就像抓苍蝇一样。艾斯梅娜知道,在他眼中没有里外之分,一切表象——无论言语和表情,战争与国家——都只是雾蒙蒙的玻璃,认真看去就能看穿……

他是战士先知……真理。真理重于一切。

她突然感到一阵惊惶与欣喜交织的冲动,想要紧紧搂住自己的肩膀。她在这里——这里!——坐在全世界最华丽的灵魂的右手边。亲吻着真理。让真理进入双腿间。感觉到真理深深插进子宫中。这不仅是恩惠,不仅是礼物……

"她在笑,"韦尔乔喊道,"这种时候她怎么还笑得出来?"

艾斯梅娜看了粗壮的加里奥斯人一眼,脸上微微一红。"那是因为,"凯胡斯用溺爱的口气说,"她看到了你看不到的东西,韦尔乔。"

但艾斯梅娜并不确定……她只是在做白日梦,不是吗?韦尔乔发现她走神,像神志迷离的少女一样幻想着凯胡斯……

但,为何地面在颤抖?还有那些星星……她到底看到了什么?

某种……无与伦比的东西。

她觉得皮肤刺痛。战士先知的信徒们盯着她,透过他们的脸,她看到他们渴望的心。想想吧!那么多被蒙蔽的灵魂,在不真实的世界里过着幻影般的生活!那么多人!这让她害怕又心碎。

但这同时也是她的胜利。

无与伦比的东西。

她悸动的心被凯胡斯灼热的目光笼住。她感到自己像烟雾,像裸露的身体——他看穿了她,又渴望着她。

我超越了自己……超越了这一刻的我,没错!

"告诉我们,艾斯梅,"凯胡斯用西尔维的嘴说,"告诉我们你看到

第三卷 第三次进军

了什么!"

也超越了他们。

"我们必须拿着匕首去见他们。"她说,她知道这是老师希望她说出的话,"必须揭露出他们之中的恶魔。"

远远地超越!

战士先知通过她的嘴唇微笑。

"我们必须杀死它们。"她的声音说。

那个叫萨瑟鲁斯的东西匆匆穿过黑暗的街道,去往大统领和他的军团驻扎的那座山丘。孔法斯给它的信写得很简单:快来,危险在我们之中。对方没有签名,不过其实没必要。大统领一丝不苟的笔迹是不会认错的。

萨瑟鲁斯转进一条狭窄街道。没洗澡的人的体味与动物油脂混在一起,它意识到,这里满是被抛弃的因里教徒。圣战军在忍饥挨饿,越来越多的长牙之民过着野兽一样的生活,捕猎老鼠,吃下一切不该吃的东西,乞讨……

看它走来,饿得半死的人们站起来,聚拢在它身边,伸出一只只肮脏的手掌,拉扯它的衣袖。"可怜可怜我们……"他们呻吟着,低声说,"可怜可怜我们!"萨瑟鲁斯推开他们,继续踏步向前,甚至动手打倒了几个死缠着它的人——它并不吝惜这些人的生命,但若饥荒加剧,他们也许还能派上些用场。没人关心乞丐的下落。

而且,他们总能提醒它,人类究竟是什么东西。

抢来的丝绸衣服中伸出苍白的手,哀怨的叫喊在阴暗中回响。它面前那个破布裹体的醉鬼用迷醉的声音说:"真理闪耀。"

"你说什么?"萨瑟鲁斯回道,停下脚步。

它抓住说话人的肩膀,抬起那人的头。虽然和其他人一样憔悴,但那人的脸色似乎没因折磨而屈服——恰恰相反,他的眼神坚硬似铁。萨瑟鲁斯意识到,这人是来折磨别人的。

"真理,"那人说,"永远不死。"

"你想干吗,"萨瑟鲁斯放开那名战士,"打劫?"

铁一样眼神的人摇摇头。

"啊,"萨瑟鲁斯突然明白过来,"你是他的人。你们管自己叫什么来着?"

"佐顿亚尼。"那人微笑道。刹那间,这仿佛是萨瑟鲁斯见过最可怕的微笑:苍白的嘴唇扯成一条毫无感情的细线。

然后萨瑟鲁斯记起自己如此装扮的目的。它怎能忘记自己是谁?它的下体在马裤中坚挺起来……

"战士先知的奴隶,"它冷笑着,"告诉我,你可知我是谁?"

"死人。"有人在它身后说。

萨瑟鲁斯笑着,目光扫过马上要被它折断的脖子。噢,这份狂喜!它简直要射在自己大腿上了!它敢肯定!

没错!这么多蠢货!就是现在……

但再次看向那双钢铁一样的眼睛时,它的兴致突然消退了。它面孔下的面孔扭曲着皱起来……他们不害怕——

有东西自头顶泼下……突然间,它发觉自己湿透了。油!他们用油泼它!它四下望去,吐出溅进嘴里的液体,抖掉指间的黏液。那个它本以为是刺客的人也被淋湿了。

"蠢货!"它喊道,"烧我你也会被点着!"这时,萨瑟鲁斯听到弓弦声,燃烧的箭矢破空飞来。它朝旁闪去,箭射中了那个钢铁眼神的男人。火焰席卷他肮脏的长袍,他的兜帽烧了起来。

但那人没有倒下,而是一跃向前,紧盯着萨瑟鲁斯,伸出双臂抱住了它。箭杆在他们中间折断了,燃烧的胸膛靠上了它的胸口。

火焰顿时吞噬了他们两个。叫作萨瑟鲁斯的东西嗥叫着，整张脸都在颤抖。它惊恐地盯着那人的眼睛，钢铁般的眼神已完全被火焰包裹……

　　"真理……"那人最后低声说道。

✦

　　伊库雷·孔法斯。他看上去真像个孩子，赤裸的身体蜷曲在被单下面，脸微微后仰，好像在梦中仰视遥远的天际。马特姆斯将军站在阴影里，低头看着沉睡的大统领，暗暗回忆将他带来这里的命令。将军手里握着匕首。

　　"今晚，马特姆斯，我要伸出手……"

　　这任务与他接受过的其他任务完全不同。

　　马特姆斯一生中大多时候都在执行命令。虽然他一直努力严格地执行每一项命令，包括那些带来可怕灾难的，但命令的源头总让他困惑。不管下达命令的渠道他是鄙视还是尊敬，这些命令总归来自一个破败而堕落的世界：暴躁的军官、恶毒的贵族、虚荣的将军……他最终产生出一个念头，对一个像他这样生而为人效劳的人来说，这是个灾难性的念头：我比那些下命令的人更伟大。

　　但今晚他遵循的命令……

　　"今晚，马特姆斯……"

　　这命令并不来自他生活的世界。

　　"今晚我要取一个人的性命。"

　　他必须用崇拜来回应这条命令——深刻的崇拜。他发现，所有有意义的事都是某种祈祷。

　　这是战士先知教会他的。

　　马特姆斯举起银色刀刃，迎着一束月光，闪闪发光的刀和孔法斯的咽喉如此相配。在他的灵魂之眼中,他看到皇帝的继承人已经死去,美丽的嘴唇仍然微张着,保留了最后一次呼吸的记忆,玻璃一样的眼睛望向远方,仿佛能一直看到外域。他看到鲜血在亚麻被单下汇聚,犹如水淌过莲花花瓣。将军瞥了一眼奢华的卧室,四周阴暗的墙上绘着华丽的壁画,地板铺着深色毯子。他不禁想,等他们发现尸体时,染血的床单是不是房里最简朴的东西?

命令。通过命令,话语变成军队,呼吸变成鲜血。

想想看,你等这一天等了多久!

恐惧与欣喜。

你是个实际的人。你应该做你自己!

孔法斯低声嘟哝着,像赤裸的处女一样在被单下扭动。他突然睁开眼,迷惑不解地看着将军,看着那把匕首,眼中闪着责怪的光。

"马特姆斯?"年轻人说。

"真理!"将军厉声叫道,挥起匕首朝下刺去。

但这时另一道光闪过,虽然手臂仍在朝下挥,手却离开了身体,匕首从毫无知觉的手指间滑落。将军大吃一惊,抬手看着手腕的断口。血喷出来,就像在用手肘撒尿。

他转身面对阴影,看到了那个闪光的恶魔。它的皮肤泛着炼狱般的火光,它的脸不可思议地张开了,像螃蟹爪子一样张开……

"该死的杜尼安僧侣。"它低吼。

什么东西在马特姆斯脖子上划过。特别尖锐的东西……

马特姆斯的头从床垫旁滚下,滚到阴影中,脸上仍带着最后一瞬的表情。孔法斯吓得喊不出声,蜷在乱成一团的被单中挣扎,远远避开那个杀他将军的人影。那人影又退回房间角落的黑暗中,但在那一瞬间,

第三卷 第三次进军

孔法斯看到了赤裸的、噩梦般的事物——这世上绝不可能存在的事物。

"谁?"他喊道。

"小声点!"一个熟悉的声音嘶声说,"是我!"

"萨瑟鲁斯?"

恐惧消散了,困惑仍然存在……

马特姆斯死了?

"这是噩梦!"孔法斯喊道,"我还在睡!"

"你醒了,我向你保证。不过你差点就再也醒不来……"

"发生了什么?"孔法斯说。虽然双腿仍无知觉,他还是绕床大步走到远端的桃花心木床柱旁,赤裸着站在将军了无生气的尸体前。将军穿着军服。"马特姆斯?"

"是他的人。"黑暗角落中的声音说。

"凯胡斯王子。"孔法斯恍然大悟。他明白了需要知道的一切:战争开始了——而他赢了。他咧嘴露出欣慰的笑容,其中带着一丝欣赏——那人利用了马特姆斯!马特姆斯!

我还以为赢得了他的灵魂。

"我需要一盏灯。"他说着,恢复了飞扬跋扈的神采。但这味道又是什么?

"别点灯!"那空洞的声音说,"他们今晚也袭击了我。"

孔法斯皱起眉头。不管萨瑟鲁斯是否救了他,都没资格在他面前发号施令。

"你看,"他和蔼地说,尽量不显出不悦的心情,"我最信任的将军死了。我需要光。"他转身去叫卫兵……

"别傻了! 我们必须赶快行动,否则圣战军就完了!"

孔法斯停了一下,朝躲在角落里的沙里亚骑士望去,出于病态的好奇歪起了头。"他们用火烧你,对吗?"他朝阴影中走了两步,"你闻起来简直像猪肉。"

他听到一阵咯咯声,犹如野兽喉咙里滚动的怒吼,接着什么东西溜出他的卧室,消失在阳台……

孔法斯一边大声呼喊卫兵,一边追了过去,挥手拨开薄丝窗帘。虽然卡拉斯坎的深夜看不到任何东西,但他发现马特姆斯的血沾在自己手臂上。卫兵们冲进他身后的房间,他们惊慌的叫喊令他露出微笑。

"马特姆斯将军,"他踏出清冷的暗处,让那些震惊的士兵看到他,"是叛徒。把他的尸体搬到投石车那儿,扔给异教徒,那才是属于他的地方。去找索帕斯将军。"

休战结束了。

"将军的头呢?"高个队长提亚席拉斯颤声问,"您希望把头也扔给异教徒吗?"

"不,"伊库雷·孔法斯边说边穿上仆人递来的长袍。将军的头像卷心菜一样扔在床脚边,那荒谬的表情让他不禁发笑。两人一起经历过那么多,现在他心中却几乎没有任何感觉,这真奇妙。

"将军从不离开我身边,你知道的。"

※

福斯塔拉斯是个狂热的士兵。作为塞尔莱军团第三小队的一名十夫长,在帝国军中被称为"三期老兵",这意味着他与军队签下了第三份合约——第三份长达十四年的合约——而没有领取退伍金。福斯塔拉斯这样的三期老兵很受将军们器重,以至于获得的分赏往往比他名义上的上司更多。众所周知,三期老兵是所有军团的核心,他们是真正完成任务的人。

福斯塔拉斯觉得,这就是索帕斯将军选择他和他几个同伴的原因。"孩子们误入歧途时,"将军说,"总要打醒才行。"

和大多数长牙之民一样,福斯塔拉斯一行穿着抢来的基安人长袍。

第三卷　第三次进军

他们朝那条被称为"回廊街"的大道走去，福斯塔拉斯觉得那条街起这个名字，是因为有无数条被楼房隔出的小巷。这条街在酒碗区东南，是佐顿亚尼——该诅咒的异端——聚集之地。许多人会聚在屋顶上，朝附近的公牛高地祈祷，那是无耻的骗子、亚特里索的凯胡斯王子躲藏的地方。其他人会聚在街头巷口，听那些精神错乱的疯子——他们把那些人叫作"法官"——布道。

根据将军信中指示，福斯塔拉斯在异端最密集的地方停下，上前询问布道法官。"告诉我，朋友。"他心平气和地问，"他们说真理会怎样？"

那个憔悴的人转过身，一头凌乱白发下可见油亮的粉色头皮。他毫不犹豫地回答："真理闪耀。"

像要从钱包里掏出铜币打赏乞丐一样，福斯塔拉斯把手伸进斗篷，握住岑木军棍。"你确定？"他问话的口气非常随意，但也带着威胁。他把木棍握在手里说："也许真理会流血呢。"

那人闪烁的眼神在福斯塔拉斯的眼睛和木棍之间游移了几个来回，然后又和他对视。"确实如此，"他坚定地说，仿佛费了很大力气才控制住自己不退缩。他抬高声音，让附近的人都能听到："如果不是这样，又怎么会有圣战？"

这异端还真聪明，福斯塔拉斯心想。他高举木棍，打在对方头上。那人单膝跪倒，鲜血流过右边太阳穴和脸颊，他抬起两只手指指着福斯塔拉斯，好像在说：看吧……

福斯塔拉斯又挥起木棍。"法官"倒在破碎的卵石地上。

街上响起阵阵喊叫，福斯塔拉斯看到那些饿得半死的人从各个方向跑来。他的手下握着木棍，以密集阵形靠在他身边。即便如此，他也不由得重新考虑将军的计划是否得当……他们人数太多了。怎么会有这么多人？

然后他记起自己是个三期老兵。

乌有王子 * 战士先知

他用脏乎乎的衣袖擦掉脸上血点。"追随所谓战士先知的人听着,"他喊道,"你们要知道,我们,正统派,会毁灭你们,你们已注定被毁灭——"

什么东西在他下巴炸开。他后退一步,捂住脸,却被"法官"无法动弹的身体绊倒了。他在坚硬的地面上打了个滚,只觉热血翻涌,连手指尖都能感到血脉跃动。石头……有人朝他扔了块石头!

耳朵嗡嗡作响,四周阵阵喧哗,他勉强单膝跪地,捂住下巴撑着站起来。他四下看去,发现手下士兵被暴民们一一打倒,恐惧在他心头闪过——

但将军说——

一个腰间挂着三颗皱缩的斯兰克头颅的森耶里人伸出手,一把抓住他喉咙,眼中怒火熊熊。这一瞬间,他看上去仿佛不是人,那么高,那么瘦削。

"Ream thuning praussa!"亚麻色头发的野蛮人咆哮着,摇晃着他。福斯塔拉斯瞥见许多拿武器的阴影出现在后面,而他的怒吼被压碎他气管的拇指抑制,成了咳嗽,"Fraas kaumrut!"

铁枪刺进后背的刹那,他感到枪尖的冰冷,就像吸进凛冽的空气。号叫的海潮一般的脸。滚热的血喷涌而出。

横冲直撞的野兽占据了它黑暗的心,它痛苦而狂烈地嚎叫着。

叫做萨瑟鲁斯的东西蹒跚走在废弃街区的无名建筑里。过去三天,它一直躲藏在城市阴暗的角落,痛苦得没法合上面孔。踩着这堆发黑的人类头骨,令它想起阿冈戈里亚平原上的雪,无边无际的白色中偶尔会露出焦黑的土地。它还记得在那冰凉的积雪上跳跃的感觉,冰冷的风不会让它刺痛,只觉得舒适。它记得猎物的血喷在那片远古的白

第三卷　第三次进军

色上,渐渐变成玫瑰色线条。

但那雪是如此遥远——跟神圣的戈尔格特拉斯一样遥远!——而这火还在。火还在烧!

诅咒他——诅咒他——诅咒他——诅咒他!让我咬断他的舌头!操他的伤口!

"你在受苦吗,高尔萨?"

它像猫一样跳起来,透过脸上痉挛的肢体,朝声音来处看去。

刑鸟站在烧焦的尸堆上看着它,晶亮的黑色身体纹丝不动,如一尊闪长岩雕像。它苍白湿润的脸在黑暗中辨不清表情,像用土豆刻成的一样。

这是老父借用的身体……奥拉格,世界粉碎者的大将,远古的虚族王子。

"好疼,老父!真是太疼了!"

"享受吧,高尔萨,这是即将到来之事的味道。"

叫做萨瑟鲁斯的东西吸了吸鼻子,哭泣着,里外两层面孔都在无情的星空下延展开来。

"不,"它呻吟着,急躁地用手指拍打脚上的烧伤,"不——!"

"是的,"小小的嘴唇说,"圣战军的毁灭已经注定……你失败了。你,高尔萨。"

不受控制的恐惧在它低声下气的思想里穿刺。它知道失败意味着什么,却没有任何办法。在造主面前只有服从。

"那不是我的错!是他们!西斯林控制了帕迪拉贾!是他们的——"

"是他们的错,高尔萨?"老父说,"是我们要消灭的东西的错?"

叫做萨瑟鲁斯的东西绝望地抬起双手,非神会伟大不朽的荣耀仿佛压垮了它。"我很抱歉。求您了!"

小小的眼睛闭上了,但是因为疲惫还是在思考,叫做萨瑟鲁斯的东西不得而知。那双眼睛再次睁开时，已变得像碧蓝的瀑布。"还有一个任务，高尔萨，还有一个任务要交给你。"

它趴在刑鸟面前，翻滚着，痛苦地扭动，"什么都行！"它喘息着，"什么都行！我愿意挖出任何心脏！任何眼睛！我愿意将整个世界拖入深渊！"

"圣战军完了，我们必须想其他办法对付西斯林……"那双眼睛又闭上了，"你得让这个凯胡斯和长牙之民一起死，不能放他逃走。"

叫做萨瑟鲁斯的东西忘记了雪。复仇！复仇才是涂在它溃烂皮肤上的药膏！

"现在，"手掌大小的脸发出咯咯声，高尔萨感到那强大的力量，古老悠久，从芦秆粗细的嗓子中涌出。破损的墙壁落下一缕缕沙尘。

"闭上你的脸。"

高尔萨不得不照办，然后又不得不发出尖叫。

奈育尔右手握着普罗雅斯的便条，大步走进这简朴又极重要的大院，踏过地毯走廊。康里亚王子将其随员——或者说剩下的随员——都安置在这里。进入明亮的方形庭院前，他停下脚步，弯腰穿过华丽的双拱院门，这是基安建筑特有的设计。左边方柱大理石座基间的污垢里有块干枯的橘子皮，不比他的拇指大，但他仍不假思索地将它拣起来放进嘴里，酸涩的味道让他皱起眉头。

每天他都变得更饿。

我儿子！他怎能给我儿子取这名字？

他看到普罗雅斯在庭院中间三个盐水池其中一个旁边等他，和两位他不认识的人闲聊：一位是帝国军官，另一位是沙里亚骑士。早晨过半，厚重的云层在院子柱廊外阳光普照的山丘上投下阴影，尤其是西边

第三卷 第三次进军

与南边。

卡拉斯坎。这座城市成了他们的墓穴。

他是为了刺激我,为了提醒我憎恨的目标!

普罗雅斯先看到他,"奈育尔,你——"

"我不认字,"他低吼着,"你想见我就派人送口信,别给我纸条。"

普罗雅斯拉长了脸。"我明白了。"他干巴巴地说,然后朝两个陌生人点点头,仿佛在努力按礼仪继续这场会面,"这两人来寻求我的支持,他们为此提出了一个说法——我希望你能证实一下。"

奈育尔心里涌起一阵恐惧。他朝那帝国军官望去,认出了对方胸甲领口的标志。当然了,还有蓝披风……

那人皱了皱眉头,和同伴交换了一个意味深长的微笑。

"看来他的脑子也被饿瘦了。"军官用奈育尔再熟悉不过的声音说。他突然记起这个声音曾在他族人的尸堆上飘荡——在基育斯河战场上。伊库雷·孔法斯……大统领站在他面前!他怎么会没认出此人?

疯狂在涌动!在涌动!

奈育尔眨了眨眼睛,仿佛看到自己坐在孔法斯的胸口上,像孩子挖泥巴一样用手指抠他的鼻孔。"他想干什么?"他朝普罗雅斯喊道,又瞥了沙里亚骑士一眼,觉得也见过对方,只是想不起名字了。一只小小的金色长牙挂在骑士队长的领口旁,扣住白色外袍。

孔法斯替普罗雅斯回答:"听着,蛮子,我要真相。"

"真相?"

"萨瑟鲁斯大人说,"普罗雅斯说,"他得到了有关亚特里索的消息。"

奈育尔紧盯着那个人看了一会儿,注意到他手缠绷带,俊美的脸划着一道道奇怪的红线。"亚特里索?这怎么可能?"

"有三个虔诚的人站出来,"萨瑟鲁斯说,"他们发誓,有人——一个经验丰富的北方商队商人,死在沙漠中——告诉他们,凯胡斯王子绝不可能拥有他自称的身份。"沙里亚骑士用一种特别的方式笑着——显然脸上的烧伤或别的什么伤痕,令他非常痛苦,"他们说,根据来自亚特里索的传言,那里的国王安塞拉留斯没有活下来的继承人,莫古德家族即将消亡——永远消亡。这意味着那个安那苏里博·凯胡斯的身份是假冒的。"

远处隐约响起基安人的战鼓声,填补了萨瑟鲁斯的话结束后的静默。奈育尔转过去看普罗雅斯:"你说你想要我证实……证实什么?"

"回答我的问题!"孔法斯高喊。

奈育尔没理会大统领,而是坦诚地与普罗雅斯交换眼神。虽然他们一直有争吵,但过去几周中,这样的眼神交互变得越来越多,这让奈育尔心中有些不安。

"他们希望,"普罗雅斯说,"有我的支持,就能控诉凯胡斯,而不至于在这座被诅咒的城市里引发内战。"

"审判凯胡斯?"

"是的……根据长牙律法,审判他作为伪先知的罪行。"

奈育尔皱了皱眉:"我的话对你有什么用?"

"我信任你。"

奈育尔咽了咽唾沫。因里教的狗!有人似乎在怒吼,畜生!

不知为什么,一抹警觉从孔法斯脸上闪过。

"看样子,睿智的康里亚王子并不相信这传言……"萨瑟鲁斯说。

普罗雅斯厉声道:"这等不祥之事我是不会轻信的。"

奈育尔咬咬牙,瞪了沙里亚骑士一眼,暗想那奇特的伤痕是怎么来的。他回忆起安乌拉特之战,回忆起当时将匕首插进凯胡斯胸口——至少是看上去像他的那个东西——的滋味,他回忆起西尔维在凯胡斯身下喘息。苦痛在他眼中聚集。只有她明白他的心。当他哭着醒来时,只有她明白……

第三卷 第三次进军

西尔维,第一个被他当作妻子的人。

我要夺回她!有人仿佛在他心中哭喊,她属于我!

那么美……她是我的证明!

突然间,一切似乎沉淀下来,就像世界变成了一块麻木的灰铅。他心想——这回没有伴着痛苦和心碎——安那苏里博·莫恩古斯并非他能触及的存在。虽然心中充满痛恨,充满咬牙切齿的狂怒,但他追寻的血渍只能到此为止……到这座城市为止。

我们都死定了。所有人……

如果卡拉斯坎即将成为他们的墓穴,他希望先看到某人的血。

莫恩古斯,有人喊着,莫恩古斯必须死!但他不记得那张可憎的脸了,脑海中浮现的只有撒娇的婴儿……

"他们说得对。"奈育尔最后说。他转向普罗雅斯,对上对方震惊的棕色眼睛。口中仿佛有新鲜橘皮的味道,这几个词让他无比苦涩。

"那个被你们称作凯胡斯王子的人是个骗子……一个子虚乌有的王子。"

他的心似乎不曾感到如此虚弱、如此冰冷。

帕夏的宫殿中满是立柱的觐见厅和老国王厄耶特在奥斯文塔的莫拉王宫里阴森的回廊——古老的诸王之殿——一样宏伟,然而战士先知的光辉让它变得有如乡间小屋的炉台间。梭本坐在伊伯扬的白骨与象牙王座上,惊惧地看着对方一路走来。王座前两个巨大的铁碗烧着国王之火,在他视野边缘噼啪作响。在这里坐了这么久,他仍觉得它们有损周围的宏伟氛围——它们太粗糙太简陋了。

他是国王!卡拉斯坎之王!

那个曾是凯胡斯王子的人穿一件白丝长袍,走到他脚下停住,站在一块圆形深红色小地毯上,那是基安人用来跪拜的。但那人没有下跪的意思,甚至眼神都没有变化。

"你叫我来干什么?"

"我要警告你……你必须逃跑。很快会再次召开议事会……"

"每座城门都被帕迪拉贾封锁了,城市周围也都在他控制下。而且,我不能放弃那些追随我的人。我不能放弃你。"

"但你必须!他们会判你有罪。甚至包括普罗雅斯!"

"你呢,柯伊苏斯·梭本?你会判我有罪吗?"

"不……绝不会!"

"但你向他们保证过。"

"谁说的?哪个骗子胆敢——"

"你。你说的。"

"但……但你必须理解我——"

"我理解。他们用你的城市要挟你,而你需要支付赎金。"

"不!不是这样!不是的!"

"那是怎样?"

"是……是……该是怎样就怎样!"

"在你的一生中,梭本,你一直在渴望这成王的一刻。这是你父亲老厄耶特给你留下的影响。告诉我,梭本,你父亲打你之后,你会跑去找谁?谁会用毛巾来抚慰你的伤势?你母亲?还是库索特,你的仆人?"

"没人打我!他……他……"

"那就是库索特了。告诉我,梭本,对你来说到底哪样更难过:是在蒙格达平原上失去他,还是知道他一生中都恨你?"

"闭嘴!"

"在你漫长的一生中,没人了解你。"

"闭嘴!"

第三卷　第三次进军

"在你漫长而痛苦的一生中,你一直在追问——"

"不！不！闭嘴！"

"——你一直在惩罚那些可能爱你的人。"

梭本用粗壮的双手捂住耳朵:"闭嘴！我命令你！"

"就像你惩罚库索特,就像你惩罚——"

"闭嘴——闭嘴——闭嘴！他们告诉过我你会这样做！他们警告过我！"

"确实。他们警告过你不要相信真相,警告过你不要陷入战士先知的罗网。"

"你是怎么知道的?"梭本喊道,无可名状的痛苦攫住了他,"怎么知道的?"

"因为这就是真相。"

"那就让它去死吧！让真相去死！"

"你不朽的灵魂呢?"

"让它被诅咒好了！"他大喊着跳起来,"我会接受的——会接受的！诅咒我的这次生命,诅咒我的每次生命！不过是折磨加上折磨！为了做一日国王,我愿承受一切！若能得到王位,我宁可看你流血而死！我宁可看着真神的双眼被挖出来！"

最后一句叫喊在空洞深邃的觐见厅中回响,带着颤音萦绕在他身边:挖出来——挖——出——来……

他跪在王座前,感觉国王之火在噬咬他被眼泪浸透的皮肤。他听到叫喊,武器与盔甲碰撞,卫兵们正朝这里跑来……

但没有战士先知的影子。

"这、这不是真的,"梭本含糊地朝空荡荡的宫殿说,"他没来过！"

戴着金戒指的拳头仍然在殴打他,永远不会停。

他在平台上坐了一天又一天,似乎迷失在冥想的世界里。每天日出和日落时,艾斯梅娜都会按他指示,把一碗水端到他面前。她也替他带来食物,虽然他让她别这么做。她看着他纹丝不动的宽阔后背,看着他风中飘动的头发,看着他夕阳下的脸庞,感觉自己像是跪在神像前的小女孩,向某个贪求无度的可怕存在献上贡品:腌鱼、干梅子和无花果,没发酵的面包——这些东西在他们脚下的城市中足以引发一场骚乱。

但他从没碰过它们。

某日清晨,她去找他时,他不见了。

她绝望地跑过宫中层层回廊,结果发现他回到了他们的房间,头发蓬乱,神情轻松,正和刚起床的西尔维说笑。

"艾斯梅——艾斯梅——艾斯梅,"眼睛浮肿的女孩噘着嘴,"把小莫恩古斯抱给我好吗?"

艾斯梅娜大大地松了口气,顾不上发火,赶忙跑到邻近的育儿房,将黑发的孩子从襁褓中抱出。虽然婴儿呆滞的目光教她露出微笑,但那双冰蓝色眼睛让她不安。

"我刚说到,"凯胡斯把孩子递给西尔维,"大贵族们召我过去……"他伸出一只带光晕的手,"谈判。"

他当然没提到任何关于冥想的事。他从来不说。

艾斯梅娜握住他的手,坐在他身边的床上,这才刚刚理解他话中的暗示。

"谈判?"她突然哭起来,"凯胡斯,他们召你过去是为了审判你!"

"凯胡斯?"西尔维问,"她是什么意思?"

"谈判是陷阱,"艾斯梅娜喊道,她紧盯着凯胡斯,"你明知道!"

"你到底在说什么?"西尔维也喊起来,"每个人都爱凯胡斯……所有人都知道的。"

"不,西尔维,有人恨他——很多人。很多人要他死!"

西尔维笑了,那忘乎所以的笑容似乎只属于她。"艾斯梅娜……"她摇摇头,就像面对一个深爱的傻瓜。她举起小莫恩古斯,低声哄着。"艾斯梅阿姨忘了,"她对婴儿说,"是——的,她忘了你父亲是谁。"

艾斯梅娜目瞪口呆地看着女孩,一时间只想拧断她的脖子。为什么?为什么他会爱上一个只会痴笑的傻瓜?

"艾斯梅……"凯胡斯突然说,声音带着警示,让她的心变得冰冷。她转身用眼睛朝他喊道:原谅我!

但她知道自己不能退缩,尤其是现在,知道了刚才的发现之后。"告诉她,凯胡斯!告诉她马上会发生的事!"

不要!在我身上不要再发生这种事了!

"听我说,艾斯梅,别无他法了。不能让佐顿亚尼和正统派开战。"

"为了你也不行吗?"她喊道,"这场圣战,这座城市,和你相比算得了什么!你不明白吗,凯胡斯?"绝望突然膨胀成痛苦与孤寂,她愤怒地擦去泪水。这一刻太重要,容不得她再为自己伤心!我已经失去太多太多了!

"你不明白自己有多宝贵吗?想想阿凯的话!如果你是全世界唯一的希望呢?"

他捧起她的脸,拇指拂过她的眉梢,温暖地按在太阳穴上。

"有时,艾斯梅,穿越死亡才能到达终点。"她想起《圣典》中的什科尔,那癫狂的谢拉什国王判处后先知死刑。她想起国王执法的权杖——镀金腿骨——至今仍被因里教国家当作最邪恶的标志。因里·瑟金斯对他不知名的爱人也这样说吗?失去带来荣耀?

真是疯话!

"这是捷径。"她说,含着泪水的傲慢话语吓住了她自己。

那张金色胡须衬托的脸庞却在微笑。

乌有王子 ★ 战士先知

"是的,"战士先知说,"这就是道。"

"安那苏里博·凯胡斯,"高提安威严地说,"我在此宣布你是伪先知,你伪造了战士种姓的身份。全体贵族议事会做出审判,依据《圣典》的方式对你处以鞭刑。"

西尔维听到一声痛苦的嚎啕盖过了雷鸣般的喧嚣,之后才意识到那是她自己的声音。莫恩古斯在她怀里哭起来,她条件反射地开始摇晃,但恐惧让她忘了如何安抚孩子。百柱团的战士们抽剑在手,簇拥在他们两侧,用凶狠的眼神与沙里亚骑士对视。

"你们无权审判任何人!"有人怒吼,"只有战士先知才有资格代表真神进行审判!要被审判的是你们!你们都要受惩罚!"

"伪先知!伪——"

一千张饿得半死的脸仿佛都在叫喊,每张脸喊出的话都不一样:斥责,诅咒,悲叹。空气嗡嗡作响。几百人聚在狗城的废墟内,倾听战士先知回应全体贵族的指控。被阳光晒热的黑色废墟矗立在后,墙壁被崩落的穹顶压垮,喷泉被石柱挡住,瓦砾间有座倒塌的塔楼,仿佛搁浅在沙滩上的鲸鱼。每道斜坡、每个倒塌的巨石建筑下都站着长牙之民,挥舞着拳头的脸孔挤满了空地每个角落。

西尔维本能地将孩子紧抱胸前,惊恐地扫视四周。艾斯梅是对的……我们不该来!她抬头看向凯胡斯,不出意料,他以神圣的冷静扫视人群。哪怕在这里,他仍如神祇的钉子一般拴住了周围一切。

他会让他们看到的!

但咆哮声更为高亢,在她体内发出回响。许多人抽出匕首,这狂躁的声音似乎足以引发致命的暴乱。

那么多仇恨。

第三卷　第三次进军

连站在要塞庭院中间的大贵族似乎也有些不安，他们面无表情地看着暴徒们，好像在盘算什么。很多人打起来了，她看到钢铁撞击的火花，瘦弱的胳膊在人群中挥舞——先知的信徒正被无信者包围。

一个面有饥色的疯子握着一把匕首，绕过百柱团的战士，冲向战士先知……

……凯胡斯轻而易举地将匕首夺过，就像对待一个孩子，然后用一只手抓住来人的喉咙，举起来，仿佛抓着一条狗。

周围逐渐安静下来，越来越多的人惶恐地看着战士先知和他手中不停挣扎的人影，他们听到那个试图刺杀先知的人喉咙中发出咯咯声。西尔维的皮肤起了鸡皮疙瘩。他们为何这样做？他们竟敢惹怒他？

凯胡斯把那人扔在地上，那人已无法动弹了。

"你们在害怕什么？"战士先知问，语调既哀伤，又带着压迫感——但这并不像专制君王在显示权力，而是真理独一无二的声音。

高提安用肩挤过拥挤的围观者。"真神降怒我们，"他喊道，"因为我们包庇怪物！"

"不。"凯胡斯慈父般的眼睛在人群中找到他们：梭本、普罗雅斯、孔法斯及其他人。"你们只是害怕，害怕我的力量不断增强，而你们越来越弱。你们的所作所为不是为了真神，只因贪婪。你们不愿圣战大权旁落，哪怕落入真神之手。然而，你们每人心中都存有一个念头，一个我能看到的痛苦问题：如果他真是先知呢？等待我们的是怎样的末日？"

"闭嘴！！！！"孔法斯咆哮，唾沫从他扭曲的嘴唇间飞溅出来。

"你呢，孔法斯？你在隐瞒什么？"

"他的话是恶魔的投枪！"孔法斯朝身边的人喊道，"他的声音是对真神的亵渎！"

"我只是用你自己的问题问你：如果你错了呢？"

面对这话中的力量，孔法斯也哑口无言。战士先知仿佛用真神的声音问出这个问题。

"你们因不知答案而愤怒。"他悲哀地续道,"我只问你们:驱动你们灵魂的是什么?你们到底为何责怪我?真的是为了真神?真神所到之处,人心只有确凿,只有荣耀!真神真的走在你们之中吗?真的是他在驱策你们吗?"

沉默。沉默中有强烈的恐惧,就像他们是群放纵的孩子,突然被神一样的父亲发现了。西尔维感到泪水沿脸颊滚下。

他们看到了!他们终于看到了!

但就在这时,一名沙里亚骑士,那个叫萨瑟鲁斯的站了出来。他脸上仍然写满虔诚,没有一丝犹豫。他用清楚而响亮的声音回答战士先知。

"'神圣与亵渎含于世间万物。'"骑士队长引用长牙上的话,"'人心会被迷惑,他们将手伸向黑暗,却称为光明。'"

战士先知锐利地看着他,也引用长牙上的话作答:"'遵从真理,真理行在人心中,无可抗拒。'"

萨瑟鲁斯一脸平静,欣然应道:"'害怕他,因他是骗徒。谎言铸成血肉,他会污染人心中的水。'"

战士先知露出悲伤的笑容。"'谎言铸成血肉',萨瑟鲁斯?"西尔维看到他的眼睛在人群中搜寻,落在左近的塞尔文迪人身上。"谎言铸成血肉。"他重复了一遍,紧盯着那个魔鬼久经战火的脸。"狩猎还没有结束……当你想起战争的奥秘时,记得这句话。大贵族们仍会听从你的建议。"

"伪先知,"萨瑟鲁斯大喊,"子虚乌有的王子。"

沙里亚骑士好像得到了指令,突然冲向百柱团,双方激烈交战。有人尖叫,一个沙里亚骑士跪倒在地,左手紧握右臂的断口——他的右手被砍掉了。又一声尖叫,接着又一声,鲜血似乎令饥饿的暴徒从迷醉状态中清醒过来,他们往前冲去。

第三卷 第三次进军

西尔维大喊着,用力抓住战士先知的白衣袖,一边绝望地抱着孩子。这不是真的……

但已经没希望了。恶战之后,沙里亚骑士占到上风。她像在噩梦中一样,看着战士先知赤手空拳抓住一把剑,将之折断,然后触到攻击他的人的脖子,那人随即倒下。凯胡斯又抓住另一人的手臂,对方马上像破布一样瘫软无力,凯胡斯挥拳打在他脸上,对方的头像西瓜一样裂开。

她听到从某个无比遥远的地方传来高提安朝手下大喊的声音,怒吼着要他们停手。

她看到一个狂怒的骑士朝她冲来,阳光下高举长剑,但他马上倒在了地上,摸索着想按住体侧涌出的鲜血。一条粗壮的手臂搂住她,手臂上有如猛虎斑纹一样的疤痕,强壮得难以置信。

塞尔文迪人?塞尔文迪人救了她?

大宗师终于控制住沙里亚骑士,战斗停止了,骑士们向后退开,他们锁甲下的身形如消瘦的狼,肮脏破烂的外袍上绣的长牙看上去那么破旧、那么邪恶。

整个世界仿佛都在发出高亢的号叫。

高提安从他的手下当中站出来,阴沉地看了奈育尔一眼,然后转向战士先知。他那张贵族气质的脸憔悴又痛苦,那是被充满仇恨的世界掏空了的脸。

"投降吧,安那苏里博·凯胡斯,"他嘶哑地说,"我们会根据《圣典》对你处刑。"

西尔维挣扎了好久,终于摆脱了草原人。草原人带着本能的恐惧看着她,但她感到的只有仇恨——刺骨的仇恨。她跌跌撞撞来到凯胡斯身边,抱着孩子,把脸埋进他的长袍。

"投降!"她哽咽着,"我的主,你必须投降!别死在这地方!你不能死!"

她感觉先知温柔的眼神落在自己身上,他用神圣的拥抱包裹着她。她抬头看着他的脸,看到爱意在那双无比遥远的眼睛中闪烁。那是神对她的爱!对西尔维,战士先知的第一个妻子与爱人,对一个曾经一无是处的女孩……

晶莹的泪水沿脸颊滚下。"我爱你!"她喊道,"我爱你,你不能死!"

她低头看着两人之间吵闹的婴儿。"我们的儿子,"她哭着说,"我们的儿子需要真神!"

她感觉到粗糙的手拉扯着她,要把她从他怀中拉走,她感到前所未有的疼痛。我的心!他们让心与心分离!

"他就是神!"她尖叫着,"你们看不出来吗?他就是神!"

她想挣脱身后那人的抓握,但那人力气太大。"真神!"

抓他的男人说:"根据《圣典》处置?"是萨瑟鲁斯。

"根据《圣典》。"大宗师答道,声音中尽是怜悯。

"她才生下孩子!"又有人喊道——塞尔文迪人……他说什么?她看向奈育尔,然而在那群好战的男人中,他只是一个暗色身影,泪水和阳光让他变得模糊。

"这不重要。"高提安说,疯狂的决绝让他的声音变得坚硬。

"我的孩子!"塞尔文迪人的声音中透出的是无比的绝望吗?

不……那不是你的孩子。凯胡斯?发生什么了?

"那就带走。"生硬的语气,仿佛不想再让他说出更丢人的话。

有人把号啕大哭的孩子从她怀中夺去了。另一颗心离开了她。又一阵疼痛。

不……莫恩古斯?发生什么了?

西尔维尖叫起来,她的眼睛一定在喷射火焰。她的脸被按在尘土里。

阳光在匕首上一闪而过。萨瑟鲁斯的匕首。声音。有的在庆祝,

第三卷 第三次进军

有的充满恐惧。

西尔维感觉生命洒在胸口。她扯动嘴唇,想和他说话,那个神一样的男人离她这么近。她想把最后的话告诉他,但已没了声音,没了呼吸。她抬起双手,一束束黑暗如同指间淌出的暗色葡萄酒……

我的先知,我的爱人,这怎么可能?

我也不知道,亲爱的西尔维……

天空和天空下号叫的面孔都暗下来,她记起他说过的话。

"你是那么纯真,亲爱的西尔维,你的心是我唯一无须教导的……"

最后一束阳光闪过,催人欲睡,就像在树下做美梦的孩子醒来时透过树冠看到的样子。

你是那么纯真,西尔维。

头顶的树枝越来越黑,就像羊毛编成的、温暖的裹尸布。

再也看不到太阳。

你就是你寻找的慈悲。

但我的孩子,我的——

第二十三章 卡拉斯坎

> 人类没有封闭的圆环,我们始终在螺旋行走。
> ——杜萨斯·阿凯梅安,《第一次圣战简史》

> 若有人做出预言,将他带给祭司们裁决。若裁决为真,就赞赏他,因他是洁净的;若裁决为伪,便将他和他妻子的尸体绑起,吊离地面一腕尺,因他是不洁的,被诸神厌恶。
> ——《长牙编年史,证见之书》,7:48

长牙纪4112年,暮冬,卡拉斯坎

以利亚萨拉斯膝盖一软,仿佛有人用木杖猛击后膝。他向前踉跄,好在岑约萨大人,安塔纳梅拉的总督,用强壮的手臂扶住了他。

不……不。

"您知道这意味着什么吗?"岑约萨嘶声问道。

以利亚萨拉斯推开岑约萨,又踉跄着朝切菲拉姆尼的尸体走了两步。床头一簇蜡烛照亮了黑暗的病房,豪华的床铺摆在四根大理石柱支撑的低矮天顶下方正中,床上散发着粪便、血迹和瘟疫的味道。

切菲拉姆尼的头就在那一簇蜡烛下面,但他的脸……

没有了。

应该是脸的位置上,现在有一块像倒翻过来的蜘蛛一样的东西,一条条长腿从中伸出,死气沉沉地包在一起。这代替了切菲拉姆尼的脸

第三卷　第三次进军

的东西现在化作一团带着关节与尖刺的肢体，但以利亚萨拉斯看到了一些熟悉的碎片：长鼻子，一道带眉毛的眼轮。而在那之下，是没有眼睑的眼睛及闪烁的人类牙齿——没有嘴唇的遮盖，裸露在外。

跟那傻瓜斯卡拉提斯宣称的一样，他完全感觉不到巫术的痕迹。

切菲拉姆尼——西斯林的换皮密探。

怎么可能？

赤塔的大宗师咳嗽了一声，眨眨眼睛，没让自己流下不合身份的泪水。要承受的东西实在太多，连呼吸似乎都像噩梦，带着疯狂的暗示。脚下地面一晃，他感到岑约萨又一次扶住了他。

"大宗师！这意味着什么？"

这意味着我们彻底完了！意味着我将我的学派带向了灭亡！

一连串灾难。安乌拉特之战中可怕的损失。塞潘纳雷将军阵亡。十五名真正的巫师死在沙漠和瘟疫的魔爪下。爱荷西亚的灾难又带走两个巫师。圣战军弹尽粮绝，坐困愁城。

现在又出了这种事……最可憎的敌人曾和他一起站在圣战军的权力顶峰。西斯林到底知道了多少？

"我们完了。"以利亚萨拉斯低声说。

"不，大宗师。"岑约萨说。他低沉的嗓音也因恐惧变得紧张。

以利亚萨拉斯转身看着他。岑约萨是个魁梧结实的男人，链甲外套着基安人的红丝外套，好似随时准备投入战斗。他悍勇的脸涂着白粉，在剃得方方正正的黑胡须衬托下更显鲜明。岑约萨在战场上所向披靡，是优秀的指挥官，而伊奥库斯不在时，他还是精明的顾问。

"如果是这个怪物带领我们上战场，我们就完了。或许诸神以苦难的方式赐福于我们。"

以利亚萨拉斯麻木地盯着岑约萨的脸，一个更可怕的念头攫住了他："你是你吗，岑约萨？"

安塔纳梅拉总督已不止一次成为上艾诺恩的脊梁，他坚定地看着以利亚萨拉斯:"是我,大宗师。"

以利亚萨拉斯凝视着这个贵族,对方简朴的军人气质将他从绝望的悬崖边拉了回来。岑约萨说得对,这不是新的灾难,甚至可说是某种……神佑。但如果连切菲拉姆尼都能被代替……那么其他人一定也能。

"不能让任何人知道这件事,岑约萨,任何人。"总督在昏暗的光线中点点头。

如果那个天命派的混蛋早点说出秘密!

"砍掉它的头,"以利亚萨拉斯干涩的嗓音中怒火难抑,"把尸体扔到火葬堆上。"

阿凯梅安和辛奈摩斯走在暮色中,走在光与暗之间,走在自己的影子里。阴影中没有食物,没有赐予生命的水,他们的身体承受着可怕的煎熬,仿佛已不属于自己。

暮光中的道路。阴影中的道路。从港口约克萨通往卡拉斯坎。

从敌人的营地旁经过时,他们能感到西斯林空洞的眼睛——明亮,纯粹,就像银镜前的灯笼——从比地平线还远的地方搜索他们。很多次,阿凯梅安觉出那来自另一个世界的光线在他们的影子里投下新的影子,很多次,阿凯梅安觉得他们完了。但每一次,那些眼睛总把非人的审视从他们身上转开,不知是被他们瞒过,还是……阿凯梅安也说不上来是为什么。

到卡拉斯坎城下,他们在一道偏门前现身。已是夜里了,头顶城垛间闪着点点火把。辛奈摩斯靠在阿凯梅安身上,阿凯梅安朝目瞪口呆的卫兵喊道:"打开城门!我是杜萨斯·阿凯梅安,天命派巫师;他是克里加特斯·辛奈摩斯,亚特雷普斯的镇守元帅……我们来与你们共渡

第三卷　第三次进军

难关!"

"这座城市已被诅咒,濒临毁灭,"有人朝下喊,"谁想来? 不是疯子就是奸细!"

阿凯梅安停了一下,对方的语气无比阴郁,对自己的话坚信不疑。他知道,长牙之民放弃了一切希望。

"那些对所爱之人关怀备至,"他说,"至死不渝的人。"

城墙上的人也停了一下,然后城门开了,一队双颊深陷的泰丹人把两人抓了起来。他们终于走进可怕的卡拉斯坎。

艾斯梅娜听人说,索基斯神庙群跟施吉克的西约瑟大金字塔一样古老,它占据着酒碗区中心,站在最中间石灰岩的卡鲁尔广场上,可以看见周围全部五座高地。广场中央有一棵大树,一棵古老的大桉树,自上古始,它一直被称作乌米亚齐。艾斯梅娜在巨树的阴影中哭泣,凝视着吊在树上的凯胡斯和西尔维。幼小的莫恩古斯在艾斯梅娜怀中打盹,对周围世界一无所知。

"求你了……求求你醒过来,凯胡斯,求你了!"

因切里·高提安当着喧闹的暴徒剥光凯胡斯的衣服,用雪松树枝鞭打他,直到留下上百道流血的伤口。然后,他们将凯胡斯流血的身体和西尔维的裸尸绑在一起,脸对脸,手腕对手腕,脚踝对脚踝。两人四肢伸直,头朝下紧贴着绑在巨大的青铜圆环上,再将圆环用锁链吊在乌米亚齐最低、最粗壮的树枝上。艾斯梅娜哭泣着,直到再也哭不出声。

他们慢慢地打转,两人的金发被风纠缠在一起,四肢如舞者般伸展。艾斯梅娜看到她灰暗的胸脯压着他汗津津的肋骨,腋毛缠结,然后西尔维苗条的后背转过来,脊柱的线条深陷,令她看上去简直像个男人。她瞥见西尔维的性器裸露在大张的双腿间,和凯胡斯的阳具压在一起……

西尔维……血液凝滞后,她的脸开始变黑,肢体和躯干仿佛灰色大理石雕塑,但形体仍像古代艺术品一样完美无瑕。而凯胡斯……

他脸上闪着汗水,白皙结实的后背上是一道道血淋淋的红线,浮肿的眼睛紧闭着。

"但你说过!"艾斯梅娜哭喊,"你说过真理永远不会死!"

西尔维死了。凯胡斯也马上要死。

不管她注视多久,不管她的理由多么深刻,不管她发出多么尖利的威胁……

一圈又一圈。将死的人和已死的人。让人发疯的旋转。

艾斯梅娜把莫恩古斯紧抱在怀里,蜷在蜡白色落叶堆上。在她身下,树叶散发出更苦涩的气息。

———⊙⊙⊙———

"当你想起战争的奥秘时……"

无论他走到哪里,因里教徒都会安静下来,每个人的目光都追随着他,就像追随一位王。奈育尔非常清楚他的到来会给人带来怎样的影响。哪怕在繁星满天的夜空下,他也无须金饰、纹章或旗帜来彰显身份。他的荣耀就在双臂上。他是奈育尔·厄·齐约萨,骏马和战士的粉碎者,旁人只消看到他,就会心生恐惧。

"狩猎还没有结束……"

闭嘴!闭嘴!

卡鲁尔广场,索基斯神庙群中心的大广场,挤满了可悲又可鄙的人。因里教徒簇拥在一座座神庙宏伟的台阶上,奈育尔看来,这些庙宇与他在施吉克或纳述尔看到的建筑一样古老。其他人躲在柱廊宿舍下,或是破败的修道院里。再往外一些,有因里教徒坐在垫子上,低声谈论,有人甚至生起小小的火堆,烧着木头和熏香——毫无疑问,这是为他们的战士先知献上的祭礼。离卡鲁尔广场中心的巨树越近,人群就越拥挤。他看到一群只穿衬衣的男人,大腿和屁股上都沾有粪便,另外一些人的肚皮仿佛贴到了脊柱上。他遇到一个赤裸上身的傻瓜,不停上蹿下跳,双手在脑袋旁摇晃,像拨浪鼓一样。奈育尔用肩膀把这个傻瓜挤开时,听到有什么东西落到石地上,然后这疯子在他身后大叫,为自己的牙齿哭泣。

"……战争的奥秘……"

谎话!都是谎话!

奈育尔奋力挤过人群,全不理会一路受到的威胁与诅咒。他仿佛在人头、手肘和肩膀组成的恶臭海洋中穿行。看到那株被称为乌米亚齐的巨树后,他停下脚步,只见巨树树冠犹如倒长的树根,光秃的乌黑枝干向夜空延伸,将领土延伸到无法刺穿的黑暗中。

"大贵族们仍会听从你的建议……"

奈育尔竭尽全力看向阴影中,但既看不到杜尼安僧侣,也看不到西尔维。

"他还在呼吸吗?"他喊道,"他还有心跳吗?"

围在他身边的因里教徒面面相觑,每个人的目光都充满忧虑与迷惑。没有人回答。

这群狗眼醉鬼。

他忍着心中厌恶,穿过人群,推开旁人一路向前,终于来到沙里亚骑士围成的防线前。一个骑士伸出一只手来推他胸口,不让他继续前进。奈育尔皱了皱眉,那人便收回手,他又朝乌米亚齐下面那片黑暗中看去。

还是什么都看不到。

挥刀冲进去的念头一闪而过,这时一队沙里亚骑士拿着火把从乌米亚齐旁走过。短暂的一瞬间,奈育尔就着闪动的火光看到了他四肢张开的轮廓——还是她的？

前排的因里教徒喊叫起来，有狂喜也有嘲弄。喧闹中，奈育尔听到一个天鹅绒般丝滑的声音，这声音只有他的心才能听到。

"很好，你来了……你做得对。"

奈育尔恐惧地盯着圆环上那个身影。那队火把过去了，黑暗再次笼罩乌米亚齐，周围的喧闹也平静下来，只有几个人还在大喊。

"人人各司其职。"那声音说。

"我是来看你受苦的！"奈育尔喊道，"我是来看你死的！"

他瞥见其他人警惕地朝他转过身。

"但为什么？为什么你想看到这样的事？"

"因为你背叛了我！"

"怎样？我怎样背叛了你？"

"你只需说话就能背叛我！你是杜尼安僧侣！"

"你太高看我了……比这些因里教徒还高看。"

"因为我知道！——只有我知道你是什么人！只有我能毁灭你！"他大笑着，那是经历过无数血战的乌特蒙酋长才能发出的笑声，然后他朝乌米亚齐下那片阴影做了个手势，"我见证了……"

"我父亲呢？狩猎还没有结束——你知道的。"

奈育尔站在那里，无法呼吸，像大草原上的石头一样纹丝不动。

"我已做出取舍，"他用平稳的语调说，"我决定放弃更大的仇恨，先报比较小的仇。"

"你真的放弃了吗？"

"是的！是的！看看她！看看你对她做了什么！"

"是我，塞尔文迪人？还是你做了什么？"

"她死了。我的西尔维！我的西尔维死了！我的战利品！"

"噢，是的……现在你的证明不在了，他们会在背后怎么说你呢？他们会怎样评判你呢？"

第三卷 第三次进军

"她是因为你才死的!"

笑声,轻松而开怀的笑声,就像酒鬼痛饮美酒:"这话说得真像大草原之子!"

"你取笑我?"

一只沉重的手搭在他肩上,"够了!"有人喊道,"收起疯劲吧!不要再用肮脏的语言说话了!"

奈育尔只动了动手臂,抓住来人的手朝后一扭,便扯断了筋腱和骨头。他毫不费力地从人群中抡起这不知好歹的傻瓜,砸到地上。

"取笑?谁敢取笑屠人者?"奈育尔朝巨树喊道,伸出能轻易折断人脖颈的手臂,"你!你杀了她!"

"不,塞尔文迪人,是你……当你出卖我的时候。"

"我是为了救我的儿子!"

奈育尔惊恐地看着她软弱无力地倒在萨瑟鲁斯怀里。血流遍她的长袍,她的眼睛逐渐被黑暗淹没……黑暗!他看过它吞噬了多少双眼睛?

他听到婴儿在黑暗中哭叫。

"他们应该杀死那婊子!"奈育尔喊道。

许多因里教徒朝他大吼。他感到脸颊被打了一拳,眼角瞥见金属闪光。他抓住一个人的头,用拇指去抠那人的眼睛。有什么尖锐的东西刺中他的大腿,许多拳头砸在他后背,太阳穴被敲了一下——不知是木棍还是剑柄。他把手中的人举起来,跌跌撞撞朝后退去。这时他回瞥了一眼漆黑的乌米亚齐,听到杜尼安僧侣的笑声,那笑声就像乌特蒙人。

"哭泣者!"

"是你!"他咆哮着,用石块一样的拳头击打着面前每一个人,"是你!"

突然间,熙熙攘攘的人群尖叫着闪开了,一个强壮的人影出现在他右边。有人在大声地乞求原谅。奈育尔看了那人一眼,那人几乎和他一样高,只是身形没他魁梧。

"你疯了吗,塞尔文迪人?是我!我!"

"是你杀了西尔维。"

突然间,陌生人变成柯伊苏斯·梭本,穿着苦行僧的破旧长袍。这是什么巫术?

"奈育尔,"加里奥斯的王子喊道,"你在和谁说话?"

"是你……"黑暗中仿佛传来笑声。

"塞尔文迪人?"

奈育尔摆脱对方坚实的手。"蠢货才在这守夜。"他说。

他啐了一口,从恶臭的人群中挤出一条路离开。

艾斯梅……

想到这名字,他的心就怦怦直跳。

我回来了,我亲爱的,我离你很近了!

他仿佛闻到她身上橘子般的清香,仿佛听到她在他脸颊旁炽热的喘息,仿佛感觉到她摩擦着他的下体,那么急切,就像要闷死危险的火苗。他仿佛看到她朝后甩头发——隔着头发可见她诱人的眼睛和微张的嘴唇。

很近了!

泰丹人——五名努曼奈骑士和一些服色混杂的士兵——护送他们走过漆黑的街道。就他们到达时的情况而言,这些泰丹人够有礼貌了,不过在有足够地位的人为他们作保之前,这些人一句话也不对他们说。阿凯梅安一路上看到不少长牙之民,大多和城门上的卫兵一样憔悴,有的坐在窗前,有的和同伴一起靠着柱子。他们盯着他,脸色苍白,表情

第三卷 第三次进军

空洞,眼中射出诡异的光,好像体内燃烧的火焰已耗尽了所有燃料。

阿凯梅安见过这种表情:在埃伦奥特平原,安那苏里博·塞摩玛斯战死后;在伟大的特雷瑟,辛诺斯大门陷落时;在蒙格达平原,等待恐怖的 Tsurumah 到来。恐惧而愤怒的表情,面对只能忍受、却永远无法征服的敌人时的表情。

面对末世之劫的表情。

阿凯梅安一次次与他们目光交会,但从没感到威胁或挑战,每个人都露出筋疲力尽的兄弟间理解的眼神。仿佛有什么东西——恶魔或爬虫——盘踞在这些忍受着无法忍受的苦难的人头颅里,而当它们通过人的眼睛向外张望时,总能在其他人眼中看到同类。阿凯梅安知道,他属于这里。不只和他所爱之人一起,而且和圣战军一起。他和这些人一起,同属于死亡。

我们面临着同样的末日。

为照顾辛奈摩斯,队伍走得很慢。他们穿行在两座山丘——阿凯梅安并不清楚那些山丘分别是什么名字——之间,来到一个努曼奈人称为酒碗区的地方,据说普罗雅斯及其随从驻扎在此。他们走过迷宫般的街巷,骑士们不止一次向路边行人问路。马上要面对的事那么多——找到凯胡斯和艾斯梅娜,度过了悲惨的几个月之后再见到普罗雅斯——阿凯梅安却一直在回想在卡拉斯坎城下无意间说出的话:"我是杜萨斯·阿凯梅安,天命派巫师……"

他多久没有大声说出这句话了?

天命派巫师。

这是他吗?如果是,为何一想到联络阿提尔苏斯,他就羞愧不已?他们很可能知道了他被绑架的事,他们肯定在康里亚军团中安排有他不知道的眼线。他猜测,他们一定觉得他死了。

为什么不联系他们?在他被俘期间,第二次末世之劫的威胁并没减小,梦境反而以前所未有的猛烈折磨着他……

因为我不再是他们的一员了。

虽然他那么拼命地保卫真知巫术——甚至牺牲了辛奈摩斯！——但他背弃了天命派。他明白,早在被赤塔绑架之前,他就背弃了天命派。为了凯胡斯……

我本来已经打算教他真知巫术！

哪怕想到这念头都让他无法呼吸,提醒他在这座城市里等待他的不只是艾斯梅娜。与玛伊萨内有关的神秘事件。非神会和换皮密探的威胁。安那苏里博·凯胡斯身上的允诺与谜团。第二次末世之劫的预兆！

他的皮肤在恐惧中泛起鸡皮疙瘩,而他心底有什么古老而顽强的东西在阻止他,跟鳄鱼皮一样坚硬。让那些秘密腐烂吧！他发现自己在想,让这个世界在我们周围毁灭吧！他是杜萨斯·阿凯梅安,他是个男人,而他有了爱人和妻子——他的艾斯梅娜。经过爱荷西亚的折磨,其他一切都显得幼稚,就像一本翻烂了的书中的比喻一样。

我知道你还活着。我知道！

小小的队伍终于停在不知名的营垒前。阿凯梅安看着两名努曼奈骑士翻身下马,与营地大门前的守卫争论。辛奈摩斯站在他身边说了句什么,他转过头去。

"阿凯,"辛奈摩斯皱起没有眼睛的面孔,"我们像阴影一样行走的那段时间里……"

元帅犹豫了一下,有那么一阵,阿凯梅安以为他会责怪自己。离开爱荷西亚前,使用巫术在敌人眼皮底下穿行对辛奈摩斯而言是无法想象的,但阿凯梅安在约克萨提出这建议时,元帅甚至没抱怨,默许了巫师的做法。他后悔了吗？或者说他像阿凯梅安一样,也放弃了许多曾经在意的事？

"我瞎了,"辛奈摩斯续道,"瞎得彻彻底底,阿凯！但我能看到他们……西斯林。我能看到他们在看着我们！"

第三卷 第三次进军

阿凯梅安抿了抿嘴唇,元帅那恐惧中带着一丝希望的语气让他有些困惑。

"你确实看到了。"他小心翼翼地说,"通过某种方式……'看'的方式有很多种,每个人其实都有无须睁眼就能看到东西的眼睛。人们往往认为明目和盲眼之间没有其他状态,这不对。"

"西斯林呢?"辛奈摩斯追问,"他们……他们是不是就这样——"

"西斯林是光与暗之间的掌控者。按他们的说法,他们弄瞎自己的眼睛,是为了看到明目和盲眼之间的世界。有人说,这正是他们巫术的本源所在。"

"是这样……"辛奈摩斯似乎很难控制声音中的激动。

"现在不是说这些的时候,辛。"阿凯梅安道。泰丹骑士中资历最高的,那个脾气暴躁、名叫安摩加尔的男爵,从营门朝他们大步走来。"以后有时间……"

安摩加尔的谢伊克语说得并不流畅,不过至少能讲明白意思。他说普罗雅斯的人答应接收他们——虽然并不情愿。"没人会偷偷潜入卡拉斯坎,"泰丹骑士解释,"只会跑出去。"他没等他们回答,径自从一旁走过,大声指挥手下离开。与此同时,一队拿武器的人从黑暗中出现,他们穿着基安人的衣服,但盾牌上绘有涅尔塞家族的黑鹰。阿凯梅安和辛奈摩斯很快被引进营地。

接待他们的是面带病容的总管,身着普罗雅斯家族的黑白服色,虽然衣服很旧,但仍有光泽。在几名士兵陪同下,这人带他们穿过一道铺地毯的长廊。他们和一个基安女人擦肩而过——毫无疑问,她是个奴隶——朝走廊尽头的房间走去。阿凯梅安有些吃惊,并非因为她脸上显而易见的恐惧,而是她是他们进入卡拉斯坎后遇到的第一个基安人……这座城市就像坟墓。

转过拐角,来到一间接待室,房顶很高,两侧是粗大的柱子——从外观看是尼尔纳米什风格——一扇有铜绿的青铜大门半开着。引路人低头往里走,朝某个他们看不到的人点点头,然后把门推开,紧张地看了辛奈摩斯一眼,示意他们跟上。阿凯梅安感到自己的肠子仿佛拧在一起,不由得咒骂了一句……

他发觉自己正盯着涅尔塞·普罗雅斯。

虽然憔悴了很多、瘦削了很多——亚麻色束腰外袍从肩膀垂下,像挂在剑柄上——不过康里亚王子的外表没有太大变化:凌乱的黑色卷发,他母亲喜欢这个又曾为此责骂他;下巴的胡须修剪得整整齐齐,虽然不再像以前那样富有朝气,但样式依旧;透出精明强干的眉毛;当然,还有那双清澈的、似乎可以包含任何感情的棕色眼睛,不管这些感情彼此如何冲突。

"怎么了?"辛奈摩斯问,"怎么回事?"

"普罗雅斯……"阿凯梅安清清嗓子,"是普罗雅斯,辛。"

康里亚王子盯着辛奈摩斯看了一阵,脸上毫无表情。他从奢华的办公桌前站起来——显然这是他的卧室——往前走了两步,用麻木的声音问:"发生了什么?"

阿凯梅安什么也没说,意料之外的强烈情感让他一时有些麻木。他脸颊发烫。辛奈摩斯就站在他身边,一句话也没说。

"说话啊,"普罗雅斯命令,声音中带着绝望,"发生了什么?"

"赤塔夺去了他的眼睛,"阿凯梅安平静地说,"想要……想要来——"

年轻的王子毫无征兆地朝辛奈摩斯冲过去,紧紧拥抱住他,不是男人之间脸颊相贴的拥抱,而是像孩子一样,前额顶着元帅的领口,耸动着肩膀哭泣。辛奈摩斯用厚实的手指抚着王子的后脑,胡须擦过王子的头顶。

一阵沉默,却暗含汹涌的感情。

"辛,"普罗雅斯嘶哑着嗓子说,"请你原谅我!求你了,我求你了!"

第三卷 第三次进军

"嘘……能再感觉到你的拥抱足够了……我还能听到你的声音。"

"但辛!你的眼睛!你的眼睛!"

"嘘,不用说……阿凯会治好我的。你会看到的。"

听到这话,阿凯梅安不禁缩了缩身子。蒙蔽爱人时,希望是最毒的毒药。

普罗雅斯喘着气,把脸贴在元帅肩头。他闪动的目光看到阿凯梅安,刹那间,两人一眨不眨地对视。

"还有你,老师,"年轻人嘶哑地说,"你的心能原谅我吗?"

虽然阿凯梅安清楚地听到了对方说的每个字,但这话仿佛从非常遥远的地方传来,说话的人离得那么远,根本没法在意。

不,他知道,他不能原谅。这并非因为他的心变得坚硬,而是他迷茫了。他看到那个孩子,他爱过的普罗沙,但同时他也看到一个陌生人,一个沿着可疑的、与他相悖的道路行进的男人。一个信民。

致命的狂信徒。

他怎能把这样的人想成自己的兄弟?

阿凯梅安尽量不露出任何表情,只说:"我不是老师了。"

普罗雅斯紧闭双眼,再睁开时眼神又像以前一样坚定。不管圣战军经历了怎样的艰难困苦,作为全知全能的大法官的普罗雅斯仍然活了下来。

"他们在哪儿?"阿凯梅安问。他的思维越来越清晰。除了辛奈摩斯,占据他的心的只剩下艾斯梅娜和凯胡斯。世上他只在乎他们。

他看出,普罗雅斯的身体变得僵硬。王子用力从辛奈摩斯胸前撑起身。

"没人告诉你们吗?"

"没人告诉我们任何事。"辛奈摩斯说,"他们害怕我们是间谍。"

阿凯梅安喘不过气。"是艾斯梅娜?"他屏息问。

王子咽了咽唾沫,面如土色。

"不……艾斯梅娜很安全。"他抬起一只手抚过修剪整齐的头发,忧虑的表情透出不祥气息。

不知在什么地方,摇摆的蜡烛发出一阵滋滋声。

"凯胡斯呢?"辛奈摩斯道,"他怎样了?"

"你们一定要记住,这段时间发生了很多、很多事。"

辛奈摩斯伸出手,笨拙地抓挠着脸前的空气,似乎需要触摸和他说话的人:"你要说什么,普罗雅斯?"

"我要说的是,凯胡斯死了。"

全卡拉斯坎只有大集市能让他联想到大草原,但也只是草原生活的骨架:漆黑窗户的建筑群围出的石板地固然平整、开阔,然而铺路石中间并没长出草来。

"斯瓦宗,"他说过,"你杀的人离开了这个世界,西尔维。从今往后,他只存于这里,你手臂上的疤痕里。它标志着那人的离开,代表他的灵魂无法走过的路、无法做出的事。它标记着你现在要承担的担子。"

而她说:"我不明白……"

女孩蠢得那么可爱、那么纯真。

奈育尔躺在一匹死马皮包骨的肚子上,周围是一圈睁着眼睛的基安人尸体——三星期前他们洗劫这座城市时的受害者。

"我会承担你,"他对黑暗说,仿佛这是他所立下的最庄严的誓言,"只要有一丝力气,就不会将你抛弃。"

古老的祝辞,忆者在婚礼上盘起新郎的头发时新郎要说的话。

他将匕首举到喉头。

第三卷 第三次进军

他被绑在圆环上,绕着一棵黑暗的大树低垂的枝杈旋转。

和西尔维绑在一起。

没有生命的冰冷身体压在他身上。

西尔维。

缓缓旋转。

一只苍蝇爬过她脸颊,在无气息的鼻子前犹豫了一下。他朝她的死皮肤吹了口气,苍蝇飞走了。要让她干净。

她眼睛半张,像草纸一样干燥。

西尔维!呼吸啊,姑娘,呼吸啊!我命令你!

是我决定你。我是你的前事!

和西尔维紧挨着绑在一起。

我到底……做了什么?做了什么?

痉挛。

不……不!我必须集中精神。必须评估这一切……

一眨不眨的眼睛,在灰黑色面颊上望向星星。

不能让环境超越……超越……

道。

我是超越条件的!

从胫骨到脸颊,他都能感觉到她,冰冷的气息仿佛从她骨头中散发出来。

呼吸!呼吸啊!

干枯……平静!诡异的平静!

父亲,求你了!求你让她呼吸!

我……我已经没法往前走了。

那张脸如此灰暗,布满斑点,就像在海水里泡过……这样的脸怎么可能笑过?

　　集中精神!发生了什么?

　　局面混乱。他们杀了她。他们杀了我的妻子。

　　我把她交给了他们。

　　你说什么?

　　我把她交给了他们。

　　为什么?你为什么要这样做?

　　为了你……

　　为了他们。

　　什么东西在他体内跌落,他坠入睡梦中,冰冷的水冲刷过布满伤痕的皮肤。

　　梦境随之而来。黑暗的隧道,疲惫的大地。

　　一道山脊,像熟睡的女人的臀部,横亘在夜空下。

　　山脊上有两个形体,密集的群星无比闪亮,映出黑色的轮廓。

　　一个男人坐在那里,肩膀像猿猴一样弓着,双腿像祭司一样盘起。

　　一棵树的树枝向上延伸,枝杈直指黑色碗底般的天空。

　　群星围绕天堂之指旋转,就像冬季的天空翻涌的云朵。

　　凯胡斯紧盯着人影,紧盯着那棵树,但一动都动不了。天穹旋转,好像一个个夜晚接连而至,但白昼永不到来。

　　旋转的天空映衬下,人影开始说话了,他的嗓子里有一百万个声音,他的口中有一百万张嘴。

　　你看到了什么?

　　人影站在那里,像僧侣一样双手合十,双腿却像野兽一样弯曲着。

　　告诉我……

第三卷　第三次进军

一个个世界在恐惧中号哭。

战士先知醒了过来，贴着死去女人脸颊的皮肤感到刺痛。还在痉挛。

父亲！我到底怎么了？

一阵又一阵刺痛，冲刷着他的脸，蔓延到陌生人的脸上。

你在哭。

公牛高地的佐顿亚尼立刻认出了他，战士先知的朋友。阿凯梅安走进明亮的接待大厅，光滑的黑色大理石墙壁上，象牙饰板闪闪发亮。没多久，一个叫加亚玛克里的艾诺恩贵族——其他人说他是一名纳森蒂——过来领他走过一间间昏暗的大厅。阿凯梅安问起宫殿里那些白衣士兵，对方长叹一声，讲起正统派的暴行和邪恶图谋。他说个不停，但阿凯梅安只听到自己的心跳声……

最后，他们来到两扇宏伟的大门前——樱桃木门板，青铜门框——阿凯梅安开始想象用什么笑话逗艾斯梅娜发笑……

"从巫师的帐篷住进贵族的豪宅了啊……哼哼。"他几乎能听到她的笑声，几乎能看到她眼里闪动着充满爱意与戏谑的光。

"下一次我死的时候你会怎样？住进安迪亚敏高地吗？"

"她好像睡了。"加亚玛克里带着歉意说，"最近发生的事对她打击太大。"

笑话……他到底在想什么？她需要他，如果普罗雅斯说的是事实，她一定非常需要他！西尔维死了，凯胡斯马上就要死，圣战军在挨饿……她需要他的拥抱。他会给她怎样的拥抱啊！加亚玛克里毫无征兆地转身握住他的手。"拜托！"他嘶哑地说，"您一定要救他！一定！"那人跪在地上，紧紧抱住他，直到指节发白，"您是他的老师！"

"我、我会尽力而为,"阿凯梅安吃了一惊,"我保证。"

眼泪从那人脸颊滚滚流下,打湿了胡须。他把额头放在阿凯梅安手上。"谢谢您!谢谢您!"

阿凯梅安一时不知该说什么好。他扶起纳森蒂。那人整了整黄白相间的长袍,颇显狼狈,似乎刚想起相伴一生的礼仪规范。

"您会记得的,是吗?"他喘息着说。

"当然。"阿凯梅安回答,"但我先要和艾斯梅娜商量。就我们两个……你明白吗?"

加亚玛克里点点头,后退三步,转身跑回大厅。

他站在高高的双开门前,喘息。

艾斯梅。

他会在她哭泣时抱住她,他会说出心中每个想法,他会告诉她被俘期间她对他有多大意义。他会告诉她,他,一位天命派学士,将娶她为妻——她会成为他的妻子!她眼里将充满惊讶……他几乎要笑出声。

终于。

他没敲门,而是像回家的丈夫一样把门推开。迎接他的是昏暗光线及香草和油膏的味道。房间宽敞,弧形穹顶,华丽的挂毯、屏风和吊饰随处可见,不过照亮房间的只有六根散落的蜡烛。一张五角大床占据着房间中心的高台,床上的被单和毯子一片凌乱,就像有人刚刚激情过。左边墙上的嵌板打开了,可见一座私密花园,外面的天空中布满明亮的星星。

确实比巫师的帐篷奢华太多了。

他走出门口投进的光线,朝房间最深处望去。透过薄纱可见床是空的。门发出尖利的响声,在他身后关上,似乎在提醒他:一切开始了。

她在哪里呢?

然后他看到了她,在房间彼端,蜷在小沙发上,背对着门——背对着他。她的头发长了些,在昏暗的房间里透出几分紫色,松散的长裙滑

第三卷 第三次进军

落下来,露出赤裸的肩膀,棕色皮肤有些发白。他的下身马上硬了起来,喜悦与绝望同时涌上心头。

那块皮肤他亲吻过多少次?

亲吻。他要用这样的方式叫醒她,一边哭泣,一边亲吻她裸露的肩膀。她会颤抖,以为自己在做梦。"不……不可能。你死了。"然后他会拥她入怀,用缓慢、炽烈的温柔,用极致的狂喜包裹住她。她会知道,经过这么久,她的心终于回来了。

我回来找你了,艾斯梅……从死亡和痛苦的深渊。

他走下门口平台,看着她突然坐起来。她警惕地朝这边看,浮肿的双眼用怀疑的眼神盯住他。

刹那间,她几乎成了陌生人。他用多年前在苏拿发现她时那双年轻而热切的眼睛看待她:轻佻的美,雀斑脸,饱满的嘴唇,完美无瑕的牙齿。两人同时屏住呼吸。

"艾斯梅……"他低声说。他已没法说出其他话,他忘记了她有多美……

一个心跳的时间里,她显出极度的恐惧,就像看到了幽灵。但马上,她带着难以置信的表情朝他飞奔而来,那双赤裸的小脚就像拼命挥舞的翅膀。

然后他们拥抱在一起,用尽力气抓着彼此。怀抱中她感觉那么娇小、那么纤细!

"噢,阿凯!"她哭道,"你死了!死了!"

"不、不、不,我亲爱的。"他低声说,颤抖着呼出一口气。

"阿凯,阿凯,噢,阿凯!"

他抬起颤抖的手,抚着她的后脑。她的头发像丝绸,柔滑的丝绸。还有她的气息——熏香一样轻柔,又带着女人气味。"嘘,艾斯梅,"他悄声说,"一切都会好起来的。我们又在一起了!"让我吻你吧。

但她的哭声更大。"你必须救他,阿凯梅安!你必须救他!"

小小的困惑，像被虫子咬过。

"救他？艾斯梅……你说什么？"他松开手，她脱出他的怀抱，踉跄后退，就像记起了什么恐怖的事实。

"凯胡斯。"她说。她的嘴唇在颤抖。

阿凯梅安努力地与心头的恐惧抗争。"你说什么，艾斯梅？"他感觉血液从脸上褪去。

"你看不出来吗！他们要杀他！"

"凯胡斯？是的……当然，我会尽我所能去救他！但求你了，艾斯梅！让我抱抱你！我需要抱着你！"

"你必须救他，阿凯梅安！不能让他们杀了他！"又一阵恐惧，这次完全无法抑制。不。一定有什么理由。她经历了和我一样的磨难，只是没有我这么坚强。

"我不会让任何人对他做出任何事，我发誓。但是……求你……"

艾斯梅……你做了什么？

她没办法再控制自己了，哭道："他是……他……他是……"

奇怪的感觉……好像潜进水里，肺中却没有一点空气。"是的，艾斯梅……他是战士先知，我也相信！为了救他，我会做任何事。"

"不，阿凯梅安……"

她面如死灰，就像打开了什么不该打开的东西，想要远远避开一样。

不要说！千万不要说！

他扫视这奢华的房间，做个手势，想挤出笑容："从巫师的帐篷住进了这里，哼？"喉咙里好像有把匕首在搅，"下、下一次我死的时候你会怎样呢？住进安迪……安迪亚敏……"他努力想挤出微笑。

"阿凯，"她低声说，"我怀了他的孩子。"

终究是个妓女。

第三卷　第三次进军

阿凯梅安穿过围聚的因里教徒，走过沙里亚骑士燃起的火堆，那仿佛是另一个世界的太阳投下的阴影。他记得爱荷西亚的破墙和尖叫，记得自己怎样炸开那些砖石走道。噢，他知道自己的歌声中有怎样的力量，他的话语可以让世界在雷霆中破碎！

他也知道复仇时的苦涩喜悦。

一棵巨树耸入夜空，古老的榕树，年代太过久远，早被人遗忘。他的第一个念头是烧了它，用怒火将它变成燃烧的灯塔——用它火葬那个背叛者，那个偷腥者！但他感觉到围绕那人的虚空，三枚丘莱尔被长牙之民绑在青铜圆环上。他看到那人在受苦……

阿凯梅安弯腰走到树下，脚踏在落叶组成的毯子上。他按着双膝，在黑暗中前后摇摆身体。她在这里，不可能发生的事活生生摆在面前。

死去的西尔维。

他也在这里，和她吊在一起，手臂并手臂，胸膛对胸膛……

凯胡斯……他全身赤裸，缓缓转动，圆环似乎在把他长长的生命线抽离。

怎么会这样？

阿凯梅安坐下来，直起身子，听着周围的藤蔓在微风中摆动，闻到桉树和死人的气味。他的身体平静下来，变成一具冰冷的容器，装载着他的愤怒与伤悲。

沙里亚骑士包围了大树，在他们的圆圈外是几千人的营地，那些人为战士先知唱着颂歌与挽歌。长笛的哀鸣刺透周围昏暗，时而婉转，时而低沉，时而高昂，仿佛一段不为神灵所知的祷词，又像是号叫，仿佛野兽用尽力气发出的呐喊……

阿凯梅安在黑暗中抱紧身子。

怎么会这样……

他把拇指和食指重重地压在双眼上。颤抖。冰冷。心脏像包裹在冰冷的石头外的破布袋。

他抬起脸,耸动的下巴和眉毛诉说着愤怒与仇恨。泪水顺脸颊滚下。

"为什么?你怎能这样背叛我?你……你们!你们两个——我仅有的两个人!只有你们知道我的生活曾是多么空洞,只有你们!我、我不明白……我想理解你们,但我做不到!你们怎能这样对我!"

一幅幅图像在他脑海中燃烧……艾斯梅娜在凯胡斯胯下喘息。滚烫的嘴唇拂过身体。她惊讶的叫声。她的高潮。他们两人赤身裸体,在毯子下纠缠,盯着黑暗中仅有的一点烛光,凯胡斯问:"你是怎么忍受那个人的?你为什么会和巫师睡?"

"他给我吃的。他是个温暖的枕头,兜里又有金子……但他不是你,亲爱的,没人像你一样。"

阿凯梅安张开嘴,发出一串不连续的叫喊……怎么会?为什么?……

然后是残忍的言语。

"我能撕碎你,凯胡斯,我能烧掉你!烧到你眼珠爆出!狗!忘恩负义的狗!我要让你尖叫,我要挖出你的心脏,让你的四肢痛苦地折断!我能做到!我的歌声能让整支军团化为灰烬!我能把一千人的痛苦压进你体内!只需动动舌头和牙齿,我就能让你化为虚无!把你的尸体变成粉末!"

他哭了。周围黑暗的世界嗡嗡作响,仿佛正在燃烧。

"去死吧……"他喘息着,没法呼吸……这里有让他呼吸的空气吗?

他摇摇头,像一个愤怒已被耗尽的孩子,笨拙地用拳头捶打地上的落叶。

"去死、去死、去死、去——"

第三卷 第三次进军

他麻木地朝四周看了看,用衣袖擦擦脸,吸了吸鼻子,喉咙深处似乎尝到泪水的咸味。

"你把她变成了妓女,凯胡斯……你把我的艾斯梅变成了妓女……"

他们在阴影中一圈圈打转,夜风中传来远处的笑声。黑色的大树仿佛也在喘息,沉重而永不停息。

"阿凯梅安……"凯胡斯低声说。

这话攫住了他,带来强烈的恐惧。

不……他们不准他说话……

"他说过你会来。"死去女人的脸颊传出话音。

凯胡斯的眼神仿佛是从铜币表面射出的,那双深色的眼睛闪动着,他的脸和西尔维的脸贴在一起。她脸上已没有一丝生气,张开的嘴露出布满灰尘的牙齿。刹那间,阿凯梅安感觉凯胡斯似乎躺在一面镜子上,西尔维只是他的影子。

阿凯梅安颤抖着。他们对你做了什么?

圆环居然停止了笨重的旋转。

"我看到他们了,阿凯梅安,他们就在我们当中,用你看不到的方式躲藏着。"

非神会。

他脖子后面毛发直竖,冰冷的汗水似在灼烧他的皮肤。"非神回来了,阿凯……我看到它了!跟你说的一样。Tsurumah. 莫格-法鲁……"

"说谎!"阿凯梅安喊道,"你想躲开我的愤怒!"

"我的纳森蒂……告诉他们,把花园里的东西拿给你看。"

"什么?花园里有什么?"

但那双闪烁的眼睛闭上了。

一阵悲哀的号叫回响在卡鲁尔广场上空,令人血液冰凉。举火把的人闻声朝乌米亚齐下的黑暗中跑来。

但只有圆环无止境地旋转。

晨光撒过阳台和阳台上的薄纱,把卧室变成一幅明暗分割的蚀刻画。普罗雅斯在床上挪了挪身,朝光线射来的方向皱眉头,举手想挡住眼睛。几个心跳的时间里,他纹丝不动躺在那儿,想吞下喉头涌起的痛苦——这是坏血病的最后一丝残余。然后,昨晚的羞耻与懊悔潮水般回卷而来。

阿凯梅安和辛奈摩斯回来了。阿凯和辛……他们都无可避免地改变了。

因为我。

冰冷的晨风吹过薄纱。普罗雅斯缩起身,想留住毯子带来的最后一丝温暖。他想重新睡去,但焦虑和沮丧塞满了他的心。孩提时代,他总喜欢在这样的早晨赖床,沉浸在传说与幻想中,梦想着生而注定去成就的伟业。他端详朝阳投下的阴影,仔细看它们爬过墙壁。像这样冰冷的早上,他总把毯子裹紧,像老人泡热水澡一样品味它们的味道。但过去从不像现在,现在暖意未入骨,就消散殆尽。

过了好一阵,普罗雅斯才发现有人看着他。一开始他只眨了眨眼,惊得没法移动,也没法出声。这座建筑的装潢和设计都是尼尔纳米什风格,天花顶低垂,四下是纤毫毕现的雕刻及刻着凹槽的粗壮石柱——无疑是从因维什或萨帕苏莱运来的。一个人影靠着阳台侧面一根石柱,在朝阳的光辉中几乎难以分辨……普罗雅斯甩开毯子:"阿凯梅安?"

好几个心跳过去,他的眼睛适应了周围的光亮,可以看清眼前人了。"你在做什么,阿凯梅安?你想要什么?"

"艾斯梅娜,"巫师道,"凯胡斯娶了她……你知道吗?"

普罗雅斯望着巫师,对方声音中有什么东西让他的愤怒消散了。阿凯梅安像喝醉了酒一样,鲁莽且不顾一切,但他知道,让巫师变成这样的不是酒,而是失落。

"我知道,"他承认,斜眼看向阿凯梅安,"但我那时以为……"他的声音低下去,他咽了咽唾沫,"凯胡斯要死了。"

他突然自觉像个傻瓜,想要做出什么补偿。

"艾斯梅娜和我不可能了。"阿凯梅安说。巫师背着光,表情完全被阴影笼罩,但不知为何,普罗雅斯感到他用尽全力下了决心。

"你怎能这么说?你不会——"

"辛奈摩斯在哪儿?"学士打断他。

普罗雅斯扬了扬眉毛,朝左侧头。"就在那面墙后面。"他说,"旁边房间。"

阿凯梅安抿抿嘴唇:"他告诉你了吗?"

"他的眼睛?"普罗雅斯盯着朱红色毯子下自己双脚的轮廓,"还没有。我不敢问。我想赤塔……"

"是因为我,普罗雅斯,他们是为了胁迫我才弄瞎他的。"

话里意思很明显:这不是你的错。

普罗雅斯抬起手,像要抹去眼里的睡意。但他抹去的是泪水。

诅咒你,阿凯……我不需要你的保护!

"为了真知巫术?"他问,"他们想要这个?"

克里加特斯·辛奈摩斯,康里亚的元帅,为救一个渎神者而瞎了眼睛。

"不全是……他们想从我这里得到西斯林的情报。"

"西斯林?"

阿凯梅安哼了一声:"赤塔吓坏了,你知道吗?被他们看不到的东西吓坏了。"

"这是理所当然的。他们一直在隐藏实力,以利亚萨拉斯仍不愿参战,虽然我听说他们已经饿到把书卷都煮来填肚子了。"

"希望他们及时找到厕所,"阿凯梅安说,疲惫的嗓音里透出熟悉的幽默,"他们读的东西早烂透了。"

普罗雅斯哈哈大笑,几乎被他遗忘的舒适感突然回来了。他明白,这是他们曾经的交谈方式,关切与担忧都一起指向别人,从没落在彼此身上。但意识到这点并没让普罗雅斯振作,只让他更加沮丧。他知道,过去在这样的交谈中感受到的信任与友爱都不见了,只留下恐惧和疲惫。

两人同时沉默,轻松的氛围顿时消失。普罗雅斯发觉自己的视线在墙上那些壁画间游移,狂欢者们棕色的身体半裸,每人都抱着各式各样的财宝。

每一次心跳仿佛都让沉默嗡嗡作响。

阿凯梅安说:"凯胡斯不能死。"

普罗雅斯抿抿嘴唇。"当然了,"他麻木地说,"我刚说他要死,你就说他不能死。"他朝身边的写字台瞥了一眼,神情不免有些紧张。那张羊皮纸平摆在桌上,翘起的边角在阳光中有些透明。玛伊萨内的信。

"这与你无关,普罗雅斯,我根本不关心你的感受。"

无论语调还是话里含义都让普罗雅斯感到彻骨冰冷。

"那你为什么到这里来?"

"因为在所有大贵族中,只有你能明白。"

"只有我能明白。"普罗雅斯应道,心中重又燃起熟悉的厌恶,"明白什么?别说,让我猜……只有我能明白这名字的重要性,'安那苏里博',只有我明白其中危险——"

"够了!"阿凯梅安喊道,"你不知道吗,你贬低这些,就等于贬低我?我何时嘲笑过长牙?我何时开过后先知的玩笑?有吗?"

普罗雅斯努力忍住没反驳,如果开口说出真相,一定比阿凯梅安说

第三卷 第三次进军

的更伤人。

"凯胡斯,"他道,"接受了审判。"

"要当心,普罗雅斯,你应该记得什科尔国王。"

对因里教徒来说,"什科尔",那个将因里·瑟金斯判罪的谢拉什国王,已成为可憎的化身,象征着极度傲慢。一想到自己的名字可能在将来某天和什科尔并列,普罗雅斯不禁泛起一阵恐惧。

"什科尔错了……但我是对的!"

一切取决于真理。

"真不知道,"阿凯梅安说,"什科尔当时是怎么说的……"

"什么?"普罗雅斯高喊,"也就是说,我认识的最大的怀疑论者,相信新的先知已降临到我们当中?得了吧,阿凯……这太荒谬!"

这是孔法斯的话……想到这里他也非常不快。

阿凯梅安顿了顿,出于焦虑还是犹豫,普罗雅斯分辨不出。

"我并不确定他是什么人……我知道的是他太重要,绝不能死。"

普罗雅斯僵硬地坐在床上,看着太阳的方向,努力分辨老师的身形。

但在蓝色的柱子间,除了巫师的身形,普罗雅斯只看到黑胡须中五条白丝。普罗雅斯用鼻子叹了口气,声音很大,又低头看着手指。

"不久前我也这样想。"他承认,"我担心孔法斯等人说的是真的,担心是他招来真神的怒火,但我和他喝过太多酒,没法不……没法不意识到他的杰出之处……

"可是后来……"

一朵浓密的黑云不知从哪里冒出来,盘踞在太阳前面,房里隐隐有了寒意。普罗雅斯终于看清这位曾经的老师:憔悴的面孔,凄凉的眼神,紧皱的眉头,蓝罩衫和羊毛旅者长袍,双膝沾着黑土……

真可怜。为什么阿凯梅安看上去总那么可怜?

"后来怎样?"学士问,显然没意识到普罗雅斯突然能看到他了。

普罗雅斯又重重地叹口气,又一次朝桌上的羊皮纸看去。风带来遥远的雷声,黑色的雪松木床铺似乎都在颤抖。

"好吧,"他续道,"首先是那个塞尔文迪人……他对凯胡斯心怀怨恨。我想,'为什么这个人,这个最了解凯胡斯的人,却这么鄙视他?'"

"是因为西尔维,"阿凯梅安说,"凯胡斯曾告诉我,野蛮人爱着西尔维。"

"我第一次问奈育尔时,他也这么说……可总有什么东西,也许是他的神态,让我觉得另有隐情。他很凶狠,但也藏着深沉的忧郁。他很复杂——非常复杂。"

"他的皮肤薄得简直一眼就能看透,"阿凯梅安说,"不过我想不影响留疤。"

普罗雅斯露出一脸苦笑:"奈育尔·厄·齐约萨并非你想的那么简单,阿凯,相信我。某种意义上来说,他和凯胡斯一样不同寻常。真该庆幸他是我们这边的,而不是帕迪拉贾的。"

"你要说什么,普罗雅斯?"

康里亚王子皱皱眉:"我要说的是,我问过他关于凯胡斯的问题,就在我们被围后不久……"

"然后?"

"然后他让我去问他本人。就是在那时……"他犹豫了一下,好像在徒劳地寻找委婉的说法。又一阵雷声从阳台门廊传来。

"就是在那时我发现艾斯梅娜上了他的床。"

阿凯梅安闭上眼,再睁开时,目光变得更坚定了。

"所以你原本的不安变成了对他的怀疑……真令我感动。"

普罗雅斯决定不理会挖苦。

"那之后,我不能再轻易反驳孔法斯了。我决定好好想想。这期间,形势越来越严峻——现在仍然在恶化!——我开始担心,如果我继续反驳孔法斯和其他人,等于是往火绒上敲火星。"

"你担心正统派会与佐顿亚尼开战。"

"我现在也担心!"普罗雅斯喊了出来,"不过既然帕迪拉贾带着沙漠群狼在外虎视眈眈,这似乎不算什么了。"

谈话怎么变成这样的?有什么地方出了问题!

"你是如何下决心的呢?"

"是因为塞尔文迪人,"普罗雅斯耸耸肩,"孔法斯带来几个证人,说他们认识北边商队的人,说亚特里索没有王子。"

"道听途说,"阿凯梅安说,"毫无价值……你知道,这也许只是孔法斯的把戏,拿死人编故事再容易不过。"

"我一开始也这样想,但后来塞尔文迪人证实了这说法。"

阿凯梅安往前倾了倾身,眉毛皱在一起,显露出愤怒与震惊:"证实?你是什么意思?"

"他说凯胡斯是子虚乌有的王子。"

学士一动不动,凝视着两人之间的某地,他知道隐瞒真实种姓会受到怎样的惩罚,每个人都知道。三海诸国的贵族对自己的族系无比珍视,这不只出于精神或感情上的原因。

"他可能在撒谎,"阿凯梅安若有所思地说,"这可能是他夺回西尔维的方式,不是吗?"

"可能……考虑到她被处死后他的反应——"

"西尔维被处死!"巫师喊道,"为什么会发生这种事?普罗雅斯?你怎能让这种事发生?她只是——"

"去问高提安!"普罗雅斯脱口而出,"依照长牙律法审判他们是他的主意——是他的!他觉得这能让整件事合法化,不让别人以为这像……像——"

"像什么?"阿凯梅安高喊,"像一帮恐慌的世袭贵族为维护权位搞出的阴谋?"

"这要看你问谁……"普罗雅斯僵硬地答道,"不管怎样,我们必须先发制人。而到目前为止——"

"上天不会让信民自相残杀。"阿凯梅安说。

"上天不会让蠢货为愚蠢而自取灭亡。上天也不会让母亲流产,不会让孩子失去双眼。上天不会让任何坏事发生!我简直不能更同意了,阿凯……"王子露出讽刺的微笑。他居然差点怀念这个渎神的老混蛋!"别扯远了,我并非一时心血来潮给凯胡斯定罪,老师,有太多事——太多太多事!——迫使我不得不和其他人保持相同立场。不管他是不是先知,安那苏里博·凯胡斯死定了。"

阿凯梅安一直面无表情地看着他:"谁说他是先知?"

"够了,阿凯,拜托……你刚刚说,他太重要,绝不能死。"

"是的,普罗雅斯!他确实太重要!他是我们唯一的希望!"

普罗雅斯又揉了揉眼角,长出一口气。

"所以呢?第二次末世之劫,是吗?凯胡斯是谢斯瓦萨转世?"他摇摇头,"得了吧……你是不是要说——"

"不只如此!"学士的感情突然变得强烈,令普罗雅斯吃了一惊,"他比谢斯瓦萨还重要……现在没有了苍鹭之矛——塞尔文迪人洗劫古塞内城时就被摧毁了——如果非神会再次成功,如果非神再次行走于世……"阿凯梅安瞪大眼睛,眼里充满恐惧。

"人类就没希望了。"

从很小的时候起,普罗雅斯就习惯了听老师说大话。但让他害怕、让他难以忍受的,是阿凯梅安现在说话的态度,就像是在陈述必然的结论,而非猜测未来。朝阳透过越来越厚的云层的间隙,投下一抹亮光。雷霆仍在凄惨的卡拉斯坎上空翻滚。

"阿凯……"

学士举起一只手,让他安静:"普罗雅斯,你问过我,除了梦境,我还能拿出什么证明。你记得吗?"

当然记得。正是那天夜里,阿凯梅安要他给玛伊萨内写信。

第三卷 第三次进军

"我记得,是的。"

阿凯梅安毫无征兆地站起来,走到阳台,整个人影消失在晨光中。不过片刻后他又现身,双手拿着什么黑乎乎的东西。

出于巧合,普罗雅斯刚抬手想挡住眼睛,阳光就消失了。

他盯着那个沾满泥土——及血渍——的包裹。刺鼻的恶臭渐渐充满了房间。

"看看它!"阿凯梅安命令,同时挥舞着手里的东西,"看看它!然后把你手下跑得最快的骑士派出去,去召集大贵族!"

普罗雅斯缩了缩身子,紧抓膝盖旁的毯子。他突然发觉了其实一直都知道的事:阿凯梅安不会退缩,决不会,因为他是天命派学士。

玛伊萨内……至圣的沙里亚。这就是你要我做的事吗?

怀疑中的确信。这就是神圣!这就是!"把你的证据留给其他人吧。"普罗雅斯低声说完,突然兴奋起来,踢掉毯子,赤裸身体大步走到床边桌案前。冰冷的桌面刺痛皮肤,他浑身都起了鸡皮疙瘩。

他紧握玛伊萨内的信,递给面带怒容的巫师。"看这个。"他低声说。狗城的废墟上空,闪电撕裂天穹。

阿凯梅安放下臭烘烘的包裹,抓住羊皮纸,仔细查看。普罗雅斯注意到他指甲下全是黑泥。巫师没像普罗雅斯期待的那样,一脸震惊地抬头,而是皱起眉,眯眼更仔细地看,甚至把纸举起来,对着光线查了又查。房间仿佛在轰雷中颤抖。

"玛伊萨内?"巫师仍然盯着沙里亚完美无瑕的字迹。普罗雅斯知道他在思考哪句话——最出乎意料的事总会在灵魂上留下最深刻的印记。

你要帮助杜萨斯·阿凯梅安,普罗雅斯。虽然他是渎神者,但神圣的意志恰恰体现在邪恶的行径之中……

阿凯梅安把信纸放在膝上,拇指和食指仍在揉捏纸角。两人若有所思地互相凝视……迷惑与解脱在昔日老师的眼中交织冲撞。

"穿过沙漠时,我除了剑、盔甲和先祖之外,"普罗雅斯说,"只留下这封信。这是我唯一留存的东西。"

"召集他们吧,"阿凯梅安说,"召集议事会。"金色晨曦消失了,黑暗的天空下起雨来。

第三卷　第三次进军

第二十四章　卡拉斯坎

> 他们打倒弱者，称之为正义；他们放纵欲望，称之为赎罪。他们像狗一样狂吠，称之为以理服人。
>
> ——昂提拉斯，《论人类的愚蠢》

长牙纪4112年，暮冬，卡拉斯坎

雨点落在风蚀日晒的灰色外墙，叮咚作响地打在屋顶和街道上，汇成水流潺潺流入阴沟，洗去干涸的血渍，敲击着死者没烂透的头骨。

雨点亲吻乌米亚齐顶端古老的枝杈，浸润它最黑暗的角落。千丝万缕的雨水在树枝分叉处汇聚，化作一道道闪亮白线。很快，条条小溪顺着麻绳螺旋淌下，像石子一样打在青铜圆环上，流过皮肤——死人和活人的皮肤。

在卡鲁尔广场，几千人奔跑寻找躲雨的地方，用羊毛斗篷和披风遮挡脑袋。另一些人一边哭喊，一边伸出双手恳求，思索这场雨到底预示着什么。闪电让他们目眩。雨水打在脸上。雷鸣低声诉说着他们无法理解的奥秘。

他们伸出双手恳求。

———— ᘏᘌ ————

他睡得断断续续，梦中杜尼安僧侣的言行盘旋不去。你，那怪物说，大贵族们仍会听从你的建议。浑身染血的西尔维跌倒在萨瑟鲁斯臂弯中。想起战争的奥秘——想起！

雨点和低语把奈育尔唤醒了。

战争的奥秘……

大贵族们仍会听从你的建议。

他在营地里没找到普罗雅斯，于是翻身上马，以最快速度向跪拜高地的帕夏宫殿飞驰而去。王子的总管被他吓得目瞪口呆，告诉他王子就在宫殿里。雨小了，时隐时现的阳光如明亮的手指，照亮了黑暗的城市。奈育尔催动饥肠辘辘的坐骑向前，回头望见太阳正与山一般的乌云搏斗。山丘间，从纷杂的酒碗区到朦胧暗淡的崔亚姆斯之墙，一摊摊雨水闪着白光，就像上千枚银币散落在城里。

宫殿外乱成一团，似乎每时每刻都有骑手骑出大门。除了门口的加里奥斯卫兵和好多瘦得皮包骨的基安奴隶，其他人都带着贵族种姓的标志或气质。奈育尔认出许多参加过议事会的人，但不知为什么，没人和他打招呼。他跟着因里教徒来到门厅阴影中，迎面碰上一身鲜红衣甲的盖德奇。

总督停下脚步，惊讶地看着他。

"瑟金斯在上！"他喊道，"你还好吗？城墙上又打起来了？"

奈育尔朝自己胸口看了一眼，白色束腰长衫被染红了，一直到铁片腰带。

"你被割了喉咙吗？"盖德奇惊奇地问。

"普罗雅斯在哪儿？"奈育尔厉声说。

"和另一个死人在一起。"总督阴着脸说，指指一队队正进入宫殿内门的队伍。

奈育尔发现走在他前面的是一群脾气火爆的森耶里人，带队的是"斯兰克之锤"亚格罗塔，亚麻色发辫装饰着长牙形状的铁钉，还有风干的异教徒头颅。那巨人往前走了两步，突然回头，怒目圆睁看着奈育尔。奈育尔和他对视，陡生的杀意煎熬着他的灵魂。

"Ushurrutga！"对方气愤地哼了一声，然后转过头，跟同胞们一起大笑。

奈育尔朝墙上吐了口痰，四下张望。但不管他看向哪里，那里的人都会转开目光。

所有人！所有人！

他似乎听到乌特蒙人的低语……

哭泣者……

弧形穹顶的走廊尽头是敞开的青铜大门，门被两尊踢倒的半身雕像挡住，雕像的脸埋在地毯中。那可能是闪长岩雕刻的老帕夏，奈育尔猜想，也可能是更古老的纳述尔雕像。大门后是个宽敞的房间，奈育尔用肩膀在拥挤的贵族中挤出一条路。空气因人们的说话声而嗡嗡作响。

被鸡奸的哭泣者！

房间呈圆形，建造时间远比宫殿早——也许是凯兰尼亚或施吉克时代的建筑。正中间地板上有一张白色长桌，似乎是白石膏雕成，桌上铺着华丽的毯子，毯子有铜丝和金线刺绣，流苏直垂及地。围着流苏毯，座椅摆出一个个同心圆，越往外椅子越高，像环形剧场一样，无论坐在哪里都可以看到桌边的人们。最外面一圈座椅背后是巨石墙壁，墙上装饰着飘带样的挂毯，完全是基安风格。头上是尖顶石天花板，似乎完全没用砂浆粉刷。穹顶底部的一系列天窗用于采光，白光从外面弥漫进来，而在长桌上方极高处，异教的旗帜被不知何处来的风吹动。

普罗雅斯站在桌旁，低头专心致志听身边一个灰蓝衣服、矮胖身材的人说话。那人的长袍膝下沾满泥土，和身边那些瘦骨嶙峋的人相比，他简直胖得厉害。有人在座位上喊了声什么，那人转身，面对声音传来的方向，露出没编成辫子的胡须中五道白胡须。奈育尔紧盯着那人，不敢相信自己的眼睛。

是那个巫师。那个死去的巫师……

到底发生了什么?

"普罗雅斯!"他喊道,不知为何他不愿走近,"我们得谈谈!"

康里亚王子朝这边看了一眼,看到他之后,像盖德奇一样皱起眉头。那巫师仍在说话,只朝奈育尔做了个急不可耐的手势叫他走开。

"普罗雅斯!"他大喊,王子只恼火地看了他一眼。

蠢货!奈育尔想道。围城是可以打破的!他知道怎么做!

战争的奥秘。他还记得⋯⋯

他在小贵族和随从们中间找了个位置坐下,看着大贵族继续平时的争吵。卡拉斯坎的饥荒越来越严重,因里教贵族也沦落到吃老鼠、喝马血为生的地步。圣战军的领袖一个个两颊凹陷、身形瘦削,许多人的锁甲松松垮垮挂在身上——尤其是那些曾满身肥肉的人,简直像好奇的少年套上父亲的甲胄。他们看上去可怜又悲惨,仿佛是无法抛却往日辉煌的君王。

作为卡拉斯坎名义上的国王,梭本坐在桌子上首的黑漆木大椅子上,身子前倾,抓着座椅扶手,仿佛准备发表一通真知灼见。孔法斯斜躺在梭本右边的椅子里,懒懒地四下张望,带着被迫用平等姿态对待比自己地位低的人时的不耐烦。坐在梭本左边的是斯凯耶尔特王子幸存的弟弟,"软弱的"胡尔瓦嘉,自斯凯耶尔特被疫病击倒后,一直代表森耶里乌斯出席。胡尔瓦嘉身边坐的是戈泰克,头发灰白的阿甘萨诺伯爵,坚硬的胡须和平时一样不加修整,好斗的表情尤为狰狞。普罗雅斯坐在他左边,举止审慎又仿佛若有所思。巫师坐在王子身边一张较小的座椅上,普罗雅斯虽在和他说话,眼睛却一直在桌子周围的人脸上扫视。最后,坐在普罗雅斯与孔法斯之间的,是举止端庄的安塔纳梅拉总督岑约萨。传言他已在赤塔扶持下,代替死于坏血病的切菲拉姆尼,当上艾诺恩的临时摄政王。

"高提安何在?"普罗雅斯问其他人。

"也许,"伊库雷·孔法斯阴阳怪气地说,"大宗师知道了你召我们

第三卷 第三次进军

来是为了见个巫师。恐怕沙里骑士更乐于倾听沙里亚的……"

普罗雅斯转而呼唤萨瑟鲁斯。骑士队长坐在最低一层座位上,从手腕到脚踝都裹着他通常在议事会上穿的沙里亚法袍。他向大贵族们深鞠一躬,承认对大宗师的去向一无所知。他说话时,奈育尔低头看了看自己的右臂,与其说是在听他讲话,倒不如说是回忆这人可恶的声线。他握紧拳头再松开,看着手臂上的血管与疤痕一张一弛……

眨眼间,他似乎看到匕首割破西尔维的喉咙,鲜红的血闪动着喷涌而出……

贵族们开始争论:既然神圣的沙里亚的代表不在场,那他们做出的决定是否正当?奈育尔对此充耳不闻,只管注视萨瑟鲁斯。这条狗也没听大贵族们争吵,而是和另一个沙里亚骑士窃窃私语。一道道蛛网般的红线仍罩在他精致的面孔上,不过比奈育尔上次见到他跟普罗雅斯和孔法斯在一起时暗淡了很多。他的表情很平静,但那双棕色的大眼睛却显出一丝困扰和冷淡,好像他考虑的事让眼前这一切都显得无关紧要。

杜尼安僧侣说什么来着?

谎言铸成血肉?

奈育尔饿了,很饿——他好几天没吃过一顿正经饭了——腹中的疼痛为眼前这一切镶上了一层诡异的边缘,就像他的灵魂已不再能容忍宽广的思想或丰满的印象。马血味残留唇上,短暂的疯狂中,他甚至开始盘算:萨瑟鲁斯的血是什么味道?

像谎言吗?谎言有味道吗?

西尔维死后,一切都模糊了。不管奈育尔如何尝试,都无法将白昼与黑夜区分开。

一切都漂浮起来,渗透到其他东西里。所有一切都被污染了——污染了!杜尼安僧侣却不愿闭上嘴巴!

这天早上,不知什么缘故,他突然明白过来。他突然想起战争的奥秘……我告诉他的！我向他展示过战争的奥秘！

那天凯胡斯在狗城废墟中说的那些神秘的话突然变得像铅板一样平坦、明晰。

狩猎还没有结束。

他明白了杜尼安僧侣的计划——至少是计划的一部分……如果普罗雅斯能听听他的话！

长桌前的吵闹声低了下去，座席间的喧哗也停止了，古老的房间在惊讶中安静下来。奈育尔看到那个巫师，阿凯梅安，在普罗雅斯身边站了起来，扫视众人，脸上带着筋疲力尽的人才有的、毫无顾忌的严酷表情。

"既然我的存在冒犯了你们，"他响亮而清晰地说，"我会尽量把话说简洁。你们犯了一个可怕的错误，这个错误必须纠正。既为圣战军，也为这个世界。"他顿了顿，看看周围人阴沉的表情，"你们必须释放安那苏里博·凯胡斯。"

无论长桌前还是周围座席上都爆发出愤慨与责难的叫喊。奈育尔端坐在座位上，保持着勇武的姿势，没有动弹。好吧，他似乎不需要和普罗雅斯说什么了。

"听他说！！！！"康里亚王子的叫声盖过争吵。众人被他出乎意料的举动吓了一跳，硕大的房间似乎屏住了呼吸——奈育尔早就屏住了呼吸。

他想放了那个人！

这是否意味着他也知道了杜尼安僧侣的计划？圣战军议事会上，每当其他大贵族过于激动，普罗雅斯会扮演中和剂的角色。听到他发出这样的尖叫委实令人惊恐。大贵族们安静下来，像吓坏的孩子一样，让他们不安的并非父亲的责骂，而是他们居然让父亲不得不责骂。

"这不是闹剧，"普罗雅斯续道，"不是笑话，不是要激怒或冒犯你们。我们今天在这里做出的决定，不止关乎我们自己的性命，远远不

第三卷　第三次进军

止。我请求你们支持我,只因每个人在争论时都会这样做,但我要求——我要求!——你们做决定前先听听他的话。我想,这根本算不上要求,因为不带偏见与私心地听人讲话,本是智慧之人的基本素质。"

奈育尔看向房间对面,注意到萨瑟鲁斯和其他人一样关注着这幕活剧,甚至愤怒地朝自己的随从挥了挥手,要他们安静。

巫师站在因里教大贵族们面前,看上去无比憔悴,沾满泥土的装束显得格外寒酸。他有些犹豫,好像才意识到自己有多偏离本职。但他的体格没有太大变化,身体仍然健康,在这群人中就像个乞丐打扮的国王。和他比起来,长牙之民反而像一群穿国王装束的幽灵。

"你们问,"阿凯梅安高呼,"真神为何惩罚圣战军。到底是什么样的罪恶玷污了我们?到底是灵魂中哪一样缺陷触怒了真神?圣战军有许多恶疾,对信民来说,我这样的巫师就是恶疾的一种。然而沙里亚本人认可巫师在圣战军中的存在,所以你们向别处寻觅,找到一个被许多人称作'战士先知'的人。你们问:'如果这人是假扮的呢?这是不是足以让真神宣泄怒火?为一个伪先知?'"他顿了顿,奈育尔看出他抿嘴咽了口唾沫。"我来这里不是要告诉你们,凯胡斯王子是否是真正的先知,甚至不是要告诉你们他是不是王子。我来这里是为了警告你们,圣战军有另一种恶疾……一种你们全都忽视了的恶疾,虽然你们当中很多人确实知道它存在。诸位大人,我们当中有密探……"——众人的低语声一时充斥了整个房间——"蒙着假面的怪物。"

巫师弯腰,从桌子下面举起一个肮脏的袋子,一下子铺在桌面上。一团东西滚过光洁桌面,像一株黑色卷心菜外缠绕着一条条银色鳗鱼。它以极诡异的角度停下。那是一颗砍下的头吗?

谎言铸成血肉……

刺耳的吼声在房间的穹顶下回响。

"——谎言!渎神的谎言!——"

"——根本是疯话!我们不能——"

"——怎么可能——"

奈育尔身边都是震惊的怒吼和挥舞的拳头,但他只关注萨瑟鲁斯,后者站了起来,在人群中推搡,朝房间出口走去。奈育尔又一次瞥见骑士队长脸上的红色线条……突然间,他感觉自己在什么地方见过这图案……在哪里?在哪里?

安乌拉特……西尔维在流血、尖叫。凯胡斯全身赤裸,下阴被血染红,面孔像攥着煤块的手指一样张开……不是凯胡斯的凯胡斯。

奈育尔浑身一颤,野狼般的饥饿攫住了他,他不由得站起来。他终于领悟了那一天杜尼安僧侣对他说的每个词——凯胡斯被大贵族们控诉那一天,西尔维死去那一天。记忆中凯胡斯的声音盖过了这群因里教徒的吵闹……

谎言铸成血肉。

一个名字。

萨瑟鲁斯。

西内尔塞斯刚进入房间高起的入口便跪倒在地,用前额触碰石上的雕花地毯。和许多民族一样,基安人认为某些门槛是神圣的,但他们不像艾诺恩人那样会在特定节日给它们涂油,而是用精致的芦苇地毯装饰起来。哈纳玛努·以利亚萨拉斯觉得这是个值得学习的风俗。从一个地方到另一个地方的通道应当装饰起来,他心想,才能引起走过它的人们的注意。

"大宗师!"西内尔塞斯喘息着抬起头,"我从岑约萨大人那里带来消息!"

以利亚萨拉斯知道此人会来,但没想到会如此焦虑,他不由得皮肤发痒。他朝手下书记官们看了一眼,随手一挥,命他们离开房间。和卡

第三卷 第三次进军

拉斯坎其他有权势的人一样,以利亚萨拉斯最关心的仍是日渐紧缺的补给。

过去几个月,一切仿佛都和他过不去。卡拉斯坎缓慢扩散的饥荒恶化到连正式巫师都不免于挨饿,那些最绝望的巫师甚至把从沙漠中一路带出来的典籍上的皮革束封和牛皮纸书页煮来吃了。三海诸国最荣耀的学派居然被逼到拿自己的书籍充饥!赤塔在和圣战军一起受苦,以至于他们甚至讨论要不要与大贵族会谈,答应从此之后与因里教徒并肩作战——仅仅几周前,这种事还是无法想象的……

赌注总会引来新赌注,每一次都比之前更绝望。为保住投下的注,以利亚萨拉斯不得不放下新注,而这次将把赤塔巫师直接暴露在帕迪拉贾的塞斯吉弓箭手的丘莱尔下。此前的战争,那些弓箭手曾大肆屠戮皇家萨伊克——皇帝的学派。他知道,这样一来,赤塔的实力将遭受无法逆转的削弱,再也没希望消灭西斯林了。

丘莱尔!那些该诅咒的东西。神之泪并不在意使用者,不管因里教徒还是费恩教徒,只要不是巫师就行。显然,无论是否正确解读了真神的旨意,人类都能使用它的力量。

越来越沉重的赌注。越来越沉重的绝望。形势如此恶劣,时间如此紧迫,以利亚萨拉斯知道,任何新变化都可能摧毁他的学派。音符越高,琴弦越脆。

即便是这个跪在他脚边的奴隶战士说的话,都可能是末日的信号。

以利亚萨拉斯紧张得不敢喘气:"有何消息,队长?"

"普罗雅斯把那个天命派学士带到了议事会上。"那人说。

以利亚萨拉斯浑身战栗。自听说爱荷西亚的使团遭毁灭之后,他就一直担心天命派会回到这里……

"你是说杜萨斯·阿凯梅安?"

他是回来复仇的。

"是的,大宗师。他是——"

"他一个人来的？有其他人吗？"拜托，拜托……如果只有阿凯梅安，倒容易对付；如果是一队天命派巫师，那将带来毁灭性后果。赤塔的人死得太多了。

不行！我们无法承受更多损失了！

"没有，似乎只有他一个人。但是——"

"他是来告发我们的吗？他在抹黑我们高贵的学派吗？"

"他提到换皮密探，大宗师！换皮密探！"

以利亚萨拉斯难以置信地盯着他。

"他说，它们就在我们中间。"西内尔塞斯续道，"他说它们无处不在！他甚至用包带来一个密探的头——那玩意真是太丑陋了，大宗师！——但、但是……恕我失言，大宗师！岑约萨大人派我来……他想得到您的指点。天命派巫师要大贵族们释放战士先知……"

凯胡斯王子？以利亚萨拉斯眨眨眼，努力从这人的胡言乱语中分辨出些有意义的话……

是的！是的！他的朋友！他们一直是朋友……天命派恶魔是凯胡斯的老师。

"释放？"以利亚萨拉斯终于说出了句像是回答的话，"他、他有何理由？"

西内尔塞斯的眼睛在饿得发白的脸上显得肿胀。"换皮密探……他说只有战士先知能认出它们。"

战士先知。离开沙漠后，他们越来越顾虑此人——尤其是得知许多贾维赫秘密参加他的布道会，成为佐顿亚尼之后。伊库雷·孔法斯来找他，承诺将毁灭这个人时，以利亚萨拉斯下令岑约萨全力支持。虽然仍担心正统派与佐顿亚尼之间爆发战争，但他觉得至少安那苏里博·凯胡斯的命运是注定了的。

"什么意思？"

"他说，既然只有先知能看透它们，那就必须释放先知才能净化圣战军。只有这样，真神才会息怒。"

作为精通礼仪的大师，以利亚萨拉斯一直不愿在奴隶们面前流露真情实感，但过去这些日子实在……太艰难了。他显露给西内尔塞斯的那张脸充满迷惑——一张对世界越来越恐惧的老人的面孔。

"召集尽可能多的人手，"他强作镇定地说，"马上！"西内尔塞斯逃开了。

密探……无处不在的密探！如果没法找出他们……找出他们……

赤塔大宗师要去会会这个战士先知——这个可以找出他们之中的异类的圣人。这一生中，以利亚萨拉斯身为洞察世界最深奥秘的巫师，一直在思索如何看待神圣。

现在他知道了。

那是怨恨。

那个叫萨瑟鲁斯的东西饥渴极了。

它渴望鲜血，渴望交媾，无论对象是死是活。最重要的是，它渴望完满。它全身上下，从后阴一直到它称为灵魂的那块东西，都是造主为自己的目的专门打造的。一切都被扭曲成对高潮的崇拜，追求热汗淋漓的愉悦。

但造主也是精明无情的，打造它时也不例外。很少有什么东西——很少很少！——能让它解脱。杀死那个女人，杜尼安僧侣的妻子，是这样的时刻。回想起来足以让它阴茎勃起，像鱼一样抽搐……

而现在那个天命派巫师——该诅咒的奇格拉！——居然回来了，要释放杜尼安僧侣……许诺！怒火！它马上知道自己该做什么。大步走出帕夏的宫殿后，饥渴仿佛在空气中涌动，太阳照耀着它的仇恨。

虽然有无与伦比的精巧结构，但那个叫萨瑟鲁斯的东西的世界远比人类世界简单。它没有交织的感情，也无需戒律与信条，它只有一个欲望，那就是执行创造者的意志。为平息饥渴，它只能如此。

它是这样被打造的。这是它构造的精巧所在。

战士先知必须死。这不受激情的干扰，不受恐惧、悔恨或欲望的驱使。它将在安那苏里博·凯胡斯被救之前杀死他，而这样做的时候……

它将感到狂喜。

只消看看萨瑟鲁斯离开跪拜高地的路，奈育尔就知道这条狗想干什么。他骑马直奔酒碗区，这意味着他会前往高提安和其他沙里亚骑士驻扎的神庙——也就是吊着杜尼安僧侣和西尔维的乌米亚齐。

奈育尔吐了口痰，叫人牵马。

等他骑马离开宫殿，已看不到对方了。他一提马缰，穿过帕夏宫殿下坡道上拥挤的建筑，不顾坐骑已饿得摇摇欲坠，不停地挥舞马鞭。他在带刺的花园围墙外疾驰，掠过一排排荒弃的店铺和住房，直奔向下的街道而去。他还记得，索基斯神庙群在酒碗区最底部。不祥的预兆仿佛在空气中嗡嗡作响。

凯胡斯的样子一直在他思绪中盘旋，仿佛一片碎玻璃扎在胃里。他感到那人的手夹在他脖子上，用难以置信的力道把他举在空中，举在赫桑塔群山的悬崖上。惊恐中，他无法呼吸，无法咽口水，直到自己的手指按上喉咙上那道长长的伤疤，这种感觉才消失——那是他最新刻出的一道斯瓦宗。

怎么可能？他怎么还能影响我？

但这正是莫恩古斯的所为。杜尼安僧侣操纵着其他人类行事的原则，不管那些人是否敬仰他。只要活着，就会受他们影响。

第三卷 第三次进军

连我的仇恨也在内!奈育尔心想,连我的仇恨也被他利用了!

虽然满怀怨恨,但他更难以释怀的是再也无法找到莫恩古斯。在乌特蒙部落的营地里,凯胡斯说得没错,他心里只有一个目的,无论什么都无法替代。他把自己和杜尼安僧侣绑在了一起,就像杜尼安僧侣被绑在西尔维的尸体上一样,而束缚他的是无法超越的仇恨结成的绳索。

任何羞耻。任何侮辱。只要能复仇,他可以忍受任何伤痛,犯下任何暴行。他宁愿让全世界陷入火海,也不会放弃心中的仇恨。仇恨!这才是他力量之源。不是刀,不是体魄,而是他可以折断脖颈、杀死妻女、打碎坚盾的仇恨!仇恨让他巩固了白帐中的地位,仇恨让他的身体布满神圣的伤痕,仇恨让他与杜尼安僧侣同行时保持了自我,仇恨让他对外乡人的大呼小叫不以为意。仇恨,只有仇恨,让他保持理智。

杜尼安僧侣当然也知道这点。

莫恩古斯离开后,奈育尔到草原人的律条中寻求抚慰,以为它们能留住他的心。遭到欺骗后,这些律条显得更加宝贵,就像大沙漠中的水源。若干年间,他一直鞭策自己,沿族人踩出的道路前进——鞭鞭见血!忆者说,身为男人,应当占有而非被人占有,应当奴役而非为人奴役。于是他让自己成为最强悍的战士,最暴虐的人!这是草原人不成文的律条中最重要的一条:男人——真正的男人!——会去征服,而不会遭人利用。

因此他与凯胡斯订下的契约更是一种折磨。奈育尔一直小心翼翼地保卫自己的心与灵魂,唾弃那恶魔说出的每个字,从不让那人通过操纵周遭环境来控制他。杜尼安僧侣会像对付因里教徒那样让他失去男人气概。

莫恩古斯!他给孩子起名莫恩古斯!我儿子!

要激怒他、欺骗他,还有什么更好的方式?他被利用了。即便是现在,他也知道杜尼安僧侣在利用他。

但这不重要……

人类世界并没有准则,没有荣誉,它就像草原,像沙漠,无路可循,甚至根本没有什么人类……只有野兽,抓挠着,渴求着,嘶叫着,喘息着,在饥饿中啃噬,像被鞭打的熊按照种种荒谬的习俗起舞。成千上万人,所有的长牙之民,都在为虚幻的名声杀戮或死去。饥渴控制着世界。

这就是杜尼安僧侣的秘密。这是他们最可怕的地方,也是他们最迷人之处。

莫恩古斯背叛他之后,奈育尔觉得自己才是背叛者。他只有一个念头,一样欲望,一种渴求!现在他明白,背叛潜藏在众口一词的指责声中,盘踞在那无处不在的控诉里。那些声音喊着他的名字,可憎的名字!

她是我的证明!

骗子!蠢货!他会让他们看到!

任何羞耻。任何侮辱。他会把他们的孩子扼死在摇篮里。他会跪在地上任他们凌辱。只要能满足仇恨!

没有荣誉。只有愤怒和毁灭。只有仇恨。

狩猎还没有结束。

荒弃的住房被甩在身后,奈育尔策马飞驰在卡拉斯坎的市集中。一具具尸体在脚下一闪而过,仿佛是肌肤、骨头和碎肉装在浸透雨水的袋子里。在阴暗的城区中走了一半,他越过周围低矮的房顶,看到索基斯神庙群的尖顶。前面是一大片泥砖砌成的店铺,每一间都摇摇欲坠。他找到一条认识的路,于是在马臀上又抽了一鞭,奔过被火烧过的房屋,向右急转弯,他的坐骑不得不跳起来跨过倒覆在地的大石盆——肯定是哪个洗衣工扔下的。奈育尔不用看就知道身下那匹尤玛那的白马甩脱了一只马掌。马匹嘶叫、颤抖着,趴到地上——显然腿跛了。

他咒骂一句,跳下马来朝前冲去。别无他法了,只有打倒骑士队

第三卷　第三次进军

长。转过第一个弯,白色的卡鲁尔广场奇迹般呈现在他面前,铺路石间的水洼闪着倒影,数千饿得半死的人围在广场上。

看到那么多因里教徒在,他甚至不知是该沮丧还是振奋。他猜想,这里多数是佐顿亚尼,也许他们能阻止萨瑟鲁斯直接冲上前杀掉杜尼安僧侣——如果那家伙真这样打算的话。奈育尔挤进围观人群,徒劳地寻找那个沙里亚骑士。他看到远处的巨树,乌米亚齐黑黝黝的树枝笼罩着柱廊。他突然感觉杜尼安僧侣已经死了,想到这点,他难以呼吸。

都结束了。

从来没有什么念头令他如此恐惧。他慌乱地朝远处望去,没有一丝云彩遮掩的太阳暴晒着潮湿的人群,腾起蒸汽。他看着周围拥堵的众人,感到一阵眩晕般的解脱。每个人都望着那指向天空的树杈,他们饿得很憔悴,但也仅此而已。

他还活着,否则这里已经发生暴乱了……

于是奈育尔一路横冲直撞闯过去,看到饿坏了的因里教徒跌跌撞撞给自己让路,不由得吃了一惊。他听到有人高喊:"塞尔文迪人!"这并非他在安乌拉特听到的充满敬意的称呼,而是诅咒,是祈祷。很快,一大群人跟在他身后,有人嘲笑他,有人发出狂喜的喊叫。每张脸似乎都转向他的方向,他面前敞开一条宽阔的通道,一路通向那棵漆黑的古树。

"塞尔文迪人!"长牙之民高喊,"塞尔文迪人!"

沙里亚骑士一如既往守卫着巨树,现在阵形已有了三四个人的厚度,可以算是战阵了。骑马的巡逻队在近处盘桓。因里教徒中只有长牙骑士拒绝基安人的服饰,每个人都穿着破旧不堪的白底金纹罩袍。他们的头盔和链甲在阳光下闪闪发亮。

走近之后,奈育尔发现萨瑟鲁斯就站在高提安身边,旁边还有一群沙里亚军官。前排的沙里亚骑士狐疑地盯着他,但还是让出路,任他朝萨瑟鲁斯和大宗师的方向走去。两人似乎在争论。乌米亚齐矗立在他们身后,漆黑的枝杈指向大海般碧蓝的天空。奈育尔越过满地落叶,看到乌米亚齐的树荫下吊挂的圆环。西尔维和杜尼安僧侣绑在一起,缓缓旋转,像一枚硬币的两面。

她怎么能死!

"因为你,"杜尼安僧侣低声说,"哭泣者……"

"为什么是现在?"奈育尔听到大宗师的叫喊压过人群的喧嚣。

"因为,"奈育尔用他在战场上最雄浑的声音喊道,"他承受着你们没办法想象的仇恨!"

------ ※ ------

虽然大贵族们令人搬来熏香,阿凯梅安仍感到这东西散发的恶臭堵在嗓子眼。他向贵族们解释这东西的肢体如何编织成面孔,甚至把那颗腐烂的头颅支起来,将黏糊糊的眼眶里露出的两根节肢指给他们看。除了偶尔有几个人发出厌恶的喊声,贵族们被吓得一声不吭。一个奴隶递给他一张橙子香味的手帕,但于事无补。终于,阿凯梅安也忍受不了了,他用手帕按住脸,挥手让人拿开头颅。

一时间,古老的议事厅笼罩在震惊的沉默中。熏香嗞嗞作响,冒出噩梦般的雾霾。长桌及长桌上那东西的残渣都被烟雾盖住了,但那团黑色发霉的东西仍在散发恶臭。

"因此,"孔法斯最后说,"我们必须释放那个骗子?"

阿凯梅安紧盯着他,感觉这其中有什么言语陷阱。从一开始,他就知道孔法斯将是主要对手。普罗雅斯警告过他,在礼仪的范畴内争斗,此人是最可怕的。于是他决定不回答对方的问题,而是主动出击,让众人看清对方扮演着怎样的角色。

必须让他名誉扫地。

第三卷 第三次进军

"现在不是你把同伴们当白痴耍的时候了,伊库雷。"

大统领靠回椅子上,懒洋洋地用手指抚弄胸甲上帝国的太阳标志,仿佛在提醒阿凯梅安,那下面藏着一枚丘莱尔。这姿势比任何嘲笑都有效。

"说得好。"普罗雅斯说,"他似乎早就知道这些东西存在。"

"他知道。"

"巫师喜欢谈论古史。"孔法斯说。他按纳述尔风俗披一件将军的蓝披风,原本搭在左肩,这时他兴奋地把披风甩到背后,任它滑落在铜色地毯上。"但就在不久前,圣战军驻扎在摩门城下时,我叔叔已经发现,他的宰相实际上是这些……东西中的一员。"

"斯科约斯?"普罗雅斯高喊,"你说斯科约斯也是密探?"

"是的,他被拘捕时展示出与年纪不相称的武力。我叔叔召来皇家萨伊克鉴别,他们坚称没在老家伙身上发现任何巫术痕迹,因此我叔叔又派我去传唤这位好心的渎神者,阿凯梅安,以证实他们的判断。后来情况变得非常……"他顿了顿,似乎有意朝阿凯梅安眨眨眼,"混乱。"

"怎么样?"戈泰克用一贯的粗鲁态度喊道,"有巫术吗?"

"没有,"阿凯梅安说,"正因如此,它们才可怕。如果它们是巫术的造物,就很容易察觉了。但正如我们所知,它们是无法察觉的……因此,"他转过脸去看大统领,"我们才需要安那苏里博·凯胡斯……只有他能看到他们。"

许多人的喊声立刻在穹顶底下回响。

"你怎么知道?"胡尔瓦嘉问。

阿凯梅安身体一僵,仿佛又看到凯胡斯和西尔维在那株黑色巨树下摇曳。"他告诉我的。"

"告诉你?"戈泰克怒吼,"什么时候? 什么时候?"

"但它们是什么?"岑约萨质问。

"他说得对,"梭本喊道,"这! 这才是污染我们的疫病! 我一直说:战士先知是来净化我们的!"

"你太轻率了,"孔法斯反击,"你遗漏了最重要的问题!"

"确实如此!"普罗雅斯叫道,"比如,你一直知道这种东西在我们当中,为何在议事会上只字不提?"

"拜托,"大统领眉头拧在一起,表情带着嘲弄,"我能怎么做?据我们所知,哪怕此时此刻,这样的东西也存在于我们当中……"他扫视着周围一张张专注的面孔,大多数人蓄起了胡须,"在座诸位当中,"他挥舞着双手喊道,"甚至在这张桌前的……"房间里响起一阵焦急的低语。

"……告诉我,"孔法斯续道,"按照巫师对这些东西的判断,我还能相信谁?你们都听到他的话了:这些家伙根本无法察觉。事实上我尽了一切努力……"他转过头,狡诈地看着阿凯梅安,不过仍是对着大贵族们说话,"我认真地观察,而当我发现是谁带领这群密探时,马上采取了行动。"

阿凯梅安在椅子里坐直身子,张嘴想要抗议,但晚了。

"谁?"岑约萨、戈泰克和胡尔瓦嘉几乎异口同声地喊道。

孔法斯耸耸肩:"还用问吗,就是那个自称战士先知的人……还能有谁?"

有人发出嗤笑声,但马上被其他人齐声喝止。

"胡言乱语!"阿凯梅安喊道,"简直愚不可及!"

大统领扬扬眉毛,好像事实太明显,不懂别人为什么忽略。"你刚才说,只有他能分辨这些怪物,不是吗?"

"是的,但是——"

"那告诉大家,他是怎么分辨的呢?"

阿凯梅安对这样的转折没有准备,一时无言以对,只能盯着孔法斯。他从未这么快地厌恶某人……

"好吧,"孔法斯说,"答案在我看来很简单。他能看到它们,是因

第三卷 第三次进军

为他早就知道它们的身份。"

无数叫喊炸响。

混乱中,阿凯梅安抬头朝周围座席看去,扫过一张张蓄胡须的面孔。他突然发觉孔法斯刚才说的有道理。即便现在,也有换皮密探在看着他——他可以肯定!非神会看着他……嘲笑着他。

他不由自主地用力抠着桌沿。

"他怎么知道我会在蒙格达平原上获胜?"梭本喊道,"他怎么知道在沙漠里去哪里找水?他怎么知道每个人心里的真相?"

"因为他是战士先知!"座席上有人大喊,"他是带来真理的人!带来光明的人!拯救——"

"渎神!"戈泰克咆哮,硕大的拳头重重地捶在桌上,"他是伪先知!伪先知!不会有其他先知!瑟金斯才是真神的声音!唯一的——"

"你怎能这样说?"梭本说,好像在哀叹迷失的兄长,"有多少次——"

"他诱惑了你!"孔法斯用帝国最高统帅的气势喊道,"诱惑了你们!"喧哗声渐渐减退,他继续发表演说,声音中的力量没有丝毫消减,"正如我刚才所说,我们遗漏了最重要的问题!谁?谁会是我们中的怪物,谁会潜藏在我们最隐秘的议事会中?"

"问得好,"岑约萨追问,"谁?"

伊库雷·孔法斯紧盯阿凯梅安,看他敢不敢回答……

"嗯?学士?"

阿凯梅安明白自己被打败了。孔法斯知道他的答案,也知道其他人会讥笑他,不再理会他的声明。非神会只是童话题材,是天命派的愚蠢信仰。他一言不发地盯着大统领,想用轻蔑的表情掩盖沮丧。虽然证据在手,那人仍只凭言语就让他的努力化为乌有。即便有了证据,他们也不相信他!那人的眼睛在嘲弄他,似乎在说,你也太好对付了……

孔法斯突然转向其他人:"你已经回答了我的问题,不是吗?你说,这些东西并非巫术——至少不是你们这些学士能辨识的巫术!"

"西斯林,"梭本说,"你是说这些东西是西斯林。"阿凯梅安用眼角余光看到普罗雅斯警惕的眼神:你为什么不说话?

但他只感到彻骨的疲惫以及失败后的麻木。在他的灵魂之眼中,他看到艾斯梅娜在恳求他,她那令人心碎的目光变得如此陌生,充满背叛的欲望……

怎么会这样?

"还有其他解释吗?"孔法斯问,那是唯一清醒理智的声音,"你们都见过的。"

"是的。"岑约萨说,但眼神带着诡异的犹豫,"它们是无目者的造物,是蛇头的造物!不可能有其他解释。"

"的确,"孔法斯道,他的声音极富磁性,"那个被佐顿亚尼称作战士先知的人,那个假装王子骗取我们尊敬的人,恰恰是西斯林的人。西斯林派他来侵蚀我们,在我们中间种下纷争的种子,为的是毁灭圣战军!"

"而且他成功了,"戈泰克沮丧地喊道,"每个企图都成功了!"

斥骂与哀叹在房间里回响。阿凯梅安知道,末日的阴影在盘旋,盘旋在卡拉斯坎的城墙之外。我必须想出办法……

"如果凯胡斯……"普罗雅斯用他很少发出的叫喊吸引了全体贵族的注意,"如果凯胡斯真是西斯林的人,那他为什么在沙漠中拯救我们?"

阿凯梅安大为感动地转向曾经的学生。

"那是为了救他自己的命,"大统领不耐烦地反驳,"还能为什么?虽然你对我有诸多怀疑,普罗雅斯,但在这一点上你必须相信我。安那苏里博·凯胡斯是西斯林的密探,从摩门起我们就在注意他,自从那天他奇怪的眼神让我叔叔发觉了斯科约斯的真面目之后。"

"你说什么?"阿凯梅安脱口而出。

第三卷　第三次进军

大统领轻蔑地看了他一眼:"你觉得我叔叔,光荣而伟大的皇帝,是怎么发现斯科约斯的身份的?他看到你那位战士先知与斯科约斯有长久的眼神交流。"

"他不是我的战士先知!"阿凯梅安不禁大喊。

他眨眨眼,朝周围望去。这次爆发不仅把桌旁的人吓了一跳,连他自己也同样惊讶。

凯胡斯知道!从最初就知道这些东西的存在……

但他什么都没说。在漫长的行军里,他们不停地讨论过去与现在,而凯胡斯早就知道换皮密探的存在。

阿凯梅安没理会贵族们审视的目光,他屏住呼吸,紧抓胸口。恐惧让他的皮肤泛起鸡皮疙瘩。突然间,凯胡斯的许多问题,尤其是那些与非神会和非神有关的问题,都有了不同的意义……

他在操纵我!利用我的知识!他只想知道自己看到的是什么!

他看到艾斯梅娜柔软的嘴唇一张一合,说出那句话,那句他难以置信的话……

"我怀了他的孩子!"

怎么会这样?她怎么会背叛他?

他记得那些夜晚,和她并肩躺在他简陋的帐篷外,她苗条的背脊蹭着他的前胸。她感到冷时,总是笑着把脚趾放到他小腿之间。十根小小的脚趾,每根都像雨滴一样冰冷。他记得那微弱却令他无法呼吸的惊喜。这样的美丽怎么会选择他?这样的女人——这样的世界!——怎么会在他无力的臂膀间得到安全?他们的呼吸让空气变得温暖,但在布满斑点的帐篷帆布之外,几千里的寂静之中,一切都陌生而冰冷。他紧抱着她,仿佛两人随时会坠入深渊……

每当这时他都咒骂自己,心想:别傻了!她在这里!她发过誓,绝不会让你孤身一人!

但他已是孤身一人了。

他用力眨了眨眼,止住泪水。连他的骡子,黎明,也死了……

他朝大贵族们看去,桌前每个人也都在看他。他并不感到羞愧,赤塔已把这种感情从他身上剜去——似乎是这样——他只感到凄凉、怀疑及仇恨。

他做的!他夺走了她!

阿凯梅安想起诺策拉问他的话,那已是恍如隔世。老巫师问他埃因罗,他的学生,是否值得他们冒引发末世之劫的危险。他当时让步了,承认没有任何人、任何一份感情,值得他冒这样的险。而现在,他将要再一次让步。他要拯救那个挖出他的心的男人,因为他的心比不上这世界,比不上第二次末世之劫。

是吗?

是吗?

昨晚,阿凯梅安没睡好,只趁普罗雅斯熟睡时打了个盹。自从成为天命派的正式巫师,他的梦境中第一次没出现上古之战。他梦到的是凯胡斯和艾斯梅娜,在汗水浸湿的被单下喘息、大笑。

杜萨斯·阿凯梅安一言不发地坐在大贵族们面前,仿佛一手握着自己的心,一手握着末世之劫,用灵魂比较二者的重量,却分不清孰轻孰重。

而这两者对这些人来说没什么不同。

圣战军要完蛋了。有人必须死。哪怕此人关乎世界存亡。

这只是卡鲁尔广场周围上千场小冲突之一,但奈育尔知道,这是全局的关键。几十名沙里亚骑士围在附近,个个面无表情,目光充满警惕,全神贯注地看着他。

有什么事马上就要发生。

"他必须死,大宗师!"萨瑟鲁斯喊道,"杀了他拯救圣战!"

高提安紧张地瞥了奈育尔一眼,又回头去看骑士队长,粗厚的手指抚过灰白短发。奈育尔一直觉得沙里亚骑士团的大宗师行事果决,现在看上去却那么苍老,那么犹豫——甚至畏缩着面对手下的狂热。长牙之民都在受苦,但有些人受的苦更深,且不仅仅是肉体的痛苦。高提安便是如此,他的灵魂在忍受煎熬。"你的心情我明白,萨瑟鲁斯,但我们答应——"

"这正是我要说的,大宗师!巫师想让大贵族们释放这骗子。他在刺激他们,在编故事,说我们之中潜藏着只有这骗子才能看到的恶魔!"

"你说只有他能看到?"奈育尔哼了一声,"你是什么意思?"萨瑟鲁斯朝他转过脸,似乎嗅到了危险的味道,然而他的表情却没流露出任何担忧。

"巫师是这么说的。"他嘲弄地说。

"也许罢。"奈育尔说,"但我紧跟着你离开议事会。当时巫师才说到我们之中有密探存在,没有其他话。"

"你是想说,"高提安尖刻地问,"我的骑士队长在撒谎?"

"不,"奈育尔耸耸肩,感觉自己彻底冷静下来,准备好迎接恶斗,"我只想问他,他怎么知道这些他不可能听说的事情。"

"你是条邪教的狗,塞尔文迪人。"萨瑟鲁斯高喊,"异教徒!以正义和神圣之名,你本该和卡拉斯坎的基安人一起烂掉,轮不到你来质问沙里亚骑士!"

奈育尔露出野兽般的笑容,朝萨瑟鲁斯两脚间吐了口痰。越过此人的肩膀,他看到那株巨树,看到西尔维柔软的尸体被倒吊着,和杜尼安僧侣绑在一起——两具都像是死尸。

就这样吧。

附近人群纷纷叫喊,吸引了高提安的注意,他命奈育尔和萨瑟鲁斯放开剑柄,两人都没理会。

萨瑟鲁斯瞥了高提安一眼,大宗师正在扫视人群,萨瑟鲁斯的视线又落回奈育尔身上。"你不知道自己在做什么,塞尔文迪人……"他的脸抽动了一下,就像垂死的昆虫,"你不知道自己在做什么。"

奈育尔盯着他,在周围的喧闹中仿佛看见了安乌拉特之战疯狂的一幕。

谎言铸就血肉……

叫喊声越来越响,直到全场都骚动起来。奈育尔也转过身,顺着高提安的目光,看到了沙里亚骑士人墙外的场景:一大队鳞甲士兵,每人都披着红蓝外袍,正朝这边挤。打头的只是几个人,在拥挤的因里教徒中清出一条路,接下来好几百人和高提安的手下面对面摆开阵势。不过到目前为止,双方还没有拔刀相向。

高提安快步在军阵中穿梭,大喊着下令,派人去营地搬援军。

他周围的骑士纷纷拔出长剑,长剑在阳光下闪闪发亮。那些陌生的战士越来越近,组成厚重的方阵,穿过憔悴的因里教徒,一路冲来。贾维赫,奈育尔发现,那是赤塔的奴隶战士。到底发生了什么?

人群中爆发了多起冲突。左边传来武器击打声。高提安的叫喊盖过了嘈杂。还没弄明白怎么回事,正对奈育尔的那排沙里亚骑士突然溃散,一群挥舞阔剑的贾维赫战士冲了进来。

奈育尔和萨瑟鲁斯都吃了一惊,双双拔出剑。

但奴隶战士在他们面前停下,让出一条道。十二名瘦削的奴隶扛着一顶由丝绸和薄纱围住的、精雕细琢的黑漆轿子。这些肤色惨白的人整齐划一地将轿子放到地上,那动作一定练过很多次。

人群突然安静,静得让奈育尔听到身后的风吹过乌米亚齐树梢的声音。远处有人尖叫,不知是受伤还是要死了。

一个穿华贵的赤红长袍的老人走下层层包裹的轿子,专横而蔑视地扫视全场。风吹动他丝绸般的雪白胡须,那抹着脂粉的眉毛下面,一双深邃的眼睛闪着光。

第三卷 第三次进军

"我是以利亚萨拉斯,"他用贵族特有的洪亮嗓音说,"赤塔大宗师。"他扫了一眼周围目瞪口呆的人群,然后抬起那双鹰一样的眼睛,盯着高提安。

"你要释放那个自称战士先知的人,把他交给我。"

"好吧,此事已了。"伊库雷·孔法斯说,他庄严的语气与脸上鬣狗般的笑容并不搭调。

"阿凯?"普罗雅斯轻声说。阿凯梅安有些困惑地看了他一眼。一时间,王子听上去像那个十二岁的男孩。

记忆的奇特之处在于,它往往无法很好地编织过去,也许正因如此,人们才会怀疑那些垂死的老人。回忆总是将过去与现实交织,不是按日历或编年史的顺序,而是无数个昨天像饥饿的灾民一样蜂拥而至。

昨天,艾斯梅娜还爱着他;昨天,她还在乞求他不要离开,不要前往萨略特图书馆。他知道,在今后的一生中,这一幕永远都会像发生在昨天。

他朝房间入口看了一眼,马上被余光中的一幕吸引了。辛奈摩斯……正由普罗雅斯的手下——他认出是伊里萨斯——领着他穿过门槛,在拥挤的座席中找地方坐下。元帅穿戴整齐,穿了康里亚骑士的齐膝长衫,在基安人的背心下还有镀银锁甲。他的胡须仔细地编成辫子,上了油,搭在胸口。与周围几乎已成饿鬼的长牙之民相比,他看上去那么健壮,那张熟悉的脸与周围环境如此格格不入,就像是混迹在尼尔纳米什的因里教王子一样。

元帅在贵族中间绊了两次,阿凯梅安看得出那张无法视物的脸上的痛苦——同时还有奇特的、令人心碎的倔强。元帅坚决要恢复自己在这个权力场中的地位。

阿凯梅安咽了咽唾沫，喉咙里仿佛有匕首在搅。

辛……

他屏住呼吸，看着元帅在盖德奇和伊吉亚班之间坐下，然后抬起脸，就像所有贵族都坐在他面前，而不是他下面的长桌边。阿凯梅安想起在康里亚，在辛奈摩斯的海滨别墅中度过的那些闲散夜晚，两人喝着阿皮酒，吃塞满牡蛎的野鸡，彻夜谈论古人古事。突然间，阿凯梅安明白自己该做什么了……

他必须把故事讲出来。

昨天，艾斯梅娜还爱着他。而这个世界的末日，对他来说，也只是昨天！

"我在忍受痛苦。"他突然喊出来，仿佛从辛奈摩斯的耳朵中听到了自己的声音。

这声音听起来很有力量。

"我在忍受痛苦，"他重复了一遍，站起身，"我们都在忍受痛苦。现在不是争权夺利的时候。后先知说，'说出真理的人无须畏惧，哪怕将因之献身……'"

他感觉到周围人的眼神：怀疑，好奇，义愤。

"很吃惊，不是吗？一个巫师，一个不洁者，居然引用长牙上的经句。我想你们很多人感觉受了冒犯。不过，我下面要说的确实是真相。"

"也就是说，你一直在撒谎了？"孔法斯摆出一副犀利的样子，不愧是伊库雷家族的儿子。

"没你撒的谎多，"阿凯梅安说，"也不比这间屋子里任何一个人撒的谎多。我们每个人都早就学会了如何扭曲话语，再灌输进别人耳朵。我们每个人都在玩'礼仪'这该死的游戏！哪怕会因此死人，我们也不在乎……而且，大统领，恐怕很少有人比你更清楚这点吧！"

他似乎突然找到了语调，可以让自己平静下来，让每个人都听他说话。他突然意识到,这种声音是凯胡斯不费吹灰之力就能掌握的。

"人们认为,我们这些天命派学士醉心于传说,研究历史到精神错乱的地步。三海诸国的每个人都在嘲笑我们。为什么不呢?让我们撕扯着胡须哭泣的,不过是你们在夜里讲给孩子听的故事。但这里——这里!——并不是舒适的家园。这里是卡拉斯坎,圣战军在忍受饥馑和帕迪拉贾的怒火,这很可能是你们的末日!想想吧!想想你们腹中的饥饿,想想你们心中的绝望与恐惧!"

"够了!"脸色灰白的戈泰克喊道。

"不!"阿凯梅安大喊,"远远不够!你们现在遭受的痛苦,我这一生都在忍受——无论白天黑夜!末日!末日即将降临,它笼罩了你们的思想,阻拦了你们的脚步。即使是现在,你们也惴惴不安,呼吸急促……

"但你们需要知道的东西还有太多太多!

"几千年前,早在人类跨越卡雅苏斯大山脉之前,甚至早在《长牙纪年》成书之前,奇族统治着这片大地。和我们一样,他们也征战不休。为荣耀,为财富,当然,也为信仰。但最宏伟的并非他们的内战,也不是与我们祖先的战争——虽说最后我们毁灭了他们——而是与虚族的战争。虚族是一个可怕的种族,他们探究血肉深处的奥秘,从生命中炼造各种有悖常理的武器,跟我们锻铁成剑一样。斯兰克,巴拉格,甚至瓦拉库——巨龙,都是上古时代他们与奇族的战争中留下的遗迹。

"在伟大的库亚拉-辛莫伊的带领下,奇族君王们与怪物军团不懈地战斗,从平原到山顶,再到大地深处。经历了无数苦难与牺牲,他们将虚族赶回其最初和最后的据点。奇族称那里为明-乌洛卡斯,意为'淫秽深渊',我将不再赘述那里的恐怖。虚族被打败、消灭了——至少当时是这么想的。奇族在明-乌洛卡斯周围布下重重幻术,以期将其永久隐藏。然后,疲惫的、损失惨重的奇族回到他们被毁灭的世界,他们胜利了,却也所剩无几。

乌有王子 * 战士先知

"数世纪后,伊尔纳的人类呼啸着冲下卡雅苏斯大山脉,部族之王带领着他们——那是我们远古的祖先,你们都知道他们的名字,这些在《长牙纪年》中有记载:席加尔、玛麦玛、诺姆尔、因舒尔……他们轻而易举地荡平日渐衰落的奇族,夺取了对方宏伟的住所,一直追杀到海滨。那之后,虚族和明-乌洛卡斯已无人知晓,只有留在因乔-尼亚斯的奇族还记得,而他们已不敢离开群山中的洞府。

"随着岁月流逝,种族间的敌意逐渐消退。剩余的奇族与特雷瑟和索什利的诺斯莱人缔结了和约,双方开始交流知识与货物,人类第一次得知虚族的存在,也知道了他们与奇族的战史。在宁卡鲁-特拉斯的继承人统治时期,一个叫塞-因奇拉的奇族巫师——就是你们在《长诗》中读到的墨克特里格——把明-乌洛卡斯的位置告诉了肖恩纳拉,古老的真知巫术学派玛迦卡的大维齐尔。那座邪恶要塞外围的幻术已经瓦解,于是玛迦卡学士们重新发现了明-乌洛卡斯——那是我们最深重的灾难。

"他们称那里为阿诺奇尔瓦,'战号之触',而和他们交战的人类称之为戈尔格特拉斯……直到现在,我们仍在用这名字吓唬孩子,虽然真正应该害怕的是我们自己。"他停了一下,扫视每个人的脸。

"我对你们说起这些是因为,奇族虽摧毁了虚族,但无法毁掉明-乌洛卡斯,因为它不属于——从不属于!——这个世界。玛迦卡学派彻底搜查了那地方,发现了许多奇族没在意的东西,包括没有最终成型的可怕军备。就像住在宫殿中的人认为自己是王子一样,玛迦卡认为自己是虚族的继承者。他们迷恋虚族非人的技术,像好奇的猴子一样沉迷于堕落的发明'泰克奈'。最后——也最可悲的是——他们发现了莫格-法鲁……"

"非神。"普罗雅斯平静地说。

阿凯梅安点点头。"Tsurumah,穆瑟里斯,世界粉碎者,还有其他上千个饱受憎恨的名字……他们花了几世纪时间,就在两千年前,当凯兰尼亚至高王在这片土地上收取贡品,甚至就在兴建这座议事厅时,他们终于唤醒了它……非神……而自它降临后,几乎全世界都被哀号和鲜血笼罩。"

他笑了笑,看着周围众人,擦去脸上泪水。"我在梦中见到的那些,"他轻声说,"我经历的那些恐惧……"

他摇摇头,往前走了两步,脚步蹒跚,仿佛跨越了障碍。

"谁能忘记蒙格达平原?我知道,你们中许多人经历了噩梦,梦见了远古战场上垂死的战士。你们都看到了那片被诅咒的土地呕出的白骨和青铜武器。我向你们保证,那一切都是有原因的,它们是过去的恐怖留下的回声,是大灾祸的足印。如果你们有谁怀疑非神的存在,或者不相信它的力量,只需想想,那片土地只是见证它的离去,就变得支离破碎!

"我告诉你们的一切都是事实,人类和奇族的史书中都有记载。但那不像你们想象的,是个赞颂阻止末日的英雄的故事,绝不是!虽然莫格-法鲁在蒙格达平原上被打倒了,它那些被诅咒的侍从却收留了它的遗骸。这,诸位大人,才是我们天命派始终在你们的宫廷中盘桓不去的原因,这才是我们一直咬牙切齿地忍受你们的嘲讽的原因!过去两千年,非神会一直在继续邪恶的研究,一直在试图复活非神。你们觉得我们是疯子,是白痴,但我们要保护你们的妻儿。我们要保护三海诸国!

"我来到你们面前,听我说,我非常清楚自己在说什么!

"这些生物,这些换皮密探,这些渗透进你们中间的东西,与西斯林没有联系。你们这样想,乃是所有人对待未知事物都会犯的错,将未知事物拖进熟悉的圈子,给新对手穿上旧敌人的衣服。但这些东西的来处远超你们的认知,远超你们记忆的范畴!仔细想想我们片刻前看到的东西!换皮密探绝非你们的技艺与见识所能解释,西斯林也做不到,不管你们对他们有多么恐惧、多么憎恶。

"它们是非神会的密探,单只它们现身就意味着灾难!只有掌握了深层次的泰克奈才能造出这等淫秽的造物,而这离复活莫格-法鲁已相去不远……

"需要我告诉你们这意味着什么吗?

"我们,天命派学士,如你们所知,一直在梦中经历远古的世界末日。而在所有梦境中,有一个我们经历得最多:塞摩玛斯之死,库尼乌里的至高王在埃伦奥特平原上战死的一幕,"他停了停,意识到自己必须吸口气,"安那苏里博·塞摩玛斯。"

房间里响起阵阵焦灼的低语。他听到有人用艾诺恩语低声说着什么。

"而在这个梦境中,"他续道,声调又一次攀上顶峰,"像很多临死的人一样,塞摩玛斯做出了一个预言,一个伟大的预言。他说,不必悲伤,到世界末日时,一个安那苏里博将会回来……"

"一个安那苏里博!"他喊道,就像这名字包含着所有的秘密。他的声音在古老的石头房间里不停回响。

"一个安那苏里博将会在世界末日时回来。他确实来了!而我们说话时,他正在外面被吊死!安那苏里博·凯胡斯,你们控诉的人,就是我们天命派所说的末日使者,是世界末日的活信号,也是我们唯一的希望!"

阿凯梅安从长桌上抬起目光,扫视周围座席,放下双手。

"所以你们——圣战军的领袖们——必须自问,敢不敢投下赌注?你们自觉难逃此劫,但庆幸远方的妻儿仍然安全……是这样吗?你们真的确定这个人仅仅是你们想象的这样?这样的确信从哪里来?是来自你们的智慧?还是出于绝望?

"你们真的打算拿这个世界去冒险,以验证你们顽固的想法吗?"

随着他话音落下,周围一片沉寂,他面前仿佛是一座石雕面孔和玻璃眼睛组成的高墙。很长一段时间,没人开口说话。阿凯梅安心中一阵兴奋。他打动了他们。他们终于用心倾听了他的话!

他们相信了!

然后伊库雷·孔法斯开始跺脚,用力拍着大腿,大喊:"嗯撒!嗯嗯撒!"座席上有一个人和他一起呼喝,那是帝国的索帕斯将军。"嗯撒!嗯嗯撒!"

这是纳述尔人看戏时的喝彩声。笑声起初带着犹豫,但很快响彻整个房间。圣战军的领袖们投下了赌注。

绯红长袍在阳光下闪烁,赤塔大宗师朝他们走了两步。"你必须交出他。"他阴着脸重复。

"萨瑟鲁斯!"因切里·高提安吼着,左手挥舞一枚丘莱尔,"杀了他!杀了伪先知!"

但奈育尔已朝那株树扑去。他一旋身,在长牙骑士面前几步远的地方摆开架势。

一切……一切侮辱,一切代价!

萨瑟鲁斯垂下剑尖,张开双臂,仿佛要拥抱朋友。他身后的人群越来越激动,怒吼声响彻卡鲁尔广场,空气仿佛也因越来越大的喧闹声而颤抖。骑士队长微笑着,步步逼近,直到奈育尔面前。

"我们崇拜的是同一个神,你和我。"

风止了,阳光更为毒辣。奈育尔似乎闻到腐烂血肉的味道,与桉树叶的苦味混杂在一起。

西尔维……

"这才是我崇拜的东西。"奈育尔冷静地说。

休息吧,亲爱的,我会承担你……

他抓着鲜血凝结的衣领,把束腰外套一直扯到腰间,将阔剑平举身前。

我要报仇。

高提安站在骑士队长身后,与红袍大宗师对峙。贾维赫,赤塔的奴隶战士们,扑向沙里亚骑士的队列,骑士们肩并肩,抵抗着一次次冲击。因里教徒在尖叫,在怒吼。四下的庙宇和索基斯的礼拜堂都朝远方退去,融入烟尘中,周围的五座山丘仿佛变得更为高耸,直达天际。

奈育尔露出乌特蒙酋长特有的微笑。仿佛全世界的脖颈都压在他的剑刃之下。

我要杀了他。

所有的饥饿,所有的渴盼,都汇聚在此。

奈育尔知道,一切都按照杜尼安僧侣疯狂的赌局进行着。是今天死,尸体被吊在树下,还是几天后当帕迪拉贾破城后丧生,有什么区别?所以他把自己交给那些猎人,他知道没有谁比主动献出自己的人更无辜……

他知道,如果他活下来……

战争的奥秘!

萨瑟鲁斯挽出一系列眼花缭乱的剑花,飞舞的双臂仿佛投石机投出的弹丸。他的动作中有种不属于人类的东西。

奈育尔没有退缩,甚至没有移动。他是战争之民,来自荒野的奇才,生来就是要杀戮和掠夺。他是北方黑暗平原的野蛮人,心中包含着雷霆的力量,眼神蕴藏杀意……他是奈育尔·厄·齐约萨,最强悍的男人。

他耸了耸青铜色的手臂,立定双脚。

"一切结束之前,"萨瑟鲁斯说,"你会害怕的。"

"我杀过你一次。"奈育尔咬着牙说。

他可以清楚地看到对方脸上那些赤红线条了。他知道这是褶痕。他看过这些褶痕张开的样子……

第三卷 第三次进军

"我知道你为什么爱她，"沙里亚骑士吼道，"多美的桃子！我想我该放狗去咬她的尸体，然后再好好爱她一次……"

奈育尔不为所动，只紧盯对方。号叫声在空中回响。远处的人举起拳头，不停挥舞——几千双拳头。

但他们之间只有空气和呼吸。

呼吸。

双剑破风，亲吻，盘旋，再次亲吻。他们像旋转的几何图，断续的金铁交鸣震颤了空气。跳跃，下蹲，冲刺……塞尔文迪人如优雅的野兽，不断攻向怪物，迫使它步步后退，但沙里亚骑士手中的剑仿佛附着巫术，扭曲了周遭空气。

奈育尔向后退开，调匀气息，甩掉长发间的汗水。

"我的血肉，"萨瑟鲁斯低声说，"比你的长剑经历的锻打还多。"他哈哈大笑，毫不紧张，"人类无异猪狗……但我们的族群是森林中的群狼，平原上的狮子，大海中的鲨鱼……"

狂妄。

奈育尔冲向萨瑟鲁斯，阔剑势如雷霆。他佯作突刺，继而猛力横砍。沙里亚骑士纵身一跃，举剑格挡。两剑撞出雷鸣般的声响。

钢铁填满了每一丝缝隙，划出绵延或断续的轨迹，伸展，探寻……

两剑相交，这是力的比拼。奈育尔奋力向前，对方却纹丝不动。

"好厉害！"萨瑟鲁斯高喊。

奈育尔一脸迷惑，怎么可能？说时迟那时快，他在落叶与乱石间一绊，着地滚了一圈。他瞥见乌米亚齐用老妪般的手指抓向阳光，接着萨瑟鲁斯的剑刃尾随而至，削切，劈砍，穿透了他的防御。凭借铤而走险的反击他才保住自己，然后朝后一跃。

周围忍饥挨饿的人群尖叫高喊，脚下大地在震动。

疲惫与刺痛，往日的伤口无比沉重。

双剑再次交错，分开，擦过满是汗水的皮肤，在阳光下回旋。像牙齿一样碰撞、摩擦。

他浑身被汗水浸透,每次呼吸都仿佛有把匕首扎在胸口。

他被逼到乌米亚奇的树荫中,瞥见西尔维与杜尼安僧侣绑在一起。她脸色乌黑,头朝后仰,萎缩的嘴唇露出牙齿。周围的喧闹低落下去,他、大地和黑色树干的界限变模糊了。什么东西充满了他,推动他向前冲,释放了他早已麻木的手臂。他大吼着,仿佛大草原的咆哮,他的剑横行于两人之间的空气……

一击。两击。三击……每一击都能把公牛劈成两半。

萨瑟鲁斯站不稳了,脚下一晃——但他仍然逃脱了,用一个人类绝对做不出的动作向后一跃,空中转身,蹲伏在地。

笑容消失了。

奈育尔的黑色长发被汗水浸湿,胸膛压在空荡荡的肚腹上起伏,他高举双臂,朝喧嚣的人群喊道:"谁?谁能刺穿我的心?"

他再次扑向沙里亚骑士,将对方逼出乌米亚齐的阴影,离开那些积水的落叶。然而,尽管对方的姿势在他压迫下逐渐散乱,但还是带着迷人的精准,带着锐不可当的死亡之美。突然间,萨瑟鲁斯毫无章法地挥剑猛砍,长剑变成一道闪亮的旋风,擦过他的面颊,划向他的大腿……

奈育尔赶紧后撤,他在挫败中大喊,喊声透出沮丧与蔑视。

剑尖刺穿了大腿,他踩在血泊中,脚下一滑,朝前扑倒,喉咙暴露在敌人面前……石头撞到骨头,沙砾摩擦着皮肤。

不……

一个浑厚的声音盖过圣战军的喧闹。

"萨瑟鲁斯!"

是高提安。他停止与以利亚萨拉斯的争论,警惕地逼近狂热的骑士队长。这一刻,周围人群安静得出人意料。

"萨瑟鲁斯……"大宗师眼中充满怀疑,"你……"他犹豫地吞了口唾沫,"你是在哪里学会这些招式的?"

长牙骑士转过身,瞬间换上恭敬的表情。

"大人,我——"

萨瑟鲁斯突然抽搐起来,紧咬的牙关咳出鲜血。奈育尔拔出剑,看着那具不断扭动的身体倒在地上。然后,就在目瞪口呆的大宗师面前,他一剑砍下它的头,把那浓密的黑发攥在手中,将头颅高高举起。像切开的肚皮中流出的肠子一样,它的脸渐渐松弛,如同一排节肢一样张开。高提安跪倒在地。以利亚萨拉斯跟跄着退回奴隶们当中。人群的呼喊——有恐惧也有狂喜——在塞尔文迪人身边炸响。

一切真相大白。

他将那灰白的东西扔到巫师脚边。

第二十五章 卡拉斯坎

被蒙蔽的生命有何意义?

——阿金西斯,《人类的解析·第三卷》

长牙纪4112年,暮冬,卡拉斯坎

纳桑蒂们又怕又急地高声叫喊,割开绑住战士先知和他死去妻子的绳子。整个卡拉斯坎似乎都安静下来。

他知道自己虚弱得快死了,但某种无法解释的东西驱使着他。他翻个身,从西尔维身边滚开,用胳膊撑住膝盖,挥手赶开门徒们,笔直地站了起来。几双手把白色亚麻长袍披在他身上,他走出乌米亚齐的阴影,仰望蓝天与冬日。他感到敬畏在人群中蔓延——对他的敬畏。他举起双手朝向空洞的大地,好像整个三海诸国都被他拥在怀中。

我想我明白了,父亲……

狂喜和怀疑的叫喊响彻卡鲁尔广场。奈育尔在几步之外面无表情地站着,站在他身边的以利亚萨拉斯同样面无表情。因切里·高提安惊恐地朝前走了两步,跪倒在地,抽泣起来。凯胡斯的笑容带着无限怜悯。不管他看向哪里,都是跪拜的人群……

是的……千回之念。

已经没有任何东西可以将他束缚在这里,束缚在任何地方……他是一切,世上万物都为他所有……

他是超越条件的杜尼安僧侣。

第三卷 第三次进军

他是战士先知。

泪水流过脸颊。他将一只带光晕的手伸到胸口,扯出肋骨间的那颗心。他把它高高举起,人们齐声惊叹,仿佛看到血珠在他脚下的石头上碎散……他瞥了眼萨瑟鲁斯展开的面孔。

我明白了……

"他们说!"当他洪亮的声音响起,四周的欢呼便安静下来。

"他们说我是伪先知,因为我,真神才降下怒火!"

他看着一张张疲惫的面孔,回应着他们狂热的眼神。他挥舞着西尔维火热的心脏。

"但我要说,我们——我们!——才是真神的怒火!"

卡萨曼德,基安人不可战胜的帕迪拉贾,给长牙之民送来一封信。他知道长牙之民快撑不住了,于是提出一个自认非常慷慨的建议:如果圣战军就此撤退,交出卡拉斯坎,放弃对诸多伪神的偶像崇拜,他们的罪行就将得到宽恕,帕迪拉贾愿意赐予他们土地,按照他们在那些拜偶像国家中的爵位册封他们为基安大公。

卡萨曼德不傻,他不认为长牙之民会当即接受他的提议。但他知道绝望的滋味,知道在饥饿面前,虔诚终归虚无。此外,如果圣战军不是败在先知费恩的剑下,而是在他的言辞中屈服,这消息足以动摇千庙教会的根基。

答复他的是十二名几乎瘦成骨架的因里教骑士,他们穿着简朴的束腰外衣,腰挂匕首。这些偶像崇拜者拜见卡萨曼德时拒绝卸下匕首,为此侍者和他们争执了一番,不过最后还是用符合礼仪标准的全套规程接待了他们,将他们带到伟大的帕迪拉贾、他的孩子,还有他宫中那些纯粹起装饰作用的大公们面前。

会场一阵震惊的沉默。基安人不敢相信,他们面前这批胡子拉碴的可怜虫居然给他们带来如此多的灾难。然而,仪式开始之前,十二个人齐声喊道:"Satephikos kana ta yerishi ankapharas!"拔出匕首,割破了自己的喉咙。

卡萨曼德慌乱地用战象般粗壮的胳膊抱住最年幼的两个女儿。小女孩大声哭泣,但年长的孩子,尤其是男孩们,却激动地跃起来。卡萨曼德转过脸去,望向目瞪口呆的翻译官……

"他、他们说,"面如死灰的翻译官结结巴巴地翻译,"'战士先知是……是你的前事……'"他无助地盯着帕迪拉贾穿黄金拖鞋的双脚。

帕迪拉贾要知道这个战士先知是谁,但没人能回答。直到小西罗尔又哭起来,他才抑制住怒火,遣开奴隶们,把女儿抱回香气弥漫的帐篷,许诺给她糖果及其他好物。

第二天早上,长牙之民列队走出象牙之门,来到绿意氤氲的特尔塔平原。战号回荡在山丘间,风中传来成千上万人的歌声。圣战军不愿再忍受被围攻的痛苦了。

它要进军。

衣衫褴褛的纵队弯弯曲曲地从城门延伸至平原。重病初愈的戈泰克无法上阵,由次子贡里安代替,大贵族们决定将右翼交给泰丹人,这样阿甘萨诺伯爵可在卡拉斯坎城墙上看到儿子的表现。紧随其后的是伊库雷·孔法斯,身边是帝国军团神圣的太阳旗。然后是涅尔塞·普罗雅斯,领着一队军容雄伟的康里亚骑士团。再之后是"软弱的"胡尔瓦嘉,他的森耶里人仿佛怨灵而不像人。骑行在他们后面的是安塔纳梅拉总督岑约萨,切菲拉姆尼死后,他被指定为上艾诺恩摄政王,赤塔自上艾诺恩带来的大军已所剩无几,然而活着的人拥有强大的力量。梭本国王最后走出卡拉斯坎的象牙之门,领着眼神凶残的加里奥斯人。

由于担心仓促进攻会让偶像崇拜者又退回卡拉斯坎,卡萨曼德任由因里教徒在原野上列阵。长牙之民在牛栏和被抛弃的农庄间聚集起

第三卷 第三次进军

来,阵线有一里多长,有些体弱的人甚至要靠在旁人身上。他们的锁甲带锈,皮衣腐朽不堪,没了皮带的护甲吊在瘦弱的身体上,有些人的手臂不比握着的剑粗多少。骑士们穿着安那斯潘尼亚人的背心、外袍和卡哈拉,胯下战马像饿坏的马驹。甚至少数活着的非战斗人员——大多是女人和祭司——也加入了战阵。每个还有力气举起武器的人都来到特尔塔平原,迎接征服或是毁灭。他们组成冗长而凌乱的阵形,唱着圣歌,用长剑拍打肩膀和盾牌。

挣扎着走出卡拉塞大沙漠的因里教徒约有十万,现在平原上列队的不足五万。卡拉斯坎城内留了两万人,他们虚弱得只能在旁助威。许多人强撑着爬下病床,聚在崔亚姆斯之墙上,尤其在象牙之门顶上。他们或呐喊助威,或为出城的军队祈祷,或在希望与绝望碰撞的折磨中哭泣。

但不管在城头还是战场,每个人都紧张地望着战线中央,希望看到那面旗,那面让圣战军其他旗帜黯然失色的崭新旗帜。在那儿!越过抽枝的树木和起伏的草场,它在微风中轻摆:白底上的黑色图案,一个人形将圆环一分为二——这是战士先知的徽记,承载着难以企及的荣耀……

战争的号角再次响起,凌乱的队列向前推进,越过果园,越过岑木与大枫树的树丛。卡萨曼德下令退开两里,留出城市与山岭间起伏的平原。他知道,因里教徒要在这么大的空间铺开战线,势必会暴露侧翼,留下缺口。

歌声盖过了费恩教徒悸动的战鼓。曾回响在家乡森林之上的雄浑的森耶里战歌,给无数敌人带去过末日;艾诺恩人嘹亮的颂歌,包含着人类声音中最和谐的部分;加里奥斯人和泰丹人的挽歌庄严肃穆,充满对未来的预兆。长牙之民不停地歌唱,心中涌动着奇异的情感:没有笑声的喜悦,没有担忧的恐惧。他们边唱边走,仿佛将死之人回光返照。

几百人因贫血而昏倒,又被族人架起来,穿过抛荒的田野,继续前进。

战斗最先在北面爆发,那是离崔亚姆斯之墙最近的地方。努曼奈的乌索尔卡男爵麾下的泰丹人看到一波波费恩教徒集结在前方山丘,黑色的山羊胡和着马蹄甩动。为恐吓敌人,努曼奈人脸上涂着红漆,他们用瘦削的肩膀扛起巨大的泪珠形盾牌,弓箭手朝前进的费恩教徒攒射,回答他们的则是从马背上射回的如云箭雨。在流亡的杰迪亚帕夏安萨瑟带领下,失去领地的施吉克和安那斯潘尼亚大公们愤怒地冲向高瘦的瑟－泰丹战士。

邻近战场中央,正对圆环旗帜,嘶鸣的战象大踏步向前冲锋,象轿里是黑面的吉尔加什人,头缠蓝巾,手握红漆牛皮盾。然而在盖德奇总督率领下,安佩莱骑士们奋勇向前,点燃了枯死的草丛和灌木。油烟腾上天空,被风吹向东南。几头受惊的战象在皮拉萨坎达国王的队伍中制造出混乱,但大多数战象还是冲出烟雾,踏进因里教徒阵中。烟雾和混乱很快笼罩了圆环旗帜,什么都看不到了。

费恩教骑兵占据了战线上每处制高点,他们冲过柑橘果园,或飞奔过烟雾缭绕的空地,借助人数优势发起冲锋。伟大的辛加捷霍带领尤玛那和尤里萨达骄傲的大公们冲进艾诺恩人的战阵,阻挡他们的是索特尔总督的基什雅提人和乌兰扬卡总督的摩瑟罗苏人。再往南,奇纳迪尼诸大公在山丘顶上集结,等待梭本国王和他的加里奥斯部队。这些大公穿着宽袖卡哈拉和尼尔纳米什锁甲,一路冲下山坡,每人骑的都是在盐之平原边缘养大的纯种战马。

王太子法纳亚及其夸约里骑兵对上安菲里格伯爵带领的、绘着蓝色纹身的杰斯达人,接着又与梭本亲自指挥的阿格蒙人展开混战。

在卡拉斯坎城墙上,伤员和病号朝族人们呼喊,他们看不清战场局面。然而在震天的战鼓声中,在异教徒嘶哑的战吼中,仍能听到弟兄们的歌声。烟雾笼罩了战场中央,但在离城墙较近的地方,泰丹人面对费恩教骑兵的袭扰巍然不动,带着必死的决心奋战。突然,"大胆的"韦

第三卷 第三次进军

里昂伯爵率普莱多骑士骑着仅存的战马朝前冲去,将目瞪口呆的基安人冲得四散奔逃。南边远处,有人看到阿斯贾亚里和那些擅于奔袭的加恩里骑士冲下背光的山坡,从后攻击奇纳迪尼人。梭本原本派年轻的外甥来防范任何绕过山丘、袭击圣战军侧翼的企图,但性急如火的加因里伯爵发现自己幸运地出现在了异教徒阵线的后方。

费恩教徒散乱地后撤,在他们面前,在整个特尔塔平原上,因里教徒歌唱着,继续前进。城上的人纷纷朝东挤,来到号角之门。在这里,他们看到第一批长牙之民冲出战场中央的迷雾,追击退却的吉尔加什骑兵;他们看到那个圆环,那一尘不染的雪白旗帜在风中飘扬……

钢铁战士好像身不由己一般,继续前进。异教徒冲锋时,他们拉住异教徒的马缰,被踩在马蹄下,但转眼间身后的同伴已将长矛捅进费恩教徒战马的后臀,挥舞长剑砍死落马的异教徒,手中匕首刺向腋窝、面门、裆下或任何没有铠甲保护的地方。他们拔下身上箭矢。当异教徒心生犹豫时,一群长牙之民,那些在战斗中变得疯狂的人,将头盔甩向逃跑的骑兵。基安人一次又一次地冲锋,又一次又一次地瓦解、败退。钢铁战士继续前进,越过橄榄树,穿过休耕的田野。真神与他们同行——不管他是否眷顾他们。

但基安人是骄傲而好战的民族,而帕迪拉贾的军队无论人数还是战意都占据上风。虽然遇到出乎意料的抵抗,独一神的战士并没有放弃。

卡萨曼德叫奴隶把他扶上一匹强壮的黑色战马,亲自上战场。在远离前线的地方,一队又一队费恩教骑兵在帕迪拉贾的营地外重整队形。人们开始寻找西斯林。皮拉萨坎达国王,帕迪拉贾的属臣与挚友,放出最后一批战象,冲击黑甲的森耶里人。

那些野兽风暴般冲进"赤红的"高肯手下奥格利人的战线,弯曲的象牙刺穿了士兵的身体,碰到它们躯干的也非死即伤,而巨大的象足像踩烂水果一样踩人。吉尔加什人坐在象背上的装甲象轿内,朝下面那些叫喊的人射箭。但巨人亚格罗塔单手挥动战锤,一锤就打死了一头大象,大受鼓舞的奥格利人一拥而上,挥舞着剑和斧向嘶鸣的巨兽砍去。有些战象倒下了,身上被刺出上百道伤口;其他的则被胡尔瓦嘉王子放的火惊得四处乱窜,甚至开始践踏跟在后面的吉尔加什骑兵。

在整个特尔塔平原,费恩教骑兵一波波地冲向进击的因里教徒。站在号角之门上观战的众人看到,帕迪拉贾的白虎旗与战士先知的圆环旗碰撞在一起,他们还看到盖德奇和伊吉亚班的旗帜停滞不前,纳述尔的旗帜却一路高歌猛进。塞尔莱军团那些勇敢的步兵直冲进帕迪拉贾的营地,接着异教徒的战鼓声便停了,因里教徒用胜利的歌声和欢呼冲刷着全世界。辛加捷霍逃了。巨人科吉兰尼,嗜血的密兹莱大公,被康里亚王子普罗雅斯斩杀。卡萨曼德,最光荣的基安帕迪拉贾,被战士先知穿着凉鞋的脚踢碎了下巴,死在先知脚边,头颅被挂在先知的圆环旗上。幸而他的长子,狡诈的法纳亚,领着他的孩子们逃掉了。

奇纳迪尼和吉尔加什的大公们被困在前进的因里教徒与失守的营地之间,一次次绝望地突围,又一次次被加里奥斯人和艾诺恩人阻挡。长牙之民屠戮着异教徒,不禁流下泪水,他们感到前所未有的黑暗荣耀。

战斗临近尾声,有人爬上战象的背,向着太阳举剑,领悟到连他们自己都不知道的东西。

圣战军得到了完满,得到了宽恕。

活下来的大公被绑在繁茂的大枫树上,吊死在暮光之中,犹如深水里漂浮的溺死者。之后的岁月,没人敢去触摸这些树。长钉渐渐陷进树干,尸体被树根缓缓吸收。如果有人聆听,它们在低语着启示……战争的奥秘:

无法战胜的信念。无法征服的信仰。

第三卷　第三次进军

长牙纪4112年,早春,阿克瑟西亚

埃格拉斯骑在马上,拉起羊毛斗篷和皮毛挡住雨水。在他身后,一大队骑手迈着沉重的步伐,穿过灰色雨帘行进在加尔平原。他们在踩踏过的草丛中找到一条宽阔足迹,时不时地,有人会发现孩子无拘无束的脚印,娇小,无辜,踩在污泥之中。埃格拉斯等人是生死相交的伙伴,个个身强力壮,但看到这一幕,还是有很多人痛哭失声。

他们自称"韦里达人",正在寻找丢失的妻儿。两天前,他们带着小胜的喜悦回到营地,却发现自己的爱人不翼而飞,营地已被毁灭,遭到屠杀。不可战胜的战士刹那间变成恐慌的丈夫与父亲,他们在废墟中奔跑,呼喊着名字。但他们很快发现,家人没有被杀,而是被带走了,于是他们马上又变成了战士,现在驱使他们策马向前的是爱与恐惧。

清早刚过,雨帘中露出宏伟的石像。他们来到麦克莱的废墟,这座被地衣与苔藓覆盖的城市曾是阿克瑟西亚的首都,是远古北方诸国中除特雷瑟之外最伟大的城市。埃格拉斯对上古之战没什么了解,也不知道阿克瑟西亚古老的荣耀,但他知道他的民族是末世之劫中幸存者的后代,他们居住在宏伟文明的阴影下……

他们跟随脚印翻过山丘,经过无头立柱,沿城墙走到卵石铺就的路面上。埃格拉斯知道,他们追踪的那群斯兰克不是齐格克里纳奇部落或索拉吉部落——这些部落自回忆无法追溯的年代起就在与他们为敌——而是一个完全不同的部落,更加邪恶,也更加狡诈。它们中甚至有一个骑着马,这在斯兰克中是闻所未闻的事。

他们默默无语地穿过死寂的麦克莱,没有理会她对活物的斥责。

傍晚,雨停了,天却越来越冷,他们心中的恐惧也越来越深,颤抖变成战栗。那晚,他们找到一个火堆,埃格拉斯用匕首在黑色灰烬中拨弄,发现了一小堆骨头。孩子的骨头。韦里达人个个咬牙切齿,朝黑暗的天穹怒吼。

那晚无人入眠,他们继续骑马前行。平原如此空洞,仿佛能让人停止心跳,就像一张巨大的裹尸布,处处通向无底深渊,通向残忍的骗局。他们做了什么?他们怎么触怒了众神?是献祭牡鹿的火焰不够旺盛?还是用作牺牲的牛犊染上了疫病?

又是两天过去。潮湿、愤怒、恐惧、颤抖。埃格拉斯能看到赤足的女人和孩子留下的脚印,他还记得燃烧的家园,记得废墟间年轻人的尸体,每具尸体都遭到无法言说的亵渎。他还记得早先和其他人一起离开营地去袭击索拉吉部落时,妻子那惊恐的眼神。他会永远记得她当时的警告:

"别离开我们,埃格拉……大毁灭者在捕猎我们,我在梦中看到他了。"

另一个火坑,更多细小的骨头。但这次,灰烬仍然温热。这片土地似乎在低声诉说,重复着他们所爱的人发出的尖叫。

很近了。但埃格拉斯告诉大家,他们人马都疲惫不堪,无法与敌人死拼。许多人听到这话非常泄气,他们叫喊着:斯兰克会吃掉谁家孩子,又会把多少婴儿砸在坚硬的地上?所有的孩子,埃格拉斯说,如果韦里达人次日不能获胜的话。他们必须好好睡一觉。

那天夜里,他被痛苦的叫喊声惊醒。苍白的、长着茧子的手将他从毯子上拽起来,他抽出匕首,插进对方的腹部。随后蹄子的声音包围了他,他被脸朝下打进泥土中。他挣扎着跪起来,想向手下出声示警,但发出口齿不清话音的阴影一拥而上。他的双手被扭到身后,粗暴地绑起来,身上衣服也被剥掉了。

和其他幸存者一起,埃格拉斯嘴巴被勒上皮条,驱赶进夜色中。他一边奔跑,一边哭泣,知道自己失去了一切,再也无法和妻子瓦利萨享受欢愉,再也无法坐在夜晚的火堆旁逗弄儿子们了。他脸上写满苦痛,大声哭诉:我们做了什么,活该受这样的罪?我们做了什么?

在闪动的火把下,他看到了歹毒的斯兰克,它们瘦削的肩膀和狗一样的胸膛在夜色中浮现,就像从深海浮上水面。它们有无比俊美的面孔,白皙似骨,但它们的盔甲是涂漆的人皮,脖子上挂着人类牙齿串成的项链,圆盾钉着风干的人脸。他闻到它们身上带甜味的恶臭——就像腐烂的水果和粪便混合。他听到这些噩梦般的生物的笑声,暗夜里传来韦里达人的坐骑被屠宰时的嘶鸣。

他短暂地看到了那个奇族,高挑的身材,骑在黑缎般的战马上。他知道,瓦利萨的梦是真的:大毁灭者在猎捕他们!但是为什么?

天蒙蒙亮时,赤身裸体、遍体鳞伤的他们,排成一排来到斯兰克营地。迎接他们的是一片恸哭声——女人们叫着他们的名字,孩子们叫着"爸爸!爸爸!!"斯兰克领他们来到蜷成一团的爱人们中间,不知为什么,还大发慈悲松开了绑缚。埃格拉斯朝瓦利萨和仅剩的一个儿子飞奔过去,一边痛哭,一边把他们抱进怀中,紧紧抓着他们的背。一时间,他几近毁灭的心中又燃起苍白的希望。

"依兰尼呢?"他嘶声问。

但他的妻子只是哭喊:"埃格拉!埃格拉!"

重聚是短暂的。那些没找到家人的人,无论是跪在冰冷的泥地中,还是盲目狂躁地乱找,都被当场格杀。那之后,没有丈夫的妻子和没有父亲的孩子也都被砍倒,只有重聚的家人留下来。

在奇族的黑眼睛注视下,斯兰克将幸存的人们分成两排:韦里达的男人被拖过雪地和死去的冬草,丈夫和妻儿彼此面对。

埃格拉斯被绑在一根钉进地里的铁刺上,他蜷着身,避开冰冷的铁条,一次次地拉扯身上的皮绳,想接近妻子和儿子。他朝每一个路过的斯兰克愤怒地吐口水,想说出激励人心的话,哪怕不能让家族延续,至少可以在事情发生时保留一点点尊严。但他只能哭着呼喊他们的名字,诅咒自己不能早些把他们扼死,以免遭折磨。

然后,他第一次听到了那个问题——虽然没人说出口。

韦里达人的队伍中一片诡异的沉寂,埃格拉斯知道,每个人都听到了那诡异的声音……那个问题在他们所有人受苦的灵魂中无尽地回响。

他看到了……它。一个孽物走在黎明的晨光下。

它比普通男人高出一半,长长的翅膀像镰刀一样折叠在强壮的身体后。除了令人作呕的乌黑斑点,它的皮肤几近透明。它有一颗像立放的牡蛎的硕大头颅,开裂的缝隙中有另一张脸,更像是人的形状——一张几乎是人脸的脸在肉缝中看着他们。

它经过的地方,斯兰克发出狂喜的尖叫,争先恐后跪倒在它脚边。骑马的奇族略略低了低头。它审视着这群不幸的人类,硕大的黑眼睛最后落在埃格拉斯身上。瓦利萨在一步之外哭泣。

你……我们在你体内感到了古老的火焰,人类……

"我们是韦里达人!"埃格拉斯喊道。

你知道我们是谁吗?

"大毁灭者。"埃格拉斯喘息着说。

不——它发出咕咕的声音,好像他的错误引起了一阵甜蜜的颤抖,我们不是他……我们是他的仆人。除了我的兄弟之外,我们是从虚空中降临的最后一批幸存者……

"大毁灭者!"埃格拉斯喊道。

怪物越走越近,直到它的阴影笼罩了他的妻儿。瓦利萨紧紧地把本古拉抱在胸前,朝那灰白的人影抬起一只手,凄凄惨惨地想挡住它。

你会告诉我们吗,人类?告诉我们我们需要知道的事?

"但我不知道!"埃格拉斯喊道,"你问的东西我完全不知道!"

怪物毫不费力地抓断了捆瓦利萨的绳子,把她举到他面前,就像举起玩偶。本古拉尖叫着:"妈妈!妈妈!"

那个问题又一次在埃格拉斯的灵魂中炸响。他哭泣着,撕扯着。

"我不知道!我不知道!"

在怪物的利爪下,瓦利萨不再动弹,就像被恶狼叼住的羊羔。她惊

第三卷　第三次进军

恐的眼睛不再注视埃格拉斯,而是朝上翻,想要看到身后的人影。

"瓦利萨!"埃格拉斯叫道,"瓦利萨——!"

怪物抓着她的喉咙,无精打采地撕开她的衣服,就像剥去腐烂的桃子的外皮。她的胸部完全露了出来,浑圆、洁白,如此柔软。阳光从地平线上射来,勾勒出她窈窕的曲线……她身后是饥渴的怪物,犹如闪亮的烟雾。

野兽般的暴虐占满了埃格拉斯,他拼命拉扯皮带,怒火充斥胸腔。一个沙哑的声音在他灵魂中说:我们是爱欲的种族,人类……

"求——求你了!"埃格拉斯哭道,"我不知道——"

那怪物空出的一只手沿瓦利萨胸口的一道血迹一路下滑,划过不住战栗的平坦腹部。她看着埃格拉斯,眼里满是难以置信的恐惧。她呻吟着,两腿被那怪物的手分开……

我们是爱欲的种族。

"我不知道!不知道!真的!求你停下,求你了!"

那怪物一边进入她体内,一边尖叫,就像一千只猎鹰同时长鸣。冰层在颤抖。天空在呼啸。她的头朝后仰去,脸上交织着痛苦与极乐。在她抽搐尖叫时,埃格拉斯瘫倒在地,双手抓着头皮,脸在地上撞击,破裂的嘴唇尝到冰冷的触觉。

它喘了口气,仿佛巨龙的呼吸,然后把污秽、漆黑的种子洒在她被阳光照晒的胸脯上。又一阵如雷的尖叫,夹杂着女人微弱的哭号。

它又一次问出那个问题。

我不知道……

这些东西让你们软弱。它把她扔开,犹如扔一捆冷稻草,用眼神将她交给了斯兰克,供它们发泄暴烈的欲望。接着它又一次问出那个问题。

那怪物把他哭泣的儿子——可爱、无辜的本古拉——也交给了斯兰克,然后又问出那个问题。

我不明白你的意思……

怪物将埃格拉斯与他心爱的人都变成残破不堪的身躯时,那个无法理解的疯狂问题还在他耳边回响:

杜尼安僧侣是什么人?

附　录

伊尔瓦大陆
长牙纪4109年

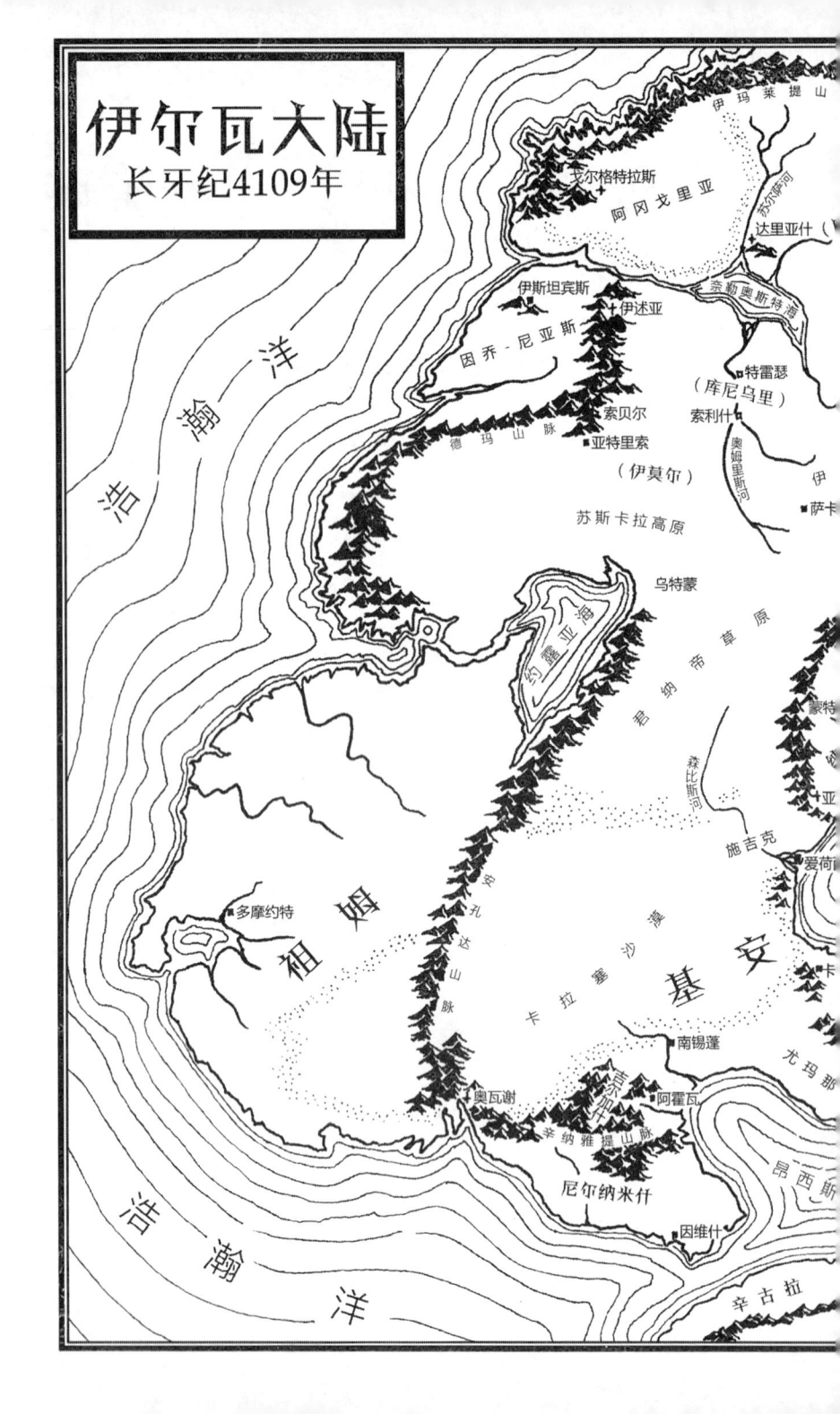

克尔格特拉斯
阿冈戈里亚
伊玛莱提山
苏术萨河
达里亚什
奈莉奥斯特潘
伊斯坦宾斯
伊述亚
特雷瑟
（库尼乌里）
因乔-尼亚斯
索贝尔
索利什
德玛山脉
亚特里索
奥姆里斯河
（伊莫尔）
伊
萨卡
苏斯卡拉高原
浩瀚洋
乌特蒙
约露亚海
昌纳帝草原
蒙特
森比斯河
亚
施吉克
爱荷
多摩约特
祖姆
孔达山脉
卡
卡拉墨汐漠
基安
南锡蓬
尤玛那
吉加
奥瓦谢
阿霍瓦
辛纳雅提山脉
尼尔纳米什
昂西斯
因维什
浩瀚洋
辛古拉

地图

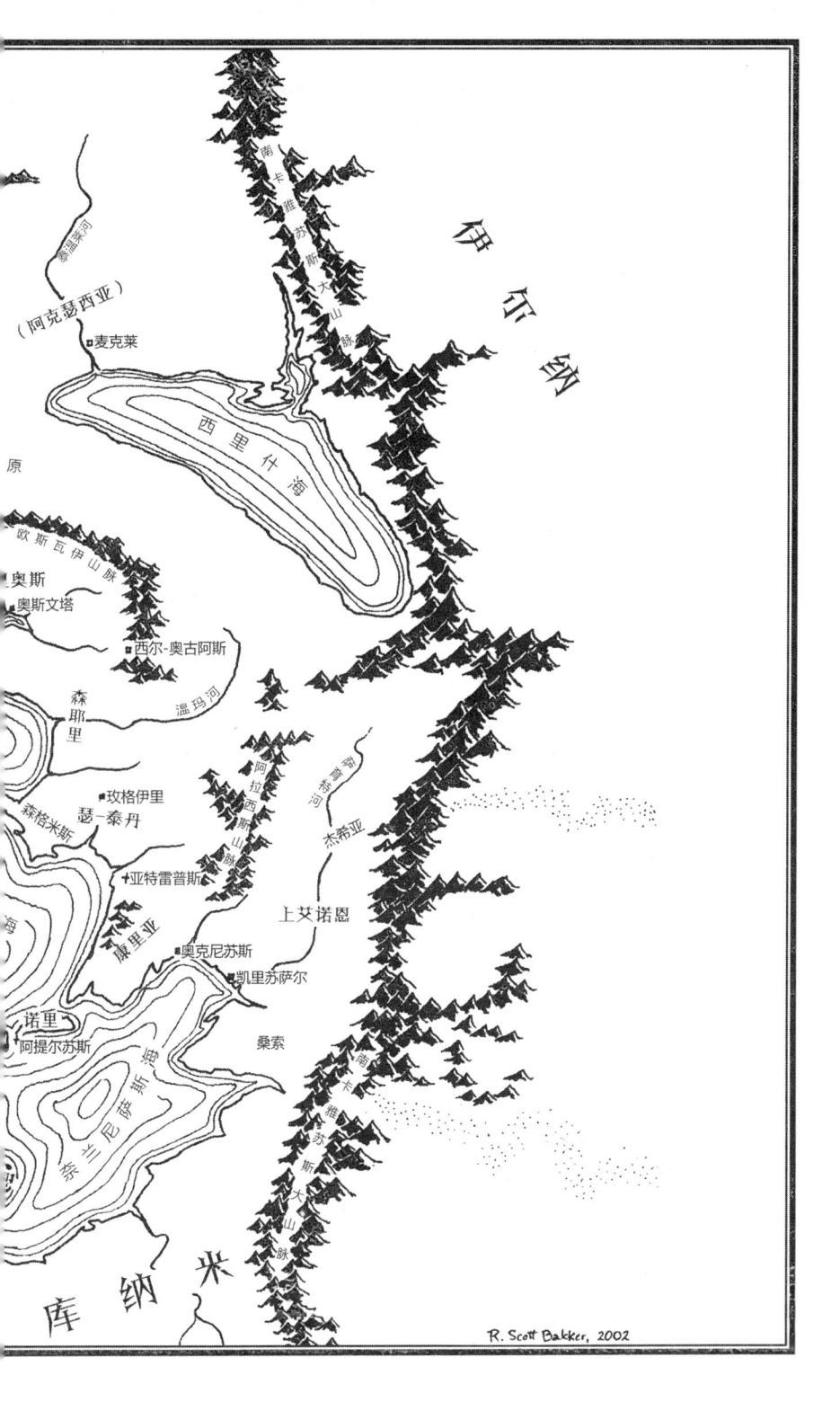

伊尔纳

南卡雅苏斯大山脉

泰温莱河
（阿克瑟西亚）
麦克莱

西里什海

欧斯瓦伊山脉
奥斯
奥斯文塔
西尔-奥古阿斯

森耶里
温玛河

玫格伊里
瑟-秦丹
森格米斯
亚特雷普斯
康里亚

阿拉西斯山脉
杰希亚
赛奇河

上艾诺恩

奥克尼苏斯
凯里苏萨尔

诺里
阿提尔苏斯

桑索

卡雅斯大山脉

三兰尼碎斯堤

库纳米

R. Scott Bakker, 2002

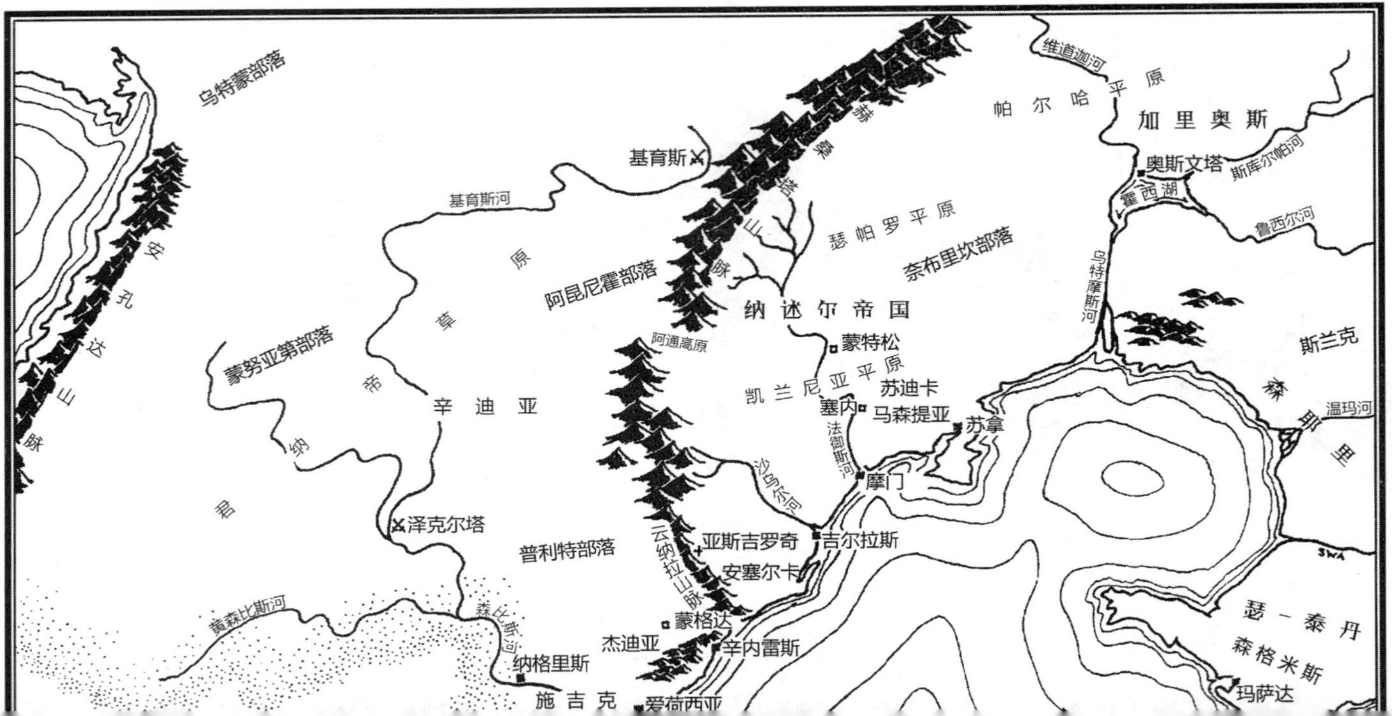

乌特蒙部落
基育斯
基育斯河
安孔达山脉
蒙努亚第部落
君纳帝草原
阿昆尼霍部落
辛迪亚
泽克尔塔
普利特部落
黄森比斯河
森比斯河
纳格里斯
施吉克
爱荷西亚
杰迪亚
蒙格达
辛内雷斯
云纳拉山脉
亚斯吉罗奇
安塞尔卡
吉尔拉斯
沙乌尔河
阿通高原
赫桑塔山脉
凯兰尼亚平原
塞内
法御斯河
摩门
马森提亚
苏迪卡
苏拿
蒙特松
纳述尔帝国
瑟帕罗平原
奈布里坎部落
帕尔哈平原
维道迦河
加里奥斯
奥斯文塔
霍西湖
斯库尔帕河
鲁西尔河
乌特摩斯河
斯兰克
森那里
温玛河
瑟一泰丹
森格米斯
玛萨达

三海西部

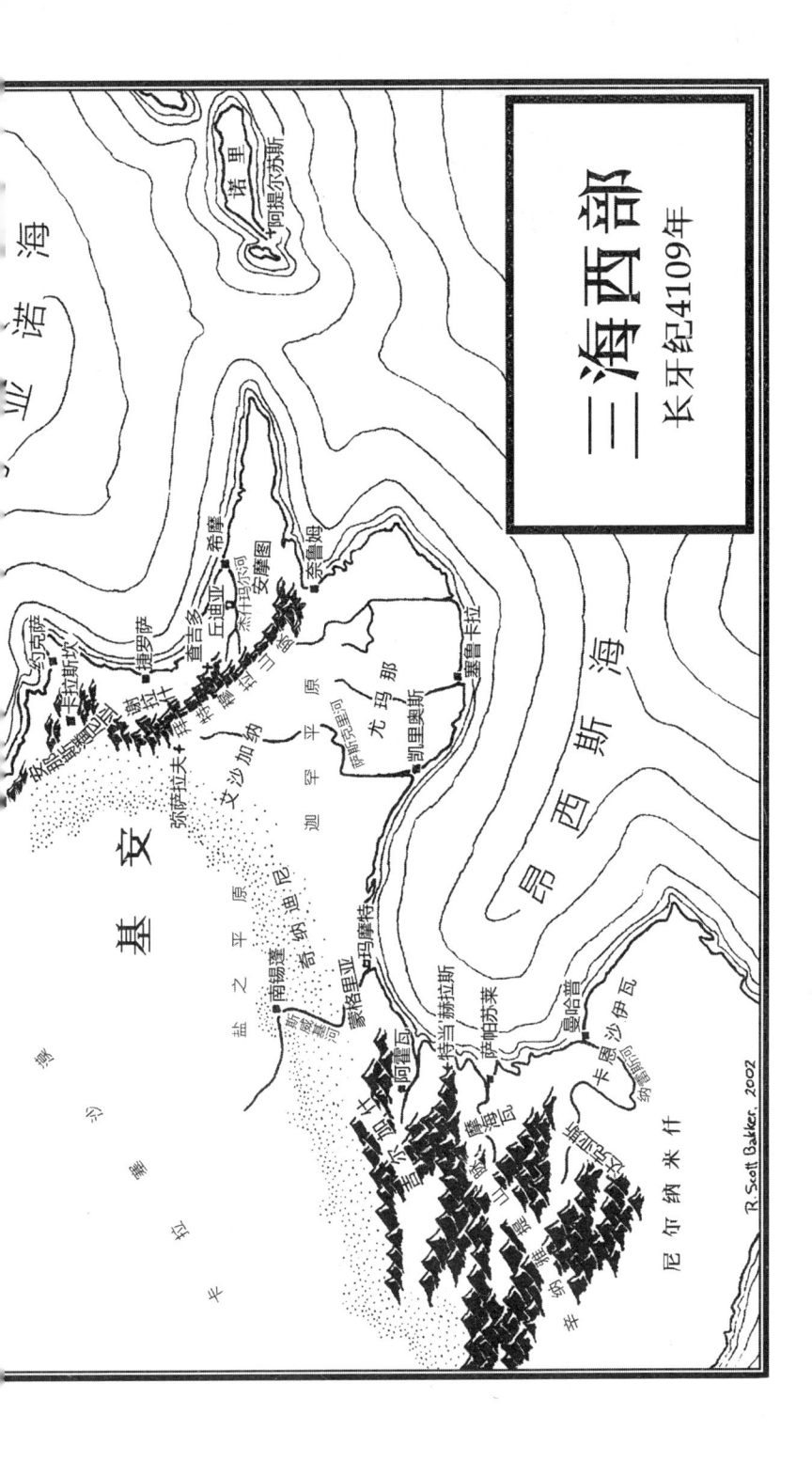

长牙纪4109年

诺斯海

亚诺海

阿提尔苏斯诺里

卡拉斯坎
埃帕通邸
蒂罗萨
鲁拉
曾吉多
希摩
丘迪亚
安摩图
杰什卡尔河
奏鲁姆
弥萨拉夫
特穆招卜岛
塞鲁卡拉
艾沙加纳
尤玛那
平罗里司
凯里奥斯
萨那亮里司

基安

昂西斯海

盐之平原
南锡蓬
奇迪尼
斯威邑洞
蒙格里亚
玛摩特
特当赫拉斯
萨帕苏来
阿霜岛
曼哈普
卡恩沙伊瓦
纳姆鼎

尼尔纳米什

R. Scott Bakker, 2002

阿凯梅妄的羊皮卷

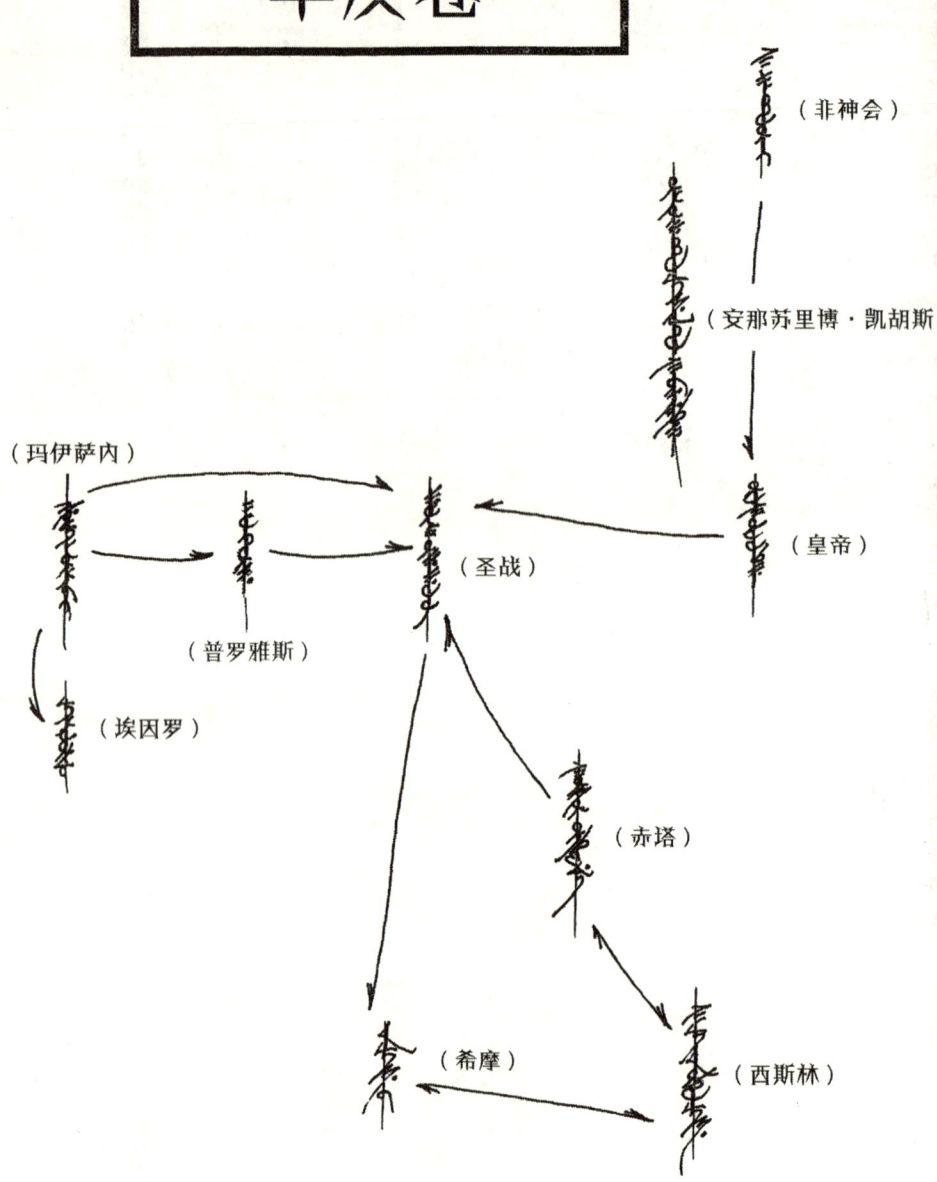

（非神会）

（安那苏里博·凯胡斯）

（皇帝）

（玛伊萨内）

（普罗雅斯）

（圣战）

（埃因罗）

（赤塔）

（希摩）

（西斯林）